Best Time

白 马 时 光

他是星辰（上）

HE IS THE STAR

北倾 著

江苏凤凰文艺出版社

图书在版编目（CIP）数据

他为星辰：全2册 / 北倾著. -- 南京：江苏凤凰文艺出版社，2022.1（2022.3重印）
ISBN 978-7-5594-6268-8

Ⅰ．①他… Ⅱ．①北… Ⅲ．①长篇小说—中国—当代 Ⅳ．①I247.5

中国版本图书馆CIP数据核字(2021)第190415号

他为星辰
TA WEI XINGCHEN

北倾 著

责任编辑	周颖若
特约策划	李 肖
特约编辑	李 肖
封面设计	80黑·小贾
出版发行	江苏凤凰文艺出版社
	南京市中央路165号，邮编：210009
网　址	http://www.jswenyi.com
印　刷	三河市兴博印务有限公司
开　本	880毫米×1230毫米　1/32
印　张	18.25
字　数	480千字
版　次	2022年1月第1版
印　次	2022年3月第2次印刷
书　号	ISBN 978-7-5594-6268-8
定　价	69.80元（全二册）

江苏凤凰文艺版图书凡印刷、装订错误，可向出版社调换，联系电话025-83280257

他就是想靠近她，只要和她在一起，就想方设法地要逗她，看她气鼓鼓的就觉得心里满满的都是快乐。

宋星辰就是漫天繁星里的一颗，茫茫的星空里他偶然发现了她，自此看着她，只觉得光芒越来越亮。

然后他再不满足于只是看着，他亲自伸手，把她从广袤的星空里摘下，变成他自己独一无二的星辰。

"苏清澈，我告诉你啊。再用这种眼神看着我，我真的要揍你了啊。"

"哪种眼神？"他虚心求问。

"大灰狼看小白兔的眼神！"

"宋星辰,你害怕吗?"宋星辰的眸子里还剩余着一抹盛怒的光彩,亮亮的,那光看在苏清澈的眼里,就如此刻天空上的星辰,莫名地魅惑。

他微低了声音认真地说道:"其实害怕也没关系……"

"有我在。"

「苏清澈?」她轻轻叫了他一声。
「嗯。」
「我们会一直一直这样下去的,对吧?」

目录
Contents

/ 上卷 / 怦然心动

Chapter 1	相亲	003
Chapter 2	以身抵债	023
Chapter 3	掉进狼窟	049
Chapter 4	顾盼生辉	075
Chapter 5	诱惑	098
Chapter 6	气势	119

目 录
Contents

Chapter 7　势在必得　　　　141

Chapter 8　交火　　　　　　　168

Chapter 9　苏宋星辰　　　　　189

Chapter 10　攻占高地　　　　　210

Chapter 11　把持　　　　　　　229

Chapter 12　一物降一物　　　　256

怦然心动

— 上卷 —

"宋星辰,
我只为你而来。"

Chapter 1
相亲

其实这一天对宋星辰来说,过得很糟糕。

她开车先去快递公司发货,回来的路上却遇上了堵车,她扫了眼手表,随手点开广播。车堵得她心烦意乱,想着等会儿要赴的相亲,眉头顿时皱起来。

宋星辰一家都是教师,爸爸宋国良,妈妈李清雅,都是A大的教授。而宋星辰刚毕业的时候也留校当了老师,不过一年后便辞职回家开网店去了。

前面的车流终于缓缓挪动起来,她松了口气,接着跟上。

等赶到咖啡厅的时候她已经迟到半小时了,还一秒不差正正好。她轻舒了一口气,随手把头发往耳后一别,推开门走了进去。

宋星辰第一眼看见的就是靠窗坐着的那个男人,他正垂眸看着窗外,一双眸子沉静如水又深邃。大概是职业特殊的原因,即使他穿着一身暖色,但看着还是有一股肃杀森冷的气质。

大概就是他了吧。

苏清澈察觉到门口的视线,转过头来,一双眸子果然如宋星辰所料并没有多余的感情。她拎着包，走得不疾不徐。

咖啡厅的环境幽雅，大厅里还流淌着柔和的钢琴声。她走到桌前，轻轻扣了扣桌面，见他抬起头来，对上那双冷冰冰的眸子微微一愣："你是苏清澈？"

苏清澈这才缓和了下眼底的冷意，站起身替她拉开椅子："我是，请坐。"

宋星辰挑了挑眉，从善如流："抱歉，我迟到了。"

苏清澈微微扯了扯唇角，似笑非笑却略带些讽刺，他摩挲着杯壁，漫不经心道："原来宋小姐还是有时间观念的。"

宋星辰一顿，抬眸看去，一双眸子也不复刚才的柔和平静，而是有些犀利："苏团长是有些不满吗？要是没记错我刚才道过歉了。"

苏清澈也不恼，只推了菜单过去："你可以叫我苏清澈。"

宋星辰弯了唇轻笑，但一低头看菜单眼神瞬间变得讽刺起来，心想：仗着自己这点儿官衔，又是朱门大户的，在女生面前就跩了起来？

负分，去他的吧！

抬起头时，她又如刚才一般浅浅一笑，对着站在一旁的服务员轻声道："摩卡就好。"

苏清澈留意到她的这些小动作，暗自发笑。她还以为自己隐藏得很好，可那点儿转变怎么瞒得过他的眼睛。

一时无话。

宋星辰也自然得很，等摩卡上来了，轻抿了一口才一副公事公办的语气道："不介意的话，苏先生能报上名字、性别、体重、身高、三围、工资、存款吗？"

苏清澈挑了挑眉，干脆利落："抱歉，我很介意。"

宋星辰耸耸肩，把杯子重重地放回桌上，抬眸盯着他漆黑沉静的眸子一字一句道："那请问苏先生，有什么是能透露的？内裤的颜色？"

苏清澈被她最后那一句噎了一下，这倒是让他开始重新审视面前坐着的女人。

宋星辰的身材高挑，明眸皓齿，一挑眉或者笑起来时都是顾盼生辉。眉目如画，活色生香都不外乎如此了。

不过——

苏清澈看着她眼底那抹不耐烦和唇角勾起的略带讽刺的笑容，倒是发现她这次来相亲似乎也不是自愿的。

想到这儿他松了口气，不过还是兴起了逗逗她的兴致："内裤吗？"

他微微皱眉，似乎有些为难："如果你真的想知道，不如自己来看？我本人羞于启齿。"

宋星辰双眸一眯，又抿了口咖啡，这才笑道："那不必了，你知道的，看了不该看的东西都会长针眼。"

苏清澈一本正经地点点头。

宋星辰却突然想歪了，她的视线从他的脸上移到他的胸口又往下……不过他的坐姿优雅，到了腰腹这里便被桌子挡住了。

她收回视线，不动声色地估算了一下，这才笑意满满地转了视线。

苏清澈一直留意着她的举动，慢条斯理地喝了口水才说道："宋小姐还满意吗？"

宋星辰倒是不诧异他敏锐的观察力，很诚实地点了点儿头："还不错，勉强能入眼。"

苏清澈淡笑了下："原来只是勉强。"

宋星辰倒是被他这么凉飕飕的语气惊了一下，莫名就觉得一股寒意从脚底升起。

这个男人给她的感觉就是太过危险了。他就像随时备战的老虎，目光如炬，几个来回之间字字珠玑分毫不差。真是白长那么好看了。

想到这儿，她也觉得今天的任务可以到此结束了，反正流水无意落花也无意。

她抿了口摩卡,正斟酌着怎么结束今天的会面时,对面的男人却双手交叉放在桌上,身子也微微前倾过来。一双眸子,有着鹰一般的锐利,却意外地并没有太多的压迫感。

苏清澈的视线落在她微抿着的唇角上,又落回自己面前的玻璃杯上,这才缓慢地开口道:"既然宋小姐的提问已经结束了,那就轮到我了。"

宋星辰没料到他还来这一手,虽然诧异却不至于惊慌失措。一个男人对你有没有欲望,其实从眼睛就能看出来。

他的双眸淡漠,虽然有着浅浅的笑意,但那笑意明显不是针对她的。这么想着,她挑了挑眉,微微一笑:"你随意。"

苏清澈点点头,上下巡视了她一眼,道:"名字、性别、体重、身高、三围、工作、爱好。"

宋星辰唇角一抽,差点儿没破功。这家伙显然是来报仇的,直接把她的原话照搬了过来。

苏清澈见她不说话,又淡淡地补充道:"抱歉,这是我第一次相亲,没有经验。"

宋星辰不止唇角抽了,连眼角都抽得疼。这团长显然不是什么好鸟,这句话的杀伤力看着没多少,其实却是一击即中,让她都不知怎么反驳。

宋星辰握了握拳,深呼吸了一口气,这才缓声一字一句道:"我想苏先生你误会了,我也是第一次相亲。"

苏清澈顿时一副惊讶的表情:"是吗?看你的表现似乎是……"话点到为止,他装出一副暗暗惋惜又有些悲伤的表情,十足一个被欺骗的可怜人的模样。

宋星辰顿觉一口老血如鲠在喉,不上不下。

她捏了捏面前的茶杯,低了眸子心理建设片刻才借着把长发钩至耳后的动作打量回去:"如果苏先生就是想知道我的三围……"她顿了顿,状似有些为难的样子，"不如你目测吧？"

苏清澈正在喝水，闻言差点儿没一口喷出来，他心有余悸地抽出纸巾擦了擦嘴角，目光在她身上梭巡了几圈。

宋星辰说完那话也被自己窘了一下，不过话都出口了也就破罐子破摔了："苏先生你觉得我怎么样？"

苏清澈一顿，抿了抿唇，用试探性的语气把问题踢了回去："勉强算个女人？"

宋星辰手一颤，愕然地看向苏清澈："你说什么？"

苏清澈却还是万分地淡定："我说得太直白了？"

宋星辰闻声冷笑，握着咖啡杯杯柄的手指都用力得有些青白。"苏先生真是慧眼识珠，这都能看得出来，难怪都三十岁了还没找到结婚对象。"说罢，她一顿，言辞越发犀利起来。

"苏先生，其实我也怀疑，你这样的外形条件找不到对象是不是因为——你其实不是个男人啊？"话落，见苏清澈陡然一黑的神情，她终于很畅快地笑起来。

"既然这样，我就不奉陪了。我们的时间都很宝贵，苏先生赶紧去赶下一场吧。"

苏清澈一双眸子黑沉沉的，唇角却似乎是蕴着淡淡的笑意："宋小姐，如果嫁不出去了我不介意你跟我凑合凑合。"

宋星辰正拿起包站起身来，闻言一个踉跄差点儿没踩歪了高跟鞋。她顺手从一旁的便笺上撕下了一张纸，又掏出笔快速地写下一串网址和店名，才怡怡然地递过去放在苏清澈的面前。

"我想你应该会有需要。"话毕，宋星辰不再多做停留，咬着牙挺着背快步离开。

推门走出咖啡厅，她特意走到他能看见的地方，恶狠狠地回头看了一眼，又比了一个中指才上车离开。

苏清澈却笑出声来，宋星辰最动人最吸引人的时候莫过于暴露本性朝他竖中指的时候了。他夹起那张纸片，挑了挑眉，直接摸出手机输入网址。

看到赫然出现的网页，苏清澈脸色顿时黑沉下来。他紧握住手里的那张纸片，微微翘了唇，笑得阴冷邪佞："宋星辰，我记住你了。"

正在等红灯的宋星辰，猛然背脊一凉，硬生生打了一个冷战。

这次相亲很快就被宋星辰抛在脑后，但次日她还是被宋妈妈招回家吃饭，刺探军情。

宋星辰吃了好几天的快餐，终于吃到自家老妈的菜，幸福得不得了，各种大快朵颐，可是见宋妈妈这么小心翼翼地试探，顿时食欲都减半了。

她咽下嘴里的鸡腿肉，拿纸巾慢条斯理地抹了抹嘴，这才在二老的期待下说道："别看我了，没戏。"

宋妈妈眉头微微一皱："是不是你没给人好脸色啊？"

宋星辰努力回忆了一下，她哪里没给好脸色啊，简直是把他当上帝一样和颜悦色啊，最后还真顾客至上地给他推荐了店内的产品。

不过后面那半句她可没胆子说，默默地咽回肚子里去了。

宋国良见自家的女儿眼神飘忽不定，就知道定是出什么幺蛾子了，不过他倒是无所谓。宋星辰独立自主，外形也算是得天独厚，成不了滞留货。

可宋妈妈不这么想啊，她一掰手指算起时间来就恨不得宋星辰赶紧找对象了。现在人心难测，认识之后起码要用三个月的时间去了解人品，谈恋爱起码要花费两年，这么一算宋星辰就已经二十六岁了，结了婚度蜜月这事还得折腾大半年，等生孩子差不多正好二十八岁。

宋星辰其实是第一次相亲，并没有什么人可拿来和苏清澈对比的。不过这次这个男人算不上优质可也是精品，但是还真不是宋星辰的菜，

Chapter 1　相亲

腹黑邪佞，婚后互相算计这日子能过？

宋星辰一脑补那画面赶紧甩甩头："妈，我俩不合适，差六岁呢，多大一代沟。"

宋妈妈想想也是，不过年龄不是问题，想当年她还和星辰的爸爸师生恋呢，可是差了整整八岁，现在不一样是好好的。

而且听宋爸爸说人是朱门大院出来的，和他们这书香世家正好相配啊。再说苏清澈如今这位置还是自己努力得来的，多有上进心、多好一小伙啊。

不过看宋星辰这不上心的态度，她叹了口气，起身盛饭去了。

宋国良倒是笑了笑："总结下原因。"

宋星辰见妈妈一时半会儿不会出来，这才皱着眉头抱怨道："太油腻了，三十岁的中年大叔啊，还秃顶地中海……啧啧。"

宋国良刚夹起一块红烧肉，啪的一下就掉在了桌上，还很圆润地滚了几圈。"可是我看过照片……"一表人才啊，不然宋妈妈能这么喜欢？

宋星辰被自己噎了一下，然后脸不红心不跳地继续撒谎："爸，你那是不知道现在的 PS 技术。太可怕了！以后绝对不能相信照片，现在都能作假了。"

宋国良刚夹起的无辜红烧肉再度落在桌上，这次它很不负众望地零负重降落。

他能说以前不小心见过那小子一面吗？一帅哥军官被闺女嫌弃成这样。得了，也别问什么原因了，一定是没戏了。

宋星辰去相亲这件事，作为闺密的韩潇璃也是闻风而动。

宋星辰刚回到自己家，她就跑上门来围追堵截地让星辰汇报经历，好给她灵感创作新时代剩女相亲的剧本。

宋星辰直接拿起抱枕就往她身上摔："我才二十四岁就剩女了？"

韩潇璃也不客气，笑眯眯地抱了抱枕窝在那个品质优良的大沙发上，一脸地憧憬："有没有我家苏谦诚帅啊？"

宋星辰瞄了眼韩潇璃那日非要贴在她墙上的苏谦诚的海报，努力回想了一下，还是没想起来那个叫苏清澈的长什么样。

她耸耸肩，很抱歉地说道："我记不得他什么样了。"

韩潇璃被噎了一下，安慰道："没关系，正常的。我家苏谦诚也是我盯着看了好久才记下来的。"

宋星辰瞄了她一眼，笑道："你家？你跟他都不认识，哪来的你家？"

韩潇璃被戳中了痛点，差点儿没跳脚："我这不是学小粉丝嘛，一口一个'我家的''我家亲爱的'……"

宋星辰被她那甜腻的声音刺激得抖了抖浑身的鸡皮疙瘩，直接坐电脑前去登阿里巴巴，整理了一下订单，编了号又去库房里翻货，打包好了，明天出门去寄。

韩潇璃当初知道宋星辰在网上卖小玩具的时候吓得眼珠子都要脱框而出了。消化了一个星期她才终于接受这个现实，刚开始的时候还帮忙张罗着生意。

宋星辰现在这个小店的生意不要太好，一年下来没个三十几万也有十几万的，宋星辰早就成一个小富婆了。所以，宋星辰那日郑重万分递过去的纸片上，正是她亲笔写下的网店的网址。

想到这儿，她勾起唇角笑了起来，十足地得意。那军官，可不得暴跳如雷了。

韩潇璃见她收拾着东西就诡异地笑起来，拿脚踢了踢她的翘臀："傻笑什么？"

宋星辰避开她的蹄子，收拾好了东西放在一边，这才挤过去坐在她的旁边，拿过她横在一边的电脑看了看："这个就是你说要和苏谦诚合作的剧本？"

韩潇璃一听到这话就笑得眯了眼睛："是啊是啊，所以我就徇了私，多给他几个邪魅狂狷、酷帅跩炫又风骚的镜头。"

宋星辰却撇了撇嘴，很不给面子的打击道："他知道了还能感谢你？"

韩潇璃从小到大就是被宋星辰的毒舌打击着过来的，这点儿程度算是她嘴下留情了，搂着她的手臂又是扭又是拽的，就差在沙发上滚一圈卖萌了："导演说会介绍我们认识。"

宋星辰和韩潇璃从小一起长大，宋星辰比韩潇璃能卖乖，在家长面前那是乖得不能再乖的小姑娘了，所以在韩妈妈那儿，宋星辰就是一块金字招牌。

韩潇璃呢，又是个实诚没心眼的，妈妈喜欢那她也就喜欢，一来二去倒是跟宋星辰建立了革命友情，坚若磐石稳如泰山岿然不动。

宋星辰被她缠得受不了，举手投降："行行行，你家苏谦诚最好了，你赶紧去认识他，然后荼毒他去吧。那他也算是给社会做出了杰出的贡献。"

韩潇璃抱回电脑，边修改边死心不改地继续问她："你倒是给我说说相亲的过程啊。"

宋星辰都不好意思说她遇上对手两败俱伤了，含含糊糊地说了句："相亲能遇见什么好人啊，都是极品剩男，所以你还是别抱着相亲遇见苏谦诚的想法了，赶紧另觅佳婿吧。"

宋星辰与韩潇璃的差别就是宋星辰比韩潇璃现实许多，她看过的悲欢离合比韩潇璃笔下写的还要狗血天雷。

她抬手揉了揉太阳穴，无奈地眨了眨眼："韩小姐，你能不能别再客串记者了？我那相亲就跟人间悲剧一样，没什么看点还糟糕透顶，你不是想知道结局吗？结局就是我把店里的网址抄在小纸片上递给他，欢迎他惠顾了。"

说完，她略略无奈地起身去厨房倒腾咖啡去了："要加糖吗？"

韩潇璃还在震惊中，虽然她早已习惯了闺密偶尔异于常人的彪悍之举，但这么凶残的方法还是头一次听闻。而且，她明确感受到了宋大小姐语气里那极度的不耐烦，以及隐隐暴走的趋势，所以很识相地噤声了。

等了片刻，她又想起什么，边敲着电脑键盘边问："话说，上次王媛媛让你替她暂当指导员的事，你考虑得怎么样了？"

宋星辰微微侧头扫了她一眼，嗤道："真是站着说话不腰疼，让我去代替她军训，这算盘打得真好。"

韩潇璃撇了撇嘴，接过她端来的咖啡杯："别啊，就你一天到晚宅在家这状态，还不如去军训练练腿脚呢。"

宋星辰翻了个白眼，说道："不过我还是答应了，谁让她那身子弱不禁风的，还吹了我母亲大人的耳边风……"

于是，母亲大人耳提面命、照着一天三餐的提醒让她无可奈何地答应了下来。

想想就心酸。

就在这时，传来聊天软件消息提醒。宋星辰抿了一口咖啡，这才点开消息看了眼，可这一眼让她一下子就皱了眉头。

这个客户是宋星辰有史以来遇见过的最麻烦的客户了，自打第一笔生意开始就吹毛求疵，鸡蛋里面挑骨头，极尽可能地挑刺寻错。今日正是他发来信息问为什么还没有发货。

宋星辰翻出订单看了眼，订单内容花样繁多，全是库存稀缺商品。

其实，如果客户非常难搞让她都耐不住性子要爆粗口的时候，宋星辰不怕得罪客户。但对于很难搞却特土豪、购买需求大并且不在乎价格的客户来说，她还是没舍得下毒手。

她当下好言好语地说道："抱歉，大概是有遗漏，我去对一对订单。"

她对照了一下订单上的物品，去库房里找货。如果她记得没错的话，她昨晚其实已经核对过一次了，不发货的原因就是因为——没货了。

　　想到这儿，她皱了皱眉头，看了眼聊天软件上那喋喋不休的客户，抬手揉了揉眉心。直到他说："明天就给我发货，如果不发货我不只撤单还要投诉你。"

　　闹翻了可不是好玩儿的，宋星辰挑了挑眉，想起这个牌子的避孕套超市里似乎有，便承诺道："亲，稍等一下，我这边暂时没货，我现在就优先给你准备货。"

　　说话间，她有些烦躁，手边一个毛茸茸的小玩偶直接朝沙发上坐着的韩潇璃扔去："帮我照看下生意，这个客户别理他了。我去超市买东西。"

　　韩潇璃被砸了个正着，一回神就看见宋星辰穿着人字拖出门了。

　　附近的超市品种并不齐全，宋星辰出门就带了一个手拿的小包，只买到了一盒，就顺势装进包里。

　　到下一家超市，她看到储物柜的时候犹豫了一下，但还是拿着小包直接走了进去。反正也用不了多久，速战速决就可以了。想着，她便加快了脚步走进了超市。

　　这家"苏果超市"一共三层，二楼是食品，三楼才是日常用品。而收银台就在三楼，宋星辰快步穿过二楼直达三楼。

　　三楼左侧区域是一排货架的卫生巾，而靠墙角的这边就是放置避孕套的地方。宋星辰刚走到这排货架前，就看见一个身材修长的男人正背对着她认真地拿着一包七度空间在研究。

　　最让宋星辰发窘的是，男人一身军装，单单就背影来看十足的秀色可餐。宋星辰是挺倾心兵哥哥的，尤其这个兵哥哥身材挺拔，只一个背影就足以让人神魂颠倒。

想着,她便抿了唇角轻笑着走过去。

就在他们即将擦肩而过的瞬间,那男人突然转过身来,一双眸子警惕防备地盯着轻手轻脚走近的宋星辰。

宋星辰一怔,男人也是一怔。

宋星辰的面色顿时诡异得无以复加,她上上下下打量着眼前这个一身军装的苏清澈,喉咙像是突然被人卡住了一样,半晌才颤抖着手指一脸的不敢置信。

苏清澈眼底也是飞快掠过一抹诧异,以及疑似尴尬这类情绪的东西,不过很快他便掩饰了过去,只是翘了翘唇角,从容冷静地和她打了一个招呼:"你好。"

宋星辰远没有他那么淡定,她看着他手里那粉红色小巧的一包,迟疑片刻才火冒三丈地问道:"你给女朋友买的?你都有女朋友了还相亲,欺骗别人感情!"

苏清澈闻言,眸子缓缓一眯,寒气四溢:"谁跟你说这是给女朋友买的?"

宋星辰觉得心肝都颤了:"不是女朋友你就给买卫生巾了……"太令人发指了。

苏清澈眉一挑,显然并不是很想解释,只是转过身继续看着眼前品种繁多的卫生巾,问道:"哪种好?夜用和日用有什么差别?"

宋星辰被这么一问倒是意外地冷静了下来,难道是给妈妈买的?不对啊,媒人说他妈妈是科学家,研究天文很少在家啊……那就是突发状况?

苏清澈见她还愣着,瞥过来一眼,眼神无波。偏就是这样清冷的眼神,让宋星辰心尖一震,那双漆黑的眸子像是缀了一世的光辉,深邃却明亮。

"我是第一次买这个,能给点意见吗?"

宋星辰顿时觉得是自己小人之心度君子之腹了，摸了摸鼻尖，顺手就拿了她惯用的品牌递过去："她的量多不多？"

苏清澈像是感到很新鲜，微微侧头，下巴弧线恰到好处地好看："我不知道。"

宋星辰噎了一下，便自顾自地决定了下来："这样就可以了。"

苏清澈见他纠结的问题片刻解决了，唇角也是一松，若有似无地扬起抹淡淡的笑意来："今晚麻烦你了。"

宋星辰点点头："举手之劳。"说罢，才想起自己是来干吗的。几步走到货架前利落地挑着货，一回头就看见苏清澈也拿了一盒，正颇有兴味地看着她。

"你需要这个？还要了不同类型的五盒？"

宋星辰脸热了一下，瞬间又恢复镇静："是啊，这次也要我推荐吗？"

苏清澈转了视线，看向她手里捏着的小包，意味深长地拿手指捏住里面一个硬纸盒的一角："你这是干什么？"

宋星辰疑惑地看着他："什么？"

苏清澈似乎是终于想通了什么，若有所思地看了她一眼："顺手牵羊？"

宋星辰愣了，片刻才反应过来他说的是什么意思，顿时怒了："你才顺手牵羊，本来就是我的。"

苏清澈也不着恼，扫了眼她手里拿着的六盒花花绿绿的安全用品，冷淡又厌恶："幸好宋小姐你没看上我，不然我有心无力也吃不消。"

宋星辰气得脑袋都要炸掉了，她在小包里左右翻找着超市小票，可该死的怎么都找不到，但又不能解释她手里为什么有那么多的安全用品，宋星辰顿时觉得神经都绷得紧紧的。

她还是头一次遇见这种情况，顿时方寸大乱。

苏清澈却没那耐心等她找证据了，直接捏着她手里那个夜光型的:"这盒不如转让给我吧,你应该适合用颗粒型的。"

宋星辰错愕,等她回过神来,苏清澈留下一句:"怎么都是最小号的。"以及一个嘲讽般的笑容便如风一般瞬间失去了踪影。

宋星辰站在原地顿时跳脚。

浑蛋,夜光只有一盒了,他拿走了她怎么发货啊!

苏清澈是吧?这回梁子结大了。

宋星辰次日照常发货,不过发货之前便明确地和客户沟通过少了一盒小号的夜光,后天中午才到货。大概是他也不急着要夜光的,虽然语气恶劣但还是接受了这次沟通的结果。

宋星辰忙过了这几日,便打了电话给宋妈妈,让宋妈妈查了下苏清澈的私人手机号码以及部队的地址。

宋妈妈见她除了要手机号码还要地址,不由得有些奇怪:"你要人家地址干吗?"

宋星辰早就想好了措辞:"啊,那日聊天聊到他喜欢吃小吃,我就打算给他寄点过去,相亲没成功,当朋友也是好的嘛!"

宋妈妈见事情有转机,也不多问,忙不迭地找媒人要个人信息去了。

部队地址是涉密的,不过有一个公用的地址,寄过去的包裹都会被拆封检查之后才送到收件人的手里。

宋星辰闻言,挑了挑眉,唇角泛起个恶作剧得逞的笑意来。

她要的就是拆封快件!

等手机号码和地址都以短信的方式发到她的手机里,她这才优哉游哉地去库房挑选了几样她珍藏的库品。附上两张超市收款机打印的超市小票票,以证清白。

做完这些,她又撕下一张纸条,草草一句话:任君享用,望早日重振雄风。

Chapter 1　相亲

苏清澈收到包裹却是在三天之后了。

原本第二天的上午就能收到了，可惜的是他正好那日不值勤，听见勤务兵说来了快递，随口便说放办公室，等他明天再去看。

勤务兵支支吾吾了好一会儿，才犹豫着应下来。待他沉思片刻正想问快件里面是什么时，勤务兵干脆利落地挂了电话。

所以，当他次日一踏进军区看见神色各异的下属时，心底顿时蔓延开一股不安的感觉。

军人的敏锐直觉在他看到那包裹的时候得到了证实。

宋星辰还真是下血本，寄了一大包的东西过来。全部都是……安全用品，品种非常齐全。

他眯了眯眼，撕下快递单看了看，宋星辰那龙飞凤舞、嚣张至极的签名赫然在目。

勤务兵正给他打扫书桌呢，只感觉周身寒气蔓延，转头看向团长大人时，就见团长大人脸色青黑，阴沉不定。

而那股寒气正是团长大人散发出来的，这是一股浓烈的——杀气！

勤务兵生怕自己得罪了团长大人，抹布一丢，语气诚恳："首长，那不行没事……咱慢慢治啊。"

苏清澈闻言，浑身越发地冷，一双眸子跟结了冰一般冷飕飕的。

他紧紧捏着快递盒子，忍了又忍，片刻后还是压抑不住，沉声问道："不行？"

勤务兵浑身一颤，腿都软了。麻麻，团长好可怕！

苏清澈缓缓、缓缓地一笑，双眸一眯，走近一步："我行不行，要不要你来试试？"

勤务兵顿时脸色铁青，吓得四肢都开始打战，见团长大人还在靠近，顿时拔腿就跑："班长，救命啊……"

苏清澈垂眸又看了眼宋星辰放在前端的超市小票，冷笑一声，随即拿起那张刻意被勤务兵塞到后面的字条。

字条上面，依然是苏清澈最近刚熟悉的字体。

上面的字体嚣张又跋扈，他看着字条都能想到那个叫宋星辰的女人是如何咬牙切齿又一吐为快地写下这几个字的。

任君享用，望早日重振雄风。

"任君享用，望早日重振雄风。"他重复地念了一遍，抿了抿唇，低头沉思了片刻。

半晌，才缓缓绽开一个妖孽至极的笑容。

宋星辰？呵呵，走着瞧。

话虽是如此，不过苏清澈还是不爽了好久。那一日的训练，统一加大了训练强度，而他，也去了好久不去的训练场练打靶。

这种日子一直持续到勤务兵那日下午送上来文件。

团长，有任务了！

宋星辰是跟着学校的大巴到军营的，进门之前，她看着那在群山层层叠叠环绕下的房屋差点儿热泪盈眶……

妈妈，你为什么不告诉我是来苏清澈这里！

她记得她快递的地址写的就是这个地方，这么说来有百分之五十的可能会碰见他？

"指导员，到了。"随着衣袖被扯了一下，宋星辰才反应过来车已经停了，她要组织同学下车排队。

前面那辆领路的军车上下来了好几个军官，操场上也站了六个士兵，正侧目看过来。

宋星辰仔仔细细地看了一遍，没发现苏清澈，这才松了一口气。

接下来便是清点人数，然后教官过来接手班级，带路去寝室放行李。

快走到寝室时，教官微顿了脚步看一了眼宋星辰手里的大包，说道："指导员，你也要参加军训，这些估计是用不上了。"

宋星辰随着他的目光看向手里的电脑包以及那鼓鼓囊囊的手提包："今年这么严格？"

上一年她任教的时候也参加过一次军训，不过不是在这个军营里面，她作为指导员宽松得不行，不违反纪律的情况下还能调戏调戏兵哥哥。

教官点点头，似乎是被宋星辰这么直勾勾火辣辣的眼神看得有些不自在，微微红了脸："团长说了，全封闭军训，一视同仁。"

宋星辰脸色变了变："所以？"

教官见她脸色不好，偷偷瞥了她一眼，继续道："团长说了，除了衣物，别的东西全部先上交保管。"

宋星辰彻底黑了脸，看了一眼已经进寝室安顿的同学们，说道："你们团长是谁？"

那教官正想说话，宋星辰又道："军训而已，训的是新生。你们团长这么安排是不是有点儿过分了？我们这来的指导员有家室的要顾家，偶尔忙学生的作业也要用到电脑。你帮我反映下，说不同意。"

教官张嘴正要说话，瞥见宋星辰身后走来的人，顿时乖乖地闭了嘴。

宋星辰却只看见教官欲言又止，越发觉得那团长是以势欺人："你们团长的大脑构造是不是有点儿问题啊，或者性格有缺陷？"

话音一落，教官的唇角抽了抽，一个侧身行了个礼："团长！"

宋星辰顿时浑身僵硬，她摸了一把脑门儿上的冷汗，完了，在人背后说坏话被逮着了。

苏清澈抿了抿唇角，一双幽深的眸子缓缓地一睐："宋指导员。"

宋星辰刚要转身，听着这冷冽又熟悉的声音瞬间石化……

不是吧？

教官见势不对，来回扫了两个人一眼，确定自家团长不会错手捏死这个小指导员后，这才寻了个借口闪身走人。

宋星辰悠悠地转过身来，见是苏清澈，一分意外也没有，只是挑了挑眉，万分淡定地扫了他一眼。

这不是宋星辰第一次看见苏清澈穿军装，但这次他穿的是作训服。

他的帽檐压得很低，帽檐的阴影隐隐盖住了那双深邃的眼睛。他正双手背在身后站在她身前不远处，身后明亮的日光争先恐后地涌进来，让他修长的身形越发挺拔英俊。

宋星辰不能否认，苏清澈这一身服帖的军装真的是帅得她想流鼻血，尤其是那双腿修长笔直，套进黑色的军靴里面，线条好看得她都想上去揉几下。

不过她也就是想想而已，她没忘记两个人之间结大了的梁子。

当下，她抬了抬下巴，很是挑衅地看着他道："我不同意上交电脑。"

苏清澈显然是没把她放在眼里，睨了她一眼，直接信步走过来："同不同意都是纪律，违反纪律就要处分。"

宋星辰双眼冒火："我要向你上级反映！"

苏清澈正好走到她跟前，见她横眉竖目的样子倒觉得有趣，面上却是不动声色，还颇为冷淡地道："我全权受理军训的事宜，跟我反映就好。"

宋星辰就差咬牙冷笑了，不过她忍了忍，还是冷着声音道："团长，我有特殊原因申请不上交电脑！"

苏清澈瞄了一眼她手里拎着的东西，翘了翘唇角。随即，他微微俯低了身子凑近身前的宋星辰，轻启薄唇，轻声说道："给你开个小灶，只准留下……"

他眼底似乎是有淡淡的笑意，对视着她圆睁的双眼，一字一顿道："一、个、包。"

宋星辰感觉到耳畔有微微的暖意，这才反应过来两个人之间的距离被拉近到了呼吸可闻的地步。微微一愣，她赶紧后退一步，对着苏清澈莞尔一笑："那就先谢过团长了。"说罢，转身大步离开。

苏清澈见她快步离开，这才直起身摸了摸下巴，笑得邪佞又腹黑十足："现在道谢……还太早了。宋星辰。"

的确，道谢道得太早了。

宋星辰忙着整理东西，听到集合赶到操场的时候差点儿迟到。

苏清澈负手站在台阶上，看见宋星辰快步过来，斜睨了她一眼，沉声吼道："都有，全体立正。"

他的声音不似平日时的淡然清润，隐隐有雷霆之势。

宋星辰不由得看了一眼周围，这一眼看去，苏清澈口令下同学们一堆乱七八糟的反应让她很是想发笑。

不过苏清澈倒是不怎么在意，只是眉头微微皱了一下，压低了声线继续道："安静。现在由我来讲一下这次军训的注意事项。"

苏清澈只这轻轻一喝，全场都安静了下来，鸦雀无声。

他似乎终于满意了些，微冷的视线巡视一周。虽然什么都没说，但单单那说不上多么严厉冷冽的眼神，就让底下的人全部一本正经起来。

他列举了几项不能做的事情，又公事公办地讲了一些官方话，这才开始宣布接下来要做的事情："刚才各班的班长已经给同学们以及指导员提过醒了，除了换洗衣服，其余的东西全部上交，军训结束再归还。"

他话音一落，宋星辰的眼皮就是一跳，顿生一种不好的预感。

苏清澈若有若无地笑了笑，笑容虽浅但是晃眼得很，他垂眸扫了宋星辰这边一眼，道："现在检查寝室，如有发现还未上交的，严惩不贷。"

宋星辰一向觉得自己的第六感比大姨妈还要准，果不其然，再次应验了。当看见班长目不斜视地从她房里拿出一袋子护肤品和手机后，她已经不再对苏清澈会对她手下留情这件事抱有幻想了。

被搜出私藏手机的还有好几个学生，但还真没有像宋星辰这样脚边堆了一大堆的。她冷着脸看向不远处站在树荫下的苏清澈，狠狠地磨了磨牙。算你狠！

苏清澈虽然说要严惩不贷，但还是没有太大的动作，只是罚他们跑操场一圈再回来集合。

宋星辰作为里面唯一的一个指导员脸憋得微红，最后也只是咬咬唇，脱了外面宽大的迷彩服，露出里面紧身的迷彩小背心跑了一圈。

宋星辰的身材虽然算不上热辣，但绝对能算得上凹凸有致，身材比例更是完美，这么一脱倒是让人眼前一亮。

苏清澈却是眼也没眨一下，命令道："三分钟没到这里集合的重跑一圈！"

宋星辰刚跑出一段距离，但他的声音还是清晰地传了过来，她一顿，恶狠狠地回头看了一眼那边站着的苏清澈，比了个中指。

还有小脾气？苏清澈莞尔一笑，倒是想起和宋星辰第一次见面不欢而散的时候，她站在门外那嚣张跋扈的中指，如出一辙。

他抿了抿唇，又道："那个竖中指不服气的，加跑一圈，五分钟内没完成任务直接跟我的兵五公里越野。"

话音一落，底下的教官顿时面面相觑。

这不是团长平时的作风啊，这么跟小姑娘较劲？

而宋星辰，远远听见这句话又看了看广阔的操场，顿时加快了脚步跑起来。

以她那比散步快一点儿的速度，五分钟怎么着都跑不完两圈，她平常不运动，更是讨厌跑步，所以她太了解自己了，一圈三分钟也许都很有难度，更别说两圈五分钟了。

Chapter 2
以身抵债

苏清澈今日的反应太不寻常,就连出任务刚回来的陆参谋长都有所耳闻。

他拿了文件到苏清澈办公室汇报情况,等工作文件批阅过了他也不急着走,怡怡然地给自己倒了杯茶在沙发上坐了下来。

苏清澈见他那老神在在的样子就知道他在打什么主意,翻着文件,眼也不抬一下,很是不配合。

陆参谋长坐了片刻觉得无趣,这才先开口道:"那小姑娘怎么回事啊?"

苏清澈手指不停,继续翻阅着文件,面上更是不动声色:"哪个?"

陆参谋长嘿嘿地笑了两声:"就你较劲的那个小姑娘啊。"

苏清澈这回终于有反应了,懒懒地抬起眼帘,扫了他一眼,那双眸子沉得像一潭死水:"较劲?谁眼神那么不好?"

陆参谋长一听有戏啊,当下双眸发亮:"我亲眼看见的啊。"其实他也就是在中午的时候听战士说的,说得那叫一个绘声绘色,陆参谋长听完就觉得身临其境啊,乐了一个中午了。

苏清澈自然也不会信他的鬼话，不过跟宋星辰的事也不是三言两语能概括的。他合上那份文件直接甩给了陆参谋长，这力道狠得差点儿砸青了陆参谋长美丽高贵的额角。

他"嗞"地倒抽一口凉气，心有余悸地捏住文件的一角："团长，你这是恼羞成怒了？"

苏清澈拿起搁在书桌上的帽子，起身就要往外走，闻言步子一顿，唇边有了淡淡的笑意："这次的任务初见成效啊，虽然用错了，但好歹也会用成语了。"

陆参谋长想起这次跑的任务顿时觉得苦不堪言，耷拉了脑袋开始打退堂鼓了。不料，苏清澈信步走到了门口时，福至心灵地侧身看了他一眼道："那不是较劲，是收拾。"

门轻轻地合上，陆参谋长却随着这声轻响石化了……

他刚才——听见什么了？

教官正在罚宋星辰带领的编号为7班的整个班站军姿，就看见陆参谋长跟在苏清澈的身后过来了。

他窘然地看了那边目不斜视的宋星辰一眼，转身小跑几步，立定敬了个礼，高声道："报告团长，我们正在排队列，整军姿，请指示。"

苏清澈一路走过来，审阅了好几个班，见别班都开始教走正步了，这边还站着军姿，不由得皱了皱眉头："继续。"

九月的太阳烈得很，这么高高地挂着，晒得人汗流浃背。军姿已经站了半小时，很多人开始吃不消了。

偏偏这团长一来就是个继续，宋星辰咬咬唇，看了一眼已经教上正步的其他班级，不满了。

这次军训全面改革，为了学生能够高度投入军训、积极配合，今年特地设了一个积分考核制，也就是说从军训开始，所有的一切都是计入考核分里面的。而现在，整个 7 班已经落后一步了。

临出校之前，7 班的班长还跟她笑眯眯地说 7 班要拿第一名，拿到奖金后就组织探望孤儿的活动，并把奖金直接捐给孤儿院维持日常所需。

想到这儿，她皱了皱眉，出声抗议："我觉得我们的军姿已经站得达标了。"

苏清澈正往 8 班走去，闻声脚步就是一顿，侧身看过来。

宋星辰没擦防晒霜，就拉低了帽子，遮得很低。察觉到他的视线，宋星辰抬了抬下巴看过来，一脸的倨傲，又重复了一遍："我觉得我们的军姿已经达标了。"

教官估计是没想到 7 班的指导员这么"辣"，上来就跟团长呛声，当下就绷了一张脸，刚要说话却被陆参谋长一拉。

他不解地回头看了一眼陆参谋长，就看见他促狭地朝他挤了挤眼。

教官同志后知后觉地，就有些懂了。

苏清澈信步走过去，停在她面前，上下扫了她一眼。

宋星辰原本还有些马马虎虎的，他这么一过来立刻绷直了身子，抿着唇一副倨到底的样子。

他抬手扯了扯帽檐，一双眸子隐在帽檐的阴影下面显得越发深邃。沉默了片刻，他问道："站了一早上的军姿还不知道说话要先喊报告吗？"

他说得云淡风轻，一句话就轻而易举地成功让她语塞了。

宋星辰扬了扬下巴，理所当然："报告，我忘了。"

苏清澈却是轻笑一声，顺着就问道："你连喊报告这么基础的都会忘记，那军姿这种对你来说稍有难度的岂不是更容易忘？"

宋星辰瞪眼："这能相提并论吗？"

苏清澈挑眉："为什么不能？"

宋星辰怒了，抿了抿唇，梗着脖子说道："反正我觉得军姿对我来说没有难度。"

"噢?"他拖长尾音很是意味深长地看了她一眼,转身对教官说道:"让她出列军姿一小时,其他人原地休息五分钟然后继续操课。"

宋星辰听完就掀桌了,一把摘下帽子:"苏清澈,凭什么差别对待啊,我要跟你的上级反映,你这是公报私仇!"

底下一堆人顿时全部傻眼,得,原来有内幕?

苏清澈原本已经抬步要走了,闻言身子一顿,一身军装挺拔的背影此刻看来格外赏心悦目。他悠然转过身来,面上却不再如刚才那般不动声色。他微沉了脸色,薄唇轻抿,一双眸子一沉下来,身上就隐隐有股肃杀的气质缓缓地流淌。

宋星辰只觉得周身温度降了好几摄氏度,乌云蔽日。

苏清澈眼神凛冽,看着她时更是没有半分的怜香惜玉:"在部队,就是要服从命令。你作为指导员,首先没有纪律性,罚你站军姿还是网开一面了。如果你是我手下的兵……"他没有再说下去,只是抿了唇深深看了她一眼。

宋星辰顿时被他这一番话说得脸一阵青一阵白的,捏紧了手里的帽子,忍了片刻才恨恨地把帽子戴回头上,出列到边上站军姿去了。

"我站军姿是因为服从命令,但是我不服你。"

还真理直气壮,陆参谋长听着就忘记了自己围观群众的身份,扑哧一声笑了出来。

苏清澈转头递过去一个警告意味浓厚的眼神,陆参谋长才瞬间醒悟,掩饰般轻咳了一声,憋笑去了。

宋星辰反正话已经说出口了,就没有什么后悔不后悔的说法了,她摊手,一副无奈至极却又嚣张跋扈的样子,声音明朗:"如果这句话让团长不爽了你大可罚我,是多站一小时的军姿还是像刚开始那样罚跑操场?"

不过回应她的却不再是苏清澈勉强还能算得上"淡然"的声音了,他眉头一皱,就是一声音量不高但绝对威严十足的口令:"立正。"

宋星辰下意识就挺直了身子立正站好。

苏清澈沉了一双眸子看了她半晌,才皮笑肉不笑、从善如流道:"既然指导员有要求,那就加站一小时的军姿好了。"说罢,也不再多做停留,怡怡然地转身离开了。

徒留在原地站着的宋星辰,对着他的背影咬牙切齿。

不过,到底宋星辰还是没站满两小时的军姿。

教官在解散队伍休息的时候,拿了瓶水左右看了看就凑了过来:"哎,你是不是得罪我们团长了啊?"

宋星辰翘了翘唇角,见没人注意就抬手揉揉脸又快速放下,脸上再没有云淡风轻之势:"你们团长是不是变态啊,有这么整人的吗?"

教官见有戏,咕咚咕咚灌了好几口水这才眯着眼笑道:"谁让你不认清形势,非要跟团长硬着干。"

她有硬着来吗?她只是提出了一下意见而已,不同意也不至于揪着她小尾巴就说她不服从纪律直接罚站军姿吧。

她好歹也是个指导员,这回别说威严了,怕是面子都丢了个干净。

教官见她不说话,嘴角微微上扬:"行了,你再撑一会儿,再过半小时我去跟参谋长请示一下。"

宋星辰睨了他一眼,弯了眸子问他:"哎,你也是苏清澈带的兵?"

教官拍了拍胸口,那神情别提多神气骄傲了:"你不知道,我们团长可是拿过全能冠军的,谁有他厉害啊。"

全能?宋星辰默默撇嘴,不见得吧。

教官等过了半小时倒还真的去找陆参谋长请示了,陆参谋长刚拿着文件从苏清澈的办公室里出来,见教官跑来就知道是什么事了:"人还好吧,别让团长给整晕了。"

教官回头扫了一眼,笑得憨憨的:"参谋长,这不是来请示了嘛,你看……"

陆参谋长摸了摸下巴,想起刚才回办公楼时他随口问了句:"你是不是对人姑娘有意见啊?"

苏清澈眼也没抬一下,两步跨上楼梯,慢条斯理地道:"她段数不够。"

陆参谋长差点儿因为这句回答踩空楼梯,他心有余悸地拍了拍胸口,心里只有一个念头:每次他出完任务回来,世界总是会变得很玄幻。

这么一想着,他挥挥手:"归队。"

宋星辰在军营里看见苏清澈的那一刻就有了很高的思想觉悟,昨天晚上她被子都没扯开直接盖了衣服睡的。

所以当教官看见宋星辰这一床整整齐齐的豆腐块被时还是愣了一下,随即很是同情地看了她一眼,问道:"大妹子,昨晚冷不?"

宋星辰昨日被罚站军姿的时候和这位教官同志就有了一定基础上的阶级感情,当下煞有其事地点点头:"冷!"

教官同志检查完了内务,临出门的时候还道:"放心,团长不过来检查这个……"

话音刚落,他就愣住了,于是默默地退散了。

因为苏清澈正跟陆参谋长从门外走进来,见他们站在门口扫了一眼便目不斜视地走了过去。

宋星辰抬眼看了看刚才还信心十足地说团长不会过来检查的教官同志,拍了拍他的肩,语重心长:"你是低估你们团长的变态程度了。"

不过说起来,苏清澈的确不是来检查内务的,他还真没有那么闲。

办好事下来的时候,他经过宋星辰的房间门口时往里面瞄了一眼,准确无误地看见床上那格外整齐的被子，随即扯了扯唇。

第二天倒是相安无事，苏清澈一大清早就出了军营，到傍晚才回来。

回来的时候车子正好从操场边上开过去，远远就听见操场上鬼哭狼嚎般的军歌声，他皱了皱眉头，降了车窗往外看了一眼："这水平怎么瞬间就掉了那么多档次啊，太破坏我军形象了。"

陆参谋长正支着头看手机呢，闻言也扫过去一眼，正好瞧见宋星辰那个班在原地撒欢，好心情地勾了勾唇角建议道："正好事情忙完了，不如团长指示下如何维护我军形象？"

苏清澈瞥了他一眼，双眸清冷，不过也只是冷哼了一声，并未拒绝。

宋星辰对唱军歌实在不感冒，跟着哼了几声，一转眼就看见不远处站着一身军装的苏清澈。

天色已经很沉了，他站的地方只有淡淡的月光。宋星辰这么一侧头看过去的时候，看见的就是肩头洒了柔光的苏清澈，他穿的是作训服，身材挺拔，就算是这么不见光亮的地方他依然夺目。

宋星辰这么一看就有些移不开眼，她对制服没有多少抵抗力，又尤其喜欢苏清澈身上那清隽的气质，不由得多看了两眼。

苏清澈察觉到宋星辰的视线后，一转眼就看了过来。那眼神精准又冷峻，军人的铁血气质尽显。

宋星辰被这么一眼盯得一愣，嘟囔道："至于用看阶级敌人的眼神瞄准吗，我还没跟你计较呢……"

苏清澈刚接到了苏老爷子的电话，说的是妹妹苏清音要出国的事情，一整晚都有些沉郁，兴致不高。此刻不知道怎么的，却像是突然松了一口气。

他又站了片刻，这才慢悠悠地缓步走过来。

宋星辰坐得比较靠后面，所以低头瞄见身侧出现了一双军靴时，抬手就捶了下去。

苏清澈低头看了她一眼,又漫不经心地转了目光。她那拳不轻不重的,落在他的军靴上跟搔痒无二。

想着不引人注意,他落后一步在她身侧坐下来:"宋指导员是又想站军姿了?"

宋星辰瞄了眼他的军衔,不屑地皱了皱鼻子:"团长怎么了,一视同仁。"

苏清澈瞥了她一眼,用手指弹了弹军靴上并不存在的灰尘,侧头看她:"这是举手投降?"

举手投降?

宋星辰不屑地冷哼了一声:"没门儿。"

苏清澈若有所思地点了点儿头,很是惋惜:"那就没办法了,我给过你机会的。"

机会?宋星辰眯了眯眼,拿脚踢了踢苏清澈,翘了唇角笑得志得意满:"你欠我的钱什么时候还啊?"

她说得又轻又缓,耳边唱歌的声音震耳欲聋,她虽然靠得近声音也被冲散了不少。不过苏清澈还是听清楚了,似乎是想起了什么,他冷冷地翘了翘唇角:"你还想要钱?"

宋星辰的痞劲一下就被他激上来了,横眉竖目怒发冲冠义正词严地说道:"你买东西不给钱这不是霸王行为吗?你简直愧对你这一身军装!"

这措辞用得可真是,十个陆参谋长都赶不上。

苏清澈微微侧了头,想起那一包已经被他扔进垃圾桶里的玩意儿,很是玩味地摸了摸下巴:"你找到订单我就承认这东西是我买的,怎么样?"

宋星辰又被团长大人温温和和的一句话噎了个七窍生烟,觉得跟他打太极实在不明智,干脆偃旗息鼓了:"行,就当我送你的。"

这回变成苏清澈不依不饶了："那不行,这不是辱没我的军装吗?"

宋星辰刚想夸苏清澈的思想高度达到了人民群众的正常水平,话还没说出口呢,就见苏清澈缓缓勾了唇角笑了笑,笑得那叫一个颠倒众生。

宋星辰见过的好看的男人并不少,但这么一个说不上善意,甚至有些邪佞的笑容却让宋星辰微微发愣,随即就是警钟长鸣!

果不其然,她就说苏清澈哪有那么好的兴致和她唠这些没有营养的东西,原来是在这儿设了埋伏。

宋星辰被教官点名唱刚才那首军歌的时候,她难得羞窘地红了脸。

全场鸦雀无声,视线从她身上又瞄到她身侧随地一坐也感觉像是置身在高级会馆的苏清澈那儿,暗流涌动。

偏苏清澈本就打定了主意看她出糗的,刚才又默许了教官点名宋星辰,此刻自然不会伸出援手。在一旁坐着,那姿态闲适得简直让宋星辰想上去补上一脚。

宋星辰刚才只顾着和苏清澈说话,哪里还有心思学唱歌,这么被全场注目了好一会儿。她就淡定了,她低头扫了眼苏清澈,笑眯眯地摊手道:"我五音不全,怕荼毒大家耳朵。不如让团长也来唱一首,我帮忙打拍子吧?"

宋星辰这个提议可谓是深得民心,当下就有人开始起哄喝彩。

看着这帮小兔崽子的热烈反应,苏清澈却跟当事人不是自己一样从容自在。他怡怡然起身,眼风一扫,随即又低头看了眼手表,露出很是遗憾的表情。

就在众人还不知道他那表情是什么意思的时候,熄灯号就响了起来,整个营区瞬间陷入了一片黑暗。

原本原地坐着的同学们全部惊慌起身,杂乱里各班教官威严镇定的声音开始组织列队。

四周一黑,眼睛看不见时其他的感觉就会特别灵敏。宋星辰几乎是下一刻就一把逮住了正要走开的苏清澈，紧紧地扯住他的袖子不撒手。

"不带你这么缺德的啊，明明知道快要熄灯了还不说。"

苏清澈本就是想让他们有纪律性，明白什么叫服从，又怎么会提前告诉他们。听她这么一说，却开始装作不知了："我也是刚刚才知道。"

宋星辰哪会信啊，这里黑灯瞎火的，只有教官咆哮的声音清晰可闻，她想帮着组织列队，刚开口就被慌乱挤过来的人踩了好几脚。

她倒抽一口凉气，想着他就在身后，低头寻了他的位置，装作看不见的样子，顺着人流往他那边挤了挤，打算直接一脚踩上去。

可她明显是低估了敌人的战斗力和观察力，苏清澈早就在不动声色间把她的一举一动都看在了眼里，当下微微挪了下脚，往后退了一步。

宋星辰这么狠狠地撞过去却只踩到了空地，心里暗恼，还没来得及发作就被人一撞，直接往一侧摔去。

失去平衡的瞬间，她手里还抓着他的衣袖，就跟抓住了救命稻草一样怎么都不撒手，另外一只手甚至直接攀上去逮着什么抓什么。

苏清澈的脖子被她狠狠地挠了一爪子，眉头一皱就反应过来她是被挤着了，刚想伸手扶一把，宋星辰已经一把拽掉了他的纽扣摔在地上了。

参加军训的学生不是这里训练有素的兵，越是这种时候越慌乱。

苏清澈被宋星辰这么招呼了一下，要不是亲眼看着她是被撞了一下，他都要怀疑这是她故意的了。

当下他也很麻利地拉住她的手腕一把拽了起来。他的手指微微有些凉，准确无误地扣住她的手腕，几乎不用什么力气，一下就把她从地上提了起来。

宋星辰却觉得手腕处一凉之后就是滚烫滚烫的，她一愣，莫名其妙地红了脸。等被他拽起来之后，宋星辰更是避之唯恐不及地一把甩开他的手，一转身就跑了。

苏清澈这才觉得脖子这里火辣辣地疼，伸手一摸只觉得滚烫。他眯了眯眼，看了一眼已经掌控住的局面，这才皱着眉头转身走开。

宋星辰手里一直捏着东西，等跟着大部队走出来借着灯光看了下，是一枚纽扣。

她回想起自己被人一撞，抬手就往苏清澈身上抓的一幕，差点儿没冲动地去给自己点个赞。不过触手间那温热的似乎是皮肤的触感——她抓花他的脸了？

这么想着，她的脸色却是一变，完了，这下是新仇旧恨都来了。她宋星辰想翻天，在这军营里却是半分都不得势，只有挨打的节奏啊。

所以次日宋星辰一看见苏清澈，那双眼睛就直接往他身上瞄。

苏清澈今日还是一身的作训服，远远地走过来，步子迈得又大又稳。身侧跟着的陆参谋长一直在说着什么，他偶尔会侧过头，接上一句话，随即又是目不斜视快步地走起来。

宋星辰扫了他一圈，等视线回到他脖子上的时候就看见那醒目的红痕了，还是两条……她低头看了看自己的爪子，顿时不知道要摆出一个什么样的表情来了。

军训的日子说难熬其实也快得很，二十多天细数下来已经过去了一半。宋星辰跟苏清澈倒是相安无事，啊，准确地说起来只有宋星辰吃瘪的份儿。团长大人精于计算，更乐于算计，就如他那日说的——宋星辰和他，明显不是一个段数的。

再加上团长大人日理万机，很少有空过来视察进度，体验民情。所以当苏清澈这日过来进行检阅并指示时，空虚已久的小姑娘们都沸腾了。

宋星辰的7班正在练习齐步走，教官喊口令"向左转"时，整齐划一全部扭头看向正信步走来的苏清澈。

隔壁6班正在原地休息，看见苏清澈过来，小女生都是可劲地把视线往团长大人身上黏，生怕错过一个细微的眼神、一个简单的动作。

宋星辰心里一边暗叹太肤浅一边继续一动不动地保持着军姿站立的姿势看着苏清澈。原本这个动作完成之后是可以休息了的，不知道是不是因为苏清澈来了，教官啪的一个立正，毫不拖泥带水，英姿飒爽的动作完了之后就没动静了。

6班的教官大概是憋了一上午有些急，见团长大人过来一溜烟就跑了。

苏清澈也悠闲，只是寻了边上一处站着，就这么随意站着都是笔挺潇洒，惹得那帮心里还有梦幻泡泡的小姑娘一阵倒抽凉气。

终于有胆大的姑娘打算试水了，红着脸大声道："报告首长，我代表6班全体女生能问你几个问题吗？"

苏清澈显然是没有多大的兴趣，不过还是微侧了身子看了她一眼，半晌才点点头，严肃地说道："只要不让我报上名字，性别，体重，身高，三围，工资，存款就行。"

他说得一本正经，语气里那点儿笑意以及这话内含的意思都让人哄堂大笑。而宋星辰，顿时黑了脸……

那姑娘没料到这看起来冷若冰霜还老是摆出一张生人勿近脸色的团长大人还是挺好说话的，和小伙伴们交流了一下意见道："报告，首长你现在有没有女朋友？"

陆参谋长正好走过来，闻言乐了，蹑手蹑脚地就凑了过来听墙角。

苏清澈眼角往后斜了一下，那双眼底骤然迸发的精光让他整个脸都为之一亮。他正色道："暂时没有，我现在还稳居结婚困难户第一名的宝座。"

宋星辰一听就乐了，想起相亲那天他的表现，啧啧有声。见教官在队伍的后面，她一个立正站好，高声道："报告，请问首长你至今为止相亲了几次？"

她这么突如其来的发问倒是让一干看众惊讶了，宋星辰促狭地朝苏清澈眨眨眼，继续道："不过团长啊，想摆脱结婚困难户你还得修炼修炼啊，不然这辈子你就等着打光棍吧。"

她语气诚恳，眼底却满是戏谑。

陆参谋长原本还在"敌后"侦察，闻言一个绷不住笑出声来。

苏清澈眼角都没扫过去，直接准确无误地转身就一脚踹了过去："能耐了啊你。"

陆参谋长赶紧老实站好，对着宋星辰道："姑娘我告诉你啊，我们团长其实还是很有摆脱结婚困难户的潜力和资质的，可惜他的思想觉悟不够高。"

宋星辰点点头，纠正道："参谋长同志，他那不是思想觉悟不够高，是压根儿没有这个思想觉悟，不像我们，思想都是有高度的！"

陆参谋长见苏清澈顿时黑了脸，一边暗叫糟糕一边努力憋着笑给宋星辰竖了个大拇指。这姑娘太够劲了。

苏清澈冷冷地睨了他一眼，眉间阴沉沉的："你思想觉悟高，怎么还不找个小姑娘打恋爱报告？"

陆参谋长见苏清澈不是真的动气，也有些肆无忌惮起来："报告，因为首长还没有脱离结婚困难户，作为同志，我要做首长你有力的左膀右臂！"

苏清澈被气得冷笑一声，就差抬脚踹他了："五公里负重越野！"

陆参谋长顿时苦了脸："是。"跑过宋星辰身边的时候还是眉开眼笑地给她点了个赞。

收拾完了陆参谋长，下一个就是宋星辰了。

他几步走过去，若有所思地看了她一眼："既然你说我没有思想高度，不如你说说你违反纪律怎么处分？"

这么一段日子下来，宋星辰也早就习惯苏清澈那动皮不动骨的惩罚方式了，当下目不斜视一副高度服从命令的姿态："报告，一切服从命令。"

苏清澈挑了挑眉，放缓了语气："服从？"

宋星辰抬眼看了他一眼，很是不怕死地又补充了一句："报告，我服从命令。但我没觉得我违反纪律，我说话之前打了报告。"

这么多天下来，宋星辰和苏清澈对着干也不是什么新鲜事了。一个愿打一个愿挨，每次杠上，乐的都是围观群众。

苏清澈深邃的眼里泛起淡淡的犀利的光，他略有深意地笑了笑："没人批准你说话。"

宋星辰顿时语塞。得，在部队里她根本占不到他一点儿便宜。

苏清澈见她不说话了，指了指操场道："看你站得久了，浑身的骨架都该动一动了，去吧，十圈。跑完自行解散。"

那个云淡风轻啊，好像只是让宋星辰走两步就回来一般。

宋星辰脸黑了，恶狠狠瞪了他一眼，转身往操场跑去。

苏清澈见6班的教官回来了，这才慢条斯理地跟着宋星辰的步子往操场上走去，在一边站着数圈。

宋星辰最讨厌的无外乎就是跑步了，一圈下来就有些喘得慌，看见苏清澈站在那边便故意往他边上跑去，冲着他一脚踹起石子。

苏清澈轻轻松松后退一步就避开了，微低了头，扫了一眼她紧抿着唇的脸道："搞偷袭，再加……"

话音未落，宋星辰已经加快了步子，边说"我没听见"边一溜烟跑远了。跑得远了还听见她喊的一声："苏清澈，你太不人性化了，小心老娘秋后算账。"

苏清澈挑了挑眉，抬起食指抵了抵帽檐，唇角微勾："秋后算账？不知道谁跟谁算呢。"

陆参谋长大汗淋漓地五公里负重越野回来，就看见宋星辰从操场走过来，一张脸煞白的。

他抹了把汗，等宋星辰走近了，笑眯眯地就凑了上去："小同志这是被收拾了？"

宋星辰累得手指都抬不起来了，闻言还使劲瞪了他一眼，气喘吁吁道："谁被收拾了，我这叫锻炼身体。"

陆参谋长顿时失笑："得，没见过谁锻炼身体把自己整得跟严重脱水似的。"

宋星辰跑完了肚子有些疼，也就不怎么想搭理他，挥挥手就往食堂那里去："我去吃饭了，能捞上一口就谢天谢地了。"

陆参谋长往上背了背背包，跟她一块往食堂走："哎，你是不是跟我们团长有仇啊？"

宋星辰捂着肚子有气无力的，还不忘辩解："你们团长那么变态，连女同志都不放过，能不跟他结仇吗？"

陆参谋长点点头，很严肃地总结道："既然结仇了，不如你就跟我们团长试一试？把他拿下就能狠狠地挫他锐气了，让他不可一世！"

宋星辰的脚步一顿，有些汗颜地上下打量了他一下，一本正经地问："参谋长同志，你是不是小学没毕业啊？我严重质疑你的文化水平以及人生态度。"说罢，一扭头，先走了。

留下陆参谋长目瞪口呆，默默泪流。

所以回去的时候，陆参谋长很幼稚地去跟苏团长告状了："那女同志的确是欠收拾，她居然质疑我的文化水平和那么积极的人生态度！"

苏清澈微微侧了头，慵懒地看过来："你跟她说什么了？"

陆参谋长更委屈了："我只是跟她说让她在革命道路上遇见优秀的就直接拿下啊，我这难道不是为了她好吗？！这是忠告，忠告！"

苏清澈以认识陆参谋长那么久的熟悉程度来说，这句话半真半假的，绝对掺了水分。他这么一推理，就知道他应该是说了什么建设性的话，当下扯了唇角冷笑一声。

"这是我头一次和宋星辰的观念相同,你的确文化水平和思维逻辑不上档次。"说罢,他抬抬手,开始下逐客令,"如果你每天都那么闲,我不介意给你安排点小学课程,让你从头来过。"

状没告成,反被威胁了的陆参谋长委屈地退散了。

等他一走,苏清澈就抬起头来。起身走到窗边,撩开窗帘往外看去。

他这扇窗正对的就是操场,能很清楚地看到操场上的训练情况。他一个方队一个方队扫过去,到 7 班的时候微微顿了顿。

宋星辰。

这段时间她的存在感可比陆参谋长还高了。不管在哪里,总是能听见她的名字。

宋星辰是下午的时候察觉到不舒服的,早上跑完圈之后就觉得肚子疼,起先还以为是运动量太大,没料到下午那肚子痛就开始从针扎般变成了细细密密的阵痛。

好不容易熬到了解散,她捂着肚子就往寝室跑。

她的大姨妈一向准时,只不过缺少了手机这种通信工具之后,又是在这深山老林里才忘记了时间。检查的时候,她的姨妈巾倒是没有被收走,所以她火速处理完了自己就赶着回去训练了。

寝室里面没有热水,前段时间都是用冷水洗的澡。但现在来了大姨妈,怎么都不能这么将就了。

羞涩的教官同志一听完她的要求就为难了:"我们都用不上热水,不过家属院那边有。反正你跟苏团长很熟,不如跟他说说看。"说罢,还用很是暧昧的眼神扫了她一眼。

宋星辰脸顿时就黑了:"谁说我跟苏清澈熟了?"

教官同志一边暗赞宋星辰的重点抓得好,一边指着苏清澈的办公室道:"指导员你不用不好意思,你们小姑娘说不出口我都懂的。"

宋星辰觉得自己来找这教官真的是一个巨大的错误,也懒得说什么,转身就要回寝室。

身后的教官却是拔地一声吼:"那谁,你过来下,带宋指导员去团长的办公室。"

被点名的"那谁"同志就是苏清澈的勤务兵,见是一个年轻貌美的姑娘眼睛就是一亮:"这就是宋指导员啊,久仰大名!我正要去团长那儿呢,一起吧。"

于是,宋星辰走不走都不是了,不过最后还是迫于勤务兵的"淫威",默默地跟着走了。

苏清澈正在研究作战地图,听见敲门声才抬起头来,说了声:"进来。"

勤务兵拉开门往后张望着:"进来啊。"

苏清澈这才把目光移过去,见宋星辰面色颇有些尴尬地走进来,下意识地挑了挑眉:"有事?"

宋星辰穿着宽大的作训服,衣服的扣子扣得一丝不苟。她个子高,比例又好,穿着这并不怎么出彩的作训服都有别样的风情。

她来之前散了头发,长长的卷发散在身后,如黑色冰绸。

她扯着衣角,瞄了眼整个办公室过分简洁的布置,终于看上了一旁的沙发,几步过去坐下:"你们先聊,我坐会儿。"

勤务兵的脸色顿时诡异了,他扯了扯唇角偷偷看了一眼苏团长,见他并不甚在意这才把手里的文件递过去:"报告,这是陆参谋长让我拿过来的。"

苏清澈接过翻了几页,随口问道:"他人呢,怎么不亲自过来?"

勤务兵似乎是有些欲言又止,片刻才笑着说道:"陆参谋长说他浑身不舒服,尤其心窝子被人捅了一刀,正疗伤呢。"

苏清澈是知道怎么回事的，抬手揉了揉眉心道："既然他身体不适，晚饭就不要吃了，饿着。"

勤务兵似乎是见怪不怪了，应了一声就出去了，出门前还瞄了眼宋星辰，这才关了门离开。

苏清澈也不急着开口，翻着文件半晌见她还不说是什么事，手指在桌上轻轻地敲了敲："再不打申请就要熄灯了。"

宋星辰听他这么直截了当，还来不及诧异他是怎么知道她要来"打申请"的，苏清澈又说道："你现在不是视我为'敌人'吗，那你是打算今晚在敌后陪你敌人聊天了？"

宋星辰撇了撇嘴，想着还有求于他，也就懒得在乎他嘴里那一套专业术语了，直截了当说："能不能借你的浴室洗个热水澡？"

苏清澈拒绝得干脆："不能。"

两个字，把宋星辰到了嘴边的解释全部都打退了。她皱了眉头，微抿着唇角问："为什么不能？"

苏清澈站起身，神情严肃："如果我给你开了这个先例，就是打破了规矩，我以后怎么树立形象？"

宋星辰知道军人说一不二，不能破坏规定，可是现在浑身都难受，怎么着也得洗一个澡才畅快。可是苏清澈这里行不通，别处就更不用想了。

"女同志不舒服你们都不采取点特别措施的吗？我们是来军训的，但并不是来受虐的！"

苏清澈闻言就皱了眉："是让你和男同志挤一个厕所了还是同住寝室了？"

宋星辰气结，真是一跟苏清澈说话就能气得她肝疼："团长大人，虽然你不是女人，但麻烦你偶尔换位思考一下。你不知道女性特殊生理期吗？"

苏清澈眸子一沉，还是不为所动："宋星辰，你凭什么一个人搞特殊化？"

特殊化？宋星辰只觉得脑袋都要炸掉了，当下横眉竖目道："苏先生，我等着看你打一辈子的光棍。"说罢，也懒得再搭理他，转身摔门而去。

苏清澈随着那巨大的摔门声抿了抿唇，思忖片刻，还是打了个电话。

宋星辰洗完热水澡之后，浑身都舒畅了，从团长室出来的那点儿不满也随着美丽的心情烟消云散了。

不过她还是很有自知之明的，绝对不会以为苏清澈是为了自己才改变政策上的热水。所以次日再见到苏清澈的时候，宋星辰还是一副趾高气扬的样子，目不斜视，把团长大人忽视得一干二净。

苏清澈要去靶场，拎了闹情绪的陆参谋长一起过去。

苏清澈走到一半，又想起什么，把陆参谋长随便一扔，就集合了教官交代事情。

等苏清澈走了之后，各位教官都是一脸严肃地走过来："立正，稍息，接下来我要说的事情你们大概会觉得很兴奋……"

的确是很让人兴奋。宋星辰到靶场的第一感觉就是热血沸腾。

负责靶场的教官不是原来各班的教官。这位教官可是虎背熊腰，一身戾气。他扫了一眼进来的班级，沉声吼道："哪个班纪律性差就扣分，各班教官看好自己班级的队伍，指导员从旁辅助。"

靶场上正有一批战士在射击，不知道是在考核还是什么，气氛看起来异常紧张。

苏清澈拿了一个军用望远镜站立在后侧，身形挺拔，与平日看见的苏清澈不同，此时的他浑身上下都有一种军人特有的铁血气质，军威沉沉。

宋星辰对枪有一种别人无法理解的热爱，她打小就爱玩宋爸爸给她买的枪的模型和玩具。她着迷的程度，让宋妈妈都有些感叹："哪有闺女这么喜欢玩枪的，跟个小子一样。"

远远地看着，等战士轮了两轮，结束了日常训练之后，苏清澈才转身看过来，那一双漆黑的眸子里翻起涟漪，脸色沉得都要滴出水来。

显然这一次的射击成绩并不如他预料中的好，苏团长怒了。

宋星辰听着苏清澈那边气势万钧的训话，莫名矮了一截。其实这么看来，苏清澈对她还真的是手下留情了的。

这边的靶场被清出来，同学们就被领队带着上去了。

宋星辰这个班由于一开始不是她接手的，再加上她看着就跟花瓶一样，没什么震慑力，所以班里的纪律一向不怎么好。

宋星辰抬手揉了揉额角，见苏清澈已经皱眉看过来了，赶紧站到队伍前面就是一声清脆明亮的喊声："想扣分啊，都给我闭嘴。"

大概是从来没见过宋星辰这么威武彪悍的样子，学生们顿时就噤声了。

她一张明艳的脸因为怒气越发光彩夺目，站在队伍前面巡视着学生的样子出乎意料地有种奇妙的和谐感。

她看了一眼一旁脸色有些奇怪的教官，这才耸耸肩，让出位置来："你来，我不行。"

这还叫不行？一句话就让这帮小兔崽子们老实了。

陆参谋长对这位指导员真是越来越有好感了，他撞了撞苏清澈的胳膊，轻声问："团长，你说如果能帮我摆脱结婚困难户，组织能不能睁只眼闭只眼给我一下个人信息？"

苏清澈侧头看了他一眼，眯了眯眼："你看上她了？"

陆参谋长不好意思地挠了挠头："团长你说话太直白了，我就是想跟人家处个朋友。"

苏清澈闻言轻笑一声,拿着手里的望远镜抵了抵他的胸口,一本正经道:"你省省吧,你吃不住她。"

陆参谋长眸中精光一闪:"那团长你吃得住吗!"

苏清澈戴上手套,扫了一眼那边的宋星辰,眸光微微闪了闪,半响才道:"你知道什么叫考虑敌我意识吗?你想吃,人家就乖乖送上来给你吃?"说罢,又沉了声音道,"我发现你最近的军事素养正在直线下降。"

陆参谋长觉得小腿打了个战,一股莫名的压力扑面而来,他顿了顿,片刻才很是艰难地道:"是,团长说得是。要考虑敌我意识,谈恋爱也要讲究战术……这个攻坚战不比哪一场战斗来得容易。"

苏清澈睨了他一眼,把手里的望远镜塞给他,信步往方队走来。

A大提交的打靶训练提议已经通过,苏清澈调整了方案之后就让同学们进了靶场,准备进行一次打靶训练。

宋星辰进入靶场之后浑身就充满一股热血的劲,她扫了一眼空旷的靶场,除了远处的靶子之外就是一个营帐。

靶场的教官说了一堆的注意事项,并手把手示范了标准的射击姿势。教官展示了54手枪和八一杠步枪,里面都是空包弹,不伤人。

教官把人带去打靶的时候还有些紧张,一个劲儿地叮嘱着注意事项,时刻密切关注着。

宋星辰这个方队的位置比较靠后,等轮下来就是最后一个了。

打靶用的是八一杠步枪,宋星辰趴在地上端着枪托的时候心里还突突地跳着。

过来纠正姿势的是陆参谋长:"打靶得掌握射击要领啊,你这么乱打一通,以后可没机会了。"

宋星辰微微侧头看了看他,调整了下姿势:"有机会试下实弹吗?"

陆参谋长下巴都要惊掉了:"实弹?你打打空包弹就算了,就你这小胳膊也不知道能不能承受住后坐力。"

宋星辰被轻视了之后，反而勾了勾唇角。

耳边都是震耳欲聋的枪声，她侧了侧头，很是挑衅地看了陆参谋长一眼，低声道："你看好了。"

苏清澈没有跟过来，他在另一边的队伍里指导动作，偶尔还会亲自上阵示范一下。

可想而知，场上那些小姑娘的尖叫声就是给这位团长喝的彩。

宋星辰瞄准之前，还懒洋洋地抬眼看向远处的苏清澈，见他指导完一个同学正直起身来，朝他喊了一声："苏团长，能不能挑战你啊。"

陆参谋长还没走远呢，闻言握住那女同学枪托的手就是一颤，直接砸到了人家小姑娘。他不好意思地赶紧道歉，一边睨了眼往这边扫。

宋星辰这话一出，所有人都停了动作看过来。

宋星辰却不再说话，瞄准开始射击。枪里只有五发子弹，她一打一个准，五枪下来她甩了甩有点儿酸麻的手，起身扛了枪斜睨着苏清澈，一脸的不可一世。

这赤裸裸的挑衅苏团长还能看不懂吗？

他面无表情地接过身后士兵递过来的望远镜看了看，随即一挥手："报靶！"

报靶的小战士反复看了遍靶子，才大声道："47环。"

话音一落，就有目光落了过来。宋星辰毫不在意地耸耸肩，继续问道："报告，团长，能不能挑战你！"

苏清澈没应话，只是站直了身体，缓缓走过来。

宋星辰见他走到了跟前，这才收起那副吊儿郎当的样子，乖乖地立正站好。

苏清澈垂眸盯了她半晌，才沉声道："挑战我，你知道我什么成绩吗？"

话音一落，陆参谋长补充道："团长可是神枪手，百发百中。还有障碍射击……"

宋星辰扫了他一眼，打断："就说行不行吧。"

陆参谋长噎了一声，刚想说宋星辰不识好歹呢，就见苏清澈朝他点点头，顺手拿过一旁学员训练用的枪。

宋星辰拿着枪托就把他的枪一挡，弯了眸子笑得纯良无害："来实弹，这多没劲。"

好样的，还越玩越大了。

这一次是十发子弹，苏清澈看着正要摆正姿势的宋星辰："不如加个赌注？"

宋星辰眼皮子一跳，正要趴在地上的动作一顿。她掂量了掂量了手里的枪，这才漫不经心地眯了眼问他："赌什么？看我赌不赌得起。"

苏清澈难得勾了唇角，一侧头，只留给宋星辰一个线条刚毅的侧脸。他的眸色瞬间沉了许多，看着前方，很认真地说道："输了，就以身抵债吧。"

宋星辰差点儿没把枪口朝着自己拿，她一把握住枪，不可思议地掏了掏耳朵又问道："来，再说一遍，我没听清。"

苏清澈懒洋洋地瞥了她一眼，这眼神却是意味深长："敢不敢？"

宋星辰很认真地考虑了一下，然后抓住重点问："我什么时候欠你钱了？"

苏清澈不搭理她，拿了枪卧地摆正姿势，这才抬头看了她一眼："你是说给我寄快件让我名誉扫地军威无存，还是在黑灯瞎火的那晚抓花我脖子扯得我衣衫不整的事？"

宋星辰顿时哑口无言，为什么话从他的嘴里说出来之后就变了味道呢。总感觉……是宋星辰先去招惹他的。

可是，她明明没有啊。

苏清澈见她还站着，翘了唇角微微一笑，瞄准靶子先射出了一枪。

那枪声在宋星辰耳边炸响，顿时一片嗡嗡声不绝于耳。她皱眉，恶狠狠地瞪过去，正好看见苏清澈侧过头来，轻声问："敢不敢？"

他偏了头，日光正好从他的帽檐投射下来，那唇张合之间已然截取了宋星辰全部的目光。

她骨子里的好胜心被激起来，卧地伏身，微皱了眉头瞄准。不过心里始终平静不下来，她微微侧了目，眼角的余光就看见苏清澈唇边噙着笑一副势在必得的欠揍样。

宋星辰狠狠地磨了磨牙，把帽檐拽到一侧，全神贯注地开始瞄准："就让你看看我敢不敢。"

陆参谋长站得远，自然听不见这两个人在说什么，只是枪声一响，十发子弹连响，还是让陆参谋长的小心肝扑腾了一下，真是热血沸腾。

话说起来，陆参谋长是根本想不到苏清澈会答应这个挑战的，他恍恍惚惚中就觉得苏清澈对这个漂亮又泼辣的指导员有些不一样。

可细说哪里不一样吧……他还真说不出来。

十枪完毕，报靶。

宋星辰拍了拍衣服，拿着枪的手还有些抖，整个手臂都有些酸麻感。她远远地看着那边站着的列兵去报靶读数，甩了甩手颇有些郁闷。

"1号靶99环，2号靶……"那边的列兵顿了顿，才道："96环。"

1号靶无疑是苏清澈，他闻言一点儿都不诧异，只是擦了擦手里的枪，略有些遗憾："第一枪偏了。"

宋星辰：……你真是够了！

苏清澈这才抬眼看向她，目光从她的脸上梭巡到她的肩上，问道："没伤着吧？"

宋星辰抬步欲走，闻言一顿："什么？"

苏清澈从她手里拿过枪递给刚走过来的陆参谋长，抬了抬下巴道：

"把队伍都带回去休息，宋指导员肩膀伤着了，我领她去医务室。"

说罢，侧头凝视了宋星辰片刻，示意她先走。

宋星辰顿生一种误上贼船的错觉，对着陆参谋长饱含探索的视线投以极其凄惨悲凉的微笑，默默地跟上走了。

等走出一段距离，他上了军用的吉普车，见宋星辰还站在车外，按了按喇叭。冷声道："有腿吧，上车这种不需要技术的动作能不能独立完成？"

宋星辰恶狠狠地抬腿踢了那吉普车的轮胎一脚，才心不甘情不愿地上了副驾："假公济私，公车私用。我觉得苏团长你捏在我手里的把柄还真不少。"

苏清澈睨了她一眼，扯了扯唇角淡淡地一笑："那恭喜你了。"

宋星辰轻哼一声，别过脸去："不客气。"

不客气？苏清澈偏了偏头，低声道："不知道上次是谁来我办公室拍桌要我照顾她特殊的生理期。"

他说话的声音压得低，反而有种很性感的诱惑。

宋星辰深觉自己是搬起石头砸了自己的脚，顿时无语凝咽。

一路无话，他一直将她带到了家属院。

黄昏，天边绚丽的云彩都似镀了一层金光，明艳艳地飘动着。

家属院就是一幢幢的单元楼，楼层不高，只有四层，透着一股淡淡的安宁和静谧。宋星辰一看就往后退了几步，很是警惕地看着苏清澈："你干吗带我来这里？"

苏清澈边解开扣到领口的扣子，边往前走着："聊私事不该到私人的地方？"

"可是我没觉得我们之间有什么私事可以聊。"她又后退几步，"你送我回去。"

苏清澈轻笑一声，从善如流："如果你想在这里谈，我没关系。"

于是，宋姑娘仔细地考虑了一下，怕等会儿会发生少儿不宜的流血事件，所以她还是屈从地跟着苏清澈上楼了。

到了楼上，苏清澈随意地先脱了外衣，见她还站在门口，就摘了帽子放在茶几上，先在沙发上坐了下来。

宋星辰想着他怎么着都不能在身穿军装的时候还干违法犯纪的事，就很坦然地在另一侧的沙发上坐了下来。

苏清澈开门见山，直截了当："我需要一个女朋友。"

宋星辰："可我不需要男朋友。"

苏清澈顿了顿，继续道："你只要跟我保持联系就好，有任务的时候我会来找你。"

宋星辰眼角抽搐："苏团长，我只是入了党还没入部队。"言下之意是，她并不用服从他的命令。

苏清澈了然地点点头："这并不妨碍你愿赌服输。"

宋星辰这次变成了嘴角抽搐："苏团长你不觉得你这个赌注很搞笑吗？"

苏清澈抬眉，一副恍然大悟的表情："你也知道这个是赌注，那你主动来挑战我，又答应这个赌注的时候就没认真地考虑过？"

宋星辰：……

苏清澈见她不说话，挑了挑眉继续道："只给你三分钟的时间考虑。"

宋星辰觉得自己长那么大都白活了，词穷了片刻她才沙哑着声音问道："如果我拒绝呢？"

苏清澈显然预料到她会问这个问题，勾了唇角扬起个意味深长的笑容来："你以为我为什么把你带到这里来？"

被算计了的宋星辰顿时惊恐了。

Chapter 3
掉进狼窟

宋星辰回到寝室的时候还是一副惊吓过度的表情,同住一个寝室的指导员见她惊魂未定的表情,担心地拍了拍她的肩:"星辰,你没事吧?"

宋星辰正好被她拍中了肩膀,疼得龇牙咧嘴,她揉了揉酸疼的肩膀摇摇头:"没事。"

不过想起刚才,宋星辰还是觉得——掉进狼窟了!

苏清澈说完这句话之后,宋星辰就傻眼了。

她一把扯住衣领往后挪了挪身子,警惕防备:"苏团长,你要考虑清楚这么做的后果!"

苏清澈轻笑一声,反问:"你以为我要做什么?"

宋星辰眨眨眼:"那你想对我做什么?"

苏清澈对着她浅浅一笑,那笑容却看得宋星辰背脊发凉,恨不得夺门而出,他却低头扫了眼手腕上的手表,云淡风轻:"你还有两分钟的时间考虑。"

宋星辰这回是真的心里发毛了,她"唰"的一下站起身来:"我还真不信你能对我做什么，我还就不从了，你怎么着吧！"

苏清澈慵懒地抬了抬眼，确认道："当真？"

宋星辰冷哼一声："当真。"说罢，捏了捏拳头，昂首阔步就往外走。

苏清澈挑了挑眉，轻叹了一声"不识好歹"。话音一落，宋星辰就看见他站起身来，几步绕过桌子向她走来。

身后一股沉甸甸的压力逼得她心跳如鼓，说到底，我们的小宋同志还是很怕死的。回头看了一眼，就见苏清澈如影子一般快速地逼近。在她还没反应过来的时候，就一把把她按在了门后，彻底控制住。

宋星辰惊愕地瞪大眼："你来真的啊？"

苏清澈看着近在咫尺的宋星辰，眼神微微一闪，片刻他才说："我刚才问你是不是当真，你怎么回答我的？"

宋星辰差点儿想爆粗口了，不带你这么腹黑阴人的！

苏清澈扣住她两只手腕的手一紧，薄唇轻启："你还有十秒钟。"

"十秒钟个毛啊，你都把我扣住了！"

苏清澈扫了她一眼，她一双眼跟点了漆一般，此刻盛怒的眼底似乎还燃了一簇火焰，明艳照人。

生气的样子，还真的挺好看。这么想着，他松开手："你还有三秒钟。"

宋星辰转了转手腕，示意他往后退几步："给我留点儿空间。"

苏清澈很配合地往后退了两步。

宋星辰见状，转身去开门，她动作快，苏清澈的动作更快，一把拉住她的手臂拉过来，脚下更快，在拉住她的瞬间就直接踢上了门。

"嘭"的一声，刚刚亮起的光明又瞬间暗了下去，只余一室高低不尽相同的呼吸声此起彼伏。

宋星辰有些后怕地动了动被他扣住的手，还未出声手腕上的力道又紧了一分，随即便是苏清澈略有些沉的声音响起："你只需要回答我之前那个建议即可，我既然对你说了就是势在必得，聪明点，宋星辰。"

Chapter 3　掉进狼窟

宋星辰一口老血如鲠在喉,她默默地在心里泪流满面:"你首长教你这么摆脱结婚困难户的吗?"

苏清澈顿了一下,玄关的视线有些暗,他低头就看见宋星辰那一双眸子亮亮地发着光。他心里沉寂了很久的火焰似乎也被这光芒点亮,心下一暖。

他缓缓放松了手上的力道,身子却是不让开,比她高出了半个头居高临下地看着她:"我不会妨碍你的正常交友,你有对象的话我也会自动退出。但在这之前——"

他没有再说下去,只是那未尽之意不必明说,宋星辰也明白了。

可是她不情愿啊,她一个清白的大姑娘凭什么要给他打掩护啊!她不在后面给他设埋伏就已经很不错了,他哪来的自信她会屈服在他的淫威下啊,这是叛变好吗!

她抬了抬下巴,双手环胸,虽然矮他半个头,气势却是不减:"凭什么?"

苏清澈似乎是也在想这个问题,好一会儿,他才说道:"我不想再花费力气去折腾一个,你正好合适。"

宋星辰内伤了,居然不是因为她的个人魅力?

似乎是看透她的想法,苏清澈勾了唇角笑了笑:"就这么定了。"

"我没同意啊。"她傻眼。

苏清澈看了眼时间,指着已经过去了三分钟的手表道:"一般超过三分钟还回答不出问题,我都会视为默认。"

"苏清澈,你这是霸王!"她气急败坏。

"霸王吗?"他习惯性皱了皱眉头,深邃的眸子里都是点点的笑意,"谢谢你这么高的评价。"

宋星辰气结了,半晌她才无力地开始挽回自己的权益:"你能履行男朋友的义务吗?"

见她终于妥协了,他退开一步,慢条斯理地反问:"那我能行使男朋友的权利吗?"

宋星辰:……好吧,当她什么都没说。

片刻的沉寂之后,她还是不死心地挣扎了下:"那我能得到什么?"

苏清澈返身去拿了帽子戴回头上,闻言,思考都没有,直接回答:"你是无偿的。"

宋星辰:……她不想再自取其辱了。

苏清澈见她一副被剥削得很严重的苍白表情,拉开门送她出去的时候想了想,还是说道:"你要什么?"

宋星辰这回终于正眼看他了,冷笑一声,朝着苏团长做起了她招牌性的动作——比中指。

苏团长抬了抬眉,不明其意。

宋星辰冷了一张脸,怒气终于爆发。她狠狠一拳揍在团长的下巴上,奈何她由于心里发虚,一拳打偏打到了他的嘴角。见他偏了头没反应过来,又上前一步狠狠地抬腿踢了他的小腿一脚,这才后退几步保持安全距离,冷艳高贵地睨着错愕中的团长大人,冷声道:"啊呸,我要名誉损失费你给不给?要我给你做女朋友?那你还真的找对人了,苏清澈是吧?我们没完。"

说罢,转身就跑。

苏清澈原本阴沉了一张脸,见她放完狠话跑得跟兔子一样,还是笑出了声。

"宋星辰,你还是第一个打完我没被我收拾的。"他抬手摸了摸嘴角,想着方才她那恶狠狠咬牙挥出的一拳,缓缓眯了眼,"我们来日方长。"

就在宋星辰调节心情的时候,野外特训终于到来了。

野外训练对于一帮如困兽一般被困了大半个月的同学来说犹如出门

放风，别提有多兴奋了。

但苦的是指导员以及教官同志们。

宋星辰临被拉练前，让 7 班全体同学原地打坐，她站了片刻，才一字一句，语句清晰地说起注意事项。把这些非说不可的说完，她顿了顿，眸光一转，犀利起来："当然，以上的这些你们可以全部当作耳旁风。但我一点儿也不介意在你们违反这些的时候再送你们一程，比如挂科啊什么的。"

7 班顿时鸦雀无声，宋星辰很满意地点点头，继续道："我就是在威胁你们，你们看着办吧。"

教官在一旁蹲着画圈圈，等她话落，悠悠地问了一句："小宋指导员，你就不怕被学生投诉吗？"这么明目张胆的恐吓威胁，很不合规矩吧？

宋星辰低头拍了拍迷彩服上的灰尘，回头睨了眼眨巴着眼精神抖擞的同学们，很是淡定地道："那他们也要找到能投诉我的地儿才能投诉啊。"

没错，她就是有恃无恐。

察觉到她的小宇宙正待爆发，教官同志识相地闭嘴了。

带队的是各位教官，指导员压后，先熟悉这一片的山形地貌，以便军训结束前的野外特训展开。

大概是震慑于宋星辰临出发前的那段话，整个 7 班从出发到回来一直都秩序井然，不慌不乱。

意外总是出现在你毫不设防的时候，这话在这里依然适用。集合报数的时候，发现少了两个人。

宋星辰的脸色一变，如果没记错的话那两个应该都是女同学，是结伴去上厕所的。那么久还没回来，结果只有两个：迷路或者遇到危险了。

教官把 7 班的队伍分散并入了其他的方队中，和宋星辰一起顺着她们离开的方向找人。

　　教官有丰富的侦察经验，宋星辰又是知道她们最后去向的指导员，寻找女同学的事情就由他们先去。希望能赶在大部队拉练结束前找到那两位女同学。

　　其实宋星辰也有过走丢的经历，那是她小的时候，参加学校组织的秋游去爬山。她走上了一条偏僻小路，就怎么也找不到自己班级的队伍了。

　　那时候已经天色偏黑，她懵懵懂懂地一个人顺着小道下山，却越走越不对，终于把自己困死在阴冷的山间。

　　教官把手里的三棱刀递给她："拿着能劈开一些草，你没有我们的行军作战经验，自己小心点。"说罢，便自己先上前开路去了。

　　宋星辰咬咬牙，快步跟上。

　　教官其实还是很有两把刷子的，根据地上的脚印判断走向，走到一处荒僻的小路上时他才停住了脚步："宋指导员，你就站在这里等我，前面的路有点儿陡，她们大概就是这里走错了。"

　　宋星辰想着自己不辨东西南北的方向感，点点头："我就在这里等你。"

　　教官四下看了看，确定没有什么危险，这才快步离开。

　　如果宋星辰知道自己原地待着反而不安全的话，就算是刀山火海她也得跟着教官走了。

　　天色已黑，远远的一层朦胧的雾缓缓弥漫过来。

　　宋星辰看了远方那沉下去的夕阳一眼，终于不安地往前走了几步："教官？"

　　山林里一片寂静，眼前的浓雾却是越来越密实，她缓缓挪动着步子，在经过的树木上都刻上标记，这才慢慢往前走。

　　其实她也明白，这种情况下还是原地待命，等教官回来找她比较好。

Chapter 3　掉进狼窟

但是山间起了浓雾,不仅是宋星辰,就算是教官这样有演习经验的也不一定能摸准方向。而且,不走出这山雾的话,宋星辰今晚就会被困死在这里,甚至遇到的危险会比现在更大。

宋星辰想起小时候也是这样,她一个人一路走一路不停地哭,可是耳边回应她的只有呼啸寒冷的风。到了晚上她就蜷缩在大树边上,冻得瑟瑟发抖。

她咬了咬唇,甩掉脑海里那一堆层层叠叠的阴影和恐惧,握紧了手里的三棱刀往前走着。

教官找到两位女同学原路返回时,看见眼前的迷雾就知道大事不妙,他一边用无线通信汇报当前的情况请求支援,一边带着两位女同学继续寻找宋指导员。

苏清澈正在训练场,所有方队的人都集合在操场上纹丝不动。

他负手而立,站在最高处俯视着下面站得整整齐齐,已经不像当初刚进部队军训时毛毛躁躁、歪七扭八的队伍,一张俊脸面无表情,眼中一片黑色,深不见底。

先回来的教官排成一小纵队站在他的面前,身姿笔挺却是浑身冷汗。

苏清澈无形中的威压,沉得让人有些喘不过气来。他沉默了片刻才道:"紧急集合,务必在天亮之前找到她。"

他们也算是山中的霸王了,却也深知起了雾的山林有多么危险。更何况是在晚上,还只是一个女孩子在外面。

苏清澈从车上跃下,带领一支侦察小队开始进入山林搜寻。其他人则是一个班一个班往各处分散寻找。

时间一分一秒过去,苏清澈也已经深入山林的腹地。

夜晚的山林静谧得只有虫鸣声,他拿了探照灯往深处走着,身后的侦察小队则一边喊着宋星辰的名字一边侦察遗留痕迹。

时间越长，战士们的心里就越发焦急。

在原地停留片刻，苏清澈思虑了一下还是命令道："你们四人一小组分开行动，我回去看一下她最后离开的地方，有消息联络我。"

"是，首长。"

等苏清澈找到宋星辰的时候，他突然有些哭笑不得。

出动了那么多的兵力大海捞针地找她，她居然在这里睡得正香。要不是苏清澈循着她划在树上的记号一路找过来，又机缘巧合地把无线通信掉到坑底，他还真的没留意这个已经被猎人废弃了的陷阱。

他拿着手电筒朝着坑底的人晃了晃，懒洋洋地出声道："喂。"

宋星辰只觉得一阵刺眼，遮着眼睛醒来，就发现上面有一束强烈的灯光正好照在她的脸上。她抬手遮了脸，一边嚷嚷："同志，麻烦你把手电筒挪一挪行吧？你班长没教你怎么用啊？"

还精神得很。

苏清澈勾了勾唇角，心里却是松了一口气。不管出于什么原因，宋星辰在山林里走失他都是要负全责的。

现在人找到了，也确定智力心理没什么问题，可不是松了一口气吗？

宋星辰见上面居高临下的人一点儿没有思想觉悟，直接抓了手边能抓到的东西就掷了上去："同志，你睡着了？"

苏清澈差点儿被她砸个正着，侧了侧身子避过，这才收了手电塞进口袋："是我。"

宋星辰一愣，随即反应过来是苏清澈，很是幽怨地叹了口气："为什么是你啊？"

苏清澈刚才亮着灯的时候就估算过坑底的深度，凭他一己之力根本不能带她上来，可偏偏通信器又掉进了坑里。

他皱了皱眉头，手撑着一旁的土堆，刚想跳下去，随即又想起下面还站着个人:"你往边上挪一下。"

宋星辰语气恶劣:"干吗?"

苏清澈眯了眯眼,神情不悦:"废话那么多,回去写检讨。"

见她腾开了身子,他这才一跃,稳稳地跳了下来。

宋星辰见他下来,目瞪口呆:"你不在上面拉我上去跳下来干吗啊?"

苏清澈脚踩着地跺了几下,又拿出手电筒照了照,确定这里没有捕兽器了,才蹲下身去寻找他的无线通信器。

"拉不动。"苏团长如是实诚地说道。

宋星辰瞪眼,上上下下地扫了眼自己,不敢置信:"苏团长,那你的体能不达标啊。你是不是虚有其表啊?"

苏清澈眉头一皱,连回答都省了,直接拿手电筒去晃她的眼睛。看她爹毛了,这才移开。

这么一移开,苏团长就觉得大事不对了。他脸色一变,一把扣住宋星辰的手,沉声问她:"你刚才拿什么东西扔我?"

宋星辰被他抓得生疼,扭了几下挣开了,这才揉着手臂哼唧道:"干吗那么凶啊,至于跳下来找我算账吗……"

苏清澈看着就在咫尺的宋星辰,差点儿没习惯性地出手把她放倒。忍了又忍,苏团长决定回去一定要罚她写三千字的检讨,这才克制着问道:"我问你,刚才扔出去的是什么东西?"

宋星辰适应了眼前的黑暗,这才看清了苏团长一双灼灼生辉的黑眸,一愣,随即才压低了声音道:"就是刚才掉下来砸到我的东西……"

苏清澈觉得自己最近的军事素质也降低了——

所以当宋星辰知道自己砸出去的东西能够救她脱离苦海时,悔得肠子都青了:"你怎么不接住啊!"

苏清澈慵懒地扫了她一眼:"你那是抛给我的?"

宋星辰气结："不是给你的是给谁啊？"

也是，苏团长点点头，一本正经："难道是我误会了？其实你不是来砸我的……"而是好心给我送装备的。

宋星辰明白大势已去，瞬间懒得跟他废话，蹲角落里画圈圈去了。

不过，现在这种情况比起刚才来已经好太多了。这么黑灯瞎火，荒草萋萋的，总算是多了一个人陪她挨了。

想着，她慢慢地往他这边蹭了点儿。

苏清澈闭目养神，听见动静掀了掀眼帘不动声色地闭了回去。

宋星辰凑近了些，才有了安全感，刚想坐到坑底等着大部队过来。就被苏清澈一把扣住了手腕，紧接着嘴也被他一把捂住。

宋星辰连剧烈地挣扎都来不及，苏清澈大手一揽，已经把她整个人抱进了怀里。

这是什么情况！

宋星辰被他控制得不能动弹时，唯一的想法就是：苏团长的体能还是达标了的。

苏清澈捂在她唇上的手一松，那柔嫩的触感刷过他的掌心时让他莫名皱了下眉，随即毫不留情地扣住她的脑袋抵在自己的胸前，将她扣紧在怀里。

他压低了声音，一字一句道："别动。"

苏清澈一眨也不眨地盯着宋星辰身后正在蜿蜒游动的小蛇，抱紧了怀里还试图挣扎的宋星辰，他快速抽出自己的三棱刀扣握在掌心，浑身紧绷调成一级备战状态。

那条小蛇似乎已经察觉到了危机，却还吐出芯子往这边游动。

苏清澈皱了皱眉，抵着宋星辰的脚尖往前走了几步，随即微微前倾了身子随时准备出击。

宋星辰也终于察觉到自己身处什么样的情况下，被闷得喘不过气来的她抬手在他的后背上挠了挠，示意他松开，这才在他松了手的情况下缓缓转身。

这么一转身，她傻眼了。

而苏清澈，似乎是有意让她看见一般，眼底含笑地瞥了她一眼，随即宋星辰都没看清他做了什么，只感觉他身形一动，右手飞快地扬起落下，那条小蛇已经从七寸的地方变成两截落在了她的脚边。

宋星辰被吓得惊叫了一声，直接往苏清澈的身上扑。

苏清澈被她撞得后退一步，被压在了土坑的墙上。他挑了挑眉，张开双手任由她搂了一会儿才慢条斯理地拿手指戳了戳她："宋指导员，你可以放开了吧？"

宋星辰被那小蛇恶心得想吐，摇了摇头，一把扯住他作训服的领口，威胁道："你快把它弄走，不然我跟你没完。"

苏清澈唇角扬起个似有若无的笑来："你要怎么跟我没完？"

宋星辰被他那话噎了一下，眉头一皱正要发飙，见他神色轻松表情淡然，这才恢复了些理智地松开他，微微后退一步："麻烦苏团长处理一下战俘的尸体可以吗？"

战俘？

苏清澈莞尔一笑，亏她想得出来。

不过苏团长还是很配合地去处理了一下那个特殊"战俘"的尸体。

回头见宋星辰还抱着双肩缩在角落里，微微皱了眉头，低头开始解纽扣。

宋星辰看不见他在干什么，等他脱了衣服，她才瞬间反应过来，一把喝住他："你不要过来！"

苏清澈的脚步一顿，手里还拿着他刚脱下的作训服外套："你不要？"

宋星辰却误会了他问的"你不要"的意思，一张脸苍白如纸："我答应你已经很憋屈了啊,你要是敢逾矩半分,我一定打你!像那天一样打你!"

苏清澈这才反应过来,他看了一眼手里的作训服,差点儿没笑出声来。他几步跨过去,拿着作训服往她身上一披,见她张牙舞爪地过来,格挡开她的手,语气里都是浓浓的笑意:"宋星辰,你以为那天我不让着你,你能打到我?"

宋星辰见是自己误会了他的意思,还没来得及羞愧一下,就被苏团长转移了注意力:"你什么意思?"

"别再弄坏我的衣服了。"苏清澈说着伸出手帮她扣上纽扣,这才不紧不慢道,"就是字面意思。"

宋星辰咬了咬下唇,语气瞬间森然:"你让我?"

苏清澈却没有再跟她聊下去的意思,微微后退了一步,轻声道:"不要想太多,你的想象力会创造出一个并不存在的问题。"

宋星辰反复咀嚼了会儿,这才在字面理解上悟出了它的深层含义。她"呸"了一声,抬了抬下巴,一双眸子在月光下灼然发亮。

苏清澈一直忘不了,这晚她抬着下巴,一双眸子剔透得跟水晶一般直直地看进他心里的感觉,以及她用不可一世的语气说出一句——嗯,对苏清澈来说非常有总结性的一句话。

她说:"不要脸这事,如果干得好,叫心理素质过硬。"

苏清澈遇见宋星辰正好是在他比较失意的时候,他看着长大的妹妹没有被他保护好,也因为他的原因让她不顾一切地远走他国。

他对这份感情一向是隐忍的,他的身份还不足以让他光明正大地告诉她,他并不只是想当她的哥哥。

可是他说不出口,他太明白苏老爷子的想法。老爷子属意的人——是那个苏清音也喜欢的人。而他抛开一切来说,并不如那个人。

被宋星辰挠花脖子的那晚,苏清音出国了。

他反复地想,反复地确认,最终还是在脖子那火辣辣的痛感里迷失了那一整晚执着的问题。他摸着那伤痕,不由得想,宋星辰——是个什么样的人?

宋星辰对于苏清澈来说,无疑是很新鲜的存在。她骄傲,张扬,明艳,不可一世,她的性格跟那个男人有些像,可比起那男人却可爱多了。

而今天,他对着宋星辰突然怦然心动的一刻,他终于明白,那份对苏清音的爱里,因为掺杂了太多情绪,已经变得不够单纯了。

他并不是放不下的人,那段感情,也该结束了。

等救援队过来的时候,已经是下半夜了。

坑边呼啦啦地围了一圈人,手电照见靠在一起的苏团长和宋星辰时,众人都有瞬间的错愕,随即便都是一副了然的暧昧神情。

陆参谋长拿着手电筒照到宋星辰身上那件宽大的作训服外套时,觉得牙齿都酸了!组织不愿意向他透露宋指导员个人信息的真相就是组织自己下手了!什么吃得住吃不住啊,明明就是不让吃!

所以当陆参谋长放了绳子拉宋指导员上来的时候,他很是怨念地流下了宽面条泪。人不给吃就算了,体力活还留着给他干!

苏清澈接到放下来的绳子,绕在宋星辰的腰上打了一个结,宋星辰抬着手臂看他低头认真打结的样子,眼眶竟然有些温热。

苏清澈一抬眼就看见她一双眸子水盈盈地亮着,他一愣,随即犹豫了一下还是伸出手拍拍她的脑袋:"别浪费我战士的睡眠时间。"

宋星辰却在他这一本正经的声线里寻到了一丝柔软,她被苏清澈扣着腰往上举的时候一把拉住绳子转头看他:"苏清澈,谢谢你。"

苏团长挑眉看去,宋星辰一张脸上都是淡淡的笑意,见惯了她的嚣张跋扈,如今看见她这么温柔的一面,还真是——该死地不习惯。

苏清澈想着就把扣在她腰上的手往下移,在宋星辰迥然变色的脸色下很淡定地托着她的臀部往上托举,同时云淡风轻道:"不客气。"

宋星辰沉着脸深呼吸了片刻,这才咬牙切齿道:"你给我等着。"

宋星辰是来真的,她黑着一张脸被陆参谋长拉上来后就一声不吭地在坑边守着。见苏清澈被拉上来刚冒了一个头,她就把身上那件作训服往他头上盖去,然后很是迅猛地直接出脚踢他的手部。

苏团长察觉到耳边风声呼啸而过,扯住绳子,低喝了一声:"拉住!"就快速地蹬着坑壁往后飘去,堪堪躲过了宋星辰使了七分的脚力。

宋星辰见一脚落空,又补上一脚。这回苏清澈没有着力点了,他听着耳边的动静,飞快地拧着绳子一个用力,旋转了一圈,然后撑着土坑的边沿直接跃了上来。

他的动作太过迅猛,打头的陆参谋长一个没拉住……自己掉下去了。身心俱伤的陆参谋长爆发出惨绝人寰的号叫声。

苏清澈看都没看陆参谋长一眼,直接扯下作训服,几步跨过去,凌厉的气势逼得宋星辰直直往后退了好几步。

"不带这么恼羞成怒的啊,我又没踢到你!"

苏清澈一身寒气,拧眉时更是有一种无形的威严沉甸甸地罩了过来,莫名就让人在气势上矮了一大截。

他眯眼打量了她一圈,把脑海里的战术都过了一遍,还是没筛选出哪种能既有效利落,又能伤人皮肉不动骨的。

他微微偏了头,一双眸子却是紧紧地凝视着她,然后慢条斯理地把作训服穿上身。

宋星辰心底暗暗腹诽:太帅了!

不过下一秒她就默默扼杀了这个念头,开始问候苏清澈的全身器官。因为苏团长一本正经地下了道命令:"回去给我写一份三千字的检讨,最晚明天晚上给我。"

说罢，苏清澈"唰"的一下转身离去。

这一走，宋星辰倒是几日都没看见苏清澈了。

亏得她还把检讨熬夜赶出来，早知道就浑水摸鱼了。

陆参谋长倒是还留在部队里，不过看见宋星辰的态度就显然不一样了，一副傲娇怨妇的嘴脸。

宋星辰那日刚从食堂出来，迎面看见陆参谋长，原本他还和身边的女同学谈笑风生的，看见宋星辰时眼神一躲，扭头就要闪人。

宋星辰眉头一蹙，直接把人拦了下来："陆参谋长，这是要往哪儿走啊？"

陆参谋长被叫住才心不甘情不愿地停了下来，面色很是奇怪地扫了宋星辰一眼，抓了抓头上戴着的帽子解释道："临了忘记有份急用的文件要交了。"

宋星辰无语了，撒谎不打草稿说的就是陆参谋长这种缺心眼的人。

"苏团长不是出去了吗，你急用的文件交给谁啊？"她扫了眼神情不自然的陆参谋长，轻咳了几声，这才道，"你最近怎么看见我就有急事啊？"

陆参谋长被问得哑口无言，他能说自己是恼羞成怒吗？而且他这个恼羞成怒保持了好几天都没人能看出半点苗头来，他越发憋屈了好吗！

沉默了片刻，他才有些欲哭无泪道："教导员你误会了，我是真的很忙。"

要说宋星辰的气场谁能压制得住，估计就只有苏清澈了。苏清澈这么一走，她倒是锋芒毕露，此刻对着苏团长的爱将也是如此。

她颇有些玩味地打量了他一圈，似乎是在找寻什么蛛丝马迹，那神情细看之下倒是跟苏清澈逼供时相差无几。

这个总结越发让陆参谋长觉得忧伤，他皱了眉头，试探性地问道：

"宋指导员,你是不是跟我们团长有情况啊?"

宋星辰一愣,随即反应过来他的"有情况"是什么意思,挑眉一笑:"你觉得我能看得上你团长?"

陆参谋长正想点头说"你们就是郎才女貌,天造的一对地设的一双啊"时,瞥见宋星辰的面色不善,立马摇头:"宋指导员哪能看上我们团长那德行,是吧?"

宋星辰皱眉。

陆参谋长继续道:"其实我们团长还是很优秀的,宋指导员还是考虑考虑吧。"说罢,自己都要为自己这么宽大地给情敌争取机会的表现点个赞。

陆参谋长语重心长地叹了一口气,怀着别人并不知晓的落寞心情走开了。

宋星辰听得一头雾水,皱紧了眉头。她觉得有必要提醒一下苏团长,他的爱将最近精神有些不正常,甚至逻辑思维都有些差劲。

这么一想,又想起军训马上就要结束了,而苏团长却不知所终。

于是一向巴不得苏清澈有多远就滚多远的宋星辰头一次觉得——怪怪的。

军训二十天,眨眼而过。

最后一天是野外训练,出发的前一天下午便是紧凑的军训汇报演出。每个方队依次到主席台的前方汇报演出这十九天的军训成果,而审核的人便是被苏清澈留在部队里坐镇的陆参谋长。

他一本正经地站在主席台上,拧眉看着下方已经堪具规模的队伍,心里颇有些成就感。不过面上却是不动声色,一个班一个班地评估打分。

到宋星辰这班时,他眉头还没皱起来呢,就见宋星辰整队的时候眼角眉梢都是浅淡的笑意,但那笑容怎么看都是笑里藏刀,别有深意。

陆参谋长握着笔的手一颤，女人在某种时候的确比阶级敌人还要恐怖，尤其这个女人还是首长看上的……

陆参谋长觉得，遇上宋星辰这样的女人，十分影响他今后的婚姻观！

评分的结果会等到校之后结合野外训练成绩一起公布，所以没有人知道具体的分数，或者说最后的赢家是谁。

野外训练原本是两天两夜的，但由于模拟拉练、熟悉环境的时候就出过一次小意外，苏清澈就调整方案缩短了时间，更是加派了兵力。

陆参谋长在部队后面检阅的时候就看见宋星辰朝他钩了钩手指头，他四下看了看，这才慢悠悠走过去："宋指导员有事？"

宋星辰眯着眼看了看他，才笑眯眯道："有事找教官，找你不中用啊。"

陆参谋长："……那你叫我过来干吗？"

宋星辰翘起自己的手指头左右看了看："我没叫你啊，刚才手指抽筋了……"

陆参谋长额角青筋暴跳，随即他才压抑住想辣手摧花的冲动咬牙切齿道："那宋指导员继续活动你抽筋的手指头吧。"

"别啊。"宋星辰一把拉住他。

陆参谋长顿时避之唯恐不及地甩开，然后慌忙退后三步保持距离，跟做贼似的四下看了看，压低了声音气急败坏道："宋指导员，注意影响！你都跟我团长有暧昧了，怎么还能跟我拉拉扯扯的，多不像话啊。"

宋星辰错愕，随即就被气笑了："我跟你拉拉扯扯？"好像是这么一回事，宋星辰皱了皱眉头，"参谋长，不拉你你就走远了，你希望我扩大影响面？"

陆参谋长的脸色顿时青一阵紫一阵的："宋指导员这十九天下来别的没干好，就军姿和军事素质提高了。"

宋星辰闻声冷笑，敢情陆参谋长这是在嘲讽她这次军训闲着没事，净被罚站军姿了。

懒得跟他废话,她扯了扯靠在自己脚边的一大包装备,挑眉问道:"陆参谋长,你们团长呢?"

陆参谋长正了正帽子,这才一副十足八卦的样子靠过来:"你们没联系?鬼才信。"

宋星辰皱眉,拍了拍陆参谋长的肩膀:"注意影响,你一军官跟我靠那么近干吗?"

陆参谋长:……某些时候,女人比阶级敌人更难搞。

宋星辰戴正了帽子,这才眯着眼看着远处慢条斯理地道:"这军训都快完了,他以后再想找那么好的机会对我公报私仇,我还不乐意呢。"

陆参谋长迟钝的感情中枢后知后觉地察觉到了什么,可还没等细品出什么味来,就见宋星辰背起那大包一甩,跟着队伍集合去了。

这一次的野外训练是十九日傍晚出发,到山间寻一处地方先驻扎,然后次日再每六人一组,每组一个教官或者战士跟队,根据上级发布的命令寻找任务目标,完成任务就加分。

如果苏清澈不是接到了紧急的特殊任务,这一系列的方案他都是要亲自跟进的,但奈何分身乏术,这里的事情只能交给陆参谋长了。所以当陆参谋长听见营帐外面响起了熟悉的引擎声时,吃惊得下巴都要掉下来了。没等他迎出去,苏团长已经掀开了帘子走了进来,正好和衣衫不整的陆参谋长打了一个照面。

苏团长脚步一顿,他站在门口上下打量着——衣服扣子上下扣错,扭得乱七八糟,帽檐歪在一边,鞋子穿反——的陆参谋长时,眉头一皱,几步上前一把抓住他的衣领凝视了他一眼。

随即,飞快地往他睡的小矮床看去,除了凌乱倒也没犯错误。

苏清澈冷飕飕地转过身来瞄了一眼睡眼蒙眬的陆参谋长,只觉得一肚子的火气正在酝酿着要喷薄而出。他沉了声音，冷着声线道："给我一个合理的解释。"

陆参谋长挠了挠脑袋，颇有些不好意思："那个，我不是没想到你会回来嘛……"

苏清澈身上的冷意越发沉了。

陆参谋长终于小声地道："我起来迎接团长……"

其实事情的真相就是，陆参谋长的忧患意识不够，苏清澈交代了他晚上要再亲自去巡视一圈，确认安全方才能安寝。而陆参谋长实地考察之后，确定没有任何问题，便交代了底下的战士去巡视，注意学生和指导员的安全。然后他由于犯困，就去睡了，却不料首长回来了……

苏清澈一个大跨步上前，见陆参谋长此刻懊恼的神情，眉头蹙得越发深："你胆子倒是大了，违抗军令？"

陆参谋长赶紧摇头："报告，我绝对没有这个意思，我下午在学生过来前检查了一遍，吃完饭又检查了一遍，已经完成了任务。"

这个解释终于让苏清澈满意了些，他正要说什么，营帐的帘子突然被掀开，提着热水壶的宋星辰很是尴尬地看见了眼前这一幕颇有些解释不清的场面。

她愣了一下，站着的两个男人也是一愣。

最快反应过来的还是苏清澈，他扫了眼宋星辰手里提着的热水壶，森冷地看了一眼陆参谋长，这才扬声问道："进来之前不打报告，审核完了就全部还给教官了是不是？"

宋星辰被他吼得一抖，心底却是越发确定他那是恼羞成怒欲盖弥彰了，她微微侧身看了眼衣衫不整还呆愣在原地、一副被抓奸模样的陆参谋长，这才轻手轻脚地放下热水壶。她看向这两个人的眼里都开始有了些许明亮的光彩，那种光彩我们一般可以称之为——仰慕，尊敬？

苏清澈眉头一皱，还未开口说话呢，宋星辰已经一抬手，说道："夜已经深了，我也不打扰你们二位了，你们继续。"

陆参谋长这才一副被雷劈了的表情，手忙脚乱地开始重新扣扣子："宋指导员啊，你别误会。"

宋星辰立刻摆出一副深明大义的表情来："你放心，我什么都没误会，真的。我说最近你们两个都有些不对呢，原来如此。我会保密的，明天记得给我加分啊，我先撤了。"说罢，就掀了帘子一溜烟地出去了。

苏团长很是焦心地抬手拧了拧眉心，看着陆参谋长那真是一副恨铁不成钢的样子："门口军姿两小时，解散后去别处，别在这碍眼。"

"是。"陆参谋长欲哭无泪。

再说宋星辰，她原本只是因为同一个帐篷里的指导员有些发热了，这才去陆参谋长那里要了壶热水给她吃药。

去的时候一本正经的，等她把热水壶送回来的时候整个世界都玄妙了。宋星辰觉得——苏团长让她当他的女朋友这回事，突然不难解释了。虽然她觉得，好像有什么奇怪的东西……混进去了。（奇怪的东西就是陆参谋长！）

第二天，看见宋星辰的陆参谋长就有些咬牙切齿了，可是看着她那一脸的欲言又止，他又觉得头疼了。

有什么比自己刚觉得可以处处对象就被上级下手了，下完手人姑娘还误认为他们两个是情侣来得更刺激？

陆参谋长觉得自己这辈子最精彩的狗血剧全部押宝押在这儿了。

苏清澈却还是一副安然淡定的样子，只是偶尔眼神落在宋星辰身上时就有些意味不明了。

不管有心无心，宋星辰这一局，完胜。

给各个班分配的战士指导小组是随机的，苏清澈的到来让他们"军心大振"，热情格外高涨。他集合战士说了注意事项，这才开始分配各个小组。

到宋星辰这一组的时候却没有一个人过去。原因无他，连陆参谋长都要绕道远行，他们哪里还敢造次？

于是，苏团长就很是淡定从容，纡尊降贵地把自己分配了过去。他把手里那个装着任务信息的信封交到了宋星辰的手里，这才不紧不慢地跟随着小组出发行动。

战士都不是占主导地位的，六人小组选出一个队长带队，战士辅助，为的就是让同学们体验团结和被领导的协和作战的感觉。

这么说起来，苏清澈这个军训方案还真做得是别出心裁，意义深远。一个让军区首长指挥官都要头疼的人，你觉得他的思维真的就那么简单？

所谓腹黑，就是不动声色间，狼扑羊，全军覆没还让羊群一无所觉，乖乖上门。

苏清澈的战斗能力绝对是无须置疑的，如果是他单兵作战，估计没到中午就能到达目的地，优先完成任务了。他整理分配了一下战斗物资，这才开始带着小队往回走。但当组里的同学一个个脱离队伍加入其他小队，最后变成他们两人一组的时候，宋星辰才后知后觉地反应过来——有些不对。

宋星辰慢慢放缓了脚步，直到苏清澈停下来转过身，她才问道："我们去哪儿？"

"现在才想到要问？"苏清澈挑眉，眼底略带笑意。随后，他缓缓抽出他的三棱刀，擦着掌心摸了摸。

宋星辰觉得越发惊悚了："你不会是因为我发现了你和陆参谋长的秘密，就想杀人灭口吧？"越说到后面她心里越发虚。

直到这时，宋星辰才不得不承认，她在遇见苏清澈之后一直都处于败势，不管是气场还是别的什么，总是没有扬眉吐气的时候。

苏清澈却是缓步走过来，军靴踩在枯树枝和树叶上，咯吱咯吱作响，越发有种阴森的感觉。

宋星辰觉得后背都有些发凉，心扑通扑通地跳着，慌得厉害。

"我有一百种让你看起来意外身亡的死法，不如你抽个签选下要哪种？"他声音低沉，还微微笑着，那笑意却让宋星辰心底都发怵。

宋星辰平时嚣张跋扈惯了，哪里被人这么恐吓过，当下就验证了物极必反这个原理。她下巴一抬，以一副不怕死的架势往前走了几步："我要第一种到一百种，一样来一个！"

苏清澈听到这个答案似乎是在意料之外，他认真地凝视了她片刻，确定她不是在开玩笑，这才兴致缺缺地转身走了："还没见过这么找虐的人。"

宋星辰在原地呆愣了片刻，才反应过来这是又被苏清澈坑了，当下就怒了："苏清澈，不带你这么耍我玩的！"

"是你太笨。"他微微翘了唇角，步子却是不停，快速地往前走着。

身后的少女一边骂骂咧咧，一边气喘吁吁地背着大大的背包吃力地跟着他。

午后阳光微暖，岁月静好。

苏清澈把手里的蘑菇都塞进宋星辰的背包时，宋星辰脸色变了几变，直接拽着苏团长的裤脚坐在了地上。

苏清澈居高临下地看着她，眼里全是阳光折射过来时细细碎碎的光亮。

宋星辰抹了一把汗，死死拉住他的裤脚就是不撒手："苏清澈，我告诉你……等我回去之后我要跟苏老爷子告状！"

"你确定？"他唇边泛起若有似无的笑，那笑意不如以往的任何一个，有着宋星辰从未见过的温暖。他蹲下身，顺手把她拽在裤腿上的手拂开。

宋星辰一张漂亮精致的脸因为运动的原因微微发红，挺翘的鼻尖还布着一层汗，偏生那双眸子还是明艳艳的，亮得惊人。

他想了想才说道："我昨天已经告诉他我处对象了，如果你正好送上门去……"话说到一半，他便止住不说了，微转了目光看向她。

那眼底的戏谑却让宋星辰再次炸毛："那又怎么样！他又没见过我！"

"正巧，他不只听说还见过。"他说得云淡风轻，看着宋星辰的眸子里笑意却渐渐加深。

宋星辰觉得遇上苏清澈之后，她的人生就遭遇了最黑暗的时刻。而她为了那半寸光明，摸爬滚打，还是如孙悟空一样，翻不出他的五指山。

她想着就觉得头疼，一把扯住他的手臂跪坐在地，然后噘了嘴，头一次在他面前服了软："你拉我一把。"

苏清澈这个角度正好和她平视，见宋星辰眼底那从未有过的委屈，挑了挑眉，心里暗忖，是不是欺负得太狠了？

宋星辰见他没反应，不满地"啧"了一声，刚要呛声。

苏清澈已经一把握住了她的手，起身的同时也拉起了她："走吧。可以回去了。"

下山的路就轻快了许多，宋星辰也不知道苏清澈带她走的是哪里的路，沿途居然都没瞧见一个人。

走了一会儿，估摸着是到山腰了，苏清澈的步子却放慢了些，让宋星辰正好和他并排。

"你跟陆群说军训结束后，我想再找这么好的机会对你公报私仇，你还不乐意了？"他问。

宋星辰皱眉："鹿群？鹿群是什么？"

苏团长也皱眉,解释道:"陆参谋长。"

宋星辰默了默:"真是个绿色天然的好名字。"

苏清澈见她开始转移话题,顺着她的话茬道:"你那三千字检讨……"

宋星辰默:"我是这么跟陆参谋长说的。"

苏清澈点点头,问道:"你哪来的自信觉得我不能继续对你打击报复?"

打击报复?

这问题就严重了好吗,团长大人!

宋星辰双眼发亮:"苏团长,等我回去拿了录音笔你再重复一遍好不好?"

苏清澈斜睨了她一眼,悠悠道:"有这工夫,不如跑步回营地吧。"

宋星辰……团长大人你可真会把握最后的时机。

到营地的时候,同学们已经差不多到齐了。苏团长采用的是慢慢渗透的方式,无声无息地就从后方进入了大部队。

晚上照样是野炊,他和战士煮大锅菜的时候朝宋星辰招了招手:"把蘑菇拿来。"

陆参谋长最近是有心要和宋星辰保持距离,见宋星辰拿着蘑菇围坐过来,往苏清澈的另一边蹭了蹭。

宋星辰瞥了眼那边小媳妇样的陆参谋长:"我不跟你抢男人。"

一句话,让一旁帮忙加料的勤务兵傻眼了。他默默地扭头看了一眼神色怪异的陆参谋长,再打量了下团长大人,脸色也变了。

苏清澈还是淡定从容不动声色,甚至眼底还有着淡淡的笑意。

不过,如果宋星辰早知道苏清澈这个眼神代表了什么的话,她绝对会乖乖闭嘴,一句话都不说的!

Chapter 3　掉进狼窟

　　不得不说苏团长有当厨师的天分，就算是大锅煮出来的东西依然色香味俱全。

　　陆参谋长这回也嘚瑟了，逢人就夸苏团长的手艺好，这一幕落在宋星辰的眼里，她憋笑憋得好辛苦。

　　指导员都是和苏清澈这边一个小队一起吃饭的，而苏团长不偏不倚就坐在宋星辰的左侧。

　　见状，他很是体贴地给宋星辰夹了一块肉，温言细语："下午辛苦了。"

　　宋星辰不负众望地噎住了，苏团长很满意地转头继续吃饭。

　　而这原本其乐融融的一桌，气氛顿时变得诡异起来。

　　当然，这还不算什么。

　　夜幕缓缓降临，同学们都围着篝火而坐，对这最后一天的夜晚抒发衷情。

　　教官也都围在篝火边上，还有教导员们，不知道是有意还是无意的，众人安排位置的时候就直接把宋星辰摁在了苏清澈的身边。

　　明天他们就会回到军营里，收拾东西回校学习。而这一片绿色的梦，这绿色的军营就将变成他们永恒的记忆，不再轻易涉足。

　　篝火然然，就算是山里格外的冷也被这火的炽热温暖。人声鼎沸，呐喊的，大笑的，比比皆是。

　　那曾经看在眼里如修罗、如恶煞的教官此刻也变成了最可爱的人，褪去那一身军装下的严肃，全部成了爽朗又大气的男人。

　　宋星辰也是有感而发，在一片火光的映衬下，她笑着偏头看了一眼苏清澈，调侃道："好吧，苏团长，你是术业有专攻，军功卓越，不错！"这些他手下带出来的兵，真的很可爱。

　　被夸奖了的苏团长却没有半点喜悦之情，他淡然地看了宋星辰一眼，道："宋小姐也是当仁不让，业绩卓越。"

宋星辰一顿，想着自己以前那伟大的壮举，不由笑得眯了眼："苏团长是和谁一起验的货啊，质量还不错吧？"

苏清澈冷睨了她一眼，勾了勾唇角，心境平和："我打算和网店店长当面试下性能，不知道赏脸否？"

宋星辰调戏未成反被调戏，一张脸都黑了："本店不出售店小二。"

苏清澈挑眉看了她一眼，不再说话。

宋星辰心底却有了邪恶的小念头："最近有新款，我改天再送你体验下？"

苏清澈眉角抽了抽，那眼神却一点儿也不友善："你敢送过来，我就敢让你的售后服务变得销魂又刺激。"

宋星辰这回终于闭嘴了。

看到宋星辰吃瘪，苏清澈同志表示了十二万分的乐见其成，又添油加醋地补了一句："这是双赢的，你考虑考虑。"

宋星辰斜睨了小人得志的苏团长一眼，冷声警告："苏团长，好人一生平安。"

苏团长：……

真是喜大普奔的战况啊！

Chapter 4

顾盼生辉

　　相较于这里的激流暗涌，陆参谋长那里显然是春暖花开。

　　被问到有没有女朋友的时候，陆参谋长露出一副很是羞涩的表情来："我丈母娘发货慢，等媳妇儿到了给她打差评。"

　　女生们被他逗得哈哈大笑，他摘了军帽揉了揉寸头，也笑得憨态可掬。

　　"陆参谋长，团长有没有女朋友啊？"

　　陆参谋长往苏清澈那儿瞅了一眼，见宋星辰正剑拔弩张，顿时一副过来人的表情道："就我们团长那样的，娶老婆可是老大难了。"

　　说罢，他又在女生们"为什么呀"的眼神中自我感觉良好地说道："团长一没我帅，二没我潇洒，三没我讨人喜欢，就是军衔比我高。"

　　宋星辰闻言，一拍身侧的苏清澈，笑得促狭又欢乐："原来你在陆参谋长心目中是这么个形象。"

　　苏清澈显然也听见了，不过他却并没有什么表示，只是挑眉看了眼宋星辰，轻声问："你很开心？"

　　"废话。"她大笑起来，"我非常同意陆参谋长的观点。"

苏清澈若有所思地点点头,眸色却渐渐转深:"知道我治不了你,越来越嚣张了。"

宋星辰一双眸子笑得微微弯起,眼里的笑意亮得惊人,如星辰,璀璨生辉:"我可记着秋后算账这回事呢。"

夜色渐渐地深了,聚会也终于在苏清澈的总结发言之后落下帷幕。

他站在前方看着一队队解散后互相拥抱的学生,一双眸子静了静,转而看向一侧,正好对上宋星辰的视线。

今晚的月色温柔,她似乎也柔和了许多,对上他的视线也是盈盈一笑,顾盼生辉。

苏清澈笔直地站在树影下,看着她转身离开,心里的一角似乎是被风吹了一下,微小到几乎可以忽略地动了一下。

"团长?"陆参谋长抬手在他面前挥了挥。

苏清澈皱眉,转身看他,见他一副无辜纯良的样子,想起刚才他大言不惭地说"团长一没我帅,二没我潇洒,三没我讨人喜欢,就是军衔比我高",开始面无表情地摘手套。

于是后知后觉的陆参谋长恐惧了:"团长,你要干吗?"

苏清澈抬眼看了看他,勾起一个似有若无的笑来:"我没你帅、没你潇洒、没你讨人喜欢就军衔比你高?"

陆参谋长顿时炸毛了:"报告团长,这话说出去谁信啊,你怎么能当真呢!"

苏清澈开始慢条斯理地解开纽扣:"脱了军装我们切磋下,看我能不能找回个'格斗技术比你好'来。"

陆参谋长想起以前被当作人肉沙包单方面殴打的悲惨历史脸都绿了:"团长,不带你这么做领导的,你都谈对象了,还不让我在女同学面前推荐下我自己吗?"

苏清澈冷然的眼神一下子就飘了过来："嗯，你推荐自己的时候必须要贬低别人？"

陆参谋长都要哭了，一边默默地解纽扣一边哭丧着脸希望团长能改变主意："让嫂子看见我们大晚上的贴身肉搏多不好啊，她本来就误会了。"

苏团长正在解衬衣纽扣的修长手指就是一顿，陆参谋长那叫一个观察细微啊，眼神"噌"的一下就亮了："团长啊，你看……那我就回去了。"

苏清澈终于把视线从袖子上的纽扣移到了陆参谋长的脸上，缓缓一笑："可我现在放你走，你不就误会了吗？"

陆参谋长傻眼了："我误会什么？"

苏清澈一字一顿道："惧内。"

陆参谋长泪流满面，团长，我不会误会的，真的！我一点儿都不会误会的！谁误会谁去学狗叫好嘛！

宋星辰这一觉睡得那叫一个神清气爽，心肝脾肺都舒坦啊。

不过乐极生悲，应该很多人都知道这四个字怎么写吧？

在野外是极不方便的，宋星辰起来之后去河边洗脸刷牙，一个不慎就直接滑进了水潭里，腰部以下全部湿透了。好在水浅，她被另一个指导员搀扶着上了岸。

拧着水，她才猛然想起她忘了一件事。

今天早上就要离开部队了，她军训前就订了花，今天往部队这里送，还亲自叮嘱了要她本人签收。这么想着，她也顾不得浑身湿透了，急忙往苏清澈那里走。

宋星辰到苏清澈的营帐前喊了报告，良久才听见他低沉微哑的声音说："进来。"

她一愣，走进去一看，苏清澈面前正摊着一份地图和文件，而且看那样子应该是彻夜没有休息。

"什么事?"他皱眉,视线落在她身上那身迷彩服上。

宋星辰顺着他的视线看了眼自己湿漉漉的迷彩服:"早上掉河里了。"

苏清澈点头,毫不诧异:"那你也够蠢的。"

宋星辰想着自己有求于人,默默地就忍了:"你的车能不能借我用下?"

苏清澈边起身收拾着桌上散乱的东西,边指挥宋星辰:"给我倒杯水来。"

宋星辰一愣,站在原地片刻才慢吞吞地过去给他倒了水。

而这期间苏清澈眼都没抬一下,径自收拾起文件。等她倒了水,更是毫不客气地端起来就喝了一口。

等他忙完,看见宋星辰还站在原地,这才一副"你怎么还在"的复杂表情。

宋星辰抿了抿唇,冷睨着苏团长,一字一句地重复道:"我说,临时征用一下苏团长你的车,可以吗?"

苏清澈把视线瞄到桌上放着的钥匙上:"要这个?"

宋星辰见苏团长丝毫没有要借车的意思,眉头一皱:"这不是废话吗!我先回部队一趟把花签了。"

"那就没必要了。"他抓起钥匙,利落地在指尖转了个圈塞进了口袋里,"集合。"

宋星辰咬牙,飞快地上前一步把人拦下:"借不借!"

"我们的关系有好到可以把我的车借给你?"他挑眉,身形却是纹丝不动。

宋星辰一眯眼,咬了咬下唇,语气微沉:"这可是你说的。"

苏团长似乎这才想起来自己也是有求于人的,微微侧了脸看向眼前颇有些盛气凌人的女人，语气低沉而悦耳："是我说的那又如何？"

宋星辰颇有些无奈，抬手揉了揉眉心："那我就再想想别的办法让你答应。"

苏团长：……

初秋的早晨还是有些凉意的，宋星辰身上湿漉漉地滴着水，此刻湿衣服吸收了她身上的热度，冷得她一颤，硬生生打了几个喷嚏。

苏清澈扫了她一眼，对上她清亮的眸子，这才道："如果是花的话你不用亲自跑一趟，刚才警卫室来过电话帮你签收了。"

宋星辰一愣，随即点点头，不再多说，转身就走。

她抬手掀起帘帐，刚走了没几步，就听身后语气清晰地说道："等会儿回去先换套衣服，别这么丢人现眼的就给我士兵送花。"

宋星辰回头看了一眼，暗咒一声才大步走开。

指挥权苏清澈已经交给了陆参谋长，整队收拾的事情自然也是陆参谋长全权处理。

宋星辰走到自己的帐篷前就见昨日还意气风发的陆参谋长今天一脸的倒霉样，正往苏清澈这边走呢。她好奇地想过去探点八卦，刚走几步，视线落到这边的陆参谋长已经落荒而逃了。

宋星辰低头看了眼湿淋淋的自己，自言自语道："还没到湿身诱惑的程度吧？还是制服让陆参谋长把控不住了？"

可事实其实就是，在昨晚，陆参谋长痛定思痛地反省了整整一夜，终于得出结论——远离女人才能保障生命安全。

艾玛，这不是给他提供了"同志"的后天条件嘛！可是母亲大人耳提面命的，找一个女人才是人间正道啊。

苏清澈比他们先回了部队，等到告别教官这一环节的时候也没看见他。

之前被没收了暂时保管的东西已经全部归还，如果不是这次军训，宋星辰恐怕都不知道自己居然能离开电脑那么久。

学校来的大巴已经等在了部队的门口，宋星辰带着7班上了车，隔着车玻璃看着这生活了二十天的军营，也依依不舍起来。

教官站成一排，正听陆参谋长说着些什么。

清晨的阳光明媚清亮，落在他们的军装上有说不出的沉静肃穆。这一身军装，真的是最美的制服。

车子缓缓发动，宋星辰手指抵在窗上，低垂了眸子看着窗外转身过来的教官们，微微一笑。

人生中参加的军训绝对不止这一个，可是偏偏这一次，让她印象深刻，回味无穷。

苏清澈就是在这么一片晨光中信步走来的，他似乎正准备去参加一场会议，一身常服。

见他走来，教官们立正敬礼，他微微一颔首，就转过了脸来。

他并没有特别认真地看着谁，视线从一辆辆车窗上扫过，落到宋星辰这儿的时候只是微微一顿，很快就移开了。

车上断断续续传来压抑的哭声，一片伤感。就连宋星辰也被这种气氛感染，转了头目不斜视地看向前方，脸上微微失落。

清晨的雾霭散去，车厢内颇有些喧闹，她却在车子驶离的最后一秒微微偏了头去看身后的苏清澈。

他的帽檐一如既往压得低低的，遮住了他大半张脸。

宋星辰突然拉开车窗，探出头去："苏清澈。"

被点名的男人抬起头来，一双眸子准确无误地落在刚刚还有些失落，现在就已经眉目生辉的脸上，微微挑了挑眉。

宋星辰一如他初见时的嚣张，抬起手比了个中指，笑得明媚又张扬。

她说："苏清澈，你逊毙了。"

我们后会有期。

是时光，让你们相遇。

是时光机，带我到你身边。

宋星辰随大巴车回到学校，先去做了工作交接。

宋爸爸正好下课，见到宋星辰，招了招手，让姑娘先去办公室等他。

宋星辰拎着行李走进宋爸爸的办公室时，意外地看见了一个略有些眼熟的男人，不过具体是谁，她倒是想不起来了。

那男人看见她时一愣，温文尔雅地对着她略一点儿头："你好，我是唐睿泽。"

宋星辰一顿，随即点点头。

唐睿泽，她知道他是宋国良的得意门生，最近这几年跟了宋爸爸做研究之后，整天挂在宋爸爸的嘴边，比宋星辰可亲热多了。

她随手把行李放在了矮几上，这才不疾不徐地自我介绍道："我是宋星辰。"

唐睿泽不管从什么角度看起来都是位谦谦君子，温和俊雅，举止得宜。

他略一沉默才笑着说道："我认识你。"

宋星辰毫不意外他会知道她的存在，宋国良说过：他这辈子最大的成就就是有了一个圆满的家庭，有相爱的妻子，有可爱的女儿。

虽然宋星辰对于自己的修饰词是"可爱"表示略为不满，但她在一定程度上是非常认同宋爸爸这番话的。所以唐睿泽作为宋爸爸的得意门生，不可能连他的女儿叫什么都不知道。

她笑了笑，既不生疏也不热络，转身去书架上拿书看。

宋爸爸是化学系的教授，书架上的书百分之九十都是跟化学有关的，另外那百分之十却是特地为宋星辰准备的。

宋星辰没别的爱好，就是喜欢看小说，从网络言情到世界名著，她都不挑。她在校任教的那一年，因为没有独立的办公室，所以备课或者是课后都喜欢到宋国良这里来。来的次数多了，自然而然就把书啊什么的塞进书架里了。

至于宋妈妈李清雅那儿，宋星辰皱了皱鼻子，每次她一看小说妈妈就要数落她不务正业。

唐睿泽见她窝在宋教授的椅子上看书，眉角一舒，不知道是想到了什么，就笑了起来："我有一次跟老师借阅一本英文原版的书，在书架上看见了这些小说，那时候很诧异……"

他的声音清润，响起时也不觉突兀。

宋星辰循声看了过去，扬了扬手里的书："这些吗？都是我的。"

唐睿泽眼里是满满的笑意："据我所知，宋教授的办公室并不是谁都能进来的，所以那时候我就有些误会。"

宋星辰失笑，起身去开了窗："我爸爸喜欢看英文原版的书。"

唐睿泽点点头，也起身给她倒了杯茶："听老师说起过，你喜欢喝清水。正好我刚烧了一壶。"

"谢谢。"她低声道谢，心里却有些发堵。

真是什么样的老师教什么样的学生，唐睿泽的性子倒是和宋爸爸相差不了多少。

其实比起这么温和淡雅的，她还是比较喜欢苏清澈那种……不客气的。

她咬了咬下唇，抿了口茶，终是觉得不自在，又坐了片刻还没等到宋国良，就开始策划怎么悄无声息地撤退了，她现在可是极度想念家里那软绵绵的床。

韩潇璃的电话就是这个时候打来的，宋星辰刚接起，就听见电话那头一声高分贝的尖叫。

她皱了皱眉头，见唐睿泽看过来，弯了弯唇角表示抱歉，拿着手机就往窗口那儿走。

片刻后，她挂了电话，拎着东西就准备出门："唐先生，等会儿麻烦你跟我爸说一声，我有事先走了，晚上回家吃饭。"

唐睿泽点点头，开了门送她："要不要我送你到校门口？"

宋星辰一愣，赶紧摇头："我朋友来接我就不麻烦你了，再见。"

唐睿泽看着宋星辰快速消失在走廊口的背影，勾了勾唇角，转身回去了。

晚上宋国良回家的时候，就看见宋星辰正一边给宋妈妈捶背，一边皱着眉头绘声绘色地说着这二十天来的军训生活。

说到教官就是苏清澈时，宋星辰顿了顿，就开始抱怨："妈，你是不知道他有多变态！不准我带电脑，不准我用手机，刚到就给我下马威，让我绕操场跑步。还单单就罚我一个人站军姿，你说我一个指导员，多没面子啊。"

宋妈妈被自己闺女忽悠得半信半疑："是吗？"

宋星辰赶紧点头："是啊，你是不知道，我都快成笑话了。"

宋爸爸听了一会儿就笑了："上次你妈还跟我说你给人寄了特产过去，怎么可能不照顾你。一定是你这丫头鬼主意多，罚你也是应该的。"

宋星辰被老爸驳回，顿时哀怨了："爸，你又没见过那团长，就这么偏袒他！"

宋爸爸一本正经道："我只是信那一身军装。"

宋星辰：……敢情军装比女儿亲。

这是不是亲生的，一眼就看出来了吧？

吃过饭，宋星辰收拾了碗筷就要回家。

她的网店这些日子都交给了韩潇璃，那不靠谱的家伙知道她今天回来，二话不说直接扔了网店就去追她的苏谦诚了。

照韩潇璃的话来说，就是这样："星辰，我这二十天都面对着你家的这些产品。我觉得我都有免疫疲劳了，以后苏谦诚都拯救不了我了怎么办？你娶我啊？"

宋星辰怎么回答来着，啊，她这么说的："行啊，每天就拿这个伺候你。"

然后韩潇璃就果断地收拾行李滚蛋了，准确地说，是落荒而逃。

宋星辰刚走到门口，就听见宋爸爸问："星辰，你中午见着唐睿泽了吧？"

宋星辰一愣，随即转过身来点儿点头："见到了，果然如你所说，一表人才。"

宋星辰难得夸奖一个人，宋妈妈一下就来劲了："唐睿泽不错吧？你对他印象怎么样？"

宋星辰默默扭头，不置可否。

她突然觉得苏清澈说的各有所需似乎挺实在的……

她需要面对来自她家庭的压力和期盼，而他也需要承受他那朱门大户给的重压以及军队上给予的密切关怀。

其实就这么凑合着当下挡箭牌，也不像当初那么难以接受了。

这么想着，她也分外认真地说道："妈，你别瞎操心了。我有想处对象的人了。"说罢，也不给宋妈妈刨根问底的机会，赶紧撤离。

宋星辰处理好订单已经是深夜了，她却没有半点睡意，索性就开了文档开始写她的军训工作总结。

相对于以往枯燥的工作总结或者工作汇报，这一次明显有趣许多。

写着写着就想到了早上她伸出窗外比的那个中指，以及那一句"苏团长，你逊毙了"之后满车爆发出的喝彩和笑声。

如果没看错的话，苏团长那时候的表情可以称得上精彩了。

他垂手站在原地，看着大巴渐渐驶离，微微抬起下巴，轻缓地用唇语说了两个字。

宋星辰挠了挠键盘，皱着眉头仔细回想。

那时候他说的好像是——"等着。"

等着？

与此同时，宋星辰接收到了电脑系统发出的警告。

"有黑客入侵。"

宋星辰顿时傻眼，什么情况？

片刻之后，电脑顿时一片黑暗。

宋星辰几乎都来不及反应，那已经完成得差不多的文档就随着这突如其来的黑屏消失不见了。

于是，凌晨来临之际，宋星辰暴走了。

次日，宋星辰一大早就抱着笔记本去修理。

技术小哥拿出她的笔记本电脑又去拿充电器的时候，从里面的夹层里抖出一张字条，他一愣，捡起直接递给了宋星辰："这是你的吧？"

宋星辰眉头一皱，看也没看就直接塞进了口袋里："我等会儿回来，去隔壁的超市一趟。"

但如果宋星辰现在看了那张字条，或者是她一直在这里守着，也许就不会再经历这诡异的一幕。

她拎着购物袋走进来时，就看见办公室里的技术小哥们正努力憋着笑，见到当事人回来更是憋得脸都红了。

宋星辰隐隐察觉到不妙，拿着罐装的啤酒几步迈了过来："修好了吗？"

技术小哥点点头："修好了，你可以带回去了。刚才开机之后显示的就是这张图片，我想你的电脑只是被黑客侵入篡改了程序，现在已经修复了。"

图片？

宋星辰皱眉看去。

电脑屏幕上正显示着她穿着一身迷彩服出糗的样子，她眉角一挑，干脆利落地把口袋里塞着的字条拿出来。

她没见过苏清澈写的字，不过这么苍劲有力的楷体字端端正正、一板一眼地列在上面，不联想到他也难啊。

宋小姐，临时征用你的电脑。特送独家照片为谢，勿念。

勿念？

宋星辰冷笑一声，摇了摇手里的罐装啤酒，"刺啦"一声朝着技术小哥的方向就拉开了铁环。

里面的气体翻涌着喷薄而出，很干脆利落地溅了偷笑的技术小哥一身。

她耸耸肩，笑容颇有些无辜："抱歉，我不是故意的。"

那道歉，却是半点歉意都没有。

不过碍于宋星辰良好的认错态度，我们还是原谅她一时冲动的误伤吧。我更相信，她那时候想射的人应该是——苏清澈苏团长。

韩潇璃被奴役得半死不活地回来之后，在宋星辰的小公寓里睡了整整一天一夜，最后还是在宋星辰无敌香的盒饭味道中才幽幽转醒。

宋星辰等她收拾好自己出来，才递了饭过去："怎么弄成这副鬼样子？"

韩潇璃泪眼蒙眬地看着宋星辰，一副痛心疾首的样子："虽然苏谦诚这么对我，我还是对他死心塌地。"

宋星辰顿时噎着了，她赶紧喝了口汤，这才惊悚地问道："他把你潜规则了？"

韩潇璃怒目相向："真肤浅。"

宋星辰慢条斯理地又喝了一口汤，徐徐然地说道："你倒是希望把他潜规则了，但人家没从是吧？你就恼羞成怒，开始四处抹黑他了。"

韩潇璃彻底沉默了，宋星辰的发散性思维以及那创新的理念观点比她这个身经百战的编剧更加优秀。

一顿饭吃下来，宋星辰已经在不动声色间把事情问了个一清二楚。

韩潇璃在一个月前，也就是得知宋星辰回来之后，就果断出差奔赴前线和苏谦诚交流合作促进感情去了，从而终于发现自家崇拜的本命大人英俊潇洒，多才多艺，工作态度积极，作风良好。

更是发现苏谦诚对工作认真执着，敬业又……龟毛。

但是即使这样，被奴役成熊猫眼的韩潇璃同志依然抱着十二万分的真心继续喜欢他，坚决不动摇不倒戈，一切以偶像为目标，努力向上。

话落，韩潇璃一脸忧伤地总结道："你看，我正好有几天的假期，我们去农家乐玩几天吧？"

闷在家一个月，出门除了寄快件就是去超市的宋星辰只犹豫了片刻，就点头了。

于是，短途旅行就这么愉快地定下了。

这家农家乐的口碑极好，就算现在是淡季，生意也火热火热的。要不是宋星辰提前订好了房间，怕是连普通房都没的住了。

韩潇璃放下行李，就拉着宋星辰去钓鱼。

池塘边上已经聚集了一些人，宋星辰戴着墨镜在那儿晒了一会儿太阳就有些昏昏欲睡。韩潇璃倒是兴致勃勃地边和她家本命大人聊着私信边往池塘里扔着面包屑。

下午两个人一起去爬山，从半山腰看下去，山下一片绿油油的，美不胜收。

夜晚的时候宋星辰和韩潇璃搭伙在小院子里吃烧烤，主人家好客，还送了好大一盘水果拼盘。

她们的房间在二楼，还带了阳台，环境很好。

宋星辰洗过澡穿着睡袍走出来，听见远处汽车引擎的声音。她凝神看去，还未看仔细就听见楼下传来男人低沉的警告声："这么晚了，回去睡觉，别出来瞎转悠。"

宋星辰低了头看去，是个光头的男人，满脸都是戾气，正横眉竖目地看着她，一脸的不满。

宋星辰撇了撇嘴，也不再多话，转身回房。

韩潇璃对这些倒是一无所觉，喝了杯咖啡就跟打了鸡血一样，滚到床上跟人聊天去了。

夜色渐渐地深了，山间还有着高高低低的虫鸣声，像极了军训时野外训练的最后一晚，她也是伴着这些声音入睡的。

这么一想起来，眼前朦朦胧胧地掠过了一双深邃又幽深的黑眸，那眼底有着淡淡的嘲讽之意，可看着却丝毫不让人觉得讨厌。

说起来，有一个月都没有跟他联系了。

宋星辰翻了个身正要闭眼睡觉，就看见窗外掠过一个黑影，她一愣，随即眉头就是一皱。

什么情况？

她轻轻地翻身，推了推身边的韩潇璃："潇璃，潇璃。"

韩潇璃握着手机转过身来，刚要出声就被宋星辰一把捂住了嘴。

宋星辰的长发飘散下来，她轻轻起身，握紧了放在床边的手机，拉着韩潇璃起身，指了指窗外："有人。"

屋内黑黢黢的，可是宋星辰还是在瞬间看见了韩潇璃陡然亮起的眼神。她抬手揉了揉眉心，压低声音道："你就在这儿待着，我去看看。有情况赶紧藏起来报警。"

刚才还有些小兴奋的韩潇璃脸色顿时就有些不好看起来："宋宋，我们去找老板过来吧，你去算怎么回事啊？"

宋星辰紧皱起眉头，似乎是思忖了下，还是摇了摇头："我去看一下，你别出声。"

韩潇璃这才点点头，握紧了手机站在原地，大气都不敢喘一下。

其实宋星辰的心里也慌得很，她摸了摸跳动过快的小心脏，深呼吸了一口气才蹑手蹑脚地往窗台靠近。

阳台的门并没有关上，只是蒙了一层帘子。而这个帘子的外面，就站着一个人。

宋星辰回头看了一眼，见韩潇璃一双眸子亮亮地站在那儿，心里顿时安定了些。然后小心翼翼地挑开帘子，透过那细小的缝往外看。

而就在她这么一动的瞬间，帘子外面站着的人似乎是有所察觉，身形微微动了一下。

只可惜宋星辰并不是专业的军事人才，根本没有注意到这个小小的细节。

她往前又挪了挪，就看见帘子外面的人猛地转过身来。随即，就在她还未反应过来的时候，一把黑黢黢又冰冰凉的东西顶在了她的眉中心。

等看清对方是苏清澈之后，宋星辰顿时一个腿软，颤了一下。

屋外是清冷的月光，这个男人背着光，轮廓越发冷漠不近人情。他见是宋星辰，缓缓收起枪口，显然也是微微松了一口气。

他警惕地回身看了看四周，这才上前一步轻轻掀起帘子，又逼近一步捂着宋星辰的嘴把她往后推，顶在了她身侧的墙上。

相比刚才那如修罗一般的冷漠神情，此刻他放柔了视线，看起来倒是一如既往地淡然。

宋星辰心里却还因刚才那冰冷的触感感觉到有些发慌，拍了拍他捂着自己嘴的手，示意这个屋子里还有人。在他松开手之后，宋星辰轻声叫韩潇璃的名字："没事。"

苏清澈转头看了一眼站在黑暗中的另一个人，压低声音问她："你怎么在这儿？"

宋星辰心有余悸地看着他拿着枪的手，拍了拍胸口："我出来玩啊，你执行任务？"

苏清澈没回答，只是皱了皱眉头看向门外："今晚这里不安全，你等会儿把门关严了，警惕着些。"

"那你呢？"她又扫了眼他手里的枪，奈何月光虽然清亮，可他拿着枪隐在黑暗里，只看清了一个轮廓，"真的枪？"

苏清澈时刻都保持着警惕，一直注意着周围的环境，见她喋喋不休直接抬手捂住她的嘴，轻声地"嘘"了一声，示意她闭嘴。

宋星辰眨眨眼，不敢动了。

苏清澈原本只能暴露在阳台上，现在有了隐蔽的地方自然是再好不过。

他确定周围暂时没有动静，这才缓缓松开她，只是因为要说话，反而俯低了身子越发贴近她："你和你朋友现在回去睡觉，我先在这里待一会儿。"

宋星辰挑了挑眉，话到嘴边，看着近在眼前的苏清澈还是闭嘴了。

见她不动，苏清澈皱眉看过来："怎么还不动？"

他的声音压得低，正好他们两个人能听见。他低着头正好平视着她，那双深邃漆黑的眸子倒映出屋外的月光，细细碎碎地亮着。

宋星辰此刻还穿着宽大的睡袍，他似乎也注意到这点儿，低下头扫了一眼，然后在宋星辰手忙脚乱遮掩自己半遮半露的胸前春光时，好心情地勾了勾唇角。

宋星辰翻了个白眼，直接推开他，大步往床上走去，临走之前还很不甘示弱地警告了一句："我绝对会向你首长举报你私闯民宅，骚扰女性的！"

苏清澈侧目看了她一眼，不再说话。

宋星辰知道他应该是在执行任务。虽然穿着一身黑色的紧身便装，但他刚才浑身紧绷的那种紧凑的压力却很明白地告诉她：苏清澈现在正在高度戒备。

她想起洗完澡站在阳台看向传来引擎声之处时，被那光头男人很不客气地警告，心里一寒。

看这样子要是偷袭不成功，就必须发生流血冲突了？

韩潇璃手脚都冰凉地贴上来，紧紧抱着宋星辰跟她咬耳朵："你认识？还是他威胁你了？"

宋星辰安抚般拍了拍韩潇璃的手，轻声道："他们部队演习，我们睡我们的。"

她的声音虽轻，但苏清澈隐隐约约还是听见了，心下一动，紧抿着的唇角缓缓松开。他低头看了一眼手表，神情越发严肃，那扣着扳机的手却一直不停地微微摩挲着。

时间好像就这么静止了一般，屋内安静得掉根针的声音都能听见。可屋外却还是有着此起彼伏的虫鸣声，清亮的声音里有着淡淡的麦草的香气。

宋星辰看着侧靠在窗口，警惕看着屋外的苏清澈，缓缓松了一口气。

农家小屋的隔音并不是特别好，某些房间里还传来喝酒划拳的声音，这么热热闹闹地交杂在一起，跟以往的任何一个晚上都相同。

夜色越发寂静，宋星辰看着一动不动的苏清澈，看得眼睛都有些微微发酸了。

而就在这时，窗外的阳台顶上亮起了手电筒的光，缓缓地亮了三下。

那一直如雕塑般连呼吸都轻不可闻的男人，终于动了。

他转身，目光如炬地看向宋星辰，一双漆黑的眸子看得并不是很清楚，可宋星辰依然感觉到了他要传达给她的信息。

她伸出手比了个OK，就看见苏清澈快速地转身，几步就从屋内消失了。

帘子被他走动的风带了一下，掀起个小小的弧度，很快归于平静。

一切就像什么都没发生过一样，可宋星辰，还是莫名地觉得有些恐惧。

她不知道什么样的任务需要苏清澈这样的官职出手，可他手里拿着枪，全神戒备的样子让她明白这次任务的危险性。

而她，也突然明白了那一身军装对于苏清澈来说的意义。

苏清澈离开之后，宋星辰越发睡不着了，她起身去关了门，可怕苏清澈到时候又要回来。

虽然她不明白战术啊什么的，可隐蔽、躲藏不是都需要一个地方吗，就默默地开了窗。

韩潇璃今晚被吓得够呛，但刚才听宋星辰说是演习，睁着眼坚持了片刻就睡着了。

宋星辰披上件外套，这才委身在窗前的沙发上坐下来，把窗帘拉开一个缝隙往外看。

　　楼上隐隐有桌椅碰撞的动静,但等宋星辰凝神去听时又全都没有了。

　　她赤着脚窝在沙发上,枕着靠背看着窗外,外面的小院子里也有轻响,她一颗心提了上来,怎么都落不下去。

　　这还是宋星辰头一次在和平年代遭遇这种堪比中彩票头等奖的恶性事件,嗯……都持枪了,姑且能算恶性事件了。

　　月光越发清冷,偶尔几声轻响也不足以引起什么注意。

　　宋星辰趴在沙发的靠背上,趴着趴着就睡着了。

　　苏清澈执行完任务从三楼下来,刚想开门,手指抵在门上一推,发现上锁了。正打算离开,却不知道为什么突然停住了脚步。他转身往窗口这边瞄了一眼,几步迈了过来。

　　窗户拉开了一小段的距离,他伸手轻轻一推,就看见了窗帘后面趴着睡着的宋星辰。

　　他皱了皱眉头,刚想叫醒她,就听身后"吧嗒"一声,一重物落地。

　　苏清澈不用转身都知道出现失误的人是谁,几步过去一把拽住他的衣领把人提了起来:"别以为现在任务结束了,就可以掉以轻心。"

　　他的声音压得又低又沉,颇有些咬牙切齿的意味。

　　陆参谋长揉了揉摔疼的地方,敬了个军礼表示抱歉:"等你回去是罚我检讨还是越野,我都无条件服从。"

　　苏清澈冷笑:"军令如山,你敢不服从。"说罢,松开他的衣领。

　　陆参谋长记得自己失误是因为看见团长站在窗前往里偷窥,非常震惊,才导致技术上的一个疏忽,行动一恢复自由,赶紧伸了脖子过去看。

　　这一看,他瞪大了眼:"宋……宋……宋指导员?"

　　苏清澈冷睨了他一眼,又回身看了看睡着的宋星辰,道:"衣服脱了。"

　　"啊?"陆参谋长惊恐地拉紧自己的领口,往后退了几步:"老大,你要干吗？"

苏清澈眉头一皱，又重复了一遍："把衣服脱了，这是命令！"

陆参谋长反抗无效，心不甘情不愿地把外套脱了下来。

苏清澈一把接过，几步走回窗前披在宋星辰的身上，又细心地拉上了窗，一回头就看见陆参谋长一副暧昧又怨念的神情："总结的时候我一定要严肃且毫无遗漏地向首长汇报这一次任务的各个细节。"

苏清澈抬手攀住栏杆准备往下跃："你最好把自己差点儿搞砸这个任务的细节也描述一下，看看首长是先抓你的军事素质还是我的个人问题。"

被戳中软肋的陆参谋长默默地窘了，于是他很认真地开始转移话题："那我的衣服怎么办啊？我还要穿着去相亲呢。"

苏清澈这回都懒得理他了，一个利落的侧翻就隐在了屋檐的下面，悄无声息地撤退了。

陆参谋长一边往下爬，一边很是记仇地自言自语道："该打的小报告我还是要打，反正迟早要被你收拾……"现在当个兵真心不容易啊，尤其是顶头上司还是个高文化、高素质、高标准的腹黑军官。

宋星辰是被敲门声吵醒的，她一醒来就发现自己浑身上下都有些别扭，酸疼得厉害。

她活动着关节一转身，披在她身上的那件外套就落了下来。

她看着这件棕色的外套，狐疑了片刻，最终确定这不是苏清澈身上的那一件。

敲门声还在断断续续地响着，宋星辰在沙发上呆愣了一会儿，才揉着酸疼的手腕过去开门。

门一拉开就看见陆参谋长正拿着手机站在门口，见她来开门，皱着眉头对着手机说道："我早说直接爬窗进去吧，刚开门。"

宋星辰往他身后扫了一眼，见他是一个人来的，双手环胸直接把大门给堵得严严实实的："一大早就扰民，这是怎么回事啊？"

陆参谋长可没有苏清澈那应付自如的本事，当时就汗如雨下了："宋指导……咳咳，宋小姐，那个麻烦你把衣服还给我，行不行？"

"衣服？"宋星辰皱了皱眉头，想起刚才看见的那件棕色外套："你的？"

陆参谋长点点头："昨晚老大原路返回的时候硬扒下来的，我还要穿着装门面呢。"

这就不难解释这件衣服怎么会出现在这儿了，宋星辰回屋去拿了衣服还给陆群，又问道："你们怎么还在这儿啊？"

陆参谋长顿了一下才道："还有事，等事情处理完了再回去。老大在下面等那辆因公殉职的车的主人呢，那辆车昨晚被误伤了。"

宋星辰不疑有他，只说道："那我们等会儿吃过早饭就回去。"

所以，当宋星辰吃过饭下楼，看见自己那已经瘪掉的车轮胎时，差点儿没怒火中烧。

敢情苏清澈等的倒霉车主就是她啊！

苏清澈斜靠在车门上，看见宋星辰面色不好地看着车轮胎，眉一挑，也默然了。

只有旁边那丝毫没有察觉到紧张气氛的陆参谋长大笑出声，拍着大腿幸灾乐祸至极："哎呀妈呀，笑死我了，做梦都没想到这车居然是宋小姐的。"

宋星辰冷冷地瞥了他一眼，那眼神倒是跟苏清澈有三分像，让还在傻乐的陆参谋长瞬间收了笑，一本正经地埋头看手机去了。

宋星辰快步走过去，蹲下身子在爱车的轮胎边上看了又看。

那破的可不只是一个洞，而是一个大洞。

她脸色顿时难看起来："这可是原装的，我买来还没多久呢，你看怎么办吧？"

苏清澈低头扫了她一眼，慢条斯理地从衣服口袋里翻出张支票来："照价赔偿，宋小姐还满意吗？"

宋星辰冷哼一声，起身看了眼支票上的数额，慢悠悠地笑了："这么点就想打发我？"

陆参谋长默默地把目光从手机屏幕上移过来："宋小姐还是乖乖拿着吧。"

宋星辰斜睨了他一眼，一字一顿咬牙切齿道："你闭嘴。"

韩潇璃收拾好出来就看见宋星辰正冷眼看着眼前身材修长的男人，那眼神，啧，真的是能擦出火花来啊，太热烈了！简直想在帅哥白皙的脸上烧出一个洞来。

她赶紧上前，一把拉住她往后退了几步："你怎么回事啊。"

"我怎么回事？"她冷声扫了一眼韩潇璃，拉着她转身往那轮胎上踢了踢，"你看我怎么回事啊。"

原本来缓和气氛的韩潇璃也瞬间噤声了。

小院子里开始有越来越多的人经过了，苏清澈把别在领口的墨镜戴上，利落地在支票金额后面又加了一个零："我这边还有事呢，你赶紧回去。"

宋星辰瞄了眼支票上的数字，这才满意地把支票收了起来。然后抬了抬下巴，颇有些示威道："我车都这样了，你让我怎么回去啊，这前不着村后不着店的。"

苏清澈凝视了她片刻，视线落在她白皙的脸上，又移到她身侧那个不出声的姑娘身上，眉头缓缓皱起："几个意思？直说。"

真爽快。宋星辰颇有些调戏意味地吹了声口哨，这才靠近几步，顺手帮他理了理刚才拿墨镜时微微有些折起来的领口。见他低了头，那冰冷审视的目光透过墨镜还那么犀利地投射下来，她微微一笑。

陆参谋长顿时傻眼了,这光天化日之下是要干坏事,秀恩爱的节奏?

宋星辰侧了侧头,抬手拉下他的墨镜,露出他那双深邃黑亮的双眸:"你干的,当然你负责。"

当事人还没什么反应,陆参谋长已经深深地打了一个冷战。

不行,他觉得最近他的承受能力越来越低了……

苏清澈任由她的手攀在他的胸口,片刻才抬起手握住她的,慢慢地收紧力道。听见那清脆的骨骼的声音,看着她微微皱起眉头,才缓缓地松开,干脆果断地回答道:"好。"

宋星辰猛的一推苏清澈,自己也往后退了一步,冷着脸睨他:"说话就说话,动手动脚的。"

苏团长接过陆参谋长扔过来的钥匙,扫了她一眼,一本正经道:"不对女朋友动手动脚的难道跟别人来?"

宋星辰一愣,"啧"了一声,眉头一下子就皱了起来。

刚想说话,苏清澈已经一步跨了过来,一把搂住了她。那原本还凉飕飕的淡然语气也瞬间柔和了下来:"行了,别生气了。回头喜欢什么车,跟陆子说一声,直接提钱去买。"

话音一落,他搭在她肩头的手轻轻地敲了敲,揽着她往一侧的停车场走去:"配合我。"

韩潇璃见人就这么被带走了,一头雾水:"你们这是……"

陆参谋长顿时一身冷汗,赶紧点头哈腰地让韩潇璃跟上:"小姐,请。"

Chapter 5
诱惑

宋星辰被苏清澈半抱在怀里,顿时浑身僵硬,不断用手挠他的腰:"什么情况?"

苏清澈握住她乱动的手,神色颇有些紧绷。

一路揽着她走到车旁,拉开车门把她推进去,又俯身过去亲自给她系安全带,边系边抬手调整了一下领口上那颗纽扣,轻声而坚定道:"目标出现。"

宋星辰这回是彻底僵硬了。

苏清澈扣上安全带,抬眼看了她一眼,见她面色有些苍白,就抬手握住她精巧的下巴,微微凑近过去:"吓到了?"

宋星辰一把握住他的手,冰凉的温度立刻就从她的掌心传递过来,他眉头微微一皱,反扣住她的手略为安抚地拍了拍:"我送你出去就没事了。"

宋星辰清了清喉咙,透出车窗玻璃看见韩潇璃也被陆群带过来了,才松了一口气,道:"我一刻也不想在这儿待下去了。"

苏清澈听见脚步声,便松开了她的手,随手关上车门,让韩潇璃坐

Chapter 5 诱惑

到后面,又和陆群交换了个彼此都能看得懂的眼神后,开车往门口驶去。

小院的门口堵着一辆敞篷的法拉利,颜色鲜红,张扬又艳丽。

车上的男人坐在车门上,叼着烟笑看着驶过来的苏清澈,两车刚要擦肩而过,苏清澈一踩刹车停了下来。

"我怎么没听说苏哥你还有女朋友啊。"那男子微低了身子,透过苏清澈这边敞开的车窗往里面看了一眼,看见宋星辰微微愣了一下,轻佻地吹了声口哨,"马子挺正。"

苏清澈眯了眯眼,握着方向盘的手状似不经意,却是实打实地按在喇叭上,发出一声刺耳的短鸣。

他颇有些不悦地睨了这个男人一眼,眼神越发清冷:"你老大没告诉过你哪些话能说,哪些话不能说吗?"

见苏清澈认真了,那年轻的男人才笑眯眯地道歉:"抱歉了,我老大还真没告诉我苏哥你是个重感情的。干我们这一行的要什么没有,苏哥你太认真了。"

苏清澈斜睨了他一眼,语气不善:"现在知道也来得及。"

年轻的男人这才明白苏清澈已经动了怒,当下也不敢再开玩笑,只是那眼睛始终往宋星辰的身上瞄。片刻后他才懒洋洋地道:"苏哥这会儿是去哪儿啊?我们老大等会儿就来了。"

苏清澈侧过头看了一眼宋星辰,那眼神深沉又带着点儿别样的感情。宋星辰还未读透,苏清澈已经看向了窗外:"我女人闹着要回去,下次再带给你老大看。这边我还留了一个人,等把她送回去我就赶回来,不会耽误。"

苏清澈这么说了,那年轻男人自然没有干涉的权力,当下倾过身子伸手拍了拍苏清澈的车前盖,吐出一口烟雾来,缓声道:"苏哥慢走,不急。"

苏清澈看了他一眼,半点回应也没有,直接踩着油门就走了,经过的时候还扭了一下方向盘。

宋星辰只感觉车身一震，她恍然去看时，苏清澈紧绷着脸，那浑身的戾气瞬间散发出来。他侧头从后视镜里瞄了那个年轻男人一眼，这才打了方向盘往出去的小道上拐。

宋星辰回头去看，只看见那辆美艳的法拉利车身上被划了一条清晰的长印。

"抱歉，我没想把你扯进来。"驶出一段距离之后，他抬手揉了揉眉心，颇有些无奈，"我先送你回去，等会儿就加派警力，让警方配合保护你，直到任务结束。"

宋星辰还有些心有余悸，听他这么一说，越发颤了："我也有危险？"

苏清澈顿了顿，转过头来看她，脸上终于有了笑意："你不危险，我的女朋友才危险。"很不巧，他刚才只能承认她的身份。

宋星辰一点儿就通，她扯着胸前的安全带，半晌才咬牙切齿地开出条件："不行，我还要精神损失费！"

苏清澈挑了挑眉，很是干脆地拒绝："你想得美。"

宋星辰：……犹豫下会死吗！

韩潇璃直到下了车还一副很，迷幻的样子，直勾勾地看着一个漂亮甩尾就快速离去的迈巴赫，攥着宋星辰的手颇有些奇异："我没想到我第一次坐迈巴赫居然是在这种……奇怪的情况下。"

宋星辰脸色一直不好，她叹了口气，赶紧把行李递给韩潇璃："你赶紧躲苏谦诚那里去。"

韩潇璃眨眨眼："为什么？"

宋星辰四下看了看，拉着她往回走："你没发现有点儿麻烦吗？还等着在这里变成人质啊。"

一直在状态外的韩潇璃有些不确定地问道："可是你不是说他们在

演习吗？"

"演习？"她重复了一遍，终于想起来这是昨晚自己为了这妮子能睡得安稳点随便找的借口。

她默了默，有些无奈地看着韩潇璃道："你见过演习这么逼真、慢节奏的？"

韩潇璃点点头再摇摇头，很实诚地回答："我没见过演习。"

宋星辰：……得，赶紧打包送走，眼不见心不烦，迟一刻都想掐死她。

临时发生了状态，自然是要报告上级并调整计划的。

苏清澈接到陆群的电话说那边的人要求临时换地方商谈时，丝毫不意外。

这是一处废弃了许久的工厂，残垣断壁，荒凉得几乎和它身后那一片虚无混杂在一起。

他停了车，从后备厢里拿出手枪别在后腰上，联系上一直在附近徘徊，等着和他会合的陆群。

和苏清澈接头的就是刚才碰见宋星辰的年轻男子雏鹰，以及他们老大的左右手霏凡。

苏清澈这次的任务是代替已经被警方软禁的孤狼小组，去和这帮走私军火的罪犯接头，并在揪出幕后 boss 后，将他们一网打尽。

这个小队是长期活跃在边境甚至于国内的走私团伙，除了走私军火还大量贩毒，影响十分恶劣。

苏清澈由于最符合接头人的条件便被全权授命，临时委派了任务。

他在农家乐遇见宋星辰的那一晚，就是去抓捕孤狼小组配合警方行动。

雏鹰等在门口，见他们两个人徐徐走来，挑了挑眉："苏哥，挺准时的啊，没跟小嫂子腻歪下？"

苏清澈眉头皱了皱，一双眸子越发冷冽："在商言商，我实在不喜欢从别的男人嘴里听见说我女朋友的话。"

雏鹰愣了一下，随即弯了弯唇，笑得痞气十足："请，霏凡在里面等着了。"

苏清澈跟着雏鹰一直走到10号废弃仓库，才见到人。

那个叫霏凡的男人正把脚挂在桌子上，俯地做俯卧撑，听见动静抬起头看过来，整个人给人的感觉就是阴沉又冷血。

他的面色过于苍白，显得肤色很是奇怪，一双眸子略带血丝，凝视着走进来的人时隐隐还有些嗜血的光。

苏清澈缓步走过去，见真的是霏凡本人，就拉过边上的椅子坐了下来。

就在他刚坐下的瞬间，霏凡撑着地一下子站了起来，他微侧了侧头，审视他片刻，缓缓一笑："苏哥，怠慢了。"

苏清澈垂了眸子，拍了拍袖子上的灰，语气凉薄又寡淡："只有你们两个？"

霏凡给他倒了水，赔着笑道："老大有事临时来不了了。"

苏清澈微微勾了勾唇角，接过他递过来的茶杯抿了口茶，抬眼看过去："约在这个地方是信不过你还是信不过我？"

一直站在陆群身侧的雏鹰眉头皱了皱，微微扬高声音道："苏哥，你这话说得就伤感情了。"

苏清澈又慢条斯理地饮了一口茶，这才漫不经心地说道："你们还不配跟我谈感情，让你们老大来。"

一瞬的寂静，风从破碎的窗口吹进来，刮得那摇摇欲坠的窗户发出咯吱咯吱的轻响声。

不知道是谁先动的，眨眼间四个人就一对一地纠缠在了一块。

Chapter 5　诱惑

苏清澈出拳迅速又猛烈，直照霏凡的面门。那拳风呼呼的，即使是身经百战的霏凡也绝对不敢低估一分。

雏鹰一见两人打起来，立马就要往前冲。虽说陆参谋长平时有些吊儿郎当的，但军事素质却是绝对过硬，尤其擅长心理战。

他几乎是在雏鹰动的瞬间，就立刻拦住了他。一个手刀直接往他的后颈劈去，雏鹰之前低估了这个看起来很白净的小跟班，现在就吃了个大亏。

一闪身，陆群虽然没有劈到他后颈，却是实打实地落在了他的肩上。

他回身就是一个扫堂腿，陆群往后一避，快速地抽了旁边放着的木棍横空劈来！

苏清澈余光扫到陆群的这一招，微微勾了唇角笑。手下也是不遗余力，让霏凡格挡起来吃力得不行。

一战下来，苏清澈丝毫未伤，倒是霏凡的关节，看似只是轻微的受了伤，实则招招都被苏清澈伤至动骨。

苏清澈撑着桌角跃起一个侧翻，擒住霏凡一把压制在地上，紧扣住他的脖颈贴着地面，快速地从腰后拔出枪来，拉开保险扣着扳机直接抵在他的太阳穴上。

霏凡看清了苏清澈的眼神，那双眼里并没有多余的情绪，平静得甚至有些寡淡，凉薄得冷冽。那一副不怒自威，胜券在握的表情其实并不强烈，偏偏能那么真实地让你感受到，并——为之胆颤。

苏清澈见霏凡还在打量自己，抵在他太阳穴上的枪口又狠狠地一顶："到此结束。"说罢，缓缓移开了枪口，又看了眼那边正被陆群压制在身下的雏鹰，冷冷地勾了勾唇角。

"我向来不做没诚意的生意，你回去跟你们老大说一声，让他找下家吧。"说罢，把枪别回腰后，头都没回一下就往外走。

就在这时,霏凡缓缓站起身来,擦了擦唇角的血,冷硬着说道:"老大是真的有事来不了,他被警察盯上了。"

苏清澈自然不会意外这个结果,但在霏凡面前却必须要装作一副不知情的样子,当下脸色越发地冷。

他低头状似漫不经心地挽起袖口,说出口的话却冷漠无情得让霏凡都颤了一下。

他说:"有没有人告诉你,我也是个厉害角色。惹了我,照样得死无葬身之地。"

霏凡抿了抿唇,终于躬身道歉:"抱歉,是我们考虑不周。"

苏清澈冷哼了一声,抬步就走。

雏鹰却在他擦肩而过的瞬间抬手拦住他:"希望苏哥认真考虑考虑,如果这生意还做,明天就到会馆来。"

苏清澈侧目看他,只听他继续道:"顺便带大嫂一起来玩玩。"

宋星辰买了快餐回来,就看见门口站着一道并不算陌生的修长身影。

听见脚步声,苏清澈转过身来,见她穿着随意地提着两个快餐盒,眸色微微一深:"你回来啦。"

宋星辰愣了一下,随即点点头,下意识就回答:"对啊,我回来了。"

大概是难得见到这个女人有这么呆萌的时候,苏清澈弯了弯唇角,几步走过去接过她手里提着的袋子:"开门。"

宋星辰眉头皱了皱,看着被他提在手里的自己的晚饭还有些不在状况:"你怎么在这儿?"

"组织需要我。"苏清澈抬了抬下巴,示意她先开门再说。

宋星辰听见电梯运作的声音,知道这里的确不是可以说话的地方,皱着眉头警告般瞪了他一眼,心不甘情不愿地摸向裤子口袋去拿钥匙。

这么一摸,她又是一愣。

Chapter 5　诱惑

咦，钥匙没带……

苏清澈见她盯着门久久未动，就大致猜到了是什么情况，他轻叹了一口气，略有些无奈的四下看了看："你去敲隔壁的门。"

当苏清澈从隔壁家的阳台翻过去帮她开了门，站在门口冷眼睨她的时候，宋星辰觉得这个世界真的魔幻了。

她跟隔壁的大妈道了谢，提着她快冷掉的晚饭进了屋。

苏清澈倒挺随意的，绕着她家转了一圈，最后怡怡然地在她的沙发上坐了下来。刚坐下，他的面色就有些不太对劲。

宋星辰往他坐的地方看去，僵着脸一把推开他："别压坏了，明天就要寄出去的。"

苏清澈脸色瞬间沉了下来，他站起身把埋在抱枕下露出一角的包装盒拿出来，看清是什么东西的时候俊脸顿时黑了："宋小姐，你家的产品都是被你这么随意处理的？"

宋星辰一见苏团长的面色不好，眼角眉梢就都有了笑意，很是欢快地点了点儿头："不好意思啊，它冒犯到苏团长了。"

那语气，先别说有没有歉意了，十足地挑衅啊有没有。

苏清澈随手把那东西往地板上一扔，面色铁青："没关系，我相信宋小姐不是故意的。"

宋星辰含着一口饭含糊地回答道："对，团长你太深明大义了，我真的不是故意的，如果我早知道你今天要来，我一定让它的兄弟姐妹都出来欢迎你。"

苏团长垂放在膝盖上的手猛然握紧，青筋暴露，面上却还是不动声色，甚至于听了这话颇有些生硬地回答道："不用客气，反正以后我们会经常见面。"

原本还志得意满的宋星辰顿时被噎了一下，她捧着饭盒扭头看他：

"苏团长,这个噩耗是什么意思?"

苏团长很是淡定从容地问她:"宋小姐,国家有需要,你作为党员,是不是要无条件配合以及牺牲?"

无条件配合?牺牲?

这玩笑开大了啊!

苏清澈挑了挑眉,在宋星辰彻底石化前补充道:"现在正式启用你的掩护身份,无条件服从以及配合我的行动,并全权听从我的指挥和命令。这是宋小姐你的义务与责任,请问你还有什么问题吗?"

宋星辰觉得她最爱吃的糖醋排骨都拯救不了她了,她一脸震惊地看着云淡风轻的苏清澈,咬牙切齿地说道:"报告,我很有问题。"

苏清澈赞同地点点头,"嗯,这个我知道,但我不会嫌弃或者歧视战友的。"

宋星辰:……好想打人!

她说的有问题又不是她有问题,啊,不对……她是有问题,但她只是对这个命令表示质疑啊!

等宋星辰食不知味味同嚼蜡地把晚饭解决了,她才端端正正地坐好,听从党的召唤人民的需要以及苏团长的变态征召。

苏清澈犹豫了下,讲清了事情的大概经过之后,一本正经万分严肃以及略带可惜地说道:"我也很遗憾要跟你这么纠缠不清……"

瞧瞧,这是领导在做同志思想工作时该说的话吗!

"不过,"他顿了顿,正色道,"宋星辰,我需要你的帮助。"

宋星辰一直强硬的态度终于在他放柔了语气说"宋星辰,我需要你的帮助"时软化下来。

她抬手揉了揉眉心,颇有些不情愿:"如果换一个人,比如天然无污染的陆参谋长都好过你。"

知道她是在口是心非，苏清澈微微垂了眸，认真地凝视着她，一字一句道："你放心，我会保护你。不会让你深陷险境，即使发生意外，我也愿意一命换一命。"

宋星辰刚刚摇晃了几下的念头终于全部崩塌。

苏清澈给人的感觉其实并不是强势的，即使是他一身军装凌厉逼人地下命令的时候都不会有此刻柔和了姿态给出承诺的样子来得让人心甘情愿，死心塌地。

没错，宋星辰因为他的这段话，觉得就算前面充满了危险，也都可以义无反顾。

这种莫名其妙的信任感，并不是那一身军装给她的，而是本就根深蒂固的。

就如那一晚，暗夜沉沉，她看着他一动不动地站在那里，临走之前转过头来看着她的那一眼。

其实并没有很深刻，也没有很动人，只是那一眼的坚定和传达给她的让她小心的讯息，让她觉得这个男人真的太容易攻破女人的防线了。

只在于他愿不愿意，想不想。

所以，她只在最初的犹豫之后就点了头："我不是看在你的面子上啊，是因为我是党员，我入了党，是党对我有需要！"

苏清澈多少有些感激，宋星辰本来就和这件事无关，如果不是认识他，根本就不会卷进这件事情来。对方是多么穷凶极恶的人，别人不知道，但是他清楚，说什么不让她有危险，其实当她点头的那一刻，她就已经身临险境了。

宋星辰见他不说话不反驳的，拿脚踢了踢他："帮我拿下遥控器。"

苏清澈回过神，看见遥控器就在她的正前方，唇角抽搐了下，果断地选择了袖手旁观："你是自己没有手了？"

"啧。"宋星辰皱着眉头斜了他一眼，"你这人怎么这么不知好歹啊，忘了我刚答应帮你那么大一个忙了啊。"

苏清澈挑了挑眉，很认真地反问："你刚不是还说你不是看在我的面子上，是因为你入了党，党对你有需要你才挺身而出的吗？"

宋星辰被苏清澈用自己的话堵死了，顿时气闷了。

哼，不带这么欺负被党需要的人民啊！

聊天软件不断地传来提示的声音，苏清澈看了她一眼，想起军训结束前自己的那个恶作剧，不由得挑了挑眉："电脑没换新的？"

宋星辰冷睨了他一眼，打算彻底无视他："苏团长你没事了就赶紧走吧，这里容不下你这尊大佛。"

苏清澈兀自低笑了一声，见她看过来，这才强调道："宋小姐大概是忘记了你现在的身份，你是我苏清澈的——"他顿了顿，唇边泛起了略有些促狭的笑容来，"同居女友。"

宋星辰"啪"的一声直接按错键把未打完的一段话给发了出去。

她咬牙切齿地转过身来，语气认真又凛冽："麻烦苏团长帮我接通一下你上级的电话，我需要和他单线通话，深刻交谈，全面了解任务内容！"

苏团长声音低哑，很是故意地撩拨已经发怒的宋姑娘："抱歉，我记不住号码。"

他记不住号码？

宋星辰气急反笑："那你是怎么记住一串的程序来黑我电脑的？"

苏团长很认真地想了想，颇有些疑惑地反问："黑你的电脑还需要那么复杂？"

宋星辰这回真的是怒极攻心了，她深呼吸了一口气，很严肃很认真地叉腰瞪目怒视着还是一脸从容淡定的苏团长，恶狠狠地道："你知不知道，我现在特别想把我从小到大所知道的全部脏话都对着你复习一遍！"

一直矜贵淡然的苏团长依然面不改色地点点头："我能理解你的心情，但并不支持你实践。"

宋星辰：……

宋星辰终于抓狂暴走了。

关于苏团长要留宿这件事，双方都僵持不下。

最后的结果便成了：苏团长睡客厅的沙发，宋星辰霸占主卧。

可是苏团长并不是个按照规则来的人，他洗过澡，穿上宋小二友情赞助的男士睡袍就怡怡然地往宋小二的主卧室走来。

正热火朝天化身为温柔可人店小二的宋星辰小姐，顿时傻眼了。

苏团长身上这件男士睡袍的胸口处是脱线设计，是一条条的纤维细线连接着布面，他不动还好，一动就是若隐若现。

苏团长长期在部队训练，自然练就了一副让人垂涎的好身材，那比例，那精瘦的腹肌，简直比宋星辰网店用来招揽生意的男模特都要来得养眼好看。

她默默地咽了下口水，扭过头确认买家的订单时，才反应过来自己不该是这个反应。当下把手里的鼠标一摔，把椅子也拉得噼里啪啦作响。

架势摆得是十足，不过她一回身看见苏团长正坐在她的床沿，微垂了眸子在看那根细线时，莫名就觉得这样秀色可餐的苏清澈真的很……销魂。

她清了清喉咙，皱起眉头，努力营造出一副"我很严肃，谁开玩笑谁是傻子"的气氛来："苏团长没事的话就去睡吧。"

嗯，说出口的话，却气弱得不行不行的。

苏团长这才把视线从那根细线上移开来，挪向某位面色微微有些发红的店小二："客厅没有门锁。"

一直以聪明伶俐机智灵活标榜自己的店小二同志显然没有跟上那么

利落的跳跃性话题，很是疑惑："什么？"

苏清澈低头扫了自己一眼，很是纯良地说道："我大晚上穿成这样，很没有安全保障。"

宋星辰：……

宋星辰觉得遇上苏清澈之后，她无语的次数比前二十三年加起来都要多上很多。

沉默了片刻，为了捍卫自己的大床，宋星辰痛定思痛，最后很是艰难地提出建议："那我们换换，你穿我的睡衣？"

这回无语的变成了苏团长，敌人的战术出神入化并且根本不按常理出牌，真正是一到正面对抗就给他来了一个措手不及啊。

苏团长脸都黑了，他站起身来，虽然隔着一张大床和宋星辰对视着，但那气势却是半分不减。

正对着大床的窗户大开着，窗帘被突然涌进来的风吹得鼓起来。倒是让原本被遮在窗帘外的月光洒了进来，一室都是温暖的浅浅光亮。

这样的对视让宋星辰颇有些回到部队参加军训的错觉，他还是那个一身军装英姿挺拔的军人，她也是仰望着这个如神祇一般的男人的众人中的一位。

很多时候，宋星辰回忆起当初第一次见到便装的苏清澈靠坐在窗前的样子，总是喜欢和他穿军装时的样子放在一起对比。

苏清澈无论是什么姿态都是优雅矜贵的，穿军装的时候有浑然天成的霸气和威严，那种英气逼人的俊朗是任何时候都无法企及的。

不穿军装时，他眼底那一抹淡然和无争也会让你错误地认为这个男人温和而无害。可偏偏他就算不穿军装，只绷起脸来，凝视着你，都会让你分外有压迫感。

譬如现在，他……衣衫不整地穿着单薄又若隐若现的情趣睡袍，用那双幽黑又深邃的眸子，什么也不做，只是看着她，就让她颇有些呼吸

Chapter 5 诱惑

困难。

重点是，这个男人虽然是军人，可他该死地并不把任劳任怨为人民服务放在首位啊。啊，不对，准确地说，前提是在她的面前。

于是，只是被苏团长用眼神审视了一下，宋星辰就气弱得开始打起退堂鼓了。

当然，如果你觉得她无条件就投降的话那你就错了。不管怎么说，在遇见苏清澈之前，宋星辰都是从不言败的嚣张霸主。

当下便抓起手机握在手里，打开了拍照功能。

她刚一动，苏团长就察觉到气氛有些微的不对劲儿。

不过宋星辰没傻到直接去挑战苏清澈的权威，反而用商量的语气开始谈条件："如果你不介意晚上跟我睡同一张床的话，我可以把床分你一半。"

苏清澈点点头，显然是料到她后面还有大招，很是干脆利落："条件。"

"让我拍几张照片，我正缺模特，我保证绝对不拍脸。"

苏团长：……

虽然没什么，可是苏团长还是莫名地有些想掐死这个不会看眼色的店小二。

他干脆利落地准备直接霸占高地闭眼休息，宋星辰看出他的意图，眼珠子一转，一边赶紧开了静音模式，摁下几个匆忙的连拍，一边阻拦道："不准上我的床。"

抖开被子的苏清澈一挑眉，对于上了她的床会有什么严重的后果表示非常地好奇以及关心："否则呢？"

宋星辰眼也不眨地继续连拍着，脸上却道貌岸然地装出一副宁死不从的坚贞样："你上了我的床，那严重的后果就相当于你把我给睡了！但我一个黄花大闺女，之前连男人的手都没摸着，你睡了我，不需要对我负责吗？"

苏清澈自然看见了她的小动作，不紧不慢地用被子遮掩住，慢条斯理地回答她的问题："那我们干脆发生点什么，我负责。"

宋星辰：……

论起厚脸皮的程度，宋星辰明显和苏团长不是一个段位的。

苏团长见她僵在原地，很干脆地直接霸占了她的大床："我很民主，尽管来。"

原本正打算直接砸椅子过去，来个宁为玉碎不为瓦全的宋姑娘顿时动摇了。

不过当然，最后的结果已经显而易见了，宋星辰被"同居男友"赶去睡沙发了。

宋星辰抱着抱枕窝在沙发上的时候还颇有些不解恨，她和苏清澈的第一次相亲她就火眼金睛地看出这绝对是要打负分的相亲对象，果不其然，他实践得很彻底。

但其实，苏清澈睡了片刻就起来了，开始跟上面的领导汇报，分配小队任务，以及对宋星辰这个意外加入的战友安排保护人力。

会议开了片刻，对于提出的专人保护，苏清澈持有反对意见。

被分配为保护战友的陆群同志默默地用眼神谴责颇有些以权谋私的苏团长，占有欲太强了啊有没有！

当然，陆参谋长这种大脑除了在军事上能跟高科技相提并论，其他方面却是个堪比草履虫的单细胞生物，这小小的反抗意见是绝对可以明确忽略的。

苏清澈沉思了片刻，才说道："他们这次动静大，已经打草惊蛇处处被防范小心了，甚至连上次定下的交易时间和地点都有改动。"顿了顿，他眸色微沉，"叫上宋星辰不是偶然，而是为了多一个筹码，他们并不信任我。"

这个道理大家自然都懂,所以说如果一旦被歹徒发现动机或是露出一丝马脚,最危险的就会是宋星辰。

她会被挟持,作为人质。

苏清澈沉思了片刻,才说道:"我来贴身保护吧,反正执行任务她都会跟我在一起,我一切以保护她为优先。"

于是,原本已经开始鄙视苏团长的陆参谋长越发鄙视他了,瞧瞧……这以公谋私的,做得那么明目张胆。

上级领导似乎是临时开了个小会,片刻后才决定道:"那就这么决定了,在保证任务成功的前提下,要优先保证宋星辰小姐的人身安全。"

这个逮捕计划已经设计了很久,不能功亏一篑,一旦让不法分子逃到境外,那再想实行抓捕就只有万分之一的可能性了。

苏清澈临时担任组长,指挥小组,上级将会调派一支优秀的突击队配合任务执行。而明天,就是双方第一次正式会面。

他关掉电脑,拉开门往客厅看去。

宋星辰已经睡着了,客厅里黑黝黝的一片,只听得见寂静中她清浅均匀的呼吸。

他顺手关了房内的灯,在房门口又站了片刻,那一双隐在黑暗里的眸子直直地看向沙发的方向,若有所思。

次日醒来,宋星辰第一件事就是去卧室吵醒好梦的苏团长。等她气势恢宏地推开门,看见背对着她裸着上身正在做俯卧撑的苏团长时,反而愣了一下:"你在干吗?"

苏团长被打断,索性也就起身了。他擦了擦额角的汗,语气淡然道:"帮你检查下地板的牢固度。"

"……你还真客气。"她冷笑一声,计谋泡汤就很爽快地直接去洗漱了。

临近中午,苏团长悠闲地从客厅晃过来,推开敞着一条缝的卧室门:"中午吃什么?"

宋星辰昨晚慌忙中连拍了几十张苏团长的照片,正在筛选准备上某宝,这么突然地被苏团长问候吓了一跳,一个手抖直接把快编辑完的网页关闭了。

勤劳努力的店小二傻眼地看着空出来的显示器,手忙脚乱地关掉,转身瞪向身后的罪魁祸首:"干吗?午饭各自搞定,OK?"

啧啧,火气可还真不小。

苏团长自讨了个没趣,微微挑了眉,反而勾着唇角,似笑非笑地睨了她一眼:"这可是你自己说的。"

懊恼得想剁手的店小二正在怒火中烧中,闻言更是恶狠狠地瞪过去:"少废话,出去,关门!"

被命令的苏团长侧了侧头,唇边那不怀好意的似笑非笑终于变得意味深长,然后很从善如流地关上门出门买菜去了。

嗯,是的,你没看错,苏团长出门买菜去了。

宋星辰听见关门声,赤着脚跑出来确认,确定他已经离开了,马上火速回房上锁,继续刚才的伟大壮举!没错,她决定用苏清澈作为人体模特,把昨晚那件刚到的情趣睡衣提前上架!

当她顺利完成,成功上架之后,才松了口气,怡怡然地去烧了壶水泡她的泡面解决午餐。

苏清澈就是这个时候回来的,看到她泡了泡面盘腿坐在沙发上边看电视边咬火腿肠的姿态时,略有深意地挑了挑眉,拎着满满的一大袋菜就去了厨房。

宋星辰的厨房——一贫如洗。

不过好在苏团长临出门前已经事先侦察过了,该买的都买了,所以此刻动起手来还是很方便的。

Chapter 5 诱惑

但宋星辰就不淡定了，看这架势是要逼她抢饭碗的节奏啊！

她捧着泡面慢吞吞地走到厨房门口，看着里面那身材高大的男人套着那件被当成摆设很久了的小白兔围裙正熟练地洗菜切菜时，差点儿没把眼珠子给瞪出来："你你你……还会做菜？"

苏清澈转身看了她一眼，那眼神实打实地是看弱智的姿态："你不是尝过吗？"

哦，也是。

军训时野外训练，就是他做了一大锅美味的大锅饭，那味道让宋星辰现在想起来都有些勾引食欲。

这么一想，原本吃得很欢快的宋星辰对泡面的食欲就没那么强烈了。

而那男人仿佛是知道她在想些什么，缓缓放柔了声音："我准备中午做一份黑椒牛排。可惜今天去没看见以前那个老板，买的牛排看起来肉质就没有那么鲜美了。"

他说着，似乎是故意又似乎是不经意地从一旁的塑料袋里拿出那块看起来汁肥肉嫩的牛排，从宋星辰的眼前缓缓地一晃而过。

他慢条斯理地清洗着，那修长的手指很是仔细地一点儿点儿剥离过去，扣得宋星辰心里渐渐有些说不清的酥麻感。

大概是察觉到猎物已经上钩了，他轻笑了一声，又慢条斯理地再过了一遍的水，把那块肉放在砧板上。

宋星辰不动声色地咽了一下口水，想象着黑椒牛排那爽口的味道，顿时觉得手里的泡面一点儿也引不起她的食欲了。

"为了这个味道纯正，我还特意准备了特制的酱汁。先放油……"他的声音很轻柔，像是春风拂面，他越是想勾起你满腹的食欲，语气就越是温柔得让你心尖都变得绵软。可偏偏，这个声音略带磁性，低沉起来，又有一种毫不矫揉造作的魅惑感。

在这之前，宋星辰是根本没办法把魅惑这两个字跟苏团长联系起来

115

的。苏清澈给人的感觉一向是冷漠淡然，矜贵又严肃的，一本正经起来你根本无法抗拒他强大的气场，刚硬得让你丝毫不能跟柔软这类词联想到一块。

她觉得，她要被催眠了。

可苏团长那边显然还只是刚开始，他小火先煎着那块看着就让人食指大动的牛排，拿铲子的样子真是和谐得让宋星辰想冲动地上去怒点一个赞。

这个男人的外形和气质，简直是达到了她无法想象的程度啊，真是——迷死人了！

但如果你认为宋星辰这就放弃抵抗了那么你就错了，宋星辰一路围观苏团长做菜，被勾得差点儿想上去抢饭碗时，她很是坚定……不对，是很是艰难地捧着她的泡面撤退到了安全的防线内，霸占客厅沙发为防御根据地。

但是客厅和厨房只有几步之遥啊，她依然能听见里面传来的牛排滋滋声以及那男人越发温柔的声线："再放置十五分钟，调小火慢焖，最后淋上黑胡椒汁以及特制的酱汁就可以出锅了。"

宋星辰已经完全听不见电视在说些什么了，她耳边只有那声音，鼻尖只能闻到厨房飘来的香气，饥肠辘辘。

"特制的酱汁加点蚝油和鸡精搅拌均匀……好了，可以出锅了。"

宋星辰觉得，她有点儿受不了了，大脑指挥和行动意识已经一言不合打起来了。

苏清澈把事先切好的西蓝花以及一旁同时煮好的意大利面慢慢地安放好，这才勾着唇角往外看了一眼。

然后毫不意外地就看见门口有一只吃着碗里的却惦念着锅里的大老鼠在目不转睛地盯着他——手里刚出锅的黑椒牛排。

他微微侧了侧头，见她把视线移过来，问道："想吃吗？"

Chapter 5　诱惑

被发现了的宋星辰顿时面红耳热，赶紧扭过头，很是有骨气地大声回答："不吃。"那声音不知道是不是单纯只是为了给自己打气。

"我准备了你的份。"

清淡的声音，却让宋星辰怦然心动。

不带这么诱惑敌人的啊！

让她颜面何存啊！

知道她吃不上好的还来勾引她！

团长你的心理战真是打得太棒了！

宋星辰犹豫间，苏团长已经把盘子端了出来，他的确是准备了她的份。在她转身出去之后，他就加了菜。所以，当苏团长一点儿也没有用小人得志的表情守株待兔时，宋星辰同志很可耻地动摇了。

她看了眼手里那碗渐渐凉掉而口感越发黯然失色的方便面，又看了看那边热气腾腾一副勾人小妖精模样的黑椒牛排，耸了耸鼻子，还是投降了："什么条件？"

苏团长慢条斯理地切了一小块牛排吃进嘴里，很不矜持地眯了眯眼，一副美味诱惑的表情，这才在宋星辰颇有些凶狠的眼神中说道："洗碗就可以，我一向不喜欢收拾残局。"

这个绝对没问题啊！于是宋星辰就果断克服了心理那一点儿点儿微弱的反抗，心满意足地凑过去吃她的大餐了。

如果你认为苏团长还有什么后招的话你又错了，团长大人的这顿午饭一直都是在很安静的氛围下进行，当然，你得忽略掉某位丧权辱国加入敌人阵营的小叛徒偶尔拍马屁发出的那一声声赞叹。

苏团长被夸得眼角眉梢都是淡淡的笑意，在吃饱喝足后，抽了纸巾很是优雅地擦了擦嘴。

刚吃了人一顿大餐而颇有些手软口短的宋星辰越发觉得好像是被苏团长给带进了五星级的餐厅，不由得心生感慨：看着养眼的人吃饭真的是很享受啊。

瞥见刚正不阿的宋小姐投来的疑似感谢和膜拜的眼神,苏团长同志似乎是突然想起什么,问道:"好吃吗?"

宋星辰眯着眼点点头,如果不是还有点儿良知,她就要意犹未尽地舔下唇直接用行动来表达了。

嗯……于是,苏团长很是云淡风轻地说道:"晚上就要出发了,最后一顿总是要满足口腹之欲的,万一再也吃不到了什么的……"他没有再说下去,不过看着宋星辰那慢慢铁青的脸,他笑得颠倒众生。

怎么办?她突然有些——消化不良!

Chapter 6
气势

苏清澈接到霏凡的电话时，正带着宋星辰准备出门。

宋星辰套着鞋子，被他轻轻地撞了下一个没站稳，下意识就一把拉住了他的袖子。

苏清澈回头看了她一眼，微微皱了皱眉头，还未等她说话，直接稳稳地扣住她的手腕支撑起她来。

宋星辰一愣，看向他时，他已经转了视线凝神看向门外。

电话很快就挂了，估计都没有半分钟。

宋星辰穿好了鞋子，拍了拍他的手，不用她说什么，他已经很自然地松了手，拿了她放在鞋柜上的门钥匙塞进她随身带着的包里，这才率先走了出去。

于是，作为主人的宋星辰莫名有了一种……她才是客人的幻觉。

不过说实话啊，她是真的很不想出门啊，苏清澈那款情趣睡衣刚上架没多久就瞬间成为爆款，果然美男的效应是巨大的。

但是她没法发货啊！在她解释了起码要一个星期后才能发货之后，之前那些不管是难缠的还是不难缠的客户，都统一表现出了通情达理的样子，乖乖地预订了下来。

虽然满头的黑线，但是看着进账的白花花的银子，宋小二同志很好商地重新商定了价格，足足翻了一倍，这才心满意足地出门了。

正值下班高峰，苏清澈的车还没开出多远，就在去市中心的路上堵了车。

他开了广播，调到了音乐频道，又调好了声音大小，侧过头看她一眼："就听这个？"

宋星辰点点头："我开车也喜欢听这个频道。"

苏清澈勾了勾唇角点点头："喜欢就好。"

喜欢……就好？

宋星辰顿时僵硬在座位上，动也不是，不动也不是了。这，这，这其实就是投降示弱的讯息吧？知道她要配合他出生入死所以良心发现地对她改变态度了？

仿佛是猜透了她在想些什么，苏清澈又转过头来看她一眼，轻声而坚定地说道："别想太多，任何可能性都不是你脑子里转悠的那种。"

宋星辰傻眼："你怎么知道我在想什么？"

苏清澈一副明摆着的表情："因为你太蠢了。"

宋星辰默了默，有那么一瞬间她非常冲动地想要用她手上这个香奈儿的包砸晕他！深呼吸了一口气，她压抑住心底的不满，冷眼扫过去，反问道："一天不请我吃'人参公鸡'你就浑身不自在是不是？"

"好像是这样……"苏团长若有所思地点点头，很实诚地承认了。

世界如此美好，星辰你不要如此暴躁，忍！

车流缓缓地往前走着，车厢内只有淡淡的音乐声，负气的女朋友同志扭着头看着窗外爬得比蚂蚁还慢的车子。

神清气爽的男朋友同志则饶有兴致地侧头围观负气抿唇的女朋友。

这么沉寂了片刻之后，宋同志终于忍不住了，快速地一把抄起手里的香奈儿就往苏清澈的身上砸："我现在能临时换搭档吗？我觉得猪一样的队友会拖我后腿。"

苏清澈轻轻松松就把她的包接了过来，顺手扔到后座上，这才开始他今晚真正想进行的话题。

他手指搭在方向盘上轻轻地敲了敲，一双漆黑的眸子似是点了漆一般，灼灼发光。身后就是大街上的霓虹灯，一闪一闪的光圈印在他轮廓分明的侧脸上，说不出地好看。

他问："宋星辰，你害怕吗？"

宋星辰的眸子里还剩余着一抹盛怒的光彩，亮亮的，那光看在苏清澈的眼里，就如此刻天空上的星辰，莫名地魅惑。

他轻轻地笑了笑，语气越发柔软："宋星辰，你害怕吗？"

宋星辰一边鄙视把"你害怕吗？"这种话说得跟"明天我请你白宫打游击玩"一样的男人，一边提醒道："照剧本上我们的关系应该是认识了很久的同居情侣，所以我准许你在执行任务期间叫我星辰。"

苏团长一哂，从善如流地叫道："星辰。"

于是，刚刚提议的女人就后悔了。啊，谁能告诉她这个男人的声音为什么这么好听啊，"星辰"这两个字从他嘴里念出来，真是销魂得紧。

她闭了闭眼，才清了清嗓子，很淡定地回答："害怕能吃吗？"

前方的车缓缓地动了，苏清澈握着方向盘慢慢地跟着，这么沉默了片刻，他才微低了声音认真地说道："其实害怕也没关系……"

"其实害怕也没关系……"

宋星辰再度压抑地闭了闭眼，片刻才很是煞风景地冷了一张脸看过去："你能不能不要用这种声音……"

"嗯？"继续低沉魅惑。

"你老是用那么轻的语气，我听了……想上厕所。"

苏团长：……难得团长温柔一回，这是闹哪样？

其实宋星辰只是觉得声音太好听，听久了会上瘾，又没有解药怎么办？那可比在高速公路上从早开到晚却没经过一个厕所来得糟糕多了。

苏清澈脸色很是不好看，他转头看了一眼那边正在努力减少存在感的宋星辰，这才皱着眉头说："我就是想说……"他顿了顿，搭在方向盘上的手指又开始不紧不慢地敲击。

话说了一半，不知道为什么，他又眉头深锁地停住了。

宋星辰手肘撑在窗户上看了他一眼，这才慢条斯理地扣了扣玻璃窗，微微眯了眼笑得餍足又嘚瑟："有什么想求我的可以直说，我现在还可以不计前嫌地考虑下。"

苏清澈似有若无地轻嗯了一声。

一直等后话的宋星辰愣了，嗯是什么意思？

车内又恢复了寂静，这寂静一直持续到车子抵达会馆路口。

苏清澈才轻笑了一声，问她："相亲就是看得顺眼，然后以结婚为前提交往的对吧？"

宋星辰不明所以地看了他一眼，见他神色很认真，便点了点儿头："好像是这样。"

"嗯。"苏清澈轻轻应了一声，又不说话了。

宋星辰越来越觉得莫名其妙了，苏清澈临出任务前，都是这么百转千回，说个话都含蓄矜持的吗？

一直到到了HOT会馆的停车场，苏清澈边解着安全带边说道："我看你挺顺眼的。"

宋星辰：……所以你到底是想说什么？

察觉到她颇有些想发起暴力冲突的意图，苏团长转身很认真地重复道："既然这样，我们就交往吧。"

Chapter 6　气势

犹如晴天霹雳，把宋星辰劈了个外焦里嫩。

她缩回解安全带的手，坐得端端正正以一副虚心接受教育的姿态表态道："你放心，我一定会很认真地配合你的任务。"

正准备开门下车的苏清澈动作一顿，眸色沉沉地看了她一眼，却是什么话都没说，径直推开车门下车了。

陆群已经和另外几个搭档在停车场里等着了，见到苏清澈下了车，就走了上来："嫂子呢？"

苏清澈的心情不太美丽，闻言也是爱答不理的，只微微侧了侧头示意她还在车里，就径直把手里转悠着的钥匙圈抛向身后，头也不回地往前走了。

只剩下陆群和几个搭档面面相觑，理所当然地，刚下车的宋星辰就受到了盘问。

陆群："嫂子，老大怎么了啊？"

宋星辰拨了拨头发，见陆群直勾勾地盯着自己看，才反应过来他口中的老大说的是苏清澈，而那个嫂子叫的是她自己。

她心底默默地窘了窘，微挑了眼角扫了陆参谋长一眼，也很是有脾气地抬了抬下巴："我哪知道他怎么了。"

陆群愣了："可是刚刚只有你跟老大在一起啊。"

宋星辰不雅地翻了个白眼，很严肃地反问："是不是我评论个冰箱还要会制冷啊？"

HOT 会馆。

夜色，是最好的掩护。

宋星辰一踏进这个地方，就是这么觉得的。

这里很安静，装修奢华上档次，就连大堂里摆放着的沙发都是真皮的，看着就知道价值不菲。

宋星辰之前来过一次,还是因为韩潇璃的本命在这里举办生日会,众星云集。宋星辰被硬拉着进去,看见一众只在电视机里出现过的明星时,还是小小地震撼了下。

当然,那次也是她唯一一次那么近距离地看见苏谦诚,嗯……以及天后程安安。

想着,她颇有些熟门熟路地跟着陆群往里走,倒是没看见先过来的苏清澈。

会馆的高级 VIP 设在五楼,电梯正好上去,宋星辰便在这里等,一转头,就看见斜对着电梯的一个包厢里,门开了好大一角。

一个女人正坐在沙发上,身侧站满了私人保镖。

她皱着眉头,微微侧了侧身子,就看见坐着的女人前面正跪着一个被压制在地上,脸紧贴着地面的女人。

而茶几和那女人的脸上,都沾满了血迹。

她浑身一个哆嗦,正要拉陆群去看时,那个坐着的女人似乎是察觉到了这边的视线,冷冷地瞥过来一眼。那一眼,真叫人如坠寒冰。

她这么一愣神间,连身边有人靠近都没察觉。

反而是苏清澈,顺着她的目光看去,微微蹙了眉,抬手掩住她的眼睛:"乖,别看。"说话间,另一只手很是自然地落在她的肩上,又一路下滑扣住她的手紧紧地一握。

宋星辰只被他轻轻一握就镇定了许多,点点头。

苏清澈这才放下手,见她垂了眸子乖巧地站着,手搭住她的肩膀微微一拉,就把人虚虚地环进了怀里,扭过身来。

在宋星辰的想象中,这个能让苏清澈出动的男人一定是非常棘手的,而且长相一定也是非常的抱歉。

但当她见到这个所谓的老大时,才终于相信,果然最能欺骗人的就

Chapter 6　气势

是长相了。

对面坐着的男人看起来约莫三十岁，很年轻。浑身上下没有半点的杀戮气息，给人的感觉就是平易近人，如沐春风，尤其长得很俊秀。

宋星辰审视这个男人的同时，这个男人也在审视他们两个。

苏清澈早就看过资料，对这个代号叫波塞冬的男人已经了如指掌，见对方的视线落在宋星辰的身上过久，便微微皱起了眉头。

他的双手搭在椅背上，看上去像是把宋星辰整个都揽在怀里一样。他微微俯低了身子，压着声音说道："看别的男人那么久，当我不存在？"

他的声音虽然偏低，倒是保证在场的人都能听见，也不会显得很是刻意。

话音一落，波塞冬就已经移开了目光，对着苏清澈微微一笑："苏哥，幸会。"说话间，已经伸出了手来。

苏清澈懒洋洋地瞥了眼他秀长的手，却丝毫没有握手的打算，只是把目光移回他的脸上，很是不屑地勾了勾唇角："我今天来可不是和你促进感情的，能不能做就给我一句话，别浪费时间。"

宋星辰是头一次见到苏清澈这么痞气的样子。他微微冷着眉眼，一双眸子深邃异常，那深处隐隐地似乎还有着火光跳跃，深不可测。

波塞冬闻言也不动怒，只是侧头看了眼旁边站着的霏凡和雏鹰，沉了声音训斥道："怎么回事？"

雏鹰正分神打量着宋星辰，闻言便回答道："是我们招待不周。"

苏清澈闻声冷笑，微侧了头扫了眼宋星辰，搭着椅背的手就落在了宋星辰的肩上："走吧，正好陪你去挑车。"

还未站起，就听那个坐着的男人阻拦道："慢着。"

他说话的同时，门口就传来轻响，一个女人的声音响了起来，随即便是门应声而开。

宋星辰抬眼看去，就看见一个女人踩着高跟鞋搔首弄姿地走过来，赫然就是宋星辰刚才等电梯时在楼下看见的那个女人。

她见到宋星辰的时候显然也想起来了，微微挑了挑眉，淡笑着走到波塞冬的身边挽着他的手臂坐下。

波塞冬明显皱了皱眉头，挑起她的长发凑到鼻尖闻了闻："上哪儿去了？"

女人未说话就先笑出声来，侧头往苏清澈这边看过来："你在谈生意？"

波塞冬轻不可见地点点头，松开怀里的女人，对着苏清澈颇有些歉意地颔首："为了表示诚意，我愿意把价格再压低两个点。"

这倒的确是挺有诚意的，饶是宋星辰这个不知道他们在说些什么的，都知道一单大生意压下两个点，利润会少多少。

苏清澈略勾了勾唇角，目光却落在这个刚进门的女人身上。

对于这次任务，所有可以考虑的都已经考虑到，所有情报资料都已经审读，唯独没有这个女人的详细资料。

只知道这个女人代号蝴蝶，是在波塞冬身边时间最久的女人。

见苏清澈并不出声，那态度模糊不清，气氛瞬间便凝固了起来。

片刻后，波塞冬才缓缓地执起身旁女人的手在手背上轻轻地一吻："如果苏哥喜欢，这个也是你的。"

话音一落，那个女人的面色就是一僵。

宋星辰从头至尾都没出过声，听到这一句话浑身就跟过了电一般，抬眼就看了过去："你当我是死的啊。"

这么突兀的声音响起来，在这颇有些诡异的气氛里莫名地有种——喜感。

宋星辰说完之后也愣了一下，不过片刻她就把眉头一皱，勾着唇角笑得十分嚣张："这位先生，你是觉得我满足不了他的需求还是觉得他的需求量太大了？"

Chapter 6 气势

满室的寂静。

被波塞冬执手的那个女人倒是这里头最先反应过来的那个，掩着唇就笑了起来，开始打圆场："你别误会，波塞冬只是开玩笑的。"

"开玩笑？"宋星辰抿了抿唇，"性别歧视？歧视女性！这种玩笑你能随便当着一个女性的面开吗？"

苏清澈闻言低笑了一声，附和地点点头，表示了十分的赞同。

而那边的波塞冬面色诡异地变了变之后，轻舒了一口气道："你误会了，这个社会男女平等，我并没有性别歧视的意思……"顿了顿，他颇有些疑惑地问："为什么这个变成了性别歧视？"

呃……

宋星辰大脑僵了一下，她貌似反应过激了？这种陌生人第一次见面，点到即止应该就好了吧，她有点儿——浮夸了？

想着，她拨了下头发，弯着唇就笑了起来："你把你的女人当抹布一样随便就丢过来，难道不算吗？"

这个比喻真是，过于犀利了啊喂，你让那个被当作抹布的女人情何以堪！

不过幸好，那个女人只是淡淡地扫了眼宋星辰，抬手让人过来斟茶。

话题被宋星辰这么一岔开，还岔得有点儿拉不回的趋势之后，这场上不冷不淡的气氛终于改善了些。

苏清澈随手扯松了领带，在一片静默中说道："降三个点，我们就合作。"

"三个点？"一侧的雏鹰颇有些不敢置信地扬高了声音，"两个点已经是我们最低的价格了。"

苏清澈眉头皱了皱，修长的手指握住面前那杯咖啡，轻抿了一口，慢条斯理地瞥了他一眼："我没跟你说话。"

一侧的宋星辰默默地盘算，讨价还价也这么强势霸道，真是服了他了。

波塞冬沉默了片刻,才舒展开拧着的眉头,拒绝道:"两个点。"

苏清澈不诧异他的这个回答,握着宋星辰的手捏在手心里把玩:"你别忘了,这一次是你先找上我们,说要大陆的市场。"

宋星辰被苏清澈握住手指,挣了挣,被他冷冷扫了一眼,很是不甘心地屈指挠他的掌心。

你倒是松开啊!借职务之便动手动脚骚扰女同志什么的,你真的以为我不敢去投诉吗!

"是这样没错。"波塞冬冷笑一声,双腿交叠,搭在膝盖上的手指敲了敲,身后的人就从腰间掏出手枪来直直地指了过来。

与此同时,苏清澈身后由陆参谋长领队的小分队也快速地持枪相对。

苏清澈只是挑了挑眉,看着那么多黑漆漆的枪口纹丝不动,只是捏着宋星辰的手紧紧地握了一下。

刚才还各种挣扎的宋同志这回是恨不得把整个人都塞到苏团长的怀里了,妈呀,这些冷冰冰的玩意太骇人了啊!

苏清澈安抚地拍了拍她的手背,再抬起头来时,神色已经跟刚才完全不一样了。

他一双眸子沉得如冰,声音平缓,不疾不徐道:"你就不想知道我为什么要再压下一个点?"

他虽然不动声色,就这么坐着,但那神色间的淡然却比暴跳如雷来得更加有威慑性。开口的瞬间已然将那点儿在别人地盘上的败势压了下去。

宋星辰即使不知道内情,也因为苏清澈的这句话知道了他有绝对的把握,心头的那点儿慌乱瞬间就安定了下来。

见波塞冬挑眉示意,苏清澈勾起唇,淡淡地却很是坚定地说道:"因为你们已经被警方盯上了。"

这一句话一出,整个房间里的人都一阵错愕,颇有步步惊心之感。

偏被别人枪口指着脑袋的苏清澈还是云淡风轻地道:"先放下枪吧,我并不觉得如果动起手来,你们的人会比我快。"

说话间,不知道他是从哪儿摸出一把袖珍的小刀来,夹在指尖,还未见他怎么动,只是挥臂一掷,雏鹰手里的枪已经应声而落,那只握枪的手也被划开了一道口子,血流不止。

整个场子已经安静得连掉根针都清晰可闻,波塞冬的眼睛一眯,冷冽地看过去,见苏清澈还是一副漫不经心的样子,不由得浑身都涌出一股暴戾来。

宋星辰觉得她嚣张了二十几年也没苏清澈这么欠揍过啊,边让人放下屠刀立地成佛,边给人一刀子就捅出个深不见底的血窟窿。这不是逼人拿起屠刀跟你决一死战的节奏吗?

于是,就在双方都剑拔弩张的时候,不淡定的宋星辰又负责打破僵局了:"那个,要不要先让他包扎下,失血过多得吃很多营养补回来的。"

……

苏清澈侧头瞥了她一眼,屈指弹了下她的脑门儿:"瞎操心。"

那声音看似微微带着警告,偏生放柔了语气,就跟数落一个闯祸的小祸害一样。

但很有效,波塞冬侧了侧头,拍了拍身侧女人的大腿,就看见那女人去包厢里侧的柜子里拿出一个简单的医疗急救箱,走过去给雏鹰包扎伤口。

苏清澈扫了眼雏鹰,这才慢条斯理地说道:"我没扎他眼睛就已经给你面子了。"

宋星辰腹诽:大哥你能别一次次刺激人家了行吗?不是谁都跟她一样打不过你的好吗!

不过苏清澈显然没有听见宋星辰的内心独白，微抬了抬下巴，颇有些心不在焉地又玩起了宋星辰的手指："他今晚看了我女朋友十几眼，我想知道他是什么意思。"

宋星辰僵了僵，很是诡异地看了眼苏清澈，正好对上他坦然的眼神，于是不好意思的那个人莫名其妙地就变成了宋星辰。

她算是总结出来了，凡是他开始扯过她的手指头掰着玩，那么下一句出口的总是重量级的话。这么一想，她也就淡定了，好歹是演戏，她要有敬业精神。

牺牲越大，报酬越多……

波塞冬今晚其实也挺凌乱的，这一笔生意之前接洽的时候还是很好说话的，但现在价格一改再改，又被警方盯上。这么大一批货全部卖出去的话是非常困难的。

因为军火这种东西跟毒品不一样，毒品在大陆找个买家，只要价格压低点还是能搞得出去的；但军火在这种管理严格、限制颇多的地方，任何有需要的人都是有长期固定的供应商的。

他还没有打开这边的市场，想大批量地销售只能靠面前的这个男人。而且，这个男人给他的感觉并不似以前合作过的人，这种危险的感觉让他不敢不小心翼翼。

尤其是他身边带着的那个女人，要说她什么都不懂的话他还真不信，可你要说她有深入了解吧……那她的话题切入点着实有点儿诡异。

可其实，大家都想多了，宋星辰绝对只是一时兴起而已。

整个晚上的话题被引导到了这里，几乎已经没有什么好说的了，波塞冬舍不得那一个点的利润，不想松口，苏清澈这里非要砍掉这一个点的支出，揩点小便宜。

此局如果没有人退后一步，就成了死局。

终于，还是波塞冬妥协了，他扬起手一挥，身后的人慢慢地把枪支收了起来。

苏清澈见状，勾了勾唇，轻哼了一声，陆参谋长就很配合地也放下了枪。

这样看来，局势还是明朗的。

波塞冬思忖了片刻，才双手交叠放在膝盖上，笑着问道："苏哥不如说说这一个点我为何必须要降。"

苏清澈微微挑眉，用一种很欣慰的眼神看了一眼刚才还很顽固的波塞冬，不疾不徐道："你应该比我更清楚你那边有多棘手，要是买你的货还有一堆麻烦的话，我宁愿亏本些回去找我的老主顾，毕竟他处理这些事我完全没有后顾之忧。"

"而你，身后一堆的麻烦，也许还要我来给你解决。"他微微抬了下巴睨着对面的那个男人，一双眼睛在灯光下越显深邃清冷。

宋星辰的手指被他一下下拨弄着，实在心烦，就一把反握住他的手用力一捏。

苏清澈侧头看去，她蹙了眉头很是不乐意的表情。

但被嫌弃了的苏团长却丝毫没有被驳了面子的尴尬，只是微微一耸肩，很是从善如流地说道："你只有一分钟的考虑时间，她已经等得不耐烦了。"

宋星辰："……什么叫我等得不耐烦了？我们等会儿又不干吗去。"

苏清澈微微皱了眉，很是疑惑地反问："不是要开房吗？"

开房？

啊喂，苏团长，你确定这么让人觉得有歧义的话要这么大声地当着那么多人的面说出来吗？

苏团长不动声色间就让宋星辰自动闭嘴了，转过头来一副很为难的样子看了眼波塞冬。

这回他也没打算再等他考虑了,直接站起身来,居高临下地睨着波塞冬,似笑非笑:"我没那么多时间跟你消磨,这批货我也等着,你考虑好了就给我回个话,我们再另挑个时间去验货。"

"那么肯定我会卖给你?"就在苏清澈转身的瞬间,一直沉默着的波塞冬出声了。

宋星辰先苏清澈一步回头看去,就见这个男人如鹰般锐利的视线直直地盯了过来,那眼底的冷意和杀气毫不掩饰地暴露了出来。

他是真的动了杀心的。

苏清澈徐徐地转身看了他一眼,虚虚地把宋星辰半揽进怀里,又推到他身体的里侧,彻底避开波塞冬的视线。

再出声时,他的语气里已经没有了半点温和,有的全部都是冷冽杀意。

宋星辰被他强行半揽在怀里根本看不见他的表情和眼神,只察觉到他手上的力量似乎是瞬间加大,随即便听到了他那犹如地狱修罗般的语气:"不肯定的话,我今晚就不会过来了,我一向不喜欢浪费时间。"

说罢,他的耐心也终于告罄,移回视线,大步往外走去。

而这一瞬间,那刚刚纷纷收起枪的人又整齐而划一地举起了枪。

宋星辰不用回头都能脑补出身后一排黑漆漆的枪口指着他们心脏的画面,身子就是一僵。

苏清澈听见身后的声音却是半点反应都没有,只是搭在她肩上的手滑落到她的腰上使劲一搂,将她扣到胸前用外套一把裹住。

她的头被他用手紧紧地压在了胸口,她的身子更是被他牢牢地固定在了身前完完全全地护住。

这种保护性的姿态,没由来地,就让宋星辰脸上一热,心跳如鼓。

她这样把头埋在他的胸前,可以清晰地感觉到他身体上传来的热度以及胸腔里那跳动的心脏,一下一下,坚定有力。

Chapter 6　气势

那独独属于男性的气息，更是紧紧地包围了她，让她呼吸到的空气都变得有些灼热起来。

她颇有些无措地扯了扯他的衣摆。

苏清澈低头扫了她一眼，那按着她脑袋的手轻轻地拍了拍她，压低了声音道："别怕。"

这声音很温柔，比起以往的任何一次都要温柔许多。偏生他一温柔的时候就会压低声线，苏清澈的声音很好听，不管是在军营里喊口号时的大吼声还是喃喃细语时的轻柔声，总是有一种说不出的磁性。

他抱她在怀里，以这种绝对保护的姿态，用这么温柔的声音和她说"别怕"的时候，宋星辰有一种被一击即中的秒杀感，只觉得心尖瞬间柔和下来，软成一摊水。

果然，一个好看的男人，尤其他还有好听的声音时，要想魅惑你，简直是轻而易举的事情。

宋星辰再不愿意承认，她也必须承认，这样的苏清澈，她是心动的。

苏清澈冷冷地皱了眉头，抿了抿唇，从身后抽出随身携带着的枪，沉声命令道："顺我者昌，逆我者亡。"

他咬着字说出口的这一句话似乎瞬间有了磅礴的气势。

他冷着眉眼，终是没有再回头，只是护着身前的宋星辰缓步往门口走去。

这条走道上铺着厚厚的羊毛毯，脚步落地无声，这一瞬的紧张气氛饶是被苏清澈遮挡得什么都看不见的宋星辰也能察觉得到。

她张了张嘴，似乎是想说什么，最终却没出声。

等出了房门，苏清澈松开她，一把扣住她的手腕飞快地往安全通道走去。

宋星辰在安全通道口的拐弯处匆忙地回头看了一眼，那个高挑的女人正执着枪站在门口，眉眼冷肃地盯着她。

宋星辰一寒，觉得这事没法干了，每天来这么一回，心脏病也得给吓出来。

等终于离开了HOT会馆，苏清澈一把扯掉领带，随手往后座上一扔，陆参谋长没来得及躲开，差点儿被抽到脸。

欲要出声抗议，抬头从后视镜里看见苏团长那阴沉着的极不好的脸色时，又乖乖地闭了嘴。

反而是宋星辰不解了："你不是又是威胁又是恐吓的把人家欺负了吗，怎么你的脸色反而不好看了？"

苏清澈冷睨了她一眼，哪里还有刚才的半点柔情："我本来是打算让他们欢送着出来的，可最后只出来了一个人，还是拿枪的。"

宋星辰：……要是她是那个女的，绝对一枪轰了他。

似乎是知道她在腹诽什么，苏清澈侧头瞥了她一眼，又冷哼一声："如果不是因为你在，我还打算放几枪的。"

团长，你这是什么嗜好？

她全程围观下来，苏团长作为一个买家很是嚣张地威胁恐吓，甚至过分到用武力镇压，威逼利诱各种令人不齿的手段都使出来了，结果这位人生赢家反而不乐意了？

原因是没放子弹没过瘾，那苏团长您是想怎么着折腾人家才满意啊？现在还嫌弃她碍事？也不知道当初是谁哭着求着让她来帮忙的。

想着，宋星辰就不乐意了："因为我在？那你刚才干吗把我摁在你身前挡子弹？"

苏清澈挑眉，轻笑着提醒："枪口在后面，你在前面。"

宋星辰冷哼一声："那也是同归于尽。"

苏清澈：……

一路无话，只有夜色越发深沉寂静。

Chapter 6　气势

苏清澈开的还是那辆身价不菲的迈巴赫，车内沉默了片刻之后，宋星辰还是耐不住心头的好奇，清了清嗓子："这是你的车？"

苏清澈闻声看了她一眼，反问："你对所有权的判定就是看使用权？"

宋星辰正透过窗口往外看，苏清澈一路开车到了美食街，已经路过好几家餐厅了。

"差不多是这样。"她含含糊糊地回答，晚饭来这种寸金寸土的地方消费真的很带劲啊！

苏清澈顺着她的视线看向前方的西餐厅，随口问道："这里？"

宋星辰点点头："这里的黑椒牛排跟你做的一样好吃。"说罢，平白觉得自己气短了三分，回过头去看时，苏清澈果然勾了唇角似笑非笑。

而后排一直未出声的陆参谋长不淡定了："什么，你们两个都进展到共处一室，亲自下厨了？"

苏清澈没回答，只是从后视镜里往后看了一眼，然后慢悠悠地把车停到临时停车点上："还不止，不过说了怕影响你的胃口。"

于是，还没有进餐厅，陆参谋长已经因为过度脑补"进展"而失去了食欲。

反观作为当事人之一的宋星辰，反而跟个没事人一样，啊，不对，她只是化悲愤为食欲，全部的力气都用来点餐了。

苏清澈等侍者走了才慢悠悠地问她："点这么多吃得完？"

宋星辰抿了口温水，笑眯眯地给金主递了茶杯过去："这不是有你在吗？"

大概是这句话让苏清澈听着很顺耳，他眯了眯眼，接过她手里的茶杯喝了一口，不疾不徐地说道："我吃不下那么多。"

啧啧，金主最爱揣着明白当糊涂了。

宋星辰继续谄媚地把他刚放在桌上的清水又递了过去："没让你吃啊，结账就可以了。"

苏清澈顿了顿，勾了唇角缓缓一笑，那笑容真是如春风般温柔啊。

但随即，宋星辰就知道什么叫冰冻三尺非一日之寒了，苏清澈微微侧过头，一双漆黑的眸子在身后帘幕的映衬下显得越发深邃。

"为什么是我结账？我是无产阶级。"

"噗……"对面的陆参谋长正喝着水降低存在感呢，闻言就喷了出来，呛得他咳嗽不止。

宋星辰睨了眼陆参谋长，把杯子往桌上一放，眼神颇有些凌厉："你一个无产阶级能开得起迈巴赫？"

苏清澈神色淡定地解释道："租来的，租金还欠着呢。"

宋星辰：……好吧，是她自作多情了。

于是，继陆参谋长没有食欲之后，宋星辰也是味同嚼蜡，一顿饭吃得她硌硬得不行。

陆参谋长见宋星辰脸色不好，更是大气都不敢出，吃完自己的那份，就找了个借口默默地撤离了。

苏清澈等她解决得差不多了，才慢条斯理地抿了口热气腾腾的摩卡，道："晚点儿我送你回去。"

宋星辰咽下最后一口黑椒牛排，默默地吐槽了一下这个高档西餐厅的牛排居然还没有苏清澈在她那小厨房里烧得味道好，又偷偷地鄙视了眼神清气爽的苏清澈："别了，我打车回去吧，给你这个无产阶级省点油费。"

被鄙视的苏团长同志很是从善如流地回答："没关系，我送你回去，你顺便帮我把油费也给了。"

宋星辰：……敢不敢再无耻点？

所以当她翻出包来准备付钱，却看见苏清澈已经递过去一张卡时，她非常缓慢地眯了眯眼，浑身都是杀气："你逗我玩呢？"

输入密码中的苏清澈头也没抬地说道："我既然能养一辆迈巴赫，

自然也养得起你。"

怒气冲天很不理智的宋星辰完全没有听出苏清澈这句调侃里还有些认真的成分，很是爽快地对收银台的服务员说道："帮我预支下三天的午餐费用，按照这个价预支！"

收银台的服务员顿时嘴角抽了一下，默默地看向苏清澈。

后者则是漫不经心地点了下头："办张充值的 VIP 贵宾卡。"

这回不淡定的变成了宋星辰，她一把抓住苏清澈就要刷卡的手，颇有些尴尬地词穷了几秒后才说道："我开玩笑的。"

苏清澈轻轻"嗯"了一声，顺手把银行卡收好："我知道。"

宋星辰：……她真的越来越有掐死苏团长的冲动了。

这个人总是能在只言片语中毫不费力地击溃对手，而且是一击即中，都不带犹豫的！

宋星辰一路上都抿紧了唇不搭理苏清澈，等到了自己公寓小区的门口时，才冷着声音道："我到了，你请便。"

苏清澈挑了挑眉，不置可否，车却没停，径直开到了她的公寓楼下面。

宋星辰见目的地到了，三两下解开了安全带就要下车，手刚碰到车门，苏清澈已经快她一步落了锁控。

宋星辰的手一僵，回头怒视着手撑在方向盘上，很是惬意的苏清澈："我要下车。"

"我知道。"他点点头，却丝毫没有放她下车的打算，"你吃得太多了，在车里坐一会儿消消食。"

宋星辰：……她无语凝噎。

半晌，她才理直气壮地说道："我平常都是这个状态的，你知道的，我这有产阶级跟你们无产阶级可不同，你吃皇粮，我只能吃东北大米。所以能撑着都撑着，有产阶级总是吃了上顿没下顿，哪有你来得稳定。"

说罢，颇有些挑衅地睨了他一眼，不耐烦地敲了敲车窗，示意他开门。

划分得倒是真清楚啊，这楚河汉界的。

苏清澈抿了抿唇角："嗯，你要消食跟无产阶级有什么关系？"

宋星辰被堵了回来，却从从容容地回答："不好意思，我这个人天生有个毛病，看见无产阶级就仇视。所以别说消食了，只会越来越撑的。"

苏清澈若有所思地点点头，又拨了话茬还给她："可你刚才还说能撑着都撑着。"

宋星辰沉默了一会儿，终于爆发了："你就说你到底要干吗吧，劫财劫色给句话！"

"劫财劫色？"他似乎是听到了什么好笑的笑话，笑得很是荡漾，"你教教我怎么劫色。"

宋星辰不知道是不是被激怒了，一个头脑发热，鬼使神差地就抬起手钩住了他的下巴，他温热的皮肤挨着她的手指，触感鲜明。

她一颤，原本还想扑上去掐他的，却在钩住了他的下巴之后完全不知道该怎么反应了。

反倒是苏清澈，非常有好学精神地配合着她的手指，微微凑近了些，俯低了身子靠过来："然后呢？"

还然后？

宋星辰很不淡定地轻咳了一声，默默地收回爪子："我觉得对解放军耍流氓会遭天谴。"

苏清澈那双眸子此刻就像是清冽干净的泉水，一尘不染，就这么看着她，让宋星辰无端生出一种"不非礼他都是种罪过"的奇葩想法来。

她被自己这天马行空的想法吓了一跳，回过神来颇有些不好意思。

车内的温度似乎都因为这暧昧的气氛有些升高了，苏清澈还维持着刚才的姿势没动，那双眼睛却是眨也不眨地看着她。

宋星辰还从来没有跟哪个男性单独在这么私密的空间里相处过，而且气氛还那么诡异。就算她平时再怎么聪慧机灵,此刻也木讷得不知道该做什么反应了。

义正词严地推开他?

可是明明是她自己把人拉过来的,一把推开有些不礼貌吧?

笑眯眯地开玩笑化解尴尬?

可是这种姿势,这种尴尬的气氛,她要怎么乐天地讲冷笑话啊?

干脆神勇地继续调戏他?

可是明显有些擦枪走火,看不清对方的套路,万一人家当真了,她就真的怎么都说不清了。

于是,总结下来,宋星辰只是在心底暗暗庆幸,还好现在苏清澈是便装,要是一身军装的话,她会分外有压力的。

就像她刚才说的,对解放军耍流氓,她真的会很有罪恶感啊。

可就在这时,苏清澈微微地动了,似乎是偏了偏头,又继续低下头来。

宋星辰惊诧地瞪大眼,手不知道按到了那个键,突然就跃出了一首慷慨激昂的小提琴合奏曲。

宋星辰尴尬了,默默地收回手:"呵呵,既然按到了,不如我们就听歌吧?"

虽然这种情况下,宋星辰大概知道他是想做什么,可就是没来由地心颤。

没经验真可怕!

苏清澈察觉到她的那点儿小动作,挑了挑眉,终于微微拉开些距离:"你喜欢这种?"

宋星辰胡乱地点点头,心里还在盘算着怎么让他妥协开锁控。刚有了一点儿眉目,转头看他时,那首激昂的歌曲就这么落了幕。

"那个,我真的要走了。"软绵绵的,分明没有一点儿一定要走的气势。

"嗯。"他轻轻地应了一声，在宋星辰疑惑地转过脸来时，忽然就凑近，压低了头直接吻住了她的唇。

宋星辰脑袋瞬间"嗡"的一声轻响，然后便是大片的空白。

只知道愣愣地瞪大了眼睛看着近在咫尺的脸，没有别的反应。

苏清澈好笑地弯了弯眸子，眼底都蓄满了笑意，抬手直接扣住她的身子压进了怀里，按着她的脑袋，彻底地封住她的唇。

耳边是"嗞嗞"的广播电台的电流声，随即便是主持人的大嗓门很欢快地说道："大家好，我是北子小姐。你现在在干什么？是和情人一起在回家的路上？是和爱人躲在车里热吻？还是正在和情人做着你爱做的事情呢……"

宋星辰一片空白的大脑终于开始运转，第一反应就是我记住这该死的主持人了！

察觉到宋星辰的不专心，苏清澈不悦地皱了皱眉头，舌尖撬开她的牙齿就要往里长驱而入。

不过，不专心的宋星辰显然还在听着电台，惦记着这是个什么变态的深夜电台节目呢，他一撬开她的牙齿，她下意识地就以为是什么东西喂进来了，一口就——咬了下去。

Chapter 7
势在必得

宋星辰对于自己是怎么回家的都有些记不起来了，等她回过神来，已经洗好澡躺在床上了。

鼻息间都是和往常不一样的味道，有清洌的男性的气息，枕头上甚至有苏清澈昨夜在她浴室洗完头后同款洗发露的香气。

这个香气她今晚还很近距离、很清晰地闻到过，就在鼻尖。

然后不可避免地她就想起了那个有些意外却又在意料之中的吻，苏清澈的唇上似乎还有淡淡的咖啡清香，微微有些甜又有些涩，但总的感觉上来说，味道还是……不错的？

想到这儿，她又开始有些头脑发热了，忙深呼吸了一口气，然后鼻尖满满地都是苏清澈的味道。

宋星辰立刻就跟神经过敏了一样，飞快地爬起来，翻箱倒柜地找出了另一套四件套换上，把旧的直接扔进了洗衣机里，这才狠狠地松了一口气。

可做完这个，她心里似乎又有些不踏实，皱了皱眉头。

宋星辰，这个苗头真的是——一点儿都不妙。

拯救宋星辰的是那件刚上架不久就已经爆仓了的情趣睡衣，因为之前怕耽搁了苏清澈的任务，也怕自己这个临时配角会露出什么马脚来，她便把发货的日子定在了一个星期后。

现在正好乐得清闲，重新要了一批货，又修改了宝贝的信息以及更新了库存数量之后，她开始慢条斯理地按着那些地址写快递单。

所以当苏清澈打来电话让她暂时不要出门，注意人身安全时，她还有些惋惜地回道："我的任务就这么完了啊？戏份也太少了。"

电话那头的苏清澈顿了顿，才轻笑一声，又是他标准的压低了声线的磁性声音，听得宋星辰心跳都慢了半拍："你这边临时安排了警方的人保护你，你就当放个假。"

宋星辰皱了皱眉头，有些意见："什么时候能解除软禁啊？"

"你是涉案人员，也是关键性的人物。这么要求你是为了你的人身安全考虑。"

宋星辰还想说些什么，他那边似乎有人敲门，他顿了下才说道："就这样，有事打我电话。"说罢，又想起什么，补充了一句，"享受一下你作为纳税人的福利，你就不会觉得那么郁闷了。"

苏团长你太以小人之心度君子之腹了吧？她是那种万恶的资本家吗？她是吸血鬼吗？她能这么小气吝啬吗？

好吧，还是您高瞻远瞩。

于是，宋星辰过足了一个星期的米虫生活后，终于被一通电话打破了这种平静。

宋妈妈拎着鸡汤来看宋星辰的时候，她正在客厅的空地上练瑜伽，使劲闻了闻鸡汤的香味后，便默默地放弃了瑜伽，转投老妈的怀抱了。

宋妈妈正好掐着饭点过来，拉开冰箱打算简单地给她煎个鸡蛋凑合着吃时，便看见了满满一冰箱的新鲜食材。

Chapter 7　势在必得

利落地做了几个菜之后，宋妈妈好奇地问道："怎么冰箱里有那么多菜了？"

宋星辰边吃着鸡腿边含含糊糊地回道："大概老鼠搬错地了。"

宋妈妈："少贫嘴，我找你是有事。"

正啃着鸡腿的宋星辰动作一顿，脸色有些不好看起来："别跟我提相亲的事啊，我有想交往的对象了。"

宋妈妈双眼一下就亮了："谁家的孩子啊？反正你不喜欢那当兵的孩子，我跟你爸爸也就不勉强。当兵也不全都是好处，你爸现在很是反对你找当兵的了。"

原本还理直气壮想搬出苏清澈尊名的某人默默地就把到嘴边的话咽了回去，变成了："妈，你对我的眼光还不信吗，这不是还没有名分，怕把人小伙吓跑了吗，你别急。"

宋妈妈瞥了她一眼，一本正经起来："你爸爸去参加 C 市的学术交流了，但走得太急了文件没拿，正好小唐后天过去，你后天把东西给人家送过去。"

唐睿泽？

宋星辰不乐意了："你不能给他啊，非要我跑一趟。"

宋妈妈不悦地皱了皱眉头："明天小唐没空，后天我要开会，你说我能不能给他。"

虽然宋星辰觉得这是宋妈妈预谋已久的，但还是迫不得已答应了下来。

后天吃过午饭，宋星辰拿了宋妈妈那日留下的文件约唐睿泽去咖啡厅。

因为唐睿泽正好在市中心，就定在了离 HOT 会馆不远的一个咖啡厅。等她不紧不慢地驱车赶到时，还有富余的时间。

唐睿泽也是同一时间到的，他刚从车上下来，就见宋星辰皱着眉头在对车位发愁，于是走了过去："前面还有车位。"

宋星辰一抬头就看见这个男人笑容清隽，似乎是刚从哪个正式场合出来，西装革履的。

她微微一愣，随即勾了勾唇角，很是淡定自如地打了个招呼，先去停车了。

等她停好车往回走的时候，毫不意外地看见他还等在原地："你赶时间吗？"

唐睿泽转身看了看身后的咖啡厅，微微笑了笑："刚忙完，能请你喝杯咖啡吗？"

宋星辰只犹豫了片刻，就落落大方地走了进去。

她抿了口焦玛，把放在桌上的文件递了过去："我爸爸难得粗心，要麻烦你了。"

唐睿泽笑了笑，接过来放在一边："没关系，我正好要去一趟C市。"

咖啡厅的环境很好，钢琴声悠扬缓慢，配着空气里茶点和咖啡的淡淡香气，十足的享受。

她选的位置正好靠窗，拉开窗帘，窗外就是朦朦胧胧的一层水帘，隐约还能听见水流动的声音，滴滴答答的，清脆悦耳。

唐睿泽是个不会冷场的人，无论是谈论什么话题，总是能侃侃而谈，那风度气韵说起来还真的挺是宋星辰的菜的。

她弯着眸子笑了笑，谈起学术的枯燥话题却意外地让她有些感兴趣："没想到你们做实验也这么好玩儿。"

唐睿泽微微有些诧异："老师在家难道不会跟你说起这些吗？"

宋星辰想了想，摇摇头："以前偶尔会说起，但我现在搬出去住了，回家很少听他聊起了。而且，你也知道的，我爸爸语言表达能力不行，绝对没有你说得这么有趣。"

唐睿泽轻笑出声："我倒是听老师说起过，说你曾经也是留校任教的，后来特立独行地辞掉工作，干自由职业去了。"

宋星辰点点头："人类灵魂工程师这么高端大气上档次的职业非常不适合我，所以坚持了一年便放弃了。"

唐睿泽点点头，也附和道："我也这么觉得。"

宋星辰正想说些什么，就听见不远处传来摔杯子的声音，清脆的一声后是女人有些歇斯底里的声音。

因为距离并不太近，女人的语速又有些快，宋星辰并没有听清楚她在说些什么，不过大概是被劈腿分手了，正在大吵大闹。

这原本幽雅放松的环境，因为这样突如其来的情况，莫名就有些杂乱。

随即，她便在这一片的杂乱中察觉到了一抹有些微凉的审视视线，抬头去找的时候很是意外地撞上了一双深邃沉静的眸子。

咦……

真是冤家路窄啊。

苏清澈正双腿交叠优雅地靠着椅背，修长的手指捏着白瓷杯的杯柄凑近唇边轻轻一抿，不紧不慢地移过视线，撞上她的。

他对面坐着的那个女人——正是一个星期前在波塞冬身边的女人。

她缓缓地眯了眯眼睛，随即才颇有些漫不经心地转过头来。

唐睿泽见她神色有些不对，顺着她刚才的视线看去，就对上那个男人颇有些意味不明的眼神。

唐睿泽心里顿时就有了计较，知道两个人肯定是认识的，很识趣地拿起文件道："明天一大早的航班，我先回去收拾下行李。"

宋星辰原本还在找借口准备先撤退呢，不管是哪个身份，她都是很尴尬的那个。

闻言，她点点头，拎了包也起身："那我也回去了。"

苏清澈眯了眯眼，颇有些不悦地皱了皱眉头，对对面坐着的女人略歉意地点点头："她大概误会了，稍等。"

于是，苏团长同志很是堂而皇之地走了过来。

他的位置离大门口比较近，宋星辰要跟唐睿泽 AA 的时候他就已经走到了他们的身后，对着收银台道："都记在我的账上。"

宋星辰闻声先转过头来，见是苏清澈，很是不屑地勾了勾唇，干脆利落地抽出钱重重地压在收银台上："就算我的。"

大概是宋星辰的眼神太过强势凌厉，收银台的小姑娘颤抖着手就接过了她压在收银台上的钱。

唐睿泽却是微微皱了眉，不过也只是一下而已，便缓和了笑容说道："这次算你的，下次就不能跟我客气了。"

宋星辰等着收银台的小姑娘结账，被他温暖的笑容晃了晃，也点点头："好，下次再约。"

苏清澈双手都插在口袋里，也不置一词，等唐睿泽借口有事走了后，才缓步上前不偏不倚地把出口给堵死了。

宋星辰收好找回的零钱一转身，差点儿就撞上苏清澈，她后退一步，冷冷睨了他一眼："让开。"

这冷冰冰的话砸下来，却让被砸的那个人莫名心情好了些……

他上前一步很是顺手地接过她手里的挎包，指尖擦过她的手背时还有转瞬即逝的温热："不是让你好好在家待着吗？"

宋星辰见那边坐着的那个女人正看着这边，只皱了一下眉头便跟着他继续往前走："人身自由懂吧？美色当前，人身安全就没那么重要了。"

苏清澈闻言，步子一顿，却没回头。

宋星辰在他停顿的这一瞬就察觉到他身上颇有些不善的气场，摸了

Chapter 7　势在必得

摸鼻尖，很是不爽地抿了唇。

蝴蝶已经等候了很久，见她不情不愿地跟了过来，连起身都没起，只是勾了勾嘴角，扬起个非常僵硬的笑容。

宋星辰对于那晚在 HOT 会馆等电梯时看到的一幕一直念念不忘，以至于看见蝴蝶根本没有一点儿好感。

不过她是一个懂礼貌的好孩子，扬起个恰到好处的笑容算是打过招呼。

苏清澈随手把她的包放在身侧，微微偏了偏头问她："想喝什么？"

宋星辰摇摇头，一双眸子却是盯着蝴蝶一眨也不眨的："秀色可餐，喝不下了。"

苏清澈闻言颇有些赞同地点了点儿头："难怪每次跟你在一起吃饭我总觉得吃不饱。"

宋星辰被噎了一下，心情越发不美丽了："如果不是因为我拥有宽容这个中国的传统美德，我觉得你现在根本没机会坐在这里跟我说话。"

苏清澈被宋星辰呛声也不是一次两次了，但这次话里话外却都带着足够的火药味，颇有些同归于尽的架势。

他微微蹙起的眉头缓缓舒展开，招来服务员要了一小杯花茶："为了奖励你有这个美好的品德，我请你喝茶。"

说罢，他移开视线看向对坐的蝴蝶，微微一笑："这就是我的态度。"

原本还打算反抗一下，就算是临时配角也是有脾气的某人瞬间竖起了耳朵。

苏清澈慵懒地靠向椅背，手指搭在交叠的膝盖上轻轻地敲了敲："如果没有疑问了我们就开始讲正事吧。"

宋星辰扫了一眼蝴蝶，后者也正看着她。半晌蝴蝶才端起桌上的茶杯喝了一口，慢条斯理道："既然是正事，就不方便除了我们两个之外的任何一个外人在场。"

宋星辰觉得一个星期能改变的事情太多，能发生的也太多，不出意外的话，就是这位蝴蝶小姐想弃暗投明，投奔我们的无产阶级苏团长大人？

奈何苏大人根本看不上她，又正好碰上宋星辰这个临时配角，于是决定奖励一杯小花茶，让她当个花瓶摆明立场？

沉默间，服务员已经把那芳香四溢的花茶端了上来。

透明的玻璃杯，棱角分明。小小的杯子里面漂着淡粉色的花瓣，茶水的色泽略微偏黄，澄澈清亮。

她轻轻地晃了晃，看着浅浅的水波思索了一会儿，才一本正经地说："如果你不想当我的面谈正事的话，那我觉得我有必要和他谈一下我们的私事。当然，无关人员，也请回避。"

蝴蝶眉头一皱，颇有些不爽地把手里的杯子放在了桌上，转眼看向那个很是漫不经心的男人。

苏清澈微微弯了唇似笑非笑的，一双眸子里也是淡淡的笑意，更别说里面那温柔的风情了。柔情四溢的，要是此刻宋星辰正好转眼看过来，身子非得酥掉一半不行。

苏清澈察觉到蝴蝶的视线，也慵懒得丝毫没有动弹的意思。他只调整了下坐姿，收起眼底那细腻又绮丽的温柔，问道："私事？关于哪方面的？"

宋星辰抿了口花茶，入口都是淡淡的香气，她下意识地舔了舔唇，丝毫没有注意到身侧的男人因为她这个无意识的举动眸色微微沉了沉。

"这味道不错。"她好心情地眯了眯眼。

被忽视得很彻底的蝴蝶很不满，她皱着眉头道："说句不聪明的话，像你男朋友这么优秀的人并不会属于你。"

啧，的确是很不聪明的一句话啊。

宋星辰冷睨了她一眼，轻声反问："难道你没觉得我比他更优秀吗？"

于是，等着宋星辰暴跳如雷的蝴蝶愣了，她有些迷惑地看了一眼宋星辰："我说你的男朋友不会爱你的，你都不生气吗？"

宋星辰微微垂了眸子，扫了一眼身旁的苏清澈，用一副很无辜的语气说道："我为什么要生气，直到现在都是他在求着我分给他一点儿点儿的爱，是他离不开我啊。"

蝴蝶的脸色很是诡异地变了变，瞬间沉了下来。

宋星辰捏着杯柄心情很好："昨晚他才跟我说，离开我他就会死掉，他说我的味道该死地好，就像——毒药一样。"

蝴蝶原本沉下来的脸彻底黑了。

宋星辰这才施施地站起身来："有什么正事就赶紧说吧，我心情好，把他借给你五分钟，过期不候。"说罢，微俯过身去要拿自己的包。

她的长发就随着俯身的动作缓缓地滑落至身前，有几缕甚至擦着苏清澈的鼻尖荡过去。

说实话，宋星辰对于诱惑男人这一招——颇有些手到擒来。

等宋星辰磨蹭了整整十分钟再出来，看见蝴蝶还稳稳地坐在位置上一点儿要离开的意思都没有的样子，颇有种一拳击中棉花的挫败感。

她缓步走过去，慢条斯理地坐回苏清澈的身边："我能先走了吧？"

苏清澈看了她一眼，很自然地握住她的手："等会儿想去哪儿？"

宋星辰很不配合地曲起了手指，拿指甲挠他，偏生他却不以为意，把她的手紧紧地握在了掌心里。

没有耐心的宋星辰越发不耐了，她抿了口微微有些凉了的花茶，一本正经地坐端正了看着蝴蝶，声色俱厉："蝴蝶小姐，我没这个时间陪你在这里喝茶，你知道的，茶喝多了晚上会睡不着，最直接的坏处就是老往厕所跑。"

苏清澈原本还是有些漫不经心的，被她这段完全不按常理出牌的话戳中笑点，轻笑出声："走吧，我们也该去秋后算下账了。"

说话间，已经握住她的手拉她起来。

反而是宋星辰有些莫名其妙地被他拉着往外走："去哪儿啊？"

苏清澈顺手拿过她的包拎在手里，回过头，说："你刚不是说有私事跟我谈，闲人都回避吗？我给你提供机会场地，你不乐意了？"

"我哪里不乐意了……"话说到一半，宋星辰才察觉有些不对劲儿，"我们之间有什么私事要谈？"

苏清澈拉着她彻底离开了蝴蝶的视线，才放慢了脚步，让她跟得不至于太吃力，至于那手却是没松开："如果你没有的话……"

他顿了顿，侧头看她，似笑非笑的："我有。"

宋星辰莫名就打了一个冷战，这种时候，她居然下意识地想起了那晚被突然袭击时，自己很不走心地咬了他舌头那回事。

嗯，那晚那个电台主持人的声音很魅惑，气氛很暧昧。她一口咬下去就听见苏清澈"哒"了一声，随即唇上被他重重一吮，就分开了。

然后……就没有然后了。

可是，她到底为什么要心虚啊，明明……她没错啊。

等到宋星辰看见苏清澈把车停在超市前面的临时停车场时，还有些反应不过来："谈私事还带找人见证的？"

苏清澈正低头解开安全带，闻言动作一顿，颇有些戏谑地睨了她一眼，语气意味深长："原来你这么迫不及待了？"

宋星辰赶紧摇头否认："没有的事，我真的一点儿都不想再跟你待在一起。"

苏清澈见她还坐着不动，就俯身过去帮她解开安全带，他这么一凑近，宋星辰立刻条件反射似的双手环胸成防御状："你干吗？"

苏清澈似笑非笑地睨了她一眼，调侃道："宋星辰，你是有多想我非礼你？"

宋星辰堪比城墙还厚的脸皮默默地浮起一层粉来，不过转眼之间，她立马镇定了下来："你觉得我是有多希望被一个雄风不振的人非礼？"

说罢，很是淡定地自己去解开了安全带，又很是潇洒地摊了摊手："如果你想去超市隔壁那家小药店的话，我会当作没看见的。"

苏清澈面色僵了僵，一只手拉住车门的把手，另一只手按在她座椅侧边，轻轻松松就把她困在了自己和座椅之间。

他眯了眯眼，沉声问道："宋小姐难道不知道挑衅一个男人的底线会发生什么吗？"

他的声音其实还算轻柔，但里面的警告意味却是一点儿都不温柔。他拉着车门把手的手指在车窗上敲了敲，微微弯了唇，提出建议："如果你真的很好奇我到底雄风振不振，不如现在就来试试看？"

宋星辰早就料到他会是这个反应，不过活动空间骤然减少还是让她有些不适应。她拿起包挡在身前，不紧不慢地回答道："你放心，我对你那方面的能力绝对不好奇。"

苏清澈若有所思地点点头，终于微微退开了些："那就是关心了？可是关心这方面的问题，宋小姐，你真的觉得没有问题吗？"

宋星辰早就总结过苏清澈的全部优点和弱点，当然，你不要问她为什么要去总结这个，她就是闲着无聊分析着玩。（你们信吗？反正我不信。）

言归正传。

苏清澈的优点当然很多，宋星辰总结的时候一边咬牙切齿一边跪地膜拜啊。

他当军人，气质就比普通人要更好一些。更别说宋星辰看过他穿军装的样子，真的是帅得惨绝人寰啊。

可是这些比起他恶劣地以调戏她为乐这点儿，就都不算什么了，她深刻地表示了不满。尤其是这个调戏别人的人每次被她反调戏之后，总会用很幽凉的眼神压迫得她举手投降为止！

所以，苏清澈这句话对于宋星辰来说，能起的波澜实在不大。

她很是淡定地从容回答："苏先生，我觉得你再继续这个话题就真的会很有问题。"说罢，指了指前面频频往这边看的交警，很是无辜地笑了笑，"你说警察先生要是知道你是解放军，会怎么理解你现在的行为？"

苏清澈顺着她手指的方向看去，果然看见了一个三心二意往这边频频送"秋波"的小交警。他支起身子，终于退开："嗯，反正我不急于这一时。"

说得好像她很急一样……

今天正好是周末，超市的人流量很大。

她和苏清澈乘电梯上了二楼，二楼的空旷处摆着一个水族箱，里面好多宋星辰叫不出名字来的观赏鱼在悠闲地游来游去。

她看了一会儿，苏清澈也停了脚步站在她的身侧，也不催她，只是睨着那水族箱问她："喜欢？"

宋星辰点点头："喜欢。"

苏清澈勾了勾唇，一个很淡的笑容转瞬即逝："被你喜欢应该是场噩梦，如果哪天你告诉我说这群鱼因为喜欢吃方便面撑死了，我都不觉得奇怪。"

被含沙射影鄙视了的宋星辰不淡定了："我有那么蠢吗！"

苏清澈挑眉，笑意满满："不然你觉得呢？"

"算你狠。"她狠狠瞪了他一眼，大步往超市入口走去。

她走后没多久，水族箱柜台的服务员就轻轻地笑了起来，苏清澈颇有些无奈地说道："女朋友不禁逗。"

Chapter 7　势在必得

然后他怡怡然地跟上去了。

宋星辰慢条斯理地越过零食区走到蔬菜区,看着满架子新鲜的蔬菜却不知道怎么下手。

"想吃什么?"低沉的声音从身后传来,宋星辰一回头就看见苏清澈正站在放西红柿的货架边上。

她想了想,很实诚地说:"我要吃肉。"

正专注挑着西红柿的苏团长闻言轻笑一声,淡淡地睨过来一眼,吩咐着:"给我拿个袋子过来。"

宋星辰今天穿得有些粉嫩,淡粉色的毛呢外套,衬得她肤色越发白皙透亮。长发一如既往地披散在身后,随着她走动偶尔轻晃一下,一幅十足的动态画面。

原本正专心挑着西红柿的人,被这抹柔嫩得有些温暖人心的暖色一晃,微微侧过了头去。

超市里的人多,有个顾着挑菜并没有注意到她走过来的人转了一下手里购物篮的方向,就这么凑巧地撞上了她,在她那件清爽的粉色毛呢外套上蹭上了一块灰灰的污渍。

苏清澈微微皱眉,正想过去。

宋星辰已经拂了拂那块污渍,对着向她道歉的人微微一笑,毫不在意地拿了袋子往回走。

她唇角的笑意还没有收回去,这么一抬眼就正好撞进了苏清澈的眼里。

她扬了扬手里的袋子,示意自己已经拿到了。

于是,原本只是不经意一瞥的苏清澈,却微微动了心弦。

宋星辰把袋子递给苏清澈的时候还有些好奇:"你刚才是想跟我说话?"

苏清澈把挑好的西红柿放进袋子里："西红柿牛肉，储能御寒的。"说话间，他已经转身去肉食区挑牛肉了。

站在原地的宋星辰却有些愣怔，咦，怎么突然觉得——苏团长温柔了许多？

挑肉这项任务被苏团长完成得又快又果断，宋星辰刚在水果区转了一圈，就看见苏团长拎了好几个袋子走过来。

"那么快？"她咋舌。

她也是有过陪人买菜的经验的，譬如她亲爱的老妈。

李教授每个周末都喜欢叫上她一起去学校附近的超市买菜，蔬菜都能挑上好久，更别说肉类了，不是嫌不新鲜就是嫌不新鲜……

苏清澈扬了扬手里的袋子，说："如果我不当军人，一定是个好医生，我能很快分辨出这些肉属于什么部位，知道怎么用手术刀肢解。"

他说得一本正经，宋星辰的脸却黑了一半。

这算是恐吓吗？算的吧！算的……

等到家时，四点左右，又是饭点。

宋星辰见他驾轻就熟地把食材洗干净，又分类放好，不用的塞进冰箱里，再次升起一种自己才是客人的错觉来。

她脱掉自己的粉色毛呢外套，搭在沙发上，进去帮忙。

苏清澈见她过来，让开了些，把正要洗的西红柿递给她："洗干净。"

宋星辰看了看手里圆滚滚的西红柿，再看看他放在砧板上的排骨，乖乖去洗了。

等她洗好转过身就看见苏清澈拿着切成两半的南瓜在去皮，他捏着刀柄，神情很专注。窗外昏黄的日光打在他的身上，平添了一股淡淡的柔和。

宋星辰很难想象，苏清澈这样可以算得上是养尊处优的人怎么会有那么好的刀工和厨艺，她相信有天分这回事，但还是无法把铁血硬汉的形象和眼前这个浑身都柔和的男人结合起来。

苏清澈切好南瓜回身看见的就是宋星辰这颇带点审视的眼神，他把南瓜放在砧板的另一侧，手法利落地把南瓜切成块。

"在想什么？"他把排骨浸入清水里浸泡着，擦干净了手转身看过来。

宋星辰手里还捏着西红柿，被他这么不给任何铺垫地直接打断，微微尴尬了一下。她随手把还滴着水的西红柿往边上一放，就蹭着牛仔裤擦了擦手。

这习惯倒是跟苏清音一样。

他皱了皱眉，拿过边上搁着的毛巾，递给她。

宋星辰手已经半干了，懒得再擦，摇摇头，示意她并不需要。

苏清澈不由分说就握住她的手用干毛巾给她擦了擦，她的手指有微微的凉意，他触手时微微一顿，随即擦得越发细心。

然后他就听见宋星辰有些软软的声音问道："你为什么会做那么多好吃的菜？"

苏清澈一愣，把毛巾挂回原处："与生俱来的。"

宋星辰察觉到他话里淡淡的笑意，颇有些被蛊惑，却不知道怎么再接话了。

她今天一定是出门没看皇历，诸事不宜。

就在她转身离开厨房之前，她听见苏清澈说："以前照顾过一个人，很用心地去照顾过。"

虽然下午发生了一个小插曲，但是到了饭桌上，气氛还是非常愉快的。

宋星辰舀了小半碗汤，就着那热气腾腾的香气抿了一口，很是满足地眯了眯眼："这道菜怎么做的啊？"

苏清澈夹了块牛肉慢条斯理地咬了一口："想知道？"

宋星辰点点头。

"说了你也不会。"他心不在焉地说道。

宋星辰顿时黑了脸："你不说我就拿热汤泼你！"

苏清澈这才慵懒地看了她一眼："那你也得端得起来，我记得刚出锅没多久。"

宋星辰很不死心地拿手指去点了一下，果然很烫："你用的是我的厨房，嚣张什么！"

苏清澈正在夹一块南瓜，即使是这么接地气的动作由他做起来都那么温文尔雅。

果然有一种美食叫别人碗里的。

"我记得你吃的这块南瓜是我买的？"说罢，他轻轻地"嗯"了一声，又补充道，"这些都是我付的钱。"

宋星辰毫不犹豫就把到了嘴边的南瓜一口咬了下去，酥软糯糯的，混着排骨的肉香，好吃得她都要把舌头吞下去了："男人付钱是应该的！"

苏清澈的眼睛亮了亮，在灯光的映衬下光华流转。

宋星辰心底暗忖，还真是——秀色可餐，美色果然能下饭。

"嗯，男人付钱是应该的。"他轻声重复了一遍，声音里竟有了淡淡的笑意。

晚饭就在这么和谐的气氛中落幕了。

宋星辰把碗收拾好了浸泡在水里，刚准备去擦桌子，苏清澈已经走了进来："桌子去收拾一下，碗我来洗。"

话一说完，他就在宋星辰惊愕的眼神中把自己那细白修长的手指泡进了满是洗洁精泡沫的水池里。

"你不是说不喜欢收拾残局的吗？"她拿着抹布僵立在厨房门口。

苏清澈头也没回，拧开了水龙头，"哗哗"的冲水声下，宋星辰只听见他说："今天心情好。"

今天、心情、好？

宋星辰收拾完饭桌回来时，苏清澈正在仔细地冲洗碗筷。她站在他身后看了一会儿，问道："要喝咖啡吗？"

苏清澈略一犹豫，随即点点头："来一杯。"

宋星辰泡好了咖啡出来时，苏清澈已经擦干净了手坐在客厅里，正拿着手机在打电话。

宋星辰觉得苏清澈每次都会给她一种新的印象，就如现在，他优雅地坐在沙发上，只是握着电话轻声地说着些什么，都是另外一副姿态。

其实苏清澈比起军人这个职业，更适合坐在这座城市顶端的地方，只用一支笔一个名字来决定一切。

但苏清澈更爱他的这一身军装，宋星辰知道这点儿。

她放下咖啡，就转身避去卧室了。

苏清澈静静地听那边说完，才淡淡地道："我知道，但她已经不是我的责任了，秦霜。"

那边似乎也是沉默，苏清澈搭在椅背上的手轻轻地敲了敲，眉头皱起。沉思了片刻，他才轻舒了一口气道："秦霜，我对她的感情你不会懂。我的感情没你那么纯粹，而我现在也明白了，对她我更多的只是责任。"

宋星辰关门前，朦朦胧胧地就听见了这么一句。她微垂了眸子，捧着咖啡在飘窗上坐了片刻，才听见门外有走动的声音。

苏清澈的神色已经恢复了以往的淡然无波，手里捧着她刚泡好的咖啡，缓步走过来。

宋星辰给他挪了个位置，把咖啡杯放在了飘窗上的小桌子上。

一屋子淡淡的咖啡香气，静谧，安然。

这算起来应该是他们之间难得的一次安静。他在小桌子的对面坐下来，抿了口手里的咖啡，不疾不徐道："我有事，想跟你谈谈。"

宋星辰点点头，把窗推开了一条小缝："有事直说，这里没有第三个人，绝对可以让你畅所欲言，无所顾忌。"

苏清澈原本还有的认真严肃瞬间被她这句话打消了，他略略一挑眉，用一种很是疑惑的语气问道："我为什么总感觉你今天在不断地暗示我？"

"暗示你？"宋星辰瞪圆了眼，有些好奇她给出了什么模棱两可的暗示。

苏清澈顿了一下，才似笑非笑地说："无所顾忌什么的……你觉得我会想到什么？"

宋星辰眨眨眼再眨眨眼，只觉得自己这边推开的窗口蓦然吹进来一股冷风，冷得她一颤。她含含糊糊地接话："这不是代表我热情好客，让客人来得开心，玩得舒畅吗？"

苏清澈闻着咖啡的清香，咬着字喃喃地重复了一遍："来得开心，玩得舒畅？"

宋星辰觉得自己已经词穷了，她捧着咖啡杯盘膝坐着，被他用这么轻飘飘又好听的声音洗了一下耳朵，只觉得面上微微一红，恼羞成怒了："苏清澈你别得寸进尺啊！你要是敢对我做点儿什么，我一定去告诉苏老爷子！"

这么一提倒是让苏清澈想起了些什么，他若有所思地睨了她一眼道："你倒是提醒我了，我该带你去见见苏老爷子了。不然以后你们当面见到还不认识，上哪儿告状去。"

宋星辰简直恨不得吞掉自己的舌头，刚才吃饭的时候怎么没合着那排骨一起吞进去啊！

Chapter 7　势在必得

大概是她一脸被欺负惨了的表情终于让苏清澈动了怜香惜玉的心，他敛去唇角的笑意，很认真地说道："宋星辰，我们认真交往试试吧。"

他用的不是疑问的语气，而是势在必得的肯定。

他这样认真的表情她不是没见过，那一次她被他带到了家属院，她被他按在门口扣住手，也是这样的语气这样的表情，他说："你只需要回答我之前那个建议即可，我既然对你说了，那就是势在必得，聪明点，宋星辰。"

宋星辰愤愤不平地想，为什么这个男人每次都可以用这么强势的语气来命令人，还不带让人升起厌恶的情绪来？

所以脸好看，真的很重要。

不过这一次，苏清澈并没有像那一次，非要她点头答应。只是慢条斯理地抿着咖啡，一双深幽的眸子凝视着她，竟然给了她一种款款深情的错觉。

她捧着袅袅香气的咖啡杯却不知所措地红了耳根子。

他也就这么等着，安安静静的，垂了眼，在眼睑下方投射了一小排淡淡的阴影，薄如蝉翼。

试试吗，好像也不是那么讨厌啊。

不过人就比较讨厌了。

咦，这个逻辑没问题吗……

想了片刻，宋星辰心里有了计较，很是淡定地摇了摇头："虽然苏团长你很优秀，但是我还是觉得我们俩，不靠谱。"

苏清澈对这个答案并没有表现出意料之中或者是出乎意料的表情，只是掀了掀眼帘淡淡地扫了她一眼，点点头："我也觉得你说得对。"

宋星辰还有些不解他这话说的是什么意思的时候，他放下咖啡杯，眼底满满地都是笑意："我很优秀这句话说得很对。"

宋星辰:"你真会抓重点,我只是怕拒绝你太伤你的心了,才想出的善意的谎言。"

苏清澈还是笑,丝毫没有一点儿被拒绝的忧伤:"既然你觉得我还是挺优秀的,也关心我被你拒绝了之后会不会难过,为什么不答应呢?"

宋星辰想了想,一本正经:"我打不过你。"

"我没有家暴的倾向。"他顿了顿,又补充,"而且组织也会保护你。"

宋星辰无奈了:"其实我就是不太喜欢你。"

"那还是有点儿喜欢的?不讨厌就能慢慢培养感情。"说罢,他晃了晃手里的咖啡杯,"我喜欢你泡的咖啡。"

宋星辰脸色开始变得不好看起来:"我不喜欢泡咖啡!"

苏清澈似乎是有些苦恼,顿了顿才说:"我可以勉为其难地泡给你喝。"

已经很不想纠结这个话题的某人终于暴走了,宋星辰长到如今二十四岁,有过不少人对她告白,但至今没有一个人能达到苏团长这个高度,能把她逼急了的:"跟这些没关系,我就是单纯地想拒绝你。"

苏清澈没有说话,也没有生气,只是拿起咖啡杯轻抿了一口:"一定要挣扎一下才甘心?"

宋星辰差点儿没顺手把手里的咖啡杯砸过去,她黑着脸站起身来,奈何盘膝而坐的时间太久了,这么一站起来整条腿都酥麻酥麻的,然后就见她面色扭曲地按住了腿。

苏清澈掩去眼底的笑意,轻叹了一声,缓缓起身:"宋小姐你每次这么欲拒还迎的,我真的有些吃不消啊。"

"欲拒还迎?"宋星辰咬牙切齿,奈何腿麻得一动就难受,她的眉头都皱了起来。

苏清澈睨了她一眼,这才蹲下身子,按住她的大腿。

这么一按,宋星辰顿时"唑"了一声,跟过了电一般的酥麻真是销魂至极啊。

苏清澈见她实在不好受，这才微微起身，一手绕过她的手臂，一手从她的腿弯处穿过，直接把她抱了起来。

宋星辰已经不能形容那腿上的感受了，难受得她都想哭。

苏清澈小心地把她放在床上，按着她的腿弯重重地捏着："你别动。"

宋星辰咬着唇，泪花闪闪。如果疼就不算什么了，但是她的死穴就是麻，每次坐久了压着腿了，她动都不敢动，一动就过电那种感觉真是平生受了一次就不想再来第二次。

苏清澈给她按了几下，突然心念一动，抬眼看了看床上坐着的小姑娘："味道该死地好，像毒药一样？"

"嗯？"神游天外的宋星辰不解地看向他，有些奇怪这话题是打哪里横空出来的，"什么味道，毒药？"

苏清澈从容地坐到床边："是我求着你分给我一点儿点儿的爱，离不开你？"

咦？这个貌似是她下午用过的狗血台词？

可是现在这个秋后算账的节奏是怎么回事？

宋星辰眨眨眼，福至心灵地往后挪了挪："怎么了？"

"味道该死地好……"他的视线从她漆黑的眼睛往下移，落在她的唇上，貌似味道真的不错，可是时间隔得比较远了不太记得不太清楚了。

宋星辰突然涌起一股不好的感觉来："苏清澈，我告诉你啊。再用这种眼神看着我，我真的要揍你了啊。"

"哪种眼神？"他虚心求问。

"大灰狼看小白兔的眼神！"

"终于聪明一次了，奖励你好不好？"他弯了唇轻笑一声，微微凑近身子。

原本两个人就靠得比较近，他这么一俯身，跟宋星辰的距离就是鼻息相闻了。

宋星辰顿时一副被雷劈的样子,刚一动脚那酥麻的感觉又从脚底心蹿了起来,她忍不住"哗"了一声。

想顺过抱枕来防御,当然,一个抱枕能拦得住差点儿成为特种兵的苏清澈吗?答案昭然若揭。

苏清澈扣住她的手腕,不知道捏的是她哪里,就那么轻轻地一捏。宋星辰的手顿时就没了力气,那抱枕直直地就摔在了她的腿边。

然后……苏清澈倾身过去,那只扣住她手腕的手攀上去十指交缠。

"我记得宋小姐曾经说过我要流氓,既然你那么希望,我就做给你看,如何?"最后的两个字,终于轻飘飘地消失在了唇与唇之间。

宋星辰的唇被覆上,她的第一个反应不是什么"居然又被偷袭了""又给老娘耍流氓""等会儿看我揍得你满地找牙",而是想起那一晚广播电台轻轻的电流声,以及那位名叫北子小姐的主持人柔柔的甜腻的声音。

这么一想,她就是一个激灵,开始挣扎起来。

还真别当她好欺负,想亲就亲,亲完屁都不放一个……呃,是一个解释都没有。

苏清澈另一只手按在她的身后,将她紧紧地压制住,还未有所动作,宋星辰已经张了嘴露出白森森的牙齿来,作势欲咬,还一副"咬不死你就咬死自己"的惨烈表情。

他轻笑一声,微微松开她:"你拒绝了我两次,我恼羞成怒的权利都没了?"

"什么两次,就今天一次!"原本还跟小狼一样的宋星辰瞬间被转移了注意力。

苏清澈没再亲她,看着她唇上水润润的粉色,心情瞬间很好:"那天去 HOT 会馆,我记得我跟你说过一次。"

宋星辰努力回想了一下，其实她还真的没有太多的印象，只记得下了车之后苏清澈脸色很是不善地先行离去了。

她眨眨眼，有些疑惑："你说过喜欢我这种话吗？"

苏清澈被她问住，顿了顿才蹙着眉头说道："我记得我说过想跟你试试看。"

宋星辰这回终于有点儿印象了，弯着唇笑出声来："苏团长，你太蠢了。"

被点名的男人挑了挑眉："你说我什么？"

"我说你太……嗯嗯……"话说到一半，苏清澈已经俯身一口咬住了她的唇。咬了一口又怕咬疼了她，松了点儿劲只是吮着她的下唇。

宋星辰一张脸不知道是因为害羞还是恼羞成怒，憋得通红的，恶狠狠地瞪着他。那双眸子里还蕴着雾蒙蒙的水汽，衬得那漆黑的眼珠澄澈透明。

他伸出舌头舔了她的唇一下，微微眯了眼轻声且含糊地问她："你说我什么？"

她往后仰着头，显然是怒急了，那和苏清澈十指相扣的手正不停地用力，偏他的手指修长有力，夹着她的，疼得她额上一层冷汗。

"苏清澈，你浑蛋。"说罢，她又试着挣扎了下，还是没挣开。

似乎是欺负得太过了？

小姑娘就在他的眼前，红红的一张脸，眸子亮晶晶的像是点了漆一般，平白就能撩得人心一动。唇上那润色的粉，以及触及之时的绵软，扫得他的心尖一阵悸动。

宋星辰的五官长得好，精致小巧。苏清澈第一次见到她的时候心底浮现的就是——眉目如画，活色生香。

这么想着，他心里竟然蔓延开点点的柔意。

苏清澈活到三十岁，除了苏清音就没喜欢过别的女孩子，他不知道动心是什么感觉。

以前,他以为对苏清音的感觉叫喜欢,也的确是喜欢,他会想方设法地对她好,满足她的一切要求,只为了看她笑得眉眼弯弯的样子。

但直到最近,他亲口揭开他们之间的秘密,逼迫得她远走他乡时,才幡然醒悟。对于苏清音,他更多的只是在感情上给了"责任"这两个字。

那么重的情,自此便压在了他的心头。

可是宋星辰不一样,宋星辰给他的感觉从来就不似他所知道的感情里的任何一种。

宋星辰明艳张扬,和他理想中的女孩子天差地别,可这又有什么关系?他就是想靠近她,只要和她在一起,就想方设法地要逗她,看她气鼓鼓的就觉得心里满满地都是快乐。

宋星辰就是漫天繁星里的一颗,茫茫的星空里他偶然发现了她,自此看着她,只觉得光芒越来越亮。然后他再不满足于只是看着,他亲自伸手,把她从广袤的星空里摘下,变成他自己独一无二的星星。

只可惜,这颗星星——不太识趣。

他松开手,只是虚虚地环着她,额头抵着她的,专注地看着她盛怒时越发光彩夺目的眼睛。

他说:"宋星辰,我是前所未有地认真。"

于是,正脑补着等会儿苏清澈松开手之后怎么被她揍到跪地求饶的宋星辰一愣。

耍流氓——也能前所未有地认真?

这是她的幸,还是不幸?

不过片刻,聪明伶俐的店小二同志就反应过来他指的是什么认真了。

她愤愤地指责:"宪法有规定邀请别人跟你谈恋爱的时候要用这种方式认真吗?"

苏清澈微微侧了侧头，明知故问："哪种？"

宋星辰更加羞愤了："你这种态度叫认真？分明就是耍流氓！"

"那我认真地再来一回？"苏清澈一副很好说话的样子，就势俯过身来，吓得宋星辰直接头一低狠狠地撞进他的怀里。

"苏清澈，你这个浑蛋，有种你松开我！"

苏清澈从善如流地用那只手握住她的手，然后拉开一点儿距离，示意自己一点儿都没有胁迫她投怀送抱的意思。

宋星辰被欺负得彻底了，心酸得直想撞墙。于是，她铤而走险地就着苏清澈微微敞开的领口一口咬在了他的胸口。

苏清澈没料到她会突然来这么一招，顿时哭笑不得。

他抬手扣住她的下巴，微微用力，然后拉开，捏着她精巧的下巴看过去，就看见她微微红了眼圈："苏清澈，你不能这么欺负我。"

他一愣，莫名就有些心疼。无论是对着他大喊大叫，还是对着他挥拳示威，或者是冷言嘲讽的宋星辰都好，他最不喜欢看见的就是现在这样的。

红着眼睛，可怜兮兮的样子，看起来，好像下一秒就能哭起来。

但偏偏他对安慰女孩子没什么经验，有些手足无措："我……我只是……"

"要是我的下巴是假的，非被你捏碎了不可！"说罢，她恶狠狠地甩开他的手，指着门口理直气壮，"你给老娘滚出去！"

苏清澈眉一挑，觉得自己今晚不是来调戏人小姑娘来了，是被她忽悠着去坐云霄飞车了。刚想说什么，宋星辰放在床头柜上的手机就响了起来。

宋星辰揉着下巴，磨磨蹭蹭地歪过身子伸手去够。

手机的屏幕上显示的是韩潇璃的名字，不过这个点打来电话，怎么都是不妙的节奏啊。

随即,似乎是为了应验宋星辰的这个预感,门铃也响了起来。

宋星辰一边接电话一边趿着拖鞋往门口走,快走到门口才想起来苏清澈还在,她掩住了话筒,轻声跟苏清澈道:"你别出来!"

苏清澈挑了挑眉,不置可否,坐到她电脑前去了。

韩潇璃刚从飞机上下来,疲倦不堪,电话被掐断了之后门也开了,宋星辰面色颇有些不自然地看着她:"你怎么来了啊?"

韩潇璃拖着行李就要往里走:"是啊,可把我累死了。"

宋星辰顿时脑门儿都疼了,被韩潇璃发现苏清澈的后果虽然不至于很糟糕,但是绝对也是一个大麻烦。

而韩潇璃这个迟钝的家伙显然没有发现闺密的异常,随手把行李放在了沙发边上,一屁股坐在了沙发上。刚一蹭到沙发背就有些奇怪地往后摸了摸,扯过来一看,双眼都瞪圆了:"星辰,你什么时候卖这么中规中矩的衣服了?"

宋星辰隐隐地似乎听见卧室里传出一声轻笑声,不由懊恼了一下:"你要不要去洗澡,赶紧收拾一下去睡觉。"然后好趁着她洗澡的时间把人暗度陈仓赶出去!

设想是很美好的,但是执行起来难度颇大。

韩潇璃虽然奇怪宋星辰的态度,但还是收拾了下东西准备去洗澡。拿睡衣的时候,她突然灵光一闪,笑眯眯地拿手指戳了戳宋星辰。

"哎,对了,我在你的网店里看见了最新的爆款,男模特好像就是上次那个军官吧?是团长?"

宋星辰顿时如遭雷劈,一把捂住她的嘴,拼命地使眼色:"什么啊,没有的事,你眼花了,赶紧洗澡去。不然老娘把你从这里丢下去,尸骨无存!"

韩潇璃还想挣扎来着,就听见卧室里传来轻轻的"啪嗒"一声。

宋星辰现在神经比较敏感,所以这一个细碎的声音听在她的耳里,

Chapter 7 势在必得

瞬间就脑补出自己被苏清澈拧着胳膊拦腰截断的血腥场面。

随即,就见卧室门被拉开。

苏清澈站在卧室的门口,对着在客厅里拉扯的两个人微微一笑:"星辰,既然你今天不方便,我就先走了。"

韩潇璃石化了。

宋星辰傻眼了。

苏清澈毫不在意地又是一笑,缓步走过来拿起被宋星辰甩在一边的外套轻轻地拍了拍,又走到宋星辰的面前。

虽然苏清澈此刻面上不动声色,看起来还如春风般和煦,但是宋星辰偏偏就是打了一个冷战,觉得今晚的地板格外地凉。

整个屋子里寂静得连微风经过的声音都清晰可闻。

苏清澈抬起头,很是温柔地帮她把长发钩至耳后,那双漆黑的眸子里淡淡的,看不出什么多余的情绪来:"晚安。"

宋星辰动了动有些僵硬的眼珠,不解地看着他。

苏清澈却没有多说什么,只是微微俯过身来,温热的唇贴着她的耳郭轻声道:"真抱歉,刚才一不小心把你电脑弄坏了,我就恢复了出厂设置。"

宋星辰浑身一僵,觉得全身的血液猛然上涌。她瞪大了眼,几近咬牙切齿。

苏清澈却是怡怡然地跟韩潇璃打了个招呼,慢条斯理地往门口走,临走之前,他还一副"我差点儿忘记正事"的表情回过头来,很是郑重严肃地说道:"床单换过了。"

宋星辰的怒气终于爆棚,她顺起沙发上的抱枕就往门口扔。

奈何苏团长身手矫健,已经徐徐关上门,离开得——从容不迫。

Chapter 8
交火

宋星辰晚上的时候做了噩梦。

梦里很清晰地还原了苏清澈离开之后的全部场景。

韩潇璃手里换洗的衣服由于错愕,一个手抖顿时掉落在地,她震惊地看着门口,不敢置信地问她:"你……你们……"

宋星辰收回手,颇有些头疼地抬手按了按额角,他那句不轻不重却掷地有声的"床单换过了",不管她用什么语言解释都显得苍白又无力。

她颓然地坐在沙发上,抱着抱枕泄愤一般揍了一拳:"行了,你赶紧去洗澡。不准打小报告,不然我以后绝对不会再收留你。"说罢,扬着下巴故作镇定地去卧室了。

宋星辰的公寓里有两个浴室,一个内置在她卧室里,另一个在外间。

她走进卧室先是重启了电脑,然后一转身看见换掉的床单时,大脑瞬间放空了。居然来真的!

想着,她也顾不得他现在是不是正在开车,直接把电话拨了过去。

其实苏清澈没接电话,他一直占线。

但在梦里,苏清澈接过电话,声音轻柔。就算这样也完全安抚不了已经彻底炸毛的宋星辰,她捏着手机,那表情凶狠得就像要把苏团长给拆吞入腹。

然后发生什么她就不记得了,反正她就记得自己对着电话那头破口大骂,骂得她心情舒畅。

但是这么爽的梦境为什么叫噩梦呢!

因为宋星辰骂着骂着就听见门锁"咯嗒"一声轻响,她转身看过去,苏清澈正站在她身后,拿着一条湿答答的床单对着她笑:"我来换床单了。"

啊啊啊啊啊!

宋星辰被噩梦惊醒的时候,刚凌晨四点,天色还是暗暗沉沉的。

窗户一直开着,难怪她觉得身上有些凉意。

她揉了揉眼睛坐起身来,身旁睡着的是韩潇璃,她坐了片刻,正打算再眯一会儿,手机响了起来。

她眯了眯眼,怕吵醒了身旁的人,看都没看号码,直接按了接通键。

那边是短暂的沉默,似乎是没有料到这个时间段打电话过去还能这么快被接起。

宋星辰掩着嘴打了个哈欠,压低了声音说道:"快说话啊,不说我回去睡了。我从来不信午夜凶铃啊,再说了,你这个点午夜凶铃也太不敬业了。"

她话音刚落,就响起了一个颇有些清冷的女声来:"宋小姐。"

宋星辰一顿,觉得窗口吹进来的风莫名又凉了些。她起身去关窗,矮身坐在了飘窗上,扯了毛毯子裹住自己:"你是?"

"我是蝴蝶。"

宋星辰眉角抽搐了一下,但立刻就察觉到事情已经不简单了:"什么事?"

"今天下午请你出来吃个饭,赏脸吗?"那边刻意放柔了声音,似乎是有意想诱哄她。

可宋星辰有那么蠢吗?她只要不是跟苏团长过招,那智商一般人都是没法压制住她的。感觉她似乎还有下一句话,宋星辰赶紧说道:"不好意思啊,我只跟男人吃饭。"

噗……

那头又是静默了片刻,半晌,那女声才悠悠然地说道:"那不如我去请你父母一起用餐?我想你那当教授的父母一定不知道你男朋友的真实身份吧?"

宋星辰顿时感觉天雷狗血都泼了过来,她不耐烦地"啧"了一声:"你也太乱来了吧?你们组织上难道没有原则方针的吗?太没有职业道德了。"

一边说着,她一边摸过韩潇璃的手机,给苏清澈打电话。

那边似乎是又被宋星辰的话噎了一下,才匆匆说道:"下午三点,你必须出现在今天我们碰面的地方。"

"我说了,我只跟男人吃饭,把你男人叫上我就去,怎么样?"说罢,颇有些轻佻地勾了勾唇,"你就不用来了。"

只是,那头干脆利落地把电话挂断了。

宋星辰这才收起脸上的笑,一张脸绷得紧紧的,等电话一接通劈头盖脸的就是一顿臭骂:"苏清澈……(此处省略N个和谐词汇)"

接电话的人静默了片刻,才一副哭出来的声音说道:"嫂子,我是陆群,老大刚睡下。"

宋星辰一顿,还未说话,就听见那头苏清澈略有些疲惫的声音响起来:"谁的?"

陆群压低了声音说道:"是嫂子的,好像挺急的。"

宋星辰抬手揉了揉眉心,只觉得太阳穴一阵一阵地跳动:"知道我急还不赶紧把电话给你老大啊,蠢货!"

Chapter 8 交火

陆群被这么一炮轰,赶紧把手机往苏清澈手里一塞,一副"我很忙"的样子躲到角落里去了。

宋星辰也不铺垫,直接说道:"我刚才接到了蝴蝶的电话,她约我今天下午三点在我们昨天碰面的咖啡厅见面。还威胁我如果我不到就请我爸妈过去,她当是家长会请家长吗!"

苏清澈这回也意识到事情的严重性了,眉头一皱,抓起桌上放着的车钥匙就往外走:"你在家等着,我过去。"

"你过来没用。"她深呼吸一口气,"这事不能让我爸妈知道,你处理好我爸妈那边就没事了,等会儿我让潇璃过去照看下,我下午过去赴约。"

陆群正往这边看,就见苏清澈拿了钥匙要走,刚走出几步又是一顿。他眉头皱得紧紧的,脸色都有些苍白:"你不要去……星辰。"

宋星辰今天穿得很利落,一整套的皮衣皮裤,脚踩一双高帮的马丁靴,整个人看起来都清冷了许多。

她安安静静地握着手机站在公交车站站台上,微垂了头,长长的卷发就从她耳畔落下,遮住她精巧好看的脸。

苏清澈过来的时候她已经站累了,正蹲在站牌的边上,旁边有一小撮人围着站牌看路线,她就这么微眯着眼睛看天桥上来来去去的人。

他按了一下喇叭。

宋星辰闻声看过来,见是他,顿了顿,才缓缓站起身来拉开车门坐进来:"就你这速度,母猪都能绕城跑一圈了。"

苏清澈挑眉看了她一眼:"那你去跑一个,我计时看谁速度快。"

宋星辰瞪了他一眼,拉过安全带扣上:"你陪我过去啊,万一他们觉得我胆小怕事多不好啊,我这么英勇神武的人。"

苏清澈打从接到宋星辰的电话开始神经一直都是紧绷着的,此刻听着她声音清脆自言自语着,只觉得一直绷着的胸口都放柔了许多。

"英勇神武?"他喃喃地重复了一遍,略有深意地看了她一眼,持保留意见。

宋星辰拿着手机照了照自己的脸,顺手把头发扎成了个马尾:"我现在是不是在气势上压倒了蝴蝶?让她打电话恐吓我!"

苏清澈淡淡地扫了她一眼,直言道:"就你这小胳膊小腿的,还不够人蝴蝶摔的。"

宋星辰闻言,不乐意了。有这么灭自己人威风给别人长志气的吗!"我干吗要跟她打架啊,那都是你这种粗俗的人干的。"

"粗俗?"苏清澈梗了一下,差点儿没内伤。他边查看着路况,便附和着问她:"那你文明?"

"我哪儿不文明了?"被质疑人品的宋同志夌毛了。

恰逢红灯,苏清澈转头过来看了她一眼,眯着眼很是嫌弃地说道:"文明人还干偷拍那事。"

被抓住小辫子,宋星辰理所当然地就气弱了,刚才还横眉竖眼的,此刻就安分了不少:"那哪叫偷拍,我可是当你的面拍的。"

苏清澈顿时就笑了,这偷换概念她倒是玩得很顺手:"原来那不叫侵犯肖像权?"

"侵犯肖像权那也是因为你只有这张脸好看啊,不然别人送上门来我都不屑侵犯肖像权呢。"说罢,自我感觉良好地觉得自己这次反击真是又有深度又给力,抿着唇就笑了。

苏清澈挑起个意味不明的笑来:"你确定我只有这张脸能看?"

不知道为什么,宋星辰被这句话一误导,就想到了那晚灯光下散发着诱人光泽的身材。

苏清澈绝对算得上是优质男啊,除了软件,硬件都不错!五分好评都不足以表达她内心的欢欣鼓舞啊,可惜了,如果苏清澈昨晚的话放在

Chapter 8 交火

那天说,她也许被这么一色诱就从了……顺带着摸两把,揩点油,多美丽的购物经验啊!

想着,她点点头,很是赞扬地说道:"当然不止,你那肉啊,撒点孜然就能直接开饭了。"

苏清澈:……

苏团长同志被成功地刺激成三级内伤了。

宋星辰坐在劳斯莱斯里的时候,脑子里来来回回都是一个念头——果然什么阶级买什么车,不是自己的再名贵也硌屁股。

她懒洋洋地窝在后座上,窗外是越来越荒凉的石子路,颠簸得她有些头疼。

开车的人是雏鹰,副驾坐的是蝴蝶,整辆车里四个人,除了苏清澈和自己,剩下的两个都是十恶不赦的。

天色已经擦黑了,这荒凉的石子路边只有昏暗的路灯,淡淡的只能照亮地上的一小块地方。

车内安安静静的,只有很轻的、轮胎行驶在路面上的声音。

宋星辰下午和苏清澈到咖啡厅的门口还没进去呢,蝴蝶就不知道从哪儿出来了,虽然说是客客气气地请了他们两个上车,但那倨傲的神情真的是让人很不爽啊。

想着,憋了一肚子火的宋星辰就忍不住了。

她倾身过去,敲了敲蝴蝶坐的副驾的座椅:"我有话跟你说,你先别装死。"

蝴蝶侧过身子睨了她一眼,很是不上心:"听着呢,你说。"

宋星辰皱了皱眉头,刚想直接半俯着身子跟她话说的,一侧一直闭目养神闲情逸致的苏清澈就扣住她的手腕拉着她坐好:"你别瞎动。"

宋星辰踹了蝴蝶的座椅一脚，又抬手砸了砸车顶，不知道怎么的怒气就爆发了，也不知道这股子火气是哪儿来的，烧得又旺又烈："这什么破车啊，我坐得不舒服，给换辆车！"

蝴蝶斜睨了她一眼，语气不善："不坐就下车。"

"那你倒是给老娘停车啊。"她噘了嘴，瞄了眼窗外冷风簌簌的野外，"你二话不说，也不给个交代就带我来秋游啊？没见过带人秋游还不给饭吃的，我饿了。"

苏清澈淡淡地抿了唇看了她一眼，没说话，只是刚才扣住她手腕的手慢慢滑下来，轻轻地握住了她的手。

蝴蝶不答话，反而是开车的雏鹰勾着唇笑着道："秋游？宋小姐真是天真又单纯。"

话里的讽刺是个人都能听得出来，宋星辰皱了皱眉头，直接拿过身后那个纸巾盒就砸向了怡怡然坐着，还跷了二郎腿惬意十足的蝴蝶："跟你说话呢。"

蝴蝶被砸到手，一个条件反射就拔枪指了过来。

她一拔枪，苏清澈就松开宋星辰的手，飞快地倾过身子，一把扣住蝴蝶的手腕，硬生生将枪口扭转过去对着车顶。

这变故突如其来，让人目瞪口呆。

苏清澈沉着脸，面色很是不善："想死直说。"

宋星辰被吓了一跳，回过神来脸色都有些苍白，仗着苏清澈还捏着她的手，壮着胆子就来了一句："缴枪不杀。"

蝴蝶讽刺地笑了一声，又恶狠狠地瞪了宋星辰一眼："不知天高地厚。"

苏清澈刚想松手，闻言，修长的手指往她手腕的骨头上狠狠捏去。那"咯咯"的声音，听得宋星辰一阵发麻。

雏鹰皱了眉头看过来，缓和场面："苏哥，这可是我们老大的女人，你手下留情啊。"

苏清澈没有直接回答他的话,只是冷着声音,一字一句道:"要死的话,我有千百种方式。再这么迫不及待,我就不会手下留情。"

他脸上其实并没有什么多余的表情,说话也仅仅是冷着声音而已,偏偏那股子狠劲不动声色间就蔓延开来,形成一股看不见摸不着的威压。

车里低气压的静默在驶出了那条石子路快到码头的时候终于被打破,宋星辰拍了拍前面雏鹰的座椅:"前面有小超市,我要吃饭。"

雏鹰透过后视镜看了一不动声色看着窗外的苏清澈,皱着眉头沉思了片刻才终于决定停下来。

这个小店被称为小超市其实都有些勉强,只是村子里的一个便利杂货店。

宋星辰率先走进小杂货店里,守店的是个小姑娘,看见她进来愣了一下,随即笑了笑:"随便看看。"

宋星辰点点头,四下看了看,见苏清澈走进来,踮了脚尖越过他去看后面的那两个人:"你们吃不吃啊?"

蝴蝶和雏鹰就站在门口,见这个小杂货铺那么小,又没有别的出口就懒得进去。

杂货店开的时间大概是有些长了,屋子里黑漆漆的,屋顶上布满了蜘蛛网,店内唯一照明的那盏灯都似乎很有一段历史了,乌压压的只有昏黄的光。

宋星辰见那两个人不进来,这才跟着苏清澈往里走。

苏清澈对他们临时更换地点毫不意外,原本交易是定在废弃仓库里的,警力以及陷阱等各方面都已经部署完毕,安排得万无一失。但凌晨接到宋星辰那个电话的时候他就知道他们的目的了,原定的让陆群和伪装好的部分警力拿钱去交易的计划临时更改。

如果苏清澈猜得不错的话,就是蝴蝶假借挟持了苏清澈和宋星辰的借口,临时引陆群到码头上去交易,从而避开警力,得手后快速坐船从公海离开。

要不然怎么说波塞冬这批人老奸巨猾,能在境外逍遥那么久呢。

蝴蝶和雏鹰在城内转了好久,彻底甩掉了身后伪装的车辆之后才快速地拐上这条小路,往码头赶去。

上车之前,手机已经被要求上缴了,也就是说宋星辰现在完全没有跟外界联络的通信工具。

啥?你问有苏团长在为什么还被缴获手机?

蝴蝶摊手问宋星辰要手机的时候,宋星辰冷着一张脸握着手机就是不给。两个人对峙了半天,最后蝴蝶才幽幽地说一句:"你最好快点儿,不然我就不能保证会不会伤着你了。"

宋星辰还真不吃威胁这一招,下巴一抬,直接拉开皮衣,把手机从领口上往下一扔,看得雏鹰和蝴蝶目瞪口呆,苏清澈忍俊不禁。

她还真就这脾气,当下挤了挤胸口,很是嘚瑟欠扁地朝蝴蝶笑了笑:"我就不给。"

蝴蝶气得一张脸都白了,就是想不出有什么法子能对付宋星辰。

硬来?你当苏团长是摆设啊。软的?你当宋星辰是棉花做的啊!

于是僵持不下之间,还是苏清澈开口了:"乖,扔掉。"

啊,忘了说,苏团长被要走手机的时候,冷飕飕地看了一眼雏鹰,看得雏鹰头皮都发麻了,才杀气森然地说了句:"你记得帮我转达一下我现在很不愉快的心情。"

然后,痛快地拆了卡折成两半,把手机扔进了垃圾桶里,干脆利落不眨眼。

宋星辰又僵了好一会儿,很是不甘心地瞪了一眼蝴蝶,这才颇有些不自在地指了指后面的咖啡厅:"那我还得跑一趟厕所啊!"

Chapter 8　交火

宋星辰跟着苏清澈往里走得远了一些，苏清澈才借着货架回头看了一眼，然后压低了声音快速地说道："报警，7号码头。"

宋星辰垂了眸子，装出一副认真挑口味的样子来，边皱着眉头扫了苏清澈一眼："你不就是当兵的吗？"

苏清澈顺着她的手接过一罐方便面，眸底都是淡淡的笑意："那我也需要警力支援啊。"

宋星辰默默地扫了他一眼，估计是今天实在有些憋屈，扬了声音喊老板："你们这店怎么回事啊，都过期了！给我换一个！"

小姑娘被吓了一跳，赶紧走过来，看了眼保质期，很是奇怪的扫了一眼这个顾客："是……"

宋星辰直接把手里的泡面往货架上一搁："换一个！"

小姑娘被她横眉竖眼的样子吓了一跳，抱着方便面就带着她往库房走："行，你自己进来换。"

宋星辰扫了眼苏清澈，刚掀开帘子进去，就听见蝴蝶不屑地轻哼了一声："娇气。"

娇气？

宋星辰一边伸手去摸手机一边坏心眼地想，我拿石头砸人的时候估计你还在哪个破旮旯里玩洋娃娃呢。

那小姑娘刚转身就看见宋星辰从领口里面摸出个手机来，震惊得一双眼睛都瞪圆了。

刚拨出电话，就听见苏清澈在门外说："星辰，吃泡面也不方便，你别麻烦人家了。"

宋星辰一个手抖直接挂断了通话，她回头看了一眼，这才钩了钩手指头叫小姑娘过来："等会儿你报警，就说临时改了地点，今晚7号码头有大动静，让他们快点儿出警。记住了吗？"

说罢，也不等小姑娘回答，她顺手拿了一罐旺仔牛奶就往外走："面

177

包有没有？"

等付了钱走出来，蝴蝶还杵在门口冷眼审视着她，宋星辰觉得胸口的手机有点儿硌得慌，一边拉开易拉罐一边瞪回去："看什么看，我喝剩了也不给你喝。"

蝴蝶被噎了一下，有苦难言。

7号码头的灯光也是昏昏沉沉的，并不太亮，照着这一方小小的天地。距离岸边不远，层层叠叠地放着集装箱，框框条条的，在灯影下阴森森地沉凉。

宋星辰刚下车就被迎面而来的冷风吹得一个哆嗦。

海边的风大，呼啸着卷起海浪扑打着沙岸，又配着这么阴凉的场景，宋星辰妥妥地害怕了。

苏清澈等她走过来，拉开大衣半搂着她，往前面走去。

宋星辰全然没有了刚才的嚣张跋扈，扯着他的衣角一点儿点儿地拽紧。

苏清澈步子顿了顿，很警惕地扫了一眼身侧走着的雏鹰，等他往前先走了几步，才慢慢地跟上。

陆群已经等在那里了，看见他们两个人过来，紧皱的眉头才缓缓松开。

苏清澈走向陆群时，斜睨了一眼正靠坐在车上的波塞冬，眼神阴郁："我觉得今晚的交易已经没必要进行了。"

波塞冬眯了眯眼，脸色也不好看起来："苏哥，你这是什么意思？"

"什么意思？"他缓缓地重复了一遍，冷哼一声，脸色越发难看起来，"我可以理解你这么做的动机，但是并不赞同。"

宋星辰被他裹在怀里，只露出一张略有些苍白的脸来。

苏清澈低头看了她一眼，握住她的手细细地摩挲了下："你身后就

Chapter 8　交火

是公海，我怎么知道你给我的货是不是次品或者是陷阱？"

波塞冬顿了顿，随即勾起唇笑了笑，站直了身子往前走了几步："难道我的诚意还不够？"

苏清澈已经不想跟他废话了，但无奈警力暂时只有一部分，他必须拖延时间。

他皱了皱眉头，回头扫了一眼身侧的陆群。后者接收到他的视线，不动声色地点了点儿头。

宋星辰哪里见过这个阵仗，被他揽在怀里贴着他温热的胸膛，只觉得海风冰冷刺骨，眼前所见的人都如凶神恶煞一般。

苏清澈扣在她腰上的手微微一紧，忽然出声："验货，提钱。"

波塞冬似乎是一愣，瞄了一眼陆群手上拎着的行李箱，挑了挑眉，终于笑起来："还是苏哥爽快。"

苏清澈面无表情地一扬手，陆群上前几步拉开行李箱展示了一下满满一箱的人民币，然后慢条斯理地收起来："诚意是这样。"

这句话无疑就是打脸，波塞冬小心谨慎到临时改了地点又威胁了宋星辰，更是把地点安排在这公海的码头上，的确是过分了。所以苏清澈这么干脆利落地跟他摊牌，他反而没有什么可以疑心的了，微微侧头示意上货。

苏清澈抬手拍了拍宋星辰的脑袋，见她抬起头来，低头在她额头上轻轻地落下一吻。

宋星辰很清楚地看见了他深井一般幽深的眼底那一闪而过的光亮，不安越发弥散开来。

码头上影影绰绰的，黑暗笼罩着这一整片的地方，海风吹得脸生疼，那疼似乎是要扎进肉里，刺得心窝都钝钝地疼着。

波塞冬的人很快就把集装箱都用车搬了过来，一整排的木箱子差不多有十五箱。

苏清澈原本是想亲自去验货的，但低头扫了一眼怀里的人，略一迟疑还是让陆群代替他过去了。

宋星辰大气都不敢出，生怕下一刻莫名其妙地就能交起火来，又往苏清澈的大衣里缩了缩。

风声越发大起来，陆群一个箱子一个箱子地打开看了一遍，确认过里面的货物后才快速退了回来。

苏清澈站在原地，示意一个人过去把装着箱子的车开走。

刚一动，雏鹰已经拦在了前面，眼神投向陆群脚边的行李箱，意思不言而喻。

苏清澈漫不经心地扫了他一眼："现在指着我脑袋的枪口那么多，怕什么？"话音一落，只感觉怀里的人一僵。

宋星辰彻底被吓到了好吗？这是美国大片还是香港警匪片啊，敢不敢换假道具上啊？

他安抚地拍了拍宋星辰，俯低了身子，唇贴着她的耳畔，压低了声音咬着字道："等会儿往你左边的集装箱后面躲，该开枪的时候就开枪。"说罢，宋星辰就感觉到一个冰凉的东西抵在了她的腰上。

她瞪圆了眼，惶惶不安地看着他，很是艰难地咽了下口水，才颤着手把那柄手枪接了过来。

见她实在是被吓得不轻，他抿了抿唇，皱着眉头很是不悦："你过去那边等着。"

宋星辰手忙脚乱地把手枪藏进了衣服里，一双眸子亮晶晶地看了他一会儿，才被他缓缓推开。

波塞冬动了动唇，最终没说什么，只是扬了扬手示意放她过去。

宋星辰觉得自己两条腿都软成棉花了，脚上蹬着的那双马丁靴此刻似乎是透着风，凉凉地衬着她的脚底。

她不敢回头，快步往左边走去，等身形掩在了集装箱层层叠叠的阴影里,这才松了口气,抬起头四下找苏清澈说的那些狙击手。

当然,她除了看见满目的黑,根本什么都看不见。

她把手移到腰间别着的手枪上,似乎这样心才安定了些,微微露出个脑袋往外看。

苏清澈看着她走进了阴影里,才转过身,亲自拉着那个行李箱往前走了几步。他刚一动,霁凡和雏鹰立刻如临大敌一般往前走了几步,手里的枪更是上了膛,直直地指着苏清澈。

苏清澈面上不动声色,拉着行李箱走到了指定的地方,缓缓地松开手。

他背脊挺直,身上大衣的衣角还随着风摆动着,宋星辰的这个角度看不见他的表情,但凭着他这个姿势也能想象得出来,他此刻一定是面无表情,眸子里满是淡漠的样子。

苏清澈松开手之后,就缓缓后退回了自己的阵营。

几乎是霁凡碰到箱子的那一刻,那站在车旁的人也上了车,把货车往两方阵营的中间开。

就在货车挡住众人的一刹那,整个码头的灯"啪"的一声就熄灭了。

苏清澈握紧了手里的枪矮身一个侧翻,险险地跟子弹擦肩而过。他皱了皱眉头,快速隐蔽起来,慢慢向刚才宋星辰藏身的地方靠过去。

宋星辰眼前一黑的时候就已经很聪明地换一个地方躲了,听见枪响的时候差点儿没连滚带爬地跑起来。

不过还记着苏清澈说高处有狙击手,她矮身从集装箱边上穿过,正要拐弯,一头撞上一人。

宋星辰一愣,盯着那双鞋子眼珠子都快瞪出来了。

蝴蝶似乎也很是意外能撞上宋星辰,微微勾了勾唇角,伸手就要去抓她。

她的动作快，宋星辰也快，一个侧身转身就跑。

黑暗里看不清东西，其他的感官就会更加灵敏，宋星辰一边庆幸自己今天没穿高跟鞋，一边又暗暗叫苦，如果有高跟鞋在手，就可以跟打地鼠一样，砸得敌人满脑袋的血窟窿了。一想到自己手无寸铁，就越发飞快地往前跑，都不敢回头看。

蝴蝶也没料到宋星辰看着像不运动的人，跑得居然那么快，眼神顿时阴沉了下来："你再跑我就开枪了。"

外面是震耳欲聋的枪声，宋星辰却把这句话听得清清楚楚。

她脚步一顿，缓缓转过身去，就看见蝴蝶正慢慢靠近，手里举着枪，黑漆漆的洞口正指着她的眉心。

她讪讪地笑了笑，摆出举手投降的姿势来："哎哎哎，别动手啊，好好说话。"

蝴蝶神色不变，唇角却似有若无地勾了勾，那又轻又缓的脚步声此刻却如踩在宋星辰的神经上，一下重过一下。

"你下午不是还趾高气扬的吗？"她冷冷地嘲笑了一声，看着她僵着身子脸上还挂着讨好的笑，越发轻蔑，"现在怎么不了？"

宋星辰一边小心她的枪口，一边注意着她的手指，这才缓缓地说道："那不是看你好欺负吗？"

话音落下，才发觉自己实诚地说了实话，呔呔呔了几声："你不知道，我对人表达好感的时候都是这样的，据说这样能让人记忆深刻，难以忘怀。"

蝴蝶已经走到了她跟前，见她根本没有反抗之力，这才缓缓放下枪，伸手就要扭住她的手臂。

宋星辰几乎是毫不犹豫地抬手就往她的下巴揍了一拳，清脆的骨节声响过后，她捂着手疼得直跺脚："打歪了。"

蝴蝶摸着下巴，杀气更重。

Chapter 8 交火

宋星辰哪敢犹豫，直接拔出枪，趁着蝴蝶看见枪时诧异的一刹那，掉转了枪口的方向，跃起拿枪柄往她的头上狠狠一砸。

怕她没晕，宋星辰又赶紧屈膝撞向她的小腹，抢过她别在腰间的枪，握在了手里，才松了口气。

蝴蝶已经被她砸晕了，脑袋上一大片血。

宋星辰架住她往后面拖着走了几步，身侧的集装箱已经被子弹打穿了好几个窟窿。

枪声就在耳畔，吓得她一个激灵，又不敢尖叫，紧紧抱着蝴蝶挡在身前。

啊，别打自己人啊……（谁跟你自己人？）

当苏清澈循声找过来，看见宋星辰无师自通地趴在蝴蝶身边握着枪时，不知道是放下担心了的欣喜还是看见这一幕的喜感，竟然在局势紧张的战场上笑出声来。

宋星辰瞬间犹如惊弓之鸟一般，手枪一下就瞄准了他："站住。"

苏清澈眯了眯眼，借着月光扫过去，她手上的枪连保险栓都没拉开："是我。"

这声音太过熟悉，在此刻的危机四伏里更加悦耳动听。

宋星辰紧绷了那么久的弦终于松了下来，鼻尖一酸，眼泪瞬间掉了下来。

还好，你来了。

说起来，苏清澈还是第一次看见宋星辰哭。

不管是被他气得要抓狂的时候，还是被他欺负得觉得很委屈的时候，她都只是皱着眉头，龇牙咧嘴一下就就此揭过了，从未像此时这般，不知所措地看着他掉眼泪。

此刻耳边的枪声似乎都远去了,他站在原地看着她仰着头眼泪落下,只觉得心口暖暖的。

他四下警惕地看了一眼,飞快地越过光影重叠的集装箱的空隙,几步走过来。

宋星辰立马连滚带爬地扯着他的衣角攀着他站起来。

苏清澈拉开大衣把她裹进了怀里抱了一下,又低头在她的额头上亲了一口,这才握住她的手,轻声又坚定地说道:"你跟着我,一步都不要落下,我们过去找陆群。"说罢,他又沉了语气,一本正经道,"你不能再让我分心照顾你。"

宋星辰一愣,似乎是在犹豫自己能不能有这个本事不拖他的后腿。

苏清澈却没空等她权衡利弊,把她拉出怀里,握着她的手开始往外走。

宋星辰握着枪的手还颤着,被他这么拉着走,脚步都有些打飘:"其实我觉得把子弹换成麻醉药更好……"

苏清澈弯了弯唇角却没回答,只一双眸子如暗夜里蛰伏的黑豹,泛着冷冷的光。

海边的风似乎越来越大了,海浪声呼啸着,正酝酿着一场巨大的风暴。

宋星辰紧跟着苏清澈穿过集装箱跟陆群会合的时候,雨点终于也砸了下来,一滴一滴却重得打在脸上都生疼。

陆群的肩膀被高速飞行的子弹擦伤,苏清澈赶到的时候他正捂着肩膀,疼得牙关紧咬,身旁还有一个行动小组的人在帮他简单地包扎伤口止血。

月色已经随着这场突如其来的大雨淹没在翻卷的云层下,原本就漆黑一片的7号码头此刻阴沉得像是黑暗中沉睡已久即将苏醒的怪兽,恐

Chapter 8　交火

怖异常。

苏清澈笔直地站在这瓢泼的大雨中，凝神盯着远处的一点儿，眸色深不可测。

宋星辰蹲在陆群的身边，接手了包扎的工作，正勒紧了伤口打结。

陆群垂着眼，看着宋星辰的时候，唇都在颤："大嫂，你轻点儿啊，疼着呢。"

鼻尖是清晰可闻的血腥味，宋星辰看他忍痛忍得表情都变了，不由得心下泛酸，手上却更加快速："你忍着点儿啊。"

就这片刻，交战的枪声已经弱了许多。

期盼已久的警笛声也由远及近地响了起来。

宋星辰帮陆群把半褪下的衣服小心地穿回去，听着那隐隐约约的警笛声，心下一喜："这是来援兵了？"

话音刚落，一直沉默站在前方的苏清澈突然飞快地跑了出去。

雨越下越大，整个夜空翻滚的乌云也低低地压下来，宋星辰抹了把脸上的雨水，觉得深夜的温度越来越低了。

陆群哆哆嗦嗦地握着枪，扫了眼垂着头的宋星辰，抿了抿唇，干巴巴地小声问道："我把衣服脱给你穿吧？"

宋星辰闻声抬起头来，干脆利落地点点头："好啊。"

原本还扭扭捏捏有些不好意思的陆群顿时就愣了，一边脱衣服一边很不情愿地念叨着："你矜持地拒绝一下不行啊？我还有一堆的话没说呢！"

宋星辰"噗"的一声笑起来，拍了拍他的膝盖："都湿了，你自己穿着吧。"

那沉寂了片刻的枪声在她话音落下之后又响了起来，原本在一旁警戒的小伙子紧紧地盯着前方拐角出现的黑影，低声说道："我过去看看，你们自己小心。"

宋星辰条件反射地握住了枪,指着那个方向。

陆群却是"嗤"的一声不屑地笑了:"大姐,你倒是拉保险栓啊。"

宋星辰这才反应过来,自己的枪还没到备战状态呢,回头瞪了他一眼,利落地拉开了保险栓。

随着清脆的"咔嚓"声,前方不远处,那靠近海边的地方猛然爆发出一阵爆炸声,火光冲天,热浪席卷而来。

宋星辰心一跳,目瞪口呆:"那边是……"

陆群的脸色也不好看起来:"是老大去的方向。"

那一阵猛烈的爆炸声响过后,一切都归于平静。

宋星辰却是心跳如鼓,一下一下地,逼迫得她呼吸都有些不畅快。

陆群坐了片刻,终于耐不住了,咬牙撑着身子站起来:"我过去看看。"

宋星辰还来不及反对,陆群已经留了一把手枪给她,握着他的步枪就往苏清澈的方向跑去。

宋星辰被陆群扔下的那把手枪砸中膝盖,钝钝地疼了一下。只觉得这冰凉的雨和着猛烈的风,简直如寒冬一般刺骨。

耳边是断断续续开始逼近的枪声,她一个人蜷缩在这个角落里,心却越来越慌。坐了片刻,她终于还是站起身来,往刚才爆炸的方向跑去。

陆群藏身在箱子后面正全神贯注地瞄准准备射击的时候突然被人拍了一下肩膀,吓得脸色顿时煞白一片。

他幽幽地转过脸来,看见的却是脸色并不比他好看多少的宋星辰。

陆群皱了皱眉头,手指竖在唇上比了一个噤声的动作,转过身去继续全神贯注地瞄准。

宋星辰见此,也偷偷地挑开了一个小孔往外看着。

两方阵营的人在这里又较上劲了。

Chapter 8　交火

苏清澈左臂紧紧地扣住了波塞冬，另一只手握枪正把枪口抵在他的太阳穴上，看得出来双方都在等待时机。

苏清澈等他们的妥协，波塞冬则等着反击的机会。

就在此时，那隐隐约约的警笛声终于变得清晰可闻，飞快地往这边驶来。

波塞冬也在这个时候猛然出手，苏清澈似乎早就预料到他会狗急跳墙，扔掉手枪飞快地抬手扣住他的手扭到身后，更是狠狠地用膝盖撞了一下他腰腹，随即狠厉地扭转他的身子直接挡在身前，连枪都不拿了。

局势完全是一边倒，波塞冬再无还手之力。

警车赶到，迅速包围了7号码头，应急灯也瞬间亮了起来，整个码头灯火通明。

苏清澈扭着波塞冬提交给了警方的人，然后转了转手腕，捡起刚才被他扔在一边的手枪。

就在他俯身的瞬间，那原本被押送上警车的男人却一个扭身逃脱开来，飞快地一口咬在自己的袖口上，扯下袖口上那一枚闪闪发亮的扣子。

苏清澈一愣，就这片刻的工夫，远处已经燃起火光，巨大的爆炸声轰隆作响："快！全部跳海！"

他大吼一声之后，原本有条不紊的现场突然慌乱起来。

而那爆炸，也如设置好的一般，由远及近，飞快地往这边袭来。

陆群都顾不上自己的手是受伤的，一把扯住宋星辰撞开前面横列的箱子就往外跑。

宋星辰被硬带着跳进海里的时候，猛地呛了一口涩咸的海水。她立刻屏住呼吸，划拉着四肢往海面上游。

啊，抓着她往下跳的时候不知道先问一声会不会游泳吗？

她几次挣扎着透出水面，被爆炸的热浪一轰又飞快地沉下去。岸边都是熊熊的火光，还有什么东西透过爆炸声斜掉入了水中。

宋星辰正乱扒拉着，只觉得脚下一痛，猛地透出脑袋来。

就在她这回终于透出海面能换口气的瞬间，却是腰上一紧，被人紧紧地扣进了怀里，然后被拖着往海面下沉去。

这边的海水本就很深了，他又带着她往深处游了几米，宋星辰只觉得海面上那剧烈的光都慢慢地被稀释了。

她胸口快要炸开了一般烈烈地疼着，扑腾间感觉到带着她的人终于停了下来，双手摸索着就想去掰开他的手，奈何这双手比铁钳还要坚固，她扑腾了几下实在拉不开，蜷着身子就想奋力蹬上一脚。

似乎是察觉到她要干什么，苏清澈一把把她拉过来，紧紧地贴在了身上。由于看不见，他只能用手摸索着，从她的手臂一直上去捏住她的下巴，然后俯身准确无误地吻住她。

宋星辰愣了一下，马上跟攀上了浮木一般，双手双脚自发自觉地攀了上去，紧紧地缠住苏清澈，那一直想掰开他的手现在攀着搂住了他的脖子，一口咬在他的嘴上迫切地汲取着他的氧气。

当然，她自己是绝对想象不到现在是有多么饥渴的。

所以当宋星辰和昏迷的苏清澈被捞起来的时候，众人看着苏团长嘴上的红肿，毫不意外地认定了是这位宋小姐所致。

可其实……宋星辰也不冤枉的。

苏清澈原本早就下海了，后来为了控制住雏鹰，多耽搁了一下，后背被炸伤了。

跳进海里的时候，他正好看见宋星辰在扑腾，原本只想带着她往深处游一点儿，好避开岸上爆炸后产生的有攻击性的东西，然后就发现她呼吸不畅氧气不足，顺便渡了点儿气！

于是，耗尽仙气的苏团长就被宋某人摁在海里吻晕了……

Chapter 9
苏宋星辰

宋星辰是在规律的嘀嗒声中醒来的,入目的白仿佛是永无止境的,蔓延着一直到透出微光的窗口。

浑身有些疼,还有说不上来的酸麻无力。

她眨眨眼,让眼睛慢慢适应长久黑暗后的光亮。

苏清澈正靠在另一张病床上的床头,手里拿着一本书,垂眸安静地看着。翻页的时候便侧头看一下隔壁的病床,发现一直昏睡着的人终于醒过来了。

他扫了一眼放在床边的手机,早上六点。

"醒了?"他轻轻出声。

宋星辰愣了一下,猛然从半梦半醒的朦胧状态里回过神来,扯着被子扭头看向声音发出的地方:"什么情况?"

苏清澈挑了挑眉,把书折了一角做记号,随手放回床头柜上:"接受治疗的情况。"

宋星辰盯着他那张脸看了好一会儿,这才断断续续地回想起之前发生的状况。

那晚她被捞上来之后，就有些神志不清了，不过始终紧紧地抓着苏清澈的手，谁说都不撒手来着。

重点是她为什么抓着不撒手？

她拍了拍脑袋，对那晚的记忆有些不确定起来："怎么睡了一觉跟智商少了一半似的……"

苏清澈勾了勾唇角："不是少了一半，是直接负增长了。"

宋星辰：……

就在这时，病房门口有人敲门，轻轻地敲了两下，然后打开门走了进来。

宋星辰循声看去，是护士小姐，见她醒了，弯了弯唇笑着道："你醒了啊。"

宋星辰现在脑子里就跟塞了一堆糨糊一样，可是看见这个护士小姐的瞬间，某些记忆就跟被人耐心地梳理好了一般瞬间回笼。

在7号码头的事情她都模模糊糊的，只知道浑身湿透冷得跟被人塞进了冰窟窿里一样。被人捞上岸的时候她还紧紧地拽着苏清澈，整个人都趴在他身上。

当时好像就是这个护士，蹲在她的身边拍了拍她的脸，轻声问道："你还好吗？"

宋星辰那时候脑袋都要炸掉了似的，腿上更是疼得一抽一抽的，不过她还是很有礼貌地点点头，声音有些沙哑的说："我还好。"

然后这个护士小姐就很有人道精神地拿了一张大毛毯紧紧地把她裹住了，她还低声地说了声谢谢。

不过一直到此刻，她的手都是没有松开的。

这位护士小姐就急了，一直在她耳边说着话，那清甜的声音却渐渐模糊起来。等她再稍微恢复点意识的时候，就看到围着的众人颇有些深意的眼光。

Chapter 9　苏宋星辰

宋星辰哪有空去管这个，身子一歪，也不知道靠在哪里，耳边都是阵阵惊呼。

她最后的记忆就是一只温暖的手缓缓环过来，掩住她的耳朵，差不多遮住了她半张脸。她觉得安心，就怎么也撑不住睡了过去。

想到这儿，她眨眨眼，看向正在帮她调节吊瓶速度的护士小姐："我睡了几天了？"

护士小姐扫了一眼那边侧头看窗户的苏清澈，抿了抿唇角，才说道："那晚不算的话，一天一夜。"

宋星辰傻眼了："我不是没受什么伤吗，怎么睡了那么久……"

护士小姐闻言就笑了起来："你没事当然有一半的原因都是你男朋友的功劳，你不过就是腿上划伤要休养，另外就是惊吓过度。"

直到护士小姐走了，宋星辰还一直在"你没事当然有一半的原因都是你男朋友的功劳"上面傻愣着。

苏清澈斜靠在床头，垂眸看着窗外，半晌没听见动静，转过头就看见宋星辰蒙着被子一副欲言又止的表情，他皱了皱眉头："你干吗？"

宋星辰往后缩了缩："怕你这个无耻之徒让我以身相许来报答你的救命之恩。"

苏清澈挑了挑眉，很利落地抓住了重点："无耻之徒？"

宋星辰点点头。

苏清澈却摸了摸下巴，一副很是疑惑的表情："可我记得前晚我的牙齿还咬了你舌头一下呢……"

宋星辰如今已经被苏团长调教成了厚脸皮星人，闻言不动声色地抬了抬下巴："我说呢，怎么昨晚做梦梦见一只食人鱼追着我跑。"

苏团长早上显然没那个兴致跟她斗嘴，抬手按了按眉心："瞎说什么，再好好睡会儿，等会儿我叫你起来。"

宋星辰原本还腹诽来着，都睡那么久了怎么可能还睡得着。不过闭眼片刻，就又沉沉地睡过去了。

宋星辰被苏清澈叫醒的时候正值午饭的饭点，她饥肠辘辘的，就见苏清澈正对着她一口一口地喝着海鲜粥，那虾仁晶莹剔透的，看着就让人食指大动。

她正要爬起来，门"吱呀"一声被打开，韩潇璃提了保温盒走进来，见宋星辰裹得跟熊一样，很没出息地盯着苏清澈，差点儿没笑出声来。

"你总算醒了啊。"她叹口气，随手把窗帘拉开。

午后的阳光正暖，从窗口投射进来扑在宋星辰的床上，暖融融的。

韩潇璃随手拧开了保温盒的盖子，递到宋星辰面前："苏团长说你醒了，让我从楼下的粥记带菜粥上来，还真赶上你的饭点了。"

宋星辰默默地扭头看了一眼苏清澈手里的海鲜粥，泪流满面。

宋星辰一勺勺地喝着菜粥，韩潇璃就在一边絮絮叨叨地和苏清澈搭话。聊着聊着不免就聊到那天的"换床单"事件。

苏清澈慢条斯理地解决掉最后一口海鲜粥，轻描淡写道："那晚啊……"

语气深长，引人入胜，抓心挠肺。

韩潇璃就差星星眼了，狗腿地给苏团长递上纸巾："那晚怎么了？真枪实弹？"

宋星辰一口菜粥噎得要死要活的，转身就找垃圾桶吐了。

韩潇璃转回头，脸色瞬间凝重起来："看来等会儿还得孕检一下。"

苏清澈扫了一眼面如菜色，凶神恶煞的宋星辰，漫不经心地抿了口茶，这才澄清："那晚我不小心倒了水在床单上……"顿了顿，他眸底精光一闪，略有深意，"如果你在朋友电脑上看见自己穿着情趣睡衣的照片，估计也淡定不下来吧？"

宋星辰觉得这粥没法喝了……她什么时候拿他的那张照片当屏幕背景了？电脑会死机的好不好！

于是,在韩潇璃莫名失望又有些暧昧的眼神中,宋星辰果断地把保温盒往她怀里一塞,穿上拖鞋就要往外走:"这院没法住了,我回家去。"

宋星辰和苏清澈下午一起做的全身检查,也是下午同时出院的。

陆群就在隔壁病房,见宋星辰过来,捂着伤口哼哼唧唧地不情愿:"我不想我难得的假期都浪费在医院里挺尸啊。"

宋星辰穿回了那日干脆利落的皮衣,拉开一旁的椅子坐下来,见床头堆满了水果也不客气,给陆群剥了根香蕉,自己剥橘子吃。

陆群啃着黏糊糊的香蕉时还鼓着嘴很不开心:"为什么我吃香蕉。"

宋星辰不知道想到了什么,被噎了一下呛得咳嗽起来,咳得整张脸都红了,回头一看陆群,居然还一副纯良小媳妇状,担忧地看着她。

宋星辰抿了抿唇,很是严肃地说道:"你需要多吃点儿。"

苏清澈过来的时候,陆群跟他说:"刚才嫂子喂我吃香蕉……"

话说到一半,苏清澈打断道:"喂你吃?"

陆群呆滞了一下,见苏团长面色不善,小心措辞:"不不不,是刚才嫂子给我吃香蕉。"

苏清澈侧头看了一眼正斜靠在椅背上,霸占着陆群游戏机的某人,轻轻地"嗯"了一声:"然后呢?"

陆群说:"嫂子说我受伤了,让我多吃点儿!"

苏清澈临走到门口了,步子一顿:"你嫂子说得对,多补补,有益无害。"

宋星辰正在门口等他,闻言皱了皱眉头不乐意了:"谁是他嫂子了?"

苏清澈顺手关上门,抬眼睨她,一副"你少给我装傻"的表情:"她叫宋星辰。"

宋星辰刚想反唇相讥,苏团长已经很是自然地握住了她的手:"其实正确点说,叫苏宋星辰?"

宋星辰话到嘴边,犹豫再犹豫,最后还是轻声地说了句:"难听死了……"

苏清澈一顿,好心情地勾起了唇角。

苏清澈的座驾从迈巴赫换成了奥迪。

当然,如果忽略掉车屁股上那风骚十足的车牌,这辆奥迪完全能隐没在众豪车之间。

宋星辰坐上副驾的时候还有些忐忑不安:"这车是不是真的可以闯红灯?"

苏清澈睨了她一眼,调整了一下后视镜:"你要不要试试?"

宋星辰顿时把头摇得跟拨浪鼓一样:"我是遵纪守法的好公民。"

苏清澈降下车窗换气,转着方向盘往她家的方向驶去:"那你这个问题有什么意义?"

宋星辰觉得苏团长真是越来越讨厌了。

苏团长觉得最近自己慢慢养成了一个不是很好的习惯,这个不好的习惯还是因为身旁百无聊赖正调节着听电台的某人。

接她的话时,他总会习惯性地把她噎得说不出话来才罢休。

但如果她识趣了,不再开口说话,他又觉得很无趣。

这种类似于圈养宠物,看她炸毛的傲娇心理——真的太过分了,但偏偏他却乐在其中。

想着,他微微侧头看了她一眼。

她的头发又披散在了肩头,蓬蓬松松地搭在她的身后。她微微侧头的时候,会露出精巧的侧脸。

宋星辰微垂着眼,认真听广播的样子还真的是,很像小朋友。

Chapter 9　苏宋星辰

他随手拨了几下，换了一个电台："你还记得有一个叫北子小姐的电台主持人吧？"

宋星辰原本还想装傻的，北子小姐是谁？

但她条件反射的表情顿时出卖了她，说起来，自打那一晚之后宋星辰便会蹲点去听她的节目，听她嬉笑怒骂，爽朗率真。

苏清澈趁着等红灯，转过头去看她："我恰好认识她。"

然后呢……

苏清澈微微挑了挑眉，眼角眉梢都有了淡淡的笑意："下次你们见面的时候，可以跟她说说你是怎么知道她的。"

宋星辰面不改色心不跳："啊，那挺好的啊，你给我引荐下。不过我已经忘记了她是做美食节目还是音乐节目的了。"

苏清澈果然斜睨了她一眼，毫不犹豫地戳穿道："是那天一出现就让你咬了我舌头那位。"

宋星辰：……果然装傻什么的在苏团长这里根本行不通。

她清了清嗓子，故作淡定："哦，想起来了。怎么？苏团长是比较怀念那晚被咬的经历？"

前方就是超市，苏清澈放缓了速度，边找着车位边不忘回答她："与其怀念过去不如今晚重新创造一段。"

宋星辰很是干脆利落地拒绝道："苏团长，我觉得你还是别侮辱'创造'这两个字了。你有没有考虑过它们的感受？"

苏清澈说："我考虑你的感受就可以了。"说罢，顿了顿，"你的感受直接决定我们下一次是什么时候。"

宋星辰：真是好想把苏团长从车上踹下去。

今天买食材苏团长真是果断又迅速，宋星辰还在电梯口挑着仙人掌花盆的颜色，苏清澈就已经推着购物车走了过来。见她手里捧着红底碎花的和一盆绿色田园风格的仙人球,他抬了抬眼:"红色的吧。"

宋星辰皱了皱眉头:"虽然我很怀疑你的审美,但我也觉得红色比较好看……"

苏清澈正整理着购物车里的食材,低头看见她挽起裤脚包着纱布的小腿时,眼底微微有了笑意:"那就拿红色的。我忘记买一样东西了,陪我过去一趟。"

宋星辰捧了仙人球跟在他的后面,见他又回到肉食区,瞄了眼购物车里那么多种类的肉,小声嘀咕:"你这是要弄个全肉宴还是怎么的?"

苏清澈推着购物车到了卖猪蹄的窗口前,问她:"要红烧的还是什么样的?"

窗口里切肉的师傅手机铃声正好响了起来,便很抱歉地跟苏清澈说了一声,脱下手套就去接电话了。

苏清澈也不等她的回答,声音很是倦懒,带着点儿漫不经心,音色压得沉沉的,似是跟宋星辰说的,却更像是喃喃自语:"猪脚要先焯水煮掉脏东西,水沸的时候放料酒一汤匙。这样既卫生口感也好。然后捞出过冷水,去毛清理干净。"

说着,他握住她的手,用手指轻轻地摩挲着,低声补充了句:"就像这样。"

明明就该翻白眼跳脚的,宋星辰一抬眼还未发飙呢,看见他一双眸子黑漆漆的,似点了漆一般,清澈透亮的,耳根子就莫名有点儿烧。

她垂下眼,挣开他,把手塞进了皮衣的口袋里,气鼓鼓地小声抗议:"你的才是猪蹄呢。"

不过这个说法太没有说服性了,苏清澈十指修长,骨节分明,掌心虽然有薄茧,却丝毫不影响美观。而且他有时候拿掌心磨蹭她的时候……还意外地会让人觉得很温暖。

"我刚才还在发愁萝卜怎么烧。"他轻轻地接过话,"萝卜切滚刀块，再熬糖色，用小火细细地熬。红烧的味道好不好最关键的就是这一步。要熬化了冰糖，熬得它冒泡。"

宋星辰静静地听着，听到他微沉了声音略带着笑意补充了最后一句时，忍不住抬眼去看他。正好撞上他比刚才更明亮的眼神，她突然就觉得他最后那一句话……好像就是说给她听的。

他顿了顿，又慢悠悠地继续说道："倒入猪蹄翻炒，放老抽和生抽各一汤匙，五香粉一匙，炒香后放入萝卜翻炒均匀。兑热水，等大火烧开之后再调入盐，改小火炖，差不多小火煮一小时后入口的口感就正好甜而不腻，唇齿留香。最后，收汁放味精香油调味。"

宋星辰被他勾得咽了口口水，看向那边接电话的师傅时，都带了迫切感。

苏清澈见她的胃口被吊了起来，这才慢条斯理地说道："以形补形，今晚多吃点儿。"

宋星辰顿觉迎头一盆冷水泼下来，从头湿到脚："苏团长，你一天不损我是会死吗？"

师傅接完电话走过来，正好听见，瞄了一眼面前站着的仪表堂堂的苏清澈，赶紧垂了视线，眼观鼻鼻观心："要多少？"

苏清澈利落地挑完，接过袋子的时候才幽幽地问她："你通常这么问一个人的时候是希望他怎么回答？"

希望他怎么回答？

宋星辰傻眼了，她还真没想过这个问题……

这个其实算——职业习惯吧。

如果她的职业还是在大学里当指导员，那这句话就会变成："你一天不损我是会挂科吗？"

到了家之后，两个人的分工很是明确。

宋星辰那天走得匆忙，公寓就成了韩潇璃那懒惰妮子的天下，客厅里丢着好几个快餐盒子，连她的零食都没幸免，一一阵亡。

整个房子的门窗都关得紧紧的，宋星辰刚走进来就被闷得发慌。

她先去开了窗子透风透气，又把垃圾装袋收拾好了，还没挨着沙发坐下呢，苏清澈就在厨房那边喊她的名字。

苏清澈在超市里买了熟的牛肉，切好后又热了一下。

宋星辰一进来就闻到好闻的香味，几步蹿过来，苏清澈已经夹了一块牛肉凑近她的唇边。

她也没觉得有什么不妥，等她劲道十足地嚼着牛肉看见苏清澈又用这双筷子往自己嘴里夹了一块牛肉后，脸色就有点儿不对劲儿了："那个……"

苏清澈却没给她说话的机会："我记得你冰箱里放了盒装的酸奶，拿过来。"

宋星辰犹豫了一下，还是去拿酸奶了。

苏清澈若有所思地盯着她的背影片刻，等她返身回来的时候心里已经有了主意。

红烧猪蹄出锅的时候，那香味飘得满屋子都是，在卧室里倒腾电脑的宋星辰就被这馋人的香味勾了出来。

苏清澈见她过来，就给她添了一个小碗，夹了一块猪蹄，又添了萝卜滚了点儿汤汁给她递过去："烫嘴，你慢着点儿吃。"

宋星辰哪儿还顾得上这个，拿起筷子就要大快朵颐。

苏清澈的调料里加了八角和草果这两味香料，入鼻间满是沁人的香气。她咬了一口，太烫，就吹着吃，跟饿了好几天似的，囫囵吞枣一样。

苏清澈擦干了手，返身睨着她："怎么样？"

味浓适口，肥而不腻。

而且苏清澈对火候掌握得很好，这猪蹄出锅之后那口感QQ滑滑的，

Chapter 9 苏宋星辰

黏嘴又滑溜，真的很赞啊。

她满足地眯了眯眼："很好吃。"说罢，似乎是觉得自己的评价不够诚意，又来了句，"给苏大厨点个赞。"

苏清澈眸色一深，借着去开厨房灯的动作，一手撑向她身后的料理台，微微俯低了身子把她困进自己的怀里。

正在吃猪蹄的某人不对劲儿了，她瞪圆了眼看着近在咫尺的苏团长，赶紧护食地掩住碗："锅里有！"

"宋星辰，这是我最后一次问你。"他慢悠悠地说着，语气就跟下午在超市时说起这道红烧猪蹄的做法时一样，但相比之下，这次的语气却颇有些清淡，"你是选择做我女朋友，还是选择我做你男朋友，嗯？"

最后的尾音微微扬起，那声音魅惑动人得像是根羽毛一样刷在她的心尖上。

可是不对啊……

这句话不管拆开还是组合，不都是——一个意思吗？

宋星辰被苏清澈的话弄得有些忐忑，他说是最后一次，可是宋大小姐明摆着还想再傲娇几次，折磨一下这个以折腾她为乐的苏团长同志。

这么想着，她又皱了皱眉头，但如果非要她这次回答愿不愿意的话，她好像是——愿意的。

明明刚开始是很不对盘，这个男人给她的第一感觉就是太过危险。

可缘分这回事说起来就让人觉得咬牙切齿，如是不认识之前，不管距离对方有多近就是有办法不遇见；可是认识了之后，不管距离有多远就是有千百种让你们邂逅的机会。

苏清澈是那种第一眼就可以让人很心动的男人，可惜的是宋星辰在第一眼看见苏清澈时，除了咬牙切齿之外并没有什么爱慕或者任何能发展感情的情绪。

说起来，她也不清楚自己是什么时候动的情，好像就前几天，又好像是更早之前。

不过这些,也没有关系了,不是吗?

她垂了眼,用指尖摩挲着碗口好半晌,才用一副苦大仇深的表情点了点儿头:"好吧,看在猪蹄的分儿上,我就勉为其难地选择第二种好了。"

苏清澈对她的答案完全是在意料之中,不过见她一副很是不情愿的表情,还是皱了皱眉头,思忖片刻说道:"其实有第三种选择……"

宋星辰的小眼神"噌"的一下就亮了起来:"居然敢保留第三种选择不说!你作弊。"

苏清澈抬手把她手里端着的碗搁在一旁,又细心地抽了纸巾给她擦净油腻腻的手,然后俯身缓缓地把她抱进怀里:"第三种选择就是不选择第一种就必须选第二种。"

宋星辰"噗"的一声就笑了起来:"苏团长你太没创意了,我就知道你会这么说。"

苏清澈把她抱紧了些,沉默了半晌,才轻声说道:"我给不了你什么,但从你点头这刻起,我就会竭尽所能地对你好。"说罢,顿了顿,才轻吐出一口气来,"宋星辰。"

宋星辰被他抱在怀里,鼻息间满满地都是他身上清冽好闻的味道。

他声音不高,低低沉沉的,刻意柔软了些,听在她的耳里就更是多了一丝魅惑和温暖。

最后低声念着她的名字时,更是让宋星辰心念一动,竟然有了缠绵悱恻的错觉。

她微微动了动,脑子里一堆的想法,可到了嘴边,却什么都说不出来了。

苏清澈圈着她抱了好一会儿,才松开。

搁在边上的猪蹄和萝卜都已经有些凉了,他夹回锅里又去滚了一圈的汤汁烫了烫，这才小口咬着吃起来。

苏清澈不管吃什么看起来都优雅至极，这块萝卜嫩嫩的，他咬了一口刚想把剩下的也吞进去，瞧见她那双眼，筷子一转就凑到了她的唇边喂给她吃。

厨房里只开着苏清澈刚才点亮的日光灯，暖暖的一束光照下来，他那双漆黑的眸子就像是打了一层蜡，浮光掠影。

宋星辰看着看着就有些鬼迷心窍了。

苏清澈长得是真的很好看，五官精致，麦色的皮肤。都说寸头最能检验一个男人的帅气值，宋星辰觉得这句话绝对可以被奉为真理。

苏清澈就是属于那种往哪儿一站都是聚光体的人，他的背后是宋星辰简单得除了必备厨具外就分外空旷的厨房，可他就是有本事让你觉得这个简单的小厨房都那么光辉璀璨。

这么想着，宋星辰觉得不揩点油都对不起自己。

以前那是名不正言不顺，揩油就是耍流氓。虽然苏清澈耍起流氓来一点儿心理障碍都没有，一系列的动作完成得如同行云流水，但不代表宋星辰脸皮能有这么厚，她还是比较提倡按规矩办事，走正规途径。

这么想着，她也不迟疑。

钩住他的脖子，踮起脚来，不过由于心虚，她原本打算一击即中不给敌人留反应时间的，奈何动作完成得不够规范，先是撞了一下苏清澈的下巴，这才顺利找到目标。

可这一停，就跟机器运转被小零件卡住了一样，那之前鼓起的勇气瞬间就像是被戳了一个洞后漏气到空扁的气球，恹恹的。

她弯了弯眸子，钩在他脖子上的手默默地就往下滑："嘿嘿，一时鬼迷心窍想染指你来着……"

苏清澈挑了挑眉，一双眸子亮的惊人："那怎么不继续？"

"啊？"宋星辰傻眼。

苏清澈放下碗，把她身后的东西都扫开。一边俯身吻住她，一边扣住她的腰抱着她坐在流理台上。

宋星辰还保留着理智，顿时郁闷了，这算不算是被嫌弃身高不够？

苏清澈扣住她的腰微微压近自己，他只是吻着她的唇角，见她还呆愣着，就笑了一下，低沉着声音，缓缓开口："这个染指我的好机会……你不打算珍惜？"

说话间，他微微撑起上身，慢慢地抵着她的额，微凉的薄唇还有一下没一下地落在她的唇上，似有若无。

宋星辰眨眨眼，觉得他都那么配合了，自己要是真的不染指他好像都对不起他做的牺牲……

这么想着，她就犹犹豫豫地凑上去，张嘴咬在他的唇上吮着。

苏清澈差点儿失笑，任由她不入其门，不得其法地"染指"他。片刻之后才有些忍无可忍地按住她的腰，身子抵开她的双腿站在她的两腿之间，居高临下地看着她。

她面色有些红，一双眸子水漾般朦朦胧胧地染了一层雾气。

他心念一动，修长的手指从她披散的长发间穿过，扣住她的脑袋，让她微微仰起头来。

他的眼神过于专注，让宋星辰一时都有坠入时光的错觉。但鼻尖却满是食物的香气，她饥肠辘辘起来，犹豫再犹豫，还是很煞风景地提醒道："该吃饭了。"

原本还有所动作的苏团长，颇有些不满地看了她一眼。

也不知道刚才是谁先起了不良心思的……

苏清澈次日就销假回了部队去写报告，中午的时候难得地给她打了个电话。

宋星辰刚寄完了快件回来，遇上路上堵车，皱着眉头心不在焉的。

Chapter 9　苏宋星辰

察觉到电话那头的人心情不是很美丽，苏团长也很是言简意赅地直奔主题："怎么了？"

"堵车，饭还没吃。"

嗯，这的确能构成社会不和谐发展、不稳定的客观性原因了。

苏清澈皱了皱眉头，看了眼时间，却没顺着她的话说下去，只是说道："我下午再打一份报告递交上去今天就能提前过来，晚上是出去吃还是在家吃？"

宋星辰缓缓地开着车，间或看着车窗外行色匆匆的行人，想着这应该算是约会吧？可苏团长是怎么做到把约会说得跟例行公事一样的？

那头没有回答，苏清澈也没出声，等了片刻才听宋星辰悠悠地说道："第一次约会啊，苏团长你能不能走心点。"

苏清澈挑了挑眉，重新组织了下语言道："嗯，我今晚尽早过来，请宋小姐共进晚餐如何？"

说话间，好像都是满满的笑意。

宋星辰扬了扬唇角，突然笑出声来："你还是例行公事吧……"

咦，这是被小女友嫌弃的节奏？

苏团长皱了皱眉头，突然转了话题："我记得我昨晚跟你说过我今天是特意销假的。"

不知道他提起这件事的深意何在，宋星辰含糊地应了一声："知道啊。"

不过一般的女朋友是不是都应该横眉竖目，发飙着质问他是不是故意的吧……不对，他说了他是特意的。

宋星辰顿时郁闷，她是不是太没有脾气了点儿？

昨晚刚被搞定，男朋友就干脆利落、毫不拖泥带水地告诉她，他特意销假回去上班。这个也太过分了吧，绝对能荣升为"我的极品男朋友"行列！

不知道她正在想什么，苏团长沉默了一下又说道："你不打算问一下原因？"

宋星辰心里跟小爪子挠过似的，不过想了想，她还是说："不，我决定做一个温柔的、善解人意的女朋友！"

苏清澈在那头轻笑了一声，很是直接："白日做梦不利于大脑发育。"顿了顿，他又补充道，"对身体发育也没好处。"

宋星辰想：这是没法交流了。

苏清澈那边似乎是进来了一个人，他低声说了句："进来。"

宋星辰刚想"善解人意"地挂断电话，就听见那头颇为爽朗的男声一惊一乍道："首长，听说你今天打了恋爱报告啊……"

宋星辰这边手机刚离开耳朵，一愣，又快速移回来，就听见那头那个男声说："对不起啊首长，我太高兴了，没看见你在打电话……"

宋星辰很不厚道地笑了起来，边笑还边幸灾乐祸："苏团长啊，你说你是有多滞销啊，难得打一个恋爱报告还带全军通报的。"

苏清澈的手指正点在地图上，闻言唇角都勾了起来："所以，便宜你了。"

"便宜？"宋星辰噘了噘嘴，"那我怎么没享受到打折或者是特惠价，或者什么大甩卖跳楼清仓？"

这回觉得没法沟通的变成了苏团长……

下午三点左右，苏团长的电话如约而至。

宋星辰正在泡速溶的咖啡，用小勺子挖了点儿糖块放进去，凑近唇边尝甜味。

搁在客厅里的手机铃声大作，满室的寂静里她被吓了一跳，滚烫的咖啡一口抿了进去，烫得她舌头都发麻。

她一边"咝咝"地吸着气，一边搁下咖啡杯去接电话。

宋星辰的舌头都烫麻了，说话也有些不利索。舌尖抵着牙齿半晌，才含含糊糊地抱怨道："你电话来得可真是时候。"

苏团长刚到她的楼下，走进电梯按下她的楼层键，慢条斯理地问道："咬着舌头了？还是被烫到了？"

尾音上扬，他微微沉了声音，话音里居然还有点儿淡淡的笑意。

宋星辰被团长大人的声音秒了一下，趿着拖鞋绕了一圈又回了厨房，倒了凉白开过了过嘴："跟人舌吻被咬到了。"

电梯里还有别的乘客，苏清澈往后退了退，这才略一挑眉："这是被我捉奸了？"他说这话的时候，语气里的笑意更浓。

电梯里刚刚进来了位小姑娘，闻言回头看了他一眼，似乎是有些不明白捉奸了为什么这么开心，又或者是疑惑苏团长这么标致的人居然有机会捉奸。

苏清澈淡淡地扫了那姑娘一眼，正逢楼层到了，他怡怡然侧身穿过众人往外走："嗯，我带好记者媒体这些重量级的人在你门口候着，准备捉奸了，来开门。"

宋星辰受到惊吓了。

她心有余悸地看了眼手里的凉白开，想着还好是凉的，不然她这么一惊吓，今晚舌头绝对不好使了。

苏清澈见到宋星辰的第一件事就是往她红红肿肿的唇上看，看完还若有所思地点点头："战况挺激烈的？"

宋星辰满头的黑线："这就战况激烈了？苏团长你的标准太低了，这会让我非常怀疑你的战斗能力！"

苏清澈关上门，这才轻扣住她的下巴："张嘴。"

宋星辰瞪圆了一双眼，闻言更是干干脆脆地把嘴闭得紧紧的。

刚被质疑了战斗能力的苏团长眸色一深，俯身就在她的唇上亲了一口："张嘴。"

宋星辰耳根子顿时就红了，她颇有些恼羞成怒地咕哝道："你怎么这样，亲之前居然不带通知的。"

下巴被他轻轻扣着，发声的着力点就有点儿偏移了，话音落下更像是在撒娇一般，她显然也意识到了这一点儿，抿着嘴气鼓鼓地不出声了。

苏团长倒是觉得把脸鼓成包子的宋星辰看着比平常张牙舞爪的样子可爱多了，搭在她下巴上的手指微微动了动："我再说最后一遍，张嘴。"说罢，又放柔了声音道，"我看看。"

宋星辰还是不打算张嘴，苏清澈作势又倾了身子过去。

宋星辰挣了下，赶紧吐出舌头来："张了张了。"

嗯，这就是典型的敬酒不吃吃罚酒，不见棺材不掉泪。

苏团长扫了眼她的舌头，说实话……其实也不太看得出来烫伤的程度，他观察的就是有没有被烫起泡。

不过——

他把视线从她的舌头上移到她脸上，这么乖乖的宋星辰吐着舌头，可真像是巨型的卖萌犬啊。

他微微松开手，视线在她脸上转了一圈："嗯，战况的确不是特别激烈。"

他手里提了一袋子刚买的草莓和猕猴桃，拍了拍她的脑袋，侧身从她身边擦过，径直去了厨房。

宋星辰跟着过去的时候，就看见他随手端了放在一边、烫了她的罪魁祸首喝了一口，喝完还微微愣了一下："雀巢的？你加了多少糖？"

杯沿有他小口抿过的咖啡渍，不偏不倚地就落在她留下的痕迹旁边，还覆盖住了一半。

宋星辰站在厨房门口只觉得冷风飕飕的，可她的耳根却热得有些发烫。

真是太不科学了，她最近耳根子红的频率都快赶超她从小到大的总次数了。

她清了清嗓子,走过去后默默地把咖啡往边上移了移:"加了很多糖,你不喜欢吃甜的我重新给你泡一杯。"

苏清澈侧目看了她一眼,淡淡道:"不用。"说罢,把洗好的草莓装进了水果盘里,又拿了毛巾擦手。

擦完手了,见宋星辰还杵在一边,顺手捏起颗草莓凑到她唇边:"张嘴。"

宋星辰刚吃过"张嘴"的苦,立刻条件反射地一个指令一个动作。

他顺势就把草莓喂了进去,还细心地捻去了点缀的绿叶:"去换套衣服,今天带你去海港吃海鲜。"

入口的草莓冰冰凉凉酸酸甜甜的,汁浓味甜,在舌尖蔓延开来立刻缓解了她舌头上一阵一阵的麻痛。

她眯了眯眼,示意再来一个。

苏团长很明确地知道她在表达什么,捻起草莓就往自己的嘴里扔了一个,然后端着水果盘就走了出去。

苏团长够阴险够狠!

她端着那杯咖啡几步走回客厅,把杯子放在他面前:"既然你说不用重泡,就帮我解决掉这杯吧。"

苏团长正剥着猕猴桃,修长的手指剥离那一层皮的时候真是赏心悦目啊。

闻言,他也只是抬眸扫了她一眼,亮了亮自己手里正在忙的活计:"手不够用,你端过来我就喝。"

这这这这其实是调情吧!是的吧?是的……

谁能剥个猕猴桃喝个咖啡就调戏上的!苏团长你太过分了!

段数不够的宋星辰顿觉被噎得气急攻心,怒了:"苏团长,你这就不够朋友了!"

苏清澈利落地处理了猕猴桃,慢条斯理地反问道:"谁跟你说我们是朋友的?"

宋星辰:"男女朋友不好歹也是朋友吗?"

"你确定这两个是一个意思?"他把手里剥好的猕猴桃递给她,"宋小朋友你的饮食都不是很健康,咖啡这种既上火又有咖啡因的东西还是少喝为妙。"

宋星辰差点儿泪流满面,她居然找不到一句话去反驳苏团长!

在这种关键的时刻,她居然词穷短路了!

谁让他用这么温柔细腻的声音说话的!还宋小朋友!

苏团长做完了今日的日常之后,嗯,没错,日常。

苏团长的日常就是欺负宋小朋友,欺负得她泪流满面就神清气爽了……

苏清澈提前在海港订了位置,海港就在海边,吃着刚捕捞上来的海鲜,听着海浪声,绝对是一大享受。

不过,今天海边的风有点儿大,苏清澈就在三楼的海景包厢订了位置。

大堂的经理看见苏清澈过来赶紧迎了上来,亲自带着上了包厢,等他点好了餐才施施然地退下。

这不得不让宋星辰怀疑里面的猫腻了:"是不是你做了什么结党营私的违法勾当?"

苏清澈特意先点了一壶水果茶,闻言,边帮她倒茶边回答:"你觉得我和开海鲜餐馆的结党营私的目的在哪里?吃海鲜免费?"

此话一出,宋星辰也要开始怀疑自己的智商了。

苏清澈拍了拍身边的位置:"坐这里,不然你会碍着上菜。"

宋星辰随口应了一声,搬了东西坐过去的时候才反应过来,本来就是两个人的座位,她哪里碍得着啊!

想着她就郁闷了,抿了口水果茶还有些不开心:"我觉得在你面前我的智商怎么都不够用了,你少欺负我一下不行啊。"

苏清澈低头看她,勾起个浅笑来,那双漆黑的眸子在头顶那昏黄的灯光下蕴着一层水光,看上去清澈又明亮。

他顿了顿,很认真地回答:"你智商不够我也没办法啊。"

Chapter 10
攻占高地

看得出来，苏清澈应该是这里的熟客，点的菜又精致又美味。

窗外是一望无际的大海，湛蓝湛蓝的，在太阳的余晖下更是一闪一闪像是缀了一整个世界的钻石。

蒜香海蛎煎，津丝蒸虾，白灼芥蓝虾仁，辣炒蛤蜊，剁椒凉粉鱼，鲜香豆腐蟹。

苏清澈倒是没吃多少，偶尔吃几口，全在帮她处理这些海鲜的外壳。

宋星辰一向喜欢吃清蒸的螃蟹，蘸点调料就觉得很美味了，还是头一次吃鲜香豆腐蟹，那豆腐爽滑入口，汤汁鲜嫩的，口感比那螃蟹更加入味。

苏清澈见她吃得差不多了，给她添了碗鲜香豆腐蟹的汤，这汤的鲜味一入口就蔓延开来，好吃得她都眯起了眼。

苏清澈就着她手边的汤喝了一口，品了品，这才问道："喜欢吃？"

宋星辰点点头："你会不会做？"

苏清澈夹起那个螃蟹，利落地放到她的盘子里："枪蟹洗干净，切成四块，锅里起油，小火先烧旺。油温不宜太烫，分解后会有毒素。"

顿了顿，他指了指她手边的纸巾，"给我递点过来。"

擦干净手，他又给自己添了碗汤，用筷子拨着配料看了看，继续道："加大蒜、葱白、生姜爆香。这些配料的香味熬出来了就倒入切好的枪蟹爆炒。炒到蟹的颜色变微红，加入盐、料酒，还有点儿鲜酱油，再加水。"

说到这里，他顿了顿，弯了弯唇。

宋星辰听得入迷，见他突然停下来，眨了眨眼："继续啊。"

"豆腐切成块放入，再加香菇丝和胡萝卜丝，盖上锅盖烧开，水开后再加一个打散的鸡蛋，放入葱花就完工了！不用放味精，味道也这么鲜。"说罢，他转头看她，"桌上的这些菜也有不会做的，但看一眼菜谱就会了。"

宋星辰跟厨房没有缘分，顶多就是简单的蛋炒饭或者是什么番茄炒鸡蛋，鸡蛋炒番茄。就这么简单的菜偶尔都会因为油太多，火候不够，糖加太多等一系列低级错误而不能入口。后来，她也是很干脆地打消了自己再进厨房折腾的念头，安心吃起外卖来。

不过自从苏清澈下过厨，把她的胃口养刁了之后，总觉得那些外卖干巴巴的一点儿卖相都没有就不说了，连口味都变了许多。

想着，她就觉得刚才填饱的肚子又空了，风卷残云地又填了一遍，这才撑得靠在椅背上不动了。

苏清澈给她倒了杯果茶，清了清嘴里的腥味，由着她坐了片刻，才又喂给她几口果茶清胃。

"等会儿去海边走走，这里还有一个地方也好玩儿。"说话间，他看了眼窗外。

天色擦黑，大海已经沉浸在了漆黑的夜色里，只偶尔的波涛汹涌还依稀可见。海边的沙滩上有零星的照明灯，灯光不是特别亮，点缀着一簇一簇的，跟夜空中的星辰交相辉映。

宋星辰踩着松软的沙子往前走，一步深一步浅的，耳边就是海浪的声音，辽远却也宁静。

苏清澈就走在她的身后，走了几步，见她一点儿自觉都没有，长腿一迈几步上前握住她的手扣在掌心。

宋星辰一愣，随即笑得一双眸子都弯成了月牙："想牵我啊，直说好啦。"

大概是她的表情太嘚瑟太欠扁了，苏清澈皱了皱眉头，屈指刮了刮她的鼻尖："谁让你自己没自觉的。"

俗话说，酒足饭饱思淫欲，还真没错。

宋星辰被苏清澈喂得饱饱的，现在心情美丽得不行，任由他牵着，温热的手心紧紧地贴着，有说不出的安全感。

沿着沙滩走了好一段路，才终于走到苏清澈说的那个好玩儿的地方。

她看了眼灯光昏暗，又隐在大树下的吊床："这个就是好玩儿的地方？"

"不说好玩儿的地方你会来？"他轻笑了一声，先坐了上去，然后拍了拍身侧的空位，"上来。"

宋星辰目测这吊床虽然结实，但却没有支撑点，她一上去可不就跟苏团长滚到一起了吗？

这么一犹豫，苏清澈已经怡怡然地微微仰身把双手叠在脑后躺着看天空了："上来我就告诉你这些星星分别是什么星座的。"

宋星辰想了想，还是看星星的诱惑比较大些，就蹭了过去。

她刚挨着苏清澈，就被她伸手过来拉住了。

她就靠在他的臂弯里，耳边都是他身上淡淡的清香。微微侧头就会擦着他的脸，而他那只手此刻正搭在她的肩头，轻轻地搂住。

宋星辰等了片刻，都没见他开始发表星座说，抬手撞了撞他："你倒是说啊。"

苏清澈微微眯了眼，指着那圆盘似的月亮："这个是月亮……"那敷衍的语气，听得宋星辰差点儿没吐血身亡。

"它旁边最亮的是木星。"

宋星辰转头去看他，他面色柔和，眼底映着一整片的星光，璀璨夺目。

"你喜欢木星啊？"她噘了噘嘴若有所思，"我最喜欢银河系了。"

那里有一整片的星光，什么光芒都有，在那巨大又浩瀚的宇宙里，就如一条彩带，镶满了钻石的彩带。

苏清澈的眼神突然有些迷幻起来，他微侧过脸来看着近在咫尺，正微微笑着的女孩："木星和火星之间有小行星带。"

他抿了抿唇，简简单单的一句话，宋星辰却不知道他想表达什么。

吊床轻微地晃动着，宋星辰眯眼努力地去看月亮旁边最亮的那颗星星，仿佛它的身边就真的有了一圈光彩夺目的星辰围绕。

宋星辰想着，也微微侧过头去看他："我叫星辰，是因为我爸爸觉得星星离地球那么远，光芒那么弱都能传达到地球上。他希望我不管以后走得有多远，又或者是做什么，起码让他一抬头就能看见我。"

她的声音也柔和了起来，说这些话的时候唇边不自觉就带了笑。

苏清澈的视线从天上的星辰转到身边的这颗星星上，半晌才轻声道："我妈妈是研究天文星体的科学家，爸爸是官员，爷爷是将军，我算得上是军政世家出来的。"

宋星辰"嗯"了一声，却完全不知道怎么接话。

苏清澈顿了顿，才说道："但这些都不是我的。"

宋星辰却是心下"咯噔"一声，意识到他说这些绝对不是偶然或者是一时诗兴大发，这绝对是摊牌，然后诚信交往啊……

可隐隐地，她又听出了他那平淡无波的语气里几不可闻的寂寥。

一个强势的男人，他看起来无所不能，可偶尔流露出的一点儿脆弱就足以让一个女人为了他的脆弱赴汤蹈火。

苏清澈这回绝对是一击即中的……命中目标了。

宋星辰心软得一塌糊涂,她侧身,犹豫了片刻还是伸手虚虚地抱住他:"我爸妈都是大学教授,他们对学生比对我还好,不是母爱泛滥就是父爱泛滥的,也不知道分一点儿给我。"

这个安慰还真的是……很含蓄啊。

苏清澈侧过身,把她揽进了怀里:"今天打恋爱报告的时候,领导让我不要隐瞒自身的情况要如实告诉你。"

宋星辰"嗯"了一声,看着他近在眼前越发显得深邃的眼睛:"那你快点儿坦白从宽,看看我能不能接受。"

苏清澈挑了挑眉,颇有些犹豫:"我怕说了你就会离开我。"

"咦,"她顿时来了兴趣,"正好我没借口。"

这态度真是要多配合有多配合,苏清澈不动声色地把手搭在了她的腰上,沉默了片刻才说道:"嗯……缺点就是太完美了,怕你自惭形秽。"说完,他自己也笑了起来。

宋星辰"噻"了一声,刚想拆台,他已经头一低直接封住了她的唇。

一直幽幽静静的海浪声突然大了起来,哗啦啦的。海边更是有了微风拂过,宋星辰被他按在怀里,紧紧地扣着腰,动都不能动。

她睁着眼还很不配合地偶尔轻咬他几口,这无疑就是调情了,偏生这个麻烦制造者却不自知。

她被苏清澈揽得更紧,似是要按进自己的身体里去。

他紧紧地圈着她,把她罩在自己的怀里挡去那阵阵的海风。那双深邃的眸子里此刻不再只有清冷的星辉,全是一片笑意的璀璨。

他扣在她腰上的手颇有些不安分地动了动,说是抚摸,其实更像是相依偎着取暖。他的指尖有点儿凉,点在她的皮肤上让她瞬间就敏感地起了战栗,怎么都用心不了了。

苏清澈也察觉到了,微凉的手指就停在那儿一动不动,等她适应了他的温度,他便直接撬开她的牙关。

紧贴着的两具身体丝毫没有受到微凉海风的影响,反而越来越烫。

宋星辰被吻得神志不清的时候还迷迷糊糊地想,再这样下去,非要把持不住不可。

苏清澈这个人虽然说常年在部队,受到部队铁的纪律约束,那是非常有纪律性的,可一旦不涉及他的工作了,他却是个随心所欲的人。

天幕星光大盛,他一睁眼就能看见宋星辰微垂着眼,眼睫微颤的动人表情。他心下一软,微微偏过头去吻住她的下巴。

她的皮肤滑滑嫩嫩的,他吻了几下,又俯低了头去吻她白皙的脖颈。

宋星辰从未有过这种经历,寂静的夜晚,海浪声一阵一阵的沙滩上。

这个男人近在咫尺,用这种近乎禁锢的姿态困住她,强势地把她抱在怀里。

她耳根子发烫:"苏清澈。"

她嗓子有些干涸,说出口的话就带了点儿沙哑,压得低低的,如果细听,还能发现这嗓音下那不经意的性感。

她一出口就有些傻眼,耳根子越发地红。

苏清澈抬起眼来看她,借着朦胧的路灯和星光看着她,那眼底的笑意颇有些幸灾乐祸和隔岸观火的感觉。

宋星辰深知跟苏团长比厚脸皮是绝对比不过的,就想起身先下了吊床跟苏团长保持所谓的安全距离。

苏清澈握住她的手,另一只手扣住她的下巴。他本来就靠得她很近,一双深邃的眸子此刻盛着清澈的星光,真是说不出的诱惑人。

他有一下没一下地亲着她,很轻,很柔。

这种温柔的姿态是一种表达呵护的态度,让人心尖霎时酥软。

就这么抱了好一会儿,苏清澈才揽着她起来:"再晚点儿这里的海风就有点儿冷了,我们回去吧。"

宋星辰顿时目瞪口呆:"就这样?"

拉她起来,正细心帮她整理衣服的男人抬了抬眼,理所当然地问:"不然要怎么样?"

情话呢?这么浪漫的时候,她就这么被吃得面红耳赤,跟刚从锅里捞上来的一样,他就一句"我们回去吧"给总结了?

宋星辰推了他一下,噘着嘴有些不高兴:"你怎么约会都不做功课的!"

苏清澈顿了顿,眉头微微皱起,很有求知欲地问她:"那我们继续?"

宋星辰这回终于恼羞成怒,狠狠瞪了苏团长一眼,转身就走。

苏清澈不紧不慢地跟在她身后,还故意撩起她的火气:"要进行到哪一步才能收尾?"

宋星辰步子一顿,差点儿没翻白眼,她重重地哼了一声,又加快了步子。

苏清澈想了想,又补充了句:"生气了?"

他话音刚落,原本头也不回的宋星辰立刻转身往回走:"是啊,赫赫有名的苏团长是不是要举白旗投降了!"

宋星辰已经走到跟前了,他思索了片刻还是伸手把她揽进了怀里:"我向来不打没把握的仗。"

他说得略有深意,见她抬起头来,拍了拍她的脑袋:"风有点儿大,你冷不冷?"

他不说还不觉得,这么一说,那呼啸着的海风就有些冰凉刺骨了,她打了个冷战,往他的怀里缩了缩:"冷。"

于是,在宋星辰没发觉的情况下,擅长心理战以及精通各种战术的苏团长已经不动声色间转移了话题。

苏清澈次日不用去部队,一大早起来之后就去宋星辰家了。

Chapter 10 攻占高地

宋星辰被吵醒的时候起床气还很大，但一看见门口站着的衣冠楚楚的苏团长时瞬间就清醒了。

苏清澈从头到脚扫了一眼她的睡衣，很是赞许地点了点儿头："挺有品味。"

宋星辰哈欠打到一半，顿时被吓醒了，她低头扫了一眼自己身上那套半遮半掩的睡衣。瞬间如遭雷劈，第一个反应就是扑上去捂苏清澈的眼睛。

苏清澈正关好门回过头来，被她这么一扑一下子撞到了门口，发出沉闷的碰撞声来。他皱了皱眉头，先是去扶住她，还不忘调侃："这么热情啊，大早上就投怀送抱地引诱我，嗯？"

那尾音着实勾人，带着淡淡的笑意微微上扬，语气里几不可察的宠溺让宋星辰浑身一个激灵感觉更不好了。

她动了一下，还是哭丧着脸求助："我刚磕到脚了。"

苏清澈挑了挑眉，揽着她往下看了看，她神色颇有些僵硬，右脚真的在扑他的时候一个不留神磕到了鞋架上。

苏团长同志很是无奈地叹了口气，扣住她的腰把她抱上来和自己齐高："左腿能动吧，环上来。"

宋星辰疼得倒抽冷气，依言立刻照做，长腿一下子就钩了上来，环住他的腰，钩得……紧紧的。

苏清澈的眸色一深，另一只手去挽住她右边的大腿慢慢地钩上来。

宋星辰环住他，还微微后仰着跟他说话："我告诉你啊，我这才不是故意勾引你，我这就意外。"

苏清澈没说话，就这么抱着她回了卧室，走到床前不轻不重地拍了下她的小屁屁，语气很是正经："就算你勾引我，我也能做到不受诱惑。"

宋星辰目瞪口呆。

苏清澈把她放下来："当然你也不用太灰心，也许换个时间地点，我没准就被你诱惑了。"

宋星辰立刻用"你快滚蛋"的眼神把苏清澈目送出了房门。

宋星辰洗漱好了开门出来。

苏清澈正坐在客厅的沙发上,双腿交叠,沐浴在一片晨光之下。

他微微偏着头,正在打电话,语气柔和。听见声音看过来,他说了句:"皮蛋瘦肉粥和酱菜都放餐厅了。"

宋星辰点点头,从他面前走过的时候还是忍不住回头看了他一眼。

他眉眼淡淡的,唇角一直舒展着,是个很放松的表情。奇异的是眼角眉梢都有点儿淡淡的笑意,这种笑意跟平日她看见过的不同,是那种很淡很淡却让看见的人觉得分外深刻的笑意。

苏清澈并不是个喜欢笑的人,就算是笑也多是勾勾唇角。像这样说话一直带着这种笑意,却是宋星辰从未见过的。

她皱了皱眉,转过头,径直走进了厨房。

餐桌上放着瓷碗装着的粥,上面还扣了一只同样大小的瓷碗。她抬手摸了摸,还是烫的。

碗边已经放了筷子和勺子,酱菜没有装碗,就放在外卖的小碟子里。

她坐下,掀了碗,就有一股香气飘来。

苏清澈叫的是皮蛋瘦肉粥,糯白的一碗粥里有暗色的皮蛋和碎肉,看着就让人食欲大动。一碗味道好的皮蛋瘦肉粥从卖相上就能看得出来,眼前这碗无疑就是。

旁边还放了一个小盒子,她揭开盖子一看,是一小盒肉松。

说起来,宋星辰在遇见苏清澈之前伙食一向糟糕,她习惯只吃附近的几家外卖,吃得腻了就回家吃几天,循环往复的。

单说早饭,这一餐就比她以前吃的丰盛多了。

宋星辰是个很理智的人,从她二十三岁任教一年发现不合适之后果断辞职自己创业就能看出来。她明白自己要的是什么，适合什么。

就像她这一年做网店，学会了怎么用最小的成本赚取最大的利益，她的本性其实比苏清澈都更有掠夺性。

可苏清澈是意外，是宋星辰那么多精密考虑后的意外。

原本，根本就没打算开始的，可就是一步步地，慢慢地，心甘情愿地，就沦陷了。

其实宋星辰也记不清到底是什么时候开始喜欢的苏清澈，这个人说起来打从跟她认识起，就没一次是很有绅士风度地让过她。

如果仔细追究起来，应该是那次悲剧的农家乐，他临走去执行任务时回头看的那一眼。也有那一日他在厨房里，低垂着头，声音淡淡地不悲不喜地说"以前照顾过一个人，很用心地去照顾过"这句话的时候。

都不是特别打动人的时候，可宋星辰就是那样动了心。

连自己，都是——猝不及防。

其实很多爱情，都是无心的，就像是上帝开的玩笑。

可是一旦开始，却比认真的爱情更动人。

苏清澈等她走进了厨房，这才把视线从前面的茶几上移过去，神色浅浅淡淡的，只是眸色比以往越发深邃。

那头似乎还在说些什么，他却渐渐没有了耐心听下去。

半晌，他才终于出声："清音，什么时候回来参加我的婚礼吧。"

宋星辰收拾好了餐桌走出来的时候，苏清澈已经打完了电话，左手支着下巴，翻看着她放在桌上的杂志。

见她出来，那一眼真是缠绵悱恻，饱含深意。

宋星辰去冰箱拿了草莓出来，端着水果盘趿着拖鞋走过来坐在他身侧："要不要？"

苏清澈看了眼她手里的草莓，没说要也没说不要，就这么淡淡地扫了一眼。诡异的是，宋星辰竟然看明白他这个动作的意思了。

她自己吃了好几口，才拿起一个草莓喂过去："张嘴。"

苏清澈手指还在不停翻着杂志，专注得都没分心看一眼递到唇边的草莓。

宋星辰吃了一大半，他才轻声提醒："剩下的晚点儿吃，一次性吃那么多，凉。"

宋星辰想想也是，又往他嘴里塞了一个草莓，这才放下盘子。这么一闲下来她就把视线转到了苏清澈手里的杂志上。

这么一看，她就震惊了。

苏清澈手里拿着的不是别的，而是宋星辰网店里所有产品的性能简介。宋星辰当初刚涉及这个行业的时候真的是一窍不通啊，每一个都研究了一遍，还很认真细心地在简介边上写了注解。

宋星辰看到苏清澈翻开的那一页上的几样宝贝的全部示意图，以及自己密密麻麻的笔记时，差点儿没羞愤得以死明志。

不过，最后她还是目不斜视当作什么都没看见地抽走了他手里的这本杂志，再淡定地缓步进屋把杂志扔到了床底下。

等她做足了心理建设再出来的时候，苏清澈依然是刚才那个姿势，很是闲适地吃着草莓，可看着她的那双眼睛却有邪恶的光在一闪，一闪，一闪……

苏清澈也知道兔子逼急了会咬人，这么嘲笑了一下也就算了，毕竟他也觉得自己女朋友做这个职业，那一定是用来福利他的，留着以后变成了合法夫妻之后，再慢慢撩拨这只张牙舞爪总以为自己是老虎的小兔子。

到陆军医院的时候，正是上午阳光正好的时候。

宋星辰捧着花和苏清澈并肩走在医院的走廊里，间或经过的护士或者是医生都会笑眯眯地和他打个招呼，再附送个暧昧的眼神给宋星辰。

等快走到陆群的病房时，迎面一个医生匆匆地走出来，见到苏清澈先是一愣，随即上下打量了他一圈："苏团长，来复诊？可时间还没到啊。"

身旁来来去去都是人，苏清澈拉了宋星辰一下，把她拉近了自己，手搭在她的肩头隔开走廊另一侧的人群。

苏清澈："来看下属。"

那医生挠挠头，似乎是刚想起自己刚出来的病房里那位幼稚傲娇的病人正是苏团长的参谋长："你过几天可就该来检查身体了，别又给耽误了。"说罢，又把视线转到了宋星辰的身上，"这位是？"

苏清澈顿了顿，才说道："是我女朋友，宋星辰。这是沈医生。"

"你好，沈医生，我叫宋星辰。"她单手抱着花，伸出手去。

那沈医生似乎是愣了一下，随即意味不明地看了一眼苏清澈，片刻才笑了起来，伸手握住她的："你好，幸会了。"

苏清澈扫了一眼两个人相握的手，见沈医生一直没有松开的意思，微微皱了眉："过了啊。"

沈医生闻言立马缩手，指了指他身后的病房："陆参谋长正跟小姑娘们玩呢，我去查房了，改天陆群出院了我们再好好聚聚。"

陆群果然不甘寂寞地正在和小姑娘们玩呢，听见动静转头看过来，见是苏清澈条件反射地行了个军礼："首长。"

宋星辰跟在苏清澈的身后，等他走进了屋才捧着一束花进来。

陆群见宋星辰跟着过来，当下福至心灵，任督二脉都被打通了一般，掷地有声地吼了句："嫂子。"

宋星辰睨了他一眼，弯了唇角笑了起来："看来恢复得挺快啊，我还想着买点儿什么好吃的给你补一补呢。"

护士们见陆参谋长来了客人，也就告辞了。

病房里一下子就安静了下来。坐了片刻，就到了饭点，苏清澈抬腕看了下时间："我去买饭。"

最高兴的人无疑就是陆参谋长了，眼巴巴地送苏团长出去时，还一个劲地点菜："我要水煮牛肉，宫保鸡丁，酸菜鱼……"

苏团长头也不回，关了门就出去了。

宋星辰被他逗得笑出声来："其实我觉得你要是点醋熘白菜，清蒸豆腐的话，没准苏团长还能给你带点荤菜来。"

陆参谋长也是这么觉得的，他点点头瞄了一眼自己肩膀上的伤口，很是温柔地摸了摸："乖啊，我不怪你。"

宋星辰：……

窗户正对着病床，接近了正午，阳光也烈了些。宋星辰把双腿搭在沙发的一侧，想起刚才那沈医生交代的让苏清澈去复诊，想了想，还是撑着下巴坐起来问陆群。

"我刚来你病房的时候碰见沈医生了。"

陆参谋长点点头，给宋星辰递了个橘子过去："嫂子你吃，别跟我客气。"

宋星辰顿了顿，颇有些审视地看了他一眼："是不是你们都有事瞒着我啊？"

这眼神够毒。

陆参谋长被橘子噎得喉咙里火辣辣的，他边咳边解释："哪儿的事啊，我除了瞒着你我们团长聪明睿智眼光好之外，别的都告诉你了。"

"啧。"宋星辰不耐烦了，她思忖了下，就大致猜到了，于是很是明智地换了个话题，"沈医生让苏清澈过几天来复诊，他……怎么了？"

陆群这回消停了，他看了一眼宋星辰，又往嘴里塞了几口之后才含含糊糊地抱怨道："没什么大事，哎，嫂子你怎么不亲自问团长啊？就会拿我开刀。"

宋星辰皱了皱眉，悠然地靠在椅背上："你就说你说不说吧。"

陆参谋长苦大仇深地思考了一会儿，就投降了："真没什么事，就是我们团长啊以前太拼命了，骨裂知道吗？就那么回事，就是一个复诊。"

宋星辰手指搭在下巴上敲了敲，似乎是在审视他这句话里的真实度。

正午的阳光下，她却渐渐地有了凉意。

陆群被她那眼神看得发毛，咽了口口水，思忖了片刻才说道："嫂子你要是不信我，就找度娘！这事我能诓你吗，多大的事啊你能收起你这表情吗？我怕团长回来抽我啊。"

宋星辰突然就笑了，她垂下头眨了眨眼睛，只觉得有些干涩。

下午回去的路上，宋星辰一直都没说话，到了家门口破天荒地扯了扯他的袖子："上来，我们谈谈。"

苏清澈一顿，微微眯了眼看她。

宋星辰也看着他，不躲不避："苏清澈，我是认真的。"

苏清澈弯了唇："好，我们上去谈。"

他的声音很轻，似乎是有意在安抚她，她别扭了一天，所有情绪却都在他这个笑容里消失殆尽。

宋星辰其实有很多缺点，其中一个就是有些自我。

宋星辰的父母婚姻幸福，这是她这人生中很重要的、很值得炫耀的资本，她从小就收获了满满的爱，说起来她偶尔的嚣张和张扬有大部分都来自这个充满爱的家庭。

这个家庭的幸福圆满，是她这么自信的一个动力来源。

另外一小半就是她自身的优秀，宋星辰的人生顺风顺水，虽然平凡但却是她想要的一切。这些成功，就是她有些强势的原因。

但在遇见了苏清澈之后，宋星辰大多数时间都是处于弱势的。可苏清澈的身世环境，却与她截然相反。

苏清澈虽然被苏老爷子收养，是外人看来风光无限的军三代，可其实这些都并不是他的。更早之前，宋妈妈就说过，苏清澈今日的这一切全部都是他自己努力得来的。

宋星辰其实很难想象，苏清澈这样的人在十八岁的时候独自去军校，从军，慢慢地走到今天的位置，他付出了些什么。

宋星辰觉得短短的这一段回家的路都有些闷得慌，进了门，她先去厨房又是烧茶又是洗水果的忙了好一会儿，可还是没想到要怎么疏解心里那股闷气。

说起来，她都不清楚这莫名其妙的情绪是哪里来的。

就觉得闷闷的，堵得慌，可是她却束手无策。

苏清澈在客厅里坐了片刻，听着厨房里那"叮叮咚咚"的声音，皱了皱眉头，悄无声息地走了进去。

宋星辰正在洗水果盘，素白的手浸泡在微凉的水里，一直反反复复地揉搓着同一个地方。

他站在她身后看了一会儿，最终还是从她身后抱住她的腰："我记得是你说要找我谈谈。"

宋星辰被他这么突如其来的亲密动作吓了一跳，差点儿没把手里的水果盘扔出去。她顿了顿，原本还想想一些措辞，比如我正在酝酿情绪啊什么的，可其实她说出那句话之后就后悔了。

简单说起来就是，宋星辰根本没有勇气去揭开苏清澈的过去，无论那是怎么样的过去，毕竟他们只是刚刚开始交往而已，不是吗？

苏清澈凑近，吻了吻她线条优美的脖颈："有什么就告诉我，嗯？"

宋星辰这回没绷住，手里的水果盘直接掉进了水里，溅起的水花落在他的手背上。她顿了顿，抬手去擦他手背上的水珠，却忘记了她的手也是湿漉漉的。

苏清澈轻叹了一口气,握住她的手:"你别动。"

她乖乖地被他握着手,看他拿了一旁的干毛巾给她仔仔细细地擦手:"我记得刚才在楼下你说了一句……"他顿了顿,把毛巾挂回去,揽着她转过身来面对自己。

"你说你是认真的。"

宋星辰"嗯"了一声,点点头,却有些不敢看他的眼睛:"是啊,认真的。"

苏清澈突然就有些明白她在想什么了,他微低了头和她平视。厨房里只有他们两个人,身后还有"滴答滴答"的水声,更衬得整个空间静谧得不像是在人间。

他思忖了下,才试探着问道:"我做了什么你不满意的事?"

宋星辰终于抬眼了,她很显然是愣了一下,这个算是苏团长在认真地反思自己的行为吗?那她要不要从善如流地要求他以后不要欺负她了……

苏清澈见她那表情、那反应就越发肯定自己心里的猜测了,可说出口的话却是丝毫不带"我已经知道你在想什么了"的暗示:"今天中午的菜不好吃?"

果然,宋星辰就这么上当了。

她扭捏了一下,抬手抓住他的手臂,随即想起什么,动作又放轻了许多:"那个,其实什么事都没有……"

"我知道。"他打断。

宋星辰抬眼看他,他的眼神很澄澈,他说的"他知道"并不是假的,他是很认真地在告诉她,他知道她在想什么。

本来就词穷,并在说完"谈谈"这话后就后悔的宋星辰现在越发懊恼自己刚才的沉不住气了。

苏清澈扫了一眼她身后湿漉漉的流理台,俯低了身子很轻松地就横抱起了她。

这下宋星辰吓得够呛,一把钩住他的脖子:"你干吗?想把我从楼上扔下去啊!"

苏清澈抱着她到了客厅也没松开,坐进沙发的时候,干脆就这么抱着她坐在了他的腿上。似乎是预料到等会儿她一定要挣扎乱动,他扣住她的腰,轻声在她耳边说了句:"别动。"

宋星辰还真的就老实不动了。

苏清澈和宋星辰从认识到现在,也就几个月的时间,谈信任什么的都有些过于早了。这就能很好地解释苏清澈对宋星辰早就有好感却一直不温不火的行为了。苏清澈是一个职业军人,最不喜欢拖沓,可他对宋星辰却始终是用了百分百的耐心的。

他思忖了片刻,才温和了声音轻声地问她:"别的我们先不说,就说你今天下午为什么情绪不高。"

呃……宋星辰愣了一下,原来他都知道。

苏清澈揽着她的手没用几分力,下巴却轻轻地搁在了她的肩膀上,她微微一动,两个人就是肌肤相贴。

这种感觉——也不是很糟糕。

"你去买饭的时候我就问了一下陆参谋长沈医生说的复诊是什么意思……起初我是想你为什么不告诉我,可后来想想觉得也没什么。"她说着说着声音就微微低了下去。

苏清澈靠她很近,就连她轻缓的呼吸都能听得一清二楚,更别说她那掩耳盗铃一般压低声音却还是清晰可闻的话了。

他想了想,这么回答:"这个我的确没想到。"

他这么坦诚地说我没想到,宋星辰就越发觉得自己是小心眼了……

其实骨裂也不是什么不能治愈的病,她下午那些低落情绪真的有点儿自作孽不可活的感觉啊!

Chapter 10　攻占高地

"我在军队的时候骨裂,后来没等修养好就又去出任务了,旧伤复发来势汹汹的。其实现在都好了,复诊也只是去确认我很健康。"他的声音很轻也很好听,温温和和的,听着就像是电台的主持人正念着台词。

这么清越冷然的一个男人,抱着她在怀里这么温和地解释,这种感觉真的有些难以表达,甚至可以说是有些难以抗拒。

"其实……"宋星辰看向他,"我更多的是,心疼你,苏清澈。"

宋星辰说完就是一片寂静,她看着苏清澈那双眸色渐深的双眸,还在想自己是不是应该做些什么的时候,就已经自发自觉地挽住他的脖子凑过去吻他了。

其实他们这几天的相处模式都是这样,一点儿都不觉得突兀。

她亲了他一口,偏过头来看他一眼。

苏清澈眼里是满满的笑意,他抱紧身上的姑娘,想了想,说:"昨天我回大院的时候,爷爷在楼下等我。"说罢,他微微侧目,看怀里小姑娘的反应。

宋星辰果不其然就是一僵,跟抱着烫手的山芋一样立刻松开了手:"我有点儿饿了,今晚在家吃?"

转移话题对于苏清澈来说,真的是很不高明的一个手段。

他面不改色,继续说道:"老人家对你一直很感兴趣,问你什么时候有空。"

宋星辰仔细地看着他的脸,见他的神情有一点儿点儿的不对劲儿,说话更是断字断句断得那么恰到好处,一下子就心安了:"说完了?"

苏清澈突然就笑了起来,难道是他要逗她的表情太过明显了?

想着,他伸手握住她的手塞进他上衣的口袋里:"老爷子只是送给我们了两张票,让我带你去看电影。"

宋星辰觉得……某一种状态下的苏团长真的很让人有暴力的冲动。

苏清澈抱了她好一会儿,才松开:"如果你不喜欢的话我们可以辜负老爷子的心意,下次你亲自去负荆请罪就好。"

宋星辰一犹豫之间,苏团长已经很利落地把她的后路也给堵死了。

宋星辰默默地瞥了他一眼,不动声色地把苏团长从头到脚鄙视了一番:"你想约我可以直接说,这么含蓄真不是大丈夫所为。"

苏清澈难得没有反驳,只是示意她看一下电影票。

宋星辰顺着他的视线一看——

"呃……既然真是老爷子的心意,实在是有点儿不好意思……拒绝啊。"可是,她真的不想去啊。

现在居然还有抗战电影?还安排在晚上十点开始……真的不是在跟她开玩笑吗?

苏清澈见她脸色变了又变,安抚地拍了拍她的脑袋:"如果拒绝也可以,明天跟我回去亲自给老爷子回礼。"

嗯……还不如不安慰呢。

进展太快了啊!

Chapter 11
把持

会下厨的男人无疑是很加分的,尤其是苏团长这种做得一手好菜还仪表堂堂的男人,围着围裙下厨时,那魅力值简直能爆表。

宋星辰斜靠在厨房门前看他半蹲着身子整理着冰箱里的食材,满眼都是笑意:"虽然不想承认,但还是想告诉你……"

苏清澈头也没抬,只是附和着问道:"什么?"

宋星辰想了想,绕到他背后圈着他的脖子趴在他的背上,然后很是刻意地把唇凑到他的耳边,轻声地撩拨他:"我觉得你真性感。"

苏团长很意外地挑了挑眉,还真的没人夸过他性感。

宋星辰看着冰箱里的冰冻排骨,轻轻地张嘴咬了下他的耳朵:"糖醋排骨好不好?"

苏清澈的手一顿,微微侧了侧头。

宋星辰不让他转过头来,笑着拿脸去蹭他:"专心做事啊,我还饿着呢。"

苏团长这回也笑了:"一边撩拨我一边让我认真点好喂饱你,其实我们可以折中一下。"他说得一本正经,半点没有开玩笑的意思。

宋星辰看了一眼他微微上翘的唇角,就知道他又准备寻她的开心了,往他的耳郭里轻吹了口气,暖暖的,徐徐的,果不其然让身下的男人微微一顿。

苏清澈一只手绕过去揽住她,轻轻松松地起身把她背了起来,然后顺手关上了冰箱门,侧头对身后的人说:"给你两个选择。"

宋星辰赶紧摇头,又往上爬了爬:"我不做选择题。"

"那很好。"他语气渐渐危险,"我帮你决定。"

宋星辰这回算是引火上身了,赶紧从他身上跳下来:"我不吵你了,真的……"

"晚了。"他勾了勾唇角,一把逮住要往外蹿的小白兔,捞进了怀里就恶狠狠地一口咬在她的脖子上。

宋星辰被他咬得嗷嗷叫,疼得一直捶他的肩膀:"苏清澈,你浑蛋,你家暴。"

"家暴?"埋在她脖子边的人终于松了口,却闷闷地笑起来,"我只是以其人之道还治其人之身而已。"

宋星辰有些郁闷了,怎么什么话一到了苏团长那儿就都成了软软的棉花了呢?

苏清澈见她分神,很不客气地又凑了上去,这一次不再是啃咬了,只是轻轻地落了吻,一点儿点儿调情般地吮吻。

他的动作很轻,力度掌控得更是适中,周身充斥着他的味道,强烈又霸道。

宋星辰身子一颤,下意识地伸手去攀住他。

那被他吮吻的地方一阵酥麻,她的心间也热乎乎的。

苏清澈原本只是吓唬吓唬她的,奈何自己却入了戏,那轻吻就从脖颈缓缓往下,落在她的锁骨上。

宋星辰的锁骨很漂亮,他眸色一深,滚烫的唇一下下地触碰着她的

Chapter 11 把持

皮肤，那接触着的地方就似燎原的大火，一发不可收拾。

宋星辰环着他的脖颈，微微闭了眼。

这近乎默认的态度却让苏清澈瞬间清醒了过来，他的唇落在她的锁骨上，一顿。

她微合了眼睫，淡淡的一层阴影落在她的眼睑下方。

他在她的锁骨上轻咬了一口，才微微松开她："不要再试图撩拨一个还没碰过女人的男人，点了火绝对不会轻易灭掉，知不知道？"

宋星辰眨眨眼，听着他那因为自己而喑哑的声音不由笑了起来："那苏先生知不知道，一个没碰过男人的女人是非常喜欢挑战男人底线的，看他辛苦挣扎却——不能越雷池。"

"不能越雷池？"苏团长皱了皱眉头，手指轻抚她脖颈上被自己咬出的淡淡的牙齿印，"没有什么雷池不能越，就看我想不想越。"

说话间，他略带老茧的手指轻轻地摩挲着她那寸细嫩皮肤："宋星辰，其实我觉得先上车后补票对我来说障碍不大。"

这回宋星辰傻眼了："部队铁的纪律……"

"那就先领证。"他答得干脆利落，"你那么聪明，不如想想我拐你结婚和拐你上床，哪个更简单？"

他微微凑近了身子，把两个人之间的距离缩得鼻息相闻，微微侧了头，在她唇上吻了一下，低低地笑了起来："好好考虑下？"

考虑什么啊……

宋星辰觉得两个都是有难度的，但是如果是苏团长执行起来，那根本就不叫障碍。

但这么想着，宋星辰还是有点儿不死心，她硬着头皮问道："我要是宁死不从呢？"

苏清澈被她逗得笑了起来，宋星辰用这么紧张的表情再搭配故作平淡的语气，真的是很有喜感啊。

他想了想，很认真地回答："那就打晕了再说。"说罢，又皱了皱眉头，"其实方法有很多啊，比如绑住手脚，其实不用绑你也动不了吧……"

那语气真是，该死的欠扁啊。

可宋星辰彻底风中凌乱了，这么赤裸裸的威胁……

宋星辰被吓得花容失色，最后泪流满面："我要退货，不干了……差评！"

当然，退货申请这个可以有，但申请批不批准就是另一回事了。

宋星辰提出退货申请的结果就是被苏团长拉来当苦力了。

苏清澈洗干净了玉米，又利落地切成了小块，把洗干净的排骨放进煮沸的水里滚了一滚，去掉血沫又捞了出来放进高压锅里。

切了姜片，撒上葱花，加了适量的盐就盖上锅盖大火煮开。

宋星辰洗完了青菜和香菇就在一边看他做糖醋排骨，宋星辰的口味偏甜一些，可糖醋排骨宋妈妈又不经常做，馋起来去叫外卖味道也就是一般般。

所以等高压锅里的香气出来之后，勾得她饥肠辘辘的。

苏清澈侧身看了她一眼，接过她手里拿着的青菜又清洗了一遍，这才先把排骨用一汤匙料酒，一汤匙生抽，半汤匙老抽，二汤匙香醋腌渍了起来。

"糖醋排骨还要等一会儿，饿了先吃点儿别的垫垫。"

宋星辰："接下来要做什么啊，学会了我也能做了。"

苏清澈正准备先料理了青菜和香菇这道菜，闻言转身看了她一眼："有我呢，你学了干吗？"

他的语气很平淡，更是有些理所当然。

却不知道听在宋星辰的耳里是有多么震撼。

听说人受到巨大的刺激时，大脑会一时空白来让你缓冲一下情绪。

宋星辰听见这句话的时候只觉得心口一震，耳边都是这句话在不停地回响。

这其实都算不上是一句情话，可就是那么动听。

宋星辰一向都很相信人与人之间的感情是需要慢慢地相处的，从小火慢炖开始到大火煮沸，煮沸的时候所有的感情都会升华，这个时候再用小火炖着，一样能保持沸腾的状态。

她不相信一见钟情，却很相信感情是需要培养和经营的。而她，因为她的家庭，对爱情始终抱有积极的态度。

察觉到宋星辰的异样，苏清澈转身看了她一眼："想学那你就听着。"

他在香菇上切了十字花刀，放到煮着热水的锅里烫了烫，捞出来之后又把青菜过了一遍："糖醋排骨其实不好做，像我这样先用酱料腌着，腌着能入味。腌好了之后就捞出洗干净，再下油锅炸，翻动要勤一点儿，炸至排骨呈金黄色。"

说话间，他已经热了锅，先把香菇下锅翻炒。

即使分心给她讲着糖醋排骨的做法，他手上的动作也没受影响，还是不疾不徐，慢条斯理地优雅着："腌排骨的水不倒掉就是这个时候用的，然后放排骨，加三汤勺白糖。半碗肉汤大火烧开，调入半茶匙盐提味。"

他把盛着青菜的盘子端起来，也倒进了锅里炒着。

高压锅"嗞嗞"的声音，混着锅里油烧热的声音，却让宋星辰恍惚有种这样的日子已经过了很久的错觉。

围裙后面的带子大概是没系紧，此刻松了开来。她很自然地就上去帮他系起来："正好吧？"

苏清澈"嗯"了一声，手下不停，放了盐和鸡精炒均匀："小火焖十分钟大火收汁，收汁的时候最后加一汤匙香醋，那个酸甜口就出来了。临出锅撒葱花芝麻，少许味精。"

宋星辰听得入神，可对这个菜谱却是半分印象都没，等到他说完了反而皱起了眉头："好复杂。"

锅里的青菜已经炒好，苏清澈最后倒入淀粉勾芡烧开，这才有空转过身来看她："早就知道你脑容量不够，就你没自知之明。"

宋星辰斜眼睨他："贬低我对你有什么好处，只能证明你眼光不好吧？"

玉米排骨汤已经烧好了，他关了火，漫不经心地回答："这次的确失策了。"

宋星辰怒起掀桌！

去电影院的路上，宋星辰还揪着苏清澈的那句"的确失策"依依不饶。

她说了一堆的中心思想为"其实你也不算失策，毕竟你看上的我有发现内在美这项技能。起码能保证你在我心目中还能排上个倒数第一的地位"的分辩句式，那被反驳的人却始终是轻勾着唇角微微笑着。

说到最后，宋星辰的斗志都偃旗息鼓了，苏清澈才总结道："对，也不算失策，好歹我在你心目中能排个第一的位置。"

宋星辰反正是知道了，苏清澈对于她的这些反驳完全没有上心，纯粹的敷衍态度，当下也只是有气无力地强调了一下"倒数"这个不可或缺的形容词。

到电影院的时候离电影开场还有两小时，正好是一部影片的放映时间。

售票处的队伍排得有点儿长，宋星辰就坐在外间隔离开的用来等候电影放映的小桌边等他。

苏清澈买了两张新出的科幻大片的电影票，他和宋星辰入场的时候整个影厅已经关了灯彻底暗了下来，只有台阶上淡淡的一层蓝光。

宋星辰在黑暗中视物的能力很是一般，尤其是她刚从明亮喧闹的大厅里突然迈进这幽暗得只有电影屏幕光影卓然的黑暗空间里。

Chapter 11　把持

她一停，苏清澈就拉住了她的手稳稳地牵着她："前面有台阶，抬脚。"

幽幽的蓝光下，他的面目有些模糊。低沉的声音在音响的遮盖下也仅是正好能够让她听清楚而已，可宋星辰就是觉得今晚是个很温暖的夜晚。

苏清澈直到牵着她到座位上了也没松手。背景音乐悄然回荡着，宋星辰微微侧头，就能看见身边的男人神情专注又认真。

不过这么友好的气氛在下一场的电影上映时终于消失殆尽。

宋星辰看着屏幕上那惨淡灰败的脸，以及那阴森森凉飕飕的环境再配上一惊一乍的恐怖声音，脸色都不好看起来："说好的战争片呢？"

苏团长很淡定地扫了她一眼："售票员跟我说这部题材新颖，效果好，让我带女朋友一起看，我就顺手换了票。"

宋星辰的脸色越发不好看了，大晚上的看这种片子，效果能不好吗？

苏团长想了想，又补充了句："剧情紧凑，引人入胜，促进感情升温。"

其实说白了苏团长就是逗她玩呢。

屏幕上影影绰绰的，为了力求画面感，演员的化妆是要多惨不忍睹就有多惨不忍睹。宋星辰很有脾气地甩开苏团长的手之后就一直抠着座椅的边缘，一下一下地挠。

这电影啥时候放完啊……

身边此起彼伏的尖叫声，那瘆人的背景音乐更是让人毛骨悚然。

身后正好有人走动的时候擦了一下宋星辰的头发，这么一下不轻不重的，却让浑身神经都紧绷的宋星辰吓得一个寒战，那抠在座椅上的手更是一下子碰到了苏清澈的。

苏清澈原本还不觉得有什么，她的手冰凉冰凉地一触他才察觉到她是真的不喜欢。轻叹了一口气，他把她的手握进掌心里："不看了，去吃夜宵。"

轻柔的声音在这诡异的气氛里格外安抚人，宋星辰几乎是下一刻就扑过去搂着苏清澈的脖子抱住了他。

他们坐的是情侣座，中间本就没有隔断，她这么一扑直接就扑在了他的身上。

苏清澈轻拍了拍她的背，柔声地道歉："对不起，我不知道你这么不喜欢。"

宋星辰其实也不是那么怕，可是黑灯瞎火的，尤其是那音效怎么听怎么瘆人，当下面色就变得苍白苍白的。

她的手还蜷在他的掌心里，整个人都有些凉凉的。

苏清澈拉开她看了一眼，毫不犹豫地揽着她的腰就往门口走。

唯一可见的依然是台阶上幽幽的蓝光，苏清澈揽着她却走得坚定果决毫不迟疑。那只握着她的手就如刚来时一样，一直都没有再松开。

短短的一段路程，宋星辰心里弥漫的却是满心的温暖。

很多时候细节就能打败一段爱情，也是这些细节在一瞬间就能让你升起非他不嫁的想法来。

宋星辰这么理智的一个人，今晚却感性至极。

有那么一些时候，真的是，一眼定终身。

苏团长说去吃夜宵还就真的带她去吃夜宵了。他把车停在了她的小区里，和她慢悠悠地沿着小路去隔壁灯火通明刚开始夜市的小吃街。

这里靠近A大，所以学生很多。

宋星辰还在校的时候就是这里的常客。那时候心情不好了，最爱做的事情就是和韩潇璃从街头一路吃到街尾，然后再糟糕的事情都不算什么了。

宋星辰带苏清澈到她每次来都必去的小吃摊，这是一位年纪不小的老太太，和老伴正在招揽生意。

"麻辣烫喜欢吗？"她转身问身后的人。

苏清澈点点头："只来一份好了。"

老太太看见宋星辰还很高兴："宋丫头啊，好久没来了。"

宋星辰笑得弯了眼，自己动手调料："奶奶你去忙，我自己来就好了。"

"还带了朋友啊，这位是？"老太太眯了眯眼上下打量了一圈苏清澈，又把目光移回到宋星辰的身上。

宋星辰也看向苏清澈，眼底都是满满的笑意："奶奶，这是我男朋友。"

苏清澈站在她的身后，她这么一转眼衬着头顶那盏灯，一双眼亮晶晶地发着光，就像是黑夜里一颗明亮的星辰，清亮地悬挂在人的心头。

苏清澈其实是个情绪不太容易波动的人，喜怒不形于色，可此刻他却切切实实地感觉到自己内心那一点儿点儿被填满的充实。

很满，很暖。

喧闹的氛围里，这个小角落就显得格外安静了。宋星辰夹起海带凑近他的嘴边："奶奶这儿的麻辣烫最好吃了。"

苏清澈任由她把自己不喜欢吃的东西都夹进他的嘴里，又去问老太太要了杯温茶给宋星辰暖胃："又辣又酸的，宋星辰你是有多重口味？"

宋星辰一晚上吃得够多了，此刻懒懒地不想动，由着他把水杯递到了唇边，十分赏脸地抿了一口。

她这么一侧头就看见老太太正趁着空闲坐着休息，她的老伴就牵着她的手喂她喝保温杯里的水。

她微微一顿，抬手撞了撞苏清澈："苏团长，我始终相信有携手白头，一生相守。"

他顺着她的视线看过去，也是微微地抿了抿唇，眼神却复杂得让人有些看不懂。

秋末的晚上已经很冷了，尤其今晚还起了风。

苏清澈很自然地握住她的手就塞进口袋里。

宋星辰刚吃完麻辣烫，浑身都暖洋洋的，被他握着手，只是说了句："我不冷。"

苏清澈看了她一眼，然后声音很是清晰地传过来："手暖的人心一般也暖，不管什么时候我都想确认你和我在一起是觉得很温暖的。"

说罢，他握着她的手又紧了几分："星辰，我的家庭和职业都过于特殊，我曾经还经历过一场并不算愉快的感情。"

宋星辰原本正在踢着脚下的小石子，闻言就是一顿，侧头过去看他。她看见的只是他清隽的侧脸，他的唇角似乎是勾起的，似笑非笑。

宋星辰其实很喜欢看苏清澈笑起来的样子，很干净的一种笑，看着就很温暖人心，哪怕那时候的负面情绪再多，她都觉得看见这种笑容就足够抵抗一切。

可她此刻却很不喜欢他这种似笑非笑的神情，看起来就像是在自嘲一般，莫名就让她觉得心疼。

她握了握他的手："苏清澈。"

他转头来看她，停住了脚步。

宋星辰这才发现已经不知不觉地走到公寓的门口了，她思忖了一下才很认真地说道："你的职业，包括你的家庭以及你这个人，我都在答应和你交往的时候全部考虑过。"

他轻轻地"嗯"了一声，一双眼却是一眨也不眨地看着她。

"但我觉得更重要的是你。"她含含糊糊地补充完下半句，晃了晃还装在他口袋里的手，"我回去了。"

苏清澈却笑了起来，握着她的手紧了紧。不同于刚才的似笑非笑，这个笑容很实在。

他说："明天我要回部队不能来陪你了，你自己起来记得吃早饭，速冻的馄饨已经放在下层了，煮熟之后再捞出来吃，嗯？"

宋星辰"嗯"了一声，随即又觉得不对劲儿，这人怎么在她说了含金量那么高的话之后反而只是交代明天早饭吃速冻馄饨的时候要煮熟吃啊……

"你就没别的什么话要跟我说吗？"她暗示。

好歹也说一句你也很重要啊什么的，怎么每次都是拐得她同情心泛滥，说出些煽情的话，他却一笑而过！

情商高也不带这么占人便宜的啊！

苏团长立马装傻："没有了，天气越来越冷了，你早点儿回去。"

宋星辰一口老血梗在心口不上不下的，她发誓，以后在他没松口之前无论如何也一定要管住自己的嘴！

宋同学很不开心地轻哼了一声，愤愤地从他手里抽出手来，语气生硬："我回去了。"

某位小朋友发个脾气也是……很可爱的啊。

苏清澈轻笑了一下，见小朋友转身就走，这才不慌不忙地一把扣住她的手腕把她拉了回来。

"我没那么复杂，在你面前的时候，我只是苏清澈。"他说得很缓慢，一字一句都让她听得清楚明白。

宋星辰眨了眨眼睛，刚才那点儿不开心立马就因为他这句话消失得毫无踪影了。

苏清澈把她拉得更近了一些，俯身在她的额上轻轻地落下一吻，克制，又矜贵，却让宋星辰心里的某根弦被拨动了一下，余音绕耳。

"你那次告诉我说你很认真，我好像还没正式表达我的态度……"他顿了顿，低下头来看着她，"宋星辰，我只为你而来。"

韩潇璃约了宋星辰到星巴克小坐。

宋星辰到的时候，韩潇璃正吮着吸管愣愣地看着电脑屏幕发呆，直到宋星辰手上的挎包重重地压在桌上发出声响，她才跟受了惊吓一般回过神来。

"这次回来怎么没往我那儿跑啊？"她去端了自己的咖啡过来，重新在矮桌前坐下来，"怎么了啊这是？"

韩潇璃窥伺了她杯子里的摩卡一眼，这才怏怏地，颇有些无精打采地就着宋星辰的手蹭了一下。

通常韩潇璃有这种举动，说明她是遇到无解的方程式了。

这么想着，宋星辰也很是随意，移过她身前的笔记本开始上起网来："你自己捋顺了就跟我说，我先看看新款上去之后的销量。"

韩潇璃瞪眼："你确定要在这么文艺小资的地方倒腾你那些少儿不宜的玩意吗？"

宋星辰睨了她一眼："就你那些三观不正的剧本也是十八禁的玩意好吗？我那可是正经生意，谁没点需求啊。"说罢，她端起咖啡抿了一口，慢条斯理地接着说道，"倒是你，这么一副苦瓜脸上这儿报复社会来了？"

韩潇璃顿时欲言又止，又狠狠地钩着宋星辰蹭了一下。

宋星辰颇有些嫌弃地拍了她一下："别价，蹭得我一身毛。怎么的了，是被导演欺负了还是被演员折腾了？"

韩潇璃虽然说是编剧，还是小有名气的编剧，但碍于这个职业在中国普遍不受尊重，她熬到如今也是吃了一些苦头的。

刚开始的时候甚至她编剧的电视剧根本不会有她的署名，所以韩潇璃刚刚从事这个职业的时候可是天天跟宋星辰倒苦水。

韩潇璃盯着咖啡袅袅飘出的香气，犹豫了好久才说道："苏谦诚跟我说了一句话。"

宋星辰敲着电脑键盘的手终于顿了顿，调侃道："他说什么了？"

Chapter 11　把持

韩潇璃"嗤"了一声，差点儿没扑上去咬她一口："没有，他就是说了这么一句'上前一步，也许是天堂，也许是地狱'。你说他是什么意思啊？"

宋星辰这才终于来了兴趣："这话说得绝对有水平啊！"

韩潇璃立马狗腿地附和："那是，也不看看是谁说的。"

宋星辰被噎了一下，恨铁不成钢地打了她一下："我说你纠结个什么劲啊，他的意思简单得不得了……"说到一半，宋星辰一顿，"我问你，他说完这句话你给什么反应了啊？"

"啊……"说到这儿，韩潇璃差点儿没懊悔得咬舌自尽，"那时候影后程安安也在你知道吗？你明白的，我对这个女人的崇拜啊真是到了一定的程度，很是敬畏啊！然后我就跑了……我居然跑了！"

"像你能干得出来的事。"宋星辰支着下巴点点头，随即又抿了口摩卡，怡怡然地抛出一个重磅炸弹来，"我谈对象了。"

"哦，你谈对象……什么，你谈对象了？"韩潇璃瞬间炸毛，"你……你……你……什么时候的事？"

"上前一步，是天堂。"她回答得牛头不对马嘴，却让韩潇璃瞬间安静了下来。

谁也不知道爱情是什么滋味，谁年轻的时候没有冲动过，上前一步不是天堂就是地狱。但无论是哪个，只有经历过才会明白。

宋星辰不像韩潇璃，无论是接受爱情还是对待工作始终都有些被动。她知道抓住时机有多么重要，因为有些人从你的生命里经过，一旦错过，那就是一辈子的擦肩而过。

苏清澈那么好，她舍不得也不愿意错过。

宋星辰和韩潇璃分开之后便去了 A 大，宋爸爸昨天刚打了电话说要下厨做一顿好吃的。

从那日苏清澈回了部队之后,宋星辰已经一个多星期没见到他的人了,两个人的联系也仅限于三餐后的通话。

也就是说,宋星辰被苏团长养刁了胃口之后已经放养了一个多星期。

宋星辰到家的时候正逢饭点,饭桌上已经放了……四副碗筷?

宋星辰脱掉外套,换了鞋子往厨房走:"爸,妈,今天来客人了?"话音一落,她就看见在厨房帮忙的唐睿泽。

微微一愣,他随即便是浅浅一笑,算是打过招呼。

"星辰回来了啊?"宋爸爸看了一眼站在厨房门口的宋星辰,指了指客厅,"睿泽你也别在厨房里待着了,好不容易来一趟,和星辰去客厅等着开饭就好。"

厨房里的灯光暖暖的,那个男人转过身来看了她一眼,莞尔一笑,随即点点头,擦干净手便走了出来。

宋星辰一直倚在门口,看着他优雅清爽地走过来,瞬间想到了苏清澈。

那个男人也是这样,在厨房里也是不紧不慢,优雅至极的。

"你会做菜?"她边端了水果递给他,边问道。

唐睿泽剥了一个橘子放在她的面前,笑容浅浅地:"不会,但是会打下手,据说现在会下厨的人才能交到女朋友,所以我现在正在努力学习厨艺。"

宋星辰闻言就是一笑,很是中肯地评价:"的确。"

这一顿饭吃得还算愉快,宋爸爸一直跟唐睿泽讨论着学术上的事,间或会记起给宋星辰夹些菜,一顿饭吃下来倒是花了不少时间。

饭后,宋星辰主动包揽了洗碗的活儿,钻进了厨房里。

宋妈妈来回泡了好几次茶,终于在她磨蹭着快洗完碗的时候停了下来:"星辰,你看你爸爸的这个学生怎么样?"

宋星辰专心擦着碗,闻言也是漫不经心地回答:"嗯,挺好的。"

宋妈妈顿时来了精神："听说小唐还是单身的，没有女朋友。我也跟你爸爸打听过了，说是小唐这个人啊人品好……"

宋星辰越听越不是个味，终于抬头看了过来："妈，你什么意思啊？"

宋妈妈一顿，眉头也是一皱："你说我什么意思啊，就你这样整天待在家里不出去交朋友，我能不操心吗？"

"我不是跟你说了我之前有想谈对象的人了吗？我现在已经有男朋友了。"她顿了顿，微微抿了唇，"只不过我还打算跟他好好相处一下，合适了我肯定往家里带。"

话音刚落，手机就响了起来。

宋星辰摸出手机看了眼，直接拿手在裤子上蹭了蹭："妈，我碗都洗好了你放一下，我去接个电话。"说着就往自己的房间钻去，反手关上门的时候还落了锁。

电话刚接通，苏清澈就听见那清晰的落锁声，再抬眼看了看漆黑的屋子，皱了皱眉："不在家？"

宋星辰"嗯"了一声："在我爸这里。"

苏清澈手指搭在车门上轻轻地敲了敲，半晌还是说道："我在你家楼下。"

"我家楼下？"她又确认了一遍，又看了看时间，已经八点多了，"你吃饭了没有？"

原本还微微有些低落的心情似乎随着她的这句话缓解了些，苏清澈轻声道："还没有，赶着回来看你是不是又在饿肚子。"

呃……说起饿肚子，其实是宋星辰开的一个无伤大雅的玩笑。

她每次吃完外卖都会用一种很可怜的语气跟苏清澈抱怨："太难吃了，没法吃了，苏大厨你什么时候回来煮饭啊，我要饿死了。"

于是，宋星辰就每天"饿着肚子"等苏清澈从部队回来。

这么一想，宋星辰难得地就有些愧疚了："那你过来接我？我下午出门没开车。"

苏清澈原本到了嘴边的"不用"两个字不知道怎么的就说不出口，他顿了顿，想着宋星辰每次打电话来问他"你什么时候回来"，心就软得一塌糊涂。

还真的是，有点儿想她了。

这么想着，他便上了车："你在哪儿？我来接你。"

宋星辰没等多久，苏清澈便来了。

秋末的天气已经很凉了，她穿得却还很单薄，一件风衣，还站在风口，冻得手脚冰凉。

苏清澈摸到她冰凉的手时，眉头狠狠皱了一下："怎么不多穿点？知道我要来，给我献殷勤的机会？"

宋星辰噘了噘嘴，顺着就握住他的手："明明是你动作太慢了。"

苏清澈显然是从部队回来就直接过来了，还是一身军装。他们站的位置又是路口，苏清澈这么长身玉立、身姿卓然的，倒是吸引了不少目光。

他却没有半分的不自然，半搂着她，问道："陪我再吃点儿？想吃什么？"

宋星辰看了眼时间，这个点都能吃夜宵了："我家近，给你下点速冻的馄饨吃，行不行？"

苏清澈倒没什么意见，开了车门让她上车："你这几天就吃这些？"

说话间，已经关上车门绕过车头坐上了驾驶座："前段时间总结汇报有点儿忙，现在才好些，能按时回来了，饿着你的次数应该也能减少点。"

说着，他突然侧头看了她一眼，问："想我了没有？"

他身后恰好就是一盏路灯，他的手握着方向盘，指节分明，很是好看。

这么一侧头深深地看过来，倒是让那双原本就幽深的眸子显得越发深邃，甚至隐隐有着跳跃的星辉。

问这句话的时候，苏团长的神情更是自然得不得了，就像是在问"你今天吃了没有？"一样云淡风轻，可细看，他微微勾了唇角笑起来的样子似乎又是有些期待一般。

她愣住，坐在副驾上只顾着看他好看的勾人心魄的样子。

他微微地顿了顿，看着她的眼睛一字一顿，很是缓慢地又问了一遍："宋星辰，你想我了没有？"

厨房里是水烧开的声音，宋星辰愣愣地盯着煮沸的热水出神，片刻后才想起来下馄饨，又手忙脚乱地用筷子搅拌着，再盖上锅盖。

浴室里隐隐约约传出水声，滴滴答答的，刚回神的宋星辰立刻又魂飞天外了。

刚才在车上，苏清澈认真又专注地问有没有想他时，宋星辰就看着他那双眼睛出神了。

等她回过神来，他已经近在咫尺，一双眼睛里都是满满的笑意，淡淡的，却看着让人满心温暖。

宋星辰一向觉得苏清澈的眼神是很有蛊惑力的，再加上车窗外暧昧的灯光，宋星辰鬼使神差地就点了点儿头："想，照着一日三餐想的。"

然后，苏清澈不负众望地就僵住了。

宋星辰还颇有些无辜地眨眨眼："真的啊，我每次吃饭都要想你一遍才觉得有食欲。"

不过她话里那隐隐的笑意还是出卖了她。

苏清澈就这么看了她一会儿，半晌才悠悠地说了一句："亏我还那么认真地想你。"

这句话说得含含糊糊，语调轻轻的，宋星辰离得那么近竟然也没听清，可模模糊糊地又是知道他在说什么的，当下宋星辰就上了钩，凑过去继续问:"说什么呢?再说一遍。"

她这么一凑近,苏清澈就有了可乘之机,低头就在她的唇上亲了一口,亲完还舔了舔唇,理直气壮:"没什么。"

唉,这回她又是什么都没捞着反而被吃了豆腐?

这么想着,却没注意浴室里的水声已经停了一会儿了。

苏清澈换了一套家居服出来,经过厨房门口就看见宋星辰盯着锅盖出神,他顺手把手里擦干头发用的毛巾挂在沙发背上,转身走进厨房里。

他从背后缓缓抱住她:"水都开了,还在发呆?"

宋星辰一个激灵,赶紧揭开锅盖,一个不留神手指碰触到锅盖上,烫得就是一缩。

苏清澈皱了皱眉头,握住她的手指看了眼,松开她把她赶到一边:"我来。"

宋星辰那叫一个郁闷啊:"我那是不小心。"才不是行动障碍。

苏清澈瞥了她一眼,拿起一旁的碗把馄饨都盛了出来:"你要不要?"

"不要。"她摇摇头,晃了晃手里的筷子,"我帮你把筷子拿来了。"

客厅里电视开着,有微微嘈杂的声音,她顺手关掉,又去给他调了料从厨房端到了饭桌上,这才在他旁边坐下来。

苏清澈刚洗完头,头发湿漉漉的,身上都是好闻的沐浴露的香气。

他拿着筷子夹起馄饨就着她配的调料一口一个,吃相算不上优雅,却好看得让人食欲大增。

"要不要?"他夹起一个馄饨,蘸了酱料递到她的唇边,见她刚要张嘴,手腕一转又塞进了自己嘴里。

宋星辰想说:好幼稚。

她轻轻地哼了一声,去厨房里又拿了一双筷子,从他的碗里夹了一个馄饨。

不过宋星辰从小到大拿筷子的姿势都不是很标准，对这种滑溜溜的馄饨更是一夹一个不准，费了好半天劲，还是苏清澈看不下去了，夹起一个塞进她嘴里。

"我以前以为你就只会吃了，现在发现你连吃都不会。"说话间，他又夹了一个塞进她的嘴里，把她到嘴边的话堵了回去，"吃完再说。"

等这一顿算是夜宵的晚饭吃完，时间已经不早了。

宋星辰见他头发还是半湿的，去房里拿了吹风机过来递给他："先把头发吹干吧。"

苏清澈倒是不以为意，只是把擦头发的毛巾塞进她的手里："拿毛巾擦干就行了。"

宋星辰看着硬被塞进手里的毛巾，瞪了他一眼，还是老老实实地屈膝半跪在沙发上给他擦头发。

"苏团长，你的内务是不是仅限于在部队里啊。"

苏清澈懒洋洋地"嗯"了一声，才回答："差不多，对你要求内务的话我觉得我会比你更痛苦。"

"为什么……"她心虚地扫了一眼乱糟糟的房间。

苏清澈也没跟她客气，目光所过之处那叫一个杂乱无章啊："入乡随俗，我不想逼你半夜整理房间。"

"整理房间这事，苏团长你经过房子主人的批准没有？"

"我一直以为整理房间是日常琐事，每天都需要做的。"他微微侧身看了她一眼，顺手把她揽到了跟前，"差不多了，我要回去了。"

宋星辰看了一眼时间，脱口而出："这么晚了……"

话一出口，她就是一愣，立马改口："这么晚了，路上小心。"

苏清澈微微勾了唇，却没动，只是抱着她腰的手一紧，把她揽进了怀里抱住。

宋星辰就尴尬了，这这这算是什么意思啊……她真的没有挽留的意思啊……天地可鉴。

不过，苏团长显然也不打算捉弄她了，抱了一会儿就松开了她："我明天早上就过来，你不用这么想我。"话里那笑意真是大大方方的，毫不掩饰。

宋星辰默默地鄙视了下苏团长，这才把他送到门口："你晚上回去小心点。"

苏清澈换了鞋，临到快要出门了，突然转过身来，一本正经地通知道："苏老爷子说想见见你，让我跟你提一下，时间地点都随便你。"

宋星辰顿时就傻了，见他已经出了门，一边关门一边自欺欺人道："我没听见。"

苏团长眼疾手快迈进去一脚抵住门，沉了声音问她："你刚说什么？"

宋星辰欲哭无泪地探出个脑袋来，怏怏地："我说听见了，我一定会努力认真思考下安排在哪儿见面的。"

苏清澈顺手揉了揉她的脑袋："其实不用麻烦，这几天趁老爷子有空就直接去大院好了。"

这回宋星辰没再犹豫，在苏清澈撤脚的瞬间就把门给合上了。

苏团长结结实实地吃了一回闭门羹，嗯，味道偏咸……

苏清澈直到回了大院，才收到小女朋友发来的信息。

宋星辰："其实我还是什么都没听见，你到家了吧？那就这样吧……"

时间正好十二点，苏清澈轻声上了楼，这才给她回信息。

苏清澈："自欺欺人这招效果如何？我不介意照着三餐提醒你。"

宋星辰：……

三餐什么的……苏团长你还是记仇了，是吗？

宋星辰的大姨妈提前了整整五天来拜访,不知道是不是上次深夜泡在冰凉的海水里的缘故,以前只是肚子胀胀的,这次却疼得她差点儿没掀桌。

她折腾了一晚没睡着,好不容易等到了六点,估摸着苏团长这会儿应该已经起床了,才发了个短信过去,让他过来的时候给她带盒益母草。

早餐是外带过来的红枣粥,苏清澈特意把它重新热了一回才递到她的面前,等她吃完又去给她泡了益母草。

宋星辰可怜兮兮地坐在沙发上看苏清澈洗完杯子出来:"苏团长,我浪费了你美好的早晨时光。"

苏清澈瞥了她一眼,见她脸色实在不好,微微蹙了蹙眉:"疼得厉害我就带你去医院看看。"

宋星辰脑补了一下自己柔柔弱弱地被苏清澈送进医院,然后当着他的面被盘问上一次经期什么时候结束的啊,量多不多啊就是一阵恶寒,赶紧摇摇头:"没事没事,我不要去医院。"

苏清澈也不勉强,只是坐在她的身边朝她招招手:"坐过来。"

宋星辰摇摇头,咬着下唇一副"你禽兽,我来大姨妈你都不放过我"的表情道:"我不方便。"

苏清澈眉头皱得更紧了,直接伸手揽住她,一把抱了过来:"你想哪儿去了?"

说话间,他把搭在沙发边上的毛毯拿过来盖在她的腿上,手从她的衣摆下面钻过去。

宋星辰顿时瞪圆了眼,一把摁住苏清澈的手指:"你干吗?耍流氓也要挑个好时候啊!"

苏清澈微微侧过头来看着她,慢慢说道:"我还没那么生冷不忌禽兽不如,还是说你希望我做点儿什么?"

因为抱着她在怀里,他微微侧头看着她的时候,说话的气息就全拂在了她的耳朵上，温温热热，痒痒麻麻的，那感觉似乎是钻进了她的心里，一下一下挠得她浑身都不对劲儿起来。

她刚想动就被苏清澈按在怀里，那只手更是毫不迟疑地钻了进去，隔着一层衣服按在她的小腹上轻轻地揉："等会儿我去超市给你买个热水袋，这样会好点。"

宋星辰意外地不吭声了，乖乖地窝在他的怀里，任由他的手缓缓地揉着她的肚子。

窗外的阳光洒下来，照着她浑身都暖洋洋的，宋星辰想起家里曾经养过的一只猫咪，最喜欢的就是晒着太阳窝在她的怀里被她抚摸着。

那种感觉应该跟现在一样吧。

她折腾了一晚没睡，此刻舒服了些，靠在他的怀里就缓缓地眯起了眼。

苏清澈察觉到她的睡意，轻轻托住她的脑袋让她枕在了自己的肩膀上。

她的长发垂下来，遮挡住了她半张脸，苏清澈这个角度看过去，却能清晰地看见她沐浴在阳光下的另外半张脸，很柔顺，很温和，很安静。

他情不自禁地，微微偏头过去，在她的额上轻吻了一下。

苏清澈发现最近他的字典里多了一个词——把持不住。

他推着购物车从容地走到放着卫生巾的货架前，很是精准地挑中了宋星辰惯用的牌子。

还记得他和宋星辰的第二次见面好像就是在这里，那时候也是这个位置，不过心境却是今非昔比了。

那时候还觉得宋星辰是个张扬得有些可爱的女人，现在……他皱了皱眉头。

其实宋星辰的性格说起来是张扬嚣张，可是一旦在自己熟悉的人面前却柔顺得跟只猫咪一样，也喜欢黏人，软着声音，弯着眼睛笑。

当然，每当这个时候，苏清澈字典里新增加的那四个字就会准时出现，时刻提醒着苏清澈要速战速决。

马上就要过年了，过完年苏清澈就三十一岁了，说起来也算是个老男人了。

正好经过卖拖鞋的货架，他眉一挑，心里有了主意。

苏清澈刚拿出钥匙要开门的时候，对面那户人家的女主人就走了出来，见是苏清澈就是一笑："宋宋的男朋友来了啊。"

他微笑着点儿了点儿头："平日里劳烦阿姨照顾宋宋了。"

"邻居嘛，这丫头帮了我不少忙，是个好姑娘。"说话间，她关了门，"有空来阿姨家吃饭啊，我还有事，就先走了。"

苏清澈目送着人走远了，一双眸子却沉了沉，满满地都是笑意。

宋宋的男朋友……

宋星辰还在睡，侧着身子眉头还微微皱着，睡得很不安稳，盖在身上的毛毯更是有一半垂落在了地面上。

他放下东西，走过去把毛毯重新给她盖上。刚一动，她就醒了过来，睁着眼看他，神志却还未清醒一般，是一种苏清澈从未见过的——娇憨。

他低头在她的唇上蹭了一口，一触即分。

他拿手指蹭了蹭她的脸，刚睡醒，她的脸上微微有些红，热乎乎的。他刚从外面回来，手指有些凉，这么碰到她的脸说不清地舒服。

等她又清醒了点儿，他起身去厨房给她煮桂圆红枣枸杞茶。

把红枣、枸杞和桂圆都洗干净，泡一会儿再放进锅里煮，盖上锅盖，他擦了擦手出来，给她把暖水袋充了电暖和了之后递给她："睡醒了？中午吃什么？"

宋星辰刚睡醒，脑袋里还有些空空的，怀里抱着一个抱枕就那么愣愣地看着苏清澈。

苏团长被她盯着看了一会儿，挑了挑眉，抬手弹了她的额头一下："我问你中午吃什么？"

宋星辰努力地想了想，最后却只挤出两个字来："随便。"

所幸苏清澈也懒得跟她计较，进厨房看了一眼，便有了决定。

宋星辰被喂了一碗桂圆红枣枸杞茶之后浑身就舒坦了很多，趿着双拖鞋就钻进厨房看他做午饭。

不知道人脆弱的时候是不是都爱多愁善感，宋星辰看了苏清澈的背影好一会儿，还是没忍住，轻声问他："你为什么对我那么好？"

其实这个问题挺傻的，他是她的男朋友不对她好对谁好？

可是宋星辰只是想问问他为什么，她在他之前没有谈过恋爱，不知道一个人进入另一个人的生活需要做什么努力，不知道被另一个人放在心上妥帖疼爱是什么滋味，也不知道一个人对自己那么好可以是为了什么。

有时候，宋星辰觉得自己过分幸运。不论是出生的家庭、事业，或是这段感情，都太过美好平顺。

上天照顾的宠儿，无外乎就是她这样的了吧？

苏清澈听见她的问题，手上的动作顿了顿，转过身来看她："为什么对你好？"

似乎是很认真地想了想，他才说："你以后会是跟我共度一生的人，你说我要不要对你好一点儿，让你心甘情愿？"

苏团长果然没有她那么矫情，回答得真是一针见血，干脆利落。

她张了张嘴，想了半天，竟然没找到一个词来接他的话。

"其实这个问题更适合用行动来证明。"他略一挑眉，眼神里都是淡淡的笑意，那语气颇有些意味深长、意有所指。

Chapter 11 把持

宋星辰不敢再追问下去，默默地就退散了。

不过，苏团长却是认真的，打他昨天通知宋星辰该见家长了之后。

宋星辰平日里有一项消遣就是看影片，所以家里的客房专门放了一个 DVD 架子，陈列了许多她收藏的影碟。

苏团长由于每次登堂入室都喜欢进主卧，从而一直忽视了这个客房，所以并没有发现，如今他对这个客房有了需求，理所当然地就看见了这一架子的影片。

客房整理得很干净，看起来似乎是经常会有人来光顾。

他四下扫了一眼，觉得占据这间客房的难度比起他估算得小了很多。

于是，等宋星辰心满意足地吃过晚饭之后，苏清澈就开口了："想不想我以后都给你做饭？"

宋星辰小鸡啄米般点了点脑袋。

苏团长不动声色地继续说道："其实我还会一点简单的甜品，想不想吃？"

宋星辰在苏团长那循循善诱的语气里差点儿迷失了自己，不过作为一个有理智的吃货，她还是很警觉地问道："干吗？"

苏团长第一方案宣告失败也不气馁，直接采用第二方案："我被老爷子赶出来了，没地儿方去了。"

"噢——"宋星辰眯了眯眼，正想拍手叫好，又觉得不对，"所以呢？"

苏团长缓缓一笑，真是极尽能力地诱惑她啊："反正你的客房空着。"

不知道是不是上次苏团长在家属院"逼良为娼"的场景太深刻了，宋星辰下意识地就想起了苏团长那日说的"我既然对你说了那就是势在必得，聪明点，宋星辰"。

苏团长一向不做没把握的事情，宋星辰这么想着，还是垂死挣扎地问道："如果我不同意的话，你打算怎么办？"

"不同意？"苏团长眯了眯眼，那眼神顿时就让宋星辰一寒，但苏团长说出口的话倒是让宋星辰跌破了眼镜，"那就流浪街头住大桥墩。"

宋星辰："你这招以退为进真是干得好。"

苏清澈挑了挑眉，对自家小女友的觉悟表示了十二万分的赞赏："宋同志最近的思想觉悟又上了一个档次。"

宋星辰："这大概就是传说中的近墨者黑。"说罢，万分不爽地离桌，把饭桌上的烂摊子交给了苏清澈。

就这样，苏团长不费吹灰之力就占据了高地，打算长期驻扎。

其实苏团长下午策划了好几个方案，但到了最后发现还不如这样省事，一劳永逸。

什么？你问有什么方案？

那多了去了，可以假借关心之名实关心之事。赖着不走的话，就算是每个月都要流血还能坚挺的女主人应该也没这个能耐把他赶出去吧？

还可以借着看影片的名义，比如这个还没看完，等看完再走，那么多的影碟足够苏清澈不眠不休地看上一段时间了。

再者，也可以直接坑蒙拐骗地留下来，具体什么方案，似乎还要结合当事人的心情，所以这个方案有些丧心病狂。必要的时候也许还要出卖色相，以达到色诱对手的目的。

第一晚的同居其实还是很友好的。

宋星辰处理今天的订单时，苏清澈就坐在沙发上用她的电脑上网。宋星辰忙完，见他五指修长地在键盘上敲敲打打的样子，瞬间觉得自家的电脑上了一个档次，立马高端洋气了起来。

宋星辰把此类偶尔发出的感慨全部归结于——情人眼里出西施。

她以前就觉得苏团长的一举一动比她要优雅养眼许多。这么想着，她又有些不忿，故意捣乱去按空格键和回车键。

Chapter 11　把持

　　苏清澈扫了她一眼，低声警告："别闹。"

　　宋星辰："你自己说你欺负我的笔记本多少回了吧，现在抱着它你不觉得良心不安吗？"

　　她的手还在捣乱，他索性一把握住她的手，抓得她动弹不得："我为什么要良心不安？做错事的好像是另有其人吧？"

　　宋星辰想起了上次她偷拍苏团长的那些照片，然后她就决定了，这辈子都不要告诉苏团长她其实有悄悄备份在U盘里，还专门新建了一个文件夹，名字叫五香瘦肉……

　　等两个人自顾自地做完了自己的事情，也差不多该睡觉了。

　　临睡前，苏清澈把今天煮的桂圆红枣枸杞茶又给她热了一遍，看着她喝下去后才赶她进房里睡觉。

　　次日一大早苏清澈就回了部队，临走之前还记得给她把红枣粥热上，然后才不慌不忙地去上班了。

　　宋星辰起来的时候红枣粥还在微波炉里，她调了时间转了几圈，拿出来吃的时候热乎得暖进了她的心里。

　　其实有个德智体美全面发展的男朋友……真的很幸福啊。

Chapter 12
一物降一物

韩潇璃自打知道宋星辰搞定了高富帅团长苏清澈之后,那是一天十几个电话地催问骚扰她。

宋星辰不堪其扰,直接用一句话把她的嘴给堵严实了:"怎么着,这是惦记上姐嘴里这块肥肉了?告诉你,吃剩下也不给你。"

宋星辰说起这个事的时候,苏清澈正在吃橘子,被狠狠地呛了一下,喉咙里都是火辣辣的。不过面上却淡定如斯,只是很镇静地确认了一遍:"我是肥肉?"

宋星辰点点头,浑不知已经触了苏团长的雷点:"明天怎么样,我带你去见见韩潇璃……其实你们见过了,不止一次。"

苏清澈"嗯"了一声:"我是肥肉,你是什么?"

宋星辰被这个问题难住了……

但这个显然不够,在宋星辰没回答出他满意的答案之前,苏清澈一日三餐地喂她吃了整整三天的肥肉。

宋星辰看着碗里的肥肉差点儿哭出来:"你是肥肉,我就是苍蝇……"

苏团长以一种很无辜的表情看着她:"你不喜欢吃肥肉吗?那怎么

Chapter 12 一物降一物

不早说？"

宋星辰咬着筷子十分的怨念："我暗示过我不想再吃肥肉了！"

苏清澈"噢"了一声，挑眉看她："我以为你喜欢肥肉才会把我比喻成肥肉，原来我是自作多情了啊。"

宋星辰只能说，苏清澈的底线真的是千奇百怪……但她郁闷了三天，好歹不用再吃了，真是喜极而泣。

这日，晚上吃过饭，宋星辰盘膝坐在沙发上，等他洗完澡出来朝他招招手："过来，我问你个事。"

苏清澈把手里拿着的温水递给她："喝完。"

虽然同居没几天，不过苏清澈倒是发现了宋星辰很多小毛病，比如能一个星期不喝纯净水，只喝奶茶、咖啡等不健康的饮品。

吃零食也是这样，并不喜欢吃水果，喜欢吃垃圾食品，还是那种怎么纠正都纠正不过来的。

看着她乖乖地喝了一杯温水，他才在她身旁坐下来："什么事？"

宋星辰思忖了一下，还是问道："如果我爸妈排斥你的职业，你会不会转业？"

苏清澈显然是愣了一下，他眯了眯眼，手指搭在沙发的扶手上轻轻地敲了敲，半天才回答："我的职业不是那种高强度高风险的职业，为什么要排斥？"

宋星辰顿了顿，眉头几不可察地皱了皱："我只是说如果。"

"这身军装从来都是我的骄傲。"他的语气虽然淡淡的，却有一种不容否定的成分存在。凝视着她时，更是让她清清楚楚地看见了他眼底的坚定和毫不犹豫。

就像是每个人都有自己的底线，有些无伤大雅，有些却是无法动摇的。

对于苏清澈来说，就是假设，也不愿意敷衍的就是这一身军装和这一身军装赋予的责任。

宋星辰想过很多他的反应，却不料他给了最直接的这种，一时也不知道要说什么。

气氛僵持着，清冷冷的。

等了片刻，苏清澈才伸出手去："过来。"

宋星辰原本没什么脾气的，听他用清冷的语调命令她，很是矫情地一把推开他的手，打算上演个傲娇地抬着下巴藐视地从他身边走过，然后重重关门以表达不爽的戏码。

不过，苏清澈没给她机会。

在她推开他的瞬间，他已经一把握住了她的手腕，就在宋星辰以为他会强势把她拉进怀里来个深情告白的时候，苏团长却在犹豫了一下之后立刻放手了。

宋星辰刚往前迈步，步子还没抬起来呢就一个重心不稳直接摔进了苏清澈的怀里，膝盖还磕在了坚硬的沙发腿上，单膝跪地……

她低头一看，立马气得龇牙咧嘴的，敢情苏清澈刚才握住她的手不是挽留她，是为了踩住她的鞋子的！

她顿时抬头怒目而视！

苏清澈却勾起唇角，笑得志得意满："投怀送抱？"

真是好悲愤啊！

见她半天不起来，他皱了皱眉，架住她腋下，一下就把她拉起来坐在了他的怀里："我惹你生气了你也要先告诉我是为什么，我才好哄你啊。"

宋星辰很是憋屈地揉了揉膝盖，长腿一迈，直接跨坐在他的大腿上，捧着他的脸很严肃很认真地说道："虽然我知道你刚才说的是事实，但是你毫不犹豫地拒绝我，我还是觉得不开心。"

Chapter 12　一物降一物

苏清澈挑了挑眉，却不顺着她的话说，只是凑近她，看她蓦然瞪圆了眼，就弯着唇笑了起来："那你就不打算问问如果遇见这个情况，我要怎么做吗？"

她刚才难道没问？好像是只顾着郁闷了……

他的鼻尖蹭着她的，微微地有些凉，相蹭的时候却意外地能感觉到彼此的体温。

宋星辰想了想还是问他："那你告诉我，遇见这个情况你打算怎么办。"

苏清澈头一低，靠她越发近："想知道？"他含含糊糊地说着，唇已经覆了上去轻轻地吻住她。

宋星辰脑袋顿时"嗡"的一声，很没出息的瞬间就软了身子，软软地被他揽进怀里。

他亲了一会儿，抵着她的唇，不轻不重地说道："如果真的是这样，无论是军装还是你我都不会放弃。"

说话间，他又低头吻上她，这次不再是浅尝即止，吻得她意乱情迷了，他才低声说道："这些从来就不是问题，星辰。"

宋星辰被他按在怀里动弹不得，看着他近在咫尺的脸，她突然就口干舌燥，紧紧地搂住他把唇贴了上去。

真的是一个柔情蜜意的吻，她吻得缠绵，配合着他，极尽绮丽。

苏清澈揽着她的腰一个反身就把她放在了沙发上，他紧靠着她覆在她的身上。

她微微红了脸，扣住他的手也微微松了开来，颤着眼睫微微地闭上了眼。

可偏偏是这种全身心的信赖，让苏清澈怎么都继续不下去。

如果宋星辰此刻睁开眼，就能看见苏清澈眼底那从未有过的温柔和深情。

他顿了顿，咬了咬她的舌尖："我刚中了买一送二的奖。"

宋星辰睁开眼正想继续问他，他已经先一步覆上来吻住她，抬手轻轻地遮住了她的眼："专心点。"

明明不专心的人……是你啊。

韩潇璃曾经问过宋星辰："星辰，你打算找一个什么样的男人？"

那晚她们坐在露天的咖啡厅里，前面就是车水马龙的十字路口，对面的大广场上还放着高亢的歌曲，但她的心里却是一片宁静。

她说："想找一个我随时都能找到，可以给我足够安全感的人，别的不能要求太多吧。"

韩潇璃喜欢苏谦诚很多年了，听她这么说，点点头，垂了眼不说话。

宋星辰想了想，补充了一句："我相信时光会安排一切，也许你以后会遇见一个人，他与你理想中的人背道而驰，可你就是喜欢他喜欢到愿意放弃那一切的原则。"

宋星辰想，她好像是遇见了。

这么想着，她睁开眼，正好对上苏清澈含笑的眼睛，那一双眸子就像是月色下清越的潭水，投下一颗石子之后还在泛着涟漪。

他最后在她的唇上重重地咬了一口，才把拉下她肩膀的毛衣给拉了回去，然后一言不发地把她紧紧抱在怀里。

他的唇滚烫，就这么贴在她的耳畔。他的声音微微有些暗沉，每次他吻过她之后，声音都会变得厚实许多，沉沉地满满地磁性，似乎就踩在她心尖上，诱人深陷。

他说："宋星辰，考虑得怎么样了？"

宋星辰眼里还满是春情的波光，有些迷糊地"嗯"了一声。

他们刚才有说到什么问题吗……

Chapter 12 一物降一物

苏清澈张嘴咬了她的耳垂一下,宋星辰被他咬得就是一颤,忙侧头去捂耳朵。

"你是不是经常把我的话当作耳边风?"

说这句话的时候他面露笑意,轻轻浅浅的,静寂中却带着让人难以抗拒的动人。

宋星辰记得自己曾经感慨过,苏清澈这样的人,如果想要谁心动,那都只是一招一式之间的事情。她很难想象,有谁能抵抗住他故意的诱惑。

很多事情,的确如苏清澈说的,只有他不要的,没有他想而得不到的。

宋星辰突然就觉得自己挺委屈的,本来她在自己的这方天地里称王称霸,从没有人敢招惹她,可自从遇见他之后,就招招处于弱势。

虽然她很享受自己在被动的这一方,可是明知道自己时时刻刻被人拿捏在手心里,还是很不是滋味啊。

哪怕他给了足够多的耐心和时间,给了足够安抚她一切负面情绪的宠爱。

不过,只要是他,那也……无所谓。

她故意要吊他的胃口,虽然知道他说的是去见见苏老爷子的事情,可偏不让他如意。

苏清澈自然看穿了她的心思,刮了刮她的鼻尖:"宋同志这积极性太糟糕了。"

宋星辰兀自翘了翘唇角笑起来:"我这是走程序。"

"嗯?"

"我们是相亲认识的啊,那就是以结婚为目的的啊,那见家长不就是认定了彼此的意思吗?那在认定你之前我考验一下你不行吗?"她说完,又是一愣。

她这话貌似是在给自己下套吧?这不是见完家长好领证的情

况吗……"

苏清澈果然笑了起来，埋首在她的颈窝处闷闷地笑着："当然可以。"

"那检查完了软件什么时候检查硬件？"

韩潇璃过来的时候正值饭点，她拖着行李箱站在门口闻着一屋子饭菜的香气顿觉饥肠辘辘："哪家的外卖啊，这么香。"

宋星辰正在吃苹果，闻言瞅了眼厨房里的苏大厨："是苏记的，不预订吃不到。今天算你运气好。"

韩潇璃正脱了鞋要换，一拉开鞋柜的门就傻眼了，鞋柜里摆着好几双男士的鞋子。

她炯炯有神地问："你跟别的男人暗度陈仓，我苏团长知道不知道？"

宋星辰"啧"了一声："什么是你苏团长啊？把话给我说清楚啊！不说清楚今天别上飞机了。"

韩潇璃边麻利地换好了鞋子，边往卫生间蹿："你还不承认，连充分象征男人的剃须刀都有了！"

苏清澈端着刚出锅的菜走进餐厅，正好听见这句话。

宋星辰斜靠在卫生间的门口，颇有些无奈地扫了他一眼。

苏清澈唇角勾了勾，走过去，手很自然地就搂了过来把她半揽进怀里，这才看向卫生间。

韩潇璃正跟执行任务的警犬一样，翻箱倒柜地找证据。

他挑了挑眉，还是出声道："你对这个剃须刀有什么更好的意见吗？"

韩潇璃当场石化。

韩潇璃趁着苏清澈回厨房烧菜的空当还很是不敢置信地问她：

Chapter 12 一物降一物

"你……你……你……跟苏团长同居了？"

"难道还不够明显？"她拨了拨长发，夹起一块嫩鱼肉喂进她的嘴里，"好吃吧？"

韩潇璃真的是太震惊了……

"这些菜……真的……都是苏团长……烧的吗……"她断断续续地问道，边问还边往嘴里使劲地扒拉着，"真的没开挂吗……太好吃了。"

宋星辰很得意地用一副"你太没见过世面"的表情鄙视了她一回，这才偷偷地说道："其实我刚吃到他做的菜时也是这么想的。"

韩潇璃"噗"的一声笑出声来："得了便宜还卖乖，宋星辰你够了啊！"

原本韩潇璃还叫喧着让宋星辰介绍他们认识，但这么意外地就以这种形式见面，韩潇璃的小心肝还有些不在状态。

她咬着筷子，羡慕嫉妒恨得啊："苏谦诚不会做饭！"

"那你做。"

"呸，我做了就要伺候他一辈子。"

宋星辰悠悠地扫了她一眼："我怎么记得你那次贤良淑德自发自觉地请了苏谦诚回家吃饭来着，而且还是一大桌子的菜。韩潇璃，我不跟你计较你见色忘义已经很客气了。"

韩潇璃心虚了，一物降一物，说的就是宋星辰和韩潇璃。

总的说起来这次不在安排之内的见面还是很愉快的，最重要的是苏清澈的厨艺在某种程度上是非常加分的。

不过当然，韩潇璃要是能管好她那张嘴就更棒了。

韩潇璃："星辰啊，你看苏团长这么一大把年纪了，你也该考虑扯证生娃了。今天也算是见过娘家人了，你赶紧跟苏团长回家吧……"

"你可以闭嘴了。"宋星辰默默流下宽面条泪。

不过苏清澈可没那么容易放过她，顺着就说道："她说的都是至理名言。"

名言个屁，她最会瞎扯了。

韩潇璃这么多年终于找到了一个撑腰的，得意得不得了："苏团长我给你打个小报告啊，宋星辰跟阿姨提过她交往的事了，可跟谁交往她没说，昨晚阿姨还打电话给我刺探军情呢。这个错误必须要惩罚她！"

"噢——"苏团长眯了眯眼，又扫了一眼一旁借口喝茶蹿进厨房的宋星辰，"星辰不懂事，还要劳烦你在阿姨面前多给我增加点出镜率。"

"那必须的。"于是，宋星辰就这么被猪一样的队友给卖了。

韩潇璃走的时候春风得意，宋星辰就兴致缺缺了。临上飞机前，她看了一眼几步外的苏清澈，压低了声音道："韩潇璃，我等着你的那一天！"

被恐吓了的韩潇璃丝毫没有一点儿恐惧，转头就跟苏团长说再见，飘飘然地走了。

不过出乎意外的是苏清澈直到吃过晚饭都没说什么，这倒是让提心吊胆了一晚的宋星辰更提心吊胆了。

苏清澈洗完澡就准备进客房睡觉了，经过沙发上窝着的宋星辰时，不咸不淡地瞥了她一眼。

然后宋星辰就坐不住了："哎，你睡得着吗……"

苏清澈步子一顿，侧头看她一眼："你要来陪我睡？"

宋星辰赶紧摇头，她绝对没染指他的意思："你就没什么要跟我说的？"

苏清澈想了想："关于哪方面的，我应该没有该说的不说这种不良记录。"

宋星辰：……不就是没说吗，犯得着给冷处理吗？

Chapter 12　一物降一物

这么想着,她也不干了,这事不说清楚她今晚都得想着,万一半夜摸进苏团长的房间里,那情况就只有更糟糕没有最糟糕。

"那天我正要说呢,你就打电话过来了,我就没提。"

苏清澈挑了挑眉:"嗯,你要是想提的话应该有很多机会……"

宋星辰顿时哑口无言,她要怎么说她是不敢提呢,她记得宋妈妈说过,如果跟苏清澈没戏的话也没关系,反正宋爸爸不喜欢军人。

再者看出宋妈妈还有意撮合她和唐睿泽,她就更没有足够的心理建设说出口了。

因为她根本不知道宋爸爸不喜欢军人的理由是什么,也因为她那日试探过苏清澈,如果她的父母不喜欢他的职业他会不会转业。

宋星辰觉得,她遇上大难题了。

宋星辰这几日回想起那晚苏清澈那双如深潭般的双眸时,都觉得心里酸酸涩涩的。

陆群不知道从哪儿要来了她的号码,给她打来电话,让她去医院陪他解解闷。

宋星辰想着反正没事,就出门去看看陆群,毕竟一个人待在屋子里还不如调戏陆参谋长来得有趣。

陆参谋长正在看小品,笑声大得整条走廊都能听见。

宋星辰这次没碰见卖水果的,原本想专门去超市给他带一篮水果的,可一路都是单向道,正好前面有家花店,就捧了一束花过来。

陆参谋长的伤势已经好得差不多了,当下又是端茶又是送水果的,热情得让宋星辰差点儿错觉住院的那个其实是自己。

等他瞎忙活完,终于愿意进入了主题了,但开口的第一句话就把他今天的全部目的给暴露了:"团长这几天都挺忙的。"

宋星辰啃着苹果,有些心不在焉地点点头:"哦。"

"就这样？"陆参谋长挠了挠头，对她淡定的反应颇有些手足无措，"你倒是再说几个字让我好继续说下去啊。"

宋星辰翘起唇角笑了起来："嗯，你说。"

"其实我们团长真的很忙，一个星期有一天能出部队就不错了，但是我们政委啊知道团长给我找了嫂子，都搬到家属院住了，所以下午一到四点就赶团长回家……"

他话还没说完，宋星辰就微微侧了侧头，打断他："你的意思是说政委看在你的面子上给团长开小灶？"

陆群傻眼了，他什么时候说是看在他的面子上了……他只是说政委知道团长找了老婆啊。

虽然陆参谋长这一段话说得一直抓不住重点，不过宋星辰也算是知道他要说什么了，顺手把果核往垃圾桶里一扔，转头看他："大概是政委看他最近又住回部队了，所以让你来刺探军情？"

陆参谋长赶紧点头："嫂子你真是深明大义，太机智了！"不过并不是政委找他来了解情况。

宋星辰斜靠在沙发椅背上，思忖了半天才说："是他跟我生气了。"

他回部队好几天了，电话都没有一个，她才不信他是忙到没空打电话了。只有一个解释，就是苏团长不想联系她。

她皱了皱眉头，又说道："陆参谋长，其实我挺讨厌冷暴力的。苏清澈这样，我一点儿也不喜欢。"

宋星辰并不是个不讲理的人，她这几天也换位思考过，换个处境，如果是苏清澈和她交往没跟家里人交代清楚，她一定也会胡思乱想。

"冷暴力？"陆参谋长顿时目瞪口呆，良久，他才找回自己的声音，"我说嫂子啊，你是不是没把我第一句话听进去啊，团长真的很忙啊……"

"前段时间团长跟政委打过招呼让他多帮衬着点儿，说你不舒服来着，好多工作都耽搁下来了。"陆参谋长又挠了挠脑袋，颇有些丧气，

Chapter 12　一物降一物

"我就说不能找我给你做思想工作吧,我的思维真的跟不上嫂子啊……"

"噗——"宋星辰顿时笑出声来。

陆参谋长见她笑了,傻乎乎地也跟着笑起来,然后颇有苏团长风范地用一种很平静很平淡的语气说:"其实不是政委找我了解情况,是苏老爷子……"

宋星辰顿觉浑身都不对了。

陆参谋长偷瞥了她一眼,继续补充:"老爷子说苏团长明明说这几日带媳妇回去的,然后他都空出时间来了,团长却一拖再拖,他还以为团长又要打光棍了……苏老爷子年纪大了不禁吓,嫂子啊你迟早要过门,悠着点儿啊。"

宋星辰最后是飘着出陆军医院的,恍恍惚惚地到了家门口才回过神来。

她貌似是真的误会苏团长了啊……

吃过晚饭,宋星辰窝在沙发上看着手机好一会儿,还是决定给苏团长打个电话过去。

她一边喃喃自语,想着等会儿第一句话怎么说,一边又抓耳挠腮地想是不是要先表示一下自己意识到了错误,打算积极改正?

这么想着,苏清澈已经接通了电话,很温和地一句:"星辰?"

宋星辰很没出息地大脑顿时放空了一下,在苏团长耐心地唤了她的名字好几声之后,她才回过神来。

听着他好听的声音,宋星辰握着电话都面红耳赤起来。深呼吸了一口气,她才说道:"苏清澈。"

"嗯?"他扬了扬尾音,满眼都是笑意。

而一旁正指着地图看他打电话的政委顿时石化了……何曾见过苏团长这么铁血的硬汉对谁那么温柔过啊,尤其这种春心荡漾的表情还只是在打电话。

宋星辰想了半天都没想到要说什么,苏清澈也就静静地等着她,等了好一会儿都没听见她的声音,看了一眼一旁八卦心很重的政委,还是决定私房话留着回家再说。

"我这几天都在忙,有事等我明天回去说?"

宋星辰干脆抱着抱枕往沙发上一滚:"其实也没什么事。"

"嗯。"他轻轻地应了一声,想了想,看了眼时间,"那你等我,我晚上晚点儿回去。"

宋星辰心下一暖,"嗯"了一声,那声音温柔得一塌糊涂。

好像是什么都没发生过……又出现彩虹了。

不过宋星辰最后滚着滚着就在沙发上睡着了,苏清澈进来的时候看见的就是宋星辰抱着抱枕蜷在沙发上的睡姿。

秋冬的天气着实有点儿凉了,也不知道她这么睡了多久。

他把手里拎着的小馄饨放进微波炉里加热,往客厅走的时候就边走边脱衣服。

他直接从部队过来,一身军装还有夜色的凉意,他随手挂在了沙发扶手上,然后在她的身旁坐了下来。

宋星辰迷迷糊糊之间也感觉他回来了,眨吁眼扫了一眼,很是顺理成章地就环住他的腰把脑袋蹭了上去又闭上眼继续睡。

苏清澈微微挑眉,原本打算落在她耳垂上的手一转,抚在了她的发上。

她跟被打扰了的小猫咪一样,微皱着眉头蹭了蹭。

任她又睡了一会儿,听见厨房里微波炉热好馄饨的"叮"声,他还是打算叫醒她。

"星辰。"他的手落在她的唇上,轻轻地摩挲了下。

Chapter 12　一物降一物

难道是知道他要占她的便宜，才那么机智地搂着他腰睡？好让他想亲亲不到，只能看着望梅止渴。

他这几日拟定报告，好几天都没睡过一个好觉了，都是在办公室里将就一下，此刻安静下来，也懒洋洋地犯起困来。

叫了好几声她都不愿意睁眼，只含含糊糊地应和，他也就放弃了把她叫醒的打算。

轻轻地把她移开，再小心翼翼地把她抱起来放到她卧室的床上。

宋星辰滚得很果断，几乎是一沾床单就很自觉地往里滚了滚，钩了被子半抱在怀里又沉沉地睡去。

苏团长先去浴室冲了个澡，换上睡袍之后直接无视敞开大门正欢迎他的客房，登堂入室，在宋星辰留出的那一半位置上躺了下来。

很安静的夜晚，安静得连心里都很安宁。

宋星辰一大早醒来看见身旁躺着的苏清澈时还有些回不过神来，她眨了几下眼，抬手去摸了摸苏团长的脸。

苏清澈突然睁眼看了她一眼，一把握住已经伸到了他面前的手压在胸口，又顺势一拉，直接把她纳入怀里困得严严实实："老实点，陪我再睡会儿儿。"

还未有所动作的宋星辰很无辜："我什么都没来得及做啊。"

"等你什么都做了……"他突然笑了起来，只是搂得她更紧了些。

等她什么都做了……然后呢？话怎么能说一半？

苏团长是真的很困，抱着她又睡了一个回笼觉，再起来的时候已经是中午了。

宋星辰睡得浑身酸疼，刷牙的时候一抬手臂都龇牙咧嘴的："苏团长，以后你压着我之前能不能先考虑一下你自身的重量？"

苏清澈正在热昨晚的馄饨，闻言侧身看了她一眼："好。"

咦，苏团长怎么回答得那么顺溜？

苏清澈给她盛了一碗馄饨，视线将宋星辰从头扫到尾："确实要轻拿轻放。"

宋星辰刚吃过饭就接到了宋爸爸的电话，让她回家一趟。

语气听着平静无波，却是一点儿笑意也没有。她握着手机心里发堵，隐隐地就有股不安的感觉，脑子里转悠的都是乱七八糟的东西。

苏清澈下午正好要回部队没空陪她，等他出门了之后她就开车去了A大的校区。

宋爸爸和宋妈妈今日都没有课，宋星辰回家的时候宋爸爸还在书房里。她看了一眼鞋柜边上一双陌生的男士鞋子就知道家里又来人了。

宋妈妈正坐在客厅里等她，见她回来了，倒也没说什么，只是端了碗莲子甜汤过来，等她喝了暖过身子才说："你奶奶生病了，你爸爸接到电话后心情一直不好。本来想叫你过来一起去看看奶奶的，正好你爸跟小唐负责的实验又出了点儿问题，就耽搁了下来。"

宋星辰眼皮子就是一跳："奶奶是旧病复发了？"

宋妈妈点点头："说是癌细胞又扩散了，具体的情况我们等会儿去医生那里再了解一下。"

宋星辰只觉得胸口一闷，像是被什么堵住了一样，沉得喘不过气来。

宋星辰小的时候宋爸爸和宋妈妈并没有时间陪她照顾她，所以她的童年是在宋奶奶的小乡村里度过的。

宋奶奶也是人民教师，她教的是小学语文。宋星辰小学就是在她的班里，一直到六年级毕业才离开了宋奶奶。

爷爷走得早，那时候宋奶奶就是一个人。宋星辰一直记得当初自己离开的时候，奶奶那舍不得的样子。

那天中午她还特意煮了好多鸡蛋给她放在小书包里，生怕她饿着，

Chapter 12 一物降一物

可就是那时候两家之间的距离也不过就是两小时的路。

这个世界上没有什么,比离别还要磨人。

宋奶奶这辈子其实挺可怜的,她嫁的这个男人并不爱她,更因为爷爷是军人,两个人总是聚少离多,等两个人培养出了感情他却离世了,走得毫无留恋。

宋爸爸不止一次要接宋奶奶过来一起住,她就是不愿意,想守着那个房子,不愿意离开。

守住一个房子,又能守住什么,人都已经不在了。

宋星辰去医院的路上一直在自责,为什么不经常去陪陪她,总觉得还有很长的时间,如今才觉得时间已经不够了。

宋星辰想起刚才进书房给宋爸爸斟茶的时候,看到他靠在沙发椅背上,神色像是瞬间苍老了许多,摩挲着杯沿静静地听唐睿泽说话。

她握着茶壶的手都有些颤,还是唐睿泽接了过去,说:"老师这里有我。"

宋星辰和宋妈妈先到的医院,宋奶奶正坐在窗前听广播,看见星辰来,眼角眉梢都是笑意。

宋妈妈把煲好的莲子甜汤给她盛了一碗:"妈,你现在觉得怎么样?"

"我好着呢,你跟国良别大惊小怪了。"说话间,她把宋妈妈给她盛的那碗莲子甜汤递给了宋星辰,"我不吃,先给我的星辰吃。"

宋星辰心里就是一酸,上前抱了抱宋奶奶:"奶奶你跟我客气什么啊,我就知道你要端给我,在家里已经喝了一大锅了,不信你问妈妈。"

宋奶奶笑着看了星辰一眼,又去拿水果给她们:"来,多吃点儿。"

"星辰也不小了,交男朋友了没有?"

宋星辰突然被问到,噎了一下,看了一眼一旁笑意盈盈的宋妈妈点点头:"交了。"

宋奶奶顿时来了兴趣:"小伙子是做什么的?改天带来给奶奶见见。"

宋星辰想起苏清澈那一身笔挺的军装,不自觉地就弯起唇角笑了起来:"奶奶,他跟爷爷一样,是军人。"

宋奶奶这一生最放不下的就是这个爱了一辈子的男人,小时候的宋星辰看着照片里那眉目俊朗的爷爷,总是会缠着她说和爷爷的故事。

那时候的宋奶奶眉目都是温柔,看着那张照片眼底似是晕了一层层的涟漪:"你爷爷啊,其实没什么好说的,就是奶奶爱了一辈子的人。"

宋爸爸是饭点的时候过来的,一家人就在病房里将就了一顿,晚上医院只能留一个人陪床,宋星辰就留了下来。

临睡前,苏清澈打来了电话。

宋星辰正在给宋奶奶洗脚,手湿漉漉的,就让宋奶奶顺手接了。

不知道那头说了些什么,宋奶奶眉开眼笑,递了毛巾让她擦干了手先去接电话。

她走到了空荡荡的走廊里,坐在门口的椅子上,语气里都是疲惫和无奈:"苏团长。"

他皱了皱眉:"没事吧?"

"没事。"她摇摇头,一垂下头来,眼泪就先掉了下来,"我在医院陪奶奶。"

他顿了顿,打开落地窗走到阳台上,晚风已经算不上轻柔了,他只穿着单薄的衬衣,身上都被吹得凉凉的,他却像是没感觉一般,听着她絮絮叨叨地继续说着。

"奶奶身体不好,癌症复发了。我下午去问医生,医生说要保守治疗。奶奶说要回家,我也不知道要怎么办了。"

"别哭,哭得眼睛红红的奶奶得心疼了。"他顿了顿,眉头却拧了

Chapter 12　一物降一物

起来,"我也会心疼。"

宋星辰掩着嘴,突然泣不成声。

苏清澈就陪着她,等她哭了一会儿缓过来了,他才问道:"在哪家医院?"

宋星辰一直睁着眼盯着天花板看,奶奶已经睡着了,呼吸沉稳,屋内安安静静的,只有淡淡的月光从窗外透过来。

她一侧身,被她放在枕头边上的手机就振动了起来。

她看了一眼宋奶奶,钻进了被窝里接起电话:"喂?"

苏清澈看了一眼时间,心里突然宁静了下来:"还没睡着?"

宋星辰却是一个激灵,她移开手机看了一眼时间,听着电话那头似乎有转向灯的声音,不知怎么的似乎就能感觉到他正在往她这边而来:"你在哪儿?"

"我在楼下。"

宋星辰匆忙下楼,连衣服也忘记披了,一下来她就看见站在住院部前门那棵大树下的苏清澈。

他应该是刚从部队里出来,一身军装,逆着光站着,纽扣也松松地只扣到脖子下面。见她站在清凉的夜色里,微微皱了皱眉,大步走了过去。

"怎么下来也不穿件衣服?"边说着边要脱下外套给她披上。

宋星辰已经先上前一步抱住了他,她惶惶不安了一下午,直到现在才找到避风港。

他不由得失笑,也由着她就这么赖着,好一会儿才哄着她松开了手。拉着她坐进了车后座。他脱下外套给她罩在身上裹住:"奶奶还需要你陪护,别先自己感冒了。"

宋星辰晚上偷偷地哭了好久,此刻蜷缩在座椅上身上裹着他的外套,整个人都跟溺水很久终于抓到了浮木一般紧紧地抱着他。

他揉着她的头发,好一会儿才低下头在她的额上轻轻地吻了一下:"我不放心就过来看看,本来打算你睡着了我就回去的。"

"你知道我睡不着。"她蹭了蹭他,环着他的手越发紧了些。

苏团长抬手刮了她的鼻尖一下,正色道:"我正好认识这方面的权威专家,来之前已经联系上了,大概明天下午就能到,我明天下午再过来一趟。"

宋星辰一顿,随即想起来他这么说是为了什么:"我跟爸爸妈妈说过了,奶奶也知道你。"

他眸色略略一深,眼底带上了笑意:"你现在别的什么也别多想,尽量多陪陪奶奶,不要让自己留下遗憾。"

宋星辰环着他的手就是一颤,靠在他的怀里缓缓地闭上眼:"苏清澈,我舍不得……"

她从未想过离别会来得这么突然,她昨天还在埋怨他对她不够体贴,可今天就因为这一件她怎么也想不到的事情窝在他的身边汲取温暖和安宁了。

总是会有一些事来提醒你身边的人对你的重要性。

如宋奶奶,也如苏清澈。

他侧头看窗外整齐的一排路灯,好一会儿,才揉着她的脑袋说:"有些人要走,是留不住的。我们能做的就是尽量留住她。"

他来的路上也联系上了宋奶奶的主治医生,有些不方便告诉宋星辰的话他也知道了。

宋奶奶有轻微的抑郁症,心情长期抑郁,本来就生无可恋。这次癌症的复发,其实可以更早发现的,有时候人的那点儿固执是怎么也说不清的。

Chapter 12　一物降一物

　　他把她从座椅上抱到大腿上，扣住她的脸仔细地看了看，倾身抽了纸巾过来给她擦眼泪："现在还不是哭的时候，你别先自乱阵脚了。"

　　他落在她脸上的动作轻柔，擦干了她的眼泪又覆身在她的唇上亲了一口："别担心了，你还有我。"

　　宋星辰就在苏清澈的车上将就了一晚，睡到四点，苏清澈也要回部队了。

　　她的睡眠浅，他刚一动就醒了过来："你要回去了？"

　　苏清澈把衣服给她裹得紧了点儿："我送你回去再睡会儿儿。"

　　宋星辰懒懒地不想动，好半晌清醒了点儿才从他怀里钻出来："我自己上去好了，你有事就赶紧回去。"

　　苏清澈倒是坚持要送她上去，开了车门迎面而来的就是阵阵冷风。他只穿着一件单薄的衬衣，外套还披在她的身上，就这么半搂着她把她送到病房门口。

　　"有事给我打电话，下午等专家到了我去接他们一起过来，别的就不用担心了，嗯？"他轻轻地说着，往里面看了一眼，"再去睡一会儿，我先回去了。"

　　他上前一步，轻抱了她一下，很快松开。

　　宋星辰只觉得心里暖乎乎的，看他正转身要走，不知怎么的就伸手去拉住他，麻利地把身上的衣服递给他："这个忘记了。"

　　他步子一顿，伸手接过衣服。衣服上还有她的体温，暖暖的。

　　他眸色一深，微微勾了唇角："是不是还有话要跟我说？"

　　宋星辰摇摇头，突然笑起来："下午再见。"

　　苏清澈很是自然地抬手摸了摸她的头，转身走了。

　　宋爸爸今天一大早就过来了，从宋星辰昨天跟他提了苏清澈，他就一直没再跟她说过话。等吃过了早饭，宋妈妈带奶奶出去散步了，宋爸爸才招呼宋星辰到楼下谈话。

"你妈妈昨晚跟我说了。"他让宋星辰在身边坐下，"我虽然一直没有明确地跟你说过我不喜欢军人，但你应该多少都是知道一点儿的。"

宋星辰点点头："苏清澈是军人，但我还是喜欢。"

宋爸爸沉默了一会儿，再开口时声音都有些压抑："我觉得我有必要告诉你我为什么不喜欢军人，一个人的喜欢和讨厌肯定都是有理由的。我并不是想把我的想法强加在你身上，但起码你要先听我说完。"

宋星辰其实并不怕宋爸爸大发雷霆地说不许她跟苏清澈来往，但就是怕他用这种语气，用这种循循善诱的方式跟她说话。

不过，思忖了一下，她就觉得没什么了。

喜欢苏清澈本来就不是一时冲动，再说已经喜欢了，还有什么办法？她并不觉得宋爸爸这么几句话就能改变她对苏清澈的喜欢。

比起这些，宋星辰更愿意相信自己的感觉。

苏清澈对于她，不像是遥远的星辰，伸手去触摸，总感觉就在身边却始终不能靠近。相反，他能给她一种很踏实的感觉，好像不管什么事，有他在就一定能解决。

这种安全感，这种安心踏实的感觉，真的很难能可贵。

宋爸爸微微眯了眼，看看不远处草坪边上的宋奶奶："你知道爷爷是军人，爸爸从小到大对爸爸这个概念就很模糊。所以我最后一直坚持要把你接回来，带在自己身边，就是不想你和我一样，有一个连爸爸的样子都很模糊的童年。"

他顿了顿，声音悠远了许多："你爷爷总是很忙，很久才会回家一趟，然后没几天就又走了。也许你现在体会不到，但是这种感觉，星辰，你这样缺乏安全感的人真的能熬得下去吗？"

宋星辰微微皱了皱眉头："爸爸，我很喜欢他，他的部队离得也不远,我想他可以去部队看他。"

宋奶奶似乎是正好跟宋妈妈说到了什么,一脸笑意地看过来。

早晨的阳光就有些刺眼,她置身于这温暖之间,想着昨晚他深更半夜地赶过来,就为了安抚她的情绪。

感觉也是这么温暖的,比现在更温暖,暖得心间都烫得发热。

"爸爸,我记得你跟我说过,当初妈妈是你的学生,那时候爷爷很反对你们在一起。但是你说你觉得两个人在一起感觉对了真的很重要,也从来没有想过放弃,因为你知道爷爷担心的那些困难你都有办法解决。

"你也说就算以后的人生遭遇了什么变故,如果你那时候不争取、放弃了,你一定会后悔,所以你才跟妈妈一直走到了现在。我就是那时候的你,我理解你的顾虑,但我也清楚我要什么。"很多事情都是当事人经历过,才明白。

而那些放不下的,一直存在心里的感情,也只有当事人才能体会。

其实这场谈话不像是谈话,更像是一场辩论,他们各有各的论点,坚持着自己的,谁也说服不了谁。

良久,宋星辰才缓缓地握住宋爸爸的手:"爸爸,等见过苏清澈之后,你再告诉我你的决定好吗?他真的是一个很棒的人。"

宋国良这是第一次看见那么认真地想取得他认同的宋星辰,她的每一字每一句都像是打过了草稿一般,让他想不到话去回答。

她准备了很久,她真的很在乎这段感情。

不过出乎意料地,他却觉得很欣慰。

宋国良这辈子最遗憾的就是亲情,他小的时候爸爸给不了他父爱,他跌跌撞撞地长大后随母亲在 A 大当了教授。

然后遇见了星辰的妈妈,那时候的师生恋是不被准许的,可他就是那么义无反顾地爱上了。哪怕家里强烈地反对,学校也警告,他都不在乎，就是觉得不能松开这个女人的手。

他这辈子最骄傲的就是有这么好的家庭，这么好的老婆和女儿，宋星辰承欢膝下，聪明灵慧，是他掌心里的明珠。

他只想把漫天的星辰都捧到她的面前，只为她的展颜一笑。

就像那时候他遇见星辰的妈妈，就觉得这个女人似星辰一般，明艳动人。

昨晚宋妈妈说了很多，其实他也见过苏清澈，的确是一个让人无法抵抗的男人，年轻有为。如果抛开他的身份，哪怕他是一穷二白的清白人家，宋国良都不会反对。

但他还是不忍心看他的星辰将来变成宋奶奶那样，她不是个隐忍的姑娘，她值得被一个男人捧在手心里宠爱。

这就是一个父亲内心里最真实的想法，无非是不愿意她受一点儿的委屈，有一点儿的不开心。

他的掌上明珠，只有会照顾她的人才能娶走。

毕竟，人生太多的意外，他始终不是陪星辰走到最后的那一个。

苏清澈是下午两点的时候过来的，来之前跟她通了一次电话，说是已经在来的路上了。

宋爸爸正在给宋奶奶削水果，听到宋星辰接这个电话也只是眉一挑，没出声。

倒是宋奶奶，接过苹果的时候还瞪了宋爸爸一眼："星辰给你带了那么好的一个小伙子回来，你别给我吹胡子瞪眼的，你以为让星辰找一个像你这样的男人好啊？亏得你媳妇能忍你，不然我都打算好让你这辈子打光棍了。"

宋星辰可是一大早就给宋奶奶打了预防针，宋奶奶听到苏清澈已经给她联系了医生的时候就眉开眼笑的。

Chapter 12 一物降一物

虽然她也不指望能治好她,但是小辈有这样的心思总归是很开心的。

不过宋星辰预想中的天雷勾地火的见面场景根本没出现,她还在病房里给宋奶奶讲平常在微博上看见的好玩儿的段子,就见宋爸爸推门进来,还回头跟后面的人说着话:"倒是让你费心了。"

苏清澈怡怡然地走进病房里,先是看了一眼呆若木鸡的宋星辰,这才跟宋奶奶打了声招呼,把手里提着的东西放到了床头柜上:"奶奶,我是苏清澈,是星辰的朋友。"

宋奶奶眼底精光一闪,随即很是热络地拉住了苏清澈的手:"是清澈啊,老是听星辰提起你,今天总算是见着了。"

宋星辰莫名就觉得耳根子有点儿热,小声地咕哝了句:"我什么时候老是提起了……"

宋爸爸耳尖,倒是听得一清二楚,淡淡地瞥了一眼苏清澈,笑了笑,倒是没说什么:"妈,我刚跟小苏从医生那里过来,晚点儿安排你再去做个检查。"

宋星辰见爸爸主动提起这事,想必苏清澈应该是先去了主治医生的办公室,跟宋爸爸碰上的,顺着就接话道:"奶奶,苏清澈正好认识几个专家,等会儿让他们给你再看看,好不好?"

宋奶奶倒是一顿,虽然宋星辰打过了预防针,可此刻还是心里微震,就颇有些嗔怪地看了眼宋爸爸:"倒是让清澈你费心了。"

苏清澈即使是在这种气氛下也是淡定优雅的,只是浅浅地笑了笑:"应该的。"

宋星辰顿觉苏团长的段数真的是高啊,三个字直接把身份坐实了……比起她早上那一大堆的废话来,他可谓是上位得干脆利落。

果不其然,宋爸爸的脸色颇有些不好看了起来。

宋妈妈下午回去家里给奶奶煲汤,不知道是不是家里出了些小问题,打了个电话把宋爸爸叫走了。

病房里人一空,宋星辰才敢喘大气,站在苏清澈的身后偷偷地就牵住了他的手,还伸出手指在他的掌心挠了挠。

苏清澈一把扣住她的手侧头看了她一眼,弯唇一笑。

苏清澈没坐一会儿就要回去了,宋星辰送他下楼。

走廊里熙熙攘攘,她缓缓地跟在他的身边,手被他牵着,这充满了消毒水味道的走廊都变得生动了起来。

拐弯走进电梯,正好拥进来了一堆人。

苏清澈把她环在了自己与电梯壁之间。他身材修长,这么虚虚地一揽就给她隔出了一个空间。

电梯里有柔和的白光,他逆着光,整个面部轮廓似乎都柔软了许多。

她原本是拽着他的衣角的,他微微俯过身来,她的手干脆就移上了他的腰,缓缓地抱住。

苏清澈顿了顿,一手揽过她,压低了声音在她耳边轻声说:"回家再任你抱,现在影响不好。"

一身笔挺的常服本就引人注目了,更遑论苏团长这样人模人样的优质军官了,他这么一说宋星辰倒还真的感觉到飘过来些似有若无的目光,便缩了手,只是拽着他腰间的衣服。

宋星辰一张脸都明艳艳的,那双眸子映着灯光有一层说不上来的清亮盈盈流动着。

他缓缓低头,抵着她的额,微微侧了身子挡住背后的视线低头在她的眼睛上一吻:"再用这种眼神看我,就直接把你打包带回去了。"

电梯刚好到底楼的大厅,他微微退开一步,等人都走了,这才护着她慢慢地走出去。

Chapter 12　一物降一物

到了停车场,他才停下步子,拉开后座的车门让她上车。

宋星辰故作不知,眨眨眼看他,端的那叫一个纯良无辜:"苏团长你开错门了。"

苏清澈微微眯了眯眼,语气微沉:"知道我现在没法办了你是吧?"

宋星辰唇角噙了一抹笑意,正打算开溜,苏团长就眼疾手快地一把捞住她塞进了后座里。

"有件事,必须要跟你说。"他像摸着小猫一样,轻轻地用手指拨弄着她的下巴,"奶奶的情况的确是不容乐观。"

他既然主动提起,宋星辰自然也能猜到是有多不容乐观,眼底的光就那么暗了下去。

苏清澈缓缓地抱紧了她,把她揽在胸前:"好好地陪陪她,我有空也过来。现在要做的就是尽力,让奶奶配合治疗。"

宋星辰不知道要怎么告诉苏清澈,其实这些她都明白,可是一旦入了局,她真的没法置身事外。

就如她知道宋奶奶这次迟早是要走的,却还是狠不下心成全她,哪怕是多留一天,都是恩赐。

宋奶奶的报告很快就出来了,苏清澈带来的专家实力的确不能小觑,宋奶奶当日下午就直接换了环境更好的高等病房,更是成立了一支小组全力救治。

苏清澈这几日很忙,不过吃完饭倒是都会打电话过来,要么说起奶奶的情况,要么就是叮嘱她别为了奶奶的事情反而忽略了照顾自己。

宋爸爸虽然没说起什么,神情倒是柔软了些。宋妈妈看在眼里,也是越发满意。

不过宋奶奶的情况还是每况愈下,甚至急转直下,只能动手术。

苏清澈比宋星辰更早知道这个结果,当天晚上就过来了。宋爸爸和他一起去了医生的办公室了解情况，等出来的时候苏清澈的脸色也不是很好看。

宋奶奶已经睡下了，病情恶化，奶奶这几日都没睡过一个好觉，好不容易睡着了也没人敢打扰她。

宋爸爸一脸凝重，沉默着在走廊的座椅上坐了很久，苏清澈就陪着宋星辰一直等着。

宋星辰从未感受过这种无能为力的感觉，每次看见奶奶疼得睡不着觉的时候，她都只敢侧着身子当作听不见，哭得枕头都被浸湿了，却还是大气都不敢喘一声。

没有经历过的人一定不懂，他们在病痛里挣扎时，最难熬的却是一旁看着他们受难的人。

那酸涩都要溢满整个心脏了，却一点儿也倒不出来，只能感觉一颗心被泡在里面越浸越凉，然后胀得一想就浑身都发疼。

宋爸爸坐了好久，再出声的时候声音都沙哑得不成样子："星辰你今天先回去，我来守夜。倒是又麻烦你了。"

后一句话是对着苏清澈说的。

宋星辰沉默了一会儿，显然是不想走。

宋爸爸站起身来，透过玻璃看向里面安然睡着的宋奶奶，语气不由轻柔了许多："回去吧，这段时间你都没好好休息。"

宋星辰看了眼苏清澈，最后还是点点头："那我先走了。"

苏清澈倒是没直接送她回去，先开着车绕到超市去买食材，然后才折回宋星辰的公寓。

虽然几天不住，公寓里倒还是干干净净的，不落一丝灰尘。

苏清澈用高压电饭煲给她煮皮蛋瘦肉粥，脱了大衣，半卷起袖子在厨房里忙活。

Chapter 12　一物降一物

宋星辰就坐在沙发上支着下巴看他。

皮蛋瘦肉粥很鲜，宋星辰这几日胃口不好，难得地还是吃了两碗。

她的确是累坏了，晚上一直小心翼翼地守着宋奶奶，白日里又陪着，精神看上去并不好。

就苏清澈洗碗的工夫，她已经趴在沙发上昏昏欲睡了。

韩潇璃刚刚才知道宋奶奶生病了，也顾不上此刻已经晚了，直接打了电话过来。

她的手机就随手放在餐厅里，苏清澈皱了皱眉，怕吵到她，就去接了起来。

"星辰？"

"是我。"他侧身看了眼宋星辰，她只是微微动了动，又闭上了眼睛，"她这几天挺累的，刚睡着。"

韩潇璃语气也轻了下来："我跟剧组去了山沟里，信号一直不好，直到到了宾馆打算联系星辰才看见她的电话和短信……"说着，她就哽咽了起来，"我对不起她，在她需要我的时候都没来得及陪着她。"

苏清澈眉眼都温柔了下来，这几日他倒是整个人都柔和了不少。

看见一个张扬明媚的女子也有这么用情至深黯然伤神的时候，心里总是会不由自主地想怜惜。苏清澈觉得这辈子，他都不能对宋星辰放手了。

他关了厨房里的灯，这才缓缓说道："她没事，你也不用太担心，明天她睡醒了我让她给你回话。"

韩潇璃那头顿了顿："我明天就回来，苏团长，宋宋就麻烦你了。"

一室的柔和，宋星辰只听见苏清澈说了一句："她本来就是我的责任。"

手机响的时候她就已经醒了，只是懒洋洋地不想动。此刻听了这句话，那睡意立刻消减不少。

她半撑着身子坐起来靠在沙发背上，见他走过来，唇角就是一弯。

宋星辰一双眸子水润润的，此刻像是凝着一层雾气，黑蒙蒙的，看得人心里一动。

"吵醒了？"他的声音低沉沉的，坐下来之后很是自然地伸手一揽就把她抱进了怀里。

"是潇璃吧？"她懒懒地伸了个懒腰，扣住他的手。

天气冷起来，宋星辰的手似乎就没有一天热乎过，他皱了皱眉，大掌直接把她的手包在了掌心："手怎么那么凉？"

她故作玄虚地附到他的耳边，吐气如兰，就吹着他的耳郭轻声说："因为心不热。"

苏清澈却是哑然失笑，一把按住她的身子搂进怀里，横抱起她往卧室走："那就让你全身都热起来，嗯？"

那扬高的尾音带着一种极致的魅惑，听在宋星辰的耳朵里，跟钻进了心里一样，狠狠地抽了一下。

苏清澈把她放到了床上，很民主地给了她两个选择："我今晚睡这儿，还是我今晚睡这儿？"

他虽然开着玩笑，面上端着的却是一本正经的表情，宋星辰一个没忍住，就破功笑了起来："我是没给你床睡还是怎么你了啊？"

苏清澈很干脆地不再考虑她的答案了，直接脱了鞋子上床，就睡在她的身侧："这几天连面都见得少了，我要求行使一下男朋友的权利不过分吧？"

宋星辰就势滚进他的怀里："都那么过分了你还睁眼说瞎话。"

苏清澈微偏了头看她，很是认真的，当然，起码面上是很认真地征询她的意见："我还有更过分的，你要不要试试？"

宋星辰立马噤声了。

苏清澈略略一挑眉，伸过手去握住她的手，钩过她的脚就夹在了两腿之间,还真的是冰凉冰凉的。

　　苏团长更多的时候都是做得比说得多,就像现在,他什么都没说,只是把她冰凉的双手双脚纳入自己的身下取暖。

　　仅仅就这么一瞬间,宋星辰觉得无论以后会有多难,她都是愿意陪着他走下去的。

　　"苏清澈?"她轻轻叫了他一声。

　　"嗯。"

　　"我们会一直一直这样下去的,对吧?"

　　遇见你,我才真的相信,我是真的被这个世界温柔对待。

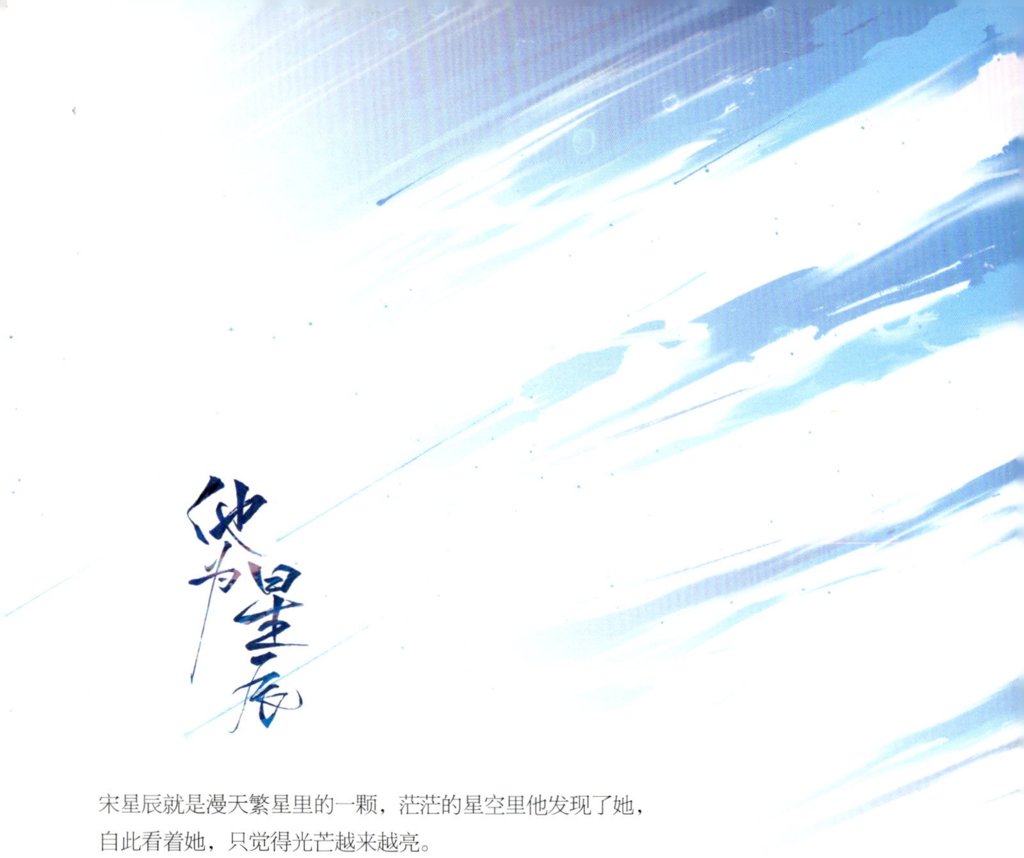

宋星辰就是漫天繁星里的一颗，茫茫的星空里他发现了她，
自此看着她，只觉得光芒越来越亮。
他再不满足于只是看着，他亲自伸手，把她从广袤的星空里摘下，
变成他独一无二的星辰。
从此以后，她便是他这一生的责任。

南风入梦帷

是辞 著

江苏凤凰文艺出版社

图书在版编目（CIP）数据

南风入萝帷 / 是辞著. -- 南京：江苏凤凰文艺出版社，2021.12
ISBN 978-7-5594-6415-6

Ⅰ.①南… Ⅱ.①是… Ⅲ.①长篇小说－中国－当代 Ⅳ.①I247.5

中国版本图书馆CIP数据核字(2021)第246237号

南风入萝帷
NANFENG RU LUOWEI

是辞 著

责任编辑	周颖若
特约策划	蒂 蒂
特约编辑	崔馨予
装帧设计	樱 瑄
出版发行	江苏凤凰文艺出版社
	南京市中央路165号，邮编：210009
网　　址	http://www.jswenyi.com
印　　刷	三河市兴博印务有限公司
开　　本	880毫米×1230毫米　1/32
印　　张	8.75
字　　数	234千字
版　　次	2021年12月第1版
印　　次	2021年12月第1次印刷
书　　号	ISBN 978-7-5594-6415-6
定　　价	42.80元

江苏凤凰文艺版图书凡印刷、装订错误，可向出版社调换，联系电话 025-83280257

目录 Contents

第一章
不觉情起　001

第二章
晚秋意暖　032

第三章
乱世浮沉　068

第四章
一晌贪欢　104

第五章
北平失信　140

目 录 Contents

第六章
凛春共度   173

第七章
南萝隽永   213

番外一
汉声清如   234

番外二
英伦纪事   251

番外三
人间逍遥   258

第一章
不觉情起

深夜,周之南直到酒席散了才回来,木制楼梯被踩得吱吱作响。阮萝缩在被窝儿里听着,看样子他喝得有些多,步伐已经乱了。她心里默默祈求:别来找我。

天公此时也已经入睡,没听到阮萝的祈愿,周之南洗漱后只裹了件睡袍,直接光临阮萝的闺房。

即使是冲过澡,她敏感的鼻子仍然嗅得到酒气,男人掀开被子自然地躺下,张开手臂想把她揽入怀中,却不承想,阮萝向后一躲,从他的臂弯绕了出去。

周之南问道:"还没睡?"

阮萝强装镇定跟他说:"你能不能去主卧,搂你的正牌太太睡?"

他在心里怪她煞风景,抬手用力揉了揉眉头。周之南忙了整日的公事,再加上晚上的酒席,他眼下很累,不想与她逗口舌之快。

"我今天很累,你最好乖些来我怀里。"

他态度越低,阮萝越要站得高,语气强硬了不少:"累就更不要来我这里,我不会对你好。周之南,我讨厌你。"

周之南闭着眼不作声,阮萝一时间拿不准他的脾气,只有硬着头皮继续说:"周之南?你不要睡这里。我讨厌你的酒味,你真恶心。"

男人轻声叹了口气,骤然起身,把坐着的阮萝按倒在身下。她穿了条衬裙样式的吊带睡裙,绸缎材质在幽幽月光下映衬得她肤白如雪。阮萝感觉到他无意扫过她手臂的肌肤,起了层鸡皮疙瘩,不知是冷得还是吓得,生怕他再有别的举动。

可是他只是把她锁在怀里,以一个让她动弹不得的姿势,心满意足地说:"睡觉,别勾我。"

洋钟嗒嗒地走了没几圈,阮萝就听到头顶传来了深沉的呼吸声,他睡着了。

次日天刚亮,阮萝被他吵醒,睁开眼的时候,人正埋在她光滑的肩颈。

她又气又臊,赶紧制止:"滚开,你又要做龌龊事情。"

那时总觉得被子里像是有一条蛇在蚕食她的躯体,周之南就是蛇。

"萝儿,就一次。"

她心跳加速,开口有些急:"我不想,你起开。"

可阮萝只是寄人篱下,用来抵债的,哪里来的话语权?周之南不傻,他开口并不是与她商量。

半推半就地发生,他从来都舍不得她疼,可阮萝还是不争气地哭了。

再度被梅姨叫醒时,太阳已经高照,阮萝浑身清爽,还换了条睡裙。想到清早发生的事,他是她唯一的浮木,她生死不得自主。

不能再想,阮萝心里更加恶心。她起床后连外袍都没穿,只着一条单薄睡裙下了楼。梅姨跟在后面想开口,话到嘴边还是没说。

林晚秋听到楼梯传来响声,便放下了杯子,拿起手帕轻轻擦了擦嘴角。她是大家闺秀,时时刻刻讲究"仪态"二字。

"周萝下来了,快坐下。"她带着笑,回头招呼阮萝,看到她肩胛的红痕，笑容有些僵住。但她很快又露出无可挑剔的笑容，抬手吩咐仆人为阮萝拉开椅子。

阮萝乖顺坐下，对着吃三明治的周之南假笑一番。他穿中式长袍马褂，手拿西式早餐，本是不相配，可他自然得体的样子，又让你觉得这没什么不妥。

周之南放下报纸抬头看她，他的余光早就发现她的穿着有些暴露，转头吩咐梅姨，语气平淡："把她外袍拿下来。"

梅姨下楼时，就留了点儿心思，把阮萝的外袍带着，如今正挂在臂弯，赶紧递给阮萝。

阮萝不理，就让梅姨尴尬地立在那儿。这种戏码每个月都要上演几次，林晚秋继续吃她那份早餐，抿一口牛奶。

周之南无声地用仆人递过来的湿毛巾擦干净手，起身走到阮萝旁边，接过外袍后，强硬地给她穿上，带子系得严严实实，不露一点儿风光。

随后，在餐厅附近修剪盆景的小厮才敢继续走动。

服侍的仆人本以为早餐风波已过，这三人总算可以安静吃饭，周之南也重新回到自己的座位上。

"我不吃这个。"阮萝继续发难，"国人吃什么洋玩意儿，不伦不类，怪恶心的。"

一时间餐厅寂静，谁也不敢说话。周之南随意地抬了抬手，立马有人端着盘子送到桌上。

他短促一笑："喝粥。"

阮萝一拳打在棉花上，没承想周之南早有准备，只能愤愤地低头，喝这碗温度适宜的粥。

餐桌上静默了几分钟，周之南打破沉默，问向阮萝："你的同学最近是不是在示威游行？"

"好像是，我不清楚。"阮萝含混不清地回答。

"乖乖在家待着，不要参与这些事。"周之南发号施令。

闻言她笑了起来，嘴角挂着浅浅的梨涡，漂亮的面庞却讲出刻薄的言语："怎么，难道你也想做大汉奸？"

周之南一副滴水不漏的表情，看不出来有没有恼，只说道："不是你该管的事情。"

像是又一拳打在了棉花上，阮萝冷哼回应，没再多言。

饭后，她被周之南点名，上楼去他书房。她倔强的身躯立在书房中央，与椅子上的男人对视。

阮萝说："什么事情快说，我还要睡回笼觉。"

他微不可见地笑了声，为她强装镇定，为她刻意冷淡。在他眼里，这都是小姑娘的戏码。

"下次把衣服穿好，知道吗？"

"你自己做的畜生事，还怕人看吗？"

他挑了下眉，饶有兴致的样子，故意说道："我们之间非要说谁是畜生，那也是你。"

"为什么是我？"阮萝不解。

"阮方友把你送给我，他才是畜生，你是小畜生。"

阮萝就是个纸老虎，平日里被周之南纵着，事事争强。可被他一说，又说不过他，就只知道哭，这下子又红了眼眶，可怜巴巴地瞪他。

周之南带她到椅子前，把人环在怀里，阮萝坐在他的腿上。他语气变得温柔："除了会哭，还会什么？这世上也就我心疼你。"

阮萝眼眶的泪滴落，落在他干净的衣衫上。一贯讲究的周之南不嫌弃，随手抹了抹。

他给她讲道理："你乖些，身体不能随便给别人看，知道吗？"

阮萝拒绝回应，只让自己的小金豆不停洒落。

周之南继续说:"做阮萝有什么好?阮方友拿你当物件都不如,你如今叫周萝。"

她不知抽搭了多久,最后靠在他怀里睡了过去。她的一双腿已经笔直修长,眉眼有女人的神韵,时而却还像个孩子。

周之南把她抱回房间,脱去外袍放在床上,阮萝睡得更加安稳。他在她额前落下一吻,满目深情,满心亦是柔肠。

阮萝嗜睡,上学日也常常迟到。奈何外人知她姓周,学堂的老师也不与她计较。

午饭时,梅姨在门前徘徊许久,见里面静悄悄的,便没吵她。

直到客厅里钟摆足足敲了十二下,宣告正午十二点的到来。阮萝被吵醒,头发散乱着软声尖叫。

她天刚亮就被周之南吵醒,半点儿精神都没有,此刻只想把楼下大钟送走。她心里暗暗提醒自己,一定要跟他提这件事。

她赖在床上不动,梅姨听不到声响,以为阮萝还在睡,不敢打搅她。幸好林晚秋出现,直奔阮萝房间。

梅姨对她摇摇头:"太太,小姐许是还在睡,没声音。"

阮萝背靠周之南,整个周宅没人敢惹她。众所周知,她脾气古怪,难伺候。

而林晚秋又换了身玄青色翻领旗袍,摆尾打在小腿肚,是她端庄适宜的长度。阮萝最不待见她这个样子,她觉得累。

"周萝,起了吗?"林晚秋声音软糯轻柔,是江南女子特有的声线,不似阮萝,开口就是黄莺出谷,脆得让人觉得吵闹。

"周之南有事?"阮萝知道,除非周之南下了命令,否则林晚秋不会来招惹她。

听到她回应,林晚秋轻轻开门进去,坐在了阮萝床边。那情景有些许像是姐妹相对,林晚秋比周之南还大两岁,又像是她年轻的母亲。

林晚秋娓娓道来:"之南打电话给家里,让我唤你早些起,下午去梨园看戏。"

阮萝掀开被子坐起身，姿态顶不雅观，手忍不住抓弄凌乱的发丝："我不去可不可以？你们伉俪情深，我只是个外人。"

见她露出肌肤，林晚秋忍不住把床尾挂着的外袍递给阮萝。

阮萝语气夸张地说："你还不好意思了？我都没害臊。"

林晚秋柔声说："周萝，女孩子要自爱些。"

阮萝看她虚虚揽了下披肩，胸前翡翠项链轻微摇晃。这是真正的大家闺秀，正娉娉婷婷地站在她面前，告诉她女孩子要自爱。

她阮萝表面上是上海滩尽人皆知的周家小姐，可她自己心里清楚，她永远是出身贫民区、尊严可以被人随意践踏的赌徒之女。即使离开了那里，她也还是要任周之南摆布。

"周太太，你更应该教育你先生。"阮萝略微正色说道。

林晚秋本就不是口齿伶俐之人，更说不过阮萝。她不得不放低态度，试图软化她："周萝，我一直拿你当女儿看。"

阮萝立马炸起来，声音都变得尖锐："林晚秋，你脑子坏掉了？"

林晚秋呼吸有些急，欲言又止的样子楚楚可怜。

阮萝蓦地笑出声，想她真是闲的，林晚秋战斗力负数，挨不住她三句话，真是无趣。

阮萝果断下逐客令："你出去吧，我换身衣服就下去。"

林晚秋愣住，反应过来后，轻声应了下，匆匆走出去，生怕自己再惹恼了这个小爆竹。

梨园。

阮萝光着脚踩在衣柜前的地毯上，思忖着穿哪件衣服得体。

她脑海中出现了林晚秋刚穿的那身端庄旗袍，她便不假思索地换了条白色洋裙，随后唤梅姨进来给她梳头发。

梅姨见她穿洋装，话到口边还是收住，按着吩咐，给她梳了个相宜的发型。

林晚秋单纯，看到阮萝下来就开了口："你要不要换一身？同行的还有之南的友人，穿旗袍才得体。"

"周之南喜欢我穿这样。"她一句话堵住林晚秋的嘴，后者也不再多言。

梨园门前热闹非凡，因京中有名的旦角到沪，上海这边好京戏的贵人出面相邀，应允只演两场，还是私下的小场子，今日就是第二场。

下车时，阮萝还看到了不远处的程美珍，她毫不含蓄地高摆手臂打招呼："美珍，你也来了？"

程家夫妻见是阮萝，带着程美珍挤过人群到他们面前，同林晚秋颔首。程美珍也穿旗袍，大抵因为今日能得戏票的都是上海的达官贵人，故鲜有地这样穿。可她圆脸可爱，有些偷穿大人衣服的感觉，阮萝强忍住笑意。

彼此寒暄了几句，里面跑出了个小厮过来告知林晚秋，周之南已同友人落座，差人来请她们进去。阮萝同程美珍作别，他们仍需候着人流，不知何时能递票进门。

周之南看到她的穿着，只深深地审了一眼，没什么表情，阮萝摸不准他的意思，决定按兵不动。她对京戏没兴趣，手杵着下巴打瞌睡，并没注意到周之南频频望过来的视线。

戏散场时，阮萝是被叫醒的，周之南轻拍她巴掌大的小脸："醒醒，回家了。"

"嗯……"阮萝揉了揉眼睛，站起身。

周之南把她滑落的披肩拾起，蝴蝶胸针重新别好，一番动作滴水不漏。友人知他疼人，在旁边耐心静候。

直至回到周宅，阮萝仍未察觉周之南的情绪变化，她心里反而觉得没惹到周之南动怒，有些失落。

"洗干净后，来我书房。"刚入客厅，周之南沉声开口，阮萝只觉得双颊红了起来，逐渐蔓延到耳根。不知是不是错觉，她觉得厅里的仆人看她的眼神都变得鄙夷。

这种感觉并不陌生，阮方友的女儿，受到的鄙夷还少吗？可阮萝不喜欢。她鞋子都没换，小皮鞋嗒嗒作响，匆匆跑回自己卧房，那里是她最后的屏障。

周之南草草洗了澡换上睡衣，除去一身的烟火味，随手从书架拿了本书，等待阮萝。

估算着时间差不多了，阮萝仍未到来。是了，他的女孩儿一向反骨，怎么会乖乖听话？他摇电话到阮萝房间，耳边传来少女不耐烦的声音。

"周之南，你催什么，烦不烦？我还没收拾好，需要时间。"

"过来，别逼我去拿你。"

阮萝穿上衣柜里最保守的一身睡衣，遮得比周之南还严实。

男人看穿她的小心思，低声发笑："知不知道今天做错了什么？"

阮萝一副不配合的态度，继续耍横："不知道，不清楚，不想讲。"

周之南终于有些忍不住，冷哼一声，严肃命令道："跪着。"

"周之南，你少拿两年前的阵仗吓唬我。我现在不怕你，我不跪。"

阮萝已经不是两年前的阮萝了。她不逃了，也知道倚仗着他的威风为所欲为了。

周之南不言语，起身去拿她，先是把阮萝双手反剪到背后，他一只手就攥得住。

阮萝这几年细皮嫩肉地养着，受不住这黑手。周之南脖子上的抓痕仿佛在陈述：她阮萝誓死抵抗过。

眼看反抗不得，阮萝叫他名字喊停："周之南！"

她扭动，试图反抗，周之南大发慈悲一样开口："下次知不知看时宜？"

"知！我知！"

他大发慈悲，知道她明白自己如何闯祸、哪里不妥。周之南如今在上海需要社交，"得体"二字不只是林晚秋的专属词汇，她也需要。

周之南把她抱到沙发上，低声开口："你最聪明，知道我看重什么场面，何时应该注意礼节，其他时候任你闹。不要蓄意惹怒我，这对你没好处，知道吗？"

阮萝没忍住又流泪，水珠坠下，打在他的手背上。

周之南无奈叹气："爱哭鬼。"

此情此景，一如当年。

当年她刚到周宅，梅姨带她洗干净，换上新衣，阮萝在沙发边缘被他按住，周之南抬起她的下巴，对她开口说第一句话："别害怕，让我看看你。"

可怎能不怕，阮萝白着小脸，脸上挂着泪水。

"真是爱哭。"周之南嘴上如是说，可心里好不心疼。

次日早饭不见周之南，想是很早就出了门。早饭过后，阮萝坐在沙发上，梅姨切好水果放在琉璃盘子里，她胃口大开，吃了不少。

没一会儿就来了人，他们克制着声响，拆卸了那座大摆钟，换了座无摆的钟立在那儿，尺寸未变，仿佛是同一座钟，只钟摆被割去。阮萝脾气古怪，头一次未被噪声吵到发脾气，看到换掉的钟，她满脸笑盈盈，一双眼睛眯起月牙形状。

周宅仆人仿佛被无声告知，阮萝掌控周宅风雨，钟摆吵到她，周之南就要折了钟摆。

有小厮到商会给周之南传话，阮萝见换了钟，笑得合不拢嘴。他听了藏不住笑意，对着账目笑了几声，惊得小厮低着头，不敢抬头看。

周宅的人来往不断，换钟的刚走，钢琴老师就到。

阮萝心头顺畅，脚步轻快地同老师一起上楼进了琴房。仆人们暗自舒口气，今天大小姐心情上佳，省心，省心。

可今日老师居然是来同她作别的。

这个教她钢琴的李清如老师，是个妙人。

阮萝到周家半年后开始学琴，连气带骂，弄跑了不知道多少个老师。上海滩若是有人找你去做教钢琴的家庭教师，可要问清楚是不是要去教周家新来的小姐。若是的话，一定要赶快委婉地拒绝——这是为自己的生命负责。

周之南有位发小儿叫李自如，即李清如的哥哥。彼时李自如在国外学医，李清如暂住陆家，却是片刻也待不下去，恰巧在学校听闻周家在聘钢琴教师，她就来了。

每个老师周之南都要亲自见过，看到是李清如就笑了。

"我知道你自小学钢琴，没想到你肯来教她。"他还要叮嘱李清如，"我这个小姑娘脾气坏得很，嘴巴也毒辣。万一把你气个好歹，自如回来，岂不是要找我算账？"

李清如寡淡惯了，闻言忍不住笑。上海滩谁不知道陆家少爷惯是个能说会道的，也说不过她李清如，她倒是好奇一个小丫头能把自己气成什么样子。

新老师上门的第一节课，阮萝当然要给对方一个下马威："我告诉你，我是不想学钢琴的，也不会配合你。你最好识相点儿，主动请辞，不然就准备好日日喝菊花茶，降火气。"

李清如放下课本，她刚从学校下了课过来的，淡定地把长发拨到身后："无碍，周老板付我薪水。你若是不愿意学，我自己练琴还有钱拿，何乐而不为？"

阮萝想她还是个脸皮厚的，再度开腔："我原是个下等人，见不得台面。"

"无碍,无论何等人,都有追求音乐的权利。"

李清如打断阮萝未说完的话,阮萝恼火,她前一句贬低自己,为的是后面那句"可你也不看看自己是何等身份,在这儿死皮赖脸"。

"你应该让我把话说完!"阮萝激动地说。

李清如依旧是淡淡的模样,掀开琴盖,随便按了几下,转头对她微笑:"你少拿对付周之南那一套对付我,我可不吃你这一套。"

阮萝故意吓唬她:"你不怕我故意装作受伤,告诉周之南你欺负我,让他把你辞退?"

李清如道:"那是人品不端,你做不出。"

她一向相信周之南的眼光,见阮萝站在原地不出声,也适时给个台阶下:"他付我薪水,现在已经过去一刻钟,虽不是你的钱,可也是因你在浪费。浪费就是极大的犯罪,你觉得呢?"

阮萝同她一起坐下,咕哝着说:"他惯是钱多,没处烧的,浪费也浪费不完,何苦操那个心?"

李清如装作未听清,翻了个乐谱:"那开始学了哦。"

棋逢对手,终于这家里不再只是林晚秋那种嘴软心软的柔弱女子,阮萝愿意鸣金收兵,择日再战。琴房里传来不太连贯的琴音,楼下的林晚秋和梅姨对视,四目俱是惊讶——那当然是阮萝弹的。

如今可心的师傅要走,阮萝有些不舍。

从琴房出来,仆人见李清如离开周宅,还得体地同梅姨打了声招呼。而阮萝脸上没了笑意,径直回房间反锁了门。她脾气风一阵雨一阵的,大家见怪不怪,只能暗自叫惨。

房间里,阮萝到处翻,从抽屉里的一个小铁盒中找到了一包薄荷烟。前阵子程美珍来周宅,偷偷摸摸同她分享不知哪里弄来的薄荷烟,说是最新潮的,上海滩的名媛们都会抽上几支,还附带一枚小巧玲珑的打火机。程美珍胆小,一支都没碰,全给了她,她怕周之南发现,特意藏在盒子里。

阮萝强装镇定自若，点着了烟，樱桃小口对上烟嘴，吸了口就吐出去，面前一通烟雾缭绕。实话说，没什么大的趣味。

李清如告诉阮萝，她决定去英国留学，因为向往许久那里的生活。阮萝只说了句"真好"，不知再说什么。

李清如又问她："你有什么打算？条件如此优渥，可是比别人多了个登天梯。"

阮萝满眼迷茫："我？我不知道，我大抵是周之南养的狗。"

李清如笑得清爽："你呀，顶多是他怀中的小猫，会挠人的那种。"

周之南在同化她，阮萝忽然觉察到这一点。

来周宅的第一年，她不知道出逃了多少次。可偌大的上海，她不过蜉蝣，周之南何等手段，总能找到她。他从不教训她，同她玩猫捉老鼠的游戏，等她认输。反正无论是大雨滂沱，还是烈阳高照，周之南又不必亲自奔走寻人，苦的是手底下的人。

那些人把阮萝找到，带到他面前，阮萝逃跑路上难免衣衫狼狈，弄脏家里的地毯还需唤仆人换掉。而他高高在上，闲时在家大多着长衫，脸上依旧是清冷不变的样子，真招人恨。

有几次遇到梅雨季，她脏得不成样子，周之南才会微微皱起眉，表情添上了那么一丝变化。

本是未曾上过枷锁的阮萝，出逃时却觉得脚下沉重，无力翻天。次数多了她也学聪明了，就不逃了。周宅生活低调奢靡，是那个京郊贫民区的阮家一辈子碰不到的高度。光是阮萝的新衣，便填了整整一柜子，半壁旗袍，半壁洋装，足够她出席各种场合。

周之南还吩咐下去，特地又打了一片鞋柜，专门放的是阮萝的鞋子。她随口说过不跟脚的鞋，不会再在她面前出现第二次。一切都在周之南带她回到周宅之前置办好，不知道的，还以为周之南在京城寻回了失散多年的妹妹。

可不是的,他待阮萝,哪里是兄妹之情呢?

一支薄荷烟清清凉凉,阮萝没章法地吸到头,然后捻灭。从回忆回到现实,她如今已经习惯这种生活,心中没有什么大志向,日日只为快活。

曾经她还想着靠自己的能力为阮方友还钱,可如今离了周之南,她尚不知道能存活几朝,这个认知实在是骇人。

下午本来有老师上门教她英语,阮萝知会了梅姨,推到下周,卧房门始终紧闭。

晚饭时阮萝下了楼,餐桌上又挤兑了林晚秋几句,显然是心情不畅故意挑拨。林晚秋比周之南还大两岁,二十年前尚且不流行晚婚,算起来年纪足以做阮萝的母亲,故而并不与她置气,反正也是说不过她。

阮萝无趣,一碗饭没吃几口就上了楼。想到一整天不见周之南,她更气了,后悔倒不如早早推了英语课,约程美珍去大世界看杂耍。

周之南到饭店赴宴,加上处理了一天的事情,酒后就宿在了楼上的房间。深夜醒来,想到了一整天没见到的阮萝,记得下人说她今天心情很好,他倒是想回去看一看。给了司机打赏的钱,周宅安静得很,他以为都已入睡。洗漱过后,周之南倒是精神了许多,换了身睡衣进了阮萝的房间。

床上的人一动不动,他进了被子把人揽了过去。阮萝鲜有的乖顺,那必是已经睡着。他附在她鬓角,缱绻非凡,喃喃自语:"娇萝儿,教我好想。"

下一秒,怀中阮萝紧搂住了他的腰,周之南愣住,只有月光才知道他霎时间红了脸。

"周之南,你怎么一天不见人影?"阮萝语气中难掩低落。

周之南如实回答:"琐事多,抽不开身。"

"哦。"

她少有这么乖巧,周之南摸了摸她的小脸,同时敏感地闻到了屋子里有些闷着的烟味,但没说什么。许久许久,他差点儿以为她睡着了,阮萝再次开口。

"周之南,你会不会不要我?"

"不会。"周之南回答很快,下意识地觉得他是爱她的,可他说不出口。

阮萝说:"我对未来没一丁点儿的打算,李老师都要去英国了。"

她从前都在想着怎么活下去,若非要说打算,便是活着。如今她达到了生存的基本,再论别的打算,一时间还真想不出来。

周之南笑着问她:"你也想去吗?我当年曾在英国留学,那里很好。"

阮萝低声拒绝:"不想,我觉得我不行。"

他语气坚定地说:"你有我,就没什么行与不行的。"

心里有些许宽慰的阮萝又忍不住说不中听的话:"周之南,你是不是有病,怎么就看上我?"

他无声地叹了口气,小霸王被他安抚得重整旗鼓,还是及时结束对话比较好:"睡觉,不然就做正事。"

阮萝立马扯紧被子,装作睡觉的样子。

今夜是在周之南怀里入睡。

次日,陆汉声来周宅做客。

阮萝对他印象还不错,因陆汉声也是个能说的,再加上他不像周之南那般总是端着,阮萝时而也会同他天南地北地扯几句。说到她小时候同隔壁家的小男孩儿争一个脏了的馒头,陆汉声也未见鄙夷,反而兴致勃勃地想知道她到底抢到手没有。

阮萝小霸王,怎抢不赢?周之南心想。

但他开口却是阻拦阮萝继续讲下去,因她如今名唤周萝,腌臜过去不值得提起。阮萝只能心里暗骂他刻板,当着他的面,同陆汉声窃窃私语。

谁能想到陆汉声同周之南是同龄人。还有个林晚秋,这三个姑且都可以算作同龄人。陆汉声也不过小周之南一岁而已,周、陆两家是世交,两人从小一起长大,感情好得很。如今周之南的父母早已迁到英国,陆汉声的母亲去年过世,父亲尚在上海。

奇怪的是,今日陆汉声比起往日着实有些寡言。

阮萝放学早,换好衣服,下楼正遇到周之南同陆汉声一起进门。厨房传来饭菜香气,她鼻子一嗅便知,是糖醋鱼酸酸甜甜的味道,是她的最爱,所以阮萝看周之南也顺眼许多。

还主动和他打了声招呼:"你回来啦?"

"嗯。"周之南应了声,两人都将外套脱下,递给了身边的仆人。

她很少见他穿西装的样子,她知道周之南更喜长衫。

"陆汉声,你好久没来了。"她又同陆汉声打招呼。

往常陆汉声大抵会回她:小萝儿想我了?随后就是周之南一声刻意地咳,和阮萝啐他几句。今天,他只淡淡地点了点头。

林晚秋从厨房走了出来,正拿着手帕,擦拭她额上莫须有的汗:"之南,汉声,饭菜已好,可以落座吃饭了。"

"我上楼换身衣服,等一下。"周之南绕开阮萝上了楼。

他不上桌,家里谁敢落座?于是陆汉声走到客厅,坐在沙发上等,那背影有些许沧桑。林晚秋停不下来,转身吩咐仆人放些新鲜水果在茶几上。只阮萝还停留在原地,被忽视得彻底。

她有些脾气,餐桌上只低头吃自己的,拒绝同另外三人有视线和言语上的交流。可他们的交流着实没带到她。

林晚秋开口:"汉声今晚是否要宿在周宅?"

陆汉声摇了摇头:"晚些回去。"

周之南用鼻子哼了声,替他改了决定:"饭后让人打扫一下客房,今夜留在这儿。这副样子回到家里,明日叔父必要给我打电话,我最近事情已足够多。"

林晚秋应允,陆汉声仍是一副丢了魂魄的样子。

餐桌上安静下来,阮萝忍不住开口:"我说,哪儿来的这么大的脂粉味儿啊?"

林晚秋挂着尴尬的笑容,给她夹了块鱼肉。

"我自己会夹,真烦人。"嘴上如是说,她还是吃了下去。

"老实吃饭。"周之南平定秩序。

第二日到了学堂,阮萝给程美珍讲周宅怪事。

"他们话里有话的,我听不懂。我是周宅外人,我从来没有像昨天那么觉得自己是个外人。是不是我好多余?我真的不想在那儿了。"

程美珍吞吞吐吐:"他们是大人。我们还小,所以不懂。"

可阮萝脑海中不知怎的,回想起昨天周之南绕过她上楼换衣服那一幕。

下了学,阮萝让司机开到大世界,她临时起意想去看杂耍。刚进门就看乌泱乌泱的人堵在那儿,正奇怪今日并不特殊,怎的挤了这些人。给小厮使眼色让他去探探情况,很快小厮回来,告知她最近上海滩有个新出名的歌星,今晚登台的票正在售卖。问了歌星的名字,阮萝嘟囔了句"没听过",心想哪有杂耍好看。

小厮挤进人群为她买杂耍门票,阮萝在原地等着。耳边传来他人的闲话,声音不小,她听得清清楚楚。

"这个唐曼,是踩了高枝。"

"怎么说?有小道消息?"

"你竟不知道?这几日上海金融界都在传,唐曼唱罢下场,周老板直接进了她的房间。"

"周老板?"

"嘘。"

"竟是这么个高枝,真是了不得。"

"不是说周老板同太太感情一向稳定?怎的也做这等事?"

"有钱人的生活,哪里是我们老百姓置喙得了的?"

"嘘,别再说了。"

阮萝仍立在原地,嘴角扯起弧度。小厮拿了票回来,只觉得大小姐皮笑肉不笑,是不太好的兆头。他小心翼翼地问:"小姐,这杂耍还看吗?"

"呵,你自己去看吧。"阮萝冷笑。

"啊?"小厮摸不着头脑。

她气鼓鼓地走出了大世界,进来时没注意,如今回头,看到门口就贴着唐曼的画报。那上面的女人着颜色艳丽的旗袍,浓妆艳抹,眼波流转都是风情,再低头看自己的装扮,青蓝同黑色搭配的校服,老土。

"你过来。"阮萝唤那个跟着她的小厮,小厮赶紧过来,听阮萝发话。"这个画报,给我扯下去。立刻。"

"啊?是,是。"虽然不懂为何,他还是赶紧照做。

回到周宅,林晚秋迎了出来:"怎的这么晚才回,晚饭吃了吗?"

阮萝赌气说道:"不吃,饿死。"

林晚秋不知所以:"怎么了?"

"告诉周之南那个老不要脸的,学堂我不上了。"阮萝留下话,就风风火火地上了楼,房门摔得好大声。

林晚秋在楼下不知来龙去脉迷惑得很:"这又是哪股风吹得不顺心了?"

周之南最近操劳，没顾得上阮萝。上海时局动荡，周家掌握大半的经济命脉，任谁都想分一杯羹。除此之外，政府也在试探他，哪个都得罪不得，场面上得过得去。

都是土生土长的国人，如今却时兴起了西洋做派，谈事情要去歌舞厅，还要叫舞女相伴。他日日出门要穿西装已经够烦，陆汉声一到夜里就要表演失魂落魄，商会要革新，他分身乏术。

从书房出来，他打算去看看阮萝，却吃了个闭门羹，阮萝反锁了门。看了看手腕的表，两点半，梅姨定是睡下了，心里暗暗打算，明日记得同梅姨要阮萝房间的钥匙。

可第二天又是早出晚归，钥匙的事忘在了脑后。

每每这种心力交瘁的时候，他都有些后悔回国。但若当初没回，便没阮萝了。

周之南二十八岁归国，抱着振兴上海经济的决心，同年与林家孤女林晚秋成婚。外人只见林家产业都归了周之南，不知内情。

林晚秋年逾三十始终未婚，是沪上名媛界的一个笑话。可只要见过她本人，保养得宜的大家闺秀模样，待人接物又极得体，你定不会再说她一个字的不好。何况林家虽然没落，且到她这辈没了男丁，但资产仍在，林晚秋更是掌过一年的家，有打理生意的能力，不知那些逞嘴舌之快的人有什么可嘲笑的。

两年过去，外人看来夫妻俩感情深厚，周之南有才干，更是在西欧留学学过经济，新式思想注入，周家越发做大。

初遇阮萝，也是这一年。

阮方友本是书香世家后人，上过几年学堂，肚子里有些许墨水，可惜后来沾上了赌，便没个好。到阮萝记事，微薄祖产已被变卖了个光，还欠了一屁股的债，苟活在京郊的贫民区。

周之南的父亲有一位故交,在京城放过几年的贷,后来人走得突然,许多放出去的贷还没收回,故交独身一人无后,便转给了周家。周之南到京,低调为其办了身后事,同时雇了当地打手,使了些手段去把钱收回来。大多数家里如今过得去的,几棍子下去都还了钱,最后只剩阮方友。

他已经变成不要脸的泼皮无赖,任是被打被骂,只扯着脖子同你嚷:"你随便搜家里!随便拿!"

阮萝看着冷笑,家里砸地上有响的,只剩阮方友视作命根子的小儿子。他如今这个样子还想着为阮家传宗接代,任谁也要赞一句是个孝子贤孙。

周之南留京七天,直到最后一日,仍差阮方友一笔坏账。他计划乘第二天上午的火车返沪,不能接受这一缺口,便决定亲自去看看。

西洋汽车开到满是污泥的破落贫民区,眼前是周家少爷周之南人生前三十年没见过的场面。下了车,腥臭味扑面而来,还要接受周围孩童、大人的眼神注视。周之南头回恨自己的袍子太长,一摊不知是什么的水轻易就溅到他的衣尾,顿时眉头皱得严肃。更可怜的是鞋,若不是情况不允许,他恨不得现在就扔了。

周之南低头进了"阮家",对上阮方友、赵芳夫妻俩混沌无光的眼,忍不住叹息。赵芳怀里还抱着阮萝的弟弟,小娃娃咿呀咿呀的,闹得人心烦。

"你是?"阮方友先开口。

"周之南。"看阮方友不明白的样子,他无奈地继续开口,脏乱的房间味道熏人,"听了手下人汇报,知晓您也是个文化人,因此不想再同您动武,但我明日返沪,这笔账今日须得有个结算。"

"我没钱,你看我家这副样子。有想要的,你自己拿啊。"阮方友依旧是那副令人憎恶的语气。

周之南冷笑,料想到他这副泼皮无赖样,冷声说道:"我看他是最值钱的，不如你拿他抵债。"

他指的是赵芳怀里的男娃娃，这可不行，这是阮家未来之光，是贫民区阮家最宝贵的财富，阮方友一声尖叫否决了。

"你没得选。"周之南能看出来阮方友多宝贝这个儿子，他不是什么圣人，若是阮方友今日拿不出钱还贷，他不介意帮他卖了儿子换钱。

跟来的打手见他眼色，立马上去抢孩子，赵芳害怕地扒着阮方友哭哭啼啼，阮方友没了那股无赖劲，有些发怵。

儿子他定然舍不得给，女儿却可以："我，我还有个女儿！"

"女孩儿可没有这个值钱。"周之南拿出手帕擦了擦汗，想尽快离开这里，看这样子阮方友是真的没钱，今天怕真要做卖孩子的事，真是罪孽。

赵芳跟着开口："我们家女娃娃很漂亮的，年纪也不小了，许多人来家里说媒。"

阮方友推了赵芳一下，赵芳赶紧说："我，我带您去看看我们家女儿，您先看看。"

赵芳走到外面拉了个路过的孩子问阮萝在哪儿，那孩子说在浴房洗澡。说是浴房，其实就是临时在外面搭的一个小空间，大多数时候水供不上，也没什么人过去。

"没几步路，您跟我来。"

那是阮萝第一次见周之南，老天爷胡闹，让她半分尊严没有，被迫露面登场，同她亲生父母唱这出戏。她跟一帮孩子在外面玩，发现浴房有稀稀疏疏不断的水，身上脏得厉害，就让人在外面给她看着，自己钻进去洗澡。

门口的孩子见到赵芳带着一群陌生人来，刚要偷偷告诉阮萝，就被赵芳扯到了一边，打手扯着孩子站在不远处，赵芳带着周之南走近。她一把拽开了门，狭小且仅能容得下一人的空间里，阮萝背对着门，见门被打开,她眉目带着怒意转头,一眼看到周之南。

周之南深深看她一眼就关上了门,只那一眼,脑海里就已经定格了画面,消瘦的蝴蝶骨,打湿的长发贴在双颊,一双鹿一样的眼睛,又闪着野性的寒光。

阮萝在他眼中如落了水的青鸟,翠生生的。不知怎么,心窝子软了片刻,他想她绝对不属于这里,她当穿秦记裁缝铺的蚕丝旗袍,坐西洋轿车,到大世界听戏,或是让林晚秋带她去法租界的外国餐厅喝下午茶……她可以做的事情有很多,可绝不会有一件发生在这般肮脏的地方。

次日,周之南多购一张火车票,阮萝到沪。

阮萝入周宅头一年,周之南都是抱着矛盾的心态,他知她逃跑,也不阻拦,但很快把她找回去。时间一久,他确定了自己不是一时兴起,心安了不少。

那年除夕,吃过年夜饭,他带着阮萝在周宅阳台看仆人放的花炮,烟火绽放在上空,阮萝笑得天真无邪。你站在楼上看烟火,看烟火的人在身侧看你,周之南眼里的她比烟火绚丽。

他想:阮萝,你前面的人生我无法改变,但你今后所有大好风光、富贵荣华,我必陪伴在旁。

回忆醇醇沉沉,周之南在情场上是彻头彻尾的失败者,两年搞不定一个阮萝。这夜从书房出来,他需开瓶红酒,饮上一杯,才好安眠。

上海滩瞬息万变,昨日的新起之星,今日也会跌到谷底。

不止阮萝命人撕下那张画报,一夜之间,满城再见不到唐曼的身影,大世界同样有新的歌星登台献唱,一切安然无恙。可自唐曼声名鹊起到如今,也不过半月时间而已,没人敢在台面上谈这件事,可心里都知这是周之南周老板的手笔。

程美珍不知从哪个下贱坯子处听到的流言，讲给阮萝听："我听说唐曼怀孕了，不知是谁的种，找上了周老板。其实我觉得就是周老板的，不是说他进了唐曼的房间吗？大世界的歌星和商会老板，这是何等般配，可惜周老板已有正妻……"

她对上阮萝的脸，那灵动的五官没了神韵，下一秒就要冷笑出声，吓得程美珍闭了嘴，再不敢继续说这事。当晚阮萝仍旧反锁房门，周之南不配踩进她的卧房。

入夜，钥匙钻进锁眼，周之南不仅脚踏进阮萝房间，还踩出了声音。她呼吸浅浅，周之南无声上床。

他想同她谈几句，最近对她缺少关心，也不知她为何不悦。可阮萝不配合，背对着他做出拒绝交谈的态度。

"你不想给我讲讲谁惹你不悦？我也好能让你畅快些。"

谁有你周之南会惹我，她心想，但她不说："我好困，你别烦我。"

周之南暗暗叹气，见她一直不动，他只能凑得近些，从背后抱住了她，一同入睡。

第二天程美珍大清早来了周宅，昨天她惹阮萝不快，今日要来沟通感情。她到得早，同梅姨打了声招呼就跑上了楼。梅姨想起昨晚周之南回来要了阮萝房间的钥匙，赶紧跟在身后。周之南和林晚秋还未起，梅姨不敢放声拦她。

到阮萝房间门口，刚好碰到周之南出来，梅姨低了头站在后面，周之南摆摆手让她下楼。

程美珍并不惊讶，只是惧怕："周……周老板。"

周之南那双眼深沉，望了程美珍一眼，转身推开了门，对里面说："美珍来找你玩儿。"

阮萝听到掀开被子，庆幸昨晚穿了件保守的睡衣，周之南系好手腕处最后一颗西装扣子，留下一句话就走了。

他说："薄荷烟不要再吸，晚上我来收走。"

阮萝愣住，不知道他怎么知晓的。他的视线又给了程美珍，程美珍不敢同他对视，赶紧低了头。再抬起头时，周之南已经下了楼。她重拾笑脸，进了阮萝房间："周萝……"

程美珍在周宅待了一整天，晚上还留下了吃晚饭，阮萝今日心情不错，暂时忘记周之南以及唐曼。恰巧今日周之南带回了陆汉声，餐桌上热闹了不少。陆汉声还是曾经的陆汉声，满面春风，一双桃花眼眉目皆是秋波流转，他同周之南最近生意上的事情清闲了不少，整个人意气风发得很。

陆汉声问："小萝儿最近钢琴学得如何？"

阮萝如实回答："新老师和李老师差远了，我不喜欢。"

他有些愣神，反应过来赶忙回她："老师不喜欢再换就是了，之南不是最听你的。"

"不说他，你今日身上没脂粉味了啊，陆汉声。"阮萝早就发现上次闻到的脂粉味是陆汉声的。

陆汉声握拳在嘴边，假装咳嗽，周之南走了过来为他解围："没个样子，学不会叫人。"

旁边程美珍软着声音叫"陆老板"，和她直呼名字，可谓是大相径庭。

"周之南，你真讨厌。"她第一个上了饭桌，又是大大地不礼貌。

陆汉声知阮萝的地位，笑呵呵地打圆场，都陆续落了座。

程美珍见桌上光是糖醋鱼就做了三种，忍不住说了句："周太太喜好酸甜口味，竟做了三种鱼。"

林晚秋柔着眼神看了看阮萝，应答程美珍："是周萝喜欢，我见厨房今日买的鱼新鲜，便都让做了，她也能多吃些样子。"

阮萝哼了声，没说别的，程美珍羡慕地看了看阮萝，埋头开始吃饭。

饭桌上全靠陆汉声活络气氛，他说到些有趣的，阮萝便积极起来同他谈得火热，周之南见她开心，没再多说话。因此一餐饭吃得有些久，快散的时候，外面天都黑下来了。

最后周之南开口问了程美珍："你父亲是程记药房的程山？"

程美珍不知他何意，乖巧地点头，等周之南下一句问话。可他再没说别的，阮萝只觉得他莫名其妙，出门送程美珍上了车。

晚上周之南又进了阮萝房间，她正坐在梳妆镜前，对着颗刚长出来的痘痘皱眉头，听到声音转过去，就看到穿着睡袍神情放松的周之南，手里还拿着本英文原版书。

这下阮萝眉头皱得更深了："我说周之南，你在家里好快活，今夜想同我睡就来找我，明日想同林晚秋睡了，便去她房间。"

"又开始说不中听的话，我从未和晚秋同房睡过。"周之南打断了她的话，仿佛他是房间主人一般，自然地靠在了床头翻他那本书。

阮萝便问："那你外面的孩子呢？林晚秋真是惨，嫁给你这个中山狼。"

周之南不解："哪儿来的孩子，你如今开始心疼晚秋了？"

阮萝说："我只是觉得她惨，她自己不争气，没个脾气。平日里便是一副软声软气的样子，不受气就怪了。"

他闷声笑了下："你无须针对她，晚秋她……陈年的往事我不便与你说。"

阮萝手里拿着罐香粉，听他这话立即开始不乐意，摔在了桌子上："你们夫妻俩有秘密，当然不方便与我说。"

他摇了摇头，知她不悦就不逆着她来，再说话的仍是阮萝，她见他拿着本洋文的书就想找他的碴儿："周之南，你不要在我房间里看洋文，我不喜欢。"

周之南柔声说："这是想叫你一起看的书。"

阮萝没想到这本满是鬼画符的书还同自己有关，愣愣地重复："叫我一起？"

他娓娓道来："这本是西洋童话，里面都是基础易懂的英文，你可以先从这本书看起。"

听明白了他的意思，阮萝严词拒绝："我不愿意看这些，我还想让你把我的洋文老师请走。"

"不准。"他两个字为她的新提议判死刑。

后来就演变成了周之南当场翻译，给阮萝讲童话，她听着周之南好听的声音进入梦乡。

第二天清早，昨夜没听全的人儿还要问他："最后小美人鱼怎么样了？"

见她兴致勃勃的样子，周之南有些后悔给她讲这个故事，又不想骗她，只能老实说："死掉了。"

她愣了下，接着就听到房间里传来阮萝的大叫声："周之南，你给我出去！"

他觉得她这般样子可爱得紧，不忘叮嘱："下楼吃早餐。"

随后贴心地关了门。

晚上阮萝关了灯躺在床上，刚有了些睡意，周之南摸进房间上了床。她嘟囔着对他说："周之南，你最近来得有些频繁。"

周之南不否认："嗯。"

阮萝说："你的份额没有了，便不许再来了。"

他语气变得饶有兴致："嗯？"

阮萝给他讲起来道理："就像你去进货，都是有限额的，超过额度了便不可以。"

他听完嘴角翘起，忍住笑意，不理会她的推搡，附在她耳边开口："可我周之南提货，从无限额一说。"

她毫无反抗之力，被周之南封住嘴。

"周之南，我才想起来。"她用了全身力气推开他，非要把话说完，"唐曼是怎么回事，她是不是怀了你的孩子？"

周之南刚起的兴致，被她一句唐曼和孩子浇灭，悻悻地起了身，手轻轻扯她的脸蛋："你怎知晓唐曼的？"

阮萝说："哼，大上海前阵子尽人皆知，是周老板的新欢。"

"这些浑话你也信，越发蠢笨了。"

阮萝在被子里踹了他一脚："你好好说话，解释清楚。"

周之南叹气："我和唐曼无事，孩子也不是我的，是谁在你耳旁讲这些上不来台面的话，告诉我。"

阮萝单纯地道："美珍告诉我的，她也是听说嘛。那唐曼哪儿去了？"

周之南沉沉地看了眼阮萝，她双眸仿佛有光，满脸皆是天真纯粹。他开口耐心地给她解释事情原委："汉声同她有过露水情缘，那阵子汉声整日失魂落魄没个主心骨，我恰巧路过大世界，便给了唐曼些好处，两人算是断了。孩子不是汉声的，更不是我的。她不知怀了谁的种，便来找我，可以了？"

他鲜少一口气说这么些话，阮萝觉得有些满意："那你见了她怎么说的啊？为什么她不见了？"

周之南不再多说："这些不是你需要操心的。很晚了，萝儿。"

阮萝若有所思，眼珠滴溜儿转着，忽地想起，声音有些大："陆汉声，他不是已经结婚许多年？怎的同唐曼扯上，周之南，你不要把自己做的事情放在陆汉声身上。"

周之南同她说不明白，关了床头台灯把她箍到自己怀里："在你心里，我就是这般无耻之人？"

他想到前阵子林晚秋同他说过，阮萝从外面怒气冲冲地回来，让人告诉他不再上学了，当时是怎么称呼他的来着，林晚秋咳了好些下才说出口，是了，老不要脸的。

他沉声问她："我是老不要脸的？"

如今这般情形，阮萝不敢惹他："不不不，你不是。"

他哼了哼，如今时间有些晚，他决定明日再同她算账。阮萝都快要睡着，迷迷糊糊中周之南又问她："薄荷烟也是程美珍拿给你的吧？"

"嗯，是美珍，我和她都觉得新鲜。"

太阳升起，又是寻常的一日。

梅姨从外面进来，手里拿着封信，给了客厅里端坐的林晚秋，阮萝在旁边看到，嘴里嘟囔了句老土，她说："这都什么年代了，还写信，不知道电话是什么吗？"

林晚秋笑了笑，当她的面拆开信，只刚看第一眼，脸上的笑顿时就没了。阮萝趁林晚秋没看她，整个葡萄扔进嘴里嚼，这样吃才畅快，要是让林晚秋看到，必又要催她先剥皮再入口。她忍不住眼睛转啊转地看林晚秋，没承想她竟然落泪，拿手帕紧着擦拭。

阮萝不知如何面对这样的林晚秋，起身上了楼，还不忘带上装着葡萄的琉璃盘子。可没过一会儿，她觉得林晚秋果真是个体面人，这份体面让她一个旁观者都觉得累——林晚秋上楼叩她房门，语气如常："秦记送来了新裁的旗袍，你试试看，我帮你瞧瞧。"

打开门，便看到她又是那副端庄笑意，阮萝心里暗暗赞叹"道行高深"。

当晚陆汉声做东，他家有喜事，定要先请周之南，地点就在陆公馆。阮萝穿新旗袍要配卷发，样子看起来堪堪比她本身年龄成熟不少，着实有些显老，可她自己心头喜欢，便没人敢说个不。

到了陆汉声家里，才知是陆太太怀了孕。阮萝看着陆汉声还是那副笑盈盈的模样，默默摇头，陆太太看起来就是个比林晚秋性子还软弱的主儿。陆汉声偏偏又是风流面相，就算有了孩子，他也未必会安生。

说起面相，她再看周之南，只觉得比起陆汉声满脸的精明与风流，周之南内敛踏实多了。只一想想，她就忍不住敲自己的头，内敛、踏实，她怎么想到这些混账形容词的，还是形容周之南。

恰好对上周之南投来的目光，周之南只看到阮萝小手攥成拳头敲自己。阮萝错觉周之南眼神之中满是关爱，不禁心头有些暖意。

夜里两人上了床，阮萝再不许他带那本破童话进房，就差进门之前要搜身。

她脸上挂着忍不住的甜笑，直白问他："周之南，在陆汉声家里，你干吗那般看我？"

"你为什么敲自己的脑袋？"周之南不答反问，虽然她动作很小，但恰好被他发现。

阮萝霸道惯了："要你管？你先说你为什么看我。"

他从实招来："你那样子很像江老板家的幼子。"

"难道他家小儿子长得很是娇俏？"她当他在夸自己长相俊美。

周之南干咳了一声，先把她按在怀里，最重要的是抓住她那双手，怕她来了脾气，又抓他的脸，让他难见人。

"江老板的小儿子智力不太跟得上，憨得很。"

阮萝冷了脸："周之南，你现在去林晚秋房间睡，滚出去。"

周之南好脾气地重复："不是同你讲过，我不与晚秋同睡。"

阮萝眼神里有刀子在飞他："我信了你的混账话，夫妻还不同睡，我就是被你骗，被你欺。"

见她莫名其妙地又来了脾气，周之南也不恼，把她按着细细地吻，直到那张小嘴晶晶亮才开口:"我和晚秋确有婚姻,但从未越雷池一步,不然我带你回家,你岂不是要被她作践死?"

他自己惯出来的怪脾气人儿,还要自己去哄:"萝儿娇娇,快些睡觉。"

天色已晚,阮萝虽然还嘟着嘴,但也确实困倦,埋在他怀里闭了眼睛。

没过两日,林晚秋又收到信。

因家里从不来信,就算有人寄信件给周之南也是送去商会。因此家里来了封信这种事情阮萝忽略不得。这次林晚秋拿了信,显然仍是心潮涌动,面部表情都不能自控,却没有立即拆,而是回了房间。

阮萝见她反常,只觉得可疑。

晚饭周之南没回家吃,偌大的餐桌只有她同林晚秋,还特意叮嘱厨房不必做太多菜。

阮萝见她不作声,忍不住讷讷开口,居然鲜有地磕巴:"我跟你讲,你,虽然,唉,就是……"

林晚秋见她这副样子,也是惊讶,抬头看着她不出声,仿佛告诉她慢慢说下去。

阮萝一鼓作气地说了出来:"就是虽然周之南不是什么好东西,但你有同他和离的权利。你莫要搞这些暗地里见不得人的事情。"

林晚秋皱眉:"周萝,你在说什么?"

她见林晚秋还不懂,有些着急:"就是你那个信啊!"

啪的一声,林晚秋的筷子滑落到地上,仆人赶紧捡起撤了下去,又换上新的。

阮萝见状继续说:"你不要怕,我不会同周之南那个老不要脸的说,你只需尽早下决定就好。"

许是心里缓过来了,面前的林晚秋又笑起来:"你不懂这里面的人情,不要这般说之南,他再好不过。"

阮萝只觉得眼前一黑,白眼差点儿翻过去,佩服周之南给林晚秋下的迷魂药,剂量未免太大。

卧房的珐琅彩座钟走到十一点,她猜此刻周之南定在书房,光着脚就跑去找他。阮萝平日闲着也是闲着,心里有了事情便非要弄个明白。踩在周之南书房软绵地毯上,脚丫受了凉,有些红。

周之南问她:"你怎么来了,还不睡觉?"

阮萝说:"我有事要问你。"

他放下手里的票据,审视一番才发现她没穿鞋子,把她抱在怀里回到椅子上,阮萝却越发放肆,踩着他坐在了桌子上,是从上至下审视他的位置。

周之南语气怀疑:"又是程美珍同你讲什么风言风语了?"

"不是美珍,我要问你同林晚秋。"她满脸严肃,周之南差点儿被她感染到也严肃起来。"你要给我好好讲清楚你同林晚秋的关系。"

可周之南没心思同她好好讲:"讲什么?"

阮萝说:"就是你们两个人的关系,你们到底怎么回事,如今怎样。"

周之南说:"那天不是说了?有婚约,没旁的关系。"

直到从书房回到卧室,周之南熄灭床头灯,阮萝也没撬开他那张嘴,只能沮丧地入睡。

这一觉仿佛回到两年前,她刚到周宅,尚且想着逃跑。可每次都是脏兮兮地被抓回来,周之南不打她也不骂她,像是什么都没发生一样,只等她自己倦怠。

梦中无数次地重复着逃跑,毫无意义地逃跑,像是陷入旋涡。阮萝从噩梦中惊醒,没有发出声音,周之南还在安睡,她只是细微地抖了下，周之南便下意识地把人揽紧，手掌轻抚她的头顶。

阮萝不禁回想，周之南从开始到如今，确实待她不薄。可他让她做周萝，她不愿意，倒不是她多顾念阮方友，可真正原因她也说不清楚，或许和林晚秋有关，或许无关。

第二章

晚秋意暖

次日清早周之南起床后,她听到声音也坐了出来,见他正在系扣子,不禁问道:"怎么又起这么早?"

周之南说:"得去商会,你再睡会儿。"

阮萝如今是周宅闲散的大小姐,可她出身禁不住细究,再加上她自己也不愿意同沪上名媛社交,她们或是去看网球赛、喝下午茶,或是搞文学,平日里酸溜溜地互相讽刺,阮萝哪个都融不进去。

近日她吩咐人买了画板和各式的颜料,周宅客厅宽敞,她就在那儿瞎画起来,弄脏了也会有人立即过来清扫。

"琴房空旷,怎么不去琴房画?"林晚秋披着披肩从楼梯上下来,便看到阮萝在那儿画得认真。

阮萝说:"琴房便是琴房,怎能画画?不然你让周之南再给我辟出来个房间,做画室也好。"

"你被他娇惯得越发没边际了。"林晚秋坐在沙发上,远远看她乱七八糟地画,但仍笑着。

阮萝是二百分地专心致志,颜色怎么调配都不是心中的那样,微微蹙眉也好看。

林晚秋主动搭话："听之南说，你最近常常问他我的事情。"

阮萝的画笔掉在地上："你俩感情这般好，他还同你说这些。我可没把你收信的事情告诉他。"

林晚秋态度温和："你不要怪之南，我也没怪你。只觉得你既然好奇，我便讲给你听，这些事情他断是没法说的。"

阮萝捡起了笔继续画，嘴里嘟囔着："你别自作多情，我不是关心你，只是觉得周之南如今太过得意。"

没想到林晚秋居然说："我要走了。"

阮萝不解："你去哪儿？"

林晚秋说："同我表哥一起，许是去巴黎，要看他在哪儿教书。"

阮萝此时仍没明白，不解她好好的，怎么突然要同表哥一起生活，"你同你表哥……你？"

对上林晚秋带笑的脸，她顿时明白，表哥是她的心上人，少女善变，她又忍不住开始同情起周之南。林晚秋开始给她讲许久之前的故事，阮萝终于放下画笔，聆听林晚秋的晦暗往事，探寻她内心的暗伤连城。

当年晚秋同表哥冯沐泽青梅竹马一起长大，逐渐暗生情愫。那时候西洋经济思维开始注入上海，冯家不知变通，在大浪潮中被打了下来，家道中落。可惜冯沐泽却是学者思维，喜好文学，对经济一窍不通。

本来两人到了年纪应该谈婚论嫁，此时林家断不会允，更何况思想变了，那两年不再时兴表兄妹结亲，甚至有些刻意避免的意思。

战争改变了上海，也生生拆散了他们。

说到这里，林晚秋没有太多的忧伤，只轻轻蹙眉，那模样任是阮萝看了，也觉得心疼。

"我不明白母亲为何也不允，她同表姨自小就亲近。时间过了这般久，我理解她和父亲不应允的原因，只是仍旧难忍心痛。"

冯氏破产，冯父跳了楼，母亲听到消息立马晕了过去，醒来后赶紧把当年带的嫁妆变卖，换了钱留给冯沐泽，便跟着丈夫一起去了。都说看一个男人的品性，要看他会不会使妻子带来的嫁妆，她的丈夫在最难的时候，也没对她的嫁妆动过半分念头，是个良人，只可惜未能适应新经济，成了淘汰者。

"在他最难的时候，我偷跑出去安慰他，那是我最勇敢的一次。自小从没反抗过父母，那晚真是既紧张又慌乱。"

冯沐泽接连打理父母的丧事，还要遣散家里的用人，此时却发生了意料之外的事。林晚秋月事迟迟不来，请了医生看才知怀了孕。父母仍是保守陈腐之人，又只有这一个掌上明珠，难免乱作一团无计可施。林晚秋知他们心急，可那时父母是指着她脊梁骨骂她最狠的人。她是败坏家风的不洁之人，她肚子里的孩子，他们叫他孽种。

"我被关在了家里，对我自己的孩子没有话语权，要看我父母如何抉择。沐泽决定去香港读书，是他喜欢的文学专业，我为他高兴。临行前，他翻进我家后院花园来见我，你可知他是个文质彬彬的老实人，甚至有点儿死板，竟做得出翻墙之事。"林晚秋说这段话时，笑得如花开一般，阮萝没有类似经历，但时隔这么多年，仍能体会到她内心的情动。

"他告诉我他的决定，还说定会争取留下教书，待赚了钱便回来娶我。我怕肚子里的孩子保不住，那晚便没跟他说，可成日关在房间里，吃食也不定，时时觉得肚子疼。要做母亲的人从有了种开始，就会产生感应，我心中的不安越发明显。

"正如罗密欧与朱丽叶的故事，沐泽曾给我讲过，我们在花园见面，我立在楼上的窗前，答应等他回来。当晚是疼醒的，窗子忘记关，院子里种了大片的竹，凉风吹到脸上都是竹叶香，那孩子就悄无声息地离开了。十几年了，再不敢碰竹叶香，疼得要死掉了，以为自己就要死了，实则死的只有不成形的孩子。那时候我才十六岁，比你刚来周宅的年纪还小。"

阮萝听她哀愁的声音觉得心都跟着揪起来，如今彻底明白了林晚秋对她的感情。如果林晚秋的那个孩子顺利降生，应该和她同龄。

林晚秋的父母当初没出手救济冯家并非自私，其实林家也不过是勉强支撑。夫妻俩不接受冯沐泽，觉得他是始作俑者，糟蹋了他们的女儿，造成恶果。林晚秋每每听他们夫妻俩在书房压着声音为她的婚姻大事争吵，末了便演变成一起骂冯沐泽，她只能笑。可她从未后悔过，也不怕承担任何后果，唯一的不满便是她居然没有跟着那个孩子一起死掉。

新与旧的交替中，她何尝不是牺牲者？

她原以为漫长的余生都要如此煎熬地过，直到父母去世。

"我的母亲挺着最后一口气，给了我一个匣子，里面是满满当当的信件。我才知道沐泽每三个月一封，十三年未曾间断。我怨怪了他们十三年，人好不容易去了，还要让我心里好生难受。她管不了了，准我去找沐泽，可林家家业仍在，死死求我，又教我一定要守住。"

林晚秋不懂新经济，只能一切照旧挺着，掌家一年，也亏损了许多。冯沐泽寄的最新的信终于落到她手中，因她从未回过信，或许冯沐泽都不知道她是否收到。那个痴人就傻傻地写，讲他如今在港大教书，最近发生了什么新事情，信末便是盼望回信、盼望相见。

近些年，上海结婚的年龄参差不齐，早的仍旧十几岁，晚的也有三十好几。她料想他已经结婚，说不定孩子都有了，这般想着，信放在那儿就没回。

一年后遇上刚回国的周之南，他主动登门拜访。周之南小她两岁，时年二十八，正当娶妻的年纪，且他不觉得林晚秋是上海名媛中的笑话，甚至体谅她独自支撑家族不易。

"我心里只有沐泽，但之南答应我，会帮我振兴林家家业。我想着那些微薄家产在我手里也不够败几年的,就有了些意向。我又同之南说,我不爱你,我有心上人。之南提议那便只合作,他想掌控上海经济,林家是在沪上世家,我做他妻子,更有助于他在上海滩交际,如鱼得水。"

当年周之南刚回国,说媒的几乎踏破了周宅的门槛,只林晚秋当着他的面一无所动,只愿同他做表面夫妻,实在稀奇。

回忆是洗茶水,苦而糙。许是太多年头过去,林晚秋竟半滴泪水没落,阮萝只觉得一缕似有似无的愁思萦绕在她们之间,迟迟不散去。

她画板上的颜料已经干彻底,林晚秋刚要开口继续讲,门口传来汽车驶入院子的声音。仆人上前开门,阮萝和林晚秋站起身望过去,是周之南带着个书卷气息浓郁的男人进了门。

同时,林晚秋手臂搭着的披肩落了地。

是秋风送情意来了。

旧情人相见,那场面凉而微涩。林晚秋对待每一场社交都是从容应对,如今却成了哑巴。周之南引着人进了客厅,四个人站着却都没坐下的意思,梅姨把茶沏好送上来,周围一阵阵茶香萦绕。

终是冯沐泽先开了口,千言万语到嘴边,只化作一句:"晚秋,许久不见。"

依阮萝认为,冯沐泽的声音和他的长相着实般配,斯斯文文的样子,只可惜他不戴金丝边框的眼镜,那样才是满分儒雅。她原想学者都是头顶秃秃,戴厚厚镜片,冯沐泽却不是。那张脸也是秀气得很,不似周之南一张脸如刀刻画,五官较别人立体确实更好看,可看起来让人觉得冷淡疏离,少了分温和。

她暗暗感叹,林晚秋真惊得她不轻,十六岁胆敢未婚先孕,且爱慕十几年的心上人又是长情温柔之人,真好。她忍不住少女怀春,这种男人是值得爱的,至于周之南……

林晚秋强忍泪水，以手帕掩面，背对着冯沐泽。阮萝猜她情绪难控，单单论往事，谈个千万次的，也便过去了，比不得活生生的人站在面前才最戳心窝，非要大声啼哭才过得去。

冯沐泽见状说道："可别哭，你一哭，那秋叶都落得凄凉了。"

阮萝生这么大，还没听过男人说甜言蜜语，听冯沐泽说出这话，她先林晚秋红了脸，低头偷偷地笑。她不知道周之南的目光正给了她，见此眼神都冷了下来。

林晚秋仍不作声，冯沐泽尴尬地处在那儿。阮萝于心不忍，竟破天荒地出口调节气氛："冯先生好，您帮我指点指点这画吧。"

冯沐泽教书之余绘画学了些皮毛，便放下了皮箱，走到画板前看了起来。那厢林晚秋还在偷偷拭泪。

晚饭是四个人一起吃的，冯沐泽的行李被周之南吩咐送到了客房，他要在周宅小住。林晚秋终于开口说话，却只是微微应答，并不主动。她内心沉寂太久，且是无望地虚度了十几年，需要时间缓解才能接受现状。

阮萝喜欢冯沐泽的为人，席间一口一个"冯先生"，丝毫没注意到周之南脸上已经挂不住。

原来冯沐泽回来祭祖，已经在酒店住了几日。四年前林晚秋卖了林家的洋楼，他寄过去的信件通通被遣返，断了联系，本以为一切情谊就此断绝。正赶上和港大的教书合同今年才过了期限，他没再续签，回上海祭拜父母，顺便看看能否打听到林晚秋状况。

周太太名讳谁人不知，何况周之南如今在上海滩地位今非昔比，他才知她嫁了人。说到这里冯沐泽的表情有些许苦涩，笑得有些尴尬。

阮萝见他提及情事有些呆的样子，猜想他怕是不知林晚秋和周之南的实质关系是怎样的，周之南没说，她也不该说，这应是林晚秋的差事。

她笑盈盈地问:"那你可娶妻了?今年孩子多大?"

冯沐泽尴尬地笑笑:"我并未娶妻,只觉得不是心中挚爱的话,便不能草率。"

阮萝偷偷看到林晚秋掉了滴泪,不禁在心里骂她矫情。明明说要跟冯沐泽走了,却不回信,只让这书呆子痴痴地等。

吃完饭,周之南就上楼进了书房,路过阮萝,给她了个意味深长的眼神。阮萝疑惑,可他只留下背影。她便在客厅跟林晚秋、冯沐泽坐了会儿,三人都没发声。阮萝这才意识到,赶紧寻了个借口,一溜烟地跑上了楼。

她没回自己房间,而是去了琴房。晚饭前她让人把画板送到楼上琴房,此时时间尚早,她打算再画几笔。可到了琴房却没看到画板,无须多想,便知道是周之南的小动作。

她转身径直往他书房走,门也没敲就推开进去,周之南闻声抬头,脸上没个表情:"越发没规矩,门都不敲了。"

她果然看到画板,就立在他桌子旁,上面的画又不一样了。她语气有些恼:"你怎么乱改我的画?"

"冯沐泽改得,我改不得?"他语气凉飕飕的,沉沉地看着她。

阮萝站在画板前皱眉头,周之南把冯沐泽给她改的颜色都生生盖住了,又上了他自己中意的颜色。可整体颜色太深,看起来就像周之南本人一般,深邃浓重,无声地强势。

阮萝说:"冯先生是学者,你个满身铜臭味的商人,同人家比什么劲?"

如果某天周之南死了,必是被阮萝气死的。两年时间,他已经学会平心静气,犯不着为她故意的刻薄话动气,且周之南是商人,他知道如何找补回来。

他语调都没变,仍是那副冷静样子开口:"你若是喜欢画画,便找个老师教你。"

阮萝的眼睛一亮："你可知冯沐泽会不会留在上海,可以让他做我的老师。他这个人倒不是彻头彻尾的书呆子,他在香港待过,所闻所见又稀罕得很。这样他不仅可以教我画画,还能给我讲些趣闻。"

说完转过头看周之南,他对着她扯出了个笑,说是冷笑不准确,又有些似皮笑肉不笑。

阮萝毫不客气地说:"你这是什么表情?难看死了。"

周之南开口:"我原以为你喜欢汉声那般话多好玩的,今日看你竟喜欢冯沐泽这般的,嗯?"

总之,就是不喜欢他这般的。

阮萝坐下,拆他桌子上的一盒西洋糕点:"倒也不是喜欢,只觉得林晚秋眼光好。"

"你最好同他保持些距离。"周之南没头没尾地说了这么句话,他起身出了书房,阮萝也不知道去了哪儿。

待把那幅画的空白处填了填补了补,她才觉得有些乏累。一看时间都过去一个多小时了,阮萝晃晃悠悠地回了房间。

一打开门,洗干净躺在床上的可不正是周之南。

"你自己没卧房?时时来我房间蹭住,没个规矩。"她拿他训斥她的话来噎他。

周之南把手里的书放下:"家里规矩不是我说了算?"

阮萝打开衣柜找换洗的衣服,嘴上仍不服输:"独裁。"

关了灯,阮萝才开口问:"林晚秋要跟冯沐泽走,那你会同她和离吗?"

他语气平淡,不觉得是什么难事:"她决定好同我说,我自然应允。"

阮萝却一本正经的样子:"周之南,你可心痛?"

周之南被她这问题问得尴尬，直白说道："我不爱晚秋，视她如姊如妹。"

"哦。"阮萝那双眼睛转来转去，毫无睡意。

实际周之南也没有睡意，既都不困，不如做正事。周之南把人欺负了一通，她很快睡着了。

他在月光下静静看着她的睡颜，出神许久。

深秋时节，震惊上海滩的大新闻是周之南和林晚秋登报和离。不过如今上海动荡不安，没有什么会长久放在台面上说的事，顶多茶余饭后或是酒桌上推杯换盏，人们会说上一两句。

"周老板离婚，你们可知道？婚后四年无子，当离。"

"你这般思想老套，林家无子，财产还不是都归了他？如今上海滩都见不到林晚秋其人，周老板心狠。"

"这话你也敢说？"

"糟糠之妻不下堂，此举大大地不妥。"

暗地里各式各样歪曲的话甚嚣尘上，只可惜当周之南的面，又一个字都说不出来。

又有人说看到林晚秋随同一位斯文男士，一起上了船离开上海，暗地里开始传周太太出轨。这些人自己在外面包歌女、长三堂子请花酒，偏说起别人和离之事一身的劲。

周之南不愿意动手，陆汉声思量着前阵子周之南没少为他分神，还纡尊降贵地去见唐曼。他愿做一次正义使者，还上海滩商界一个安宁。

嘴最碎的赵老板成了陆汉声的目标，没几日，众人便知唐曼肚子里的种是他的，他日日为此烦忧，不知如何消去这股风声，自然无暇再讲周之南的家事。偏遇上脾气火暴的赵太太输牌散财，赵老板如今地位少不了赵太太家里支撑，战时生意场上很难得意。茶几上仆人留下的水果刀成为凶器，夫妻二人挥刀相向。

不是坊间八卦，而要上公报新闻。

"早就看那个赵老头儿不顺眼，我想起唐曼就觉得恶心。"陆汉声靠在周之南书房的沙发里，吸一支雪茄，眉头微皱，那样子不知上海滩多少痴心名媛看了心动。

周之南撕碎手里的一张合同，幽幽发声："你自己做的腌臜事，如今知道后悔了。"

陆汉声说："哥，感情上的事情，我后悔太多，步步错。在这方面，我们都是一样的败者。"

虽说陆汉声鲜少深沉，但这也没让周之南心软半分，他冷声说道："汉声，我和你不同。她仍在我身边。"

陆汉声手里的雪茄落地，把周之南特意从国外带回的羊毛地毯烧出了个洞。这时梅姨在门口轻轻叩门："先生，可以开饭了。"

周之南应了声，起身抚了抚衣袍，路过陆汉声时拍他肩膀，诚恳劝解："过好当下，我是盼你好的。"

说完，他先出了门，给他时间缓解情绪。

陆汉声语气苍凉："我好不了了。"

林晚秋走后，家里主卧很快换了新样子。过去周之南绅士，主卧一直是林晚秋睡，他不是宿在书房，就是阮萝卧室。

如今的问题是如何让阮萝来主卧与他同睡。直接抱过去会不会太霸道，敢替她做决定，她定要反着来。那便问她，要不要来主卧睡，床更大些。

阮萝如同他意料中的那般拒绝："我不要，林晚秋睡过，你睡过，我干吗要去睡？"

周之南有些疲累，揉了揉眉头倦倦地开口："床已经换过，家具陈设也换了。"

他立在门口，阮萝坐在床上，脚指甲刚涂过蔻丹，水红色晃得周之南心头痒。

阮萝说："周之南，我有问题问你。"

周之南借机讲条件："有问题来主卧躺下问，我今日累，没精力欺你。"

可她满脸认真，这让他觉得承受不住。

她问："周之南，你爱我吗？"

周之南觉得恍惚听到金器砸落在地的声音，空旷刺耳。可夜已经深了，楼下都灭了灯。定是幻觉，他愣在原地。

阮萝还在北京时，尚没有形成关于人生的各种观念。阮方友肚子里有墨水，可分不到阮萝分毫，她长了这些年，世界里只有自己。

初见周之南，尊严不值得一提，那是于她不存在的东西，他带她脱离泥潭，飞升成上等人，他好似是对她有意的。

进了周宅后，她终于有了尊严，好似一人之下万人之上，且自从她乖顺地待在周家，周之南从未对她红脸，纵容她的一切，又似乎是对她有情的。

二人发生实质性关系后，周之南不再睡书房，频频夜入香闺。至此，两人变成今日的奇怪关系。

阮萝不懂什么是爱，只见了林晚秋，她第一次开始思量这个严肃命题：她和周之南之间的感情到底是什么。

不知沉默了多久，周之南无法逃避阮萝问题，因见她眼神坚持，仿佛答案不是"爱"她就会转身离开一样。可她断没有权利决定自身去留。

"这个问题很难回答吗？"她歪歪头，看着他。

很难。

周之南从未觉得如此难以启齿。他能够在陆汉声面前坦荡说，他初见阮萝为她脆弱但坚毅的样子心动，也曾在心里千百次地说，他是爱她的。

可如今面对阮萝，他一个爱字都说不出。

商人心理不允许他先透露出自己的价码，故而他掩藏心事，不可说。

在周之南的心中，阮萝古灵精怪，心情如同英国的天气，永远让他捉摸不透。家里仆人暗骂阮萝脾气古怪、难伺候，可偏偏周之南吃她这一套。那为什么要说出口爱呢，如今这般不是很好？

阮萝继续说："林晚秋十六岁敢出门会情郎，做的是世间有情人最快活的事。我想，那种事即便不是两情相悦才做得，也至少要有一方是带着爱意的。我原以为你爱我，如今发现你是不爱的，那我跟长三堂子的女人有什么区别呢？还是说我比她们干净些罢了。"

周之南见她用刻薄话讥讽自己，皱着眉头开口："别说这些轻贱自己的话。"

她嘴巴有些扁着，眼眶泪水即将溢出。

突然她泪水崩塌。那瞬间她自己都不知道自己在诉求什么，但就是忽地来了这股脾气，定要发泄出来才好。

周之南试图安抚她："你还小，不应该谈爱不爱这些沉重的东西。"

阮萝不听："你滚出去吧，周之南，我不想看到你。"

他轻声叹气，坐在她床边，她坐在床上搂着自己的腿，是一种极其缺乏安全感的姿势啜泣。他想真是他自己纵出的小哭包，又开始在他面前掉珍珠了。

"别哭了，哭得我头疼。"

她更气了，冯沐泽说林晚秋一哭秋叶都落得凄凉了几分，可周之南只说自己头疼。

他伸手托起她的脸颊，让他抬头同他四目相对，周之南问："若我回答了，爱，那你爱我吗？"

阮萝愣住，下意识地觉得答案无疑是不爱，但她又离不开周之南。周之南是她在浮沉乱世之中的唯一依靠，对她也是真真切切花了心思的。

少女脾气来得快，去得也快，此时又觉得同周之南如今这般，没什么不好。

问题不落在自己身上，便不知道有多难，阮萝默不作声。

周之南开口结束话题："答不出就不答。我只劝你，平日里别净是只见别的男人，你多看看我。"

往常阮萝定要说：你个老男人有什么可看的。今日她无话，乖乖弱弱装老实。

周之南横抱起阮萝，进了主卧。床头幽绿的台灯熄灭，他声音疲惫，还是要多说这一句："新涂的蔻丹，很漂亮。"

她在他怀里愣了愣："嗯。"

第二天阮萝醒后，周之南早不知道离开多久，看了眼时间已经九点多，窗外艳阳高照。

周宅自林晚秋走后，阮萝俨然成为话事女主人，然而她起得晚，早饭往往只周之南一个人吃。不论她何时起，再送上一碗燕窝粥便可，让厨房省了不少事，阮萝终于做了件让人感激的事。

她已经半月未去上学，近日里街上始终有学生示威游行，一片混乱。

周之南早就勒令她不准参与，因此学堂照常上课了，她仍没去。就在家里写写画画、练钢琴，被周之南逼着学英文，偶尔去花园里侍弄下花草，头疼的当然是掌管园艺的小厮。

下学时间，程美珍来访，一起到的还有学堂同学沈仲民。

这个沈仲民家里也是富庶的，阮萝听说他好像还能和陆汉声扯上表亲，不知是真是假。沈仲民受新式思想鼓动，满口自由与民主。阮萝嫌他日日穿中山装，十八九岁的年纪像个老头儿，与他并未有过过多交流。

程美珍说："周萝，我放学遇上沈仲民，想着他课业学得比我好，便邀他一起来了。"

阮萝不置可否，把梅姨送上来的茶递给他们，沈仲民不加掩饰地环顾四周，然后感叹道："周萝，我竟不知你家这般大。"

"沈少爷怎夸起我家大了，是最近活动太多，太久没回自己家里看看？"她嘴上不服输，非要跟人分说到底。

沈仲民说："我家没这么大，你与周之南是何等关系？我听说他的亲眷都已经移民。"

阮萝皱眉头，觉得沈仲民是真的不怎么会说话。他家里人但凡明智点儿，万万不要让他从商，不然必是挨不住几年挥霍。

阮萝说："你们若是来查周之南家底的，烦请出了门去商会找他当面问。若是查我身份的，也可去问他。就是一条，别来烦我。"

她三言两语把话推回去，扯周之南出来撑场面，大多数人都不敢再多说。

除了情商低下的沈仲民。

"你可知周之南近日同日本人有往来？我原在学堂听过你的流言，且不知你同周之南是何等关系，他如今这般举动，你还花得下去他手中的脏钱，在他豪宅里享受虚荣？"

沈仲民如是说，他已经在心里盖棺论定阮萝同周之南的不正当关系。按理说，阮萝应该被他说红了脸又红了眼，可她是怪物，透过少年人的质问，只想问关他什么事。

阮萝转而看向程美珍："程美珍，半个月不见，你就是带着这么个愣头青来我家里惹我不快？你们是觉得我的日子过得太舒坦了？"

她语气不悦，不仅是因为口无遮拦的沈仲民，而是见程美珍只在旁边呆看着，像是也期待她口中说出什么回答一般。阮萝丝毫不讲礼节地推着他们两个往门外走:"走走走,给我滚出去,别来我家,功课不需要你们给我讲。"

沈仲民被赶着走也不忘张嘴说个不停:"你是心虚还是畏惧了?你还年轻,可以自己做工养活自己,不必在这楼里做没自由的金丝雀。且周之南本性有问题,他商会做到如今的地步,少不了那些肮脏下流事,是个坏透了的老狐狸……"

阮萝从未被人如此絮絮叨叨地磨。周之南是唯一关怀她的人,每每也是点到即止,沈仲民简直是要把她逼疯。

"呵,沈家少爷真是长本事了,竟学会在主人家讲主人的不是了。周之南其人如何,断不用你来评判,再在我面前讲这些下三滥的不中听话,我就让你领教一下周之南到底是什么样的人。"阮萝语气更差,转而使唤下人,"愣着干吗?把这个人给我扔出去。程美珍,你也走,我不想见你。"

人被小厮带了出去,阮萝从未觉得身上的阔身旗袍如此闷热。明明是蚕丝质地,她便拿出绢子擦拭额头,这动作倒是有几分像林晚秋。可下一秒就是把那绢子挥出了旗子的气势,这样风才大,只是大大的不雅。

周之南打外面回来,正巧看到出了大门的程美珍和沈仲民,因从未看过阮萝的男性同学,便打车窗里多看了几眼。只觉得这少年郎样貌是不错,文质彬彬的,可眉眼的正气有些轻浮,他不喜欢。

进了客厅后,梅姨上前报备,说大小姐和同学置了气,直说晚饭都不吃了,气冲冲地回了房。

周之南心想,明日程美珍必定又要大清早地来请罪。

咚咚敲门声,伴随着周之南的声音:"是我。"

"别烦我!"两个声音重合,所幸,彼此都听到对方说的话。

周之南还是推开门,见阮萝坐在梳妆台前的圆凳上,脸上没有表情。他解开两颗西装马甲的扣子走过去，蹲在她面前，手捎了捎她的小脸蛋，抬头自下而上地凝视她。

"怎的忽然动了气？程美珍惹你不快，便不再跟她接触就好。"

阮萝轻声叹气："我想杀了他，平白地烦我。"

那本是女子脾气多变的气话，只周之南一人认真，对她说过的字字句句都认真，确定一样重复问："程美珍？"

见他眉头微皱，是认真的神色，阮萝赶紧用一根手指封住他的唇："不是。"

她双手又去抓他的脸，周之南确定她不是挠，便任她去摸。

阮萝捏了两下他的双颊，又去摸他头顶，眼神甚至有些慈爱，缓缓开口："周之南，怎么办呀？我不爱你，但我听不得别人说你。"

周之南听后笑了出来："哪般说我的？我又不怕别人说。"

他声音温柔到自己都觉得诧异。

"你真是个贱皮子，若是喜欢被骂，我日日骂你也是可以的。"阮萝满脸嫌弃，觉得他这方面很是不争气。

实际上周之南是笑面虎，他佯装对事事都不在意的样子，心里却记得清楚。只平日里生意场上，先他一步动手的往往是陆汉声。

他好脾气地说："准你骂，你在下人面前骂我还少了？只一点你得记住，出了周宅不准。"

阮萝点头："我知道，在外面要给你留脸面，讲得体。"

周之南起身揽她："下楼吃饭。今日有人送我了个陈年的碧玉镯子，我见那飘花透亮，通身浑绿，你戴上肯定漂亮。"

偌大上海滩是谁说给周老板送礼难的，如今送得不是很适宜？

晚上睡觉前，阮萝不知怎的，就想起了沈仲民说她是周之南养的金丝雀那一句。他今日又送她玉镯，他们之间真像是不正当的关系。

阮萝忍不住问："周之南，我们之间是交易，对吗？"

她开始钻牛角尖,周之南虚虚地打了她一下:"我们之间是平等的,你若是觉得不放心,我给你些家产让你傍身。要非说哪里不等,便是你没权利离开我,这点你需谨记。"

说得有理有据,不愧是周老板。

"那你把周宅房契也要给我,不然我住得不舒坦。"阮萝才不懂见好就收,她只知道见了好,就要狠狠咬住,不死也要掉层皮。

周之南大方,只笑着和她要彩头:"亲我一下。"

阮萝比他笑得还浓:"周之南,一吻抵一房,我能把你亲到破产。"

周之南满脸无奈:"这般没出息,不想做周太太?家产都归你。"

她被他不太严肃的语气惊到,摸不准他到底是哪般意思,只能试探性地开口:"周之南,你是认真的,还是说梦话?"

他下意识地在脑海里审时度势,认真说道:"现下时机不对,晚秋刚走,还需等一阵子。"

周之南愿意和林晚秋做婚姻交易,阮萝不相信他把婚姻看得多重。于是她开口拒绝:"谁说要做周太太,沪上那么些名媛任你选,可轮不到我。只盼你找个温柔的,别太快把我踢出家门。"

周之南说:"哪儿来的名媛?只一个你就够让我头疼。"

阮萝咋嘴:"周之南,你是真不会讲话,你此时倒不如说,你心里只有我。"

他是好学生,懂得举一反三,扯她纤纤玉手,贴上他胸前:"心里自然只有你。"

阮萝些许满意,闭着眼贴上去轻吻他的唇。细数其中情意,其实也是有几分的。

次日,阮萝起来后,正在餐厅吃三明治、喝牛奶,是周之南式早餐,味道也还不错。

有小厮打商会来,呈上了个盒子。阮萝放下手中食物,梅姨赶紧递上湿毛巾。她皱了皱眉敷衍地擦手,然后打开盒子。发现是昨夜周之南应允的周宅房契,她一看地址便知。

除此之外,周之南答应给她傍身的财产也是一张房契。她看了看上面的位置,唤了个用人问:"霞飞路是哪里?"

用人回答:"法租界呀,那边都是新修的商铺,西洋玩意儿多,您可以让先生闲时带您去那边逛逛。"

合着就给她了间铺子,两张纸白白用这么精巧的楠木盒子装,浪费。

阮萝抱着盒子走到客厅,给商会拨去电话。待转到周之南手里,他为阮萝少有地给他拨电话而心情愉悦:"怎的想找我了?"

"周之南,你还能再小气些吗?"

她声音闷闷的,带着计较,周之南都能想到电话那头财迷样子的阮萝失望而愤怒的神色,笑得更深了。

待晚上周之南回到家,阮萝对他仍旧有气,觉得他把做生意时的算计也用在了她身上。

周之南低声下气地哄,还亲自进厨房给她热了杯牛奶,并且给她支招:"霞飞路那间铺子我帮你租出去,这样你月月都有进账,且有地皮握在手里,还不好?"

阮萝上唇蹭了大片的牛奶,啃着杯子边缘思量,觉得这般也好,且能体会收钱的快乐。周之南抬起她的头,细细舔干净她留给他的牛奶。

"老不要脸。"她忍不住啐他。

两个人坐在客厅里,他拿早晨未看完的报纸胡乱翻着:"我问了梅姨,今日程美珍竟没来?"

说起来程美珍阮萝还有些闷气:"好好地你怎么提她?她像个闷头鹅,昨日任那沈仲民气我个不停。"

"我只是以为她今日会来同你请罪。"看她剩了口牛奶放在桌子上,

"牛奶喝完。"

阮萝自来上海，也就在学堂认识了程美珍一人，算得上是朋友。且阮萝只是嘴上刻薄，心比菩萨软，思及此，她便觉得同程美珍没那般大的气了。

"唉，其实我和美珍是朋友，没请罪那么严肃。"她悄悄推桌上那只杯子，推到周之南面前，都被他余光收入眼中。

"你顺心就好。"

他放下报纸拿起杯子，感觉到牛奶都凉了下来，便不再劝她喝。周之南喝掉了最后一口，拍了拍阮萝肩膀叫她上楼。

次日大清早，程美珍来了。梅姨长了记性，要她在楼下等，小姑娘也没了上次那股积极劲，乖乖地坐在客厅的沙发上。

周之南早些下楼，悄声关门怕吵醒阮萝，打楼梯下来见了程美珍主动开口："来找萝儿？"

"是的，周老板。"

他径直往餐厅走，但程美珍眉间愁色都被他看在眼中，周之南只当没看到，问些不痒不痛的："这般早，可吃过早饭了？"

程美珍说："没，还没。"

周之南挥了挥手，厨房又送上一份银耳莲子粥和参茶，梅姨到客厅低声唤程美珍："先生请您去吃早餐。"

程美珍愣愣地放下怀中带来的礼物，坐到周之南的下首，心不在焉地吃着那碗粥。

周之南装什么都不知道，粗略扫了扫今日的《晨报》，品他那盏参茶。

程记药房近日生意惨淡得紧，也算程山倒霉，如今战事随时触发，但谁也不知道何时会打起来。若是战事已至，程山的生意必是红火，可如今这般尴尬境地，各方都要盯着沪上那几家老字号的药行。这味药不准，那味药也不准，且程山早早看西药紧俏，这两年大半的生意都是做在西药上。

胆敢做西药生意，必要被盯得紧紧的，各方都要咬走几块肉，程山如今苦不堪言。周之南前些日子在宴会上看到他到处找人交际，只可惜那些人精对他避之不及。

人心往往就是这般真实，有钱人物欲横流、醉梦笙歌，底层人便要拼两百分的力气去求得生存。

程美珍不是阮萝，他半分疼惜都不会放在她身上。吃完盘中餐，他擦手漱口出了门，留程美珍一人在餐桌前游离。

阮萝这几天走财运，接连收礼。程美珍送她一副翡翠打的吊坠，不识货也看得出色泽纯正，价值不菲。

她自知程美珍不会无缘无故送她东西，更何况是这般昂贵的，且她不喜翡翠，若想要，也是唤周之南给她买，何必收程美珍礼。

阮萝语气很好："你平白送我这般贵重的东西干什么，有事便说就是了。我那日也不是同你置气，只觉得那沈仲民极不是个东西，你惯不是能言善道的，我犯不着迁怒于你。"

程美珍低头不语，阮萝仔细看了看她的脸，觉得眼睛有些红肿，像是昨日哭过。阮萝耐心地问："你可是哭了？"

程美珍带着哭腔开口："周萝，你救救我们家吧。"

阮萝不解："我怎样救你？"

程美珍哭哭啼啼地讲她家事，讲他父亲如今的凄凉局面，程家举步维艰。

"程记从我祖上就传下来，我父亲说药房不能没，可现下已经没钱周转，母亲的嫁妆都拿出来变卖，这块玉也是现打的。周萝，帮我求求周老板，我前日惹你不快，你打我也好，骂我也好，怪我不该耍小姐脾气，昨日宁死不愿意来同你赔罪，父亲已经打骂过。你要打要骂，我也没一个不字。"

程美珍疯了，阮萝如是想。她见过几次程山，瞧着面相就是个人情淡薄的，没想到对自己女儿都下得去手。想想也是可笑，程家世代富贵，如今要向出身卑微的阮萝低声下气。

可周之南的钱又不是她的，他心情好时，得她主动一吻便给她张房契，要说心情不好，打她阮萝一顿也并非不可能。阮萝知道自己几斤几两，断不能擅自应允。

"美珍，我若是自个儿手中有家产，你要我出钱帮忙，我必然出。可显然你要求的是周之南，你当让你父亲去商会找他，而不是我。"

程美珍平日里就是个嘴笨的，或许刚刚那番漂亮话是父母教的，此时再开口便让阮萝心凉了大半截。

"周萝，你年纪轻轻就跟周之南了，他一向宠你，这便是吹吹枕边风的小事。你拿我当朋友还是丫头，我不计较，只求如今艰难时你帮帮我。"

她第一句话就足以惹怒阮萝。在外人眼里，她和周之南的关系模糊不清，可程美珍作为她唯一的密友，怎么会不知道她当年和周之南是清清白白的。

阮萝只冷笑，看着她，看她还说出哪些不中听的话。

程美珍说："我……我父亲原说，他托人私下查周老板亲近的人，只可惜他的亲眷大多已经定居国外，周太太也走了，只你一个人。他想让我侍奉周老板，我不愿意。我不知道你的出身，可我家世代高门大户，我断不愿意自己郎君是个大我十来岁的……啊……"

阮萝一巴掌甩到程美珍脸上，干净利落。

大户人家的小姐这般境地，还在她面前论出身，周之南俨然成了她可挑选的物件。

打扫的仆人闻声响赶紧走到厅子里来，被阮萝勒令退下去，见她语气不善，大家都不愿惹事。客厅里又是她们两人，阮萝下手重，程美珍娇养的半边脸红了起来。

她怒程美珍愚蠢："你可真是个呆头鹅，我劝程山如今生意不好，便不要再折腾，不如到大上海请个脑袋灵光的舞女到家里，教他不会讲话的女儿如何多说些漂亮话再出来求人。沈仲民在我面前讲周之南不好，我让人把他赶出去，你今日怕不是也来讨嫌的。我把你刚才说的混账话讲给周之南听，你且瞧你家那个破药房，会不会倒得更快些。"

说起刻薄话她没输给过谁："程大小姐如今有意出来卖身，奈何市价行情不好，遇不到周之南这般愿出高价的买家。你也不易，只可惜这般心思不可留，还不如早早选好人嫁了，免得将来情况更差，到时还要呜呼哀哉地念起周之南的好。"

程美珍被阮萝说得脸色难看得很，她本就看不上阮萝，在外周之南从未明说她是何等身份，只人人见是周宅出来的周姓小姐，通通礼让三分。刚入学堂，程山把她同学的家庭都打探了个清楚，这个周萝是必须交际的，她便刻意讨好接近阮萝。

近些年上海滩不流行早婚，所以程山才没早早给她定亲，为的就是多些时日挑选。只可惜如今程家出了问题，人人避之如蛇蝎，更别提婚事了。

程美珍厌烦极了阮萝，脾气古怪、说话刻薄，她必须时时哄着、纵着，也曾妒忌周之南对她娇纵。可自撞见周之南衣衫不整地打阮萝房门出来，她便不羡慕了。

周之南虽生得漂亮，但年过三十，看着就不是她们那般青春年纪。她爱慕沈仲民，因他积极向上，有年轻的气息在。更遑论他口中都是自由与民主，真真的西式思想，顶时髦的。

阮萝对程美珍最后的仁慈，便是差了司机送她回家。至此阮萝可以说，在上海滩再没朋友。

下午太阳正盛，阮萝在后院摘了些花，就在院子里的石桌上插花。想着那日，用人说霞飞路那边有许多新开的卖西洋玩意儿的铺子，暗自打算改日让周之南陪她去逛逛。她已同程美珍彻底闹翻，不然定叫她同去，周之南只算是备用方案。

院子里的仆人见阮萝神色如常，在那儿对着各色的花饶有兴致，心里暗说她真是怪物。上午刚和程美珍闹那么大响动，睡了个午觉起来，又是正常样子。

阮萝不论旁人如何看她，若问她心里难不难过，答案自然是难过的。她认真对待的友情被辜负了，程美珍不过是为周之南才同她交际，但她从小不受父母疼爱，便养成了个对待感情淡薄冷漠的性子，也不知是真的不在意，还是习惯了装作不在意。

眼下只知花好看，就不想那些不好的事情了。

打前院跑过来了个丫头到阮萝面前，急匆匆地说："小姐，您快上楼看看吧。先生回来了，好像出了事情。"

阮萝放下手里的花，留下了一句"花别乱动"就赶紧往前走。到了厅里，只见陆汉声一人，急得来回踱步。

她问陆汉声："周之南呢？出了什么事？"

陆汉声给她解释："日本来的新任经济司司长今日到沪，早早下了帖子请之南吃饭，谈经济。这出来的时候我晚了几步，不知哪儿得来的风声，有早等在门口示威的学生。"

阮萝语气里带着自己都没察觉的急切："然后呢？周之南怎么了？"

陆汉声说："也没大事，就是朝之南扔了东西，还有就是护着之南上车的时候，有拿了棍子的戳到他了，我见他额头乍起了大片的汗。"

"人呢？"阮萝没见周之南人，听陆汉声说的也不知道到底伤成什么样。

"上楼了，应该是去洗澡了，毕竟身上蹭了脏东西。"陆汉声有些心虚，周之南有洁癖，虽然从没说过，但身边人都看得出来。

阮萝自然生气，边说边往楼上跑："你不拦着他些，也不知道伤多重，还洗澡。"

陆汉声无奈："我拦得住他吗？他让我在这儿等自如。"

阮萝早跑没影了。

她先跑到周之南常用来洗澡的那间浴室，进去只看到整套的西装被乱扔在地上，架子上的用具也被故意扫掉，落得满地都是，看样子确实是气着了。

阮萝再到书房，没见到人，便跑去主卧。看到他正穿着睡袍，手里拿着杯子站在窗前，刚好看得见后院里的桌子，阮萝插了一半的花正放在那儿，没人敢动。

阮萝走近，仔细看他头上仍滴着水，几缕碎发耷在眼前。周之南听到声音回头，表情有些阴鸷。

却是阮萝先开口责怪他，拿出了教育人的阵仗："周之南，你真儿戏，受了伤怎么能立刻就去洗澡？"

"死不了，怎么澡还不能洗了？"

语气也不妙，可以确定气得不轻。

阮萝明知故问："气到了？"

周之南只凉飕飕地瞥了她一眼，没回答。

她心里其实忍不住想笑，想这些人真狠，周之南自在家里做少爷的时候就洁癖得很，衣服脏了一点儿断不会穿，遑论朝他身上扔鸡蛋和菜叶。

阮萝凑近仔细看他，发现他的额头也刚蹭破了，许是洗澡的时候沾了水，此刻伤口泛红。伤应是小伤，但就怕感染。

她在旁边说个不停："就不能忍忍？你瞧你这额头，都泛红了，一会儿等李医生给你看看。还有你身上怎么样？陆汉声说被棍子打了？"

"没大碍。"他有些躲闪她关切的目光。

"周之南。"

此时传来敲门声,是陆汉声带着李医生来了,阮萝走过去开门。

李自如一进门就讲风凉话:"哟,听说我们之南,哦不,大汉奸被打了?"

陆汉声赶紧在背后拍他,周之南冷笑:"那你还不快滚出大汉奸的房子。"

李自如笑个不停,还下了结论:"气得不轻,气得不轻,都开始赶我了。"

李自如手快地给周之南额头上的小伤口消了毒,说:"这没什么大碍啊,汉声给我打电话急得,我还当之南要死了。"

阮萝忍不住开口提醒:"不是这里,身上还有,身上的严重些。"

李自如果断地说:"衣服脱了,我瞧瞧。"

阮萝猜他里面什么都没穿,扯了被子给他盖住下面,周之南解了睡袍,露出上半身。他平日里少不了同陆汉声打羽毛球,得空都会运动,身材保养得好,不似别的老板那般挺八个月孕肚,一辈子不生。

李自如又说风凉话:"啧,这是有点儿重,使的力气再大些,都能把我们柔弱周老板推倒了。"

可见周之南后腰上方一大块紫,细看其中带着青,倒像个湿气极多的人拔了火罐,只不过周之南是被打伤的,阮萝看着都皱眉头。

"你害怕就出去待会儿,等他走了再进来。"周之南捕捉到阮萝细微的神色,开口劝她。

阮萝摇了摇头,盯着李自如的反应。

李自如说:"其实说严重也严重,说不严重也不严重。"

陆汉声都忍不住提醒他:"你可说些明白话,我看之南好了,定第一个拿你开刀。"

他又轻轻按了按青紫部位的附近,周之南有些皱眉,不过幸好是轻微疼痛，伤得不深。本来当时示威的学生都是被拦着的，那力打到了他的身上也化解了几分。

最后李自如下了诊断："还是给你开些中药调理吧。最近注意些，别操劳，也不要久坐久卧就好。"

他那句操劳明显意有所指，看了阮萝一眼，正对上她，脸上有些不信任的神色。因李自如先是用西药的碘伏给周之南清理伤口的，如今又说开中药，任谁都要怀疑。

李自如笑着和阮萝说："你可别这个眼神，我本就是学中医的，后来半路出家，学了几年西医。之南，你家小姑娘还不信我。"

周之南鼻孔出气，说他："你本就是半吊子东西。"

"对了，还有……"李自如欲言又止，对着周之南使眼色，只陆汉声和阮萝不懂。

周之南见不得他吞吞吐吐："说。"

李自如说："就是你喝这剂方子了，那，那味药便是得先停了。"

周之南答应："知道了，明日再吃。"

阮萝不解："周之南，你还在吃什么药？我竟不知你有病。"

陆汉声显然是知道的，听了阮萝的话忍不住笑，拉着李自如出去开方子给下人。

房间里仍传来阮萝质询的声音："周之南，你还哪里有病？"

周之南扮黑脸："调理的药罢了，我看你是怕我突然死了。"

阮萝嘴硬："是，我怕我好日子过不了多久，周老板突然归西。"

入了夜，阮萝特意跑到后院偏角的花棚里，折了几枝绣球插到花瓶里，这样她的插花作品才算完成。

秋日已经深了，花匠把好些怕晒的花都搬到了棚子里，阮萝带了一身杂乱的花香上了楼。花瓶被她放在主卧窗前，想着周之南没在卧室，定是在书房。她唤梅姨给她另拿了个浅口花瓶盛了些水，将多剪的一枝粉白绣球插进去。

阮萝端着花瓶进了书房："李医生不是叮嘱不要久坐，怎么又在书房待这么久？"

周之南不当回事："他口中的话几句真几句假，也只有你傻傻地信。"

她把小花瓶放在桌角，周之南皱眉，从一堆账本中抬头："放到沙发旁去，这里碍我事。"

他心里喜欢，可今日气不顺，定要耍平日里阮萝那般无名的脾气。

"不要嘛，周之南。这花多漂亮，只你桌子光秃秃。"

她上赶着来给他解闷，周之南岂有不笑纳的道理。

他今夜很是烦躁，阮萝感觉得到。

事后，他坐在沙发上点了支香烟，吞云吐雾。他额前的发丝凌乱，衣领随意散开露出过多的胸肌，那副样子让阮萝看得都有些痴。毫无疑问，他是俊朗的，平日里头发梳得一丝不苟，今日少见地乱了发，失了智，是另一番迷魂勾人的浪荡公子感。

神志回到现实，阮萝不准周之南对她冷落分毫。她转过身背靠桌子跟他撒娇："周之南，我腿麻了呀……"

闻声周之南把烟夹在唇边，一副颓废模样，起身到桌前把她也抱到沙发上。阮萝自己找了位置，头躺在他腿上，周之南双指夹着烟继续抽，眼睛眯着，分外撩人。

阮萝知他今日心情不好，任他放纵："周之南，我寻思着，是不是有人故意煽动学生？因而特地在饭店门口等你。"

周之南瞟她一眼："这些事同你不相干。"

他一支烟抽完，人向沙发后背一靠，闭着眼睛不知想什么。

她转着弯地哄他："周之南，你气什么？你又不是汉奸。"

他冷冷地笑了笑："你倒是信我。"

阮萝相信自己的眼光，她信周之南不是，周之南一定不是。桌头的绣球开得正盛，圆圆一朵，粉白粉白的，为周之南的冷书房添唯一亮色。

次日，阮萝大清早发脾气，许是昨日迁就周之南，今日开始不爽了，又或是她下楼许久未穿长衫的周之南带笑快活样不平了。她昨日可是够乖，今日自然要耍耍脾气。

看桌子上的红豆粥皱眉，阮萝说："我不喜欢红豆，还拿红豆做粥。大清早的就不让人好过。"

周之南看报纸头都没抬，梅姨赶紧把红豆粥撤下去，换了燕窝粥，暗暗庆幸厨房多做了一份。

可阮萝又说："日日都是燕窝粥，今天不想吃。"

这下终于让周之南放下报纸，把他还剩一个三明治的盘子推到阮萝面前："那吃这个。"

阮萝摇头："这是你剩下的。"

他今日定是不出去，没用发油，头发只随意梳顺了，看起来比往日放松。

"安静些用早饭，然后再闹。"周之南一向讲究三餐，他自己餐餐吃得认真仔细。

阮萝觉得自己被忽略："周之南，你是舒坦了。都过了一日了，还想着支使我？"

周之南头疼，为她清早无名怒火，他不想在餐厅当着好些仆人的面低声下气哄她："你大清早火个什么？平白地吵得人头疼，教你那些礼节一句都入不了耳。"

阮萝冷笑："你喜欢懂礼节的，去大上海找头牌舞女，几百大洋买她一夜舞票。"

她又开始说这些刻薄话，把报纸扔到一边，彻底没了看的兴致。周之南接过梅姨递的杯盏漱了口，试图缓缓心中怒火，寻了个别的话茬儿开口："今早汉声给我打电话，程山带着程美珍到商会找我，说你打红了程美珍半张脸。"

可他说得不对，在外长袖善舞的周老板，在家为一个发脾气的阮萝说错话。

阮萝的语气更冷："怎么，周老板丢了面子，要同我算账？她程大小姐被我打，你也觉得不符上海滩秩序对不对？"

周之南更加头疼："你能否不要兀自曲解我的话？且少说那些刻薄的，真真被你气得头疼。"

她声音骤然变得萧瑟，语气也降了下去："喜欢的时候最是中意我这么讲话，骂在你身上也是笑的。如今烦了，就是徒惹头疼了。"

他从未烦她，明明是他心中有气，怎的现在情形成了阮萝撒火？

"我今日千不该万不该的就是说你。"周之南先服软，不继续与她争论。

阮萝不依不饶，明明是周之南先说她的，他还一副大人大量的样子了。她起了哭腔，可眸子里仍是一副倔强样子："你若是烦了便放我走，房契我还给你，一分一毫都不要你的。我们桥归桥路归路，我还能死了怎么着。"

餐桌下周之南握紧了拳，接着叹了口气，先让梅姨等仆人退下，偌大餐厅只剩他俩。

周之南起身到她面前，半跪着抬头给她拭泪："别哭了，不单头疼，心也疼。"

阮萝使劲抽了下鼻涕，仰头想把泪水逼回去。周之南看着更不是滋味了，立刻改口："还是哭吧，我给你擦。"

下一刻阮萝抓上他的脖子，抓出了道红痕。这下可好，周之南本就因为额头伤口近几日不能见人，这下可以连着这道新痕一起养了。

阮萝说："周之南，我讨厌你，你别惹我。"

周之南百般让步:"嗯,不惹你。"

"我打小在哪儿长大的,你又不是不知道,怎么生气了,就拿我说话刻薄做文章?我若是像林晚秋那般软声软气的,饿死的坟头草都半人高了。"

若不是受过太多苦楚,谁又愿意这般刻薄地活。

周之南沉默看着她,阮萝继续说:"我就是下只角贱民,程美珍说得没错。我一开口就不是你们上海人,我也没想做上等人。"

阮萝不知道"下只角"是什么,但那话从程美珍口中说出,定不是什么好话。周之南听到"程美珍"三个字皱了皱眉,然后伸手堵住她的嘴。

他柔声给她讲道理:"我不是厌你这般说话,只是你别用刻薄话在我面前轻贱自己,知道吗?程山带程美珍找到商会,我不生气,你就是把程美珍打死了,我也不会说一个字。刚刚是我提得不合时宜,惹你更怒。我被你制得死死的,萝儿,你惯是知道怎样让我心疼,磨得我好苦。"

阮萝闻言轻抚他那处被她新弄的抓痕,软了声音说甜言蜜语:"周之南,你穿长衫更好看。"

"嗯。"他拿手帕擦干净她一张脸,陪她一起把这页翻过,"想吃什么?"

阮萝被他软着哄好,转身拿起剩下的三明治:"这个,还要喝半杯牛奶。"

她语气认真,水灵灵的眼睛望进周之南双眸深渊:"周之南,我没有骗人。我真的不喜欢红豆,且今日不想喝燕窝粥。"

周之南了解,满脸纵容:"好,再不做红豆。"

仆人再进入餐厅,便看到阮萝低眉顺眼地吃三明治。周之南进了厨房,亲自用小锅给阮萝热牛奶。

真真怪异。

周之南则若有所思,阮萝月事快近,且秋日越发深了,可要叮嘱梅姨看着她少贪凉。

养伤的那几日里周之南很反常,白天里陪她折花、打球、画画、弹琴,可夜里就是不碰她。

阮萝心里暗暗纳闷儿,想他可是腰被撞坏了。她一双柔荑状似不经意地移动,可下一秒就被周之南钳制着手腕挪走。

她忍不住问他:"周之南,你怎么了?"

"我怎么了?"周之南觉得奇怪的是阮萝。

她往不好的方面想,说出内心的怀疑:"你可是去长三堂子了?"

周之南又无奈又想笑:"我去长三堂子干什么?这几日不是时时都同你在一起。"

是这样,但不妨碍阮萝觉得他奇怪。

她凑到他耳边,蚊子似的小声说:"你不想同我做那码子事吗?"

周之南扬起了嘴角:"哪码子事?"

阮萝嗔怪他:"正经些。"

"最近不做。"他仿佛无欲无求的苦行僧,可阮萝知道这不是真的他。

"为什么?你不喜欢我了?"

"没有,李自如的中药方子得吃足七天。"

阮萝不明白:"吃他的调理方子还需禁欲?"

周之南不答,把她抱紧哄她:"乖娇娇,快些睡。"

她气呼呼的,眼睛瞪得像铜铃,想从他身上找出蛛丝马迹却未果,便背过去做出要睡觉的样子。周之南只觉得她实在可爱,自背后揽着她,掌心温和地拍打她身子。

安静了没一会儿,怀中的娇人儿就睡着了。

次日清早,阮萝睁开眼就看到他站在衣柜前,正在扣马甲扣子。

阮萝问他:"你要去商会了吗,怎穿起了西装?"

"别赖床了,起来换衣服。"周之南坐到床边唤他,手里又在摆弄袖扣。

阮萝不解:"干什么呀?"

周之南笑着说:"你这几日,不是总跟下人打听霞飞路的洋货铺子?带你去逛逛,顺便去秦记裁几件新衣。秋也深了,天气越发凉了。"

阮萝前日同他提过一次,让他陪她去逛,但定然要等周之南额头的伤好。因周老板最要面子,不能顶着个结痂的额头出去。

她说:"你不要等伤好?"

周之南从格子里拿出了顶礼帽,是最新流行的款式,虚虚地在头顶比量了一下:"这样就看不到额头了。"

阮萝笑得极甜,自然是乐意的,光着脚下了床。周之南拿着鞋子跟上她:"你跑哪儿去?"

她声音轻快:"我要去我房间里找件华丽的洋裙,同你这身西装配些。"

给她穿好鞋子,周之南忍不住开口建议:"别穿那些怪累赘的,不方便你逛。"

两人站在阮萝卧房的衣柜前,周之南选了条墨绿色的裙子:"我见这件就好看得很,还轻盈些。"

阮萝持保留意见,觉得好看是好看,但是不够郑重。她把周之南推了出去:"我要自己选,你下去等我。"

他被推出门外仍不忘叮嘱:"快些决定,我去给你热牛奶。"

周老板亲手热的牛奶和梅姨热的有什么区别,许是更甜些罢了。

周之南坐在餐厅里一直没吃,想着等阮萝一起,可他看了好多次表,报纸都被从头看到尾,阮萝还没下来。摸着牛奶都不热了,他便默默地拿起来又进了厨房,再热一次。

出来的时候正听见小皮鞋踩着楼梯的声音,阮萝可算下来了。

她花费了这么长时间，最后定的还是他一开始选的那条墨绿裙子，周之南端着牛奶笑了出来。再见她已经全套的装扮都戴好，头顶是黑色网纱帽，双手是蕾丝手套，还拿着和裙子同样材质的金丝绒手包，周之南笑得更深了。

他的语气无奈："你都打扮好了，这副样子怎么吃早饭？"

他头发仍没打发油，看起来松散许多，同阮萝盛装打扮是两种极端。

阮萝得意地说："我没有涂口红呢，吃得了饭。"

周之南是觉得她身上差了什么，原是知道还没吃饭，特地留了口红没涂。见阮萝坐下，他打趣道："你要戴着手套吃三明治？"

她皱了皱眉："你怎么日日都是三明治，吃不腻？我这戴着手套怎么吃呀。"

阮萝不知周之南的心思，她惯是挑食，不爱吃蔬菜。周之南带她吃三明治，蔬菜和肉都夹在里面，阮萝也能一起吃下。

他噙着笑把她的手拉过来，轻轻扯下了手套："这不就能吃了？别想逃掉早饭。"

阮萝对他扮了个凶狠鬼脸，细嚼慢咽地吃起来，再喝几口热牛奶。

临出门前，周之南又上了楼取了件短斗篷，给她披着。

阮萝还问他："周之南，你怎么没抹发油？头发就这般随意放着。"

周之南想着她是近些日子在家里憋坏了，好容易出去一趟，看得比谁都重要。谁说周老板在外最重得体，她阮萝如今也不差。

周之南说："我戴帽子，省得涂了晚上还要洗掉，麻烦。"

他晃了晃手中礼帽，戴在头顶。

车子开到霞飞路，阮萝听司机说这便是了，她心想真是繁荣，熙熙攘攘的人，装修精美的铺子……周之南手腕虚弯，阮萝在外，自是给他做足面子功夫，手搭了上去。

"便慢些走吧。"周之南开口，汽车在后面缓慢跟着。

阮萝许久未出来放风，心里高兴，便看着什么都要买些。糕点铺子各式各样的都买些，还可以分给家里的下人吃；过了时的怀表她见着精细，只多看了两眼，周之南便让包着；专门卖礼帽的店铺，庆幸来了阮萝这位任性客人，让店里卖出一周份额……

周之南为她还会想着他，心里有些触动，路过了家西装店，洋裁缝正在给人量体裁衣。阮萝粗略看了看，觉得风格还挺喜欢，便非要给周之南也定一套。

他脸上笑意不断："今日是陪你出来开心的，怎的还给我买上东西了？"

"周之南，你真是。"庆幸她知道压低声音，在他耳边小声骂，"虽然你不中意西装，但我觉得你穿着也好看嘛。"

好好好，周老板化身老婆奴，任裁缝摆弄量尺寸，一丝不耐烦都没。

取了单子，两人走出去，周之南忽然想起什么："租界这边新来了许多有能耐的洋裁缝，有个叫路易斯最难请，做的都是宴会礼服，我回头打个电话，让他到家里给你订一身。汉声跟我讲，沪上名媛们都争抢着请他。"

阮萝脾气怪，大家都喜欢的，她偏偏不喜欢了："我才不要，我惯是讨厌你那些应酬场合，裁了也没地方穿。柜子里的旗袍洋装，我便够喜欢的了。"

此时要是程美珍在，或是任何一个不喜欢阮萝的世家小姐，都定要说阮萝上不得台面，目光短浅。

周之南有话未直说，握住她被风吹得有些凉的小手："周宅如今没女主人，我日后少不了带你出去。"

阮萝同他打太极："哦，周之南，我后悔让林晚秋走了，要不你再娶个吧。"

"混账话。"他见她插科打诨地不愿意直视问题,便不逼她。

午餐周之南带她去吃西餐厅,他在国外是吃腻了的。只是今时不同往日,在上海吃一顿也是新奇,且主要是为了让阮萝尝个新鲜,门口匾额上是一串英文,阮萝不认识。

阮方友做梦都想不到,自己瞧不上的女儿,如今穿高级布料裁的裙子,一副上海名媛模样,在法租界这寸土寸金的地皮上开的餐厅里吃饭。

周之南教她如何用刀叉,阮萝有些反常,乖巧地听着学。可他却跑了神,没再发声,利落地把自己那份牛排切好小块,再同她置换。

"嗯?"阮萝不解,抬头望他。

周之南表情如常,低声说道:"刀叉知道怎么用就行了,没必要练得多灵活,那是厨子该做的事。"

她没憋住,笑了出来。

阮萝惯有午睡的习惯,吃完饭出去逛了几家就开始打瞌睡,她不禁发出疑问:"霞飞路怎的这么长?我还没走到尽头。"

周之南捏她脸蛋:"照你这般速度逛,何时逛得完?你挨家挨户看,可不是走得慢。"

车子上已经堆满了阮萝买的东西,她回头看到红了脸:"那我不逛了,咱们回吧。"

周之南站住看她:"我可没说不让你逛,自是你说了算的,我也得听你的。"

阮萝那副表情看起来有些装乖:"周之南,我好困呀。"

她兴致昂扬地出门,回来却是被周之南抱进的周宅。小姑娘在路上就睡着了,嘴巴还没合上,周之南伸手给她兜着,口水流他一手心。

司机看不下去开口:"先生,睡觉时张的嘴是可以合上的。"

周之南不确定,他又没见过别人睡觉时流口水:"真的可以?"

司机擦了擦汗:"真的可以。"

周之南皱眉,轻轻一抬,那小嘴就合上了。他赶紧拿出手帕擦干净,一闻手心,都是阮萝的口水味,眉头皱得更深了。

把她放到床上,卸了身上碍事的装饰物,见她两颊粉扑扑的,脸型是鹅蛋脸,眼睛即使闭着,他也知道是一双杏眼。周之南伸手戳她,嘴里小声开口:"臭娇娇。"

可不论是臭娇娇还是乖娇娇,都是他心头的软娇娇。

第三章

乱世浮沉

　　上海滩冬日到来之时，下了一场大雨，伴随而来的是本年第一个噩耗——姑且不算林晚秋离开这件事，本就不算。

　　陆公馆见了血，陆太太小产。

　　彼时阮萝和周之南正在书房里，大雨导致货船延误到港。周之南面色深沉，阮萝没什么心肝地靠在沙发上看一本世俗故事。

　　梅姨脚步声乱而匆忙，两个人都不约而同地抬头看向门口。

　　闷闷的敲门声响起，这雨下得让人心烦，梅姨的声音听起来都有些诡异空冷的质感："先生，陆公馆出了事。"

　　周之南唤人进来，梅姨白着脸开口："陆太太小产了。"

　　足够惊人，足够阴晦。阮萝的书落到地上，抬头看向梅姨。

　　而周之南手里那张信件被攥成团，这笔生意事还让他心烦："怎么回事？"

　　梅姨担心地说："许是跟陆先生有关，陆老爷子发了怒。是近些日子才跟着陆先生打下手的那位吴小先生报的信，让您快些去瞧，留了话就冒雨跑回去了，怕陆老爷子下手没个轻重，也能帮着顶两下，伞都没拿，也是个可怜孩子。"

周之南起身就走,被阮萝拦住:"你带我一起去。"

他自然不准:"场面不好看,你留在家。"

实则阮萝有些害怕,外面雷闪不断,周宅有些潮湿的空旷,她唯一的安全感来自周之南。

阮萝坚定地说:"我只跟着你,我自己在家害怕。"

周之南心软,庆幸两人没换睡衣,赶忙穿上外套下楼,汽车已经等在门口。

这几日连绵不断的雨,今夜下得最大,仿佛在无声告知世人,意外将至。

到了陆公馆,大门敞开,客厅酒架上的酒瓶被砸碎了大半,地上红的白的掺杂。厅里好大的酒气,不得已,才开着门散味。庆幸大雨无风,照直往地上砸,也就门口湿了一片瓷砖,深色又不是很惹人注目。门口还站着个可怜见的小丫头,提醒来人脚下有水,且要小心。

阮萝紧贴着周之南,被他护在身后,周之南寻了个人问:"陆叔和汉声呢?"

管家从一阵忙乱中抽身答他:"楼上书房。"

管家见周之南的注意力放在地上的一片狼藉上,贴心地开口解释道:"不是大事,酒是少爷不小心撞上架子刚碰到的。老爷见厅子里乱了套,且开着门太寒,拉着少爷上了楼。"

周之南点头,瞧这样子是动了手,带着阮萝往楼上走。还没到书房门口,就听到陆老爷子摔杯砸盏的声音,他让阮萝等在书房外,自己进去。阮萝知道事态严峻,乖巧应声,等在门口。

陆公馆是纯中式的装潢,不似周宅半中半洋,最初阮萝找周之南碴儿的时候总拿这个来嘲笑他。但周之南爱穿长衫,陆汉声却爱西装,仿佛自打第一次见陆汉声到如今,他从未穿过长衫。

她不了解陆汉声,听说的皆是他的风流韵事,上海滩无人不知。听梅姨说陆太太流产与他脱不了干系，可自己的妻子怀了孕，他又做了什么会导致她小产呢？

秋末的时候，自打第一枝绣球花进入周之南的书房，那花瓶里的花就没断过，周之南见她喜欢，特命人从江浙一带进了些。那日阮萝一到院子里，见堆满的绣球头都大了，周宅花棚早已放不下，就送了许多到陆家。

此时陆家公馆的厅廊内，每隔几步就是一盆绣球。阮萝最喜粉白的，送到陆家公馆的大多是蓝紫色。在长而空的厅廊里，有丝孤零零清幽幽的美感，只可惜阴雨半月，潮湿天气让人半点儿赏花的心思都没。

绣球花期已过，室内温暖因而盛开的花尚且没败，但败势已经显现，撑到今日已经不易，怕是这场雨过后就要落个干净。她正对着眼前的一盆若有所思，传来开门声，是陆汉声出来。

阮萝结合听到的声音猜想，陆老爷子朝他扔了茶盏，此时可见陆汉声额头上鲜红的口子，同上次周之南被鸡蛋砸出的差不多，但更严重些。他头发淋了雨，湿漉漉的，发油定的型已经乱了，整个人看起来十分狼狈。

阮萝忍不住问候他："陆汉声，你还好吗？"

周之南还没出来，她问不得，只能问陆汉声。陆汉声没理，靠在墙上摸几个口袋，拿出一包香烟，点上一支自顾抽了起来。阮萝定定地看着他，眼睛里仍旧是少女的纯。陆汉声只觉得这般双眼，他也曾见过。但最终都被他摧毁。

他又拿出了一支烟，递给阮萝，开口说第一句话："你也来一支？"

恰巧周之南出来，见此情形，立刻打掉了陆汉声举着的烟，再把他向后一顶，陆汉声咣的一声被砸到墙上。周之南冷着脸说："别犯浑。"

可他一副破罐子破摔样，笑得苍凉不羁："我犯完浑了，现在痛快得紧。"

祸乱时代人心惶惶，他陆汉声也病态，刚失了养在肚中的陆家长孙，他亲生孩儿，他讲"痛快"。

周之南松手，拉着陆汉声往卧室走，陆汉声语气轻佻地说："你带我去见她，能把她气死。"

阮萝静静地跟着，周之南执意带陆汉声过去。

三个人进了卧房，许是大雨造成陆公馆这一带的电压不稳定，只觉得房间里开着灯也昏暗暗的。陆太太郑以瑟脸色苍白地躺在床上，额间还包着个老式的缠头，她素来有偏头痛的毛病，此时更是脆弱，不定什么时候疼起来。

郑以瑟是典型的沪上名媛，样貌也是一等一的，菱形脸、柳叶眉、细凤眼、挺翘鼻，还有一张樱桃小嘴，满满江南女子的柔肠之感。见陆汉声进来，她强偏了头，不想看他。

阮萝不知，若是郑以瑟长得不漂亮、家室不显赫，陆汉声断不会娶。正如郑以瑟刚怀孕，阮萝和周之南到陆家公馆吃饭庆贺之时，阮萝觉得陆汉声仍会日日风流，郑以瑟驾驭不住这匹野马。

今日宣布应验，虽早已是不争的事实，无须什么应验。

下人把郑以瑟不喝了的补品撤下去，一切都是无声进行，碗放在盘子上的声音都显得扰乱了宁静。终于房间里只剩他们四人，还没等周之南开口，门又被打开了。

是陆老爷子。周之南和陆汉声被叫到门外，留阮萝同郑以瑟短暂独处。

即便家里长孙刚没，儿媳虚弱卧床，只要陆汉声好好的，陆家就没大事。陆老爷子到时间照常入睡，路过叮嘱周之南处理好一切，一切轻飘飘的几句话带过。

周之南自会处理，只是这处理办法是什么，就不得而知了。

同时，阮萝却在度秒如年。

郑以瑟，或者说任何一个地道的世家小姐都不会看得起阮萝，她在周之南身边是一个奇怪的存在。女人比男人小家子气，肚子里平白多生了些尖酸刻薄，男人们在外不敢说周之南如何，更别提之前出了事的赵老板作前车之鉴，女人们私底下喝茶，难免高谈阔论一番自己的见解：周萝可是个不明不白的低贱货，且让家里的姊妹囡囡离得远些。

她心里不畅快，总要迁怒旁人："周老板也不说给你个名分。"

郑以瑟声音无力，虚无缥缈的感觉，在雨声中更难听得清。阮萝心道是她自己不愿要。但她不说，只静静坐在沙发上等周之南回来，且出门前，她答应周之南只跟着来，便不会惹出旁的有的没的。

郑以瑟继续说："你这般也好，省去了我这长房太太的烦忧苦楚，但你身份上不了台面，我这种世家出身的，自是做不出你这种没名没分跟着男人的事。"

阮萝笑着、端着、看着，郑以瑟只觉得阮萝对她满眼怜悯，这是她最不能接受的。

阮萝镇定地说："我劝你少说话，多在心里念经文，还能活久一些。"

周之南同陆汉声进门，郑以瑟的丧钟敲响。

陆汉声仍是那副乱着头发，挂着血淋淋伤口的样子，送周之南和阮萝下楼。阮萝心中若有所思，下楼走得慢些，周之南已经下完最后一层楼梯，她仍在磨蹭。

他催了她一句："萝儿，快些。"

然而阮萝心中有些不明不白的，脚下没小心，最后三级台阶直接扑了下去："啊……"

庆幸周之南把她抱了个满怀。

阮萝说："周之南，我有点儿腿软。"

本以为周之南会搀扶她走，却不想他直接把她抱起来，如今不是在周宅,而是陆家,都是外人,他不是最要面子的。她小声在他耳边说:"我自己能走。"

周之南不理会:"门口有水,怕你再摔着。"

阮萝没再说话。

回到周宅,外面的雨才渐渐小起来,也不再有雷声和闪电。前些日子,周之南命人在主卧里装了个小的壁炉取暖,阮萝盖着毛毯坐在床上,整个人暖融融的,两颊呈粉红色,活像个吉祥娃娃。

周之南在书房打电话吩咐事情,结束后已经十一点多,回到卧室见到阮萝坐在那儿发呆,开口问道:"这么晚还没睡,屋子里不冷吧?"

阮萝摇摇头,周之南上了床,他明显感觉卧室里比书房暖很多,甚至有些发热,想着还需叮嘱下人明日别烧这么旺了。

他已经躺下,阮萝却没,周之南问:"不躺下吗?很晚了。"

明明屋子里暖得很,她声音却有些像是受冷导致的发颤,阮萝反问他:"周之南,那次扔你东西的人,还活着吗?"

他调整枕头的手停下,看着她:"怎么问这种话?"

晚上在陆公馆,周之南和陆汉声再度进房间后,支了阮萝出去。她觉得周之南今晚实在奇怪,便扒在门口听里面的动静。

郑以瑟显然是情绪不稳定的那个,且她刚受了阮萝怜悯的眼神羞辱,语气哀戚地说:"陆汉声,你若不是来哄我开心的,便不要在这个房间待着了,我看你是想要我死。"

周之南笑道:"他何苦来的哄你开心,倒不如直接把商会账目往来奉上,你才最开心。"

郑以瑟瞪大眼睛,没料到周之南已知晓,还以为他们会同她继续装样。

陆汉声说:"以瑟,你让我很失望。"

郑以瑟苦笑："陆汉声，你当我对你不失望？我已经对你绝望，只有我姐姐、弟弟是真心关爱我的。"

陆汉声问："这便是你偷我文件给郑以和的理由？"

吵架的时候双方往往都没个逻辑章法，那些陈芝麻烂谷子的事情，通通都要提。郑以瑟乍地提高音量："那她呢？她没走！她还在上海！你不是告诉我她走了？我允许你找旁的女人，只她不可以。"

"那不是她。"仿佛是错觉，陆汉声语气苍凉。

"就是她！你当我记不得她长什么样子，我告诉你，我一辈子都记得，我做鬼都会记得她。"郑以瑟已经不知是哭，还是在嘶吼，阮萝在走廊里听得只觉后背发凉。

陆汉声放弃同她撕咬，直接提出最后诉求："我会拟好和离书，到此为止，你做过的肮脏事我不想提，如今你孩子也没了，我顺意。"

听者都要为陆汉声的冷漠咂舌，毕竟那是他同郑以瑟的孩子。

郑以瑟说："陆汉声，你有没有心肝的，那也是你的孩子。我不离，我郑家几百年断没出过一个失婚的，我不签字！"

陆汉声冷漠地说："那便强离。"

她声音都吼得嘶哑："你好狠的心，我不离，我不离。我说了，我准你在外面有人，只那个女人不可以，为什么还要同我离婚？"

周之南旁观一切，陆汉声已经扭过头不理，等待周之南做最后陈词。周之南说："郑小姐，除非你死了，否则这婚是必须得离的。"

阮萝听到这句话，骤然抖了一下。她从没见过这样的周之南，他在逼迫一个末路穷途的女人去死。阮萝读得出其中的意思，郑以瑟自然也读得出，陆汉声更是知道。

回到家后周之南仍有事进书房，阮萝独自在房间里越想越恐惧，周之南对她太温柔，她便以为周之南就是这样的，直到看到另一番面目的他，她才感觉到有一种叫惧怕的情愫。

脑袋里转着转着，就想到了周之南上次同日本人吃饭，被扔了脏东西，那个人的下场如何。

阮萝故作轻松地说："我就是忽然想到了，你有没有报复呀？是谁在背后故意搞你？"

他依旧躺着，伸手拍她后背安抚："外面的事情你少参与，娇娇。"

阮萝冷脸："娇娇是谁，我不叫娇娇。"

周之南看她驴脾气又上来，果断把人按倒，咬着耳朵低声开口："是上海滩脾气最臭的萝儿娇娇，是周之南的头上金箍。"

她歪过头，试图离他远一些，周之南再度贴上去。可她如今有些惧怕另一面的周之南，且郑以瑟不知会怎样，得罪过周之南的人也不知道会怎样。她从未发现自己如此不了解周之南，她只看到她面前的他。

两日后，上海全市放晴，这场雨来得猝不及防，走得也仓促突然。

阮萝午睡起来有些口渴，在楼上没叫到人，便自己下楼去倒水。她在餐桌上倒了杯水解了渴，听到厨房里有声音就走了过去，到门口，闻到好大一阵红薯香气，梅姨和几个小丫头凑在一起。

"你们在吃什么？"

听到阮萝的声音，厨房里立刻安静下来，梅姨转过身问："小姐，你什么时候起的？"

阮萝语气平常："刚醒，我口渴，楼上叫不到人。"

众人都怕阮萝骤然发脾气，殊不知她睡得好，心情自然也好，梅姨见她循着香气看过来，出声解释："小文带来的，我们就弄了水煮红薯，没想到你比平时起得早。"

她径自走了进去，看着刚掀开盖子的锅里香气扑鼻，看样子煮了很多。阮萝知道她们都怕她，也就梅姨还好些。眼下她刚睡醒，闻到香气就有些心动。

阮萝便问："可以给我拿两个吗？"

"啊？可以，可以。"

"谢谢。"她足够礼貌。

留下厨房里的丫头们长呼一口气。

阮萝端着盘子，上面放两只紫色长条状的红薯，直接去了周之南的书房。他今日给自己过周末，没去商会，但还是在书房坐了半日。

看到来人和盘子里的东西，周之南问："红薯？"

她故意嘲讽道："周老板还识得红薯呢？"

阮萝坐在他的腿上，周之南揽着她，笑着说："你休同我阴阳怪气的，便是没吃过，在书上也见过。"

红薯洗得干干净净，一层皮被煮得薄嫩。周之南忍着烫，掰下来一块喂到阮萝嘴边，却被她偏头躲开："你自己吃。"

他也不气，自己扔进嘴里，提供品尝后的感受："还不错，味道刚好。"

低头就见阮萝在仔细地撕那层皮，周之南为她破天荒的淑女做派发笑："我的萝儿如今长大了，做派都变了。我是见这红薯洗得干净且煮得烂，便没剥皮。"

可不是这样的。阮萝摇头，终于撕干净一块红薯皮，小口小口地吃起来，沉声说道："周之南，你若是吃过沾着泥的烤红薯，如今也定要去皮的。"

记不清是哪一年，也是如今这般的冬天，冬日里自是比别的季节难熬，何况北平的冬天是大片大片猛风打人身上，寒是直白冽人的，化雪的时候比下雪难熬，一冬天下来，不知长多少冻疮。她十几岁的年纪，正要长身体，但家里要生弟弟，吃食都给孕妇。至于阮萝，饿不死就行，少吃几顿没关系。当时她带贫民窟的玩伴去偷独户院落仓库一角的红薯，被身后追过来的棍子打了不知多少下，身上青紫也无暇顾及。

她饿。

几个小孩捡了枯树枝生火,红薯在雪堆里滚了滚,就算洗过,再扔到火堆里烤。红薯皮薄,火堆又控制不了火候,只能烤一会儿就扒拉出来,管它里面瓤子是不是还硬生生的,塞进嘴里就吃。

那时候阮萝心想,泥土真难吃,她满嘴都是泥土味,涩而苦。但又能尝到表皮和中心之间那一段熟了的红薯,她又想红薯可真好吃。

直到在上海过了第一个冬天,她才知道有钱人的冬天是会觉得热的,还有,上海的冬天不会下雪。

周之南紧了紧怀中走神的人儿,他没什么心思吃红薯,尝过一口就够了,亲昵地蹭她后肩:"萝儿在想什么?"

她说:"想到以前的苦日子了,这时候北平定是漫天巴掌大的雪花,一个冬天不知道砸死多少人。我弟弟如今应该也会走路了,不知道他会不会死。"

她语调平平,听得周之南感觉空灵灵的。他疼阮萝,就只一个阮萝而已,阮方友等人若是在他面前,他看都不会看一眼。

"雪花还有巴掌大的?"周之南打趣,试图改变氛围,他遇到的都是小雪花,簌簌地落。

阮萝说:"可能是我那时太小了,只觉得雪花那般大,砸得我好疼。"

他搂紧怀里的人,红薯已经变得温凉。他惯是不畏寒的,书房里没有取暖的壁炉。盘子推到一边,周之南想抱她回卧室,或是在客厅,有壁炉便好,他甚至想,要不在书房也装一个,她最爱抱着世俗话本子,躺在他书房的沙发上痴痴地看。

电话声打断了两人各自的沉思,周之南接起来。因阮萝仍在他怀里,两人搂得亲近,她清晰地听到那头陆汉声镇定平静的声音。

"哥,以瑟割腕自尽了。"

周之南只平淡地嗔他一句"混账"便收线。

阮萝忍不住抖了一下，周之南料想她听到，也看出她最近有些变化。他柔声问她："你怕我？"

阮萝眼神闪烁，目光游移："没。"

他扳着她的小脸同他对视："说实话。"

阮萝紧咬下唇不吭声，答案显而易见。

房间安静得仿佛掉根针都能听见，但没有针，是周之南轻声叹气。他说："这世上，最不该怕我的人便是你。"

他语气里充满失望与可惜，声音苦涩低微，仿佛做错事说错话的是阮萝，他才是被伤害的那个。她心事难说，憋了半天，才说出一句："我只是想知道，上次对你扔东西的学生如今怎么样了。"

周之南抬手抚摸她的后脑勺儿，仿佛为她抚平内心惶恐，声音淡淡地开口："我能对一个学生如何，他违反治安被巡捕房拘留是应当，我想着那种地方吃得定不好，还特意叮嘱为他另外配餐，以德报怨不过如此吧，萝儿。"

阮萝动容，为她把周之南想成那般而觉得羞愧，周之南不说别的，待她是一等一的好。她也知道自己没什么值得他贪图的，且他没有怪癖，日子过得再舒坦不过。

她支支吾吾地问："那，那你为什么要逼陆太太？陆汉声也是。"

话音刚落，人就被周之南抱起，回到卧室后，两人挤在一张小沙发上。

他缓缓开口："郑家四子，幺儿早逝，琴瑟和鸣，就只剩以琴、以瑟、以和两女一子。郑以琴远嫁重庆不提，郑以和亲日，他让郑以瑟偷汉声的商会文件，账务往来她所知道的定也传了过去。再加上汉声……我不能说，这是他的私事。郑以瑟做了坏事，她有她的罚，懂了吗？"

阮萝似懂又非懂："郑家是日本人那边的？"

周之南点头。

阮萝问:"那你是哪一边的?"

他搂紧阮萝,在她耳边低语:"我是你这边的。"

被她娇羞地推开,阮萝说:"没个正经,你最是老不要脸。"

周之南表情平淡:"我现在已经对你骂我的这句话麻木了。"

阮萝说:"周之南,接受现实。"

头顶传来男人的冷哼:"你想要年轻些的,也没有了。"

阮萝从未觉得自己是如此耳根子软的人,被周之南三两句话就抚平了心中恐惧。她整个人靠在周之南怀里,被他摸摸耳朵,再摸摸下巴,有些痒,她笑嘻嘻地躲。

她不知道自己爱不爱周之南,但她习惯了周之南的存在。这个男人是她的天,而她在这混乱的上海滩过得岁月静好,即便她从未觉得自己真正属于这里。

周之南说:"娇娇,不要怕我,我从未做过伤害你的事情,而是一直都在想怎样不让你受到伤害。你最是知道我的软肋在哪儿,我拿你一点儿办法都没有。"

他前三十年顺风顺水,从未遇坎坷,从没有软肋,如今同阮萝两年过去,他忽然觉得如今这般滋味也不错。正如生来就满身铠甲的勇士,有一天发现竟还有一块软肉,那种视若珍宝和小心翼翼的心理,实在不易得。

郑以瑟去世第二日,《晨报》刊登陆汉声的花边新闻,他昨夜在大上海包了个舞女整晚的舞票,凌晨跳累了,便携佳人进上海饭店,可谓是给郑家狠狠地抽了一巴掌。郑以和在家生了好大的气,恨不得立刻驱车到陆公馆,宰了陆汉声。

陆汉声醒了酒,回家换身衣服来了周宅。这几日天气晴,外面也不那么冷,阮萝正坐在院子里呼吸新鲜空气,手里拿着本杂志,旁边还放着刊登陆汉声香艳逸事的报纸。她好不容易躲开周之南,在后院偷偷喝一瓶可口可乐,这是她新发掘的美食,可周之南不愿意让她多喝,阮萝只背后说他小气。

书房里倒是热闹,那个小气到不愿意让人喝一瓶可乐的周老板面上正带着薄怒,报纸砸到陆汉声的肩膀,语气严肃道:"瞧瞧你做的出息事,你是生怕郑以和不气急了,拿刀子去捅你?"

陆汉声捡起报纸扔到茶几上,自己坐下靠着,长呼一口气:"反正也要动他,给他来一剂猛药。"

周之南见他又在点烟,忍不住皱眉:"你最近抽烟未免太凶了些,就这么忍不住?"

陆汉声说:"我现在就是个烂人,死不了就行。我爸不就是喜欢钱吗?我给他挣多多的钱,现在上海滩赚钱多不容易啊,你说他身体也不好,一把年纪,我给他弄那么多钱,他花得完吗?难不成带到棺材里花,我现在可没法让他抱孙子。幸亏今天出来时,他还没看到报纸,不然又得动手。"

周之南看着他,沉沉地开口:"你放不下清如,就去英国,那边我有熟人。上海的事你先给吴小江,我见他是个伶俐可用的。"

听到那个许久未闻的名字,陆汉声愣住,直到烟灰掉到他的手上:"哥,你说这些干吗?"

上海说太平也太平,说不太平也不太平,陆汉声同周之南一起做事,他倒是差点,只周之南背后不知多少把刀在立着。上海大部分的商人都在亏损赔钱,凭什么只周之南屹立不倒?这种时候,他断不能留周之南一人在国内。

周之南适当转移话题:"那批货还得多久到港?"

他指的是前些时日,因大雨而延误的几船货。

陆汉声说:"最快也得五日。"

周之南满腔心事,老神在在地点点头:"好。"

陆汉声临走的时候,周之南忽地想起什么,最后问了句,是一件要确定的事情。

"上次那个被抓的示威学生,还在上海?"

"哪个学生?哦,朝你扔鸡蛋的那个是吧,我听你的让人关照他,天天送生鸡蛋,那玩意儿生吃多了出事啊。出狱后赶紧回老家了,都没用我多动手。"

他说起来没完,周之南只需要确定人不在上海,阮萝不会见到就足够,其他的并不关心。

周之南说:"行了,你走吧,还得给你老婆准备身后事。"

陆汉声满脸的不耐:"晦气。"

沪上名媛们若是在此定会白了脸色,再不想同陆汉声扯上半分情缘,他当真花心浪荡,也是当真薄情。

周之南到后院的时候,见阮萝正坐着发呆,眼神愣愣的。他走过去摸她的小脸,虽然阳光正足,但他觉得温度还是低,她脸上凉凉的,幸亏怀里抱着个汤婆子,小手倒是暖意融融。

桌子上玻璃瓶的汽水明晃晃地摆在那儿,周之南佯装没看到:"进屋吧,外面还是冷的。"

阮萝只觉得上海的冬天更像是北平的秋,有时候甚至恍惚,到底是在过秋天还是冬天。

她语气幽幽地问:"周之南,今年冬天上海会下雪吗?"

他不知道,也许不会,也许会。最近阮萝时而就会走神,不知在想什么,话也少了些。这不像她。

不保准的事情他不会夸口,周之南说:"不会。"

她抬头望着蓝而空的天,声音悠长又清冷:"不下雪哪里算冬天?"

周之南有些皱眉:"你最近怕是在家憋坏了,明日带你出去逛逛?"

这几个月来,两人相处得格外好,她仿佛终于知道依赖他一点儿,尤其是林晚秋走后,她无名的脾气也少了很多。因此他少不了为这一点点不对的念头担忧,害怕有什么变化在暗中催生。

阮萝说:"我想回北平看看。"

"不行。"他拒绝得干脆。

这不是玩笑,外面太乱,在上海他可以护她平安无忧,去北平他也可找熟人护佑。那路上呢,他冒不起这个险。

阮萝拉他的衣服,抬头满眼真诚地开口:"周之南,我只是想念北平了呀。我已经两年没有见过雪了,不是想见我爹娘,我从未想过他们。"

他抚摸她的头,亦是满眼真情:"我知道,可是萝儿,不可以。"

阮萝泄气:"好吧,周之南,你把我圈养了。"

他无声叹气,想他还是把她宠坏了,让她半点儿外面的纷乱险恶都不知。

阮萝被周之南抱到客厅里,周之南见她惨白的小脸恢复了血色才放心,梅姨送上热茶,可阮萝仍是那副不太开心的样子。

周之南妥协让步:"战争结束,我一定带你回北平,可好?"

阮萝歪头,单纯天真地问他:"战争什么时候会结束?"

"我不知道。"周之南神色凝重,"也许明年,也许十年。"

谁也不知道这场战争多久结束,不知上海滩的日本人何时被驱逐。乱世之中人人都不过是大千世界的一抹蜉蝣,朝生暮死也不是不可能。

周之南心想:只是阮萝,因你,我如今变得贪生怕死。

晚上陆汉声又来家里吃饭,家里陆老爷子正在气头上,他在外面躲躲也是好的。

阮萝觉得他坏,对他没个好脸色,可陆汉声仍是那副不在意的风流样,还主动同阮萝攀谈,被她冷艳对待也只笑笑:"之南,她被你宠得越发没边际了。"

陆汉声不会放在心上，周之南清楚，如今她心气不顺，他也不敢说什么。只得给陆汉声夹了口菜，避重就轻地说："多吃些。"

陆汉声满脸嫌弃他这副装乖样，他又问周之南："永昌银行的陈老板请听戏，哥，你去不去？"

周之南不动声色地瞥了瞥闷头吃饭的阮萝，摇了摇头，自然换来陆汉声更加嫌弃的摇头对待。

他试图给自己找补一些，寻了个借口："陈老板喜昆曲，我惯是听不来的。"

陆汉声促狭地笑："得，您别说，我都知道。"

稀罕新闻，周之南居然成为二十四孝男友。

上了床，阮萝仍没理他。周之南讪讪地自背后搂了上去，凑她耳边开口："萝儿又不高兴了？"

阮萝说："怎的用又字？像是我日日都要作上几回一般。"

他偷偷地笑："是我不会说话，不如我们娇娇舌灿莲花。"

阮萝使了力地推他，下手也狠，只为挣脱他的怀抱。周之南不依，非要搂她，两人在被子里做无声撕缠。他显然是留了力气的，不然阮萝哪还能将将挣脱，直到几分钟过去，变成他单方面挨打。

阮萝没个章法地捶打他，周之南任她肆意妄为，反正也不是很疼。她嘴里念叨："你就是控制狂，我只是想回北平玩了，你凭什么拒绝得毫无商量余地？我户籍上的名字都是你给登的周萝，我还能跑了不成？你原就是拿我当丫头，怕我跑，我还以为最近同你相处很好，竟没想到……"

她打着打着，发现周之南没了动静，一动不动地伏在床上，脸也压在枕头里。阮萝疑惑地问："周之南？你不要装死，认输不丢脸。周之南？"

她有些惊慌,想着自己刚刚也没有踹到他的腰,她可注意着呢。阮萝几乎整个人趴在他的背上,凑到他耳边说:"周之南,你理理我,我是不是踹到你腰了,疼不疼?要不要叫李医生来看看?"

他微弱地摇头,声音低而沉,阮萝不得不凑得更近去听。

他说:"你抱抱我,我便不疼了。"

阮萝听他的话把他揽入怀里,手放在他腰上轻抚。他那处青紫早好了,没有丝毫存在的痕迹,只在心里知道它存在过。阮萝急促地问:"周之南,你好些没有?我在给你揉。"

"萝儿,我还有处疼,你能不能揉一揉?"他仍是虚弱着声音开口,下身几乎不动,阮萝当他太疼。

她赶忙答应:"哪里?你别动,我给你揉。"

待阮萝反应过来,霎时红了整张脸,大叫道:"周之南!你给我滚出去啊。"

他笑得仿佛脾肺都在跟着颤抖,无比开怀畅快。阮萝声音如细小蚊虫:"你骗我。我再不信你疼了。"

周之南重新揽她入怀,两人埋在黑暗的被子里,是人世间的最最亲密。他认真地说:"好,不要信。我不会疼。"

这样是不是能让她少些挂心。

阮萝已经要进入梦乡时,感觉到他眷恋地吻她微汗的鬓角,喃喃地叫"娇娇"。

只太过困倦,不知后面那一句"好生爱你"是真是假。

唯一可确定的是,她直至睡去,鼻尖都满满是周之南的气息,怪她凑他太近,他也凑她太近。

周之南在家连休两日,阮萝以为他今日定要去商会,没想到一睁开眼,就看到他西装革履地坐在床头,还贴心地为自己递上一杯热水。

阮萝却受到惊吓:"周之南,你吓死我。"

男人微微皱眉:"哪个姑娘像你这般反应,睁开眼就见到我,岂不幸福?"

阮萝冷哼:"呵,周之南,多少个女人睁开眼就见到你,我懒得问。"

他恨不得一杯热水泼自己脸上,好教这脑袋清醒清醒,赶紧换了个话题:"吃过早饭,带你出去逛逛。"

阮萝不依不饶:"不去,你去和睁眼看到你觉得幸福的人去。"

周老板增加筹码:"再买一打可口可乐。"

阮萝顿时眼睛放光:"好!"

车子开在清早熙熙攘攘的路上,外面还有穿着中山装的学生在散发传单,高喊爱国。

阮萝顺着车窗见有个人眼熟,喃喃自语道:"那不是沈仲民吗?"

名字引发周之南挑眉,好奇地问她:"沈仲民是谁?"

阮萝觉得阳光有些刺眼,立刻放下了车窗的小帘子。此举却引发周之南不快,以为她不想让自己看到沈仲民,明面上什么都没表示。

阮萝说:"学堂的同学,据说他家同陆汉声还扯得上表亲。"

周之南那侧是看不到的,他把阮萝逼到角落里,再度掀开她旁边的帘子,看到了见过一面的年轻人。该确定的确定,他才放开阮萝,还为她整理好衣领。

阮萝小声啐他:"霸道。"

周之南说:"是,我又老又霸道,不如你的同学年轻俊秀。"

阮萝皱眉头:"谁又说你老,平白地自己乐意说。"

他缄默不语。

两人接下来都没怎么说话,仿佛在无声冷战,只是这冷战的理由让阮萝捉摸不透,他莫名其妙地来了脾气。

到秦记又给她裁了几件新衣,再逛逛百货大楼,还记得带一打可乐放在车里带回去。中午周之南带她去吃另一家西餐厅,却偶遇了陆汉声。

他的臂弯挂着个无骨的舞女,穿修身性感旗袍,胸前是露丰满曲线的水滴领,看得男人都要吞口水。更别说那人的长相震惊到阮萝,要不是她确信李清如早已出国,且给她寄过漂洋过海来的信件,她也要当面前的人就是李清如。

但一定不是的,李清如才不会打扮得这么媚俗,美人在骨不在皮,皮相长得再像,骨相也是不同的,甚至无法做比。

显然是同时看到彼此,陆汉声带着人过来打招呼,也没做介绍。因在他这种世家公子眼中,舞女终究是上不来台面的,若是给周之南介绍,才是打周之南的脸。

陆汉声说:"哥,这不巧了。"

"嗯。"周之南没什么表情,陆汉声一向了解,知他定是心情不太好,打算开溜,"那我去吃饭了啊,你和小萝儿吃着。"

周之南看着那舞女的脸,冷声开口:"你有些分寸,自如最近都在上海,教他看到你女伴的样貌,打你我可不拦。"

陆汉声干笑点头,揽着人走了。

阮萝旁观一切,眼观鼻,鼻观口,口观心,只同盘子里那块牛排做斗争。她想陆汉声应该喜欢李清如,还是求而不得的那种,暗骂一句他花花肠子想吃天鹅肉,做梦。

周之南无声地抬起她的手,再度同她置换盘子。阮萝面前变成一盘切好的小块,周之南再闷声切他面前被阮萝戳得乱糟糟的大块。

她叉起一小块纳入口中,笑眯眯地吃下去,为这味道而满意。

此情此景被周之南看到,不禁开口:"吃口肉就这般开心?"

阮萝见他仍旧板着脸,虽埋怨他莫名其妙发脾气,还是忍不住逗他:"我开心呀,我喜欢吃。你要一直给我切,我就一直喜欢。"

"嗯。"语气淡淡的,但算是答应,也是承诺。

阮萝说话一向直来直去,开心了就忍不住说他:"周之南,你怎么不开心了吗？我明明也没有说你什么。你有不开心的地方就同我说呀，我不喜欢这样的你。"

听了她的话，周之南喉咙微涩，他当真不知如何开口，不是阮萝的问题，是他自己的问题。他年纪大她一轮还多，同她不相配，怪不得别人一字一句。

吃完饭，上了车打算回家，因她定要犯困午睡，车上安静得很，阮萝忽然凑到他耳边细声说："周之南，你不老，你现在可年轻了呢。你这般样貌说是上海滩第二，也没人敢称第一吧。我平日里骂你老不要脸，那是骂人话，作不得数。生闷气才会长皱纹，我不允许这么英俊的你长皱纹。"

她声音小而轻，气息打在他的耳朵上，痒痒的，麻酥酥的。说完还在他脸侧亲了两下，是嘬着嘴，吸在脸上发出啵啵声的那种亲。

一瞬间，周之南只觉得脑海里有什么东西在炸开，满腔炽热。

阮萝午睡起来见不到周之南，一边下楼梯一边大声问话："梅姨，周之南呢？"

梅姨应答："小姐慢些，先生去商会了。"

阮萝心想：原来是早晨惹了她生气，才特地陪她逛一上午。

到了客厅才发现，沙发上正坐着一个拘谨的女学生，满身书卷气，梅姨赶紧介绍："是先生给您新请的老师，想着现在外面也不太平，有今日没明日地去学堂，不如他找人上门来教。"

阮萝直接同那女学生对话："你教什么的？"

女学生答："英文。"

话音落下，对面少女靠在沙发上叹气抓狂："梅姨，你让周之南赶紧把钢琴老师给我找到，教绘画的也可以，这两个我愿意听。"

她对一切书本以外的东西都愿意提起兴趣。梅姨惯是知道她同周之南的相处模式，只偶尔要在两人中间打打太极。

梅姨说:"先生说绘画他教,不必找老师;教钢琴的过几日会来,先学英文。"

阮萝语气不耐,但也没赶人走:"知道了,知道了,知道了,你跟我来。"

她示意沙发上的人,两个人一起上了楼。

又过了三日,阮萝日夜为英文头疼,抱着书啃晦涩的单词。周之南忙起来昏天黑地,但她在深夜迷迷糊糊时,总搂得到一个温热的怀抱。

只今日迟迟未归。

不知道是第几次下了楼,依旧没有看到周之南的影子,两年多她从未经历过这么晚周之南还没回,或者说也许以前有过,但她没有放在心上罢了。满室焦灼气氛缭绕,终于听到了汽车的声音,她高兴地跑出去,梅姨紧跟着为阮萝披上一件斗篷。

却是跟着陆汉声的那位吴小先生,吴小江。

阮萝说:"我认得你,周之南呢?"

吴小江也急得心跳加速,他惯是个机灵的,知道阮萝在周之南心中的地位,回陆家安抚了陆老爷子再跑来周宅报个信,想着若是周之南心窝子上的人儿睡着了就走,奈何她没睡。

吴小江说:"郑以和在日本人面前参了周老板一本,说他私下为抗日分子提供物资,今夜凌晨到港的三船货物便是针剂药品。如今日本人扣了周老板和陆老板,都在渡口一齐等着货船到港。"

阮萝被周之南保护得太好,从不知生意场上的事情。只是周之南如今在日本人手里,她也知道要害怕。心咚咚地跳,沉重而缓慢,仿佛听得到回声,她一点儿办法都没有,直至今日才知道,天塌了有周之南顶着,便没有阮萝什么事情。若是周之南没了,她只能等着被苍天吞噬。

吴小江原是想让她心里有个底,没想到比他还小的姑娘脸色惨白惨白的,手还在抖。梅姨赶紧从背后撑住她,怕她下一秒就昏倒。

吴小江赶紧劝说阮萝："周老板会化解一切的,您别担心。万事有他,赶紧进屋里吧。梅姨,您照顾好小姐,周老板自会记得您的好,我还得去盯着点儿那边的状况,明日太阳升起之前,这事定会解决。"

阮萝虚浮着脚步,坐到客厅的沙发上,也不知他口中的这个解决是怎样解决,周之南被解决还是如何。她心里杂乱如麻,想了许多有的没的,却没办法集中精力。阮萝有些后悔,今早他出门前抱了抱赖床的她,又含情脉脉地在她的脸颊印上一吻,她后悔没有回抱他。

想着想着,阮萝埋在沙发里抱着膝盖嘤嘤地哭,满腔都是"这可怎么办"。梅姨见她也不上楼了,便把壁炉烧了起来,客厅又变得暖融融的,再给阮萝泡上一壶参茶安神,拿到茶几前。

阮萝看着面前忙活的梅姨,哑着嗓子开口:"梅姨,坐下吧。给我讲讲周之南。"

她好像从未了解过他。

在这个家里,下人都有些刻意地疏远她,她也不在意,梅姨自她进周宅,便是贴身照顾她的,可她和梅姨也不算亲昵。但周之南对待梅姨如同半个长辈,她也不会太无礼。

梅姨坐下,脸上带着笑开口:"我三十多岁进周家,现在都快六十了。眼见着先生从嬉笑打闹的孩童变成如今上海滩尽人皆知的周老板,称呼也从少爷便成了先生。当年老爷、夫人见上海动乱,起了乔迁国外的心思,同时先生留洋,学的是西方经济。陆先生同去,不过没两年就回来了,先生待得久一些。"

"那他怎么还是回来了?我是想上海太乱,在国外没什么不好。"阮萝提问。

梅姨也不知:"许是人生路太过顺畅,上海经济纷乱疲倦,总要有领头人站出来。这也幸亏回来,不然可不就没有你了。"

阮萝有些羞臊,理是这么个理。

梅姨继续说:"给你讲讲他年少的事情吧。他跟陆少爷、李医生自小一起长大,他们三个小时候贪玩得很,先生是蔫坏,喀,这话你可不能同他讲。李医生也机灵着呢,你别看陆少爷总是吊儿郎当的精明样子,他们三个里倒他最真,也最傻。每次三个人惹祸,先生和李医生就把责任推到陆少爷身上,偏陆少爷也不解释,陆老爷脾气不好,少不了几顿打。"

陆汉声受了委屈到周宅哭,吃梅姨做的糕点。两个小家伙在客厅里对峙,陆汉声眼眶还带着被陆老爷子打出的泪水,嘴里糕点没吃干净,一边说话一边喷沫子:"之南,你怎么和李自如那个臭狐狸一起坑骗我?"

当时不足十岁的周之南已经学会装腔作势,满脸认真,语重心长地对陆汉声说:"汉声,因为我是你哥,便不能看着你一错再错。"

还要用手帕为他擦拭眼角泪水,陆汉声险些信以为真。

只可惜李自如优哉游哉地啃着个桃子前来,嚷道:"之南,我看汉声又挨打了,哈哈哈。"

结果就是三个人撕打在一起,周夫人手足无措。

阮萝听了,没忍住笑出声,竟不知他们三个自小还有如此趣事。笑着笑着,又悲从中来,也不知周之南现在怎么样了。

梅姨给她添一杯茶,再度开口:"先生自小便没什么非要不可的玩具,倒是陆少爷和李医生总拿他的,他也不气,反正老爷、夫人还会给他买,家里不差那几个钱。我想以他这个性子来看,许是月老没为他牵那根红线,一生平平而过。然而也不是,他会问我今日你心情如何,吃饭多不多,有没有什么想买的。有次我跟家里丫头聊上街买菜,见到名叫驴打滚的小吃。瞧这名字稀奇,我竟没听过,先生说是北平那边的特色小吃,让我特地再去买些回来给你。还有蛋羹,也是他问了北平的朋友,让我记下了做法给你做的。先生对你可是真真放了二百个心,我许久未见到夫人,她若是见了你,定也喜欢得很。夫人和先生很像,先生喜欢的,她自也喜欢。"

阮萝的嗓子仿佛被人攥住，说不出话，只静静地听着梅姨说。

梅姨犹豫许久，还是开口说了些僭越的："你今日问我，我便借着说些平日里不能说的话。周家到底是大家，这些家族惯是颜面最重要。你如今这般性子，还是得收敛些。先生多少次在下人眼前丢面子，周家的夫人断不能这般任性。"

阮萝又挂了泪，点了点头，仿佛真的向往有一日见周之南父母，且为他敛了性子，只因如今他生死不定，阮萝什么都愿意应。

她却忽略了一点，周之南又哪里舍得让她克制自己、改变自己。周之南最是贱皮子，她愿给他分毫理解，他最会温柔倾泉相待。

你可否知道，凌晨到天亮之间有一段混沌时刻，天不明不暗，月神和日神在忙着轮换。在这期间，彻夜未眠的人可以说任何想说的话，做任何想做的事。不是天知地知、你知我知，只是你知我知，甚至你不知、我知。一切都只属于你自己。

这也是为何大多暗杀、见不得人的交易、神婆恶毒的诅咒和少女祈祷都在此刻发生，因为没有神会看到，便不会在功德簿上记上一笔。

上海最大的渡口，凌晨海风呼啸，周之南在心里默念一句：萝儿，好生想你。

一条浪扑过，如同雁过无痕，谁也不知道周之南的心事。

阮萝一夜窝在沙发里睡不安稳。天蒙蒙亮，天边开始泛着茫茫的白，壁炉的火已经快要烧完，周宅响起汽车停稳的声音。

周之南脚踏进周宅，带着一身海水的咸腥气和海风的生冷感，面前忽飞来一只"短毛家雀"，撞进他怀里，嘴里唤着"周之南"。

熟悉的感觉，熟悉的声音，上海滩唯一一个唤他周之南大名的，正是此刻披着真皮斗篷的阮萝。

他试图推开她："萝儿，我身上寒，且换身衣服再抱。"

周之南身上只穿了身西装和风衣，这一夜定是冻得不轻。梅姨确定人没事，帮他把风衣褪下挂起来，就钻进厨房煮参汤，好作滋补。

阮萝不应，使出吃奶的力气挂在他的身上，一声不吱。他无奈叹气，把人提着上了楼，到了房间里想把她放在床上，却被勾着脖子同她一起躺下。

洁癖周老板可受不了，皱眉说道："弄脏了床。"

可阮萝不说话，满脸倔强地勾着他脖子。周之南骑虎难下，姿势尴尬，拿她一点儿办法都没有。他试图和她讲条件："你让我换身衣裳，我嫌脏，然后好好抱抱你，可好？"

身下人的小脑袋摇得很快，不答应。他本还想洗个澡，可别说洗澡，衣服都不让换，不知道怎么办才好。

幸亏梅姨到得及时，见两人的尴尬姿势，偷偷地笑，表面上只装看不到。

她把参汤放在床头边上，出声提醒："先生不吃姜，我便没煮姜茶，参汤也来不及多炖，先趁热喝一碗热汤，下面还在煮着，炖烂了再盛上来。我去浴室放水，先生可得泡个热水澡，不然寒气入体就严重了。"

周之南强行蹭了蹭，露出半张脸，回应梅姨："好，你也一夜没睡，水放好了就去歇吧。"

房间里又只剩两个人，周之南拿梅姨的话劝她："你听没听梅姨怎么说，萝儿，我好想去洗澡，脏得难受。"

脖子间的胳膊终于松了松，刚在码头，他周之南也没被人抵着脖子，如今却被个小姑娘锁喉，着实丢脸。

阮萝闷声说："先喝汤。"

周之南坐起来端着碗喝，一口喝下去半碗便放下了。

"喝光。"

在阮萝的高压监视下，他再端起碗，喝了个干净，还要把碗倒过来给阮萝看。他到衣柜里取了睡袍，牵着阮萝进了浴室，梅姨放好了水。

周之南把西装脱下扔在地上，入了水，脖子靠在浴缸边缘，半闭着眼。阮萝扯了个小矮墩子坐在浴缸旁陪着，低头闻了闻周之南的发梢，一股浓浓的海腥味。

周之南发觉她细小的动作，玩笑地说："你不如给我洗个头，最好再抓抓，我这吹了一夜的海风，真磨人。"

阮萝在架子上拿了进口洗发水，又从柜子里找了个喷壶添水，同周之南扯开些距离，先上了洗发水，再用喷壶洒水打泡。泡沫起来后，便双手给他细细地抓、按，周之南舒服得昏昏沉沉，几欲睡着。

他低声开口："我竟不知你还会给人洗头发。"

阮萝笑："我以前在北平什么没做过呀，这般地给人洗头，洗五个，便能换一顿饭。"

周之南骤然睁眼，从发间扯了阮萝的手出来："早知道就不让你做了，怎么不跟我说？"

"都是泡沫，别闹。"她打掉他的手，继续给他抓头，可周之南没了享受的心思。

他双眸清晰，似是有些悔意。阮萝见状，用食指蘸着泡沫，点了他额头正中央一下，仿佛为他开了"天眼"。

阮萝说："周之南，想什么呢，你会让我给别人洗头吗？"

周之南说："不会。"

阮萝笑了起来："那不就结了呀，这是给你的私人服务。"

他想：好，只属于我一人。

太阳已经升起，周之南拉上了那层遮光的窗帘，两人一起上床准备补觉。他头发还没干透，便靠在床头拿了本书随意翻看。阮萝枕着枕头，一双手搂着他的腰，眼珠转着，哪里是一副要睡觉的样子。

周之南说："我瞧着你挺精神的，怕是一会儿我头发都干了，你还没睡。"

阮萝借坡下驴:"那就等你一起睡嘛,你先给我讲讲夜里发生了什么。"

周之南本不想说:"生意上的事情你听不懂。"

阮萝摇头:"我听得懂,郑以瑟被你们逼死了。郑以和报复,在日本人面前讲你坏话,那船货是禁药,你到底有没有摊上大事?"

他用一只手指封住她喋喋不休的嘴:"第一,郑以瑟该死,她偷了汉声很重要的文件。第二,我只是普通商人,没有运禁药。"

时间回到昨夜,周之南没回家吃晚饭,因前些日子拒了永昌银行陈老板的局,约了这顿饭补上。饭局散得有些晚,陈老板是苏州人,此番又请了两个唱评弹的,咿咿呀呀的。周之南虽然是上海人,却更喜京戏,陈老板嗜好昆曲评弹这类,他听得头疼。

一曲唱完,娇俏可人放下琵琶到了陈老板的怀里,另一个朝着周之南来,就要坐他腿上,周之南避之不及连连推托……终是把陈老板和女子送到了上海饭店的房间里,他才得脱身。

一出门,就被日本人拦住了。他在心里盘算了下日子,陆汉声说那几船货最快五日。如今还差一日,难不成是海上起了风,船要早到。

到了渡口,陆汉声早已站在那儿,满脸阴郁。周之南忍不住问他:"你怎么这个脸色?"

旁边伪政府派来的特务脸色有些尴尬,陆汉声的头发微乱,看着不像是海风吹的,倒像是人为拨乱的。但周之南来时也是被客客气气对待的,情况没敲定之前,怎么会动手?

郑以和迎面走过来,海风面前众生平等,他被吹得也有些凌乱,眼镜都要扶不住。

郑以和说:"周老板,陆老板,好久不见。"

虚伪地握手客套过后,这场戏郑以和做主角,娓娓道来:"真是打扰两位老板的雅兴,一位在贝当路的公寓里,同如今大上海最火的舞女翻云覆雨,一位在上海饭店,吴侬软语好不自在。"

陆汉声先开口:"我的小舅子,不会说话就闭嘴,当心海风猖狂,撕烂了你的嘴。"

周之南面无波澜,无人知道他先是被陈老板盛情款待搞得头昏。如今海风肆虐,他真真没什么精神,只巴望着货船快些到港,好回家搂着娇娇人儿睡觉,乃人间最快活之事。

郑以和胜券在握,不为说不过陆汉声有分毫不快,反而笑得更深:"日本人已经侦查到货船今夜到港,比想象中的快了一日啊。这下你们不就要少活一日了?哈哈哈。"

他看过陆汉声的信件,因此知晓一切信息不足为奇。周之南没想到的是,自己的货竟有人比他还着急。

"你就没想过我使计陷害?"周之南开口,顺着海风传到郑以和耳中。

可郑以和满脸笃定:"想过,所以我的人前几日混上了船。你把货封得那么死,铁皮包着,还要钉上死钉,你当我没做过海上生意,除了药品,还有东西需要封得这么严实?"

当然有。

周之南微笑,郑以和最怕他这般笑,往往没有好事。但如今他有日本人撑腰,扳倒生意做得最大的周、陆两家,他郑家就可以一家独大,何愁再怕周之南?

一群人等在渡口,周之南几船货好大的面子,引两种国籍三方势力的人在此等候。穿绿军装的日本军官似是叫藤田什么,他没记住,反正再不会打照面。

凌晨三点半,一群人被海风吹到傻。本来唯一傻的是郑以和,非要守在这儿,杜绝任何周之南偷天换日的机会,便要众人陪他一起傻。卸货开箱,第一箱打开,是美国进口的丹祺口红,郑以和脸色微变,不太好看。一整箱一整箱地开，第一船货全开了个遍，都是丹祺口红。

除了药品，还有什么东西需要裹这么严实？周之南答：口红啊。

再起第二船的货，钉子钉得死，还打了弯，需要用特定的起子和两个成年男人合力拔出，效率不是很高。第二船的丹祺口红都开了箱后，陆汉声打了一声哈欠："是不是能回家了？"

郑以和不会轻易认输，还有一船，只要找得到一箱是药物针剂，就足以让周之南进日军司令部，竖着进横着出。

在周之南面无表情、陆汉声哈欠不断、日本人脸色铁青中，第三船货全部开完。郑以和颤抖着声音爆发出一声大笑，在煤油灯星星点点斑驳的渡口，渲染诡异和阴森。

他输了。

已经无心探究到底是哪个环节出了差错，整整三船丹祺口红，一支针剂、一片西药都没找到，钉子倒是堆起个小山。太阳升起后定有孩童过来疯抢，还能同打铁匠换几枚糖果吃，也算他郑以和做了件善事。

气得胡子都歪了的日本课长扯过手下的枪杆子推向郑以和，庆幸他理智尚在，还知道用枪把那头而不是刺刀那头，只是耐心被耗尽，气得不轻。把郑以和推倒以后，他走到周之南面前微微颔首，态度恭敬了许多。

周之南是无党派商人，不站队，这种中立身份对于重振上海经济有很大助益，毕竟彼时他们痴心妄想，上海终将会归日本帝国所有。

翻译在旁边用中文小心重复他说的话："藤田课长说，大水冲了龙王庙，他一时受小人蛊惑误会了周老板，还望海涵。上海经济逐渐复苏，港口生意必须要做起来。如果有帮得上忙的，只需派个人来找藤田课长就好。今日太过操劳，大家都早点儿回家休息。"

周之南同他虚与委蛇，微笑颔首，目送藤田的背影离去。

陆汉声蹲在郑以和的旁边，拍他煞白的脸："我的前小舅子，怎么这么心急？郑以瑟死了，你就迫不及待地要搞我了？你少在她耳根子边说几句，她也不至于死这么早不是？"

郑以和没了主心骨，他刚同日本人苦心维系的关系就这么断了，无论政界商界，无论国籍，失信为大。可明明一切都对得上，为什么就没有药品？

周之南脑袋里已经开始嗡嗡作响，强撑着体面说："今日多谢郑老板派人替我开箱，不然还真犯愁这些厚铁皮箱子放不放得进周家库房。我便回了，劳烦您的人再帮我把货送到五号仓库，辛苦。"

郑以和仍要同他撕扯："周之南，我不信。你大老远地从美利坚就运三船口红回来，还故意裹得严严实实地唬我。"

周之南让他死个明白："战争时期经济萧条，口红却可以卖得很好，这是西方经济学原理。再者，前半个月的大雨你也看到了，我不包得严实些，如何赚钱？"

郑以和说："三船，三船！你骗谁，你卖得完？"

周之南笑着说："不要忽视沪上名媛的购买力。"

丹祺出名的变色口红强调自然，千人千色，满足各种名媛的需求，且可以分销到北平、南京、重庆，赚钱再没有人比他在行。

陆汉声搭日本人的车来，如今搭周之南的车回，周之南让司机先送陆汉声回陆公馆，再回周家。

陆汉声疲惫地靠在车上："哥，郑以和不会不给我们送那些货吧。我看堆那么老高，天可要亮了。"

周之南说："他不敢，日本人看重港口，又欠我个情面，他不在天亮前把货给我搬到地方，藤田会把那堆钉子钉他身上。"

陆汉声说："那就好。这海风真诡异，吹得我头疼。小如还在床上等我，我昨晚衣服都没脱特务就进来了，真扫兴。"

周之南皱眉："那个舞女，你叫她小如？"

他一掌拍到陆汉声的后脑勺儿上，继续训斥："你再不断了，我明日就叫李自如来看看，他就算还不知你当年做的混事，看到那舞女拼了命，也得把你打个半死。"

陆汉声连连告饶答应，也没怎么放在心上，不过是因相貌相似，图个新鲜。

周之南给她讲完，阮萝已经有些睡意，她听不大懂什么口红经济、起钉开箱，只知道郑以和陷害周之南，偷鸡不成蚀把米。

阮萝说："周之南，你没事就好了，我下次定不再问你生意事了，听得我好困。"

卧室内壁炉烧得旺，他的头发已干，躺下把阮萝搂住："那便睡觉，梅姨应该吩咐下人不必按时做饭了，何时醒来何时吃。"

两人都快要睡着，阮萝还是问了句："那船上到底有没有药剂啊……"

当然有，扔进海里了，他已经传信给山东那边信得过的人去打捞。

对阮萝却说："没有。乖萝儿，快睡。"

熬了一整夜后白天再补觉，起来后难免还是会浑身乏力。

阮萝头发披散着，外面再裹一件袍子满客厅跑，午饭最重头的是梅姨煲了一上午的参汤，阮萝惯是讨厌咕嘟半日炖出的东西，今日破天荒地跟周之南一起喝了两碗，喝完小脸红扑扑的，看得他心痒想捏。

吃完饭，两个人便窝在房间里画画，周之南在国外辅修过一年的绘画课，教阮萝不成问题，反正她也只是随意画画而已。画的是昨夜周之南站过的上海港，两人化身孩童，争论起来大海到底是深蓝的还是浅蓝的。周之南爱深色，画出的东西总是浓墨重彩的深调，可阮萝少女心仍在，恨不得把大海涂成粉红色。

周之南投降："行行行，你涂粉色，货船是蓝色。对，真漂亮。"

日方送来拜帖打破一室嬉笑明媚，邀周之南到上海饭店用晚饭，以表歉意，他不得不去。如今周、陆两家联手，对外宣称只振兴上海经济，绝不带政治身份，各方宴请他都计算着去上几次，如今若是拂了日本人的面子，便是拿掉了一端在天平上的砝码，打破平衡自寻死路。

庆幸距离晚上六点还早，周之南陪阮萝画完了一幅抽象派画作——《海港》，虽然她声称自己应是印象派，周之南汗颜。再揽着她，看她慢慢喝光一瓶可口可乐，时钟走到五点，他猜日本人定会早到，他也要早点出门，已经致电给陆汉声叮嘱过。

周之南从楼上衣柜换了件风衣，路过楼下的衣帽架又特意折回去，从他昨夜穿的风衣内袋拿出了样东西，随后让梅姨把这件送去干洗。

阮萝出现在他的身后："周之南，做什么呢？"

他神神秘秘地拉她靠近，倏地变出了个长方体小盒子，递到她的眼前。阮萝接过一看，正是一支丹祺口红，上面写着英文"Tangee"。

阮萝说："我当是什么稀罕玩意儿，我有丹祺口红呀，还没用完呢。"

周之南哼了声："包装不同，你可以轮着用。"

她嘴上那么说，心里却乐开了花，只为他献宝似的拿出来，也不知道是什么时候从箱子里偷的。阮萝故意说："周老板怎么也偷东西呀？"

周之南笑着道："那本就是我的，算不得偷。"

她钻进他的怀里，周之南为她莫名的亲昵而窃喜，揽住她细腰。

接着听阮萝说道："周之南，你偷我的心，怎么算？"

"嗯？"两颗心相贴，不知谁的先剧烈跳动起来，带动了另一颗，扑通扑通，一下两下。

阮萝说："怪我愚钝，竟不知道你日日夜夜地只偷走一点点，如今发现已经彻底空了，都在你那处。"

他不知她何意，也不敢妄自揣测，声音发涩地"嗯"了一声。

阮萝嫌他蠢笨，还听不懂，踮着脚附在他耳边开口："周之南，我有些喜欢你，你这个偷心盗贼。"

仿佛心要跳到嗓子眼儿，明明是等待许久的一句爱的回应，他此时却像被修鞋匠的胶水黏住双唇，半个字都说不出，甚至一度怀疑在幻觉之中。

门口传来司机催促的声音："先生，该走了。"

阮萝后知后觉地红了脸，推开他一鼓作气跑上楼，才不回头看那个呆头鹅。

他伴着月色而归，同日本人吃过饭，还要去看艺伎表演，到家洗好回房已经十点钟。卧室里壁炉烧得暖烘烘的，借着幽幽月光，可以看到床上躺了个"蚕蛹"。

阮萝听到周之南回来的声音，立马把双人盖的毛毯卷在身上，自己困在里面。

周之南上了床靠着，也不急着盖被子，房间里半点儿声音都没有，细细地还能听到柜子上西洋钟嗒嗒的走针声。

那卷"蛹"终于探出了个头，是发丝凌乱的阮萝，抬头发现周之南正满眼玩味地看着她，霎时间红了脸。她娇声埋怨："你知道我没睡，我都要憋死了！"

周之南说："屋子里这么暖，任谁卷这么厚都睡不着吧。"

分析得有理有据，于是得到阮萝的回应："周之南，你滚出去。"

周之南说："这是我的房间，我为什么要出去？"

她反应过来如今她才是寄人篱下，抑制不住有些气："行，那我出去行了吧，我走。"

偏她刚刚卷得太实，不滚动是挣脱不开的，可她又不愿意滚到周之南那边，一时间情况尴尬，不上不下。

周之南见她呼哧呼哧的样子，估摸着额头都出了汗，没忍住笑出了声，不再逗她。他凑过去压住被卷着的阮萝，用手指头戳她的脸蛋，同她额头抵着额头，鼻尖对鼻尖，窃声私语。

"萝儿，我平日里的骄矜颜面到了你面前是分文不值。但没什么，大千世界里只你一个人是例外，'规矩'二字断不能用来约束你。在我看来，花开花落要看你心情喜悲，春风入帏也是为抚你微皱的眉。若我心中曾一片荒芜，因你来了，如今万象峥嵘。"

他讲情话，让阮萝想起她在夏夜赏后花园池子里的莲花，香气淡而幽，不知不觉中麻了身子。那一整夜，她睡觉时，恍恍惚惚地仍觉得香气在鼻尖萦绕，又像是第一次偷吸薄荷烟，心跳加速紧张，以及初次触碰的悸动。

毛毯铺开，阮萝重获自由被他搂着，手在上面虚虚地扇风。

阮萝说："周之南，你不要负我，我没什么身外之物。你若是负我，我就杀了你嘛。"

她说得软糯轻飘，周之南佯装恐惧："娇娇好凶。"

阮萝冷哼："知道怕就好。"

合上眼之前最后一秒，她问他："你怎么不说爱我？"

也不知她听不听得到回应，周之南更像对着空气自言自语："早就说过。"

一切又恢复太平，上海滩表面维系祥和的样子，暗地里风云涌动，见血的、不见血的事都在悄然发生。

周之南得空，便待在家里陪阮萝打发时光，现在她钢琴弹得越发好了，举手投足间倒真真像是个世家小姐。暗地里他同陆汉声商议，趁着郑以和失信于日本人之时把他除掉，否则他再出卖同胞表忠心，事情就又是另一番田地了。

冬月十五，郑以和在泰丰茶楼饮茶，被军统特工击杀，一枪毙命。郑氏企业一盘散沙之际，长姐郑以琴回沪，变卖家产换现。

一周后，周之南举办生日宴会，包整栋上海饭店，一众名流名媛悉数到齐。

刚筹划生日宴时，周之南想着如今同阮萝已然互表了心意，不如直接生日宴暨订婚宴。阮萝一瓶可乐下肚打了个嗝儿，闻言抬头啐他一句：滚。

今日宴上，阮萝作为周之南的女伴，当属全场最高调。穿黑色织锦缎双襟旗袍，整布金线包边，裙摆是山水纹饰，压襟挂的是周家祖传玉坠，头发绾起扮老成，留两缕碎发在双颊是阮萝最后的坚持。

她本就长得俏，此番专程打扮过，人群里都在议论是哪家的小姐。消息灵通的人知道周夫人当年在南山产子，这一辈家谱正轮到"之"字辈，故名之南，阮萝旗袍上的纹饰，意义不言而喻。再说那压襟的玉坠子，几年前也是见林晚秋戴过的，看样子周老板这是又要定下了，喜事将近。

阮萝怎么也没想到，再见程美珍是这个局面。

宴会的邀请名单是陆汉声帮着拟的，周之南草草地看了一眼，见没有程家便没再做修改，照着单子发的请柬。

可程美珍是跟着陈老板一起来的。

这几年上海越发流行西式做派，凡是参加正经宴席，必要带正经女伴，见不得台面身份的自是不可。有正妻的携妻子出席，无妻的也要请个相称的大家闺秀，邀约一起。譬如陆汉声今日邀的就是城南酒庄的许老板，许碧芝小姐。

陈老板丧偶多年，始终未娶，这便于他在外面厮混，淫荡度日。阮萝注意到程美珍时，陈老板一只瘦骨嶙峋的手正顺着程美珍的腰向下滑，她忍不住皱眉，暗道恶心至极。

程美珍长得不赖，同阮萝一般大的年纪，阮萝已经出挑得有了女人味，身长臂长、腰细腿细，眉目间也隐约显露出媚意。可程美珍与她大不相同，浑身体现着一个"幼"字，明明身材也是前凸后翘，看脸还是像个孩子。

阮萝心想，这般长相的女子，最能考验男人。抑制得住邪恶思想的是君子，抑制不住的往往极其容易成为变态，显然陈老板是后者，程美珍身侧抠弄的手指告知了答案。

周之南从人群中得了空，走过来揽住餐桌旁的阮萝："在发什么呆？"

阮萝扯着他转身："看到程美珍了，后面那个背对着我们的，是永昌银行的陈老板吧？"

他不动声色地侧身看了看："是他，我没请程山，应是陈老板带来的。"

阮萝皱眉说："程山疯了吧，为了个破药房，连自己的女儿都卖。"

他拍她的肩膀，抚平她的情绪："安心，我不似陈老板变态。"

换阮萝暗暗戳他痒，论不要脸，自是没人比得过他周之南。

人到得差不多后，周之南到台上讲了几句漂亮话，无非是欢迎、感谢之类的，走个过场。讲完再宣布开场舞起，等同于宴会正式开始，每年都是这个样子，阮萝已经参加周之南第三次生日宴，真是岁月如梭。

想着今日开车来饭店的路上，周之南问阮萝舞学会了没，会不会晚上踩他的脚。

阮萝午睡睡得沉，起来就被当洋娃娃似的摆弄，有些起床气还没发散，靠在周之南怀里开口："没学会，定照着你这双擦得锃亮的新皮鞋踩，且瞧好吧。"

他也不恼，两手轻轻揉她两侧的太阳穴，小心谨慎怕弄乱她发型，语气百般纵容："我折了这条老命给你踩。且靠着，趁我还没被你踩死，再给娇娇揉揉脑袋。"

阮萝抿嘴偷偷地笑，心里受用得很。

第四章
一晌贪欢

开场舞罢，觥筹交错。

宴会本身的意义并不是庆贺生日，仍是应酬，人们或是寻求合作，或是笼络关系，世俗得很。阮萝见餐台的西点做得精细，可每每想吃上几口，就被来敬酒的人打断，人人都想同周之南喝上几杯。

她虽未喝酒，果汁却也跟着喝了不少，没一会儿就觉得想上洗手间。扯了扯周之南的衣尾，阮萝说道："我要去洗手间。"

他微微低头听阮萝的话，听罢向面前的人颔首，带着阮萝离开宴厅："这里人多太杂，我带你去。"

阮萝促狭地看着他："上个厕所也要跟着，周之南，你还怕我丢了不成？不过我以前怎么没发现，你生日宴这般无聊。"

周之南说："每年不都是这样？只你总偷偷溜走，以为我不知道。"

他喝了不少酒，眼睛带光，笑起来也带着些撩人的意味。搂着她的腰带着她走："我带你去楼上的，这层人太多。"

阮萝的手还没完全擦干，就打开了洗手间的门往出走，她一向风风火火的个性。却没想到等在门口的周之南借机把她推了回去，两人重新挤进了洗手间。阮萝忍不住笑意，刚要开口啐他，嘴巴就被周之南落下的吻堵住——他想她不知道自己今晚有多美,早在楼下那么多人面前,他就想吻她了。

她不敢用手推搡他,手上还有水滴没干,会弄湿他的西装,只能把手臂搭在他的肩膀上,半推半就地迎合他。那一吻好漫长,结束后她口红彻底花了,腿有些软,头发也乱了。

周之南抽出她盘发的发簪,一头墨发散落如瀑,再拿起梳子给她顺发,空间里满是静谧安宁。

阮萝的心头也软了几分,开口竟是诗文:"执手提梳浓情过,却留发丝绕前缘。"

周之南的笑意渐浓:"哪里学来的诗,我竟都没听过?"

自然不是什么正统的大家名句,阮萝说:"话本子上看的,不知出处。"

周之南说:"写得不太好。"

头发再度被发簪盘起,男人力气比女人大,盘得更加紧实。阮萝见头发弄好,站起身来同他对视:"哪里不好?"

周之南认真、深情地望她:"绕什么前缘?我同你只有今生,今后生生。"

阮萝兜不住笑意,满目欢愉。

回到宴会厅后就遇到找过来的陆汉声,陆汉声对周之南说:"哥,去哪儿了?找你半天。"

周之南撒谎,揽着阮萝说:"萝儿不舒服,我陪她休息了会儿。"

陆汉声可是个人精,那双桃花眼写满了不相信,打趣地看着他俩。

许碧芝走过来挽陆汉声的手臂,她生得极美,烈焰红唇,发型是阮萝最喜欢的手推波纹,举手投足都是烟波流转,阮萝倒是觉得她同陆汉声般配得很。

而李清如是陆汉声玷污不得的池中清莲。

许碧芝说："周老板，许久未见，这些日子都不来我的酒庄品酒了。"

这下轮到阮萝饶有兴致。女人心细，会品话中的细枝末节，既然说这些日子不来了，那便证明这些日子之前是来的。

周之南知道不妙，开口却不忘择清自己："最近过得顺意畅快，且家里的酒还多着呢，便没去。汉声晚上总喜欢喝上几杯，邀他多去，也好给你增些进账。"

说完还要看着陆汉声，问一句："是吧，汉声？"

陆汉声说："是是是，之南除了应酬，几乎不喝酒的，不喝酒的。"

阮萝微笑，她不在外人面前给周之南难堪，且看晚上回家怎么收拾他。

许碧芝骤地发出了笑声，半掩着嘴巴，那样子阮萝看了都觉得娇美可人。许碧芝说："开玩笑的，周小姐可别吃醋，周老板曾帮过我，再没别的了。你无事也可以去酒庄坐坐，有女孩子可饮的低度甜酒，男人在外面时常喝酒，女人差哪里了。"

说实话，阮萝对许碧芝第一印象不错，不知道怎么的，明明她穿得性感娇艳，她仍觉得她面善。

所以她回应许碧芝的语气也很是和善："谢谢，得了空儿会去的，听您说话有股北平口音。"

许碧芝晃了晃手里的高脚杯，满脸狡黠："我是北平过来的。"

这不巧了，阮萝笑得跟朵花似的："我也是。"

许碧芝在这应酬场浸染了也有些年头了，知道什么该说，什么不该说。

周之南表情明显不妙，但碍于阮萝开心，他便在旁边看着，可若是许碧芝讲些不该讲的话，就是在给周之南添堵了。

许碧芝便说："以前日子过得苦，便不提了。今时开心，才最畅快。"

阮萝见她说话也是个爽朗人，笑着点头附和，当她是个知心大姐姐。这时周之南附在她耳边低声说:"我带你去吃些东西,别饿着了。"

许碧芝搂着陆汉声的胳膊,两个人识相地走远。

阮萝这才忍不住说:"周之南,许老板好漂亮啊,看着还好年轻。"

周之南一副不咸不淡的样子:"嗯。"

见他反应冷漠,阮萝用手指戳他的胸口:"你的旧情人?不敢说了?"

他抓住她的柔荑抚摸:"没有的事。她当年是从北平流亡过来的,做那种事情,我刚回上海,同人应酬推辞不得。"

"嗯?"阮萝瞪大双眼歪着头,假装天真地笑着看他。

周之南说:"什么都没有,坐一起喝了酒,然后送她去拍电影了。她有头脑,赚了钱开始做生意。"

阮萝语气风凉:"哦,就坐在一起喝酒呢,还送人家去拍电影了。周老板好生阔气,我怎的没这个福气去拍电影?"

"萝儿,我头疼。"他佯装蹙眉,伸手抚头。

阮萝岿然不动:"少给我装。"

她白了他一眼,低头戳着盘子里的精致西点,若有所思。

回去路上的车里,阮萝见他薄醉,靠在那儿直抚额,她才不是贴心的小棉袄,她当是毒棉花才对。因而阮萝半压在他的身上,抓住他的下巴直晃:"周老板,三十三啦,身体不行了哟。"

周之南这会儿刚喝完,且人接人地敬酒,喝得有些猛。他酒量不差,又这么些年在商界里应酬往来着,只想缓过这股劲儿再收拾她。若是缓不过来,那便只能找床睡下。

他把她作乱的手拽下,整个人带到怀里抱着,说话有些缓慢:"娇娇,可别闹我。脑袋里昏沉,缓一刻就好。"

阮萝可不能让他缓过来找她算账,但她闹归闹,还是不忍心下手没个轻重。此时便乖乖地躺在他的怀里,看他握住她的那只大掌,青筋明显，骨节纤细。她想他不光长得俊，手也是一等一地漂亮。

阮萝抬头看他闭目养神安静的脸，不知道他有没有长新的皱纹，她居然爱上他了，仿佛是在梦境中。

阮萝轻声叫他："周之南……"

"嗯？"他明明闭目，回应她唤的一句"周之南"却无比迅速，仿佛只要是这个声音唤的，无论他清醒与混沌，都会立刻应声。

可她却不知道说什么了，说"我此刻好想抱抱你"，抑或"这么多年你辛苦了"，还是"我心疼你"？一句话都说不出，她只在他的怀抱里缩得更紧。

周之南恨自己今日没穿长衫，西装贴身紧实，阮萝往他怀里缩，他举手投足并不便利。为她的举动而发笑，是他亲自惯养出的娇娇，只能把她抱得更紧些。

阮萝心想的是：周之南，这么些年你独自披荆斩棘，无所不能，一定很累吧。说句自私的话，我不想你再做挽上海经济狂澜的救世主，你只是我一方天地里的逍遥客。

汽车平稳停在周宅门口的那一秒，周之南睁眼，神色清灵，他最会调整精神，可以控制何时疲惫、何时正色。

把阮萝臂弯的披肩向上裹了裹，他仍记得如今将将腊月，可比数九寒天，带着阮萝快走几步，推开周宅大门进去。即便已是深夜，客厅壁炉仍烧得旺盛，是他早叮嘱过的，怕阮萝短暂路过而受凉。

两人踩在楼梯上，阮萝神神秘秘开口："周之南，我还没给你看生辰礼。"

"还有礼物？"他当然惊喜，不想承认的是，这三十多年金贵物件见了无数，此刻却因为阮萝为他准备的生辰礼而雀跃期待。

阮萝更急，她可是滴酒未沾，先他两步加快速度上楼梯。她今日穿了高跟鞋，旗袍开衩虽然高，但也比不得她平日里穿惯的阔身款式便利。因而周之南目之所及,她一双小腿快速交叠着上楼梯,尽是风情。

他想,在看生辰礼之前也许可以做点儿旁的事,她不是刚刚在车上还说他身体不行,他现下缓过了洋酒的上头劲,可以证明一下。

睡前情人私语,阮萝故意说道:"周之南,我讨厌你。"
周之南笑:"我爱你。"
阮萝也笑:"我不爱你。"
他再重复一次:"我爱你。"
阮萝说:"你不要脸。"
…………
见他不再说,阮萝又不允:"你怎么不说了,生气了是吗?周之南,你真计较。"
阮萝就是这么霸道,她可以一次次说不爱他,可他若少说一句,她定要闹个不休。
周之南闭目养神,再度开口说:"我还是爱你,只是我有一点点痛心。"
阮萝问:"痛心什么?"
周之南说:"你都不说一句爱我,大抵生日也是这般无趣。"
他语气低微,阮萝难以抵抗,蹭了蹭旁边的人,软糯开口:"我爱你,周之南。生辰快乐,周之南。"
周之南窃笑。

两人谁也没再提去看生辰礼。
周之南躺在床上时已经酒醒,他今夜纵酒纵欲,此时庸俗地想再点一支烟,做个彻彻底底的大俗人。想着就起身,准备去客厅抽上一支,却被阮萝抓住了手。
阮萝声音迷迷糊糊仿佛在沉睡的边缘:"你干吗去呀,周之南?"

她真的很爱唤他的全名。他听过最多的称呼是"周老板",从商之前,家人、朋友唤的也是"之南"。只阮萝不嫌绕嘴,她又是北平人,平翘舌咬得极准,翘舌音永远像是猫咪的爪儿,挠他的心。

周之南说:"我想抽支烟,你先睡。"

她侧着头枕着枕头,闻言嘟嘴:"在床上抽嘛。"

她是准了,可周之南过不了心里那道关,他洁癖,断不能接受在床上吸烟。可阮萝的手已经搭上了他的腰,周之南无奈,从床边柜子的抽屉里拿出了一盒香烟,抽出一支夹在唇间。

隐约闻得到烟草味,他划了根火柴,焰火点着香烟后,吸上一口,周之南微微眯眼。他仍旧喜欢划火柴,不似陆汉声带着一支做工精巧的打火机到处晃。

他默默往床边蹭了蹭,生怕烟灰弄到床上。庆幸冬天不似北方干燥,不然还要防止火患危险。没想到阮萝跟着蹭过去,把他挤到床边。

周之南本想着快些吸完就蹭回去,这下被挤得动不了地方:"娇娇,不要靠这么紧。"

她的头埋在他腰侧耍赖,充耳不闻。周之南一支烟抽得像打仗一般,按灭了,把她翻了个身,揽入怀中。

那声音闷闷沉沉,又娇态憨憨,在他耳下。阮萝说:"少抽烟呀,今天又喝酒又抽烟,身体要注意。"

周之南反问:"我身体不好吗?"

她喃喃说道:"好。"

周之南看她实在是困,赶紧说道:"萝儿快睡吧,明日带我看礼物。"

一室寂静,周之南闭眼酝酿睡意,阮萝缩在他怀里呼吸沉稳。她想到什么,又骤然开口:"周之南,你今天许愿了吗?生日愿望。"

周之南认真想了想说:"没有,我的人生目标都已实现。"

她呆呆地"哦"了一声,没再说话。

次日清早，周之南照旧按时起床，但不打算去商会，在家歇息一日。阮萝起来后还没刷牙洗脸，就嚷嚷着要带他去看礼物。

她却被周之南无情拒绝："去刷牙。"

洗漱好之后他又叫她去用早饭，说吃完再去看。

阮萝忍不住说："周之南，你倒是真不急，既然不在意，那我不如让陆汉声拿走，白白送他。"

周之南喝一口参茶，抬头笑着对她说："那你为何不准备两份，再送自如一份？他虽来得不多，你也不能区别对待，都是我的好兄弟。"

她也笑，啐他一句："周之南，滚蛋。"

说完才反应过来，梅姨没在餐厅，旁边是两个小丫头，好像有些太不给周之南面子。她小声嘀咕："是你惹我的。"

周之南倒是震惊："你骂都骂了，今日怎么这般低顺？"

她低头搅碗里的粥："我就是想着平日里有些太过不给你面子，今后要注意些。"

他闻言笑不出来，皱眉说道："萝儿？这是还没睡醒吧。"

阮萝的眼神复杂，想周老板三十三周岁的第一天，她大发慈悲，不与他计较。阮萝狠声说："闭嘴，吃饭。"

梅姨进了餐厅，低声知会周之南："先生，书房的地毯换好了。"

周之南应声，阮萝听了有些惊讶："书房换地毯了？"

周之南解释道："我原先那张特地从英国带回来的波斯地毯，铺了这么多年都好好的。汉声这半年烟瘾大，那块毯子被他烫了好些个洞。"

她吃完最后一口粥，蹦蹦跳跳地上楼，直说要去看看那新毯子，只留给周之南了个长发飘荡的背影。待他吃好漱了口，进书房正看到阮萝坐在那块地毯上，茶几上放了个包着的扁平物件。

他忍不住皱眉："怎么坐在地上？脏。"

阮萝不当回事："没事的，新毯子干净呀，明日也许就不能坐了。"

这理由周之南将就接受，可他自己还是坐在了沙发上。他显然知道桌子上放着的便是礼物，阮萝帮他打开，是一幅装了框的画。

纯西式的小幢洋楼，绿茵草地，两个画得不太清晰的人，旁边还有条狗。

周之南的笑意更深了，阮萝先他一步开口解释："你给我的那本画册只有西洋的小楼，我只会照着画，便画的这个。"

周之南问："这是两个人和一条狗？"

阮萝有些心虚，她从画册里分别找了不同的部分，自己再组合画在一幅画里，她画得不够好，人和狗都十分抽象。不过阮萝自称印象派，不是抽象派，是朦胧之美。

她有些心虚地点头："是的。"

周之南看得认真，左下角还有她亲题的簪花小楷：赠之南——萝。

只可惜那字着实不算好看，像蝌蚪爬虫，说是簪花小楷已是太过抬举。

他指着那处问："我怎没见你叫过之南？"

阮萝趴在他的膝头，抬头仰望他，"我是为了少写一个字，看不到我'阮'字都没写吗，我的字真的是太丑了，不过这也是一种艺术。"

周之南应和："嗯，是艺术。"

她始终等不到他一句喜欢，有些失落。她自然知道他从不缺珍贵物件，临近生日那几日收了不知多少宝贝，阮萝一个都送不起。虽然她那间铺子收了几个月的租，还是不够买一对进口玛瑙袖扣，只能花了心思，为他准备一幅亲手作的画。

阮萝不吭声，仍趴在他的膝盖上，头埋了起来。周之南抚着她的长发，她看不到他满眼温柔，笑意难抑。

宿昔不梳头，丝发披两肩。婉伸郎膝上，何处不可怜。

周之南柔声说："我很喜欢，萝儿。"

阮萝反问："真的吗？"

周之南说:"当然。你想住画中这般的独栋别墅吗?"

阮萝犹豫:"独栋别墅岂不是没有邻居?会不会很孤独?"

周之南笑着摇头:"不会,我们会有邻居的。"

阮萝说:"可上海太乱了。"

自然不是上海,他指节绕着她发丝,脑海中的想法愈加强烈。

开口却说了别的,周之南问:"等下我把画挂在书房,挂在哪里好?"

阮萝说:"那里吧,不不不,这里。其实那里也行。"

下午陆汉声来家里,同周之南在后院打了会儿网球。阮萝看着新鲜也要试试,可说她力气像鸡崽都是贬低鸡崽。周之南教了会儿,轮到阮萝自己,还是球都打不过网。

陆汉声建议她站在网的旁边打最合适,自然收到阮萝做的鬼脸。她心疼周之南额头出了层薄薄的汗,让他去跟陆汉声歇一会儿,叫了来送果盘的小丫头陪她一起玩儿。那小丫头比阮萝年纪还小,骨子里是贪玩的,两个人一起笨呼呼、笑嘻嘻,玩得也还算开心。

周之南喝了口茶水,笑意掩饰不住。陆汉声看在眼底,忍不住问:"哥,就认准了?"

他点点头,眼神坚定:"嗯。"

陆汉声笑着说:"你当初带她回家的时候,我可没想到会有这天,以为你终于开窍,知道玩女人了呢。"

周之南斜他一眼:"好好说话。"

陆汉声没正经地笑:"什么时候办喜事?晚秋姐也走了有阵子了。"

上海滩瞬息万变,几个月时间足以忘记一个离去的人。

可周之南却说:"结不结婚有什么分别,我爱她、宠她,不比一纸婚书有用得多?"

他对婚姻算得上是无所谓的态度,也提过同阮萝订婚,被她拒绝得干脆。

陆汉声吃着水果,给他娓娓道来:"这你就不懂了。名分这种东西,她要不要是一回事,你给不给又是另一回事。人家早就跟了你,现在跟你住在一起,算什么事儿啊?何况你背后还为她做了那么多,自如……"

"先不说这个。"他开口打断。

陆汉声知道他听进去了,也就不再啰唆。两人喝了几口茶暖身子,又站起来舒缓筋骨,准备再打一会儿。

周之南突然开口:"汉声,要不要一起回英国?"

陆汉声挑眉:"嗯?"

见他愿意细听,周之南平稳的声音开口:"我也是近些日子偶然想的,今日越发强烈。"

陆汉声毫不留情地戳穿他的软弱:"之南,你怕了。"

他坦率承认:"是,我怕了。"

两个人一时都有些干涩,说不出话来。那边阮萝正玩得开心,她双十年华,精神满满,力气虽然小了些,但是浑水摸鱼地玩,她也劲头十足。

周之南开腔:"汉声,你说我是否会突然死去?还有如果我死了,死了以后怎么办?"

陆汉声一时间不知道他说的是周老爷子和周夫人怎么办,还是阮萝怎么办,抑或他同李自如两位挚友怎么办。只能说:"你不会死,好好地说这些做什么。"

可他异常冷静:"如今的上海滩,谁都会死。"

陆汉声用花天酒地来掩饰内心最深处的恐惧,只要他烟酒沾得越多,女人换得越勤,日子过去得就越快。周之南一向自制,天生远见,是最适合做生意的料,但也要畏惧,毕竟风起云涌之下,众生平等。

人活在世,最怕的就是有一软肋,更怕的是在祸乱时期,仍放不下软肋。

阮萝于他，便是如此。

陆汉声揽住周之南的肩膀，任旁人看了只觉得两人亲昵："之南，你该认清，她当不起周太太。"

他说这话，并不是笑阮萝的出身不配做周太太，抑或她配不上周之南，而是因为周家家业繁盛，周太太并不只是爱情的产物。近些年，上海滩高喊婚姻自由、恋爱自由，可那仍不是高门大户的自由。遑论如今暗流涌动，谁也不知道暗中架着的枪瞄准了哪位贵人的头。

周之南的头谁不想要。

听了陆汉声的话，周之南摇头不赞同："你不明白，她很聪明，只我在时，她才会娇纵些。"

陆汉声挑眉，持保留意见，回到一开始的话头上，他觉得也可以考虑。陆汉声说："我在哪儿都一样，大不了去英国便是同西洋女子约会，我英文还行吧？"

周之南被他逗笑了，破除严肃神情，语气轻松起来："你就不考虑稳定下来，当初许多事情碍你，如今已然无碍，为何不洗干净自己？"

陆汉声说："哪里是说洗干净就洗得干净的？说不准我哪日又脏了，还不如一直脏下去。"

周之南略微正色："汉声，既然这样，就别再撩拨清如。"

陆汉声转移话题："哥，再打一会儿。这干站着，我都冷起来了。"

周之南也不戳破，两人向阮萝那边走去。

太阳下山，今日上海天空是紫色的，充斥着罗曼蒂克的美感。阮萝在周之南书房的窗前看天空。诚然外面的世界很美，她却只有周之南这整个天地，她不在意。旧社会女子一辈子托付给一个男人，往往被负被欺，她不怕。毕竟她不是真正的周家小姐，再不济，阮萝过回从前的生活,又不是没过过。

两人搂在一起,短暂挤在一张沙发上。周之南又看了个把小时的公文,有些疲惫。晚饭前城南酒庄送来请帖,邀阮萝得空去品酒,许碧芝近些日子都会在沪,静候光顾。

她正窝在周之南的怀里,两人一起拆开来看。周边绘花鸟样式的精致纸张,配许碧芝亲笔写的簪花小楷,是真真正正的簪花小楷。这个女人可怕得很,明明是没受过教育的,做起生意后,苦练各种本事,谁也不敢想这秀雅字体是个胸无二两墨水的人写出来的。

他抖了抖那张纸,面色如同古井不波,任谁也看不出个中含义。

阮萝倒是开心,因从未有人请她,且同程美珍断交之后,偌大上海滩,她再没个能说话的朋友,也是寂寞。

周之南看她跃跃欲试,不想泼冷水:"想去就去吧。"

阮萝说:"可以去吗?我同许老板投缘,都是北平出来的,定有话聊。"

周之南把那张请帖随手扔在了茶几上:"可以。只一点记得,酒不能多喝,觉得脑袋开始昏沉了,就得放下。"

阮萝忍不住说:"周之南,你好啰唆呀,像个老妈子。"

换他敲她的脑袋:"敢说我是老妈子。"

阮萝将头埋在他的胸口蹭了蹭:"周之南,我现在好开心呀。是不是每天都会这么开心下去?"

他闭目,抚她的头没作声。

他想许碧芝是个人精,他生日宴带阮萝露面,唯有许碧芝沾陆汉声的光同阮萝攀上话。第二日就送帖子来请。她自是知道任何心思都瞒不过周之南的双眼,那便亮得清清楚楚,不怕你知道,可这样并不能让周之南放下戒心。

他叮嘱阮萝:"许碧芝城府颇深,此番请你意义不明,你同她交际时且要留心。"

阮萝才不傻，知道他所谓的意义不明是何意，明明就是许碧芝看重她同周之南的关系，走枕边风路线。阮萝说："你当我傻呀。"

她踹了他一脚起了身，捋顺自己有些乱的长发，周之南仰视着她，笑着说道："头发就这么披着还怪好看的。"

阮萝偏头看他，人躺在沙发里衣衫微乱，头发也乱，倦怠地眯着眼，好生颓废。

她说："周之南，你最近好消极，整个人倦倦的。"

周之南不否认："娇娇，不想再工作，你养我。"

阮萝扑哧笑出声："行呀，我给人洗头养你。"

他也坐起来抱住她的细腰，头埋在她的颈窝，咕哝了句："算了吧。"

次日，周之南早起，他今日行程是上午陪阮萝去城南酒庄，中午看她睡下，再去俱乐部与人谈生意。

冬日里阮萝更懒散，虽然她是想去见许碧芝的，阮萝说："就不能下午再去，我不想起这般早。"

周之南给她讲为人处世之道："虽是她请你，可上门做客断没有下午去的道理，这是礼节。"

一切败给礼节。

汽车停在酒庄，许碧芝宛如一朵人间富贵花立在门口等候，她今日穿得更高调，想她平日里便是常这么穿的，张扬美丽，打远见到车里的周之南后笑意更深。

这证明她没请错人，也没低估阮萝在周之南心里的地位。

许碧芝主动伸手和周之南打招呼，笑容妩媚："周老板，没想到您也来了。"

周之南回应，两人短暂握手。周之南说："下午才有事，想着许久没来，便来看看。"

没想到她直接上去轻轻抱了下阮萝，仿佛两个人无比亲昵一般，语气热络地同她寒暄："周小姐，这么快又见面了。"

阮萝嗅得到香水味，是浓郁的玫瑰香气，许碧芝从不掩饰她的魅力。

她态度平平地说："许老板，上午好。"

礼数做足后，许碧芝带两人进门："外面寒，快进来说话。"

有周之南在，许碧芝同他说起生意事说个没完，阮萝有些后悔让他同来，有这时间，她不如在家睡个懒觉自在多了。

许碧芝还提及程山："程记药房的程山攀附上了陈老板，他那女儿我见着也是可怜，陈老板惯是喜欢那些下作手段的。"

撞上阮萝有些好奇的眼神，许碧芝不再细说，看起来像是无意提及的样子："虽然陈老板出资入股，但程记如今不敢做西药生意了，也不知道将来会如何。"

周之南心如明镜，她在试探他的口风，他并不表态，不咸不淡地说："程山畏首畏尾，出了差错找不到根源就自断一臂，女儿也是白送。陈万良新鲜劲过了，钱扔进坑里都没个声响，他又不蠢。"

许碧芝满眼精明："我懂周老板的意思，如今上海药业是没个人物能担得起来了，我想着手头如今也有些小钱，趁此机会可能插得上手？"

周之南低头看阮萝刚吃了块定胜糕，嘴角、衣服上都落了些渣，他也不嫌脏，先抹了她嘴角的，再把衣服上的捡起来扔到桌上。他在心里笑许碧芝，太过精明不是好事，太过贪心，更容易铸成大错。

此刻他只当是帮阮萝送个人情，大方地告诉许碧芝："不太建议。"

许碧芝问："周老板何意？"

周之南沉默，阮萝连吃了两块糕没喝茶，噎着了，伏在桌面上咳了起来。待应赶紧拿水过来，他喂她饮了几口水，同糕一起咽下去。小姑娘眼睛里都咳出了泪水,周之南拿出手帕给她擦拭干净。

周之南忍不住柔声念她:"怎么跟没吃过一样,家里何时短了你,狼吞虎咽的。"

阮萝低头,手里攥着他的手帕揪出大片的褶子:"还不是你们说的我听不懂,明明是请我来的,你非要跟着。这下你同人相谈甚欢,我是半分地位都没有了。"

明着说的是周之南,暗里点的是许碧芝。

许碧芝看周之南满眼宠溺地任阮萝骂,丝毫都不觉得丢面子,自然也不敢再逆阮萝的意思。何况她本就是请的阮萝,把她得罪了,可是得不偿失。

三人逛了逛酒庄,主要是陪着阮萝逛,周之南是来过许多次的。

许碧芝极会享受,或者说为上流人士提供享受,她这酒庄叫酒庄是屈才,明明已算得上是俱乐部。除了品酒还有博彩,据说特地从国外请的洋人荷官,中式的麻将等项目更不必多说,暗地里的勾当,阮萝不得而知。西式建筑后面靠山,有巨大马场,不只可以骑马,还能开马赛,旁边建了个野球场,如今上海玩野球的人并不多,许碧芝学得好,各个老板都愿意来她这里。

阮萝刚到周宅的时候,觉得周宅已是豪华,装潢设计倒是足够低调内敛,后见了陆公馆,更大、更洋气些,陆汉声和陆老爷子都是会享受的主儿。如今见了许碧芝弄的俱乐部,她才知道什么是人间销金窟。

战乱时代,底层人民为吃顿饱饭奔波劳碌,死人嘴里都要掰块吃食出来,上海滩高阶人士纸醉金迷,好不自在。许碧芝不是凡人,是人间妖孽,美丽且吃人的那种。

阮萝心知,同这种人交际要记得留半分,不然定要被她咬个干净,骨头都未必吐。

午间,她在客房小憩了一会儿,醒来不见周之南,想必是去同人谈事了。许碧芝见她醒后亲手送来一杯温水,让阮萝受宠若惊。

她问阮萝下午想做些什么,阮萝本想骑马,许是北方姑娘骨子里更野一些,许碧芝同样。但阮萝今日只穿了旗袍,且她的衣柜里没有骑装,想着回去可以让周之南差人给她订做几件。

那便只能在阳台上喝喝酒、聊聊天了。

许碧芝挑了瓶低度的白葡萄酒开了,打算陪阮萝喝上几杯。阳台修得大又奢华,两个人坐着的软椅旁边还烧着炭火,阮萝觉得满身暖意。

她跟许碧芝说:"我还没喝过酒,不知道会不会喝一口就倒了?"

许碧芝掩嘴轻笑:"可没那么夸张。你慢些喝,喝完抬头看看我,晃晃头,若是觉得我也跟着动了,那便是不能再喝了,再喝周老板就要把我剐了。"

阮萝是被她逗笑的。她想周之南哪有那么凶神恶煞,世间最温柔不过是他了。

阮萝说:"你倒把他说的像是个阎王罗刹,我没见过他这般模样。"

许碧芝喝低度酒如同阮萝喝可口可乐,三两下就喝光,她酒瘾、烟瘾样样不少,此刻居然羡慕起阮萝:"我真羡慕你,被保护得那么好,日子可是顶天儿顺意。哪儿像我,成日里的被那些男人欺负。"

阮萝提着高脚杯,晃了晃,杯子里的液体盈盈曳曳。她笑得满目单纯:"我也羡慕我自己。但是许老板,路是你自己选的呀。"

许碧芝这下看明白了,她透彻得很。不能细细谈论这个话题,趁早寻别的话茬儿。

许碧芝问起:"你有些年没回北平了吧?我听你口音都听不出了。"

阮萝小口嘬了嘬杯子里的酒,她虽没喝过,酒量也绝不至于一杯倒的地步。闻言在心里数了数:"是啊,有三年了,你应是我这三年见过的唯一一个北平人,且还有些口音。"

许碧芝赚了钱后回过北平,如今她也免不了时时回去,不是她双亲尚在,而是同那边的生意牵上了线。许碧芝说:"上海话我说不利落,现在这里各地的人都有,老板们都讲普通话。我打心底觉得还是北平好,只因上海有生意,回不去。幸好生意往来会去上几天,也算是慰藉。"

可算说到阮萝想说的点子上,阮萝问她:"许老板可是常回北平?"

许碧芝答:"也不算常回,至少三两个月得去上一趟。你不大懂其中的门道,我若是不去上一去,那边厂子的人消停不了几时。"

她见阮萝若有所思,为阮萝填上一杯酒,热心地开腔:"我也不知你怎么来的上海,且三年未回,若你在北平有事挂心,定要同我言语,我能帮的一定帮到。"

许碧芝一双玉手,指甲上面是红色蔻丹,覆上阮萝冰凉手背。但并不能让阮萝暖起来,她的手太凉。

阮萝说:"我倒还真有一事想央求你。"

许碧芝做知心大姐姐状,握她一只柔荑,眼神殷切:"央求可谈不上,且不说我这人局器,单看周老板的面子,杀千刀的事情也是帮你做得。"

阮萝佯装听不到"周老板"三个字,唤人送上来纸张和笔。她字写得不好看,只能算看得清楚,许碧芝也不嫌,认真看她写下的三个字。

阮萝说:"帮我打听一下这个人,他家里现在怎么样了。是北平人。"

许碧芝接过那张纸看了看,只三个字,她很容易记住。

阮萝继续说:"你应是想得到的,我托你帮忙,便是不想让周之南知道。我信你,不仅因为我们都是北平人,也因为我看着你不是那般鸡贼的人,我赌一次。你若是告知周之南了,我也认,无话可说,只当是看瞎了。"

许碧芝盯着她看了看,阮萝今天只在鬓边别了只簪花,长发披着,她从未烫过头,每一根头发丝都是乌黑光亮的。少女年纪不施粉黛,轻涂一层口红便显得气色红润,浑身素净净的,可实际上一身反骨,娇纵难驯。

阮萝太年轻了,许碧芝羡慕,也嫉妒。只是不会嫉妒太久,因为她深知嫉妒会让人变老。

回过神来后,许碧芝的目光更殷切了几分,差点儿眼眶含泪,她是拍过电影的,最会做戏。许碧芝说:"我当你是妹妹看,怎会做那等子下贱事。你且等信儿,我差人去查,查到了约你来品酒。"

这样子倒有点儿像在背着周之南做不可告人之事,还要打着品酒的苗头,阮萝也不在意,她只要结果。

既然许碧芝答应得爽快,她当付个"定金",阮萝把上午周之南没说的话说完:"程记如今大厦将倾,上海滩药房生意不好做。聪明人这个时候都会选择静观其变,贪心才是最大的妖魔。许老板,别太冒进。"

阮萝没什么表情,倒有些像在外待人的周之南,说这段话时,眼神望着外面大片的绿色。她对经济一窍不通,也不会探听周之南生意之事,但她不是傻子,察言观色的事情她最是擅长,更何况她一向懂周之南。

上午许碧芝同他探听口风,周之南的远见上海滩尽人皆知,都道是天生就带的能力,谁也夺不走。于是明里暗里都想知道他个中意见,绝对错不了。可他不愿分一杯羹给任何人,小气、计较,却也狠辣,那一句"不太建议"都算是看在阮萝的面子上,同她许碧芝一点儿关系都没有。

若不是阮萝细说周之南个中深意,以她许碧芝不服气的心性定要试上一试,但如今她打算静观其变。

许碧芝向阮萝道谢:"好妹妹,姐姐记下了。"

拒绝了许碧芝想亲自送她回家的提议,阮萝坐在汽车里,除了她,只有司机。斜阳残残,上海滩好一番烟火气息,阮萝为街上各怀心事的行人注目。

想她自从跟着周之南，除却一开始几次出逃，应该算从未做过任何逆周之南心意的事情，今日当算得上是第一次。血液有些发热，这里的冬天阴冷潮湿，可她却胸口起伏，暗暗激动。

她突然开口问司机："你怕周之南吗？"

车子急刹，那司机被她突然的询问吓到，答案显而易见。

"小姐……"

不必听他说下去，反正也答不出个所以然来。阮萝想着车子既已经停下，便使唤他下去放放风："给我买串冰糖葫芦吧，不必包好，我拿着吃。"

回到周宅，客厅里不见周之南，她当他还没回，手里拿着糖葫芦往楼上走，恰遇见从书房里出来的人。

他穿衬衫，套了件毛衣，整个人气质都有些暖，看得阮萝笑弯了眼。

周之南问："怎么笑得这般开心，我穿得很怪？"

阮萝摇头，不吝称赞："周老板好美。"

周之南说："打趣我？美可不是形容男人的。"

她笑意盈盈："老套。喏，这是给你带的。"

看到她伸手递过来的已经被吃掉两颗的糖葫芦，上面露着粗糙木棍。周之南皱眉嫌弃："你看我是个好糊弄的，自己吃剩下的，倒说是给我的。"

他按住她的头亲那巧言令色的小嘴，也算尝过冰糖葫芦酸酸甜甜的味道："好甜。"

阮萝掐他腰间痒肉："不知羞。"

把糖葫芦递给下人拿走，他双手炽热，大掌宽厚，包住阮萝一双冰凉的手搓了搓，阮萝的双手转凉为温。

她那双眼笑得越发弯，像即将爬上夜空的月牙。

深夜，阮萝在黑暗中问他："周之南，你爱我吗？"

她今晚已经不知道问过多少遍，孜孜不倦，周之南已经不想再答。

阮萝急需确认："你不爱我了？"

他任碎发垂在额前，微微遮住眼睛，揽着她坐了起来靠在床头："娇娇，我不过半分钟没说爱你而已。"

阮萝悻悻地道："哦。"

他拿起床边柜子上的玻璃杯喝了口水，喉结滚动，好生性感。借着偷偷照进房间的银色月光，阮萝看得清楚。

周之南对上她殷切的目光，无奈答道："爱你。真真爱你。"

她终于静下来，他也察觉到了她今天与往日不同，略微正色说道："阮萝，你定是背着我做了坏事。"

她偷偷瞧他的脸色，周之南闭着眼，看不出任何表情。阮萝说："你叫我阮萝呀，不是喜欢纠正我周萝嘛。"

周之南识破她转移话题，但不戳穿。他说："你自己做了坏事，却追着我说爱你，不讲道理。"

阮萝沉默，她供认不讳，无从辩解。

卧房内安静许久，周之南才开口说："但你放心，我不探查，也不追究。除非你爱别人了，其余一概事情我都原谅。"

阮萝的心头微动，手覆在他的心口，能感觉到他心脏跳动的频率。她认真对他说："周之南，我爱你，只爱过你，且这份爱仍在持续。"

他喉咙滚动，深吸一口气："好，那便都是小事。"

两人相拥而睡，一夜安眠。

次日一早，周之南打过电话给陆汉声，告知他晚些去商会，再端着碗粥上了楼，把早餐送到床头。阮萝有些起床气，坐起来闷闷不乐的样子，垂着脑袋，那样子倒像个闷葫芦，摔到地上都没个响声。

他没忍住笑她:"你睡到九点半,还这般大的气。我差点儿以为此时天青,太阳还没露面。"

阮萝干巴巴地说:"我还想继续睡。"

周之南拿她没办法:"把这碗粥喝了再睡。"

她鼻头嗅了嗅,是佐了香菇和鸡肉的粥,食欲瞬间提了起来,抱着碗吃得很快,仿佛周之南饿了她三日不给饭吃一般。

他忍不住劝她:"慢些喝。"

吃完那碗粥后,她开始赶人:"周之南,快些出去,我要睡了。"

周之南拿起碗,他最近爱穿毛衣,今日是件米白色的,整个人看起来十分无害,边走还要边念:"牙不刷,脸不洗,当真是个臭娇娇。"

见他带上门,阮萝裹在厚实被子里,笑得满脸开心,那是她红茶味的上午。

阮萝上午圆满,周之南却并不愉快,本打算等她睡下就去商会,可有人上赶着来找不痛快。

是沈家沈闻,带着儿子沈仲民上门。

周之南觉得自己应找卦师算上一卦,他不知自己几时同沈家有往来,沈闻还带着笑,看得周之南暗暗皱眉。

沈闻和陆汉声是同辈,有亲戚关系,没出五服,三服定是出了的。且许多年没维系,虽同在上海,两三年也未必说上一句话。论辈分,陆汉声当叫沈闻一声堂表哥,沈仲民当叫陆汉声一声堂叔。

陆汉声跟周之南一起什么都做,手下工厂铺位不胜枚举,但沈闻保守,一个粮油厂开几十年不变通。偏偏有些同样保守的生意人就看重他这点,何况他人也还算机灵,如今沈家算是富足,巍然不倒。

莫名登门,必没好事,周之南已经料到,在心里下了定论。

沈闻含笑开口:"周老板,喜事喜事。"

周之南似笑非笑:"哦?何来的喜事。"

周家几代单传，到他这一辈是独子，家中父母远在英国，竟不知哪里来的好事要告知于他。

那沈闻也是个好笑的，怀里抱了个古典匣子，放到了茶几上，打开看是枚祖传的金锁。沈闻说："周老板，我这番来得急，也是怕被别人抢了先机。但诚意十足，这是我沈家祖传金锁，历代都是交给家里长媳的。"

周之南的笑意越发深了，此时没个了解他的人在沈闻旁指点，沈闻也不知这笑是大祸临头的意思，还继续夸赞阮萝："那日生日宴上，我可是看到了，令妹出落得真是如同九天仙女下凡尘，上海滩可是无人不知，无人不晓。"

周之南竟不知自己何时有了个妹妹，周夫人也算是独女，有一胞姐早夭，周老先生同样没有兄弟姊妹，他可真真是堂表妹都没有。

没什么心思和他绕弯子，周之南说："沈老板有话直说。"

沈闻娓娓道来："我跟人打听过了，令妹尚未婚配，我瞧着年纪跟我们家仲民相仿，便上门来求娶。"

他怕周之南拒绝得太快，又紧跟着接了句："令妹嫁过来当然是下嫁，但我和夫人都是和善之人，定把她当亲女儿养，仲民也是个会疼老婆的。"

周之南冷哼，看他都开始想着嫁过去后的事情了，气到笑着说："沈老板，我可还没应允。"

沈闻赔笑："周老板见谅，是我心急了。"

他原是个机灵人，不是那般蠢笨的，沈家虽和周家没什么往来，他只消跟人打听打听，便会知道周家小姐断然不是他妹妹的身份。这只能说明他打听错人了。

周之南添了盏茶："我记得沈少爷也是去读学堂的，还在街上见过他发革命传单，沈老板有所不知，现下年轻人都要恋爱自主、婚姻自主，可不是您年轻时候那一套了。"

沈闻斜了沈仲民一眼，那眼神里皆是不满："我同他讲不要去掺和那些事情，仲民自是听的，只不过有些时候抵不过同学哀求，才帮帮忙而已。眼下已经被我叫回家了，熟悉熟悉厂里的运作，毕竟还要继承家业。"

周之南笑得意味深长："这样啊，沈少爷意下如何呢？"

那沈仲民自从进了周宅后一声不吱，今日没穿中山装，少年人器宇轩昂，穿长衫也是端正斯文。闻言老实回答周之南："我自是听从父亲安排。"

这场合若是让程美珍看到，她定要暗自抹泪，说好的民主与自由，怎就变成全听父亲安排？

周之南心道，是谁说钱是脏东西，那上面就算附着再多的细菌，仍旧是人人争夺的金贵宝贝，还能让沈仲民甘愿被旧社会婚姻制度摆布。

当初又是谁冒失鬼一般在周宅教训阮萝，不是如今的乖乖沈仲民，是曾经的激进沈仲民，过去的我已经不再是现下的我，与我无关。

周之南当为他鼓掌，比川剧变脸都要灵活几分。

把沈闻打开的匣子扣上，周之南有些后悔今天穿毛衣，这让他看起来太温和，沈闻和沈仲民压根儿看不出来其中的真正情绪。

周之南说："沈老板请回吧，这门亲事谈不成。"

沈闻想不到这门好婚事有什么拒绝的缘由："这……周老板，为何？"

周之南有些烦躁，沈闻明显是被有心之人怂恿，他定要抓出背后那个人。至于沈闻父子他也不想多看一眼，亏他还曾因为阮萝从车窗看沈仲民而吃醋，不值当。

这时楼梯传来脚步声，周之南特意叮嘱下人别上楼打扰阮萝，那这脚步声定是阮萝的了。刚睡醒的人披了个厚实披肩，走到沙发前倒了下去，整个人搂着周之南，缩在他的怀里。

阮萝嘟囔着说："周之南，你还没走啊，让我抱抱，今日穿得可真俏。"

她早上那会儿就想这么做了，奈何当时太困太饿。上海商界翻手云覆手雨的周之南在家里穿乳白色柔软毛衣，实在是娇死个人。她一番举动让周之南很是受用，给她扯了扯乱发。

再抬头回应沈闻："见谅，她被我宠坏了。"

沈闻的表情尴尬，虽说西洋习俗传进上海，但兄妹之间这般亲昵还是难以接受。沈仲民则偏过头去，他自是瞧不起阮萝的，要不是受制于人，他断然不屑前来。

阮萝惊觉厅子里还有旁人，赶紧起身，头也不回地向楼上跑，周之南带笑叮嘱："快些穿好衣裳，生病了又要恼。"

"知道呀。"

沈家父子走后，周之南扯开了颗衬衫扣子，还是有些不爽，决定上楼去找阮萝的麻烦。她今日也不出去，挑了件棉麻料子的高领阔身旗袍，胸前佩了个流苏压襟，对着镜子摆弄自己的一头长发。

周之南靠在门口，语气风凉："你今日倒是开心，还知道自己选个压襟坠子戴上。"

平日里都是周之南给她选，她自己穿的话是决计不会戴的。阮萝笑说："还不是周老板教得好，今日又睡得足，怎能不开心呢？"

周之南沉声说："你在楼上安逸睡着，我就要在楼下受气，说到底还是你惹的祸事。"

阮萝打镜子里看他，那副小气样子，哪里像是个做大老板的人，她忍不住挤对他："周之南，我又哪里惹你？我可只做了一件坏事，还不会这么快被你发现吧。"

周之南直接告诉她："沈闻带他儿子来上门求亲。"

她不认识这个人，疑惑问道："沈闻是谁？"

周之南说："沈仲民他爹。"

阮萝手里的梳子，啪嗒一声落在了台子上，整个人愣愣的，显然在状况之外："啥？"

他走上前拾起梳子，给她继续梳顺头发："初初筹备生辰宴的时候，我就提议把婚定了，你非不愿。现下可好，狼都上门了，你说是不是你添出来的事？"

好像是这么个理，但是阮萝不认："周之南，你有病，病重极了。"

梳完最后一缕头发，他立在她的身后，看着镜子里的人，语气有些委屈："你又开始骂我，合着跟外人是一伙的了。"

老醋缸子，阮萝暗骂他，想他自己被烦到就算了，偏跑来同她酸溜溜的。

她又问他："你还去不去商会了？"

"不去。"周老板直接宣布罢工，坐在床边像个小姑娘家，要同阮萝这个负心汉发脾气。

阮萝笑他："陆汉声一个人在商会，还要帮你处理公务，你要不要脸。"

他面色沉沉地看着她，始终不满意她说的话，阮萝看在他今日穿得可爱的分儿上，愿意让他三分。起身提着旗袍，摆尾跨坐在他的身上，阮萝跟他面对面，再伸手扯他的双颊。

语气像是在给小孩子讲道理："周之南，你幼不幼稚？还要同我玩发脾气这一套。在这里只有我可以发脾气，知不知道？"

环在她腰间的手收紧，周之南问她："为什么不跟我订婚？你要负我？"

阮萝看得明白，周之南当初愿同林晚秋做婚姻交易，便是没拿婚姻当作太重大的事。而他提议生日宴订婚，也不得不承认大部分原因是上海滩周老板当有个夫人或未婚妻，决计不是因为爱。

毋庸置疑他爱她、很爱，是想同她无关誓言也要相约白首的，那婚姻又有何重要的呢？

阮萝笑，满眼精明，托着周之南的脸说："婚姻于你来说并不重要。

而我呀,我只要你珍视的东西。"

譬如爱,譬如真心。

"你惯是会唬我。"

周之南如是说,可他仍旧心甘情愿被她哄骗。

阮萝低头吻他,还要满眼星星般地说:"之南哥哥,你穿毛衣好像少年啊。要不要同我一起去学堂?你做我邻桌。"

又是打了个巴掌,再给塞个甜枣,阮萝惯用。他低沉着声音无奈开口:"我今后会多穿毛衣。"

其实他衣橱里有许多浅色毛衣,只他偏爱深色而已,故而长久不穿。

有人蜜里调油,有人苦不堪言。

陆汉声在商会一下午没挪地方,起身之后都听到骨架作响,一摞子的公文处理完之后还要跑去银行存寄东西,再到表行给家里老爷子修表。开车回去的路上,想着那个无缘无故罢工整天的无良人,就去了周宅。

梅姨上楼敲书房门通知:"陆少爷来了。"

接着就是陆汉声悠悠的声音:"梅姨,可别再叫陆少爷,谁家的少爷处理一天的公事,还得帮你家先生代劳,我瞧着应是唤周少爷才对。"

都听得出来他是调笑,陆汉声最是不在意这些的,叫他少爷、先生都好,这是在堂而皇之地讥讽周之南。

周之南用上午阮萝质问他的话来质问陆汉声:"你幼不幼稚?在我门口阴阳怪气。"

阮萝倒在沙发上,笑得合不住嘴。

陆汉声进了书房,本想立马躺在沙发上,却发现上面躺着阮萝,他直接赶人:"小萝儿,你可让我躺一会儿。我给你家男人看了一下午的账,眼睛都要瞎了。"

阮萝抱着本怪谈故事挪到旁边的小沙发坐着，换陆汉声倒下，她嘴甜地说："陆先生辛苦，陆先生发大财。"

陆汉声对着周之南叫道："你瞧瞧你瞧瞧，小嘴多甜，再看看你，果然是越老越无趣。"

周之南说："我只比你大一岁，我老了，你呢？"

他上午的好心情全被陆汉声三服外的堂表哥打消，现下是在明晃晃地迁怒。

听说了个中原委后，陆汉声满脸无奈："哥，你是我亲哥，那沈闻八百年都没见了，还要我代他受过，你那个公文堆了一堆，你知道吗？"

阮萝专心看她手里那本故事，周之南也没避着她，直接跟陆汉声说："我已经派人去打听，因想沈闻平日里看着也不蠢，今日被人当枪使，不知道他是真不知还是假不知。"

陆汉声坐起来喝了口茶："这世道就够乱了，还要生事。我现在想想，沈闻是真的厉害，都要动你的人了，自己还不知道呢。"

"他那个儿子更有趣。"只说了这一句，周之南看阮萝反应。

阮萝机灵着呢，见没了声就抬头飞了一眼周之南，还要骂他一句："你个贱皮子，看我做什么，沈仲民在你心里还过不去了是吧。"

陆汉声不掺和这等周瑜打黄盖的事，专心喝他那盏茶。

周之南挨了骂也不气，反笑着继续说道："他儿子沈仲民，我听萝儿说是个喜穿中山装、搞革命的孩子。原以为虽未从商，可也是个有作为的，我还在街上看过他发传单，结果现下任他爹安排婚事。不过是个小开，沈闻小气，给他那点钱在长三堂子烟花间找不到什么排面，学生大多清贫，有些小钱便能受人拥护，给他做个小组长。"

阮萝听了嫌弃得直摇头。

陆汉声倒是笑了："沈闻虽保守了点儿，他那工厂还挺赚钱的，对自己亲儿子怎么这么小气。我今天真累了，不然就不来周宅了，我也要去烟花间找个婀娜舞女。"

三两句话便脱离正轨，被周之南瞪了一眼。

没等他开口说，阮萝脆生生地开口骂他："陆汉声，你真没个正经样。"

陆汉声笑意更深："之南，你家小姑娘现在连我都骂？"

周之南也笑了："骂得对。"

杀人诛心，阮萝还要挑衅他心窝子的话来："陆汉声啊，你可不要再垂涎李老师，当心我叫人拍你香艳情事，漂洋过海寄到英国。"

陆汉声敛笑，满眼惊讶："这她也知道？哥，你杀了我吧，一点儿脸面都不留。"

周之南善意提醒："下次做坏事，记得看看背后。"

阮萝笑得开心，周之南则助纣为虐，陆汉声直呼要打电话给李自如，让他来周宅吃饭，治一治周之南这个昏庸无道的。

次日大清早，周之南派的人到商会回话：他生日宴后这两日里，沈闻除了去粮油厂办公，就是去茶楼喝茶。根据茶楼的人回忆这几日沈闻所见，列了个单子，周之南一一看下来，瞟到了"程山"二字。

原来是有人暗中作怪，还是只露了尾巴的狐狸。

他唤人拟了帖子送到程家，请程山到上海饭店用午饭。

今日上海阴雨，凉风诡谲，周之南又请得急，实在不是个好预兆。幸亏他出门及时，没赶上雨最大的那阵，早早地等程山到来。

周之南最恨不磊落之人，但也先礼后兵，所以才请上一请，却不承想一张帖子居然请来了三个人。他看着进了门的陈万良，好像明白了点儿什么。

程美珍时刻不忘挽住陈万良，那干瘦男人很是享受，扬扬得意地和周之南寒暄："周老板，好久不见啊，可别怪我不请自来，我也是太久未见你。"

周之南和他虚与委蛇："哪里的话。陈老板,你冒雨来,我感动还来不及。"

程山笑得阴郁,周之南瞧着与上次见他,相比又疲老不少,整个人如同这个季节的树,越发干枯萎靡。暗自思忖着他是不是染上了什么不该染的,也不太确定。

一通虚假客套,桌上的菜已上齐,话头也该进入正题。

程山先开口,他举杯酒起身敬周之南,语气很是谦恭:"周老板日理万机,我自知有事做得不妥,许是无意中开罪了您。这杯酒我先饮为敬,算是自罚。"

周之南没有陪他喝这杯的意思,程山抬手示意,喝光后又倒一杯,再次举起:"这第二杯,是我失言。我那日同人喝多了酒,去茶楼吃盏茶的工夫遇上了沈老板,不小心说错了话,您多担待。"

他喝得快,语气虔诚,还在倒第三杯。

周之南兴致盎然地坐着,抬首看他演戏,想这倒是有意思,程山带了陈老板同来,又还没开席就连饮告罪,态度过于谦卑,倒像是他周之南来找人不痛快。

程山第三杯倒满,周之南仍旧未开口,陈万良有些想做和事佬的意思,毕竟如今程美珍已是他的床上客,程山平日里也少不了巴结逢迎。

陈万良说道:"周老板,你看咱们都是做生意的,什么大事搞得这般不快,都说和气生财,和气生财,和字为贵啊。"

周之南但笑不语,程山见状压下陈万良,一副小心谨慎的样子开口:"周老板当得上上海滩头号人物,我们自是比不了,我这嘴没个把门儿的,说错了话就是说错了话,理应自罚三杯赔罪,陈老板切莫再劝。"

他这话说得耐人寻味,陈万良虽然过于重色了些,但生意做得不小，人也有些手段，不然周之南不可能一直同他保持往来。

若周之南算得上头号人物，陈万良也不应该落下，程山说这话是在暗地里贬低陈万良，任谁听了都会不快。

程美珍也在旁边按捺陈万良，那表情仿佛受制于人委曲求全一般，周之南笑着看这父女俩演戏。

陈万良做沈闻之后的第二把枪，语气有些不悦："我待周老板如亲弟弟，他还打算驳我这个面子不成？之南，程老板已敬两杯，怎么说他年纪也比你大，不应该如此桀骜。"

周之南面带笑容，却冷意十足，他摇摇头说："陈老板，此事我定是要细究的，否则今后大上海人人都能到门前，垂涎我周之南的人，我还有何脸面自处？"

程山好像受辱，举起杯，程美珍在旁边揪着陈万良的袖子，眼神凄楚，好不可怜。陈万良也曾妄言过，他若是死，定是死在"色"字上，这下看到美人含泪，脑袋发热像是要把程山当半个岳丈，出声要逆周之南的意。

陈万良说："程山现下跟我一同做生意，我自然要庇护他几分。且也不是何等大事，酒赔了也就过了，周老板您看呢？"

周之南笑容沉了下去，今日同这些老派的商人见面，他穿靛蓝色长衫，头发梳得一丝不苟，他优哉游哉地掸了掸下摆，望向陈万良，只消一句话，便能戳醒他美色当头昏了的智。

"不知陈老板何时同美珍成婚？"

陈万良其人作风淫乱，现下那手正在桌子底下乱动，可他也绝不会为程美珍放弃上海滩众多的莺莺燕燕。

明面上，美其名曰追念过世妻子不肯再娶，推了无数做媒的人，实际上气死陈太太的人是他，玩得最放肆的人也是他。

程美珍是程山送上门的，出身高贵了些，干干净净的黄花闺女，可平心而论，和他在长三堂子请顿花酒，便能随意对待的丫头没什么两样。至于让他娶程美珍，简直是笑话，断是程山给他下咒，他也不会答应。

周之南一句话问住了他，陈万良干笑："周老板可莫要开这种玩笑，辱没了人家小姑娘的声誉，我一个糟老头子倒是不怕说。"

话音落下，手也悄悄收回，挪到桌上。

程山见陈万良不仅怒气全消，还狡黠解释同程美珍的关系，忍不住着急。他的目的就是惹怒陈万良，让他和周之南生出嫌隙，却不承想，就这么被周之南化解。

他给程美珍递眼神，程美珍赶紧揍上陈老板的手臂，面带急色跟他撒娇，可陈万良倒觉得没什么兴致了。女人于他来说，玩一玩而已，很快就要换的。

有侍应在周之南耳边低语，周之南点点头，开口跟陈万良和程山说道："沈老板和他儿子也来吃饭，说是要打个招呼。"

陈万良面带笑意："我许久没见他，快添两副碗筷，便一起吃吧。"

周之南颔首，笑得高深莫测，现在他也要搅一搅这摊浑水。

沈闻和沈仲民进了包厢。陈万良、程山、沈闻这一代的老板们彼此都相互熟知，客套几句，坐下便推杯换盏。沈闻有些忭周之南，上次去他家求亲，明显惹了周之南不快，酒桌间言语也有些小心。周之南却主动同他攀谈，消除了那些拘谨。

几杯酒下肚，气氛正浓，外面雨还淅淅沥沥的，屋子里却热络。

阴雨天，宜做媒。

周之南开口："沈老板现下可是着急给仲民娶妻？"

沈闻点头："他也双十年纪，我这般大的时候，他的母亲都生了他了。想着早些娶妻，他早点安定下来，我也好把手里的家业交到他手里。"

"沈老板哪里的话？你这年纪还能再操持个十几年。"

"说得对，你都想着甩手了，我当如何自处？"

陈万良和程山一唱一和，几个人笑作一团。

沉默的只有程美珍和沈仲民。一个是为自己现下处境而尴尬，还要强撑着面子；一个是试图融入生意场，却没那个本事。周之南作恶，要将两人凑一对。

指尖是沈闻命沈仲民给他敬的烟，周之南吸一口，缓缓说道："我瞧着程老板家的美珍就很是合适。"

房间里霎时安静下来，每个人都有自己的表情。

陈万良先是愣，又转为惊喜；程山神色复杂，内心纠结；沈闻暗自思忖，不着痕迹地打量程美珍；两个小的反而没什么变化，一个默然接受，一个面露羞涩。

陈万良先拍掌，打破寂静："合适，我瞧着合适。"

他一点儿也不觉得羞臊，反而像是甩了块烫手的山芋，满意得很。

周之南掸掉一块烟灰，笑得温润："他们还上同一个学堂，也是相互了解的，上海滩再没比这更合适的了。"

沈闻心动，程美珍看起来是长辈喜欢的长相，少女含羞，惹人怜爱。程山见陈万良都同意了，自知陈家定是嫁不进去了，沈家家底丰厚，倒也可以考虑。

沈闻问道："程老板，令爱可有婚约？"

程山答道："不曾有，不曾有。"

沈闻想立马就定下："甚好，甚好，这亲结得。"

不多会儿就已定下，程美珍因祸得福嫁心上人，沈仲民早日成家分家产，都是圆满。还要感谢周老板，最应做证婚人。

雨仍在下，屋子里热热闹闹，月老冒雨前来牵红线，可歌可泣，成就一段上海滩佳话。

程山本想借机使苦肉计，离间周之南和陈万良，却捡了个便宜女婿,也不知是喜是忧。

周之南一下子解决了两个碍眼的,心头畅快,只盼此番借机敲打,能让程山老实些,明白他周之南只要想出手,便能让他凭空多出来个东床快婿,更别提别的。

一行人各自上车后,周之南沉声知会司机:"不去商会了,回周宅吧。"

现下他只想按着家里那娇娇人儿,亲上个几下,回商会做什么,商会冷冰冰的,哪有家里暖和。

他到家后,就按着想的那么做了。

他在酒桌上喝了点儿酒,又吸了好些烟,天气潮湿,那股烟酒味都附在衣衫上散不去。阮萝午睡醒来,鼻尖触及的都是他带回来的味道,不难闻,却也不好闻。

她来了脾气,一巴掌拍上他的头:"周之南,臭死了,滚出去。"

全上海脾气最大的人当在此,周之南特地冒雨回家只为吻她,却要被打被骂,呵斥他滚出去。

真是不讲道理。

周之南只能暗自叹息,罢了,爱她宠她,哪还管道理不道理。

偏她今日穿了件水滴领旗袍,阴雨天气室内昏暗,幽幽地在他眼前晃。

阮萝保不准在哪儿午睡,今日便躺在他书房的沙发上,披了个厚毯子,手里的话本子落在了地上。

周之南拾起拍了拍,放在茶几上,沙发上的人把毯子向上一拽,遮住肌肤,也遮住了那张小脸,不想理他。

他酒劲上来,没醉是没醉,只是恼人得很,偏要仗着自己喝过酒,讨阮萝的嫌。那么大的人也不嫌害臊,半跪在地上,头就往毯子里钻。

阮萝感觉毯子里伸进来个头，跟狼犬一般挤在她的面前，热气带着酒气，呼哧呼哧的。

阮萝严肃地叫他名字："周之南。"

周之南应声："娇娇我在。"

她叹了口气说道："滚出去。"

他拒绝："我不。"

阮萝彻底被他惹恼，掀了毯子坐起来："不睡了，不睡了。成日里没个正经，喝了酒就装醉闹我，一身的烟酒气，我倒是要庆幸，周老板没带回来阵脂粉香。"

周之南说："哪儿来的脂粉香？都不如我的萝儿香。"

情话也不奏效，阮萝仍旧要推搡他："周之南，你要些脸，一会儿梅姨上来唤我，你也不怕被看到。"

周之南显然做了准备："锁了门。今日没同许碧芝出去？"

阮萝说："下雨了出去做什么，白白地淋雨不成？"

周之南说："对，下雨了，萝儿不出去。我倒是出去了，解决了你的两个同学。"

阮萝惊到，他说话说得不明不白，解决是哪般解决，阮萝正色问他："你把程美珍和沈仲民怎么了？"

周之南并未真醉，眼睛微微眯起，冷哼说道："你还知道是沈仲民。"

阮萝无奈，她明明也提了程美珍，还是先提的程美珍，忍不住咒骂这男人怎么这般小气。

他没再卖关子："他们两家订婚了。"

阮萝白他一眼，不想是这么枯燥的新闻，开口却是使唤周之南："我渴了，去给我倒水。"

周之南懒得动："唤梅姨送上来。"

阮萝轻踹他一脚："我渴死了，你快去。"

周之南无奈起身，没想到又被她踹了一脚，脸上有些薄怒，边往出走边说："我做媒本是好事，还要被你凶。"

　　阮萝笑着撒娇："你快去嘛周之南，好生磨蹭，人都要渴死了。你快去，回来就让你抱我。"

　　真是要命，周之南心想。可那脚步又变得轻快，嗒嗒地向楼下走去。

第五章
北平失信

天气越发冷起来，周之南日日紧赶慢赶地处理公事，就为了早些回家。可自那场雨下过，上海天气放晴，阮萝时常出门，同许碧芝走动。倒成了周之南要在家等她，天不黑，断是难回。

成日里不是在酒庄后山骑马，就是去法租界喝咖啡、吃各国菜，更和许碧芝成了静安寺路大光明影院的常客，看的是好莱坞片子，时而她也会迁就许碧芝，陪她听听戏，衣服裁得也越发勤了⋯⋯

上海滩纨绔子弟也不外乎她这般，阮萝出门花起钱来，倒真是毫不心疼，周之南不计较这些小钱，只是担心她越发贪玩，彻底浸没在这纸醉金迷中苟且度日。前一秒这么想，下一秒又暗自宽慰自己，她眼下正是贪玩的年纪，情有可原。

又忍不住怪许碧芝没个尺度，她是吃准了周之南头顶金箍名叫阮萝，因而全心全意地陪着阮萝撒了欢儿地玩，她生意不做，应酬的客人只一个阮萝。

周之南不愿亲自出面敲打她，总觉得那样未免太过给她脸面，因而这日在商会点拨陆汉声："家里最近可缺酒了？"

"不缺。"陆汉声最近烟酒已经不再碰得那么凶，也不见再同女人来往，像是有些要改邪归正。

周之南见他不开窍，便直说："晚上去城南酒庄，选些酒送到周宅。"

陆汉声事情多，闻言皱眉："哥，这点儿小事不至于我亲自去，我给你随便派个人就行。"

周之南眼神闪烁，声音渐小："替我警告许碧芝，好好做她的生意，别平日里尽知道玩乐。至于有些话当不当说，提醒她注意分寸。"

陆汉声听到后直摇头，未免觉得他太紧张阮萝，又像是自家男人在外应酬晚归的独守空房的怨妇，真是可怕。他含糊答应，不触周之南的霉头，答应后继续忙自己的事。

"嗯，我知道了。"

暗暗决定过两天再去，不急不急。

天意弄人，事情往往净发生在须臾片刻，更遑论陆汉声晚去几日。

阮萝托许碧芝查的事情有信了。

这几日两人相处极愉快，大抵都是北平人的缘故，许碧芝并未对阮萝用太多心眼儿，毕竟这些年来她在上海过得也是寂寞。得了信，她自己都没提前看，便给了阮萝。

阮萝拿着信封，里面薄薄的一张纸，迟迟不敢打开。

许碧芝聪明着呢，知道她定是内心波澜，有些近乡情怯之感。许碧芝拍了拍她冰凉的手，一副宽慰语气说："先放着，晚些再看，不急于这一时。"

那封信就在阮萝首饰匣子下面压了两日。

周之南见她这两日兴致不高，只当是癸水将至，没多在意。

这天趁周之南去了商会，阮萝平静了心态，在房间里拆了信。

她托许碧芝查的是阮方友。

查阮方友，并非代表她关心阮方友，当年她被周之南带走时弟弟尚在襁褓,阮方友为这个金贵儿子取了好些名字都不满意,犹犹豫豫的,故而她不知道弟弟最后定下的名字。

周之南一向嫌弃她的出身,不是嫌弃她那种嫌弃,但一定厌恶阮方友夫妇,她每每明里暗里,有意无意地在周之南面前提到过去,他表情都不太好,更别提她要打探北平的消息。

阮萝也知道,许碧芝愿意帮她查是看在周之南的面子上,没什么不愿承认的,她就是借着周之南的面子。也想过许碧芝可能会告诉周之南,但她不怕,所以没什么畏惧。她对父母半分留恋都没有,只觉得幼弟可怜,巴不得阮方友夫妇都死了,她好把弟弟接过来。

只因为那是她世上唯一的亲人了。

若是周之南不允,她就说服他,终归周之南肯听她的。她做好千万种打算,唯独没料到天灾。

信封里整张纸只写了一行字:城郊鼠疫,阮方友一家三口俱染疾。

纸张被她捏出了汗,汗水浸湿,再揉成团。

那瞬间她满是害怕,心里打鼓一般咚咚叫,她所有的打算都在此时宣布幻灭,还需得从长计议。可如何从长计议,她简直要丧失理智。

庆幸周之南今日回家早,见书房里愣神的阮萝有些惊讶,问道:"今日竟没同许碧芝出门,真是稀奇,周大小姐终于要宠幸我一回了?"

下一秒阮萝把他抱了个满怀,她声音低而可怜:"之南哥哥,快抱抱我。"

他愣住,还是赶紧收了手把她抱住,再顺她头顶,声音温柔:"怎么了?我的娇娇。"

阮萝绷了一下午的泪在此刻倾泻,泪水全都抹在他高档布料的西装上,周之南却是越发心疼,语气严肃地说:"谁惹你不快,告诉我。"

她摇头,哭得停不下来。周之南暂时放弃探听情况,抱着她坐到沙发里。她坐在他的腿上,脸埋在他的肩头,泪打湿他的衣襟,疼在他的心上。

他便静静地给她顺气，拍打她因为哭而起伏的背，也放弃用手帕为她擦脸，只用华贵的衣料给她做藏污纳垢的绢子。

不久阮萝哭声渐小，周之南才再度开腔："哭累了？那便不哭了，给我讲讲发生了什么。"

他声声温柔地劝："你不告诉我，我怎么帮你，对不对？你告诉我了，遑论对的错的，都给你办到。"

阮萝抱住他，委屈地开口："我想回北平。"

周之南语塞，沉默片刻后委婉拒绝："不是答应你战争结束就陪你回去，到时想回几次便回几次。"

她摇头："我现在就要回去，我弟弟要死了。"

他早就料得差不多阮萝背着他做了什么，这下更是确切，心里暗道许碧芝冒进，消息也不知道从他这儿过一过就直接告诉阮萝，这笔账定要找日子同她算。

眼下周之南问阮萝："你弟弟怎么了？"

阮萝如实说道："北平发鼠疫，他们三个都染上了。我虽然不懂，但话本子上讲的，瘟疫都要死好些人的。我弟弟是不是要死了？他还那么小。"

周之南心里领会，哄着她说："鼠疫不是小事，你先静下来，我派人去查。你现下乖乖在家，还需得从长计议。"

从长计议，从长计议。阮萝最不愿听这个词，她何尝不想从长计议，可她做不到。上海离北平那么远，她去得晚些，指不定尸体都找不到了。

她语气坚决地问："周之南，我立刻就要去北平，你应不应允？"

他为她的固执叹气："不准。"

阮萝起身，面对着他向后退了几步，双眼红红的样子可怜。她摇头，又开始落泪，说出的话像刀子一般打在周之南的心上。

她说:"周之南,你就是想控制我。我是你养在笼子里的鸟,顺意了,放我出去玩玩;不顺意,就要关着。我真是个下贱命,还妄想让你把我的弟弟接来,你根本不爱我……"

她现下失了智,闹脾气,又哭得上气不接下气,说这些话周之南是一个字都不信。可毋庸置疑,每一个字都让他心如刀割,她最是知道如何让他心痛。

喉咙哽咽,周之南开口:"萝儿,你心急与难过我都明白,但不应因此伤害爱你的人,你可知字字诛心?"

她当然知道诛心,诛周之南的心,又因阮萝自己此时百般心痛,便也要让周之南尝上几分。她蹲在地上,仍是没个主心骨地哭,周之南叹气,到桌前打了个电话,命人去查最新消息。

他派人查,定比许碧芝快上许多。

收了线,周之南把她扶起来按在沙发上,估算着晚饭好了,柔声开口劝她吃饭:"先吃饭可好?"

阮萝摇头,这让周之南更头疼,只能唤梅姨盛些饭菜送上来。

阮萝脸上挂着泪痕,小口咀嚼周之南喂的饭菜,现下些许清醒。

周之南慢慢喂她吃了半碗,自己一口没吃,把人抱到卧室床上后,开口给她捋顺情理:"北平鼠疫,政府官员定会出面,我们远在上海,手伸不了那么远。

"我已经派人打听最新的消息,只消两日,定比许碧芝快。若是疫情控制住了,我再命人多关照你弟弟,到时不管阮方友如何,我都把他接过来陪你。

"你看这般怎样?"

阮萝愣着点头,他又哄着她喝了盏安神的茶,轻轻拍她入睡。虽然才不到晚上八点钟,耐不住阮萝精神不济,还是睡着了。

确定她睡踏实,周之南起身,乍地起猛了,头有些晕,强作镇定出了房门。

他拖到这时还没用晚饭,再加上被阮萝闹,现在脑袋里不清净,昏昏沉沉。仿佛没了下楼的力气,打算回到书房,把阮萝剩下的饭菜吃几口,缓缓神再下去。

可刚坐到书房沙发上,就觉得头顶一阵漆黑,将将靠着就倒了过去。

庆幸梅姨机敏,听楼上没了声音,掂量着送上去的吃食差不多用完的时候上了楼,一到书房看到的就是门大敞着,周之南靠在沙发,头仰着倒在那儿。

他一向自制,就算醉酒梅姨都不曾见过他此时入睡,心里有些担忧。轻轻唤了几声"先生",周之南昏沉得很,梅姨想着刚刚楼上吵了架,动静闹得大,保不准这是被气着了,权衡再三,还是下楼给李自如打了电话,让他快些来看看。

这边陆汉声恰去了李自如的住处蹭晚饭,饭后正在李自如不太宽裕的公寓里瞎溜达消食,他嫌李自如这里地方小,李自如则催他赶紧走。

这厢见李自如接电话后有些急的样子,陆汉声开口问:"怎么了?"

李自如说:"之南晕了,梅姨打电话过来,说跟他家里那个小霸王吵架了。"

陆汉声满脸嫌弃:"啧,他现在是越发虚了,跟个小姑娘吵架,还能被气晕。"

说着像是想到了什么,赶紧噤了声,周之南那天让他去城南酒庄,他到现在还没去,这吵架怕是逃不开许碧芝的关系……

陆汉声赶紧提起大衣:"开我车,一起去。"

李自如答应:"好。"

路上李自如眉头紧皱,陆汉声余光看到还打趣他:"你何必这般紧张,他身体一向好得很,晕一次也不是大事。"

李自如倒不是心疼这个,担忧地说:"我估摸着怕是他那副药吃太久了。"

陆汉声也知情,闻言说道:"你说他遭那个罪受什么,上回还跟我说认定了,那要个孩子岂不正好?"

对上李自如皮笑肉不笑的脸,李自如给他一记冷哼:"你个油浸了的猪脑子,人家年纪还轻,你当是旧社会,女子二十不到就已经做了母亲。"

李自如想起什么一样,继续说道:"清如没大她几岁,想想若是清如几年前就怀孕生子,我定然也不准。"

陆汉声愣神,干笑了声,再没提这个话茬儿,还要庆幸天色已黑,李自如没怎么注意他的表情。

他还兀自说着:"清如写信说想我,想回上海,我让她专注学业,不急回来。她这才走半年就想回来了,也不知道她听进去没有。"

等到两人到了周宅,周之南已经转醒,正躺在沙发里用力揉自己的眉头。

李自如见他在动,声音又是调笑:"我们之南这不好得很?你看梅姨电话里急的,周老板可是上海常青树,万年不倒。"

梅姨憋着笑退了出去,留他们三个相处。

周之南声音疲惫:"你小点儿声音,萝儿在睡觉。"

李自如故意夸张地说:"这才几点她就睡,汉声,你去把人叫起来。她男人都晕了,还能睡安生?"

陆汉声举手做投降状,他可不敢去惹那个姑奶奶,别说当着李自如的面,她还真敢说出来点儿什么。

周之南说:"谁晕了,我只是小憩片刻,梅姨大惊小怪。"

他这话跟醉酒之人强调自己没醉,是同一般情况,谁都不信。

李自如坐到他旁边，兀自扯了周之南的手搭脉："确实没事，晕就晕在那副药上了，我劝你别再长时间吃，只会晕得更频繁。"

周之南喝了口茶，手有些不稳，茶盏子碰撞出声音："我现下在外，时时都让人跟着，就算晕了也无碍。"

李自如看他忍不住叹气，再对上陆汉声无奈神色，两人相对摇头。

李自如再劝："之南，我真的没法子了，不放那味药，药效便不够，只能劝你少吃。"

原本一开始都是李自如抓药送到周宅，时时控制着不让他持续吃，没多久就被他夺了药方子，变成周宅家仆去抓药。陆汉声也道此举不稳妥，怕家里仆人起了异心，生出祸端，可周之南用人不疑，本就是关乎他自己安危的事，倒是数他最放心。

陆汉声心疼，主动说道："哥，我让吴小江明日起跟着你吧。"

吴小江是个机灵利落的，平日里帮陆汉声做了不少事。

李自如见状忍不住说："我们汉声知道疼人了，那吴小江可是他心尖上的人，我之前要过一次都被驳了。"

陆汉声调笑说道："我心尖上可只有女人，吴小江那个小赤佬……"

周之南笑得开心："我这一晕，还晕来了个得力下手，倒是晕得值当。"

三个人玩笑了几句，梅姨上来敲门，提醒饭菜热好了。周之南打算下楼去吃饭，李自如是吃过了，却说要陪着周之南喝几杯。

陆汉声连连叫道："我晚上在他那儿吃饭，他都没说同我喝，现下倒要陪你喝，我可是被嫌弃了。"

三人在餐桌上喝了起来，周之南今日心里也不太畅快，正想喝上几杯，恰巧现成的酒友送上门。

说话间声音便有些大，阮萝迷迷糊糊醒来，出门听是餐厅传来的，可打楼上看不太清那边，下了几级楼梯后，正看到周之南举着杯盏，笑意盈盈。

"周之南,你又喝酒。"

背后传来熟悉的声音训斥,周之南的手抖了抖,倒得十分满的酒溢出了些许,洒在桌上。虽然动作细微,还是被李自如和陆汉声捕捉到,二人对视摇了摇头,干了自己手里的满杯。

这三个人的酒怕是喝不下去了。

周之南听到声音就撂下了酒杯,走到楼梯前低声和阮萝说话。

酒友跑了一个,另外两个也没了喝的意思,远远地同正在给阮萝拨弄头发的周老板打了声招呼,陆汉声和李自如就走了。还应当感谢他美色当头,也不忘叫个司机送他俩回去,这证明兄弟在周之南心里还占得上几分位置,感天动地。

见客人走了,阮萝收不住满脸的嫌弃,明明自己眼睛红肿着,还要说周之南不是。她骂他:"周之南,臭酒鬼。"

周之南失笑,想自己这般就被阮萝称为酒鬼了,那外面真真正正的酒鬼,于她来说岂不是地狱罗刹?

见他不语,阮萝解释道:"我只是觉得你常喝酒不好。"

周之南点点头:"我知道。只是你这时起来,晚上断然是难睡了,到时候可别闹我。"

两人相携上楼,阮萝勾着他的臂弯:"我就要闹你嘛。"

她语气越发软糯温顺,仿佛是在无声示弱,只因她那时急火攻心,口出恶言,伤了这世上仅有的爱她之人,当时他眼眸中的痛楚太明显,阮萝看得出。

此时他不主动说,她也不敢再提起。

周之南草草地冲了个澡,睡袍带子还没系严实,门就被打开了个缝,探进来个小脑袋。

阮萝说："周之南，我给你洗头？"

他拒绝得干脆："不必。"

大晚上的洗哪门子的头？

她叹气，在另一间浴室也冲过，赖着他一同进了卧房。周之南说："谁脑子不好了，这时洗头，你非要给我洗，将来有的是机会。"

阮萝冷哼："今后没机会了。"

周之南也不气，靠坐在床头缓缓喝一杯水，他晚上喝了酒，有些口干。被窝儿里的人儿仿佛百般不自在，来回翻滚着身子，又唉声叹气的，他想她现下是哭够了也清醒了，他今晚可难睡了。

周之南说："你这样子，像是身上有跳蚤。"

阮萝不同他拌嘴，等周之南喝完最后一口，躺下把她揽入怀中。

她低声开口："周之南，我……"

刹那间被他吻住额头，像带着祝福，又让阮萝立马平心静气，那是周之南饱含深情的一吻，定然带着神力。

周之南说："你不必解释，与我来说并无必要。那番气话不能让我对你的宠爱减少分毫，你也不会因此而不爱我对不对？我那一瞬是有些苦楚，现下知道你会为我心疼，一切就都迎刃而解。我还是那个我，娇娇也是好娇娇。"

室内沉默许久，仿佛听得到壁炉里烧炭的声音。阮萝哽咽，她今日哭得多，有满腔心事想说，悲伤如同涓涓细流，吸鼻子声音打破沉静，周之南觉察到他怀里的小姑娘又要哭了。

他赶紧说道："可别哭，教我心疼。"

她曾为冯沐泽说一句"林晚秋若是哭，树叶都愈加萧瑟"的情话而艳羡，可周之南何尝没有没说出口的、说不出口的话？毕竟在他的心里，看到阮萝啜泣，天要塌了，也不过如此吧。

阮萝揽他得更紧，强忍着哭意，还要出言不逊："周之南，你是不是瞎了，你喜欢我什么？"

他对她太好了，好到阮萝时而就会无缘无故起了脾气，撒火生气，甚至心底都有一个声音在诉说，她有多嫌弃那样的自己。可不是的，周之南不嫌弃。

他好像觉得，这是她千万种样子中最刁蛮的一种，但只要是她，便同样可爱。

周之南拿了手帕把她的眼泪擦干，想着明天起来眼睛定是不能看，他声声温柔地说："喜欢你脾气大、爱生气、不讲道理，还总欺负我、气我。"

被她咬着牙嗔一句："贱皮子。"

但终究使美人破涕为笑，娇蛮打他身上一拳。

他收了神色，认真说道："若真是说得清楚的，那便不是爱了。是生意上的事务，是与人交际往来，一切都按条理分配，应当如何，可爱不一样。爱是空穴来风，不讲道理。"

像你一样，所以我爱你，也爱你的不讲道理。

最后他说："非要个缘由，大抵是上辈子欠了你。"

小姑娘肿得跟葡萄似的眼珠转着，听他字句真情，心中动容。她说不出什么情话，眼下只想给他个保证，抑或誓言："周之南，你放心，我会对你好的。"

还要放低声音说下一句："只你也别太纵我，我觉得我脾气越发地大了。"

他有些困顿，今日本就头昏，头埋在她的颈间，声音沙哑："既然一开始就纵着了，断没有中途停止的道理，生意场上讲究信誉，我对你也最是守诺。"

周之南认为，是他一开始决定宠着的，使她被纵出天大的脾气，他又要敲打训斥她，如今怎么这般不讲道理。到底是谁不讲道理，因果因果，因由他造，果自然也要他尝，断没有造了因却不要果的道理。

更何况他从未觉得她哪里不好，她再纵再刁，周之南也有办法让她静下来。

明明他从未给过她什么诺言，却在这个两人静静躺在床上什么都不做，只畅谈心事的夜里，告诉她，他要守诺。

阮萝嘟嘴，凑上去笨拙地亲他："周之南，虽然你贱生生的，但是我好开心。"

开心什么，开心贫民窟摸爬滚打出来的阮萝如今体会到了被人捧在手心的感觉，那人还告诉她：任你在世间百般胡闹，我仍会爱你如初。

身旁的男人许久未语，正闭着眼睛呼吸平稳，阮萝咝着气音，轻声唤他的名字。

下一秒被他搂得更紧，周之南嘟囔了句："娇娇睡吧，好困。"

她鼻间都是周之南身上的气息，他从不熏香，更别提用香水，可阮萝就觉得他身上有股子特殊味道，她很喜欢。

她痴痴地吻他下颌，阮萝应声："嗯。"

次日他破天荒地起晚，阮萝已经不在床上，陆汉声也没打电话来催，想是体谅他昨日晕倒。周之南洗漱好，换了身西装下楼，餐厅里却也一个下人都没有，还以为今天反了天了，早饭都不做。

进了厨房才看到，周宅新晋厨娘正在沏茶，旁边是文火熬着的粥。他心下动容，只觉得这般场景太过岁月静好。

周之南上前从背后环住她的腰，声音闲散："娇娇还会熬粥。"

阮萝笑，她什么不会，只是到周宅之后便没做过。她昨夜睡得多，今天起得早，便让梅姨他们吃自己的，她大显身手，给周之南做一餐。

阮萝说："周老板还怕我把你的厨房毁了不成？"

周之南说："你昨晚出口伤我，现下可是在补偿我？"

阮萝哼了两声："算是。"

他故作失望:"你就不能说句让我欢喜的。"

她拿勺子舀粥,呼了几口气喂给他尝,周之南颔首表示可以。阮萝一边往外盛粥,一边开口:"我见你睡得沉,就给陆汉声打了电话,告诉他你今日不定何时才能去商会,他倒问我你身体好些没,你昨日晕了?"

周之南下意识地反驳:"没有,他胡诌的。"

阮萝也不信:"我就说你看着挺好的,昨天许是累了吧。我跟他说了几句你,他同我讲你居然爱喝黑米粥。周之南,我竟不知你还爱喝甜粥。"

阮萝都不习惯喝甜粥,陆汉声却告诉她周之南竟然爱喝,两碗粥、两盏茶放好,一人端着一个托盘,出了厨房。

周之南笑着说:"小时候爱吃,他倒是还记着。"

这些年,他早就没什么太爱吃的东西了。

"周之南,其实我会做很多事情的,我是不是从没给你讲过我在北平的事?"阮萝自顾自地说,周之南专心喝粥,细细听她讲。

"我上次跟你说帮人洗头发就能换顿饭吃,那时候年纪太小,没有人愿意雇我做事,得不到正经工钱。我也不想要钱,钱藏不住,被阮方友发现就抢去了,半分都留不下。我只想换一餐饭,或换一件对我来说已经很好的衣服,虽然是别人不要的破衣,再奢望一点儿,赶上澡堂子的大婶想偷懒,我主动免费帮她打扫,这样可以借机偷偷洗个澡。你第一次见我,我实在是狼狈,从来没觉得那么没有尊严。要不是你把我带走,我可能晚上会跟赵芳打上一架……"

她讲过去的事,脸上一点儿也不苦,还能笑得出来,碗里的粥也小口小口地吃下去。听到这里,周之南笑着开口,满眼真挚:"很好看。"

"嗯?"阮萝不解。

周之南说:"你不知道自己当时瞪我的样子有多好看,那双眸子里满是野性。明明整个人瘦怯怯的,可那眉眼杀人,我却觉得是在勾魂。"

阮萝说:"我当时只觉得又气又臊,哪儿是瞪你,恨不得扑上去打你。"

回忆起第一次见面,在阮萝的记忆里,周之南着长衫,翩翩公子模样,眼神是上等人的审视,一瞬间就足以让她觉得无地自容。那人如今也是当初那般贵气模样,不同的是阮萝已与他同起同坐。

今非昔比,不过如此。

明明打动他的并非皮相,周之南故意说道:"你应庆幸自己长得不错,不然我断不会带你走,你可知阮方友欠我多少钱?"

阮萝放下勺子,用眼神剜他:"那你当去感谢阮方友和赵芳好了,他们生得好。"

周之南笑不可支,轻轻掐了下她的脸蛋:"牙尖嘴利。"

周之南手头有事,还是得去商会,下楼时阮萝跟在后面,非要让他讲是什么时候爱上她的,大抵男人都逃不过女人问这个问题。

周之南找借口推辞:"今天的故事讲完了。"

阮萝跟他到门口:"你告诉我嘛,什么时候喜欢我的?"

梅姨适时送上周之南的大衣,无意间听到,阮萝立刻双颊通红。

周之南借机抽身:"下次再讲,你若是无聊,也可出门同许碧芝逛逛,北平的消息最快明日到,乖些等我。"

阮萝温顺地点头,目送他出门上了车。

他为了让她开心,不想说不准她同许碧芝来往的话,顺便也让许碧芝再潇洒几日,等阮萝弟弟的事情解决完,再同她算账。

陆汉声说话算话,周之南刚到办公室,吴小江后脚就跟进来,还说陆先生交代,便是周之南回家,他也要跟着送回去才安心。周之南笑着听吴小江给他念郑以琴手里那块地的情况。

郑以和死之前,手里有一片刚建好没多久的楼,部分已经卖出,或是入住，或是租赁出去。现下他死了，郑以琴已经将部分财产变现，只这块地不好做决断。面积大、位置好，寻常的商人吞不下，需得找周之南这种根基雄厚的，再不济也得是陈万良之流。

郑家和陆汉声早已交恶，这事儿落不到陆汉声的头上，得周之南亲力亲为。郑以琴虽是个比弟弟、妹妹都明事理的，但也难说对周之南毫无敌意，在商言商，若不是看在周之南出高价的分儿上，她自然也不愿意见周之南。

他对这块地志在必得，只是价钱上还得再商量商量。吴小江以他的名义，给郑以琴递了帖子，约了明日晚上在上海饭店，郑以琴同意了。

上海商界不少人仍旧虎视眈眈，看周之南出手，便只能先忍着，寄希望于若是两个人谈不拢价，才轮到他们抢夺。周之南自信，郑以琴自打婚后，放下了不少生意上的事，同她以合适的价格谈下来不难，要紧的是礼数做全。

他知会吴小江选个送郑以琴的礼物，随后默默把资料再阅一遍，差不多记下。这时看到桌子上立着的两个相框，一个是他回国之前在英国拍的全家福，特地带了回来。另一个是最近才摆的，生日宴上请摄影师拍的与阮萝的合照，上面小姑娘挽着他插袋的手臂，巧笑倩兮，生动得很。

他忽然想起郑以琴自小便跟郑老爷子做事，那时候郑以和还是孩童年纪，那么是否也可以让阮萝跟他学学生意上的事，不求她有多大作为，终归是有点儿事做，两人还能时时在一起。

千想万想，待他回到家看到眼前所见，话没说出口。因客厅里一个人都没有，梅姨带着几个小丫头，还有他最心心念念的娇娇人儿霸占整个餐桌，她们在包饺子。

真是周宅小霸王的霸道行径，厨房那么大的地方不够她挥霍，偏要带着些个人在桌子上弄，最没规矩的不过就是她了。

直到自己脱了大衣，进了餐厅都没人理会他，周之南只能开口证明存在感："你们净是陪着她瞎闹。"

小丫头们有些怕，低声叫了句"先生"，阮萝连头都没抬："你们怕他做什么，包好饺子，他不还是吃得香。"

下午阮萝到楼下找梅姨说想包饺子吃，梅姨应允，又被她一齐拉着在餐桌上作乱，小丫头们不敢上手，只在旁边看着，阮萝便叫她们一起包。虽然都还是怕阮萝，但她今日不闹脾气，便没什么大碍。

周之南听了她嗔怪的话就笑了，也成功让餐厅里的小丫头们放下紧张的心。

阮萝说："你快上去换身衣服吧，估摸着还要点时间。我今日馋饺子了，自打来上海都没吃过几次，北平常吃饺子，只可惜我当年吃不上……"

她像个小话痨，手里弄着饺子皮，嘴上说个不停。

周之南说："你喜欢吃，便让梅姨常做，可别再念了，我怕你嘴里的唾沫喷出来。"

众人听了都抿着嘴笑，阮萝双颊微红，故意朝他说："周之南，忘记告诉你，我包饺子之前可没洗手。"

他笑着往楼上走，只留下一句话："那我也吃。"

场面太过温存，周之南只觉得心里暖意融融，仿佛是他娶的妻子在家里等他，只要回家看到她那一眼，整日里的风尘仆仆，便全烟消云散。

阮萝包完饺子上了楼，周之南刚好换了身衣服，进了书房，她紧跟着钻进来，模样俏皮。

周之南叫她："过来。"

她应声走到他的面前，被他抱住。

周之南说："越发能耐了。"

阮萝笑了笑:"我以前听北平那边的人说的下流话,好吃不过饺子,好玩儿不过嫂子。"

周之南蹙眉:"着实下流。"

她轻轻叹气:"你说,鼠疫能被抑制住吗?"

其实她一整天都隐隐担忧,可也没个能说话的人,便只能憋着。周之南不好妄下断言,他学的是商,政治方面懂的只是皮毛。

周之南说:"不好说。毕竟北平沦陷已有两年,我一直没做过那边的生意。"

两人手掌相握,阮萝扯出了个笑:"我倒是希望阮方友他们俩死掉,把弟弟留给我,这样我讨厌的人死了,还给我留下个仅有的血亲,多好。"

可现实残酷,她心知肚明,更容易死的是弟弟,三五岁的孩童最是脆弱。她即将成为世间洪流中的一缕浮萍,彻彻底底地无亲无故,无挂无碍。

周之南脸上闪过狠色:"活得过鼠疫,也不让他们过这个年。"

阮萝埋在他的肩膀,语气有些低落:"上一次,他还在襁褓,我刚伸过去手指就被他一手攥住。周之南,我不想一个亲人都没有,我太想抓住他了。"

周之南当然知道那个他是谁。

她继续说:"我们也许……也会有孩子,我能分清楚,弟弟是弟弟。如果我们有了孩子,我也会很疼爱他,还可能少发脾气。"

听她乱糟糟的嘟囔都是少女心思,周之南忍不住发笑,还要故意逗她:"姑娘家不知个羞,现在就想着生孩子了。"

阮萝若有所思道:"我们也很久了,我不会有病吧?"

被他刮了鼻子,周之南说:"胡说。"

阮萝说:"那便是你的问题了,年纪大了。"

他自然要把她按在怀里戳痒肉,两个加起来年过半百的人,在书房里闹作一团。

梅姨敲门，应是饺子好了，她得意地说："我特意让梅姨蒸煮各一半，你都可以尝尝。"

周之南说："说得像我没吃过饺子一般，只是平日里吃得少。"

还要问她明日准备做什么，提前告知她自己晚饭不回来吃，要谈生意，派去北平的人晚上到沪，到时跟周之南一起回。

阮萝说："许碧芝见我心里烦闷，今日递了帖子，邀我明天陪她去裁衣服，我想正好可以去秦记再给你做件大衣，顺便看看新上的料子。"

她愿意出门散心，他再开心不过："好。"

两人仿佛寻常夫妻，日子这般静静地过着。

次日下午，秦记裁缝铺，阮萝为给周之南定的衣裳腰身，是减半寸还是减一寸而犹豫。秦师傅问她可还是上次的尺码时，她忽想到近些日子抱着他的腰总觉得瘦了些，许碧芝见她犹豫，建议减半寸，阮萝也更偏向于半寸，最后定的半寸。

女人凑在一起选布料，忍不住又裁了几条旗袍。许碧芝人精一般，同秦师傅说把阮萝旗袍的边角料拿来给周老板做领带，被阮萝娇笑着啐。

她本想带阮萝去听戏，可阮萝没那股热闹心思，遂一起去了城南酒庄。许碧芝遣周宅的司机回去，因酒庄在城郊，免得让他等久，那司机犹豫，要看阮萝神色，阮萝不疑有他，点点头准了。

坐在许碧芝的车里，手被她握着，许碧芝说："我们俩自是不必见外的，晚上让我的司机送你回去也方便。恰好他还能回家抱着老婆孩子睡，可是成人之美呢。"

阮萝淡淡地笑："这般也好。"

许碧芝又问："我听说周老板同郑以琴在谈一块黄金地皮，你可知道？"

这倒是她头一次主动问阮萝周之南生意上的动向，阮萝心里提防，暗道这是同她来要打探消息的酬劳了。

她同许碧芝打太极，并不直言："他生意上的事情我过问得少，不太知情同郑以琴的买卖，若你有意跟着他赚些油利，我倒是可以帮你牵线。"

阮萝到底涉世未深，同许碧芝交际这么久，对方也没对她使过什么心计，她防归防，还是用了些真心的，可惜忽略了人之贪性。

许碧芝柔声拒绝："罢了，周老板霸道，从他嘴里可是挖不出几分利的。"

阮萝刻意逗她："你倒不怕我把这话学给他听。"

也是都没当回事，三两句话就岔开了。

许碧芝教阮萝品酒，喝过几杯后，阮萝看着天色快黑，婉拒了许碧芝留她吃饭的邀请。

上车前将将六点钟，许碧芝柔声道："好妹妹，我刚收到北平那边的信，说是鼠疫已经控制住。周老板赶紧让我给你订了车票，恰七点钟便有一趟去北平的，你先去车站，他等下就到。"

阮萝被惊喜冲昏头脑，激动地回应："这太好了，他昨天还说今天就会来信，许老板，太麻烦您了。"

许碧芝全然一副姐姐模样，劝她快些上车，别误了时间。风吹得有些冷，阮萝吸了吸鼻子，点头上了车。

夜幕即将降临，大上海路灯斑驳，人影绰约，阮萝双眼含泪，被灯光照射得眼睛看不清晰。还是把眼泪擦了个干净，她只觉得此时此刻，自己是普天之下最幸运的那个人。

车子开得有些急，她蹙眉训斥司机："开这么急做什么？慢些。"

那司机有些反常，语气紧张，磕磕绊绊应声。阮萝敏感，却没再说什么，心里忍不住回想，忽然觉得有些地方不对。

前些天，许碧芝收了信可是立马就给了她的，且她也是回了周宅才看，那么许碧芝又如何知道鼠疫的，只能是她早就看过信。另外，她刚才内心太过于欣喜，忽略了周之南昨日说的话，他答应自己得了信，会亲自带人回周宅，怎么会报到许碧芝那里去？更别说周之南让许碧芝的人去买票，许碧芝的手下大多都在城郊，不可能会比周宅的人买票更便利。联想到许碧芝今日特地命阮萝的司机先回，还打探了周之南的生意事，这其中定有蹊跷。

阮萝说："我落了东西，先回趟周宅。"

对面过来的车灯照进阮萝这辆车里，阮萝可见司机额头冒了汗，神情紧张，吞吞吐吐地说："这，许老板命令的是送您去火车站。"

她语气坚定地命令："我说回周宅。"

可司机不掉头，那方向明显仍是朝着火车站去，阮萝静坐，现下只有她同司机两个人，周之南今夜有应酬，她不能妄动。

车子开得快，她也不敢上演撕扯戏码，只能看着一段段陌生的街景过去，火车站路程更远，不然此时应该已经到周宅。

直到抵达火车站，她被扯着下了车，司机递过一张火车票，还要强行带着她进去。

阮萝试图同他讲道理："你应该知道我是谁，许碧芝给你多少钱让你做这件事，等下周老板派人来了，你想都走不掉。不如现下放我回去，我定能护佑你。"

司机也紧张，但比路上已经平静太多，毕竟他距离"成功"仅仅一步之遥，故而语气凶煞地回答阮萝："你闭嘴，老实进去待着。"

两人挨着坐在候车室，阮萝见面前过去个拎箱的男人，灵机一动。她忽然起身，上前抢了人家的箱子丢了出去，一时间纠缠起来，对方要她赔钱。可她只看向司机，司机气得不行，还要应付抓着阮萝不放的路人。

阮萝巴不得事情越闹越大，还一副嚣张跋扈的样子挑衅："便是扔了你的破箱子如何？那般老旧，我是在劝你换新的，土老帽。"

旁边看热闹的人多了起来，司机赶紧掏了张票子，塞到那人手里解决这场纷争，再回头抓住要溜的阮萝。男女力量悬殊，司机把她摔到座位上，表情阴郁，他抬起手想打阮萝，阮萝许久没有经历这种场合，居然还能下意识地捂住脸和头。

可手没落在阮萝的身上，还听到头顶传来一声哀号。

她放下手，便看到那司机倒地，旁边来了群穿黑衫的人，阮萝还没等意识到什么，车站里的人都已经躲得远远的，可见是惹不起的人。

而这群惹不起的人里，领头的那位可不正是周之南。

他打算离开商会，前往上海饭店见郑以琴时，家里打来了电话，说晚饭都已做好许久，阮萝却迟迟未归。再赶上城南酒庄的人送信给他，说阮萝去了火车站，许碧芝拦不住，她非要去北平。周之南脸色深沉，赶紧又打了通电话……

现下他仍旧一副冷面，脱了手套握在手里，身段、模样皆是不凡。火车站里有股淡淡的难闻味道，刺得他眉头皱起，他连眼神都没给倒地的司机，看向了阮萝。

她回过神来上前抱住他："周之南……他……"

语气里满是惊慌，周之南捧起阮萝的下巴，见她无碍，放下心来，身后的人赶紧上前扣住要逃跑的人。

周之南和旁边的人说："送到吴小江手里，你们就回吧，带信给韩先生，改日亲请他看戏。"

他揽着人出了火车站，阮萝几次想开口，可见他脸色实在不好，便硬生生地吞了回去，没敢说话。

他无声地打开车门，冷声催她："上车。"

一路无话，阮萝的心里委屈，不明白他为何对自己满脸的怒气。周之南也窝火，明说了晚上带消息回来，她偏要胡闹。

回到周宅，两人前后脚进门，谁也不理谁，阮萝径直上了楼，周之南在后。梅姨见人回来了赶紧说："先生，陆少爷刚打了通电话，让你到家赶紧回过去。"

他看了看楼上，就近用客厅的电话："何事？"

那头陆汉声语气焦急："你怎么想的？郑以琴就被你晾在上海饭店了？"

周之南语气平平："家事，我明日再去登门致歉。"

陆汉声冷笑："呵，吴小江亲眼见着许碧芝带人进了上海饭店，你说她可能只是去吃晚饭？"

周之南现下了然，沉声说道："我竟不知这块地的利润如此之大，让她不惜开罪于我。"

事已成定局，陆汉声问周之南意见："现在怎么办？"

周之南冷笑："让她吃，撑死我给她收尸。"

在楼下脱了大衣，周之南有些疲倦，上楼后径自进了书房，没去找阮萝。他何尝不知道阮萝又被朋友骗了，可此时他想同她说的，也并不是什么好事，倒不如彼此都静一静，谁也别理会谁。

年终岁尾，生意人最是繁忙之时，商会里的账目要归纳结算，老板们逮住晚上空闲，又要请酒应酬，笼络往来。一切刚刚开始，他就已经觉得心中疲累。平常日子于他来说，太过平静美好，他越来越向往，甚至多次萌生退意。人人道这十里洋场好，好是好，却也让人蹉跎消耗，难以逃离。

眼下那块地皮要被许碧芝拿下，他不消细想都能猜到，那女人定会委托外商租赁，借机炒升租价，赚一拨肥厚利润。周之南理了理头绪，却觉得越发烦躁。

那会儿，他同韩听竺借了人去车站，吴小江豁出去了拦他，劝他不必亲去，可他没听。因想着火车站人多又杂，保不齐出什么岔子，韩听竺手下都是混帮派的，再把她吓到可如何。吴小江又说代他去，他还是不准，不得不承认，那时他一颗心也乱了，他想亲自去看看，看她到底为何要犯傻。可见她差点儿被打，来上海已经这么多年，下意识护住自己头和脸的动作还是那么娴熟，他心疼。

接着阮萝又扑了他个满怀，周之南想当众斥责她的话立马就咽回去了。庆幸她从未想离开他，一切都是许碧芝的挑唆，这个女人为了利益已经坏透了，他就不应让阮萝同她交往。

梅姨守在楼下，见周之南换了身衣服下来，低声说去热饭菜。他待梅姨热好，盛了大碗饭，再挑她喜欢的菜色盛了出来，端着托盘又回到楼上。留梅姨在原地默默摇头，周之南可算是输得彻底。

或许他输了，可能也没输。

到卧室里开了灯，餐盘放一边，阮萝正伏在他腿上，低柔着声音唤一声"周之南"。

他抚摸她的头顶，严肃了一晚上的脸，些许放松："知不知道自己做错了什么？"

阮萝扁嘴，低声说："对不起，我让你担心了。"

是也不是，他认为她错更多的是识人不清，错信了许碧芝。但他也心知肚明，她已经够聪明了，输许碧芝输在涉世未深，情有可原。她愿意说一句"对不起"，周之南就断不会再让她委屈。

他柔声安抚她："可是吓到了？"

阮萝摇头："还好，我已做好同他打起来的准备，可我也得先护住头，然后才能反攻，不承想被你看到了最凄惨的场面。"

周之南敲她的脑袋，她倒是天真，还想着和力气那么大的男人打上一打："许碧芝派了人，告诉我你非要走，我差点儿信了，心里难受得很。"

她蹭了蹭，笑着说："我为何要走呢？我要与你在一起的，你甩不掉我，虽然我又吵又坏，可已经决定缠上你了。"

他巴不得被她缠上。而她不愿再说许碧芝，周之南就不提，他相信她自有判断。只不过下次她再出门，定要派人跟着，不能再落她自己。

眼下他又有另一件事情要同她说。

周之南打心底是抗拒告诉她的："萝儿，北平的人回来了。"

她愣住，本在拨弄他的衣服扣子的手也停了下来。周之南又用手捂住她的眼睛，他现下有些害怕面对那双灵动的双眸。

男人的声音低沉，平添了一股苍凉，周之南说："疫情主要暴发在城郊，北平沦陷已久，上层人自顾不暇，你或许不懂，疫病很难根除，只能控制。所以，政府放弃了贫民区，还加强了隔离，许碧芝的信到你手里已经拖了许多日子了，人死得差不多了，一把火都烧了。"

没有人能活下来，一点儿可能都没有，是真真正正的无人存活。仿佛一切从未发生过，尘归尘，土归土，千百人悄然踏上黄泉路。

阮萝只觉得喉咙发苦，如今告诉她人真的没了，她倒没立刻号啕大哭，只含着泪，胸腔不断起伏。人像是定住了，情绪打心里涌到喉咙，化作两行清泪，润湿周之南手的掌心。

她像嘤咛小兽，低声啜泣，周之南不忍心，松开手后她抱紧他的腰，她埋在周之南衣服里呜呜地哭。阮萝闷声道："周之南，我没有家人了，一个都没有了，我只有你了。不，自始至终，我也不过只有你罢了。"

她终于认清，大千世界浮浮沉沉，能被她握住的到底不过一个周之南。遑论世事无常，抑或分离背叛，只有他从未改变，仍旧在原地守着她。

周之南心疼怀里的小姑娘，哑着嗓子开口："我会是你的家人，我们结婚，我带你去英国见我的父母，他们一定会喜欢你，一定会的。"

这一刻他突然想结婚，不为自己，只为给她一个家。

阮萝摇头，把他抱得更紧了，死死不放手。

月色清凉如水，周之南的声音更是温柔如水："萝儿，你已经不小了，应该懂些事情了。我会陪着你，但你也要学聪明一点儿，这样我才能放心。上海远比你想象中的要乱，白日里行走的不一定是人，也许是披着人皮的鬼，这些事情我可以慢慢给你讲，可你也要明白，除了我，没有任何人值得你相信。"

他轻轻抚摸她的长发，语重心长地给她讲一些虚无缥缈的道理，纸上终浅，事必躬亲，还是要看她自己真正遇到事情后的定夺，抑或说是造化。阮萝的啜泣声渐小，静静地抱着他的腰，手有些酸麻便蹭了下，细微动作也会被周之南捕捉，他帮她轻轻翻了个身，这下他便能看清她那张凄楚的小脸。

阮萝双眼很灵，尤其是转着的时候，他总觉得她心里在想着如何发脾气。有时周之南就想，她先前得到的太少，如今难免会有些怅然若失之感，便教她闹上一闹，又能如何。

阮萝说："周之南，我现下很是心痛。"

周之南强撑着笑了笑："我知道，你痛，我也痛。"

她眨了眨眼，生生忍下一滴泪："那我不痛了，你也别痛。"

又惹他心软，周之南满脸无奈："好。"

后来天色已晚，周之南你一口、我一口地喂她吃了半碗饭，余下的被他包揽干净。若教周夫人看到这场面定要惊掉下巴，最是洁癖的周少爷居然也会吃人剩下的。

阮萝整个人贴在他的身上，缩进被子里毫无困意，只静静地躺着。她骤然想起了什么，赶紧问他："周之南，你不是说今天晚上约了人谈生意？"

周之南如实说："约的郑以琴，我为了去寻你，把人撂在上海饭店了。"

阮萝还是要给他解释："我知道许碧芝诓我，但那时已经在车上，司机不听我的，我没办法。"

他倒是不在意，拍了拍她："不怪你，郑以琴手里有块郑以和留下的地，上海很多人想吃下它，许碧芝猪油蒙了心，总有一日会后悔。"

阮萝说："郑以和不是跟日本人勾结？生意上少不了有日本人的份儿吧。"

周之南知道她一向聪明，平日里就喜欢在他面前装傻，实则眼珠一转，什么事情都明了。

周之南说："是，不必我叮嘱吴小江，他也知道不能让许碧芝好过。到时等她破落了，我再带你到面前让你解气。"

说起吴小江，阮萝问："吴小江原不是跟着陆汉声的吗？几时开始跟着你了。"

他顿了顿，不慌不忙地编了个谎："年底了手头事情杂乱，我一直没寻到用着合意的，借了吴小江来使唤。"

阮萝煞有介事地点点头，居然开始毛遂自荐："我能帮你吗？我很聪明的，我可以学。"

这正合周之南的意，他还怕她不愿意，周之南赶紧顺着她说："你在家也是闷着，跟我去商会当然可以，就怕你到时候嫌那里烦闷，做生意哪里是有趣的事，不如喝咖啡、看电影闲适。"

阮萝蹭他胳膊："我想同你一起嘛。"

周之南干咳了一声，语气过分正经地说："你想同我一起便一起，何必用胸蹭我？"

阮萝红了脸，赶紧换了个姿势抱他，喃喃说道："周之南，不要负我。"

他轻叹一口气，没记错的话，这是她第二次说这种话，周之南发觉她真的很没有安全感，说道："我现下躺的宅子房契都在你手里，哪敢负你？若是负了你，你就凭这房子和那间铺子，也能过得顺风顺水。"

阮萝说："我不要钱，我只要你爱我。"

周之南笑了，把她乱动的头乖乖地放在枕头上："好，我只爱你，就爱你。"

爱这个无依无靠的小妖，教她翻覆整个周宅，再加上他周之南的心。

民国二十八年岁末，上海滩的最后一件喜事是两家老牌世家结亲，即沈仲民、程美珍大婚。以周之南、陈万良为首，商界的名人去了不少，更别说是周之南亲自做证婚人，给这对新人添了好大面子。

与此同时的城郊，许碧芝忙得焦头烂额。吴小江把周之南原本要送郑以琴的观音像摔碎了，送到了她的手里，要唱个衰兆头，又像是周之南的警告。次日，她托的帮她与郑以琴牵线的掮客便不知所终，巡捕房的人至今仍没找到，日本人又贪心至极，不愿意让半分利，那地界又有帮派的人作乱……任意一件事都让许碧芝头疼得紧。

婚礼前一日，吴小江报给周之南，许碧芝提前给新人两家送了礼，表明不能出席。他笑意盈盈，转身为阮萝选一件合适的旗袍。

周之南原本劝阮萝不必去，虽然不知道当初程美珍同她相处的细节，但定是惹得阮萝不快，他怕她脾气上来收不住。

阮萝却非要去，兴致盎然地比量新到的旗袍："我还没有见过人结婚，不是说上海滩已经流行西式婚礼，他们俩也是吗？"

虽是证婚人，可他对婚礼细节并不关心："不知道，待我问问，如果不是，就换成西式的给你看看。"

他对她可谓是有求必应。

程美珍穿白色塔夫绸婚裙，浮夸的头纱罩在头上，阮萝直说漂亮。周之南皱眉，意见不同："包住都看不见头发，哪里漂亮？"

阮萝赶紧捂他的嘴："证婚人，好歹是您牵的线，居然说新娘不好看。"

周之南在大庭广众下和她窃窃私语讲情话："谁都不如我的娇娇漂亮。"

阮萝绷着嘴笑，娇俏地推揉他，下一秒看见同程山、沈闻欢声笑语的陈万良，她眉头一皱，低声附耳周之南道："程美珍之前不是跟过陈老板吗？"

周之南颔首，换阮萝变成一副嫌弃的眼神："真恶心。"

这种事情哪里能细说，面子上都要过得去。

他倒是没多注意在别人身上，看着程美珍穿的西洋婚纱若有所思，扭头问她："你喜欢中式的凤冠霞帔，还是这种西式婚裙？"

阮萝怔怔地看着，随口答道："都好漂亮啊。"

周之南点点头，想如果她穿的话确实都漂亮，没再多说。

证婚人还要亲自上前讲话，无外乎祝福新人的场面话，阮萝在人群中看周之南满脸和气的，笑容温存，心里暗骂他做作。

没几分钟他蹭出了人群，揽住阮萝问："你刚刚笑什么？"

阮萝说："笑周老板好生正经，教我不敢相认呢。"

周围皆是喜气洋洋的气氛，虽这段婚事是周之南作恶牵的，他笑容也不少。至于阮萝，她头一回参加婚宴，眼睛始终都是笑弯着的。

周之南说："你可细听我说什么了，我劝新人踏实过日子，程山最好别再给我憋着什么坏心思，不然我定……"

阮萝又捂了他的嘴，眼神严肃："你可小声些，人家大喜的日子，你却在想着怎么处理人家岳丈，真没个遮拦。"

可人前大老板模样的、实则小气的不要脸周某人把注意力放在了阮萝说的"人家岳丈"四个字上，他扯下她的手，握在掌心抚摸，阴阳怪气地道："人家是谁？"

阮萝甩他一个白眼："周之南，小赤佬。"

她学梅姨平日里在家数落送菜小厮的语调啐他，周之南虽然被骂，却忍不住眼底的笑意。

两人正蜜里调油时，陈万良凑了过来，上次周之南生辰宴上他几乎没怎么见到阮萝，这下要来主动攀谈。

陈万良用词新潮，说道："周老板，这就是你的小女朋友喽？"

他放在阮萝身上的眼神带着打探，因阮萝身形窈窕，看起来便是一副柔弱可欺的样子。陈万良也是个人精，看得出阮萝一双眼机敏，断不会是个蠢笨的。

周之南点点头，走样式般给阮萝介绍："萝儿，这是永昌银行陈老板，陈万良。"

阮萝一手揽旗袍披肩，一手主动伸过去，脆生生道："陈老板好，周萝。"

周之南听到那名字，忍不住轻笑。

两手相握，陈万良为她姓周不敢多摸，黏在她身上的眼睛也错开了，因他此时尚未喝多，理智还在。

陈万良问道："沈、程两家结亲，可谓是今年上海滩的一段佳话，不知周老板什么时候定下？"

阮萝作娇羞状敛了下巴，任周之南揽着，给足他周大老板的面子。周之南的笑意更浓，随口答应："明年吧。"

陈万良说："好好好，到时我一定要去。"

面子上要做得滴水不漏，周之南继续同他往来："那我酒水一定备足，同陈老板喝个畅快。"

场面和气融融，阮萝差点儿相信大上海当真如此温情太平，可歌可泣。

夜深，汽车停到周宅门口，阮萝黏在周之南的身上，两人紧贴着调笑上楼。梅姨哑然失笑，只觉得年轻人的心思她猜不透，前几日还各走各的，谁也不理会谁，今日又恨不得长在一起。

卧房里明灯未点，只床边昏黄台灯亮着，她嫌原来幽绿的台灯老气，换了个镶珠玉翠石、挂流苏坠子样式的，周之南直说浮夸，却也任她把原来的那盏扔进库房。

此时喝醉的不是周之南，而是阮萝，晚上气氛太好，她被陆汉声半是诓骗着喝了杯白的，头回喝就昏了头，坚持快到家，才开始失了神志。

她窝在他的怀里胡言乱语："沈仲民今日穿燕尾服真俊俏。周之南，你上次生辰怎么不穿呀？"

明知她是醉酒闹人，周之南还是忍不住吃味，抬起她的下颌狠狠吻了片刻。阮萝整个人晕坨坨的，听到周之南突然问她："下月生日大办？"

说的是来年一月，阮萝生日，前几年她都不愿意配合，故而从未大办过。

阮萝问："为何大办？"

他满脸认真回答她："穿燕尾服给你看。"

阮萝收不住笑意。

这世上，总有人把你酒后醉话都当真。

沈、程两家婚事结束没多久，上海滩表面风平浪静，阮萝开始每日同周之南一起工作。

她机灵，跟在吴小江后面学简单的杂事上手很快，可教她再深的，她就不愿意做了，直说怕捅娄子。周之南最是懂她，她年纪轻，怕担责任，他也不要她成多大的事，做独当一面的女老板，这样便已知足，既能帮衬着他，又可信。

瞧着徒弟能独当一面了，吴小江这个师父在新年伊始，被周之南踢回了陆汉声的手里，活脱脱地同陆汉声示威：你当初不愿给的人，我现下不屑要了。

陆汉声骂他色令智昏、见色忘义，被阮萝沉了脸拿出李清如威胁，她惯是在外面护着周之南的，你说她一百个不是都行，说周之南一个"不"字绝对不行。

吴小江年纪不大却足够沉稳持重，默默沏上一壶茶给陆汉声添上，温度刚好够入口，堵住他喋喋不休的嘴。阮萝见状直呼："陆汉声，你且跟吴小先生学学，没个稳重。"

她跟陆汉声每隔几日就要斗上一斗，闹到商会里多了些许烟火气，热闹得紧。

不到半月，上海滩传开了周之南带小女朋友进商会的消息，每逢出门应酬，周之南都免不了被问上一问。

一月初是阮萝的生辰，她不愿大办，周之南也不强迫。

当天他亲自下厨为她煮一碗长寿面，阮萝十分给面子地吃了个干净，然后笑嘻嘻地讨礼物。

礼物早就备好，两个楠木盒子装着，她打开一个，里面装的是串长珍珠项链，色泽均匀，每一颗都是精细挑选过的，一串就价值连城。

阮萝心里喜欢嘴上抱怨："你送我这个做什么，戴起来还重得很。"

可她的手已经诚实地拿起来往脖子上戴。

周之南恍若未闻，起身给她整理好头发，那珍珠项链长度刚到胸前，平添了几分贵气，也配她今日穿的白色织锦缎旗袍。

周之南说："给你充身份用的，这般倒像是周太太了。"

寻常的首饰家里也不少，却不怎么见她戴，自去了商会，她才把披散着的长发盘起做老成样子。虽说美人至简，可也不能太寡淡了，倒像是周之南生意做不起了一般。

"请尊称我为周小姐，谢谢。"她露着牙齿笑着反驳他，又说道，

"城北的那处义学下周正式开学，吴小江叫我去做致辞，我本来还不想去，现在觉得戴着这串珍珠倒是刚好。"

这几个月，她本来全心全意跟着周之南上手生意事，大多数时间，人也在商会里，可她对经商缺乏兴趣，跟他学了些运作资金的皮毛，转身开始在上海做慈善，最新的动向莫过于在城北办的义学，专门教上不起学堂的孩子识字读书。

她日日充实，全然找到了自身价值，周之南当然欣慰。

眼下他推了推另一个盒子，示意让她打开来看看，阮萝打开，整整一沓的房契、地契，草草数了下，得有十几张。

她语气惊讶地问："周之南，你这是做什么？"

阮萝看那摞地契的眼睛都亮了，这虽不是真金白银，却是随时可以变成真金白银的东西。

周之南淡然说道："随便拿了些，给你傍身。"

阮萝一个白眼翻过去："我带着这些傍身，出门就会被抢个利索。"

周之南被她说得笑出声来："谁让你带出去，锁在保险箱里。"

她凑上前抱住他，在他耳边说一句："谢谢，我好喜欢。"

他懂她，直言不讳："是喜欢钱吧。"

阮萝也不拐弯抹角："最喜欢你，有你就有钱呀。"

真是顶天实在的，同他毫不掩饰内心想法。

周之南吻她鬓角，温柔道一句："生辰快乐，周萝。"

他以他之姓，冠她之名，曾经是为了明确占有，如今心境大不相同，名字同样是她截然不同的两番人生的分界线，他满心期盼她今后日日是好日。

岁初却也是岁末，农历新年到来之前周之南手头事情还是多，时而晚上同别家老板吃饭，喝酒应酬她不习惯，阮萝便自己先回周宅。

那阵子，阮萝常常带着本周之南书房里拿的经济学书籍看，他讲多学一些终归是好的。她本来只能看些浅薄的,现下拿的这本复杂一点儿,配着周之南的批注看尚可,还要时时问他一问。

这日她独自回家,车子在周宅门口停稳,阮萝拿着书下车进门,见厅子却立着个不速之客,茶几上放着几个礼物盒子。

距离农历新年还一个月左右,走礼也断是没有这么早的。

梅姨见她回来,赶紧迎上前知会了句:"是梁小姐来了。"

第六章

凛春共度

阮萝心想这梁小姐又是哪家的小姐,铁定又是周之南的风流债。

她面色未变,任梅姨帮她脱了大衣,明显感觉到厅子里站着的女人正死死盯着她,那视线直接而犀利,可阮萝恍若未见。

书放在了茶几上,露了书签的一小节须子耷拉在边上,阮萝礼数做全,示意梅姨上茶,随后才同来人说道:"梁小姐,请坐。"

梁谨筝上前坐下,开口问阮萝:"请问你是?怎么不见之南?"

阮萝皮笑肉不笑,心里恨不得把周之南的骨头捏碎,面上还要泰然自若地回应:"我应算是这房子的主人,他同人吃酒,不定何时回来。"

梁谨筝问:"可是林晚秋林小姐?但我听说之南已经登报离婚。"

阮萝冷哼,她倒忘记了还有林晚秋,若真是林晚秋在这儿,定比阮萝还温柔待人。阮萝笑着答:"你不知道,周之南他风流惯了的,女人换得极快。我姓周,叫周萝。"

梁谨筝脑袋里闪过念想,想这个周可是周之南的周,又安慰自己,许是巧了同姓而已。

"周小姐,您好。"她随手拿起阮萝放下的书,兴致盎然,"《西方经济学》?这还是当初在伦敦时陪之南一起买的,还借过他的看批注呢。你知道他功课一向做得好，但同学里只有我借得到。"

梁谨筝用手扑了扑封面，喃喃自语道："有些旧了。"

随后翻开了阮萝夹着书签的那页，表情立马怔住了，阮萝则静坐在那儿，默默给她时间，消化眼前所见。

全因那书页里夹着的书签可不普通，那是她亲手所做，用的是周之南封文件用的厚牛皮纸，坠子是她的一枚轻便的流苏压襟，最特殊的是那上面的题字——周之南亲笔所写的三个字：南之萝。

当时他写完后，阮萝就红了脸，啐他道："周之南，你真不要脸。"

周之南面不改色地说："南山满是藤萝，与我何干？"

梁谨筝很快又挂上一副高傲得体的表情，阮萝静静看着她的一连串动作，听她追忆同周之南的过往，脸上始终挂着笑。

恰巧梅姨送上来沏好的茶，用盖碗盛着，阮萝抬手："梁小姐，喝茶。"

她心里则想：说那么多也不怕口干舌燥，你可赶紧润润喉吧！

梁谨筝掀了盖拨了拨，温度刚好，些许微烫，她先饮了一小口，眉头微皱，没再多喝就放下了。梁谨筝身上的大衣未脱，客厅里壁炉烧得旺盛，现下也有些觉得热，阮萝不管她如何，低头喝了几口，心里甜滋滋的，她的笑意更深。

梁谨筝说："周小姐，不介意我脱了外衣吧。"

她俏皮地偏头："当然不介意。"

下一秒耳中又传来不中听的话，梁谨筝再忆同周之南的往昔："之南最是耐寒的，每每冬天我吵着冷，他倒是一点儿都不觉得，哪承想现下壁炉要烧这么旺。"

阮萝眼下可以满分确定，这是旧情人上门，她也不再留情面，开口道："他如今年纪也大了，哪还受得住寒。"

又故意大声唤梅姨："壁炉再烧旺些，当心周之南吃酒回来，受风吹傻了。"

说曹操，曹操到，外面传来汽车停下的声音，周之南应声开门，一眼见到坐在那儿的阮萝。不见梅姨迎过来，他便背过身自己动手脱大衣，嘴里说着："今日江老板请我，刚到饭店他家里打电话，小儿子生了气谁都制不住，他这个当爹的也不容易，赶紧……"

再一回身，周之南愣住，想除了阮萝，怎么还有个梁谨筝？他皱眉问道："你何时回上海的？"

女声含情，满是情绪，梁谨筝答道："前些天回的，之南，父亲让我来看看你。"

阮萝心里冷哼，想既是父亲让来的，怎么不早早地来，还特地选在晚上天黑后。

周之南走过去，本想坐在阮萝旁边，可她坐侧面单独的小沙发，梁谨筝倒是坐在长沙发上。他若坐在阮萝的对面，实在远，又显得太刻意，可不坐对面的话，就只能坐在梁谨筝的旁边，一时间生意场上泰然从容的周老板愣在原地，久久不知落座何处。

阮萝赶紧抬头看他，手拉着他向梁谨筝那边示意："坐在梁小姐旁边啊，愣着做什么。"

周之南脚下如同扯着千斤顶，缓缓移过去，同梁谨筝保持安全距离坐下。梅姨刚回到前厅，赶紧又送上了盏茶，周之南接过，外面天凉，恰好喝一杯暖暖身子。

细细喝了口后，周之南点头称赞："梅姨今日这八宝茶沏得不错。"

冬日里最容易口干，喝八宝茶刚好。

阮萝仍是那副深深的笑："那便多喝几盏，这盏喝完让梅姨再上。"

梁谨筝懂西湖龙井、太湖碧螺春，再不然也是黄山毛峰、祁门红茶。她太久未回国，不了解上海最新风俗，也品不出来这甜茶有何可口之处。

梁谨筝面上却未表露分毫，只问："为何不直接把茶壶送上来？"

阮萝乐于为她解释："梁小姐有所不知，这八宝茶就得放在盖碗里滚好，才最是滋味独特，香甜可口。"

梁谨筝点了点头，一副了然状，又说道："我记得之南最不喜甜了。"

"哦？"阮萝撂下了茶盏的盖子，发出清脆声音，"周之南，你不喜甜吗？"

她可是记得她做的甜粥，周之南吃得很香。

梅姨又送上一盏茶到周之南的手里，把他喝光的那盏撤了下去，人也一溜烟地走远些，避开这可怖场面。

周之南只觉得壁炉烧得过热，他穿长衫还觉得背后发汗，偏阮萝小脸不红不白的，他怕她冷着，也不敢让梅姨把火弄小些。

"没有，我何曾不喜甜，谨筝，你记错了。"他放下手里的盖碗微微侧目，仿佛生怕梁谨筝再说出什么招惹阮萝的话，主动询问，"这次回来打算待多久？"

阮萝低头抚摸胸前的珍珠项链，她今日穿着周之南最爱的靛蓝色旗袍，可不巧了，梁谨筝穿的也是蓝色。倒也不是生气，她只觉得烦闷，照她阮萝最本质的性子，定要上去扯着她的领子问上一问：在我面前装什么样子，明里暗里地讲过往给谁听？

她喜欢清清楚楚地说个敞亮，惯是烦透了这些弯弯绕绕的，心里这么想着，阮萝就伸手摸了摸耳后的头发。周之南同梁谨筝说话，却也把阮萝的举动看在眼里，知道这是她不耐烦的意思。

然而阮萝也明白，如今她身在上海，少不了要给周之南面子。梁谨筝还在低声絮絮地讲，阮萝起身说道："我去厨房看看饭菜做得怎么样了。"

周之南盯着她，起身拿起搭在沙发旁边常备的披肩："壁炉烧得太热，厨房定会冷。"

让他给自己扣好胸针，阮萝学林晚秋那副贤惠的样子说："你同梁小姐聊一聊，毕竟许久未见，别冷落了人家，饭菜好了我再叫你们。"

周之南迟疑着说了个"嗯"，任阮萝头也不回地进了厨房，他在后面又唤了个小丫头，让人上楼拿阮萝的拖鞋给她换上。她踩了一天的高跟鞋，定累坏了脚。

一通举动完毕，周之南回到沙发前，却是坐在了阮萝刚坐的位置上，又贴心地把她那本书放远些，担心盖碗里的茶溅到书上。

梁谨筝照样全收在眼里，只装作毫不知情，见阮萝走远，才问周之南："那是你新交的女友？"

周之南点头："定下了。"

梁谨筝说："她虽盘着头发，可看起来还是年轻的。"

周之南说："同我们比自是年轻些的，但她也早不是孩子了。"

他拿起那本《西方经济学》握在手中，继续说道："现下都能看这本书了，比我们当年聪明太多。"

语气中充满了炫耀，旧情人相对，梁谨筝为这亲昵语气心头触动，艰难开口："之南，我……"

他开口打断："谨筝，若有什么事就直接说，你我之间到如今，早已无须弯弯绕绕。你待萝儿也不必，我和她已然一体，谁帮你都是一样。"

商人心思敏锐，他直觉梁谨筝定然找他有事。毕竟两人当初断得干干净净，也已经多年没联系过。

梁谨筝愣住，手指攥得发白，明明壁炉烧得那么旺，还是觉得心里冷。她提前做了准备，知道周之南同林晚秋已经和离近半年，更知道他有了个新女友。却不承想这女友就在他家里。且听阮萝话里的意思，周宅的房契都在她手里，当然这一切的一切都算上，最击垮人的是周之南的态度。

她也算了解他那么点儿的，知道他认定便不会再改，一如当年在伦敦时二人分开，往事仿佛仍旧历历在目。

阮萝早早地开了瓶红酒倒进醒酒器里，饭菜差不多上齐，酒也醒好了。拖鞋踩在地毯上几乎没声音，她并未走近，远远地唤了句："可以用饭了。"

周之南立即应声："好。"

餐厅里周之南扯了阮萝双手，嘴里念着："待这么久，手都凉了吧。"

语气中倒有些埋怨，仿佛在怪她：你怎么留我一个人那么久。

他断不是作秀给梁谨筝看，阮萝容易手凉，他平日里常常习惯握一握。现下阮萝借着周之南，遮住梁谨筝的视线，毫不掩饰地给了他个白眼，还轻拍掉了他的手，兀自坐下。

周之南忍俊不禁，面上仍旧是波澜不惊的样子。

席间，阮萝主动举杯敬了梁谨筝，话头上做足了周之南在外面的那些虚伪客套。

阮萝说："梁小姐，我先敬你一杯，恭祝你回国，也欢迎你常来家里做客，我和之南都定会好好招待。当然了，你们俩曾是有交情的，有什么事，之南帮得上忙的，一定不要客气，大家都端端正正的，一切便都好说。"

梁谨筝笑，她骨子里是骄傲的，甚至有些看不起阮萝，难免觉得她年轻可欺。面上承了她这杯酒，细细晃了晃酒杯，轻抿一口。

梁谨筝说："那我便提前多谢周小姐了。"

阮萝说："客气了。若你在上海停得久，我与之南结婚定是要请你的，也好好谢谢你在伦敦对他的照顾。"

阮萝想得简单，你用那些弯弯绕绕的话刺我，那我就也要让你难受回去。

果然，梁谨筝听到这话后，笑容已经绷不住，仿佛随时要破裂。

阮萝挑食，本就不爱吃青菜，被周之南好说歹说劝着开始吃些。眼下她夹了一口菜，带了切成丁的蘑菇到碗里，还要把蘑菇挑出去放到碗边，只吃那口菜。

周之南瞧见，伸手夹了她碗边的蘑菇吃了下去，两人都习以为常。她用吃青菜换取不吃蘑菇的权利，周之南早已默许。梁谨筝却看得惊心，低头装作什么都不知道的样子。

他平常开口："谨筝，你说的事情我只能尽量帮衬，若是梁叔手里的那笔生意真到了无法挽回的地步，我也不会白白搭钱进去的。"

梁谨筝颔首："我明白，我只是希望你能帮我父亲看看，你向来头脑灵活，终归想得出办法。"

周之南却没打算亲力亲为："这事我让汉声办，年底手头公事太多，他比我闲。"

周之南知道"避嫌"二字，断不会上赶着给自己找个同梁谨筝常常会面的机会。正好陆汉声近些日子不泡舞女、少染烟酒，空出不少时间，他给他添些事情做。

梁谨筝自然想让周之南亲力亲为，但也知道他定下的事情再难改变，且阮萝就坐在对面，梁谨筝出身名门的，断不会做出缠着周之南亲去的行为。

她柔声答应："好，那便要麻烦陆少爷了。"

夜晚起了风，大上海灯红酒绿伴着阴风滚滚，是风流客最不喜欢的天气，生意人也要道一句鬼天气。

阮萝仿佛戴了面具，陪周之南做好这场戏，挽着他的臂弯，送梁谨筝上了周宅的汽车，还要温婉状叮嘱司机："开慢些，定要稳妥护送梁小姐。"

她向梁谨筝颔首："梁小姐，再会。"

车子开走，阮萝转身变脸进门，理都没理周之南，兀自拿起书上楼。

周之南摸了摸鼻子，暗道不妙，赶紧跟上。

房间里，他刚关上门，就见阮萝如同不动明王站在窗前，卧室里仅有透过窗子照进来的月光，她逆光而立。

周之南试探开口："萝儿？"

阮萝回身，上前铆足了劲儿，朝着他的腿踹了一脚，周之南扶着腿倒在了床上。

他速度太快，阮萝看不清楚，只见人倒了。房间里昏暗，许是心理作用，她觉得他满脸疼痛，便赶紧凑到他身侧问："我踹疼了？周之南，你是不是疼着了？我明明留了力呀。"

男人把她拽倒在床上搂住，小小一只窝在怀里，阮萝耳边传来隐忍的笑声。

她意识到他诓自己："周之南，你又骗我。"

挣脱开他的怀抱，阮萝坐了起来，手胡乱地打他："我讨厌死你了，我要气死了，你怎么就桃花债那么多？先前的唐曼，林晚秋也算一个，许碧芝也同你有过，现在又来了个梁谨筝。"

周之南皱眉，有冤要申："大人冤枉，唐曼是陆汉声招的，关我何事；晚秋你也知道，现下同她通信，你都会带上几句话的；许碧芝就更别说了，她除了给我倒过酒，我连她的手都没碰过……"

阮萝冷哼："怎么，你觉得没碰过手还冤屈了是不是，我把人请来给你好好摸摸？"

气头上的人逻辑怪异，周之南想不透她怎么会这么想，只能双手举起投降："我有罪，判我死刑吧，娇娇。"

她轻拂他的脸："我就是败在了年纪小。周之南，我要出国，我也要有个丰富情史，才好与你相配。"

他立马严肃表情："不准。"

自然是接收到她的乱踹乱打，都是些花架子，没使了力的。他心里这下愈加心疼，把人强抱了起来，软着嗓子在她耳边赔罪："是我错了。我错在不该这么晚遇上你，才有了些让你烦恼的过往。萝儿，我不准你去寻情史，不是因为我霸道，不准女人有前尘过往，而是因为我们如今已然相爱，若是你在遇上我之前有过，我断然眉头都不会皱一下，知道吗？"

她知道是知道，还是偏了头瞪他："少说这些漂亮话唬我，你就是老不要脸，我原是忽略了你在英国待过，思想同我们不一样，有过女朋友实属正常。"

说着又乍起了身，打开衣柜扯了几件靛蓝色的旗袍丢在周之南身上："还有这些我都不要了，谁都知道你周大老板喜欢蓝色，凭什么我也要穿给你看？你要看，就去看她们穿吧。"

周之南为她幼稚举动失笑："好，都不要了。你同她们比什么，哪个能配得上同你比？不喜欢便不穿了，娇娇穿什么不好看，也不拘于这一种颜色。"

他也起来，作势要把衣裳扔到门外去，阮萝赶紧拦住，挑了几件出来："你等下，这几件还是留着吧，那些许久不穿了，穿不惯。"

她终归还是爱美，哪个女人会舍得丢掉喜爱的裙子呢？

周之南便说："明日我再带你去裁几件，恰好也要过年了，当作新衣。"

他态度始终放低，再加上在梁谨筝面前表现小心，阮萝心里的气顺了些许，同他一起坐在床边，靠在他怀里开口："我也就是有一点点生气，她明里暗里地硌硬我，我还不能撕破脸皮地打她一顿，遑论我还开了瓶酒敬她。"

周之南老实问道："硌硬是什么意思？"

她不耐烦地解释："就是恶心，我听天津卫的人是这么说的。"

周之南一本正经地学习新方言："好，你继续说。"

被他打断了一番，阮萝有点儿接不上话茬儿，周之南善意提醒："你开了酒敬她。"

阮萝接着说："对，我开了酒敬她，那酒贵着呢，现下同许碧芝也不来往了，我上哪儿去弄酒。"

他虽然觉得这话茬儿有些歪了，还是顺着回答："我回头添上，自有地方买酒的。"

阮萝说："好。不对，重点不在这里，重点是梁谨筝。那本《西方经济学》我也不看了，人家同我说当年常跟你借呢，且你周大老板只借给她。"

周之南惯是贱的，爱死了她这股子认真生气的劲头，因为她开心就是开心，生气就是生气，毫不吝啬去表达自己的想法。譬如现下就是在明晃晃地表示：我生气了，周之南，赶紧哄我。

周之南说："书可是好书，为何不读？你被她诓了，根本没有别人借我的书，若是还有人开口，我自然也借。"

阮萝疑心道："真的？"

周之南语气肯定："真的。我还爱吃甜的，自小就爱吃梅姨煮的甜粥，十几岁的时候脸上发了痘，医生说须得忌甜，后来就再没怎么吃过了。八宝茶我也爱喝，今后还要时时和你一起喝。"

阮萝心头畅快，脸上挂了笑，低头偷偷地笑。

周之南看在眼中，还要再加把劲："我同她是短暂地相爱过，这我不否定，就好比人生总会有一些波折。现在有你了，且我们相处得很好，我也想同你白首偕老，终归是我头发白得快些是了。我的娇娇现下越发像能独当一面的周太太了，我心里又得意又后悔。"

阮萝不解："后悔什么？"

周之南说："后悔如今也要你同我一般，在人前扮一副得体的样子，我只想让你日日开心顺意，违背了初衷。"

阮萝心动，揽住他的脖子落下一吻："我没后悔，这下就能陪着你了，你一个人一定更累。"

周之南三十三年人生，如此月夜被心上人搂住，道一句：这么多年,你一定很辛苦吧,我来陪你了。

过去可曾想,他也会为这俗世心软。

次日,阮萝又是喜笑颜开地同周之南去商会,梅姨见着两人黏得紧,心里笑开了花。

到了商会,两人默默分开,周之南径自坐下,继续翻昨天没看完的文件。阮萝坐外面,看自己桌案上又堆了好大一堆请帖,大多是各家老板来请周之南的,她需得先挨个儿看一遍归类。不理的是一类,大多是些想巴结周之南的小老板;有生意往来需得笼络的又是一类,大多一起请了了事;务必要回的又是一类,大多是关系较为要好些的。

拆到其中一封,她笑意复杂,这字实在是熟悉——许碧芝的簪花小楷。

请帖又是她亲笔手书,上次看到还是她第一次请阮萝的时候,后来再请阮萝也变成了秘书写的。全上海滩只有一个不用帮老板写请帖的秘书,是阮萝。周之南嫌她的字太丑,自己没时间写就让吴小江代劳,终归落不到阮萝的头上。

阮萝把那张请帖看完,许碧芝写了洋洋洒洒一整张,可谓是字句真切。无外乎现下太难,郑以琴早拿了钱回重庆,她不好过,谁让她当初心急,带着掮客和律师就在上海饭店签订了协议,可谓"雷霆"二字。

阮萝面不改色,把那张纸和信封归到了第一类,这类请束永远不会送到周之南的面前。谁知道她许碧芝给周老板递过请帖,阮萝也不知道。她一向睚眦必报,当初被许碧芝摆了一道可是时时记在心里,断没有再帮她的好心,许大老板今后无论是落魄还是富贵都与她无关。

中午周之南邀了陆汉声一起去上海饭店吃饭,冬日渐深,阮萝贪嘴,餐餐都要吃些好的。

周之南大致给陆汉声讲了下梁谨筝托他的事,无外乎是梁父生意上闹了麻烦，请周之南出面帮忙，陆汉声何其精明，听了个大概就彻底明白。

说完正经事，他又没正经地向阮萝挑事："见着梁谨筝了？"

阮萝夹了颗豌豆放他碗里，冷声说道："怎么吃还堵不住你的嘴呢？"

他也不嫌，夹起来吃了还要继续说："你还觉得我混账，周之南年轻的时候可不逊于我，能玩着呢。"

阮萝皮笑肉不笑地回击陆汉声："你少挑拨，当谁都和你一般风流。我前些日子给李老师写信了，还顺便说了你的丰功伟绩。"

陆汉声气急："我最近几个月可是够老实了，酒喝的都没之南多，报纸也没上过，你可不能昧着良心说话。"

阮萝见他着急心里就畅快："那你下次可再不能诽谤我们周老板了。我不说你的烂事，再给你美言几句。"

"我谢谢你。"陆汉声熄火，开始专心吃饭，还不忘称赞周之南："哥，你真是……驭妻有方。"

周之南受用得很，给阮萝添了碗汤，还要当着陆汉声的面帮她揩拭嘴角，就让他孤家寡人心里难受。

阮萝日日开心，只觉得日子也过得快。上次周之南说要带她去裁的衣服，没几日也去裁了。年前工期久，给周之南的衣服定会赶紧，二月初陆续送上了门，阮萝心里得意，已经开始穿上新衣。

周之南春节前还有最后一次应酬，并非公事上的，因为同陆汉声和李自如一起，做东的却是韩听竺，地点在黄金大戏院。

阮萝是听过一次韩听竺名字的，便是上次被许碧芝唬着去了火车站时，周之南向他借的人。原以为她没见过本人，还纳闷周之南同陆汉声和李自如一起听戏，应该都是亲近些的人，没想到还有个韩先生。

见了面才知道，便是去年夏末一起去梨园看戏的那位。阮萝那时候半分心思都没放周之南的身上，对他的朋友自然也没多注意，这番见面后，韩听竺还称赞她："倒是越发出挑了，之南，可得快些定下了。"

周之南同他简单抱了下，转头给阮萝介绍："萝儿，这位是韩先生。"

阮萝自然不会计较为何是韩先生，而非韩老板，她看得出来他不是做生意的。乖顺地同韩听竺握了手，阮萝柔声说："韩先生好。"

他们几个都是彼此熟知的，并没多做客套。李自如还是韩听竺的私人医生，他家境富庶，到他这一代开始行医。

陆汉声和李自如都是自己来的，韩听竺却带了一位女伴，其中意义不言而喻。那挽着他臂弯的女人长相实在太过柔媚，是顶天张扬地漂亮，给人以锋芒太过之感。非要对比来说的话，阮萝可比野百合，韩听竺的女人是红玫瑰。

"周老板，李医生，陆老板。"她声音也有些妖气，挨个儿唤过后，才把视线给了阮萝，语气调笑道，"周太太。"

阮萝绷不住笑，觉得她同许碧芝像一类人，但又不像。许碧芝明显是饱经沧桑锤炼出来的事故老到，极擅长与男人交际调情，但她并非如此，她的风情是骨子里的。

韩听竺抓着她的手，笑容冷冽："她惯是爱打趣人。阴罗，同你名字倒是相同。"

周之南贴心地在旁边提点阮萝："唤阿阴。"

阮萝颔首："阿阴姐姐。"

六个人坐戏院上层正对着戏台的包厢，韩听竺命人订票的时候言语过，包厢里换了张大桌，足够六人坐。以周之南和韩听竺为中，阮萝、阿阴分坐两边，余下两个座位便是陆汉声和李自如。

等戏开场的时候，韩听竺提前知会道："近些日子上海没什么名角，不然我就在家里办堂会了。上次梨园听的那场好倒是好，可我瞧着地方小，人又多，也不自在。"

周之南点头:"便就凑合看看,下次来了名角换我请你。"

韩听竺笑说:"客气了,我们之间谁请谁都是一样。"

陆汉声喝了口茶,凉飕飕道:"你俩说的名角可还真不容易来,那是大师出山。"

李自如懂他,接着说道:"程老板?之南和听竺去北平亲请吧,我和汉声在上海等着。"

他们俩惯是嘴皮子溜的,阿阴半倒在韩听竺肩头笑得娇媚,阮萝也低头暗笑。她知道这程老板说的断不是程山,而是秋声社的程砚秋程老板。

戏幕拉开,琴鼓齐响,大家便都闭了口,齐齐看向戏台子。

阮萝是个戏痴,不是痴迷的痴,而是痴呆的痴。她是真的一点儿都不懂戏,偏偏周之南爱得紧,今日要不是顾虑到听戏定要晚归,她断是不会陪他同来的。

现下她眼睛到处转,看到韩听竺大掌放在阿阴的腿上,隔着旗袍摩挲;再看到陆汉声指尖香烟的烟灰落在西装上,赶紧掸了下去;又看到李自如长衫扣子松了一颗,盯着戏台子仍未发现……直到对上周之南玩味的眼神。

他转头唤了侍应生,低声吩咐了几句,很快送上来一瓶汽水,周之南接过后放到阮萝的手里。再附她耳畔私语:"认真看看,你这么聪明,一定看得懂的。"

阮萝咬着吸管,大眼睛眨着,点了点头。

恰赶上唱到《苏三起解》,还真看了进去,

中间休场时,周之南早早地派人去买了乔家栅的汤包,男人们都不吃,阿阴也不吃,只阮萝吃得开心,还有些不好意思,暗暗庆幸身上的新旗袍多裁了半寸。

阿阴柔声开口:"周老板,我见她贪嘴,想起来听竺家里倒有个厨子,恰巧是北平人,做一手好菜,倒不如年后送去你家。"

周之南满脸宠溺看地着阮萝,闻言回头:"那我就却之不恭了,就是别夺了听竺的心头好。"

阿阴笑意深深:"他呀,真要说心头好,也就我这一个。"

韩听竺拍了拍周之南的后背:"小事而已。"

陆汉声也要插上一脚:"阿阴好生偏心,见了我多少次也没说送我厨子,见萝儿第一面就送了?"

阿阴果断地啐他:"你吃得惯北方菜?惯是个讨打的。"

李自如按灭了烟,摇摇头道:"他家里都是北方厨子,西北人、东北人都有,我是真吃不惯,每每给他看完病,我都是跑着走的,最怕听竺留我吃饭。"

几个人笑作一团,气氛融洽,那也是除夕夜之前最暖的一个冬夜。

出了戏院大门,天空中有薄薄的雪花伴着雨簌簌落下,阮萝本已经鲜少在外面露出孩子气的一面,现下也忍不住惊呼,认真确定了是有雪的。

几人立在门口静了静,没着急坐车回家,脸上都挂着笑。最开心的莫过于阮萝,只觉得每一缕光打在身上都是温暖的。

因为今年过年,周宅只剩下周之南和阮萝,他便没留下人在家,放他们除夕夜回家,过个团圆年。

私下里专门帮周之南煎药的下人小赵须得把最近十五日的药材抓够,因李自如决定关诊所休业半月,回老家拜访年迈的祖母。

这小赵曾是周之南救过命的,人看着也机灵,周之南就留在家里用了。现下赶上年节快到,人人都想赶紧做完手头的事,好快些回家,这种时候就更容易出乱子。

周之南的药是要专门去李自如诊所抓的,虽然如今西药见效快,李自如却喜欢研究中医,因此诊所里置办了一墙的中药匣子。小赵拎着药包,走在回周宅的路上,近些日子下过雨雪,地上湿滑,没注意便摔了一跤,起来就发现有两包药破了,撒在地上。

天气有些冷,现下已经离了李自如诊所好远,他一时间脑袋里起了偷懒的心思,就近进了间程记药房。

年前程山正忙着巡店,恰就在这间分店,小赵要给那前台掌柜塞钱,准许他自己上手抓药。若是平时掌柜定就准了,可程山在这儿,他一顿推辞,不得已请了程山过来。

小赵同程山见了个礼:"程老板,我是周宅小厮,想来自己抓个药,还望行个方便。"

他以为周之南曾做程记大小姐婚礼的证婚人,程山定会给他这个面子,因此开口就报出周宅的名头。

程山礼貌至极,还回给他个礼,直说既然是周老板的人千万不要客气。

小赵聪明,这次不忘记多配几包,免得再出什么岔子。一排纸上放着药摆在柜台前。程山站在不远处,状似不经意地看向那边,他弄药几十年,记下小赵抓的药并不费事,最后几味因被小赵身体挡着没有看全,一时间也不知道这配的到底是什么方子,更别说从中猜测是给谁吃的。

程山踱起步来,路过柜台悄然抓了一把攥在手里,闪身钻进了偏屋。小赵背对着柜台,对此毫不知情,抓完还特地让包药的人别贴程记药房的纸,拎着就回了家。他想快些把药带回去,也能早点煎药办完差事,周之南最初给他的命令约束,全然被抛之脑后。

毕竟如今整个上海滩的风气便是浮躁,更不要说他个二十岁的小伙子。

腊月二十九,李自如起程回嘉兴老家。同日,李清如抵达上海,周之南赶紧派人去车站拦李自如,他这趟老家是回不去了。

当初周、李、陆三家交好，父辈里李自如父母已逝，周之南父母迁居国外，陆汉声的母亲已逝，陆老爷子还在上海。

李清如自小深得陆老爷子喜欢，如今听说姑娘回来，赶紧派了人去李自如公寓请，直说要一起过年。老爷子好热闹，接着又问之南现下在哪儿，陆汉声老实回答在家里。

这下又要再派个人去请周之南，还特地叮嘱把他那个小女朋友也带来。

李自如跟李清如正生着气，虽然两人通信时清如说过想回上海，但他早就严词拒绝，没想到还是抵不住他这个妹妹任性。

他脾气好，性子也随和，鲜少发怒，阮萝刚到陆公馆，就看到兄妹俩在院子里怄气。想是两人刚回到李自如寓所就被陆老爷叫来了，这是还在吵架。

李清如娉娉婷婷地立在那儿，头发随便系着，发丝微乱，仍旧是一副恬淡寡欲的模样。只可惜美人眉头微蹙，紧着揽披肩，任李自如在旁边聒噪，一句话都不说。

周之南拍了拍阮萝手背，她明白过来，自己先进了屋，让周之南去解围。

现下她正在客厅里给陆老爷子泡八宝茶，老爷子笑眯了眼直呼太甜，阮萝打算少放冰糖再给他沏一碗。至于陆汉声，他呆坐在旁边，没了个神志，眼神有些愣怔。

阮萝瞥了他一眼，被陆老爷子发现，吹胡子瞪眼地训斥道："三十多岁的人了，没个出息，老婆都讨不到，还在那儿傻坐着。你什么时候给我生个孙子，我就谢天谢地祖宗保佑了。萝儿，你别看他，有什么可看的。"

话音刚落，门被打开，周之南和李家兄妹进来，李清如眼眶微红，不知是哭的还是风吹的。大家都默契地佯装没看见，李自如故作轻松打趣道:"汉声又挨骂了?"

他坐下剥了个金橘,把上面白丝择干净,才放到妹妹的手里,李清如立刻落泪。

陆汉声手里也放着个剥好摘了丝的,可他坐在另一边离得太远,见状自己也不吃,就拿在手里黯然神伤。

阮萝调皮地向周之南努嘴,示意他看陆汉声。周之南塞了颗葡萄到她嘴里,她才算老实点儿。

这下兄弟三个便被陆老爷子半强制地留下,但他开心就好,大伙儿都乐意顺着。

除夕夜,前后院挂满了大红灯笼,顶天地喜庆,这无疑是阮萝到上海后过得最快意的一个年,只觉得周身都是喜气洋洋的。

当然要忽略陆汉声僵了一天的臭脸。

她同李清如一起,加上陆公馆留下的几个小丫头一起包饺子。这偌大房子里只她一个是北方人,过年非要嚷着吃饺子。

阮萝问她:"你是打算留在上海了吗?李老师。"

李清如笑道:"你叫我清如就好,或者叫姐姐,我现下也不是你老师了。"

她眼神愣愣的,缓缓补上一句:"应该是留下了。"

阮萝心道这才去英国半年,当初还说一直想去,现下又说不去就不去了。是谁说上海滩脾气最风云莫测的是阮萝,她李清如也不逊色。

"清如姐姐。"阮萝娇声唤道。

晚上吃过年夜饭后,周之南自背后搂着阮萝,立在房间窗前,他现下十分怀念家里的阳台,应该同她一起在阳台偷看别家放的烟火,位置最好,阮萝笑着啐他一句"周老板好生小气"。

外面灯笼的红光太暖,显得周之南的声音愈加柔和,他在她耳边低语:"本以为今年就我们两个在周宅过年,我还怕你觉得冷清,现下真好。"

阮萝只觉得要浸没在他的温柔幻境中,哪里是乱世,哪里有纷争,她非要说这上海滩是全天下最美妙的温柔乡,想同他就这样把一辈子的时间耗完。

阮萝说:"只要是你陪着,在哪里都是极好呀。"

他伸手扭过她的头,唇覆了上去,眷恋地吻。

空气中像是有雪花在一片片剥离分散,化成水露,时间无限慢速,寂静房间里发出细碎的声音——是情人在热吻。

楼下外面有人在走动,李清如揽着陆老爷子出了门,看陆汉声和李自如点花炮。此情此景,大千万物,一切都是安宁甜谧的。

初一清早,阮萝和周之南是被吵醒的,当时她躺在他的怀里揉眼睛,迷茫问道:"怎么了?"

周之南摇头,抽出胳膊下床,扯了件外袍披在身上出去看,阮萝也赶紧起身换衣服。

待她换好衣服,随手拢了拢头发,出门就看到陆汉声和李自如缠打在一起,就在李清如住的那间客房门口。确切地说应该是三人缠打在一起,周之南挤了进去,可他一个人的力量有限,短时间内分不开正在气头上的两个人,外袍都甩落到地上。

李清如立在门口,只穿一件单薄吊带衬裙,搭着个针织外衫,面色冷淡。阮萝见状赶紧上前拉她:"你快让陆汉声停下。"

她知道只要李清如开口,陆汉声定会停下,只要有一个人停下,状况就会好很多。

可李自如听到阮萝说的话,明白过来她也知情,那周之南必定也知情,人短暂愣了下,陆汉声实打实的拳头落在他的身上,阮萝吓得惊呼。

李自如不再动手,愤怒问道:"周之南,你们都知道?"

周之南皱眉,整理身上的衣服,如实说:"知道。"

一时间走廊里静下来,李自如开始冷笑,转身决然地下了楼。陆汉声赶紧进房间,拿了件更厚的披肩搭在李清如身上,李清如扭头没理,闪身进了房间,房门哐的一声合上,还落了锁。

周之南冷哼,瞟一眼被关在外面抓头的男人,捡起被踩脏的衣服揽着阮萝回了房间,只留陆汉声立在原地,脸上挂着自嘲的笑,细看又有些窃喜。

回房间后,阮萝看得出他心里烦闷,小声开口:"要不要去找李自如?"

他嘴上说"不用",可换衣服的速度却快了起来。

洗漱好后,周之南抱住阮萝,轻吻了下她额头,柔声说道:"我出去找自如,你一会儿乖乖吃早餐。"

阮萝点头:"你也要吃。"

周之南还要再啰唆一句"不许挑食"才走,留阮萝在原地默默叹了口气,只觉得这年过得也不太平。

直到午饭时,周之南和李自如才回来,两人看起来还有些别扭,但显然已经说通,毕竟是从小一起长大的交情。

席间尴尬,吃过饭后陆老爷子叫陆汉声:"你给我过来。"

一行人陆陆续续都挪到客厅。

陆老爷子有腿疼的毛病,时常挂着根拐杖,现下被他抓在手里,使了满分的力打在陆汉声的身上。陆汉声自小便被打惯了,此时闷声受着,也不躲。

陆老爷子厉声训斥着:"你个浪荡子,一天不做混账事就不行,你迟早要把我气死。"

沉重的几下打在陆汉声的身上，最先忍不住的是李清如，跑了过去挡在陆汉声的旁边阻拦："陆叔……"

李自如站在旁边神色黯然，周之南拍了拍他的肩膀安抚。他回给周之南一个苦笑，转身上楼。

初一当晚，是众人在陆公馆宿的最后一夜。

阮萝觉得晚上吃的春卷酥脆可口，让周之南下楼再去给她拿点儿，他满脸无奈地出了温暖被窝儿，给床上的小祖宗下楼去拿吃的。

他恰好借机喝了药，还遇上了下来独自喝酒的李自如。

李自如进了厨房找柜子里的开酒器，两人看到彼此手里的东西，什么都没说，只相视一笑。

周之南拍了拍他的肩膀，没多说就上了楼，李自如瞥到周之南放下的碗，里面剩了口药汤，只觉得颜色有些淡。他想可能是掺了水，没多起疑，专心继续开他手里的那瓶酒。

年后，阮萝在家歇了半月，抱着本《阅微草堂笔记》看得开心。

周之南特地给她搜罗的残本，她惯是喜欢看这些鬼怪故事。阮萝把脚伸到他的怀里，非要他抱住，男人嫌弃得很，还是容忍她，手里也拿着本书，却是英文的。

阮萝还要问他："周之南，你相信世界上有鬼吗？"

"不信。"他不假思索。

阮萝跟他聊不下去，语气悻悻地说："喊，无趣。"

近些日子里，她懒散好多，周之南只当是春天要到，俗话说春困秋乏。

不到半月，商会日渐繁忙，许是年节里过得太散漫，周之南日日觉得疲累。现下生意不好做，到处都需打点，那些琐碎的事情快要把人的耐心磨没。

晚上睡觉前，忍不住劝说阮萝早些去上班，不然还得再请个秘书，阮萝见他最近辛苦，心里也心疼，答应明天就与他同去。

可许是上海的春天来得太早，现下刚三月初阮萝就开始春困，做事也没精神。她同周之南不在一间屋子里办公，她自己没说，周之南更不知情，商会里的人常见阮萝挂着下巴，就打起盹儿来，手头想找她的工作也搁置下去。结果就是周之南见不到该送来的文件，心头起无明业火。

平常的小事耽搁些许也就算了，终归还是出了大事。

下面人拟的文件修好送到了阮萝那儿，道中午出去要用，中午十二点不到，周之南自己穿好风衣出来，就看到阮萝撑着下巴在桌子前小憩，呼吸也是安适平稳的。他无声叹气，知道她贪睡，还是不得不把她唤醒，小姑娘眼神迷茫，起身拿了公文包随他出门。

刚到门口周之南就把她拽住，风衣领子立起来，扣子系到最上面一颗，他怕她被吹出病来，又要难受半月。

目的地是上海饭店，见的是个东北来的老板，今日的火车就要回去，这几日都在同周之南洽谈。周之南鲜少做那么远的生意，这位东北老板也是因为有韩听竺做中间人牵线，他才应允的。

三月里，东北老板还要穿貂皮大衣，进了饭店也不脱，倒是不嫌热。阮萝还在心里偷偷地笑，落座打开公文包，才发现见不着那纸合约，顿时就笑不出来了。

周之南低声问她："怎么了？"

"我……我忘记带……"她一时间也想不起来当时拿到手后，放在哪儿了。

周之南听到后只觉得头疼，近些日子她平常忘记什么小事情也就罢了，在商会言语一句便过去了。可现在那东北老板草草地吃个饭就要去车站，再回商会未必来得及。

北方人性子爽快，只说让人去取，没有怨怪的意思，又许是在心里怪，没说出来罢了。

周之南直说是自己的差错，没讲阮萝的不是。

庆幸吴小江恰巧去阮萝桌案前送东西，看到那文件名头正是今日要谈的，赶紧开了车送来，才没铸成大错，虚惊一场。

签过合约后，随便吃了些，体面地送走那老板，两人立在饭店大厅都有些沉默。

可阮萝突然捂着腹部皱眉，打破尴尬："我肚子不舒服，去下洗手间。"

一楼人多又乱，周之南揽着她，让司机先上车里等，陪她到洗手间门口后静静候着。

她本以为是肚子受了凉，或是吃坏了东西，可进去几分钟什么也没有，便出来了。没想到恰好看到有阵子没见的梁谨筝，她也刚从洗手间出来，还迎面抱上了周之南。

周之南无声向后靠，避免同她抱得太紧，见阮萝出来赶紧走过去迎她。

梁谨筝也凑过来打招呼："周小姐，好久不见，我还想之南在这里等谁呢。"

阮萝的脸色不太好，没有回话，转身就走。剩周之南被留在原地，面色深沉。

梁谨筝上前揽他的手臂，柔声开口："之南，我常年在国外，习惯了这样打招呼，她怕是误会了。"

他默默扯开她的手臂："无碍。"

周之南闷着头向外走，梁谨筝跟着，随口说道："她到底还是年轻不稳重，在外面就给你脸色看。"

周之南回头深深看了她一眼，开口有些冷："谨筝，我要走了，你还有事？"

梁谨筝欲言又止,还是咽了回去:"没有。"

上车时他明明正常力道关车门,阮萝却冷声开口:"周之南,你摔门给谁看?"

周之南失语:"我这就是摔门了?你哪儿来的道理?"

阮萝又和他阴阳怪气道:"是,你周大老板才是道理,我哪里配谈道理。"

周之南叹气,转移话题:"肚子还疼不疼?"

阮萝刻意坐得离他远些,虽然汽车后座就那么大的地方,嘴硬说道:"不要你管。"

他揉了揉眉头,板着脸看向窗外,再不说一句话。

回商会后,两人各自做自己的事,谁也不愿理会对方。阮萝平白觉得心里烦躁,想狠狠地骂上周之南几句,看他百般不顺眼;周之南只觉得阮萝这股脾气来得莫名其妙,且从未见她在外面这么扫他的面子。

更不必说今日还是她犯了错处。

周之南料想到她会生一阵子的气,却没想到直到天黑回到家,她那股气仍没下去。

阮萝进了周宅也是闷声上楼,周之南赶紧脱了大衣跟上。快到房门口的时候,他停下问她:"你还要气多久?"

阮萝回身反问:"只是我在气?你自己就没个错处。"

他是真不懂自己到底做错了什么,开口满满疲累:"她从国外回来,一直都是习惯抱人的,我也躲了。这便是罪大恶极?"

阮萝沉默,呼吸有些重。

周之南继续说:"况且我也又主动关怀你,为什么还要没完没了?"

他不说这句话还好,一说阮萝又要恼怒几分,提了声音吼他:"你现下是觉得我脾气差、难伺候了?心里直道后悔了?我没完没了,你的谨筝善解人意。"

他觉得眼前发黑,没等她说完,就转身进了书房。阮萝见他这副举动就红了眼,进了卧室后把门摔出好大声响。

书房里周之南强撑着靠在沙发上,扯了电话打到楼下唤梅姨上来。他本想叫陆汉声,但想到陆汉声上次告诉了阮萝,便打消了这个念头。

梅姨上楼的工夫周之南已经晕了过去,她半点儿办法都没有,还是打电话给李自如。这回倒是李自如自己来的,他虽然心疼兄弟,但同阮萝并不如陆汉声那么熟稔,断不会告知阮萝这些。

周之南醒后,对上旁边李自如调笑的眼神,李自如语气风凉:"我说之南,你但凡有点儿出息,也不会两次都被女人气晕。"

他坐起来揉了揉眉心:"谁说是被女人气的,还不是你配的药太差。"

李自如便说:"那你别吃啊,下次也别让小赵去我那儿了。"

只是嘴上这么说,他断不能让小赵去别处抓药,有心之人太多,实在难防。

周之南说:"成日里就知道打趣我,最近同个东北老板牵了新线运批货,忙得头疼。"

看到梅姨也在,又知会梅姨:"记得把饭给她送去卧室。"

不然她断是不会下去吃的。

梅姨领首,关了门出去。

李自如见他这副样子,喷了两声:"我走了,看你这样子真没意思。"

周之南本想留他,又想到李清如回来了,现下饭点定也会在家做饭,没再多说,遣了司机送他。

那边阮萝进房间后特地没锁门,气鼓鼓地坐了会儿见人还不来,眼泪噼里啪啦地落。

她也不知道自己最近是怎么了，脾气比往日里大了不少，浑身上下好像都不爽利，心里也没个清净。

还没到晚饭时间就觉得肚子饿，可她断不会自己走出这个房间，直到梅姨送上来香喷喷饭菜，是韩听竺送来的厨子做的，阮萝极其喜欢，很快吃个干净。

当晚周之南宿在书房。

那是两人自从互通了心意后第一次分房睡。阮萝睡得不踏实，还做了噩梦，惊醒后满身的汗。

今夜月光不柔，是冷生生地凉。

次日清早，两人又是无话，同坐一辆车去商会。路上周之南不知道多少次偷看她红肿的双眼，而且她昨夜没睡好，面色憔悴。

周之南终是忍不住开口，说："萝儿，我以为我们不会吵架。"

她苦笑，语气老成地说道："相处总是会吵架。"

他不赞同，他所说的不会吵架不是没有矛盾的意思，而是有了矛盾会立即说明，断没有隔夜的道理。

周之南说："你有气同我说，我便解释，因我胸怀坦荡，没做过任何错事。可你昨日实在有错，我还没怪你，你就——"

阮萝打断他："是我错了，我对不起你，我穷凶极恶，罪大恶极。"

她满腔委屈憋了整夜，此时断不会和他好好讲道理，明摆出一副不配合的态度。周之南听了则沉默，只怕自己再多说，她又要哭得梨花带雨。

至此两人宣布开始冷战。

但也不是纯粹的冷战，譬如商会里她仍旧会找周之南，帮他处理事情。在家里他主动说话她也会理几句，但夜里仍要锁门不让他进，周之南不敢用钥匙。

一周后，这夜他打书房出来时已经很晚了，洗澡后倒有些清醒。路过主卧停下，贴着门听了听，什么声音都没有，他便放心地打算回书房。

刚走了没两步，阮萝又做噩梦，惊醒的时候大叫一声，吓得他赶紧回身敲门："娇娇开门，是我。"

里面无人应答，阮萝坐在床上一动不想动，他赶紧去拿了钥匙开门，进屋带了阵冷风，果断地抱住她。

周之南柔声问："做噩梦了？"

阮萝哇的一声哭了出来，倒在他的怀里，明明自己面对一切凶煞时，都能坚强好似无坚不摧。可若是立刻被心上人抱住，眼泪就会流个不停，满腔的委屈。

他耐心地拍她的头，轻声哄着，教她不怕。最后两人相拥而眠，阮萝终于睡得安稳。

次日清早，周之南先醒，对着她的睡颜发呆。所以阮萝一睁开眼就对上他直勾勾的视线，生生错开后说话有些别扭。

阮萝问："起床？"

周之南"嗯"了一声，扶她起来。这下冷战又变了味道，阮萝有些不好意思。

还是周之南提议："我看你最近情绪不佳，要不要让自如给你看看？"

阮萝没当回事："我每天能吃能喝的，有什么毛病，只是最近睡不好，喝些安神的茶就行。"

当天他就命人买了上好的党参，让梅姨拿红枣一起泡给阮萝喝。

其实他有那么一瞬间想过，想阮萝是不是有了身孕。她自打还没入春，就开始乏累打盹儿，精神又不好，脾气时而暴躁得不讲道理，时而又悲情伤感。家里新厨子做的菜她喜欢，食量见长，只觉得两颊都多了些肉。

不可能，只想了那么一小下就立马被他否决掉，不可能的。

几天后，传来了今年第一个噩耗——许碧芝死了。

死在她的酒庄里，只知道前一晚请了好些个日本军官摆酒宴，还是为了那块地的利益分配。她太过自信又贪婪，走了那么多处关系，只为保证自己寸利不让，一时间也不知道让人该如何说她，只能道是自食恶果。

阮萝听到这些时正在周之南办公室的沙发上坐着，吃一包桂花糕当作午后甜品。而周之南与陆汉声坐在一起点了支烟，语气淡淡的，不太在意。

又好似见怪不怪。

她桂花糕再吃不下，心里只觉得钝生生地疼。不禁想起她撕了的那张请帖，很不是滋味，主观的报复计较与客观的怜悯慈悲做斗争，终归不好受，阮萝的脸上失了笑容。

周之南熄灭了烟，给她递上杯茶，只当她是吓到了，示意陆汉声莫再多说。陆汉声点点头，抽完了自己手里那支烟就出去了。

这上海滩日日上演着看得见的、看不见的晦涩逸事，谁也不知道何时到头。或许时过境迁，兜兜转转后才发现这就是亘古不变的主题，永远没有尽头。

清明，韩听竺下了帖子请他们踏青，仍是上次听戏的几个。周之南说他有了女人后，玩心大了不少，以往哪见他这么勤快地请人。

这次去的是城郊新建成的一个俱乐部，多了个李清如同去，前一晚收拾衣服的时候听说那边有马场和郊球场，阮萝又特地带上了身骑装。

她之前同许碧芝往来时最爱骑马，野球也打过，但打得不好。

周之南见她出去玩的兴致很高，心里也顺。近些日子她倒是不怎么做噩梦了，彼时他觉得一切都在转好。

那日天气很妙，阳光不是很足，漫天的云消散了些热，女士们都很喜欢这般天气。

阮萝和阿阴都想骑马，便换了骑装，李清如喜静，不愿同他们一起，只坐在旁边喝茶，眼里也是笑眯眯的。

李自如见她同陆汉声挨着坐，冷哼了声，跟周之南、韩听竺一起换了衣服去牵马。

先是慢悠悠地溜达了几圈，阮萝心思野，速度快了起来，跟阿阴你来我往的，两人倒是一同疯起来，比三个男人劲头都足。

不多会儿，他们三个男人先下了马，把马给人牵走，踩在绿地上扯闲话，漫步向休息区走去。

韩听竺长得有些凶，但开口问李自如的话却引人发笑："自如，女子来癸水时总是脾气不好，可怎么办？"

李自如笑道："便只能忍着罢了，还得看她肚子不痛，我妹妹就是个容易痛的，那可更麻烦。"

周之南忽然想到什么，有些愣怔，阮萝癸水原是不准的。刚来周宅后，他请李自如配了调养的中药喝，不出两年就规律了，便是每月下旬，差也差不了几天。

掐指一算二月的是来过了，三月的却迟迟没来。

他赶紧命人上前拦下阮萝，阮萝双颊红扑扑的，带着加速运动后的粗喘，面上却是笑嘻嘻地问他："怎么了？我就骑骑马而已，阿阴可跑不过我呢，这下她要说我不战而退了。"

周之南皱眉关切道："有没有觉得哪里不舒服？"

眼神闪过迷茫，阮萝没当回事："没有啊，跑了两圈觉得顺意多了。近些日子总是盗汗，真真烦死了。"

要说唯一不舒服，便是她心头不舒服，这身骑装还是去年刚骑马的时候裁的，刚刚换衣服的时候她发现腰部有些紧，定是最近吃得多，长胖了。

肥胖无论何时都是少女永恒不变的困扰。

他些许放心，只当是自己过于紧张，猜测许是她见天气渐暖偷偷贪凉，吃多了生冷的，癸水才晚到。

晚宴做得丰盛，各式各样的吃食不胜枚举，阮萝虽然觉得自己胖了，还是想雨露均沾地尝尝。饭后还要吃碗后厨特调的桂圆甜汤，里面加了把薏米，不知是什么稀罕方子，好吃得很。

周之南见着阮萝许久未这么开怀，只觉得自己也想多吃几口。阮萝对上他的目光，大方地赏他一口，嘴里还要念："周老板不知个羞，真真贪甜。"

只要她畅快就好，他照单全收。

天黑了，才回到周宅，刚进了门阮萝就觉得肚子不舒服，蹦蹦跶跶地上楼去洗手间。

周之南在后面笑，嘴里说她："教你吃那么多，终归是肚子疼了。"

阮萝坐在马桶上愣生生地待了会儿，随后默默起身，她隐隐约约觉得是肚子疼的，可又不明显，只当是自己的错觉。身上出了汗，她便直接脱了衣服，进浴室冲澡。

周之南见她迟迟不出来，推了洗手间的门进去，便看到了让他心惊的场面。

是三十三年来最心惊的。

阮萝赤身立在那儿，喷头淋着水，她自己也愣住了，因双腿间正潺潺流着鲜红的血，融合了水，地上一片稀释过的淡红。整个淋浴间散发着阴沉气氛，像是午夜行凶后的白渡桥，每滴血都是死亡的信号。

阮萝晕倒的前一秒，周之南迅速抓了浴巾冲进去把她抱住："萝儿……萝儿……"

他边走边大声叫梅姨："快给自如打电话，萝儿出事了，请他过来。"

只觉得这一个月如此混乱，他应该想到，要生恶事。

你有没有见识过生命逝去的苗头？

也许阮萝有的。

她现在正陷入无边晦暗，手抓不起来，眼也睁不开，仿佛一缕魂魄离了身子，飘飘荡荡，跌跌撞撞。又像是忽然回了北平，路边简陋的戏台上，还有上了年岁的旦角干巴巴地唱着《春闺梦》。北平京戏氛围更浓，路过哪条街都能听得到咿咿呀呀的唱腔，那时候为生存日日发愁的阮萝，哪敢想此后会爱上个戏痴的周之南？

她一点儿也不怀念当初北平的日子，可似乎是身处混沌的原因，下意识地就梦回出生地，真是折煞人。

李自如赶忙过来，还带了李清如。掀开被子看到阮萝的一双腿，更可怖的是浸了半床的鲜红血液。

他不消多想就断言："应是小产了。"

周之南提他的领子，咬牙道："我日日吃药，晕了两次，你告诉我她怀过孕？现下还小产？"

李自如伸手挡住要拉人的李清如，满脸严肃道："之南，你冷静些。我先看看她怎么样了。"

周之南深吸气，眼眶充血地红，低声说了句"抱歉"，松手退后了几步。

李自如又号了脉，眉头皱得很深，还是决定带人去医院。周之南摇了电话给韩听竺叫人，风风火火去了家私立医院，拒绝了要上前的医生，李自如亲自换衣，准备手术。

他当年在国外学医，闲暇时观摩过妇产科的手术，女子流产过后子宫里往往尚有余留，不清理干净的话，不仅日后发炎之类的毛病少不了，更难说再怀孩子。

虽然没亲自做过，但现下周之南信不过任何人，况且上海虽民风开放了许多，这方面的技术还未普及，也只有他可以。进手术室之前，李自如用胳膊肘推了周之南，安慰他道："放心，她只是失血过多暂时晕过去，一会儿就醒了。"

可他怎么能放心？

现下脑子一团乱，捋不清到底是哪个环节出了错，明明下午刚消她怀孕的念头，怎么晚上就小产了？

韩听竺带了人来包住整个医院，吓得人心惶惶，如今上海滩最可怕的除了日本人，便是帮会的这些凶煞了。

走廊里寂静无话，针落在地上都能听得到声音，周之南唤了两个人："去步高里，把赵白杨绑了送到周宅。"

赵白杨，即抓药的小厮小赵。

韩听竺坐在他的旁边，贴心地递了盒大前门香烟，周之南没完没了地抽，不多会儿地上就一堆的烟头，全然忽略医院禁止吸烟的规定。

直到口干，李自如才出来，后面是病床上脸色苍白的阮萝。

见李自如点点头，他差点儿没忍住落泪，涩涩开口只说了两个字："回家。"

韩听竺遣了部分人回帮会，命司机开车同去周宅。陆汉声也得了风声赶来，一时间周宅里好不热闹。

晚上十点钟，厅堂里亮得晃人，比午夜霓虹还刺目，沙发上皆是上海的风云人物，坐得满满当当。周宅仆人被叫来"观礼"，周之南今日要行家法。

小赵被韩听竺的人扯上来，还呈上了当初他在程记抓药的单据，说是在他一件忘记洗的旧衣兜里发现的，上面日期正是年前那两日。

周之南声音冷得瘆人："这是什么？"

小赵紧张，话也说不利索："这……这这这是……给我姆妈抓药的单据。"

又一个手下上前,按住小赵的一只手,先前那个人从口袋里拿出了把匕首,手起刀落毫不犹豫。

小赵大叫一声,还要被打,责令他消声。一截手指落地,李清如抿嘴偏头,眉头微皱。阿阴倒是不像她那么不自在,只靠在韩听竺的肩头有些精神不济。男人们自然更加见怪不怪,表情淡淡的,仿佛在看一只待宰的兔子。

周之南懒得同他废话,命令道:"自己说。"

那小赵哭红了眼,想捂着自己的手指又不敢,开口承认:"年前……打李医生那儿回来……摔坏了两副药……就近……就近……在程记药房补的……赶上程老板巡店……还打了招呼……"

都已经死到临头,他还不知道自己出了什么纰漏,补充道:"是我自己抓的……他们没见过方子……"

程山,又是程山。

周之南面色深沉:"梅姨,明日给他姆妈送些钱。"

梅姨应答了声。

韩听竺觉得血腥味有些重,微微皱了眉头道:"拖下去处理吧。"

手下扯着小赵下去,他还在叫着求着,韩听竺的人自不是吃闲饭的,伸手卸了他的下巴,免得扰了楼上小姐休息。而他今夜注定命丧黄浦江,为大上海的亡灵再添一缕新鲜气息。

梅姨使了眼色,四个丫头颤颤巍巍地跑过去拾了那块地毯四角,上面还放着小赵的半截指头,她们心里怕,只能故作镇定,装没看到。

地毯换了下去,再从库房拿张新的、一模一样的铺上,用抹布擦干净滴在瓷砖上的血迹,便好似什么都没发生过。除了梅姨,没人知道到底出了什么事,只以为是给先生抓药熬药的小厮坏了规矩,现下人落到韩先生手里,定没个好。

夜色刚深，好戏要开场，主角应到了。

周之南下令："去请程山来吧。"

梅姨让下人们各回自己房间，没人愿意惹事，赶紧四散开来。她上楼去守着沉睡的阮萝，李清如跟上，不愿意瞧这些腌臜场面。

程山刚同程夫人刚歇下，还没睡熟，就被人闯进屋子抓走。现下外面入了夜，风还是寒的，他只穿了身睡衣，冻得鼻头发红，被推搡着倒在刚刚小赵断指的位置，表情愣怔。

抬头看到沙发上坐着的周之南、韩听竺、阿阴，陆汉声开了瓶烈酒，跟李自如拿了杯子在旁边优哉游哉地站着，边倒边喝。

程山问："周老板，你这是什么意思？"

周之南现下只觉得心力交瘁，庆幸今天没喝药，不然保不准什么时候就晕过去。他甩了那张单据给程山，盯着他开口。

程山仍装作不懂，周之南双手拄在腿上撑着下巴，眼神示意旁边的人，还不忘叮嘱："别太大声。"

手下便拿布堵了程山的嘴，又一边抓他一只胳膊，同时下刀子，一左一右两根手指应声落地。那两人还对视一看，仿佛在怨怪对方和自己不够默契，砍的竟然不是同一只。

拿出了堵嘴的东西，程山声音痛苦："周之南，你疯了！"

他心里暗暗回答，是，看到血水流满地的时候他就疯了。

周之南又问一遍："做了什么？"

见他眼珠转着，犹豫该不该说，韩听竺挥了挥手，立在程山身边的手下又要动手，程山蹲在地上躲："别、别，我说……"

他也知道怕，可惜不知道自己这两根手指还接不接得回来。

程山说："我只是抓了一小把药材，想看看是什么药……"

也就仅仅是抓了这一丁点儿，药性已完全不同，承受灾难后果的却是阮萝，这是哪门子的道理。他杏林世家程家后人，居然做偷拿病人药材之事，铸成大错了，还能轻飘飘道一句只是抓了一把而已，任谁都要问一句医德何在。

李自如把最烈的威士忌浇洒在他的断指处，听程山厉声哀号，凉飕飕啐一句："下作。"

现下周之南只觉得悔，诚然事情是赵白杨和程山二人共同造成的，但内心的愧疚忏意仍旧沉重到让他无法呼吸。他忍不住假设，若是自己再严肃些对待，或者再强硬些，请李自如给她诊脉，是否就不会出这恶事？

可如今事情已成定局，他只有满腔无用的悔恨和心疼。

阿阴困倦，韩听竺起身揽她，挥手让手下带程山下去。程太太今夜注定等不到她的丈夫归家，因为人要同小赵一起丢进黄浦江，说什么出身富庶，到了还不是跟个下人死在一处，谁也不比谁尊贵。

周之南仍是那副垂头黯然的样子，韩听竺拍了拍他肩，轻道一句"明日再来看阿萝"便走了。剩兄弟三个立在客厅，谁也不说话。

直到梅姨出现在楼梯上方，语气喜悦："小姐醒了。"

周之南立即抬头向上看，可又不敢跑上去，满眼复杂。

李自如适时开口："我先上去看看她怎么样了，你等下再上来。"

男人颔首，客厅里只剩他和陆汉声。他拿起陆汉声刚倒的一杯酒，一口气喝光，胃里火辣辣的。

陆汉声知道他心里不好受，默默地坐在他的旁边，手搭在他的肩膀。

周之南沉声开口："汉声，曾经我想让她变成晚秋那般，在我身侧，同我一起享受浩海荣光。当然前提是她要学会识大体、扮端庄、喜应酬，时时刻刻收着、敛着，才当得上周太太。如今经历这么多的事情，生出了这么多有的没的，我心头有悔，这上海滩的十里洋场，也不知道有什么可留恋的。如若说当初你同清如开始时，我没有阻止，之后后悔了，算人生第一次后悔，那如今就是第二次。我没办法原谅自己，也是人生第一次觉得无能为力。"

他的声音沙哑，向后仰躺过去，又栽在沙发里，身体蜷缩，手蒙着脸。

周之南敢说自己一辈子没有见过那么多的血。

陆汉声看着他这副样子，又是觉得他没出息，又是心疼。

从前做生意也遇到过挫折或是麻烦，谈崩的事不知多少，他周之南也是凡人，都是一步步摸爬滚打走出来的。

想不到最后令他变软弱的是爱情。

听到李自如下楼，陆汉声做了个嘘声的手势，周之南就那么蜷缩着睡过去了。今日在外面玩了整天，加上晚上的恼人事，把他压得喘不过气。

而阮萝睁眼没两分钟，答着李自如的问题就又睡了，仿佛从未醒过。

陆汉声扯了沙发边搭着的披肩，散开当毯子，盖在周之南的身上，那上面还带着阮萝身上的气味，因而他恍惚做梦，梦到阮萝跪在沙发前，扯开他遮脸的掌，为他擦掉眼角流淌的几滴泪，还笑盈盈地嘲他："周之南，这是唱的哪出儿啊？"

满口北平味的儿化音，又在勾弄他心弦，周之南伸手想捏她脸蛋，扑了个空。

乍然转醒，此时客厅里只剩他一个人，留了盏台灯昏昏暗暗地照着亮。他起身把披肩叠好又搭在原处，他揉了揉眉头，关了台灯，放轻脚步上楼。

遇上了刚洗完澡正拿着毛巾擦微湿头发的李清如，李清如叫他："哥。"

周之南点点头，低声道："萝儿她……"

李清如说:"我哥上来没说两句话,她就又睡下了,应该是还虚着,我让他跟汉声回家,我宿客房,照应她更方便,有事再打电话就好。"

　　他自幼待李清如就如同亲妹妹,摸了摸她的头,扯出个笑:"你辛苦了。"

　　李清如无声上前轻轻地抱了抱他,没再说话,回了房间。

　　周之南悄声进了主卧,阮萝素着小脸,嘴唇也发白,静静地躺在那儿,仿佛因失血过多而濒死,看得他心颤。

　　他悄声挪了梳妆台前的软椅到床边,上面铺着她特地选的针织薄毯,不知何时开始,周宅越来越多的小地方被改变。他一向老旧,同样的地毯要买十块八块地放在库房,脏了、坏了就换,日日都是同样。

　　周之南就那么坐在椅子上靠着,担心她半夜醒了叫不到人,又不舍得上床同睡,怕不小心碰疼了她,本就娇嫩的人儿,现在应该愈加小心呵护。

　　差不多清晨第一声鸟叫响起,阮萝苏醒,睁眼就看到了靠在床边的男人,仍旧是昨天那身衣裳,衬衫已经褶皱,胡楂儿也生了出来。

　　她伸手触碰,把他唤醒。周之南睁了眼,倾身向前,他仰着头睡,又起得太突然,一时间有些眩晕,人便跪在了地上扶着床,待眼前那阵黑过去,他胡乱地抓她手,握住才放心。

　　房间里壁炉烧得刚好,她的手暖乎乎的。看着周之南狼狈的样子,阮萝没忍住笑出了声。可凑近了看,又觉得他眼眶红润,不知是没睡好还是要哭。

　　她哑声开口:"周之南……"

　　他持续着跪在那儿的姿势,没觉得任何不妥:"我在这儿。"

　　阮萝说:"我好疼……"

　　仿佛自己的身体分成了三截,中间那截到处都疼,就连动一动都不行。

周之南带着她的手贴在自己脸前,低着头,仍是满脸悔意。

她后知后觉道:"我,我怀孕了?可我昨日骑了马……"

何止骑了马,还吃了不知道多少应当忌口的东西,阴寒的桂圆薏米也吃了。

周之南委婉道出事实:"萝儿,我们总会有孩子的。"

确定了真相,阮萝顿时觉得胸腔在缓慢而大幅地起伏,呼吸变得急促,泪水比理智更先一步迸发,她看不清周之南的脸了。

男人伸手帮她擦眼泪,指腹抚在脸上,这屋子里每一缕空气都是温热的,只有两人的心冰冷。晨间的鸟叫声清脆,是春日里最盎然的生机,可高宅美屋中,有生命在流逝,有人内心岑寂。

她忍着疼侧身,蜷缩起来,头要埋在被子里,周之南半分办法都没有,只能在旁边陪着。

他低声说:"是我的错,你年纪小不懂,理所应当,我的罪责大了。一切都是我的过错。"

他已经把自己陷进悔意中,无法自拔。

阮萝掀开被子冒出头,撑起上身胡乱地摸他的脸:"你不要这样。"

为了让他减轻心里沉重的自责,她啜泣着说:"我们当他没来过,好不好?"

可他是世间顶温柔的,摇头说道:"你这般说,他会难过。"

阮萝心头一恸,只觉得嘴巴里都是苦的,抱着周之南的肩头满心哀伤。她在他的耳畔低语:"我们等他再回来,他一定会回来的。"

仿佛彼此都已接受了这个现实。

静默许久,阮萝喊饿。他本想亲自去给她煮碗粥,现下四点多钟天刚蒙蒙亮,家里下人都还没起。但阮萝不允,非要他陪着,只给两分钟去叫梅姨的时间。

然后要被他搂在怀里,什么也不做,就这样安安静静地躺着。

因怕她饿,梅姨就没多煮,看着熟了赶紧送上来。阮萝见是一碗白粥，嘴噘得老高，可李自如吩咐过不能乱吃，还是应当稳妥些，梅姨答应问过李自如后，给她做好吃的，阮萝才勉强答应吃下。

周之南一口一口地喂，还要问她"肚子疼不疼"，阮萝经历了骤然失去的滋味，现下见他陪在身侧，只觉得心头又多了股暖意。

吃完，她让他也进了被窝儿，天光大亮，有情人在赖床。

周之南小心地护着她，生怕弄疼了哪里，现下是两人的私语时间。

他说："娇娇，只要你康健，哪怕是孩子，于我来说都是小事。"

这是他的肺腑之言，他没想到阮萝会渴望拥有孩子，他总觉得她年纪还轻。

阮萝伸手捂他的嘴巴："你这样说，他会难过的。周之南，不许再说。"

应当庆幸她年纪小，恢复得快，没两日就不再疼痛，可她是北方人，口味更重些，李自如千叮咛万嘱咐不许吃味道重的。家里那个北平厨子都被周之南平白无故包了红包，让他回家休息一月。

李清如带她进琴房，警告她再贪吃，就多练一小时的琴，阮萝败。

商会里周之南请了新秘书，他日日都要踩着最早回家的时间，处理完手头事务。回家见阮萝拿着本李清照的词，人已经栽在院子里的秋千上打盹儿，香花美人，好不自在。

当然要忽略美人微张的嘴正流着涎水。

他走过去夺了她手里的书，正读到《一剪梅》：

红藕香残玉簟秋。轻解罗裳，独上兰舟。
云中谁寄锦书来？雁字回时，月满西楼。
花自飘零水自流。一种相思，两处闲愁。
此情无计可消除，才下眉头，却上心头。

大抵女孩子都喜欢这些盈盈绕绕的婉约词,周之南挑眉,尽量去理解。

阮萝感觉到有人,醒来擦了擦口水,见周之南拿她的书就跳起来抢:"你拿我书做什么?还我。"

周之南故意躲着不给她,还要说让她羞臊的话:"你这是想我了?"

他也读过这一首,是李清照与丈夫离别后的相思作。

阮萝果然羞了:"你要些脸。"

周之南说:"李清照的词,我倒也算喜欢一首。"

他极少与阮萝谈诗词,这让她有些好奇,阮萝问道:"哪首?"

男人声音清朗,如湖水般温柔,朗声读起:"蹴罢秋千,起来慵整纤纤手。露浓花瘦,薄汗轻衣透。见客入来,袜刬金钗溜。和羞走。倚门回首,却把青梅嗅。"

阮萝绷不住笑,推搡着啐他:"你还当自己是客了。"

周之南道:"好娇娇,教我闻闻。"

他从背后把她环住,低头在她耳边嗅,是梅姨特地熏过香的味道。今日是紫檀香,有些禅意的幽静。

阮萝说:"周之南,你别当我没读过。那是姑娘家的长袖子,你在我耳边闻个什么劲。"

他再扯了她的胳膊,闻旗袍袖口:"这不是一样?"

阮萝敏感,他鼻间气息呼得她直痒。两人在秋千旁边打闹,倒是像一对年幼的青梅竹马。

与此同时,程砚秋率秋声社全体成员打北平来,抵达上海筹备新剧。

上海的天开始暖起来了。

第七章

南萝隽永

周之南心知她远不如表面上那般不在意的轻松样子,自从清明噩耗之后,阮萝将近一月未曾出过门,还把平日里不太喜欢弹的钢琴拾起来练习,同李清如学了好些新曲子。

钢琴原是一开始让她学着养性子的,本想着学几个流行的,正式场合拿得出手就行。可李清如的看法不同,她待李清如当半个姐姐,总觉得李清如说得有理,周之南自然也乐意她学得更精。

那厢程山失踪,程夫人时常有心悸的毛病,开始卧病在床。程记药房乱成一团,程美珍临危受命,苦苦支撑,终归最后要落到沈家手里,谁让她已经嫁人,程山又没培养出来个中意的接班人。

但如今沪上无人关注程山程老板,关注的都是程砚秋程老板。

《申报》刊登程老板将要露演新剧《锁麟囊》的宣传新闻之前,周之南已经订好黄金大戏院首场的包厢。他和韩听竺一直欣赏程派唱腔,角儿终归有成为角儿的道理,断没有平白无故火起来的。陆汉声和李自如对戏倒没么上心,只偶尔同去听听,排解心情。

他提前一周同阮萝讲月末出去看戏,北平秋声社的程老板到沪,周之南私心是想带阮萝出去走走,她总这么在家待着,不是个事儿。阮萝见周之南满腔期待，靠在那儿笑了笑，淡淡地答应下来。

见她愿意出门就好，第二日又请了秦记的师傅，上门给她量尺裁衣，赶着看戏前做好，到时候她就能穿新衣裳。阮萝倒是兴致缺缺，周之南听到师傅报备，她腰身比上次减了两寸，他心里难受。

回到家还要故作轻松地问阮萝："今日衣裳料子选得如何？"

阮萝歪头，手里正抱着本书，林晚秋同她通信，劝她多看书，她倒是奉为隽语。

阮萝说："那师傅非说有匹鹅黄色的料子好看，我不喜欢，觉得扎眼，清如姐姐做主给订了。你说她平日里自己穿那些素雅料子，却给我选亮登登的，哪门子道理。"

周之南边换衣裳，边听她碎碎地念这些，只希望她能尽快开心起来。

民国二十九年的四月三十日，程砚秋的《锁麟囊》在上海黄金大戏院首演，门口摆着各家商界老板或政界要员送的花篮，票务处压力大得苦不堪言。

周之南揽着阮萝悄然上楼，仍是上次正中间的包厢，仍是那几个人，多了个回国的李清如。落座后，侍应的人送上张毯子，周之南接过给阮萝盖住，怕她坐久受凉。她用眼神嗔他，示意他低调些，不承想被周之南握住了双手，不太在意地笑笑。

上次听了《苏三起解》，阮萝今日倒也认真看了起来，她不懂什么程派青衣，只是听个兴致罢了。

四平调起音，幕帘子拉开，大戏开唱。

因是新编剧目，几人都看得认真，时而阮萝有看不懂的地方，小声问周之南，得他解惑。

程派唱腔幽咽婉转，唱到薛湘灵落难后的光景，阮萝情绪涌动，忍不住泪目。自打清明事后，她性子越发矫情，平白无故就会伤春悲秋。

周之南心疼，给她递了手帕，心里不敢多说。因程老板的剧大多是凄苦结局，他也无从安慰，生怕阮萝哭得更惨，只暗道后悔带她来凑这个热闹。

　　那唱词写得太过玄妙，字句打在阮萝的心上，庆幸结局团圆，是个兰因絮果的好故事。

　　戏罢，程砚秋带着人上台谢幕，几个水袖甩得漂亮。观众掌声长久不停，至此宣布《锁麟囊》首场演出圆满告终。

　　周之南没时间停留，刚刚有小厮报他，上海老一辈的学者段老也来看戏了，段老曾教过他们的父辈，理应去打个招呼。韩听竺带阿阴作别先走，周之南让阮萝和李清如留在包厢，他们很快就回。

　　周之南和李自如、陆汉声前脚刚走，后脚就有不速之客到访包厢，被门口把守的人拦住，不准入内。阮萝慢悠悠地起身去看，掀开帘子见是程美珍。

　　阮萝今日穿的正是那身李清如道好看的鹅黄绣花缎子裁的旗袍，外面搭了件白色针织开衫，胸前的钻石胸针有些亮眼。她开口问："你来做什么？"

　　程美珍放低了态度，柔声道："我有事情找你说，用不了一会儿。"

　　阮萝不想让她继续在门口同人撕扯，点了头放她进来。李清如没当回事，以为是阮萝的朋友，坐在座位上没动，向下看散场时众生百态。

　　阮萝跟程美珍坐在靠门口放茶水的小几子边："什么事情，说吧。"

　　程美珍开口："我父亲死了，姆妈卧病在床。"

　　阮萝不知道这跟她有什么关系，淡淡应声："嗯。"

　　程美珍见她漠不关心的样子心头更恨，咬牙说道："是周老板做的，我父亲发现了他的秘密。"

　　阮萝提起了些兴趣，她倒是好奇周之南有什么她不知道的秘密。

　　程美珍兀自继续说："他一直在吃李医生开的药，是能保证让你绝对不会怀孕的调理中药，但这药鲜为人知。因它药效不能保证，所以会出意外。"

她医书看得不比程山少，程山失踪后，她回家在书房找到了张单子，上面名头只一个周字，列着配起来有些奇怪的药材，程美珍便花了些时间研究，终于弄清了药效。不得不说，李自如天生是学医的料，中药学得很是透彻。今日她陪公婆来看戏，坐的是楼上角度偏些的包厢，周之南等人没看到她，可她却看到了他们，故而见几个男人刚出去就过来了。

眼下程记已经要垮了，她也定不会让阮萝好过。阮萝看她嘴巴张合，只觉得脑袋里嗡嗡作响。

程美珍的话她是不能信的，她最好一个字都不要信。程美珍无非想让她觉得周之南不爱她，不愿意让她怀上周家血脉，她更不信。

阮萝盯着程美珍微微隆起的小腹问："美珍，你怀孕了？"

提到孩子，她低眉浅笑，点点头承认："是，我害喜害得严重，近些日子真是辛苦。"

可心里是甜的。

阮萝艳羡地看着，同她一起笑，开口却让程美珍气到要呕血。她故意说："也不知道是沈仲民的，还是陈万良的。"

刺人就要朝着伤疤未好的血淋淋的肉刺，倒不确定婚后程山还会不会让她去侍奉陈万良，阮萝只是猜测，认为这种事情程山做得出来。

程美珍的笑容僵在脸上，气得浑身发抖。

同时，周之南三人回来，掀开帘子看到坐着的程美珍皱眉。

"滚出去。"

回去的路上，车里只有司机和他们俩，陆汉声另开了一辆车，打算和李自如兄妹到周宅喝盏茶水。

阮萝不语，歪头看向窗外。周之南当她有些累，没多说什么，只问道："程美珍找你做什么？"

她状似无意地答:"见到我非要来打招呼,我没多做理会。"

周之南点头,拍了拍她手。

阮萝一颗心飘忽不定。

她怀孕后是吃得多了些,只当是自己年纪还小,没多起疑。小产前那几日,恍惚间觉察过肚子疼,但她痛觉迟钝,并不确定。打小都是那么过来的,身上没个好地方,又时常挨饿,以为肚子疼就应该吃东西,便吃得更多。

却不承想她曾经短暂地做过母亲。

所以说,她应该是感知过腹中胎儿离去的信号的,只是她没当回事。

诚然她渴望拥有自己的孩子,因为她想过,自己做母亲定不能像阮方友和赵芳那般,她势必要做世间最好的那个。而周之南也定然会是最柔善的父亲,到时候她负责带孩子玩耍,周之南教孩子写字、读书。再想远点儿,等孩子长大些,她也是可以教着弹钢琴的。若是战争能结束的话,那便更美满了。

她脑海里千百设想中从未想过的就是:周之南不愿意同她有个孩子。

阮萝心头些许苦涩,她曾以为的顺其自然,又或是脑海里偶尔闪过的自己怀不上孩子的念头,甚至疑心周之南身体问题,竟然都不是。

平日里阮萝心思尽写在脸上,万事不等想明白,就要先开口,生气就是生气,直爽地让周之南哄。然今时不同往日,她想藏在心里,暂时不说。

到周宅后,大家聚坐在客厅等梅姨沏茶,周之南和李清如喝八宝茶,陆汉声和李自如要太平猴魁,最后问阮萝,阮萝却摇头,独自上了楼。

周之南体贴道一句"她是累了",便都没当回事。

阮萝立在卧室窗前，看后院发芽的绣球花怔怔地出神，她需要捋顺心思。

脑袋里仍回荡着今日听的《锁麟囊》唱词：

我只道铁富贵一生注定，又谁知人生数顷刻分明。

想当年我也曾撒娇使性，到今朝哪怕我不信前尘。

这也是老天爷一番教训，他教我收余恨、免娇嗔、且自新、改性情，休恋逝水、苦海回身、早悟兰因。

五月，天气渐热起来，阮萝却还要穿长袖旗袍，她变得畏寒。打从《锁麟囊》首演结束已然三五日光景，周之南却觉得她越发寡言。

他在家时，喜欢从背后抱着她，只觉得怀里整个人都淡淡的，没什么精神。

周之南像是明知故问："萝儿，可是不开心？"

他没办法，日日陪着哄着阮萝，不敢触及一丝一毫两人的伤心事。明明上月末看起来已然好些，如今又变得消沉。

阮萝否认："没有。"

每次问她答案不是"没有"就是"无碍"，他已然猜到，沉默叹气，只能把人抱得更紧。

又过了没几日，日军大佐到沪。同时，程记药房多家店铺被查出私藏针剂，程夫人揽下所有罪责入狱。

周之南特地留着程记苟延残喘，等的就是今天，非要彻底覆灭，无法翻身。

阮萝心里梗了十日，终意识到一日不说出口，便一日无法释怀，她性情使然，断不会掩藏太久。

晚上上了床后，阮萝靠坐着，没有立即躺下，周之南歪着身子躺在她的腿上，任阮萝抚摸他的鬓角。

周之南给她讲白日里外面的事情："今天听竺请了程先生去泰丰茶楼品茶，听他唱了几句小嗓，真是人间一绝。"

阮萝静静听着，等他讲完，再开口问他："周之南，你不想要属于我们的孩子吗？"

周之南愣住，喉咙发涩，一时间不知道如何作答。

她便继续说："我先讲，是程美珍告诉我的。她说你不想让我怀你的孩子，而且那药效不能保证，所以我出了意外。我知道不是这样的，如若你真的不想任何女人有你的孩子，你便会教我喝药，而不是作践你自己，这些我都能为你解释。可我不懂，你为什么不想有个属于我们的孩子呢？"

他连忙坐起身来解释："不是的，我不是不想要属于我们的孩子，我只是觉得你还小，我们余生时间很长，不必急于这一时。"

阮萝靠在床头，静静看着他，眼里有万丈波涛汹涌，却表现得异常镇定。

她语气冷淡，嘴角挂着不明的笑意："周老板好生霸道，你也说是你觉得、你以为。你啊，你从没有问过我。"

他没想到她对亲情有如此深的渴望。他忘记她一直都是渴望家庭的，可她嚣张娇纵之下也有一番傲骨在，曾经周之南不看重婚姻，甚至愿意拿来做交易合作，这样的婚约阮萝不要。

可她以为自己还有做母亲的权利，终归她同周之南过的就已经是寻常夫妻的日子。

可惜这也被他"好心"剥夺了。

阮萝是明事理的，她喜欢发脾气，不等于不讲道理，便是眼下这个节骨眼儿上，她也不怪周之南，她只是不懂，故而想要个明白。

周之南那股子悔又涌上心头，曾经是疏忽的悔，现下是惊醒的悔，他意识到他从未问过阮萝的意见。

上海滩骄傲自负的周老板，现下眼神闪躲，心头发虚。

阮萝自顾自说道："周之南，我们的感情应该是平等的吧，那为什么我没有选择的权利呢？你平常事事依我，因为那都是小事，而我也没有不讲道理对不对？除了见东北老板那次，我是真真情绪波动太大，有些失控，回到家里，你说也说了，我哭也哭了，且你当时也没哄我，这便算扯平。"

他摇头，试图解释，又无从解释。

阮萝最后问一次："你为什么不说？你没有话想说？"

她步步紧逼，逼得周之南双唇像封了胶，说不出一句话。

许久，她无力开口："睡下吧。"

这一夜两人同床异梦。

第二日清早，李自如来家里给阮萝诊脉。她现下还吃着调理的药，每七日就要看一次，好决定方子是否要改。

他来了个大早，怕耽误诊所看病。当时周之南正坐在餐厅，见李自如进门就开口叫他，语气热络："侬切了（你吃了）……"

下意识地说了上海话，余光见阮萝走过来，周之南生生憋了回去："自如，你吃早饭了吗？"

李自如感觉气氛不妙，他本就是想来蹭个早饭的，默默走近桌前坐下。

阮萝冷漠地开腔："什么时候讲上海话要背着我了？"

周之南开口要解释，她一句"闭嘴"把他堵住，低头开始吃东西。

可他刚刚真的只是想到昨夜惹得阮萝不快，才不敢在她面前讲方言，没想到还是惹了她不快。

李自如挑眉，见周之南快速吃了个早饭，汽车已经在外面等。他起身后微微俯着身子柔声对阮萝道："我去商会了，回来给你带乔家栅的小馄饨。"

阮萝认真地撕着手里的吐司,一块一块蘸着牛奶吃:"带回来都坨了,小馄饨就是要亲去吃的。"

周之南赶紧说:"那我晚上回来带你去吃。"

阮萝兴致缺缺:"再说吧。"

周之南还是轻轻吻了下她侧脸,阮萝仍是无动于衷。他默默同李自如点了个头,匆匆出门。

这下餐桌上只剩阮萝和李自如,她不作声,李自如和陆汉声一个性子,开口打趣:"又吵架了?"

阮萝抬头看向他,满脸假笑:"有吗?"

李自如说:"有啊。你可真有能耐,周之南被你气晕过两次,说出去上海滩都要震上一震,弘社新任大姐头便是你吧,韩听竺都要拱手让位。"

他满嘴没个实诚话,阮萝不想多理。近些日子常常由他看病的缘故,两人熟了许多,他便也开始同阮萝闹上几句。

待反应过来李自如的话,他那句"周之南被你气晕过两次",阮萝手里一整块的面包掉到碗里,牛奶溅在玄色旗袍胸前,看不清痕迹。

她猛地抬头看李自如,问道:"哪两次?"

李自如记性好得很,给她数起来:"冬日里一次,三月初一次。上次就是他同个东北老板生意成了那日,他说是忙的,不过我觉得还是你气的。"

她好像有些印象了。

冬日里那次,次日清早,周之南鲜少地贪睡,她便打了电话给陆汉声告假,陆汉声说他晕过,她还问了周之南,可他说她被陆汉声诓了。

上次,大抵就是她无端生气那次,她在房间里哭得凄惨,却不知道他晕了过去,还在气他为何不来哄她。

竟然真的是这样,她阮萝难过的时候,他周之南也不好过。

李自如就在客厅给她号了脉,倒是恢复得不错,当然是在小产过一次的女人里比对。还要教她勿忌生姜,那是好东西,只不过周之南不吃,往日周宅里自是不会出现的。

见她眼神游移,李自如心里清楚,要再叮嘱周之南一次才行。

梅姨送了刚沏的太平猴魁,知道李自如爱喝,他便要品完这壶茶再走。阮萝坐在下面陪着,心思有些复杂。

他喝着茶,嘴上又开始说起来:"萝妹妹,咱们也算熟知了,往日里我来周宅次数少,同你不熟,因而之南头回晕了,我便没同你说。然而他这已经两次了,我见你是不知情的,实话讲,我也心疼兄弟。虽说他出身好,但还是有一番傲骨在的,不然断不会独自回国。他心里受了委屈担了事情,打死也不会说,做兄弟的就得帮帮。"

时日太久,李自如回想起来,都觉得时日如飞:"他把你带回来时,我们只当是他开始养家雀了,却没想到他对你是认真的。你别怪我说话直,我们三个也就之南正经一些,他和晚秋的关系我们也是知情的,去年他突然找我要那种药,我当时人都愣住了,真是不知道他这么作践自己,图个什么。"

说起那副方子,李自如解释道:"你信我的医术,《神农本草经》我读了不下十遍,配的药半点问题都没,除了长服会致人晕厥。抓药的小厮偷懒,居然去了程记,被程山偷抓走了一把药,药效才被破坏了,不然你哪会怀孕,更遑论旁的那些糟心事。"

李自如忍不住劝她,给她数其中的情理:"他这个人笨,对在乎的人总是以自己的方式付出,还不教人知道,当初汉声和唐曼也是他直接去给断了的,俩人还吵过。可在我看来,付出了就要让对方知道,才是付出到了正地方上。你瞧你现下不知情,你俩可是安好?并没有。之南年长你些,心思还沉,有苦从不说,偏生就喜欢你这种直率的,北平来的断是比我们上海囡囡爽朗些。你只消多担待担待他的闷,定不会亏在别处。"

当局者迷,旁观者清,李自如不过顺水推舟,把阮萝没看清的事戳破了说,他说得口干,一口喝掉杯盏里的茶,起身就走。

他只留了句:"别送了,改日来蹭饭。"

阮萝闷声应和,脸上仍旧愣愣的,原地傻坐了会儿,呆呆地起身碎步跑上楼,刚刚溅湿的旗袍还穿在身上,恍惚还闻得到牛奶味,需得换一件才行。

周之南夜深了才回。

晚饭前阮萝坐在沙发前看书,来了人报她,道陈老板去了商会,亲自邀先生用晚饭,拒绝不得便去了。阮萝知道陈万良是个喜应酬的,周之南要不是难以推辞定不会去,默默点了点头,自己吃了饭。

九点多,她躺在床上等周之南回来。听到他上楼踩在楼梯上的声音,进了浴室,十分钟左右,向卧房走来。

门被推开的那一秒,阮萝合上眼装睡,房间里的地毯铺得很厚,他穿着拖鞋踩在地上,一点儿声音都听不到。他悄悄上了床,还要欺身过来亲吻一下她的侧脸。

待他也躺下,阮萝状似无意地翻身抱住他,周之南便伸手把人搂住。虽然已经洗漱过,可她一向嗅觉敏感,闻得到今天定喝了不少酒,这般想了想,手顺势就伸过去搭在他的腰间。

自阮萝出事后到现在一个多月,两人始终没有亲密过,眼下周之南也并非不想,只是担心她身体还没好。他以为她睡熟乱动,就轻轻把她的手挪到一边,免得控制不住自己。没想到阮萝还在心里偷偷地笑,又把手放了回去,显然是故意的。

周之南睁开眼,按住她的手腕:"娇娇,你装睡。"

她笑出声音,显然对自己装睡的行为供认不讳,周之南喉咙耸动,却觉得她有些反常。李自如今日倒是遣了人去商会,告诉他阮萝身体已好,只是还需注意饮食。可两人昨日还赌了气,早晨她对他冷淡,怎么现下就变成这个局面?

周之南也笑了，用手温柔地抚摸她的头顶，柔声问道："今天怎么了？早上不是还在同我生气。"

阮萝直言不讳："晕倒为什么不同我说？"

感觉到身边人定住不动，这下换阮萝伸手抚摸他的发丝，她语气低落，细数之中还带着心疼，阮萝说："我心疼了，我心疼你了。"

阮萝紧紧抱着他："我们讲和好不好？之南哥哥，我不再要解释，我应该是懂你的。只是你也要记住一点，今后不要那么霸道，你多同我讲讲，我乐意听的。不要独自承受，我们已经是一体。"

他沉默许久，才沉声答应："好。"

将近十一点，两人搂在一起腻着不愿入睡，电话声响起，在寂静夜里分外空灵诡谲。

周之南起身接通，那头是吴小江，只说了一句："程夫人死了。"

他面无波澜："知道了。"

至此可以宣布程记彻底倾覆，不论是日本人还是军统吞下，都与他周之南毫不相干。

收了线后阮萝抬头问他："谁呀？"

周之南盖好被子，裹住两人，把她搂到一个舒适姿势，语气平淡地说："吴小江告诉我程山老婆死了。"

阮萝并不感兴趣："哦。"

那晚，周之南与阮萝一夜好梦。

第二日是周末，周之南前一晚答应了阮萝在家陪她，可吃过早饭后接了个电话，还是要亲自出去一趟。她有些不悦，靠在沙发上不作声。

周之南耐心解释："我只是出去取个东西，教司机开车，不出半小时就回。"

阮萝勉强答应，叮嘱他要快些。

这天是民国二十九年的五月十二日，周末，阳光正好，有缕缕微风拂面。

周之南取了东西出店门,见程美珍迎上来,本来满脸的柔和变得深沉。但他那一刻对程美珍还是留了情面的,劝她道:"你现下是沈家媳妇,肚子里又怀着孩子,好好过日子吧。"

他愿意付出那么一点儿慈悲,权当为逝去的孩子积德。

程美珍扯了个极其诡异的笑,神情萧瑟:"周之南,你去死。"

说时迟那时快,她从绣花金丝绒手袋中拿出了把勃朗宁 M1900 式手枪,对着周之南的胸前发出砰的一声。他手里仍攥着刚取的东西,人下意识地向后退了几步,肩膀中弹,血浸湿了黑色西装外套,泛着不明显的红。

司机立即掏枪对准程美珍的脑袋,周之南挥手拦下,司机上了膛的枪就没开,上前抢了程美珍的枪,孕肚女人也被擒住。

巡警吹哨赶来,群众四散奔逃。周之南只知道那一枪没打中心脏,高了几公分,具体多严重,他也不确定。

只觉得真疼啊,他的娇娇小产时大抵也是这般痛感吧。

那天,日军空袭重庆,死伤无数,路有饿殍。程美珍入狱,沈家到处奔走。阮萝在家等不回周之南,来的却是接她去医院的陆汉声。

一阵匆忙,有声音在告诉她:周之南中弹。

盛夏到来前的民国二十九年,上海,于阮萝和周之南来说满目疮痍。

阮萝到了医院后,周之南肩膀里的子弹已经取出,住进了病房。他平躺在床上,发丝乱了,整个人不似平时那般精明强势,满脸倦色。

人未靠近,哭声先至。

周之南闻声便睁开了眼,准备面对他的爱哭鬼娇娇。

阮萝心急地问:"周之南,怎么回事?"

坐在病床边,她扁着嘴埋怨,还怪他骗自己,明明早上说的是去取个东西,半小时就回,怎么就生出了这些事。

周之南如实道来,不敢瞒她:"程美珍发癫,当街袭击我。幸亏我命大,不然都没机会再见你一面。"

看似轻飘飘几句话,听得阮萝泪流不断:"你不要讲这种话。周之南,我承受不起。"

他意识到话说得欠妥,眉头皱了起来,被阮萝看在眼里还要啐他:"少皱些眉头,你要把自己皱成老阿公?"

她的手伸进被子里想握住他,却发现周之南攥着拳头,手心里拿着个东西。

阮萝试图掰开他的手:"这是什么?"

周之南不给,攥得更紧,庆幸受伤的是另一边肩头,这只手还能使力。

阮萝嗔怪他:"周之南,小赤佬,你又有事情瞒着我。"

他叹气,脸上满是不情愿和无奈,张开了手。

是个四四方方的丝绒盒子。

阮萝瞬间觉得心跳加速,女人的直觉让她隐约猜到这里面是什么,却不敢打开,只怔怔地看着盒子,大眼睛扑闪着。

不放过她一丝一毫的反应,周之南失笑:"给都已经给你了,还不打开看?"

她轻轻地,视若珍宝一般打开,黑色的盒子里静静地立着一枚戒指。

不是现下上海滩刚时兴的钻石戒指,因他曾送过阮萝一枚钻石胸针,比戒指上的钻石大上许多倍,被阮萝说像玻璃块,也不是老一代流行的宽戒、方戒面的翡翠戒指,阮萝曾也说过不喜欢,着实老土。

他记得她每一样喜欢与不喜欢,得意与不得意,才准备了现下这枚红得透亮,隐约有波澜图纹的圆形玛瑙戒面,嵌在简简单单的流线型戒圈上,世上独此一只,阮萝喜欢。

她情绪波动，有流泪冲动，伸手捂了嘴，弄得周之南不知她要哭还是要笑。

　　周之南认真说道："萝儿，我承认过去我对婚姻的态度确实不够庄重，我今后一定为了你去学着珍视。那时你失去家人，是我第一次想娶你，同你缔约盟誓，但还不算强烈。上次出事的时候，我便很强烈地想，想让你有一个真正的家，港湾归宿那般。我在学着去做一个丈夫的角色，因相爱而成婚，与你永生相守，你愿意给我这个机会吗？"

　　阮萝哭成个泪人，伏在床边，眼泪蹭到他的手腕。周之南也不催，静静地等她缓和。

　　可待她缓过气来，说的话却是："哪个人会在病房里求婚？也没个仪式，周之南，你便是觉得我好哄吧。"

　　他照单全收她的无理取闹，帮她擦干净眼泪："还不是你刚刚非要抢，现下又来恶人先告状，真是上海滩顶天不讲道理的那个。"

　　阮萝不理睬，盯着那戒指，又小心翼翼地用手指抚摸透亮的玛瑙，心想定然价值不菲。

　　下一秒被周之南单手夺走了戒指，只留了个盒给她，他诚恳地说说："娇娇，答应我。"

　　她双颊有些红，憋着笑，小声道："我答应你。"

　　还要害羞地低着头，手却诚实地伸了过去，周之南给她戴在无名指上，至此宣布求婚"圆满"成功。

　　她好一通地欣赏，笑容就没断过，他看在眼里，甜在心里，只觉得中弹也不算大事。

　　短暂欣赏后，她又故作庸俗地问："周之南，这个是不是特别贵？"

　　周之南点头："很贵，这块玛瑙常年锁在保险箱里。"

　　阮萝瞪大双眼："那我可得小心些，这比我还值钱。"

　　他笑她痴傻："哪里有你值钱，你价值连城，连的是寸土寸金的上海城。"

阮萝的问题不断："你怎这么清楚我手指的尺寸？真是刚好呢。"

他亲自跑了不知道多少趟，改过无数次，才成了今早上定下的合适尺寸。他只消一握就知是否贴合，毕竟周之南日日夜夜爱抚她一双柔荑。

周之南道："直觉。"

阮萝眼神娇俏地剜他一眼，心想：鬼才信，又装腔。

情到浓时，周之南爱抚她的脸颊，满目赤诚地问一句："萝儿，我们到英国再办婚礼可好？"

阮萝愣住："嗯？"

周之南说出打算："我们回英国。不，是我带你去英国，你想不想？"

上海留给他们的着实没有太多欢笑，民国二十九年的上海滩尽是糟心事，那么为何不换个地方生活，周之南想做一介俗人，懒酣度日，与他的心上人，共同去发掘生命中更多的平凡快乐。

她点头，可心底仍旧有一丝丝的担忧，小声咕哝了句："不准欺我负我。"

男人无奈地叹气："我的小祖宗，便是借我个胆我也不敢。"

除了某些时刻。

晚上送走了陆汉声他们，阮萝自己留在医院陪周之南，病房里足够大，还有个软沙发，她准备在那里过夜。

周之南心疼，哄她回家，可人就是不答应，直说离了他，就呼吸不了的荒唐话，那他就半点儿办法都没有。

他中枪不过半日，阮萝忙前忙后，事事亲力亲为地照顾他，周之南满眼心疼。

可她却说："我是可以照顾你的，就像你平时娇惯我一般。你要是不安，就快些好起来，这样我们的不安便都可以消除。"

周之南温柔看着她说："娇娇，你真好。"

阮萝见他少有娇羞时刻，忍不住冷哼打趣："哼，你的谨筝不也好，怎么还没来看你？"

自古以来调侃前任都是共通行为。

周之南淡笑道："世上鲜少有人为爱发狂，大多是因利益驱使。你又不是不知，她上次到周宅是有求于我，现下梁叔事情解决，估计在为她安排亲事。"

阮萝说："你知道的还挺多。"

他笑得越发深，想说的话到嘴边都收了回来。最后，台灯昏暗，暖黄色调温情，周之南说一句："好爱你。"

被她抱着头，落下实打实的一吻，嘬出了好大声："我也爱你。好了，周之南小朋友，晚安吻已经给过，请乖乖睡觉。"

七天后，周之南出院。

回到周宅请了人来做客，便是看《锁麟囊》的那些人。餐桌许久未坐满过，梅姨开心，还亲自下厨做了两道菜。

席间，周之南拉了阮萝的手告知众人："我和萝儿准备成婚。"

阮萝有些害羞，低了头，看不到大家俱是一副意料之中的样子，没太大反响。

陆汉声还要贫嘴："行行行，知道了，下一个话题。"

众人笑作一团，气氛融洽。

他再说另一个消息："我们也准备去英国，想问问你们是否同去。上海现下仍不太平，明里暗里的，谁也不知道下一秒哪个会被狙中，我想退了，过清闲日子。"

他曾所向披靡，无所畏惧，终为她铠甲化作软肋，剩满腔柔情。

韩听竺笑，他仿佛早就预料到，周之南坐首位，他正挨着，抬手拍了拍他的肩膀，摇头说道："我同阿阴不走了，责任在身，不得不留。"

而陆汉声早就知道他有离开的意思，现下算是确定下来，他偷瞄坐在对面的李清如，欲言又止。倒是李自如开了口："让汉声和清如也去吧，回去再同陆叔讲讲时势，他自也会同意过去。"

李清如有些急："哥哥，那你呢？"

他摇头："我留下，战争结束了，再去和你们团聚。"

陆汉声被李清如斜了一眼，他怎么会不了解李自如，定下的决定断没有改的可能，嘴上还是跟着劝说："自如，一起走吧。"

韩听竺适时解围："他不愿立刻去便不去，怎么还逼人？再说我还在上海，他断不能出什么差错。"

这话题算是作罢，周之南打算立即开始处理家产，不是一朝一夕的事，也得需要阵时日。

众人走之前，韩听竺认下了阮萝做义妹，算是给她添了个硬实的出身，好与周之南相配。周之南深知，他是怕登报宣布婚讯的时候，不好写阮萝的名头，让她在世人眼中被看轻了去。

当然也离不开阿阴很是喜欢阮萝，没少从中推波助澜。

场面融洽，阮萝心头微动。韩听竺是个面冷心热的，近些日子每每出了事情，他都得知得极快，而且处置了程山后，还把周宅司机都换成了他的人，实在是用心深远。

阮萝乖顺地唤了声"大哥"，韩听竺应声，还要感谢他最近关照，客气到周之南赶紧说："结婚的礼还是得送的。"

引得大家哄笑，至此厄事，告一段落。

盛夏即将到来，周宅里时常放着程砚秋京剧选段的唱片，响彻楼上楼下，幽咽戏腔吟唱不断。大上海人人自危，夜里仍旧笙歌四起，而周之南与阮萝静静数着日子准备起程。

那些日子，沪上人人口中的新鲜事无外乎是黄浦商会会长易主，周之南退隐，据说他正在把手里财产变现，不知是何打算。得了消息的各家老板都来找周之南，踏破周宅的门槛，他借口家中父母年迈，想在身前尽孝，一时间唏嘘声不断，上海商界为之一震。

他成了卖报小童口中的热点人物，阮萝时常在家拿着报纸故意读给他看。

"黄浦商会周之南退位———一代商界王朝的覆灭与衰亡。"

这是《经济报》的，写得有些夸张，细看从经济角度的剖析也带着些专业。

"周之南变卖家产——细剖背后的香艳情事与毒赌深渊。"

这是《娱乐报》的，尽是风流史和阴谋论。

"周氏集团董事长周之南让位黄浦商会会长——沪上俱惊。"

这个正常些，中规中矩写了一番，是《申报》的。

阮萝乐得直在沙发上打滚儿，被周之南走过来按住一顿亲吻，再搂在怀里挠她痒。

他劝她道："你平日里少看这些，本就不聪明，也不怕看得越发痴傻。"

阮萝反驳："周之南，你在家待久了，怎的还刻薄起来了？你说我傻，我会受伤。"

"哪里受伤？"

阮萝瞪着他，缓缓举手指自己的脑袋，语气闷闷地说："这里。"

周之南笑不可支。

五月末，陆汉声出车祸，生死未卜，赴英日子延后。

直到七月中旬，他才将养好，又定下八月初的船票，周宅仆人已经遣散大半，古董、摆件搬走变卖。

阮萝看着空荡荡的宅子心头难免发慌，周之南安慰她："新家还会有的，到时候都按照你想要的来布置，父亲听说我要带太太回去定居，他们现下已经搬到伦敦。"

阮萝问："他们原不是在伦敦？"

他点头:"不然当初谨筝怎同你说她照顾我,他们原在利物浦,我在伦敦读书。"

阮萝冷哼:"周之南,闭嘴吧。"

他笑得很深,明显故意为之,把人揽在怀里,又是一顿猛亲。

彼时两人已经开始做为人父母的准备,周宅的饭菜里出现姜丝,周之南忍着嫌恶以身作则,陪她一起吃姜。阮萝每每见他眉头紧皱地吃下去就发笑,只觉得眼前男人看着格外顺眼,她嫁得值当。

离开前一日,周之南登报宣布婚讯,上海滩又是一阵唏嘘,道一代商界大亨也迈不过个"情"字关卡,可叹可叹。风口浪尖的人物却带着阮萝去了乔家栅,买一碗小馄饨,两人同吃。

阮萝笑着啐他:"好生小气。"

他却说她不懂:"这样吃更香一些。"

问他为何突然想来吃小馄饨,他答:"那日答应晚上回家陪你亲自来吃,虽然你回我'再说吧',我也得照做不是?"

阮萝笑弯了眼睛:"喏,最后一颗给你吃,奖励你守诺,虽然这践行得晚了些。"

他吃了个干净,一本正经道:"多谢周太太,我下次定然早些快些,让您愈加满意才是。"

阮萝被他一句周太太的称呼叫得脸红,支吾了半天娇嗔道:"油嘴滑舌。"

看出来她为此害羞,周之南愈加放肆,揽着人边走边说:"周太太可吃饱了?这次吃完,要有段日子吃不到了。"

见她不答,还要继续叫:"周太太有所不知,我那日同陈老板吃酒,还特地命人来买了桂花糕,可那小厮办事不利索,放在了车子座位上,我喝得有些多,一上车坐了个实。"

阮萝掩嘴发笑,还是不理。

周之南说:"周太太为何不理我,可是周先生哪里做得不好,我改便是。周太太今日穿得好赞,比电影明星还时髦。"

她笑个不停,伸手捂他的嘴:"周之南,好生聒噪。"

他低声说:"你应该同我说谢谢。"

还要教她讲上海话:"周先生,谢谢侬。"

阮萝骂他不要脸,可嘴上还是很配合:"周先生,谢谢侬呀。"

周之南点头:"周太太,不必客气。"

八月上旬,上海滩名震一时的周之南周老板,携韩听竺义妹周夫人赴英,同行的还有沪上百年家族陆氏父子,以及神医圣手李医生胞妹李清如。

顺利的话,还赶得上在英国度中秋。

那艘缓缓驶向红海的白色巨轮承载着它不该有的厚重与雄浑。

今朝一别,水阔山遥,再会无期。

这便是民国二十九年的上海滩,明里暗里战火硝烟之外,再纯粹不过的一段爱情。

我们深陷柔情,永远钟爱温润与真挚本身。

而十里洋场不过黄粱一梦。梦醒后,有留声机仍在转动,燥夏蝉鸣阵阵不断。

有情人,终成眷属。

番外一

汉声清如

李家与周、陆两家交好已久,李家二小姐李清如自小养在深闺,鲜少出门,见得最多的异性除了亲兄李自如,就是周之南和陆汉声二人。情窦初开时,她曾想象过未来夫婿的模样,脑海里出现的并非周之南,而是陆汉声。

许是受母亲管束太严所致,父亲又待她冷淡,表面世家闺秀模样的李清如却内心叛逆,周之南可以说与她是同类,故而她更欣赏陆汉声那样的。他笑就是笑,怒就是怒,再真实不过。可李清如心知肚明,三家已经足够亲密,不需要依靠嫁娶来笼络关系,她将来的丈夫定是个素未谋面的陌生人。

那年李清如生日,陆汉声提前托人摹了两幅名画,其中一幅《神奈川冲浪里》送李清如作生日礼物,另一幅《大宫女》是他自己要珍藏的,画风大胆了些。不承想,手下小厮办事不利,两幅同样尺寸的画送错了,陆汉声不禁恼火,思虑后决定按兵不动。

再次见面她却狼狈不堪,李家父母吵架,互相撕咬中道破天机,李夫人电影明星出身,片场同男演员逾矩才有了李清如,李父一直知道,但不愿声张,毕竟传出去有辱李家门楣。争吵、摔打、嘶吼……最后一切罪责落在李清如身上,李夫人盛怒之下,把她推出门外,李清如跌入雨后留下的水坑里,满身泥泞与脏乱。

当时李自如和周之南都不在上海,她身无分文,离家后只能去上海饭店门口等陆汉声,似乎那时就已经默默注定她同他的孽缘从此开始。

直到夜深陆汉声走出饭店,李清如因伤心过度而晕厥,倒在他的怀里,他尚且不知道发生了什么,不敢带她贸然回陆公馆,父母问他没法交代。他思忖着还是知会司机:"去贝当路那处公寓吧。"

这处公寓是他自己置办的房产,时而应酬太晚,就会来这儿睡觉,也带过女人回来。正因为时而会带女伴,故而没有请固定管家的阿姨,只有陆宅的仆人会定期来打扫。眼下却成了麻烦,她身上潮湿,还带着泥泞,陆汉声满心纠结,怕她受凉发烧,还是亲自给她脱了湿衣服,再把人抱到卧室床上,塞进被子里。

待她苏醒后,陆汉声端着杯温水走进卧室,李清如平淡说起发生了什么:"我不是父亲亲生的,母亲出轨,两人吵了架,便赶我出家门。"

陆汉声皱眉道:"自如去了南京办事,不定什么时候回来,你先在我这儿吧。"

李清如点头,陆汉声给她掖了被角,准备出去在沙发上将就一晚,却被李清如伸手抓住,她身上的被子滑落,陆汉声叹气。

有些粗暴地给她盖好被子,他的语气有些烦躁:"还要做什么?"

李清如说:"汉声哥哥,我害怕,你陪我一起睡吧。"

陆汉声无奈道:"我怎么陪你一起睡?"

李清如看着床说道:"我们一人睡一边,这床够大。"

他为她小鸟似的眼神触动,叹气答应:"我去冲个澡。"

这才让她放开他的手。

熄灭最后一盏床头灯后,两人中间隔着条楚河汉界,陆汉声准备带着烦躁入睡,偏偏如水声音靠近,要在寂静夜里扰他双耳,挠痒痒一样心馋。

"汉声哥哥,你怎么突然回国了?"李清如像是没话找话,"我睡不着,我们说说话。"

黑暗中他睁开了眼,沉声说道:"母亲病危,怕是熬不过今年,我就回了。"

她试图安慰他:"不要难过,会好的。"

陆汉声轻笑,他当数世间最看得开的人:"我不盼她好,这些年她已经够艰难了。我父亲困她半生,她巴不得早死。"

他不过嘴硬,心里自然对母亲百般不舍,李清如识破他的口是心非,满腔心疼。她凑近他些许,伸手覆上他的肩头,那瞬间不知道为什么,陆汉声想到两个问题。一是她醒来后不问他是谁脱的衣服,二是不问他送的那幅画,这让他愈加费解。

黑暗之中,男人猛地起身压住被子里的少女,两人不太清晰地对视。短短几秒后,陆汉声重新躺倒,冷声说:"睡觉。"

李清如的心跳加速,庆幸他看不到她羞红的脸。

床笫间到处都是陆汉声的味道,李清如生平头回晚睡,要悄悄埋在被子里贪婪地呼吸。

次日李清如照例起了个大早,六点钟,半分不差。

她贪婪地看他的睡颜,那双撩人的桃花眼现下闭着,倒是显得他整个人沉静老实了些,可他就是一副风流面相,任是闭眼也动人。

不知何时她又迷迷糊糊睡去,这又算头回睡懒觉,再次醒来时太阳已经高照,将近正午。却听闻惊天噩耗,李夫人于酒中下毒,夫妻二人中毒身亡,抢救无效。陆汉声给她买了新衣换上,带她去见父母最后一面,又传了电报,通知李自如回来奔丧。李清如愣怔,难以消化现实,她虽然妄想过他们去死,却不承想有一天会真的死去,如若梦中。

一个月后,李自如变卖家产,起程前往美国学医,托付妹妹于陆家，李清如入住陆公馆。

　　陆汉声从不把女人带回陆公馆，因那时母亲病重，他尚且知道注意分寸。因而李清如每每过了十二点半听不见脚步声，便知道他定是出去纵情，心头愈加纠结。那幅《大宫女》一起搬到了陆公馆新装潢过的客房柜子里，仍旧是李清如的秘密。

　　她隐忍，直到那年陆夫人病逝，陆汉声连开三瓶威士忌买醉。李清如无声靠近，闻他一身从应酬场带出来的脂粉味，不知道是哪位电影明星所钟爱的。两人一起饮酒，最后记忆停留在陆汉声的卧室，他蜷缩在她的怀里，李清如穿短襟与长裙，是她学堂校服，他们过分亲近。

　　只记得陆汉声说过这句："我很爱我的母亲，父亲配不上她，我不想她走，但又盼她解脱。"

　　混乱的夜晚，两颗孤独的心自然而然凑在一起，相拥取暖。

　　次日天光大亮，陆汉声落荒而逃，只觉得指尖仍旧残留余温，脑海里阵阵闪过昨夜画面。

　　三个月后，陆汉声大婚，妻子是郑家二小姐郑以瑟。

　　无人知晓她李家二小姐在新房外坐了一整夜，知晓房间里发生的一切事。天边泛青时，李清如觉得眼泪已经哭干，强撑着回到房间，坐在柜子里一遍遍端详那幅《大宫女》。

　　婚礼几日后的一天夜里，陆汉声晚归，李清如摸准他十二点半到家的时间，从浴室里出来。宽阔走廊偏要撞到他的怀中，柔声唤他"汉声哥哥"，陆汉声瞬间迷惘，不确定眼前到底是不是李自如的妹妹李清如。他远没到醉的程度，可不得不承认酒精迷惑了神志，他放纵了。

　　浓情深陷时，李清如咬牙问他："汉声哥哥，我是谁？"

　　他怎么可能不知道她是谁，只是他不能说出口，好像凡事一旦说出口，便坐实了作孽深重，无法弥补。

　　第二天陆汉声宿醉起晚，衣衫不整地从李清如房间出来，正撞上优哉闲适的郑以瑟。

郑以瑟的脸色铁青,冲上去就要打他,咬牙切齿地叫道:"陆汉声!"

可他断不会站在那儿任她打,钳制住郑以瑟的手腕,陆汉声语气不耐地说:"你大清早发什么疯?"

陆汉声甩开她胳膊,进了洗手间洗漱,他的大脑一片混乱,满心都在焦灼一个问题——如何同李自如交代。

没法交代。

又过了三五日,他乘醉回到陆公馆,进了书房。李清如随后推门而入,送上盏茶,语气平淡道:"给你沏了醒酒茶,喝下吧。"

他明明抓住了她的手,嘴上却要说:"清如,不要爱我。"

她冷声回答:"我没有爱你。"

他欺身吻了下来,李清如迎合,这便是同有情人做快乐事,不问是劫是缘。

事后他问她:"你说自如回国后,会怎样杀我?是勃朗宁手枪,还是锋利军刀?"

她平淡地说:"他不会,我不准。"

陆汉声仍是吊儿郎当的语气,说一句"多谢李二小姐保我狗命",即便此时他也仍没几分真心。

可惜李清如却已经认死,至此两人的不正当关系开始。

两年后,周之南回国,陆汉声开车带李清如到周宅探望,并留下小住一夜。当晚他从李清如客房出来,撞上忙到深夜的周之南。周之南把陆汉声打了一顿,陆汉声丝毫未还手,甚至心里暗暗计算着还有李自如的一份。

同年周之南与林晚秋大婚,轰动上海滩。又两年后,他便带了阮萝进周宅。

那时，她和陆汉声维持这种关系已经四年，许是若即若离的缘故，又不似正常情人那般。她对这段关系尚未怠倦，但不得不说心是累的。

学校里的同学们自主恋爱，也有斯文内敛的男生同她示爱，李清如笑笑，一阵风吹就过了。全因她心里已经在思虑别的——她四年未孕，甚至连假性的错觉事件都没有，这让她心安，也让她不安。

直至李自如定下明年归期，他即将学成，这消息让李清如莫名焦灼。她开始思虑同陆汉声的关系，想要做出改变。

夜里缠绵过后，仍是书房沙发，她四年来第一次问："你有没有想过我们的将来？"

男人皱着好看的眉："什么意思？"

李清如如实说道："今日收到哥哥的信，他明年夏天便会回国。"

陆汉声点头，语气淡淡地道："记得了。"

他显然没有明白她想要表达的重点，李清如再次提醒："我们就这样下去吗？"

他还在调笑："自如定会打死我，到时候二小姐可要记得救我。"

她蹙眉，冷淡美人表情染上薄怒："我在问你我同你的关系。"

陆汉声蹭到她的怀里："清如，抱抱我。"

他总喜欢这样对她撒娇，常常让李清如半分办法都没有，只能把他的头抱住抚摸，好似在温暖他。可今天李清如不得不刨根问底："陆汉声，不要逃避问题。"

陆汉声眼看逃不过："罢了，你想要名分？"

李清如问："我若是怀孕了怎么办？"

他不消多想立马作答："自然生下来。以瑟前年小产，至今未恢复利索。你若是生男孩儿，我扶他做陆家长孙。女孩儿也好，我喜欢女孩儿，定是百般宠她。"

陆汉声年纪也已不小，应该做父亲了，可李清如听着这话，一点儿也不觉得感动。

她问他："那我呢？"

终于让陆汉声语塞，许久才开口："清如，我以为你不会那般庸俗。这么多年，我跟你同床比跟郑二还多，外面那些庸脂俗粉一次两次就也再没了，被你见过的更是不会再出现，你还要我哪般？"

她心里暗骂一句薄情，开口却说："困了，睡吧。"

第二天陆汉声就带回了幅油画，李清如品着觉得并不好，布局不行，色彩搭配尚可，但仍旧差点儿，倒像是哪个学徒酒后乱画。他说是他为她亲手所绘，仿的浮世绘风格，画的是潺潺流水。李清如短暂宣布投降，被他安生地搂着，男人的头埋在她的颈窝，一阵缠绵。

她知道陆汉声在讨她开心。

可那天之后，李清如默默开始找差事做，打算离开陆公馆。她每天回陆公馆的时间越来越晚，陆汉声不在意，一两次早回家，没见着她就不回了，李清如自会去贝当路的公寓找他。

他想的一点儿也没错，李清如去找他，还是坐汽车去的。

孙家大少爷亲自送的，因她正在教他的弟弟绘画，汽车停在陆汉声公寓的门口，他到门口开门，正好看到李清如和孙少爷微笑作别，画面融洽。孙少爷礼貌地唤他一句"汉声"，陆汉声冷脸应答。

当夜，他一遍一遍地问她："爱不爱我？说，爱不爱我？"

明明他不爱任何女人，却要所有女人都爱他，李清如嗡声回应："爱，我爱你。"

陆汉声满意了，绝口不说回应，念头一转又说："生个孩子吧。"

她愣怔，假意娇羞啐他，实则她已经开始偷喝避子药，李自如即将归国，她绝不能怀孕。

李清如问他："陆汉声，你爱我吗？一点点也算。"

他呼吸渐趋平稳，却说了旁的："清如，我发现你好久没唤过我汉声哥哥了。"

李清如语气淡淡的："有吗？"

陆汉声说："有。"

可她却转移了话题："该睡了，明天还得上课。"

男人沉默，没再开腔。

次年一月，陆汉声不过两三天未回陆公馆，再回去时，却发现没了李清如的踪迹。陆老爷子说她去了周宅教阮萝钢琴，并且住下，陆汉声立刻出门启动车子想去周宅，可还是熄了火，他想他并不是非她不可。

那晚在上海饭店谈生意，席间周之南也小声同他言语，让他不要再缠着清如，好不容易她自己想通离开，自如也即将回国，一切应该回到正轨。陆汉声面上淡淡地答应，看不出什么情绪。

再次见面已经是年后，他去周宅吃饭。两人宛如陌生人一般，明明挨着坐，却没有任何交流。

同年夏初，李自如回国，也在贝当路租了间公寓，李清如搬离周宅与哥哥同住，那幅《大官女》始终被她留在陆公馆，仿佛一颗沉闭的心被封印。

年底，陆汉声才发现那幅画。她在陆公馆的卧房始终保留，陆汉声也记不清自己怎么就进了这屋子，试图寻找她留下的痕迹，距离她离开陆家已经快一年了，她这次像是铁了心，始终没再找他。看到那幅画之后，他先是窃喜，想她李清如面冷心热，藏得好深。可又想到这幅画被她留了下来，像是被抛弃了一般，忍不住低声咒骂。

那幅画成了他找李清如的由头，他打电话到只隔着两户的李自如公寓，美其名曰请她来家里赏画，盖着画的绿色缎布根本没掀开，倒成了他来赏她……

他绝口不提爱，仿佛他们之间只有情欲，没有情爱。

李清如承认自己又败了,她同陆汉声扭曲的关系终止不过一年,如今又被续上。

次年春天时,陆老爷子放话,一众小辈聚在陆公馆吃饭,场面热络。

彼时,郑以瑟已经暗自确诊怀孕,为了保密安胎,打算过了前三个月再说,陆汉声在外面风流,她也百般容忍。却不承想席间李清如不知闻到什么味道,立即捂嘴干呕,很是难受。

林晚秋扶着她去洗手间,陆老爷子十分关切,李自如出于医生角度说她吃错了东西,陆汉声、郑以瑟夫妻俩却各怀心事。

他俩都以为李清如有孕,可心情大不相同。陆汉声喜不自胜,郑以瑟的脸色阴沉,这件事她绝不能容忍放任。

没两天,李清如走夜路的时候,被陌生男人掳进附近小巷,男人面色凶煞,笑容猥琐。本来郑以瑟只是命他吓唬李清如,最好把她吓流产,可月色清幽,恶人怎么可能那么听话?

李清如被甩在墙角,浑身带着难闻气味的人,开始撕扯她的衣襟,李清如逃,鞋子跑掉,被一巴掌扇到耳鸣。

男人的笑声夹杂着李清如的哭声,她胡乱地叫:"汉声哥哥……"

她的汉声哥哥并不会从天而降,还是李自如心细,拿着件厚实些的外套出门迎她。似乎是心理作用,临出门还不忘带了把医用解剖刀,恰好用在那行凶的男人身上,李自如脸色铁青,不敢想象他晚来半分,会发生什么后果。

清如回神后捂住衣襟,哭着叫他:"哥哥,哥哥,带我回家……"

他把外套给她裹上,又脱了自己的西装,把她整个身体包得严实。回到家后,李自如打电话给韩听竺,托他派手下去拿人,审出是否有人指使,再做决断。

李清如仍旧处于余惊之中,不顾李自如阻拦,径自进了浴室清洗。浴室里传来痛苦愤怒的哭叫,李自如心疼不已,只能庆幸他去得及时。

次日,陆汉声在贝当路寓所收到了个濒死的男人,韩听竺的人告诉他,此人收陆太太小黄鱼,对李清如行凶未遂。还要庆幸周之南那天有事去找韩听竺,不然这消息报到李自如那儿,定是一场血雨腥风。

李清如让李自如不要再追究,她打算出国学画,一周后的船票离沪,唯独没有告知陆汉声。此番赴英,她自认更像是赌气,一整月在海上漂泊,想到同陆汉声的这些年,哪天不似在漂泊?她那么渴望安定,陆汉声给不了,白白奢望那么久虚度光阴,就算这趟行程有朝一日会后悔,她也要咬牙试一试。

眼下只求那个让她爱伤了的男人,不要再敲响她封闭的心门,此后就让她无尽孤寂,念念一生。

上海滩,陆公馆设宴,陆太太宣布怀孕。

楼下正热闹,郑以瑟却在陆汉声的书房偷文件,转手送消息给她那个亲日的弟弟。那时上海入冬,下了半月的大雨,郑家老三郑以和暗中运作,打算搅黄周、陆二人的生意。李清如离沪已有一季,郑以瑟肚子越发大了起来,她在心底暗喜这胎保得住。

陆汉声新开一家餐厅,有半露天阳台,带太太前去视察。他鲜少带郑以瑟出门,生意做到这个份儿上,带不带太太撑场面没什么差别。大肚女人即便为阴雨天气担忧,还是乐得前往。

小阳台大理石砖块的地面仿佛镶嵌金玉,被擦拭得锃亮,偏偏几滴雨落在上面,不仔细看还看不出,陆太太必须穿现下上海滩最时兴的细高跟,即便怀孕也没有例外。他原本扶着她胳膊的手悄然松开,郑以瑟滑倒,觉察到生命在流逝。那一瞬间,仿佛百般珍视小心翼翼捧在手心的琉璃盏跌落,粘不回去,偏偏还让你有过以为抓住了它的错觉,失望翻倍。

地上鲜血混合雨水，女人哀声寻求帮助："汉声，快扶我起来……"

陆汉声怜悯地蹲下身，开口比冷雨还要冰几分："郑以瑟，你不动清如，我们一切都好说，现下你把她逼走了，我不快活了，咱们夫妻怎能好过？"

明明她偷窃文件过错更大，他只字不提，看起来倒像是全然在泄私愤。等到郑以瑟血流得差不多，陆汉声才起身叫人，送郑以瑟去医院。

陆老爷子责备他保护妻儿不利，气得摔杯砸盏，客厅乱作一团，还要到书房继续，直到陆汉声直白地说："人是我推倒的。"

陆老爷子大叫"畜生"，三才碗脱手，砸到那张俊脸额角，还是周之南来救的场。

郑以瑟去世的前一晚，他们夫妻俩最后的短暂会话，郑以瑟狠狠盯着他说："我从来都不管你在外面鬼混，上海滩哪个女人同你有关系我都知道，可我没说过。只有她不可以！陆汉声，你爱她，就不可以。"

陆汉声皱眉："我自己都不知道我爱她，陆太太好会臆想。"

郑以瑟道："李清如走了三个月，你换过的女人我个个都见过。这个嘴巴像她，那个身形像她，又或是某个气质像她，你找过最多次的唐曼最恶心，眉眼像她。陆汉声，你曾是最爱那些娇艳长相的，现下怎么变了？"

即便那些女人穿艳俗颜色旗袍、打扮浮夸、满脸浓妆，她也看得出来底子是冷面相。

陆汉声自己都不敢相信，一言不发夺门而出。

后来他又找了个女人，是个舞女，长得像李清如失散多年的亲妹妹，且名字里也有个"如"字，他唤她小如。小如喜欢黏着他，可他总觉得差了点儿，时而想起郑以瑟嘶吼的那句"你爱她"，陆汉声烦躁难忍。后来周之南撞见两次，让他断掉，他就断了。

阮萝不知是怎么发现他和李清如的事情的，有次说了句玩笑话，她说要把他的桃色新闻都剪下来，放在信封里一起寄给李清如。他蓦地觉得兴致全无，权当是自己纵情声色十余年，疲累了，停止了。

绝没有其他原因，更无关李清如。

那厢李自如与李清如通信，叮嘱她切莫贪嘴，吃多酸梅，上次李清如在陆公馆呕吐就是吃多了酸导致的，末尾草草带一句"汉声妻子去世"。

李清如远在英伦，沉寂许久的心又开始跳动，她犹豫很久，还是另写了封信给陆汉声，只有寥寥数语。

"你可爱我？若爱，我便回。"

那封信石沉大海。

陆汉声越是不回，她就愈加心痒。直至一月，李清如瞒着李自如，站在回沪巨轮的甲板上感受海风拂面，归心似箭。这段不对等的感情中，她一败涂地，却也输得甘之如饴。

大年三十，齐聚陆公馆，烟花散尽后，李清如回到房间，准备落锁的手短暂顿住，并未上锁。

她身着睡裙，披外袍，手上戴烟托戒指，对着窗外吞云吐雾。陆汉声进门便看到这个场面：月光眷恋美人，缠绕在她微翘指尖，还要为她全身镀一层光辉。

他百般心动，走上前强硬摘下烟托，不加询问就替她抽完，随后他把人揽入怀中问道："想我了？"

她起先还在嘴硬，陆汉声直白戳穿："你没锁门，不就是等我？你主动回来，我主动找你，我们公平。"

云雨骤然翻涌，往事通通随着浪潮被打过去，仿佛风过无痕。

大年初一清早，陆公馆二楼的走廊里，兄弟俩缠打。全因李自如敲门叫李清如起床，开门的却是衣衫不整的陆汉声。

周之南把两人拉开后，李自如暂时歇下怒火走进房间，兄妹无声对峙。

他神情阴鸷，厉声质问："你爱他？"

李清如淡笑："爱。"

李自如问："什么时候开始的？"

李清如一副慢慢回想的样子，想那可真是太久的事情了，半天只能说："好久了，哥哥。我记不清已经爱慕他多久。"

李自如试图给她讲其中道理："汉声是我兄弟不假，我也从未质疑过他的人品，但他不是好情人，更遑论好丈夫。不论母亲做过什么事，我们永远是亲兄妹，我不能眼睁睁看着你走上弯路。你以前不是这样的，清如，我变卖家产，只是因为不想从商，我想学医。我们李家也没有没落，你仍是李家二小姐，上海滩世家出身，何必这样作践自己？"

她面色满是无奈，全然不带悔意，李自如无奈叹一口长气："当真非他不可？"

"非他不可。"李清如上前挽住他手臂，"哥哥，我真的很爱他。你当初让我去法国，希望我学绘画，可我不愿意。我去英国，也是想看看他生活过的地方、走过的道路，我承认我有些任性，是一时赌气，又因为想他而回来，可我没办法。好像从小就学钢琴，成为习惯，即便闭着眼睛也会弹，喜欢他也一样。我想，我要是死也是死在他手里，还要提前求你不要动他，否则我即便是在地底下，也合不上眼。"

李自如说："你明明写信说想我才要回来，竟是唬我。"

一推开门，就看到陆汉声立在那儿，李自如冷哼，斜了他一眼就下楼去。

陆汉声探头，满目担忧叫她："清如……"

李清如冷漠待他："带上门，滚出去。"

此后直到盛夏，上海滩一道靓丽风景便是陆少爷穷追猛打李家二小姐，足以震惊掉众人的下巴。

只道是可怜李家二小姐，被这么个风流浪子缠上，好好的人也要被作践。《娱乐报》上刊登惊天新闻，陆少爷不再爱香艳美女人间富贵花，开始痴恋世家闺秀，李清如看着报纸冷哼，待下次陆汉声来找她时，甩在他身上。

他送过不知多少华服美衣，首饰珠宝，李清如自然不会为了这些心动，他便开始临摹画作，李清如劝他不要浪费画纸颜料。他百般求她嫁自己，得不到一个准允，他知道她不过是想听他说一句爱她，可他说不出口，只能落荒而逃。

之后赶上阮萝小产，李清如到周宅小住，好不容易阮萝养好，她离开周宅没多久，周之南又中弹，恶事不断。

两人都有些沉闷，只觉得大上海压人，困住多少世间过客。每每独处时，多是静静地坐在一起，让时间慢慢流动，好像只有这样，才能把握住片刻的安宁。

直到周之南确定赴英，李自如让李清如和陆汉声同去，行程已定。可两人仍在无声博弈，一个不说，一个等着，就这样煎熬到忍不住，争吵爆发。

陆汉声带她回陆公馆，李清如来癸水，话头上越发冰冷带刺，刺得陆汉声心里难受。

她说气话："陆汉声，你不要同我扯无用的话，也许你当真不爱我，那便不必强求。我们同去英国，各过各的，我独自租房，或是同伯父伯母同住，跟你半分关系没有。"

陆汉声被步步紧逼，有些反弹："清如，你非要逼死我才行？"

李清如嘴上不饶人："你死了，我立马跟过去，陆叔有我哥哥照顾百年。"

他叹气:"我只是说不出口,三十多年从未说过,可你知道你是例外。为了你,我不再做荒唐事,一心一意,这还不够?"

李清如拎得清楚:"你只是玩累了而已,又何必故作深情?"

陆汉声句句带死:"清如,我要被你逼死。"

李清如冷笑:"莫要唬我,你出了事我还要担责任,承受不起。"

至此陆汉声举起白旗,承认说不过她,他拎起西装外套夜出,留李清如对他的背影冷笑。

次日报纸头条登着:陆氏集团陆汉声遭遇车祸,生死未卜。这大概就叫作一语成谶。

他被撞得实在严重,韩听竺甚至怀疑是有人故意为之,审过才知竟真是意外。

李清如在病房坐了半天,陆汉声还没活够,短暂昏迷过后,人就醒过来了。醒后第一件事便是抓她的柔荑,指尖暧昧磨蹭。

只这半日,李清如就想通了,爱本身不应是苛责,只是随心之举,那她何必非要他说一句爱。这个男人开始认真看待这段感情,就已经是爱的表现,她何时竟也落入俗套。

病房里情意流动交互,李清如日日夜夜陪伴在侧,陆汉声开始好转。

初次开口说爱你,这种事情会发生在什么时候?盛大隆重的晚会,布置满场鲜花,高调张扬宣誓我爱你吗?也许不是的,至少对陆汉声和李清如来说不是。

这日午后阳光正浓,透过窗子打在病房里,晒得两个人都暖洋洋的。李清如手里拿着刀给他削一只苹果,阳光有些刺眼,陆汉声举手为她挡住。

她关切道:"别举太久,血流不到又要头疼。"

男人傻笑,风流桃花眼染上专注与真挚,只呆呆地看着她削下的苹果皮不断,一圈又一圈,女人满目柔情,碎发垂在眼前。

那情景太过温情,或许此刻暗巷里正在死人,弄堂里阿婆为生计发愁,可他心头太平,满是静好。

"清如,我爱你。"陆汉声脱口而出,顺滑至极。

李清如愣住,最后一截皮削断落在地上,手里只留着个圆溜溜的苹果。没待她反应过来,陆汉声兀自伸手夺过,嘎嘣一声咬了口,自言自语道:"好脆。"

满室旖旎,她宛如身处甜蜜美梦中。

定下八月上旬的船票后,周之南开始联系报社刊登婚讯,陆汉声得知后也急起来。

那天两人躺在一起,同看一本画册,他握着她戴了戒指的手,状似无意道:"我们要不要一起?也算大上海双喜临门。"

李清如忍不住嘲笑:"之南哥宣布婚讯是喜事临门,你宣布婚讯,只算得上个噩耗。"

陆汉声皱眉:"为何这般说,成婚是好事。"

李清如娓娓道来:"大家当感叹,李家二小姐可怜,年纪不小,眼睛却瞎,迟早会被陆少爷气死。"

他恍然,搂着她的腰埋在胸前,是他惯用的耍赖方式。可惜李清如决计不从,冷声道:"撒娇打滚儿也没用。陆汉声,我还要脸面,我哥哥留在上海,我不想他日日被病人用怜悯眼神对待。"

至此确信,他被嫌弃得彻底,只能安慰自己到英国再办也是一样。

后来帮他收拾书房的时候,李清如在抽屉最里找到了自己写的那封信,可以证实他是收到了的,就是不回而已。

她拿着那张纸抖了抖,满脸冷淡地叫他。陆汉声只看了一眼就上前要抢，李清如才觉得有些不对，命令他起开。男人放弃，转身继续收拾另一边柜子，害臊得不愿转身。

她摊开整张纸，发现左侧写了句诗作回应：**郎心自有一双脚，隔江隔海会归来。**

李清如笑意愈深，开口却是无情戳穿："陆汉声，你哪里学来的？谁是郎？可否搞清楚性别。"

他闷声不言语，头差点儿要钻进柜子，断然不理。

他没办法说出口，诗句是从阮萝看的世俗话本子里读到的，那个小魔王净看些稀奇古怪的，可他却觉得很是相衬他当时的心境。那时的他没有脸面叫李清如为了自己回来，他配不上她一番真心。

八月上旬，上海滩周、陆两大家齐迁英国。

传闻有人看到陆少爷苦苦追求的李二小姐的无名指戴着钻戒，同上了船。坊间咂舌，道一句果真是烈女怕缠郎。

民国二十九年的夏天于陆汉声与李清如来说，实属苦乐参半。巨轮出港，海浪涛涛，便把所有酸涩苦痛向后一抛。

佛祖爱世人，是无声大爱，世人之爱，却千百种姿态。无须论断谁得到好的或是坏的，还当亲自饮品，流过心间，便是真爱。

此生一遇，星移斗转，无悔到老。

我们在月下祈愿，求赐痴心情郎，求得一世安康。

求，有情人终成眷属。

番外二

英伦纪事

（一）

民国三十四年，抑或说是一九四五年，日军投降，抗战胜利。

九月末，李自如携京中名伶温素衣抵达伦敦。

彼时天气已经渐冷，司机把手提箱放到别墅院门外便离开，李自如内心百感交集，轻推开院门。

周之南身穿白色毛衣，又戴了副金丝眼镜，整个人越发柔软温润。他正一边修剪绿植，一边浇水，旁边有两个小男孩儿跑跳，同追一只皮球，他冷面训斥道："碰到花圃，就罚你们不准吃饭。"

听到大门被推开，周之南望过去，看到是李自如就笑了，转头对着里面喊道："自如回来了。"

仿佛他只是出了个远门回来而已。

同时，陆汉声怀里抱着个跟那两个男孩儿同样年纪的小女孩儿，正轻摇着身体，哄人午睡。那是李清如三年前生的龙凤胎妹妹，院子里的自然就是龙凤胎哥哥和周之南家的儿子。

见李自如立在院里，陆汉声有些羞赧，笑着唤了声"哥"。后面赶紧跑来一个女人,是身着绿色格子旗袍的李清如,扑过去抱住李自如,难忍泪目道:"哥哥,你终于回来了。"

李自如回抱她,温素衣无声去拿门口的手提箱,掩着肚子,有些费力地弯腰。周之南看到后,赶紧放下手里的东西,上前帮她拿起,阮萝此时也已经出来,李清如仍在没出息地哭,她从周之南手中接过,把手提箱放到屋内。

李自如还要问李清如:"汉声有没有欺负你?"

李清如没忍住,转哭为笑:"没有,他不敢。"

李自如说:"那就好。"

周之南开口:"进去坐下说吧。"

听说李自如今日到,想着他定要先去周宅拜访周老爷子和周夫人,陆汉声就带着清如来了周之南的别墅,而三个老人去了利物浦给朋友贺寿,过几日才回。

李自如回身揽过温素衣:"这是素衣。"

他又挨个儿介绍了一番。

众人入内,沙发坐满,场面其乐融融。

那是一九四五年的英国伦敦,正午阳光明媚,有凉风阵阵,秋高气爽。

亲眷友人相聚一堂。

同年,温素衣在英国同李自如成婚,并诞下一女。

(二)

夜里,小家伙熟睡,夫妻俩回房。

阮萝垂头坐着,面色深沉,周之南掀开被子上床,随口问道:"怎么了?"

阮萝语气深长地说:"周之南,我老了。"

他皱眉,有些阴阳怪气:"你少同我讲这些,二十五岁就要说自己老,那我岂不是已经半截身子入了黄土。"

阮萝笑着说:"老 honey,不要这样小肚鸡肠,我说的是我,又没说你。"

她现下偶尔要同他飙英文,honey 便是 honey,却非要加个"老"字。

周之南语气幽幽地问:"你哪里老了,说给我听听,嗯?"

阮萝皱眉,认真道:"生完小之南都已三年,我怎么肚子就没动静了?"

周之南叹气,不知道第多少次提醒她:"你不要叫他小之南。"

可她沉浸在自己的世界里,骤地又提高音量,手掐住周之南的脖子,"你是不是又在吃药?周之南,你没有心,你谋杀我的孩子。"

"小声些。"他试图捋顺她㸃起的毛,"我没有,真的没有。娇娇,这种事情便顺其自然,你急也急不得。"

阮萝嘟嘴,埋在他的身前:"我想再要个女儿嘛,清如姐姐可是一样有一个呢。"

她羡慕李清如有女儿在怀,百般黏腻父母,阮萝甚至扬言过,要趁着夜里把清如家的妹妹偷过来。可实际上只能搂着她家顽皮的男孩儿,恨恨地掐两下他的小脸蛋。

周之南摸她的鬓角,语气确切:"我不想要。"

阮萝说:"你撒谎。"

他叹了口气道:"罢了,那我努努力。"

(三)

阮萝同李清如,几乎是前后脚怀的孕。

她早半月,肚子里的自然是哥哥或姐姐,可李清如明明月份比她小,肚子却越发比她的大。阮萝心里憋着疑问,不说也不问。

周之南眼见着她食量翻倍，越吃越多，忍不住担忧："萝儿，吃不下就不要再吃，浪费一些无碍。"

她胖了几斤，脸蛋有些圆润，现下气鼓鼓道："你哪只眼睛见我吃不下，我好得很。"

男人投降，绝不与孕期女子争论道理，也没任何脾气。她过去在上海滩是周宅霸王，现下同样，地位不减当年。

没过多久，确定了李清如肚子里怀的是双胞胎，性别未知，隔壁陆汉声家里爆发打斗声音，是孕妇单方面殴打男人。而周宅里，阮萝窝在沙发角落里哭了。

周之南忍俊不禁："你日日吃得多，就是在跟清如较劲？这肚子里数量都不一样，你比个什么劲儿呢？"

他被她带得说话也带上了儿化音。

阮萝捂着肚子哭得可怜："我哪里知道她怀了两个？我只是想，我的孩子不能比她的差着吧，不然我这个母亲岂不是在虐待孩子……"

周之南揉了揉眉头："你每日吃到撑才是真正虐待他。"

他又忍不住把她揽住，呢喃了句："傻娇娇，蠢到让我心疼。"

（四）

当年赴英，下了船，他们坐车前往周老爷子置办好的别墅的路上。车上除了司机再没别人，阮萝的心中打鼓，紧张得不行。

她不安地说："周之南，你父母会不会不喜欢我？"

他挑眉："为何不喜？"

阮萝说得头头是道："自古以来讲究门当户对，他们定会觉得我配不上你，教我离开你。"

周之南戳她的额头："你少看些俗套话本，满脑子都是些古怪想法。"

进门后，二老坐在沙发上，周之南弯腰行礼："父亲、母亲，这是我太太，萝儿。"

阮萝低眉顺眼上前，周之南提点："快唤父亲、母亲。"

她听话，脆声叫"父亲、母亲"，满腔真诚，听得二老心里暖融融的，第一印象倒是不错。

周夫人握着她的手，皱眉道："这也太过清瘦，之南怎么不疼你的呀。"

阮萝受宠若惊，按照故事里的情节，不应该是质问她的出身，然后棒打鸳鸯吗？

周老爷子主动点她："你同之南如何相识？"

现下时兴恋爱自主，老一辈也忍不住好奇。

阮萝笑道："他救过我，我好生感激。之南真是善良，离不开父亲、母亲教得好。"

二老笑意愈深，还要问："肚子有没有动静？也是该生个孩子了。"

阮萝赞同地点头："我也是想要个孩子，偏偏之南心疼我年纪小，可我说父亲、母亲年岁渐长，定想体会子孙绕膝之乐，他也赞同，我们便顺其自然。"

周老爷子笑意不断，乐呵呵地喝了口茶。周夫人握她的双手更紧了，温柔开口："女子怀胎不易，莫要给自己太大压力，你只需先养好身子，孩子自然会来的。"

那场面温情，周之南心里偷偷地笑，差点儿以为她才是周家女儿。

回到房间后，周之南把人抵在门后，先狠狠地亲了口她那张巧言善辩的小嘴，提着她的下巴同她耳语："你倒是胆子大，我父母都敢哄，我的娇娇越发长进了，嗯？"

阮萝笑得娇俏，歪头答道："我只是嘴甜嘛，你刚刚不是尝过了？"

新日子至此开篇。

（五）

李自如家的囡囡会走后，小之南和陆汉声家的哥哥、妹妹有了新玩伴。

四个小孩儿一起，在周之南精心护理的草地上玩耍，一抓一拽，看得周之南心惊，只求他们不要去破坏花圃。

可女孩儿从小就爱美爱花，囡囡慢悠悠地走到花圃旁边，指着朵硕大的蓝紫绣球嘴里咿咿呀呀的，还吐着唾沫。哥哥已经懂得讨女孩子欢心，趁大人们没在院子里，赶紧折了一枝给她，被她握在小手里。

妹妹看了也要："哥哥，我的呢？"

哥哥果断拒绝："没有你的。"

妹妹闹起脾气："囡囡是妹妹，我也是妹妹，我没有？"

小孩子还不知道打人是不对的，伸了手猛地打过去，哥哥也不让着妹妹，果断反手回击，两人跌入花圃，开始今日第一轮打架。

"观战"的囡囡爆发哭声，坐在地上号啕，小之南放下手里画册，趁乱捡起了她落在地上的完整绣球，小心地放在一边。

然后对着里面大喊了句："又打架了，你们快来。"

大人们赶紧跑出来，周之南和阮萝看自家儿子没参战，心里很是欣慰，阮萝还偷偷给他竖了大拇指。李清如一个头两个大，上前扯过哥哥教训，陆汉声抱着妹妹哄，两个娃娃还要找机会互相踹上几脚。李自如也把女儿抱起来，场面太过混乱，只知道罪魁祸首是陆汉声家的两个。

可最头疼的莫过于周之南，他精心养护的那么一小块花圃，年年都要被几个孩子破坏。

去年花季小之南摘了一半、踩坏一半，捧着精心挑选过的送到阮萝床头给她惊喜。她倒是惊喜了，周之南气极，好小子年纪不大，就会借花献佛，被他铁面打了屁股训斥。

现下陆汉声家的哥哥、妹妹一同罚站，陆汉声心虚，逃避负周之南花圃责任。周之南脸色铁青，满是阴郁。

　　小之南扯了阮萝到院子的角落，拿那朵肥硕绣球举到阮萝面前，奶声奶气道："Mommy, love you forever."。

　　这天周之南怒气难消，而阮萝明媚哼歌，要选最漂亮的花瓶来装那枝绣球。

　　院子里，她坐在遮阳伞下的长椅上，心不在焉地翻一本小说；他试图挽救花圃，面色严肃——因他的儿子此刻正躺在妻子的怀里午睡正酣，怎么看都要生气。

　　这是英国再寻常不过的一个夏季，泰晤士河静谧安宁，塔桥沉稳而立，正如有些感情亘古不变。

番外三

人间逍遥

　　民国二十九年夏末,他们在海上漂泊整月,一路舟车劳顿。直到抵达周之南提前托父母置办的房子门口,阮萝下车看到眼前的院落,惊讶得忍不住张嘴,愣在原地,久久不能言语。

　　周之南给她时间消化,阮萝语气激动:"周之南,这不是我之前画的房子吗?"

　　确切地说,应该是她画作的精致化再现,西式的独幢洋房,宽敞的院子可以种菜养花,满目绣球花张扬盛放,还有爬山虎攀附半壁墙体,简直是阮萝的梦中家园。

　　周之南点头,笑着问她:"周太太可还满意?"

　　阮萝却有些煞风景地反问:"这么多花草,岂不是很招蚊虫?"

　　周之南着实没想到,她会提出这个疑问。

　　阮萝又问:"这么多花谁来侍弄呀?我们可还有擅长园艺的小厮或者花匠?"

　　倒还真没有,周老先生和周夫人已经许多年没请过用人。当初周之南只顾着她喜欢这些花就置办了,全然忽略了繁重的养护问题。

　　快速思索了一番,周之南果断揽下这份差事:"我来,我会。"

阮萝露出放心的表情，周之南甚至觉得细微捕捉到她偷偷松了一口气，而需要提起一口气的，是他这个目前对园艺一窍不通的人。

眼下，周之南揽着阮萝走到门前，他把推开新家院门的仪式交给她："周太太？开门吧，欢迎回家。"

当年她到周宅时，那已经不只是他自己的家，不管怎样都应该算作是他和林晚秋共同的，阮萝被迫入住、被迫寄居，虽然后来和周之南度过了真正浓情蜜意的一段时光，但对于家的归属感实在是不足。

此时此刻意义非凡，阮萝感觉到眼眶酸涩，闷声说道："谢谢你啊周之南，我终于有自己的家了。"

周之南紧跟着心疼，覆在她的手上一起推开院门，像一个时代跨越到另一个时代那样厚重。与此同时，周夫人从房子里走出来，语气殷切："之南？可算到了。"

陆家父子和李清如坐的是另一辆车，阮萝和周之南进了家门之后，不见他们三个，不多时人就上门来了。陆老爷子和周老先生、周夫人叙旧，陆汉声和李清如结合得实在突然，周夫人把两个人强行留在客厅里问了许久。周之南倒是乐得清闲，带着阮萝到院子里逛起来。

阮萝这才想起来问他："陆叔他们住哪里？"

周之南说："我还以为你开心到早把他们忘在脑后了。"

阮萝搂住他的手臂，整个人的力量往他身上压："周之南，可是瞧着眼下已经把我拐骗到英国，同我说起话来也硬气起来了？"

周之南赶紧否定："你是小霸王，不论是在上海还是伦敦，'惧内'这两个字我是要坐实的，谁也抢不走。"

他嘴上哄着阮萝，指着左手边的那幢房子，可不就是他们的隔壁："那便是汉声的住处，陆叔和清如自然也在。"

阮萝惊讶，在上海的时候两家离得实在不算近，没想到到了英国居然可以做邻居，便是隔着墙喊上一声，就能唤人来家里吃饭。这个认知让阮萝些许排解掉刚到陌生地界的不安。

不仅如此，人总要抱着希望地活着，周之南默默加注，指着对面的两处院落说："看到那两幢房子没有？"

阮萝愣愣地点头，周之南继续说："我也买了下来。"

她眼神闪过不解，周之南大方地告诉她："给自如和听竺准备着，里面家具都置办好了，只待他们随时从上海起程，我再找人去打扫。"

一贯能言的阮萝不作声，倒是周之南絮絮说着："你不是喜欢和阿阴一起跑马吗？她骑术可是精湛呢，上次不过在让你。从我们家出门开车不远，西边就有一处宽阔马场，等安定好后我便带你去，下回见面杀杀你阿阴姐姐的威风。不知那时自如是否会带太太回来，没有太太的话，有个女友也是好的，下次去信给他记得提醒我，我打算劝说他找个北方女子，性子最好野蛮些的，还能跟你一起玩闹，清如喜静，你常跟她一起玩难免不尽兴。这边倒是有不少国人，可大多是家境殷实的富庶子女，你和他们定聊不到一起去，但我已经在帮你看附近的学校，等你学好英文，就能和洋人交流，结交洋朋友……"

他几乎从未一口气说这么多话，阮萝已经沉默许久，他却仍觉得话还没说完。总之一切都在无声证明，阮萝藏在心底从未言说过的那些忧虑他都已经默默思量过，且做了万全的打算。

阮萝扑进他的怀里，说个不停的周之南这才停下，关切问道："可是又头疼了？"

来的路上她有些晕船，阮萝摇头否定："周之南，你就是老天爷给我最大的补偿吧。"

周之南不赞同，无奈道："老天爷又不欠你的，何须补偿你？欠你的是我，一辈子被你搓磨都未必还得完。"

阮萝觉得他话说得无理，又无从反驳，两人就立在院子里抱着，满地绣球盛放，圆簇簇的花瓣像阮萝不断被充盈的空洞的心。

周老先生立在门前台阶上，干咳一声，终于让凑在一起的两只脑袋分开，尴尬说道："你母亲偏要我来叫你们，我说不要打搅。"

周之南一副泰然的样子，笑道："知道了，父亲。"

阮萝跟着有样学样："知道啦，父亲。"

周老先生不为周之南那一句有丝毫反应，却被阮萝俏皮的语气逗笑，眉眼不免挤出褶皱。

当晚夜深，阮萝很早就睡下了，周之南悄声进了书房，正巧碰到了同样来找书的周老先生。父子俩各拿着本书对视，还是周之南先忍不住开口嘲笑："又是母亲说了什么你不知道的东西了？跑来抱佛脚。"

周老先生面子上挂不住，拿出父亲的架势严肃回他："你还教训起我来了，你看的什么书？《园艺》，可是打算转行做花匠？"

良宵宝贵，父子俩只打一个回合就休战，各自占据沙发一角，互不干涉，求知若渴一般挑灯夜读。

阮萝睡不踏实，醒来找周之南，推开门的瞬间，父子俩下意识地合上手里的书掖到身后，齐刷刷看向阮萝。她眯着眼睛也觉得迷惑，殊不知那两人都紧张得心跳加速，像是在做亏心事。

阮萝说："周之南，回房睡觉好不好？我睡不安稳……"

周之南不着痕迹地把书塞进沙发角落的缝隙里，起身同周老先生知会后离开，至此夜读结束。

到英国一年后，阮萝结识傅延。

她交朋友是好事，可周之南却笑不出来，全因名为傅延，定是个男的。更别说平心而论，傅延不仅相貌英俊，马术也精湛，谈吐同样不凡，周之南见过一面就觉得很有危机感，遑论他还尚未婚配。

傅延便是那西驰马场的东家，周之南给阮萝就家附近找的骑马的地儿，起初他陪着去了好多次也没见过傅延，后来他跟陆汉声开始资助赴英求学的国人学子，忙于成立慈善协会，没了时间陪阮萝。这么算起来，她和傅延成为朋友，还是周之南作茧自缚。

可也不是阮萝自己去的，李清如虽然不喜骑马，但愿意作陪，阮萝跑马，她就在旁边坐着看书打发时间，骑马总选在惠风和畅的日子，风把人吹得浑身麻酥酥的，倒也自在。

那天一起在院子里品福建运过来的武夷大红袍，阮萝进屋拿东西的工夫，周之南忍不住埋怨李清如："你同萝儿一起去马场，就放任她同那傅延交往？"

陆汉声也跟着警钟大作，接话问道："傅延可还有适龄的兄友同行？"

李清如白了陆汉声一眼，陆汉声便不敢多言。周之南心道这个盟友实在不可靠，没想到自己也受了李清如个白眼。

李清如冷声说道："她又没同傅延有肌肤之亲，我为何要拦着？两个岁数加起来能做爷爷的人，看来公事还是太少，尚有闲心猜疑这些有的没的。"

兄弟两人被噎了回去，阮萝从屋子里拿了糕点出来，还不知道发生何事，随口问道："你们在聊什么？"

李清如淡笑，平地掷惊雷："聊傅延。"

周之南和陆汉声瞪过来的眼神好像在指责她把他们卖得彻底，不承想阮萝根本没当回事，笑着答道："好好地聊越回做什么？你们想知道什么为何不问我，清如姐姐又不常一起骑马。"

她不说这话还好，一说这话，周之南更气，冷哼道："越回？"

李清如不着痕迹地火上添油："傅延，字越回。"

兄弟的敌人就是敌人，陆汉声阴阳怪气道："月回？倒不像是男人用的字。"

周之南嘴角挑起，有些嘲笑，他幼稚起来，险些想要偷偷给陆汉声竖大拇指。

可阮萝的话又让他笑不出来了，阮萝也是嘲笑的表情，语气轻快说道:"越回是走字旁的越,不是明月的月。他的母亲原以为是个女儿,早早取好了小字,没想到是个男孩儿,便改了个'越'。我和清如都笑他不被重视,越回……"

周之南冷笑:"一口一个越回,我看你是打算气死我。怎么没见你叫过我的小字?呵,你也没问过。"

阮萝闻到好大一股酸味,笑着解释:"不叫越回叫什么?我同他已经是朋友,不可能叫傅先生,他名为单字,不像你们这些三个字的可以叫后两个字,直接唤全名失礼,便只能称呼他的字,他旁的朋友也都这么叫。"

周之南猛地起身,把阮萝吓了一跳,可他站住顿了两秒,瞬间觉得双颊有些烫,不想承认自己居然在争风吃醋,转身冷脸进屋,留剩下三个人不知所以。

阮萝不作理会,低头喝一口茶,嘀咕着说了句:"青天白日地为些小事恼火,也不怕气出皱纹。"

陆汉声幸灾乐祸,笑道:"他是越活越回去了,不成熟,不稳重。"

阮萝歪头看他,余光瞥一眼认真品茶的李清如,状若无意地说道:"可不是嘛,你看你就不醋,又不是只我自己唤越回,清如姐姐也这样唤啊……"

茶盏碰撞发出清脆声响,坏事已成,阮萝忍不住偷偷吐舌头,起身开溜。

深夜云雨歇罢,阮萝发现他仍闷着股气,语气无奈道:"周之南,你竟然还在醋?"

周之南学她白天说过的话:"'直接唤全名失礼',这些年你倒是日日唤我全名,没见你觉得失礼。"

阮萝压在他的身上,双手搓磨他的双颊:"你有完没完?"

周之南冷哼:"没完。"

她埋在他的肩头，内心有想要打他一顿的冲动，周之南见她不说话，又说道："你可是觉得他比我好了？傅延，祖籍天津，早年随父母迁居北平，实业起家，有船厂……"

阮萝乐不可支，伸手把他的嘴巴堵住，她想她要是再不堵，恐怕周之南能把傅延祖宗十八代数个遍。她同他额头贴着额头，鼻尖抵着鼻尖，四目相对满眼真挚地说："周之南，对别人唤全名是很失礼的事情，可你不是别人，你是内人，知道吗？"

无暇纠正她"内人"二字用得不对，周之南些许缓和，却还是冷飕飕道："汉声何时也成了你内人了？"

阮萝没想到漏算了陆汉声，可她纯粹只是不知该怎么唤陆汉声，直接叫汉声确实叫不出口，可她心知肚明，叫陆汉声全名和叫周之南全名，所附带的感情是全然不同的。阮萝欲哭无泪道："你怎么连陆汉声的醋也吃起来了？"

她觉得今晚不是打翻了醋坛子，而是无意之中突袭了醋厂，醋洒遍地，有漫金山之势，危矣。

没过几日，傅延主动邀约阮萝，恰巧那日周之南也在家，她听过电话后，语气轻快地问周之南："下午我要去西驰马场，你可同去？"

周之南回想起自己那天吃醋的情景仍觉得丢人，立刻拒绝："不去。"

阮萝没再强求，选好骑装后忍不住和周之南分享新鲜事儿："越回说马场来了几匹新马，说是汗血宝马，又说是小马，我也没听清。"

周之南说："没听清楚你去做什么。"

阮萝语气认真："我只听过汗血宝马，还没见过，更没见过汗血小马，有汗血小马吗？"

她绕口令一样说个不停，周之南只觉得她分外可爱，立刻改变了主意："我陪你同去。"

结果下午不只看了小马，周之南还跟傅延赛了几圈。傅延和阮萝算是同龄人，大她几岁，跟李清如年纪也相仿，反正是小周之南许多的，再加上他常年骑马，兴趣也在马术上，真要是放开了比，周之南未必跑得过傅延。

两人前后脚回到起点，阮萝迎着周之南下马，朝他甜甜笑道："之南哥哥好棒！"

傅延则问道："周老板想是许久没骑马了，累不累？"

周之南断然不能说个"累"字，他在傅延这个假想敌面前要维持颜面，再者阮萝也在看着他，等他答话。

于是周之南克制着呼吸频次，冷声道："些许微喘。"

些、许、微、喘，阮萝细品这四个字，着实忍不住，扑哧笑出了声。

小之南，大名唤作周元羲。

周老先生翻遍了大半个书房的书，百般取舍后定下的名字，取自李义山的诗文。阮萝当着周父、周母的面直点头说好，同周之南回到卧房后赶紧使唤他，让他去把那本李义山的诗集拿过来给她看——那些年，书她是真的读了不少，可元羲出处的那句还真没听过。

随着元羲长大，开始识字读书，周老先生亲自教习，日日少不了布置功课。阮萝立志做尽职尽责的母亲，坐在旁边陪他，心里偷偷怪周老先生对元羲要求太严格，一度想帮元羲做功课。

元羲倒不是不想让阮萝帮他分担，只是最大的问题便是字迹，语气无奈道："Mommy，你有这份心我很欣慰，那你能不能抽出些打盹儿的工夫来练字？你的字实在是……"

阮萝觉察到他对自己赤裸裸的嫌弃："诚然你说得有道理，但是你也未免太不给母亲面子，小之南。"

周元羲对于"小之南"这个称呼更是嫌弃，这点父子俩倒相同："我有名字，才不要世袭他的破名字。"

周之南洗过澡后，推开书房的门，恰好听到自家儿子吐槽他的名字，忍俊不禁。他让阮萝去休息，换他陪着元羲做功课，阮萝赶紧起身，嘴里还嘟囔着："你儿子嫌弃我字丑。"

周元羲童言无忌，周之南却没有这个权利，连连反驳："他不懂欣赏艺术，你同他个孩子一般见识。"

阮萝心理熨帖了不少，带上门出去，周之南低头对上元羲嫌弃的眼神，元羲一针见血道："谄媚。"

周之南伸手拍他的头："整日里缠着萝儿，你便不能同她说，你更愿意自己做功课？"

元羲摇头："我喜欢她陪着我，你怎么连小孩子的醋都要吃？"

周之南不赞同："我在你这年纪的时候，也没这般离不开母亲，这样不好。"

他是他和阮萝生的儿子，不仅继承了周之南的聪慧，少不了还学了阮萝的那些心眼儿，更别说嘴巴也是个不饶人的。元羲道："哪里不好，我便也只能缠她这几年了，等我长大以后再还给你，你同我父子之间，倒是小气得紧。"

周之南失语，元羲又指责起他来："倒是你，何时能教会她写好我的'羲'字，这样我会更喜欢我的名字。"

周之南说："这不是一朝一夕的事，须得慢慢来，慢慢来。"

元羲点头："属实不是一朝一夕的事，全因一年前你便这么说了。"

周之南彻底没了辅导他的心思："自己写完回房间睡觉，我走了。"

周元羲头也不抬："便知道你也是靠不住的。"

周之南的脸上挂不住，拿起父亲的架势威胁道："周元羲，越发放肆了，连我都敢说，当心你平日背地里做的那些坏事。"

元羲歪头看他，神色和阮萝嚣张起来的样子是一个模子里刻出来的，他倒是长得更像阮萝："你可有证据？"

周之南摔门离开，只觉得这家里越发没他的地位了，只能安慰自己，元羲这股蔫坏的性子倒真真像他……

那年元羲在外面捡了只小狗回来，周之南本来百般嫌弃那只脏兮兮的狗崽，阮萝和元羲却想要留下来养。倒不是非要经由他的允许，他周之南的意见实在算不得什么意见，可阮萝希望他接纳家中的新成员，带着周之南到偏厅里，墙上正挂着阮萝当年的那幅拙作。

她只用一句话，就说得周之南没了脾气，恨不得双手捧着那只小狗迎它入门，阮萝说："你看，我当年还画了只狗呢，现下这只狗来了。"

周之南本就不算反对，自然任母子俩折腾，随口说道："当初我选好了狗，你说暂时不养，后来生元羲，你说元羲就可以代替那只狗——"

阮萝捂他的嘴，回头和元羲解释："他胡诌的，挑拨我们母子关系。"

元羲无条件相信阮萝，瞟了一眼周之南道："其心可诛。"

阮萝附和："对，其心可诛，周之南是大坏蛋。"

周之南看着周元羲说："那你就是小坏蛋。"

元羲说："那我要跟母亲姓。"

周之南冷笑："你母亲也姓周。"

见元羲语塞，阮萝伸手搂过儿子："咱们不理他。"

元羲点头："不理他。"

周之南心道：这家他是一秒钟都待不下去了。

后来元羲午睡，小狗在院子里熟悉新家，阮萝靠在周之南的怀里，两人一同晒着太阳，满是宁静安逸。

阮萝看着小狗，随口和周之南说道："北平很多这样的小土狗，黄色的毛，脏脏的、笨笨的。"

周之南笑说："巧了，我年少时在北平也见到过。"

阮萝没当回事："周之南，你小时候还去过北平呢？"

周之南仔细想了想:"很久之前的事情了,原是随父辈一起去天津探望恩师,我同自如、汉声偷跑到北平玩,吓坏了母亲他们。"

若是在以往,阮萝定以为这种贪玩破格的事情是陆汉声主导的,可从元羲身上就看得出来周之南小时候的秉性,阮萝道:"是你唆使他们两个的吧?"

周之南低笑,他确实是主谋,可回到家里,挨打最狠的却是陆汉声。

只当是陈年往事,两人谁也没往细里深究。

小狗的取名权交给了元羲,元羲直道祖父当年给他起名翻书半月,他也要慎重对待小狗的名字。阮萝叮嘱他切勿起个太过生僻的,元羲一副"知母莫若子"的表情,满脸无奈地答应——最后那只小狗取名叫"小黄"。

没过几日,周之南早些年资助过的国人学子,来家里做客吃饭,恰巧其中有几个同样是学经济的,饭后同周之南聊起了这方面的学问。说起来有一本已经绝版的书,周之南想那书名耳熟,但需翻找过后才能确定还在不在,嘴上没有立即应承。

晚上学生们离开之后,周之南陪同周夫人找了半天,才在储物间最里面的角落搬出来个箱子,里面有些他刚到英国留学时的物件,当初随意规整到了一处。打开后,果然找到了那本书,书页已经泛黄,周之南拿着书,笑着到楼下去电话给那位借书的学生,简单说几句后收线。等周之南再折返回箱子旁边后发现,还不到半人高的元羲几乎钻进了箱子里,翻来翻去——从古至今每逢家中父母收拾旧物,小孩子都难以抑制好奇。

周之南无奈笑道:"刚给你换过的衣裳,这会子便蹭上灰尘,我看你今晚少不了要吃巴掌,周元羲。"

元羲从箱子角落里掏出来个青玉坠子:"这是哪个旧情人送的信

物？竟堆在了箱子最底下，Mommy看到吃巴掌的就是你。"

周之南先是纠正他："你就不能好生唤母亲？"

再走近拿过元羲翻出来的那个玉坠子，看清后有些失笑，又是一宗陈年旧事，回想起来还有些丢人。他只说："这算哪门子的信物？你仔细品品那质地，不值钱。"

元羲不信："不值钱，你留这些年做什么？"

逃不过元羲烦他，不知阮萝此时已经睡下还是在预习课程——她在艺术学校进修绘画，画技比之墙上挂着的那幅《赠之南》已经精进太多。周之南倒不经常和元羲这般亲近，把他抱在怀里，小孩子手里仍旧攥着那坠子把玩，周之南娓娓道来，权当给他讲睡前故事。

便是那年同李自如、陆汉声从天津偷跑到北平玩，彼时周之南也正当青葱年少，尚未经历世俗的锤炼，细看眉眼里还带着稚气。他当时穿了身月白色长衫，配了枚青玉坠子，李自如和陆汉声穿的都是深色，三人乘火车到北平，下车后直奔顺德斋吃烤鸭。

恰赶上门口有个摊子，卖豆面糕的姑娘长得水灵，陆汉声就过去买了半斤，姑娘拨秤杆子的工夫，他也要撑在摊位前跟人调笑几句。周之南和李自如等了片刻，陆汉声拎着豆面糕过来。

正要一起进门的工夫，不留神跟来人撞上，周之南没当回事，进店落座。待到烤鸭都已经上桌，还是李自如发现的，问他："之南，你那坠子可是不见了？"

周之南错愕，一时疏忽，被撞之后竟忘记立刻查看身上的坠子是否还在。那坠子倒也不算贵重，便没当回事，摇摇头就打算过了，不想对方竟然主动送上门，直接进了顺德斋找上他们这一桌。

来人是个衣着褴褛的男孩儿，看样子十三四岁，声称捡到了周之南的坠子，但想讨个赏钱。

陆汉声试图戳穿对方："你怎么知道就是我们的坠子？"

那男孩儿也不傻，先指着陆汉声和李自如，再指周之南："你们两个都挂着玉坠，他的自然就是丢了，青玉的，下面挂着浅绿色穗子，是不是你的？"

周之南说完全不怀疑是不可能的，但他总觉得都还是孩子，不想用那些心机去臆想对方，便大大方方地给了钱："这些可够？"

那男孩儿走到窗边，朝着外面吹了个口哨，很快又跑进来个男孩儿，递上了被布包着的坠子，周之南接过。那两人就要走，李自如伸手去拦："等下……"

说时迟那时快，先来的那个男孩儿高大一些，撒腿就跑，后来的那个矮瘦了些的没跑掉，被李自如抓住了。而周之南打开那块布，果然发现坠子被掉了包，手里这块是赝品，不值钱。

陆汉声伸手就朝着那男孩儿背上打了一掌："就你们还想骗爷？"

三个人已经没了兴致吃烤鸭，付账后就打算擒着那个男孩儿去警局。那男孩儿似乎自认理亏，也不吭声，没想到藏着后招儿在门口等他们仨。

四个人刚走出顺德斋，门口有只黄狗朝着房顶叫，先是那男孩儿抬头看，周之南三人便也跟着抬头，便看到一袋子煤炭渣，从天而降招呼过来，他们下意识地用双手挡脸，陆汉声也松了手，那男孩儿显然有心理准备，立刻开溜。炭渣很快落完，属周之南脸色最臭，全因他一人穿了浅色长衫，浑身斑斑点点好不狼狈，不像另外两人深色衣衫还好遮掩。

后来不得不就近找了间绸缎庄，买新衣裳换上，还得多付老板些钱，让他们简单梳洗头发和脸，又因为天津那边派了人来找，三个人不得不立即赶回去，只能生吞这个哑巴亏。路上还互相问有没有看到房顶那人的样子，周之南只看到抹侧影，小乞丐样子的打扮，干瘦如柴的身形，连是男是女都看不出来，只猜测比那两个男孩儿还要小，小小年纪就不学好。

他懒得说，这件事恨不得烂进肚子里，哪像陆汉声那般不要脸，回到上海还要跟常一起玩的几个朋友笑着讲，像是什么光辉事迹，足足说了半个月才够。

周之南讲到煤炭渣撒他们三个一身的时候，元羲还在笑，讲完后元羲已经发困，低声问道："这件事便作罢了？"

周之南道："太过凑巧，我们拢共在北平停留不过半日，回家后父亲还要责骂，只能作罢。"

元羲又有自己的思考："父亲觉得这件事里的四个坏人哪个最可憎？元羲觉得是最先偷坠子的那个，没有他便不会有后面的事。"

周之南赞同他的想法，但自己的答案并非如此，毕竟上海滩周老板可是睚眦必报："理是这么个理，可我觉得最后在房梁上，朝我们泼炭渣的那个最可憎，要我找到，铁定要抽筋剥皮……"

似乎觉得当着孩子面说这种话太过，周之南噤声，再一低头发现元羲已经攥着那坠子睡着了。反正也是个赝品，周之南大方地送他把玩，起身把元羲抱回房间。

后来那坠子被挂在了小黄的房子上。傅延听说元羲捡回只小狗，让马场的木匠帮忙制的狗窝，周之南险些要再打造个金镶玉的，好把傅延送的换掉，阮萝直骂他缺西（缺心眼）。

那天阮萝在院子里给花圃浇水，瞟到那枚坠子总觉得眼熟，便问坐在秋千上的元羲，元羲一股脑儿地全说了，阮萝越听越觉得这事她熟，可不正是早些年跟街尾的大壮一起干的那票大事？真玉坠子换的钱，够他们几个吃一个月的饱饭。

当时小刁在顺德斋门口，看到周之南被撞掉坠子的全程，捡到后确实存了坏心思，才没立刻物归原主，阮萝和大壮听说后一起劝他还回去，但这赏钱铁定是得要的。可小刁又说，那三个人操着南方口音，八成是上海来的粉面小开,还在门口调戏卖豆面糕的小花姐姐。阮萝立马拳头硬了起来,灵机一动使了阴招——先是凑了钱加急制了个粗劣的赝品,又准备了袋煤炭渣,她身形最小巧,爬上了顺德斋的房顶……

如今想想,调戏小花姐姐的定是陆汉声,至于南方口音、来自上海、粉面小开,小刁所言也还真句句属实,阮萝久久没说出话来。

元羲最后说道:"父亲恨极了打房顶上泼煤渣子的那个人,说是要抽筋剥皮,我猜他不习惯穿浅色衣衫,怕是那时留下的阴影……"

阮萝理亏,神游着敷衍了几句元羲。

当晚周夫人带着元羲去听戏,周老先生在隔壁陆家同陆老爷子下棋,周之南回到家的时候就看到阮萝孤零零地坐在院子里。石桌上的八宝茶是凉的,盛夏里蛐蛐叫个不停,晚风温热。

他松了颗西装扣子上前抱她,阮萝问道:"今日累不累?"

"见到你就不累了。"他看到桌子上放着那枚坠子,已经蹭上了小黄的口水,穗子也脏了,"几日不见,元羲倒真能作践东西。"

阮萝拿过来,起身走到小黄的房子旁边重新挂上:"是小黄弄的。"

周之南不在意地笑了,给她解释道:"赝品而已,无碍。"

阮萝当然知道这是个赝品,她倒不怕周之南把她抽筋剥皮,虽然当初连正面都没见过,可也算年少的缘分。正打算开口告诉周之南当年泼他一身黑炭的就是她,蓦地想到了什么,阮萝问道:"真坠子值多少钱?"

周之南也没想到她问这个问题,估摸着说:"应急典当的话,至少也能换个三百大洋吧。"

阮萝刹那间只觉得一颗心钝钝作痛,她亏好多,这下换她觉得丢脸,可是再说不出口了。

周之南还不明所以,关切问道:"怎么了,萝儿?"

阮萝多少觉得愧疚于他,好好的坠子就被她随意贱卖了,主动上前伸手帮他脱西装外套，讨好地笑道："之南哥哥工作辛苦，我给你捶捶背。"

周之南反问："你又把我的留声机拆了？"

她想要确定自己有没有工科天赋，曾拆过两遭周之南的留声机，拼都拼不回去，他只能再买。

阮萝摇头："再没拆过了。"

周之南蹙眉："那就是又和元羲打架了，我这就给你去教训他一顿。"

阮萝再度摇头："今天还没打。"

周之南快速头脑风暴："又踩坏花圃了？"

他要去看花圃，阮萝把人拉住："没有，没有做坏事。"

周之南定在原地，短暂沉默后对着阮萝无奈地笑了："我知道了。"

她心里暗道不妙，猜测周之南是不是发现了什么蛛丝马迹，没想到他说："你又想催我要妹妹了？萝儿，我们之前不是说好……"

她怎么也没想到周之南会想到这上面，关于再要个女儿的问题他们确实已经达成共识，诚然她和周之南都羡慕隔壁陆家儿女双全，但周之南对这件事情的态度说服了阮萝，她便也不再执着。全因为他曾在她耳边温柔地说："你不知道我平日里有多妒忌元羲，所以萝儿，我便更不想再有个女儿，让你也尝这番滋味。"阮萝心软成灾。

眼下她彻底意识到，周之南完全不需要温柔的阮萝，迁居英国多年，她怎么就忘记这是个在上海时，日日都要听她骂上几句的男人。阮萝脆声道："周之南，还没想起来？不是说好晚上给我做糖水？"

周之南明显松一口气，一副恍然大悟的样子点点头，挽起袖子往屋里走："忙忘了，我就说还有什么事情没做，劳烦周太太提醒。"

阮萝在他身后只觉得又心疼又好笑，跟着他进了厨房看他忙活。

等到两人捧着一碗糖水，你一口我一口地吃，阮萝柔声问道："周之南，你有没有后悔过娶我？我对你不温柔，还爱和儿子打架，父亲、母亲帮我做的事情远比我帮他们的要多……"

周之南语气平常："我对你温柔就好，元羲长大的过程中总要跟别人打架，你提前训练他也是好心。至于父亲、母亲，他们身体仍旧康健，且事事习惯亲力亲为，有何非要你去做的？便是你和元羲打架的时候不要再挠他的脸，母亲担心他将来不好讨老婆。"

阮萝小声嘟囔："我并非故意抓他脸。"

周之南笑："我知道，你只会故意抓我的脸。"

阮萝声音更低："是这个道理……"

他低头吻她，封住所有的话，交换糖水的甜意，直至流淌心间。

周之南与阮萝的故事，曾经是"硝烟战火放两旁，先让我为你道曲柔肠"。

如今便是"往事尘埃皆不沾，心意已定，万古不改"。